SARAH LARK
Die Tierärztin
Voller Hoffnung

AF157031

Weitere Titel der Autorin:

Die Weiße-Wolke-Saga:
Im Land der weißen Wolke
Das Lied der Maori
Der Ruf des Kiwis
Eine Hoffnung am Ende der Welt

Die Kauri-Trilogie:
Das Gold der Maori
Im Schatten des Kauribaums
Die Tränen der Maori-Göttin

Die Insel-Saga:
Die Insel der tausend Quellen
Die Insel der roten Mangroven

Die Feuerblüten-Saga:
Die Zeit der Feuerblüten
Der Klang des Muschelhorns
Die Legende des Feuerberges

Die Tierärztin-Saga:
Die Tierärztin – Große Träume
Die Tierärztin – Voller Hoffnung
Die Tierärztin – Mutige Wege

sowie folgende Einzelbände:
Eine Hoffnung am Ende der Welt (auch als Einzelband lesbar)
Unter fernen Himmeln
Das Jahr der Delfine
Das Geheimnis des Winterhauses
Wo der Tag beginnt
Schicksalssterne

Die Jugendbücher:
Lea und die Pferde – Das Glück der Erde
Lea und die Pferde – Pferdefrühling
Lea und die Pferde – Das Traumpferd fürs Leben
Lea und die Pferde – Herzklopfen und Reiterglück
Lea und die Pferde – Ein Joker für alle Fälle
Lea und die Pferde – Sommer im Sattel
Dream – Frei und ungezähmt
Hope – Der Ruf der Pferde

Alle Bücher sind in sich abgeschlossen.
Alle Titel sind in der Regel als Hörbuch und als E-Book erhältlich.

SARAH LARK

DIE TIERÄRZTIN

Voller Hoffnung

ROMAN

Lübbe

Dieser Titel ist auch als Hörbuch und E-Book erschienen

Vollständige Taschenbuchausgabe
der bei Bastei Lübbe erschienenen Hardcoverausgabe

Dieses Werk wurde vermittelt durch
die Literarische Agentur Thomas Schlück GmbH, 30161 Hannover.

Copyright © 2023 by Bastei Lübbe AG, Schanzenstraße 6 – 20, 51063 Köln
Bei Fragen zur Produktsicherheit wenden Sie sich bitte an:
produktsicherheit@bastei-luebbe.de

Vervielfältigungen dieses Werkes für das Text- und Data-Mining bleiben vorbehalten. Die Verwendung des Werkes oder Teilen davon zum Training künstlicher Intelligenz-Technologien oder -Systeme ist untersagt.

Lektorat: Melanie Blank-Schröder
Landkarten: Kirstin Osenau unter Verwendung von © Epifantsev; solarseven; Save nature and wildlife; Andrey_Kuzmin; PON-PON/Shutterstock
Titelillustration: © Ildiko Neer/trevillion.com; © Dmitry Pichugin/ shutterstock.com; Adwo/shutterstock.com; PON-PON/shutterstock.com; Jukyelabs/shutterstock.com; coz1421/shutterstock.com; Peter Gudella// shutterstock.com; TomasDvoracek.cz//shutterstock.com;
Umschlaggestaltung: Johannes Wiebel | punchdesign, München
Satz: Dörlemann Satz, Lemförde
Gesetzt aus der ITC Berkeley Oldstyle
Druck und Verarbeitung: GGP Media GmbH, Pößneck
Printed in Germany
ISBN 978-3-404-18843-7

5   4   3   2

Sie finden uns im Internet unter luebbe.de
Bitte beachten Sie auch: lesejury.de

EIN LANGER WEG

Auf dem Meer
Neuseeland – Auckland, Onehunga
1929

Das Meer lag wie eine graue Plane unter einem blassen Himmel. Nellie spürte nur ein langsames Auf und Ab, während sich das Dampfschiff durch die Wellen schob. Dabei war ihr dieser erste Teil der Reise eigentlich als der stürmischste und beschwerlichste der Überfahrt nach Neuseeland geschildert worden. Seit sie sich am Tag zuvor in Bremerhaven eingeschifft hatten, gab es jedoch kaum Wind, und bislang war auch niemand seekrank geworden. Nellie befand, dass dies ideale Voraussetzungen waren, um sich mit Marias Ansinnen an den Kapitän der *Adelinde* zu wenden. Er konnte eigentlich nicht zu beschäftigt sein, um sie anzuhören. Ob er ihre Bitte ernst nehmen würde? Walter hatte sich am Morgen eher amüsiert, als Bernhard an ihre gemeinsame Kabinentür geklopft hatte, um ihnen von Marias Problem zu erzählen.

»Sie hat auf dem Boden geschlafen?«, hatte er lachend gefragt.

Bernhard, ein mittelgroßer Mann mit blondem Haar und sanften blauen Augen, hatte den Kopf geschüttelt.

»Natürlich nicht«, hatte er beleidigt erklärt. »Ich habe auf dem Boden geschlafen. Aber ich möchte das ungern während der ganzen Reise tun, und Maria ist mit der Lösung auch nicht sehr glücklich.«

»Sie hat deinen Heiratsantrag aber doch angenommen?«, hatte sich Nellie vergewissert.

Als es am Tag zuvor zur Verteilung der Kabinen gekommen war, hatte Maria sich bereit erklärt, die ihre mit Bernhard zu teilen – obwohl sie die Nähe anderer Menschen gewöhnlich mied.

»Ja«, hatte Bernhard bestätigt. »Allerdings hat sie irgendwann im Laufe ihrer Erziehung zur höheren Tochter verinnerlicht, dass es für eine Frau richtig ist, erst nach der Eheschließung mit einem Mann das Bett zu teilen. Daran will sie sich nun halten.«

Nellie hatte die Stirn gerunzelt. Sie wusste, dass ihre Freundin Maria von einmal getroffenen Entscheidungen kaum abzubringen war – erst recht, wenn es um etwas ging, was sie als richtig oder falsch einschätzte.

»Konntest du nicht damit argumentieren, dass Nellie und ich ebenfalls miteinander schlafen, obwohl wir nicht verheiratet sind?«, hatte Walter gefragt, immer noch amüsiert.

Bernhard hatte das Gesicht verzogen. »Das ist etwas anderes, sagt sie«, hatte er erläutert. »Weil Nellie doch noch mit Philipp verheiratet ist.«

Walter hatte sich an die Stirn gegriffen. »Also Ehebruch ist in Ordnung, dagegen vorehelicher … äh …«

»Ach komm, du kennst Maria!«, war Nellie ihm ins Wort gefallen.

Eigentlich kannte Walter seine jüngere Schwester besser als alle anderen Menschen, außer vielleicht Nellie. »Sie hält sich an Regeln, und das ist auch gut so, sonst würde sie viel häufiger irgendwo anecken. Aber was gedenkt sie denn nun zu tun? Sollen wir doch die Kabinen tauschen?«

Nellie hatte Maria am Vortag angeboten, mit ihr eine Kabine zu teilen, obwohl sie lieber mit Walter zusammen sein wollte. Sie beide kannten sich seit Jahren und standen einander sehr nahe. Nellie akzeptierte Marias Schwierigkeiten im Umgang mit anderen Menschen.

Bernhard hatte den Kopf geschüttelt. »Sie will heiraten«, hatte er gemeint. »Möglichst heute noch. Der Kapitän soll uns trauen.«

Und hier stand Nellie nun an Deck des Schiffes, ließ sich von den Wellen wiegen und wartete darauf, den Kapitän des Frachters mit Marias Ansinnen zu konfrontieren. Sie fröstelte, obwohl sie einen

Wintermantel trug. Es war bereits Mai, dennoch war es kalt auf See. Zum Glück erschien Kapitän Bladder schon wenige Minuten, nachdem sie nach ihm geschickt hatte. Er lächelte Nellie zu. Offensichtlich erfreute er sich an ihrem Anblick. Sie war groß und schlank, hatte rotblondes Haar und wache braune Augen. Nellie trug ihr Haar kurz. Sie hatte sich vor einigen Jahren für einen modischen Bob entschieden und fand diese Frisur genauso praktisch wie die langen Hosen, die in den letzten Jahren endlich auch für Frauen salonfähig geworden waren – zumindest in der Großstadt Berlin.

»Was kann ich für Sie tun, Frau Dr. De Groot?«, fragte Bladder nun höflich in bemühtem Hochdeutsch. »Sind Sie mit Ihrer Unterkunft zufrieden? Ich weiß schon, dass die Kabinen sehr einfach sind ...«

Der Kapitän bemühte sich deutlich um Verbindlichkeit. Dabei passte die förmliche Sprache gar nicht zu diesem Mann, der Nellies Vorstellung von einem alten Seebären ziemlich genau entsprach. Kapitän Bladder war untersetzt, sein wettergegerbtes Gesicht umrahmte ein Bart. Die Kapitänsmütze saß etwas schief auf seinem vollen blonden Haar.

Nellie winkte ab. »Die Kabinen sind wunderbar, vielen Dank«, erklärte sie. »Wobei es meinem Mann ohnehin in erster Linie darum geht, wie das Pferd untergebracht ist. Er hätte wohl am liebsten im Verschlag neben Erlkönig geschlafen. Aber wir haben ein anderes Problem.«

Gleich darauf konnte sie mit ansehen, wie Kapitän Bladders Kinnlade sank.

»Ik heb noch nie een getraut«, entfuhr es ihm in reinstem Platt.

Nellie musste lachen. Sie glaubte das unbesehen. Schließlich befehligte er ein Frachtschiff, das nur ausnahmsweise Passagiere mitnahm, und keinen Luxusdampfer, dessen Kapitän eher mal mit den seltsamen Wünschen kapriziöser Gäste konfrontiert wurde.

»Ich bin überzeugt, dass die Braut die Trauformel auswendig kann«, versuchte sie den Seemann zu beruhigen. »Wir können das für Sie aufschreiben. Kommen Sie! Haben Sie von so einer Möglichkeit nicht Ihr Leben lang geträumt?«

Nellie selbst war immer bereit, sich auf neue Erfahrungen einzulassen. Abenteuer reizten sie.

»Nee«, erklärte der Kapitän unumwunden. »Sonst wär ik ja woll Pastor worn. Aber wenn de Deern drauf bestaht … Sallen wi bloß maken, solang de See so ruhig is'. Nich' dat mi dat Brautpaar noch över de Reling geweht wird.«

Nellie nickte. »Heute Mittag?«, fragte sie hoffnungsvoll.

Der Kapitän zog eine Taschenuhr. »Klock eens!«, erklärte er. »Ik mutt mi ja noch fien maken.«

Drei Stunden später führte Walter seine Schwester förmlich über das Deck, während ein Matrose *Treulich geführt* auf der Mundharmonika spielte. Nellie musste über das Bild lächeln. Marias und Walters gestrenge und sehr auf ihren Adelsstand bedachte Eltern hatten sich die Hochzeit ihrer Tochter sicher anders vorgestellt. Dennoch bot das Geschwisterpaar einen schönen Anblick. Beide waren dunkelhaarig und hatten auffallend blaue Augen. Walter war groß und bewegte sich geschmeidig, Maria war klein und zierlich und trat eher verhalten und ungelenk vor den Kapitän, der sich gemeinsam mit seinem Ersten Offizier und dem Zahlmeister an Deck platziert hatte. Ein Matrose füllte Gläser mit Kööm, einem Kümmel-Anis-Schnaps – wahrscheinlich der Flüssigkeit, die Champagner auf diesem Schiff am nächsten kam. Die Offiziere hatten sich durchweg in Galauniform geworfen, Kapitän Bladder grinste und schwenkte eine Bibel. Er warf bewundernde Blicke auf die Braut – für deren Ausstattung Nellie den ganzen Vormittag ihr Bestes gegeben hatte.

Maria trug ihr langes Haar offen. Nellie hatte es gebürstet, bis es glänzte. In Ermangelung von Blumen hatte sie den Federschmuck von zwei Hüten und Stirnbändern entfernt und daraus einen Kranz gewunden. Er hielt einen blaugrünen Seidenschal als Schleier in Marias Haar, der wunderschön mit ihren blauen Augen harmonierte.

Maria trug das bessere der beiden Kleider, die sie in einem kleinen Notkoffer mit in die Kabine genommen hatte, das restliche Gepäck lagerte unter Deck. Das dunkelblaue Kleid mit tief sitzender Taille und glockig weitem Rock stand ihr hervorragend. Marias Haut war blass, doch sie schimmerte wie Alabaster. Bernhard, der mit Nellie als seiner Trauzeugin am Rande der Szenerie gewartet hatte, blickte ihr mit leuchtenden Augen entgegen.

Nellie nahm derweil die Bibel an sich. »Die brauchen wir gar nicht«, sagte sie lächelnd zum Kapitän. »So ohne Pastor ...« Bewusst verzichtete sie darauf, dem Kapitän und seinen Männern zu verraten, dass Bernhard Jude war.

Der junge Mann trat nun neben seine Braut. Er trug einen einfachen braunen Anzug. Walter hätte elegantere Garderobe gehabt, aber er war größer als Bernhard, und seine Sachen passten ihm nicht.

»Wenn wir etwas mehr Zeit gehabt hätten, hätte ich dir was ändern können«, hatte Nellie bedauernd gesagt. Sie verstand sich aufs Nähen. Bevor sie sich ihren Traum, Tiermedizin zu studieren, hatte erfüllen können, hatte sie in Utrecht eine Hauswirtschaftsschule besucht.

Nun war es Maria völlig egal, was ihr Bräutigam anhatte, obwohl sie es zweifellos registrierte. Sie würde sich noch nach Jahren an jede Kleinigkeit der Zeremonie erinnern, ihr Gedächtnis war legendär. Umso weniger sicher fühlte sie sich jedoch in vielen Alltagssituationen. Unsicher blickte sie zu Bernhard auf und legte ihre Hand zögernd in die seine, als er sie ihr entgegenstreckte. Maria war wie Nellie bereits Mitte dreißig, sie wirkte hingegen wie ein ganz junges Mädchen.

»Dann woll'n wi mal!«, eröffnete der Kapitän die Zeremonie. »Ik mutt da jetzt wat to seggen, nich'?« Nellie seufzte. Sie hätte ihm vielleicht nicht nur die Trauformel aufschreiben, sondern auch noch eine passende Rede verfassen sollen. »Nu, wi heb hier also twee Lüüd, die woll'n nich' mehr alleen durch ihr Leven segeln, sondern sück tosamendoon. Gar nich' mal so verkehrt, mit nur eim Segel kommt man ja nich' wied – jedenfalls nicht bis Neuseeland. Un dat Beste wär overhoopt, wenn sich tominnst een von de beiden as Dampmaschien entpuppen wüürd …«

Walter lachte, Maria sah verständnislos zu Bernhard auf. »Metaphern?«, fragte sie.

Sie neigte dazu, alles wörtlich zu nehmen, was jemand zu ihr sagte, aber sie wusste schon, wann das nicht angebracht war.

»Wi Seelüüd seggen: *Hinter jedem Seemann steht 'ne starke Frau … manchmal in jedem Hafen eine* … aber ihr seid beide Landratten, und die bleiben sich gefälligst treu … wie … wie so'n Hund. Ji seid doch Tierärzte, nich'? Da sallt ji euch wohl drup verstahn … Wi heb ja hier nur 'n Schiffskattje …« Kapitän Bladder stockte.

Doch dann übernahm zur allseitigen Überraschung der Bräutigam das Wort. »Mit der Zeit«, sagte Bernhard sanft, »lernt man, seinen Kurs nach dem Licht der Sterne zu bestimmen, und nicht nach den Lichtern jedes vorbeifahrenden Schiffes. Das habe ich mal gelesen, und es fiel mir eben wieder ein, nun, da wir auf einem Schiff heiraten. Es passt sehr gut auf uns beide, denn du, Maria, warst immer mein Stern – du hast mir geholfen, meinen Kurs zu finden, und mich aufgefangen, wenn ich aus der Bahn geworfen wurde. Ich liebe dich, Maria, und ich werde dir immer treu sein …«

»Metaphern?«, fragte Maria wieder.

Bernhard lächelte, dann umfasste er ihre rechte Hand sanft mit seiner linken und tippte mit dem rechten Zeigefinger ein paar Morsezeichen – ein Spiel, das zur Geheimsprache der beiden geworden war. Auf Marias Gesicht erschien der Anflug eines Lächelns.

»Ich werde immer nur deine Sprache sprechen«, übersetzte Walter für Nellie. Er hatte das Morsealphabet als Kind gelernt, weil seine Schwester so fasziniert davon gewesen war.

Kapitän Bladder räusperte sich. »Sie könnten hier glatt als Funker anfangen, junger Mann«, bemerkte er plötzlich in bestem Hochdeutsch. »Soll ich jetzt …?« Er wandte sich fragend an Nellie und die Brautleute. Nellie nickte ihm zu. »Na denn: Willst du, Maria

Henriette von Prednitz, den hier anwesenden Bernhard Benjamin Lemberger zum Mann nehmen, also ... äh ... die Ehe mit ihm eingehen, in Gesundheit und Krankheit und so, dann antworten Sie mit Ja.«

»Sie hätten Bernhard zuerst fragen müssen«, bemerkte Maria. »Und Sie müssen entweder Du sagen oder Sie.«

»Das ist wirklich egal!«, sagte Bernhard. »Nun sag schon Ja.«

»Ich glaube, es muss schon ganz richtig gemacht werden«, beharrte Maria.

Der Kapitän schnaubte, bevor er noch einmal ansetzte. Diesmal nahm er sich zusammen: »Willst du, Bernhard Benjamin Lemberger, die hier anwesende Maria Henriette von Prednitz zur Frau nehmen, sie lieben und ehren, in Gesundheit und Krankheit, bis dass der Tod euch scheidet?«

Maria nickte zufrieden.

»Ja«, sagte Bernhard mit fester Stimme.

Er atmete erkennbar auf, als auch Maria mit einem deutlichen Ja antwortete, nachdem Bladder die Frage an sie gerichtet hatte.

»Dann erkläre ich euch in meiner Eigenschaft als Kapitän dieses Schiffes ... äh ... Kraft meines Amtes zu Mann und Frau. Mast und Schotbruch!« Er grinste. »Allzeit gute Fahrt, und immer 'ne Handbreit Wasser unterm Kiel!«, fügte er hinzu.

»Metaphern«, sagte Bernhard, legte die Arme um Maria und küsste sie vorsichtig.

Nellie atmete auf, als sie sich vertrauensvoll an ihn schmiegte und den Kuss erwiderte.

»Die Nächsten sind dann wir!«, flüsterte Walter ihr zu, und reichte ihr eins der Schnapsgläser, die der Kapitän kurz darauf erleichtert und freigebig immer wieder nachfüllte.

Walter und Nellie waren seit vielen Jahren ein Paar. Sie hatten einander im Krieg kennengelernt – unter eher ungünstigen Umständen. Walter war als Offizier der deutschen Armee in Nellies Heimatland Belgien gekommen, er gehörte zu den Besatzungstruppen der Stadt Kortrijk. Nellie war damals schon als Tierärztin tätig gewesen und hatte sein Pferd behandelt. An eine über den Krieg hinausgehende Beziehung hatten beide nicht geglaubt. Nellie war davon ausgegangen, nach der Befreiung die Vernunftehe weiterzuführen, die sie mit ihrem Jugendfreund Philipp verband. Dann hatte er sie jedoch darum gebeten, ihn freizugeben. Vor dem Krieg hatte er auf Wunsch seiner Eltern Tiermedizin studiert, um die Praxis seines Vaters zu übernehmen. Dabei lagen seine Talente eher auf musikalischem Gebiet. Nun hatte sich ihm die Möglichkeit eröffnet, als Musiker nach Amerika zu gehen. Die Tierarztpraxis sollte Nellie allein weiterführen. Nellies Schwiegervater hatte dies allerdings nicht akzeptiert, sondern ihr umgehend einen männlichen Kollegen vor die Nase gesetzt.

Nellie war daraufhin nach Berlin geflohen, hatte Walters Schwester Maria kennengelernt, die als erste Frau in Deutschland ein Studium der Tiermedizin beendet hatte, und mit ihr in Berlin eine Praxis eröffnet. Einige Jahre später war Bernhard, Marias Studienfreund, zu ihnen gestoßen, ebenso hatte sie Walter wiedergetroffen, der nach dem Krieg einige Jahre untergetaucht war, um einer von seinen Eltern lange geplanten Ehe aus dem Weg zu gehen. Seitdem war das Verhältnis zwischen Nellie und Walter zwar mitunter stürmisch verlaufen – doch letztlich verband sie eine tiefe Liebe.

»Philipp wird die Scheidung doch einreichen?«, erkundigte sich Walter nervös, als Nellie nicht sofort antwortete.

Sie nickte. »Sicher, ich habe alle möglichen Papiere unterzeichnet. Letztlich ist es nur eine Formsache …«

Walter verzog das Gesicht. Beide wussten, dass es nicht ganz so einfach war. Philipp oder Phipps, wie Nellie ihn immer genannt hatte, war viele Jahre, nachdem er ausgewandert war, in Berlin wiederaufgetaucht. Er hatte Karriere gemacht und stand als Zaubergeiger auf der Bühne. Umgehend hatte er damit Grietje, Nellies und seine musikalisch ebenfalls außergewöhnlich begabte Tochter, für sich gewonnen, und wäre es nach Vater und Tochter gegangen, so hätten Phipps und sie ihre Ehe wieder aufgenommen und gemeinsam in Amerika gelebt.

Nellie hatte dies aber abgelehnt. Sie liebte ihren Beruf als Tierärztin, und sie liebte Walter – sie hofften beide, sich den Traum von einer Auswanderung mithilfe einer Erbschaft, die Walter kürzlich gemacht hatte, erfüllen zu können. Nicht nach Amerika, sondern nach Neuseeland – das hatte sich durch einen wunderbaren Zufall so ergeben.

»Sollen wir noch mal nach Erlkönig sehen?«, fragte Nellie, um das Thema zu wechseln.

Sie sprach nicht gern über ihren Mann. Die Wunde, ihre Tochter an ihn verloren zu haben, war noch zu frisch. Grietje war zwar mit Nellies Segen mit ihrem Vater nach Amerika gezogen, da Phipps ihr eine bessere musikalische Ausbildung ermöglichen konnte. Die endgültige Trennung war Mutter und Tochter jedoch sehr schwergefallen, zumal nun viele Tausend Kilometer zwischen ihnen liegen würden. Grietje und ihr Vater würden in Boston leben – eine halbe Weltreise von Neuseeland entfernt.

Walter nickte. »Ich hab schon ein etwas schlechtes Gewissen, ihm all das zuzumuten«, gab er zu.

Der elegante schwarze Hengst war für die Dauer der Überfahrt in einem engen Ständer angebunden. Das Rennpferd hatte letztlich den Ausschlag für die Entscheidung gegeben, nach Neuseeland auszuwandern. Walter hatte ihn an einen neuseeländischen Züchter verkauft und die Stelle als Bereiter angenommen, die Julius von Gerstorf ihm angeboten hatte, um ihm die Einwanderung zu ermöglichen. Auch Nellie, Maria und Bernhard würden in der ehemaligen britischen Kolonie willkommen sein. Das Land – das durch die Cookstraße in eine Süd- und eine Nordinsel geteilt war – litt unter einem starken Mangel an Tierärzten, und laut Julius von Gerstorf würde es den Landwirten völlig egal sein, ob eine Frau oder ein Jude ihre Schafe, Rinder und Pferde behandelte. In Deutschland dagegen war es besonders für Bernhard immer schwieriger geworden, akzeptiert zu werden, und auch die Frauen hatten ständig gegen Anfeindungen kämpfen müssen.

»Erlkönig ist nicht das erste Pferd, das die Reise überleben wird«, meinte Nellie nüchtern. »Und jetzt sind es ja nur noch sechs Wochen. Früher mussten die Pferde drei Monate in den Segelschiffen ausharren, und wenn es zwischendurch Flauten gab, noch länger. Es war richtig, ihn zu verkaufen, Walter, mach dir keine Gedanken.«

Walter nickte widerstrebend. Er liebte den Hengst, mit dem er in den letzten beiden Jahren viele Rennen gewonnen hatte. Allerdings sah er für sich keine Zukunft als Jockey. Er war zwar ein exzellenter Reiter, aber auf den Rennbahnen griff man immer häufiger auf besonders kleine und leichte Männer als Jockeys zurück.

Sie stiegen also die Leiter hinunter, die in den Frachtraum führte. Es roch dort leicht nach Lanolin – Kapitän Bladder beförderte hauptsächlich Luxusgüter, Umzugsgut oder Maschinen nach Neuseeland und Australien und brachte Schafwolle zurück. Kühlräume für Fleischtransporte hatte sein Frachter nicht, und Walprodukte beförderte er nicht, weil er nach eigenen Angaben den Gestank nicht ertragen konnte. So wurden die Pferde nicht durch unangenehme und vielleicht beängstigende Gerüche gequält, lediglich das wochenlange Stillstehen war schwer für sie.

Für Erlkönig wurde die Situation dadurch gemildert, dass im Verschlag neben ihm eine hübsche braune Stute stand. Er hatte nach dem Einladen sofort damit begonnen, sie zu umgarnen. Jetzt begrüßte er Walter und Nellie mit lautem Wiehern, und seine neue Freundin stimmte mit ein. Nellie klaubte eine Möhre aus ihrer Rocktasche und teilte sie für den Hengst und die Stute.

»Wie schade, dass er sie nicht heiraten und dann den Verschlag mit ihr teilen kann«, kommentierte sie lachend. »Wenn sie rossig wird und er nicht an sie rankommt, dürfte ihn das hart treffen.«

»Ach, da steht er drüber«, behauptete Walter. »Auf der Rennbahn gab es auch rossige Stuten. Und wenn wir erst mal da sind … In Neuseeland erwartet ihn ja wohl das Paradies auf Erden.«

Erlkönig sollte auf Epona Station, der Farm der von Gerstorfs, als Zuchthengst dienen, und er würde frei mit seinen Stuten auf der Weide laufen dürfen. In Berlin war das undenkbar für einen so wertvollen Hengst.

Nellie lehnte sich an Walters Schulter. »Und für uns?«, fragte sie. »Glaubst du, es wird auch für uns das Paradies? Es klang ja alles gut, aber es ging so schnell ...«

Tatsächlich war die Entscheidung für Neuseeland binnen kürzester Zeit gefallen.

Walter küsste sie. »Zusammen waren wir immer glücklich«, erinnerte er sie. »Selbst im Krieg. Und jetzt ... Wir haben Geld, wir können neu anfangen. Erst eine Zeit lang auf der Farm der von Gerstorfs, und dann mit unserem eigenen Hof. Ich werde Pferde trainieren, du wirst deine Praxis haben. Was soll noch schiefgehen?«

Nellie wusste es nicht. Doch die Erfahrung hatte sie gelehrt, dass sich ihr Leben selten so entwickelte, wie sie es geplant hatte. Jetzt wollte sie optimistisch sein. Das neue Land sollte ihre Erwartungen erfüllen!

In den nächsten Tagen wurde es stürmischer, dann erreichten sie wärmere Zonen. Nellie schwelgte in der Sonne Teneriffas, wo das Schiff Station machte, aber Walter wollte so schnell es ging weiter, um die Stehzeit für den Hengst nicht übermäßig auszudehnen. Maria und Bernhard hatten dazu keine Meinung. Sie verbrachten viel Zeit in ihrer Kabine – Maria schien das Zusammensein mit einem anderen Menschen auf engem Raum zum ersten Mal in ihrem Leben wirklich zu genießen.

Nellie bemühte sich um das Studium der englischen Sprache und hielt auch Walter und Bernhard dazu an. Sie sprach Niederländisch und Französisch – Letzteres beherrschte Walter ebenso gut. In der Nachkriegszeit, im Büro eines Generals und auf der Rennbahn in Berlin, wo es viele amerikanische und britische Jockeys gab, hatte er auch Bruchstücke des Englischen aufgeschnappt, aber um in einem englischsprachigen Land zu bestehen, war das viel zu wenig. Bernhard hatte in der Schule nur Latein und Griechisch gelernt. Ihm waren neue Sprachen gänzlich fremd. Allerdings hing er an den Lippen ihrer Lehrerin – Maria hatte widerstrebend den Unterricht ihrer Freunde übernommen. Sie selbst konnte Englisch fließend lesen – als Spezialistin für die Krankheiten exotischer Tiere hatte sie viele englischsprachige Bücher studieren müssen. Gesprochen hatte sie die Sprache jedoch nie, und so mussten sie sich die Aussprache erst erarbeiten. Mithilfe des Ersten Offiziers des Schiffes ging das einigermaßen, es war nur zeitraubend. Nellie war ganz froh, dass es auf der langen Schiffsreise nicht viel anderes zu tun gab.

Als sie den Naturhafen von Auckland schließlich erreichten, waren die Frühlings- in die Sommermonate übergegangen, doch die Freunde erwarteten keine grünen Wiesen und blühenden Bäume. In Neuseeland, auf der anderen Seite der Erdkugel, herrschte im Juli tiefster Winter. In den Ebenen der Nordinsel fiel zwar kein Schnee, aber es war kalt und regnerisch. Die Insel lag hinter einem Vorhang aus Sprühregen und Nebel, als sie endlich in Sicht kam. Nellie hüllte sich fröstelnd in ihren Wintermantel.

»Das Land der langen weißen Wolke«, bemerkte der Kapitän, der einen knielangen, gefütterten Regenmantel trug.

»Aotearoa«, ergänzte Maria. »So nannten es die ersten Bewohner der Inseln, die Maori.«

Sie hatte irgendwo auf dem Schiff ein Wörterbuch der Maori-Sprache gefunden und konnte es nach dem ersten Lesen auswendig. So war es immer.

»Ja, die erste Siedlerin, Kuramarotini, die mit einem Stammesführer namens Kupe aus Hawaiki hierherkam, soll es so genannt haben«, merkte der Erste Offizier an. »Jedenfalls regnet es oft.«

Nellie seufzte. »Dann können wir uns ja schon auf Rindergeburten in nasskalten Ställen freuen«, murmelte sie. »Das habe ich in Belgien schon immer genossen … Aber egal, besser arbeiten und frieren, als gar nicht arbeiten. Werden wir wohl abgeholt, Walter?«

Walter, der so angestrengt nach dem Land aussah, als könnte er allein durch seinen Willen den Nebel zum Steigen bringen, hob die Schultern.

»Ich hoffe. Ein Funktelegramm ist jedenfalls rausgegangen. Wenn Frau von Gerstorf das bekommen hat, wird sie schon jemanden schicken. Der Hengst muss ja irgendwie weitertransportiert werden. Per Zug, nehme ich an, es gibt auf jeden Fall eine Verbindung von Auckland nach Ellerslie zur Rennbahn. Und davon soll die Farm nicht allzu weit entfernt sein. Aber vielleicht stellen sie Erlkönig auch erst ein, zwei Tage in einen Mietstall, damit er sich von der Reise erholen kann.«

Eigentlich hatten die Pferde die Überfahrt recht gut überstanden. Natürlich waren sie unruhig und unleidlich durch das lange Stehen, Gewicht verloren hatten sie hingegen nicht, und es hatte auch keine Koliken oder andere Erkrankungen gegeben.

Nellie seufzte wieder. »Das hieße für uns noch ein paar Tage im Hotel? Ich würde eigentlich sehr gern mal richtig ankommen.«

Maria schüttelte den Kopf. »Meine Möbel werden nicht da sein«, meinte sie unglücklich. »Also ist die Farm kein Zuhause für mich. Alles wird anders sein.«

In ihrer Stimme schwang Angst mit. Veränderungen waren von jeher ein Graus für Maria. In ihre Wohnung, die sie mit Nellie geteilt hatte, hatte sie beim Einzug die Möbel ihres Jungmädchenzimmers mitgebracht, und am liebsten hätte sie es jetzt noch nach Neuseeland verschifft.

»Wir schaffen uns ein neues Zuhause«, sagte Bernhard tröstlich. »Jetzt, wo wir zu zweit sind, hätten wir sowieso neue Möbel gebraucht ...«

»Und meine Bücher ...«, fuhr Maria mit ihrem Lamento fort.

Von medizinischen Wälzern über Romane bis zu Kinderbüchern hatte sie alles in ihrem Zimmer gehortet, was sie je an Lesematerial besessen hatte.

»Einen Teil habe ich eingepackt«, bemerkte Nellie. »Und die Kinderbücher hat Grietje mitgenommen. Zur Erinnerung. Es ist nichts verloren, Maria, du kannst ganz beruhigt sein. Versuch doch mal, dich zu freuen.«

Wirklich erfreut und voller Tatendrang wirkte an diesem verregneten Ankunftstag allerdings nur Walter. Ihm schien es gleich zu sein, ob ihn das neue Land mit Wind und Nebel oder strahlendem Sonnenschein begrüßte. Hauptsache, er hatte wieder Boden unter den Füßen – und konnte Erlkönig endlich befreien.

Schließlich kam die Hafenmole in Sicht, und auch sie wirkte nicht sehr einladend. Auf das Frachtschiff warteten nur ein paar Lastwagen, mit denen die Waren abtransportiert werden sollten.

Zwischen ihnen stand ein großes Auto, ein geländegängiges Fahrzeug mit offener Ladefläche – ein Pick-up. Als das Schiff anlegte, stieg ein Mädchen aus. Im Gegensatz zu den Fahrern der anderen Wagen, die gern so lange wie möglich im trockenen Inneren blieben, konnte es die Ankunft der *Adelinde* anscheinend kaum erwarten. Nellie registrierte, dass unter dem Südwester, mit dem es sich gegen den Regen schützte, leuchtend rotes Haar hervorlugte. Das Mädchen war zierlich und versank fast in seinem voluminösen Wachsmantel. Nellie schätzte es auf dreizehn oder vierzehn Jahre. Sie lächelte ihm zu, und das Lächeln wurde erwidert. Das Gesicht des Mädchens hatte etwas Elfenhaftes – sehr feine Züge, eine schmale Nase und große runde Augen. Sein Lächeln wirkte allerdings eher verschmitzt wie das eines freundlichen Kobolds.

Sobald die Matrosen eine Art Gangway aus Brettern erstellt hatten, um ihre Passagiere aussteigen zu lassen, trat das Mädchen heran – und nun entstieg dem Pick-up auch eine Frau, die Fahrerin. Sie trug ihr braunes Haar konservativ zum Knoten gewunden, allerdings steckte sie wie das Mädchen in langen Reithosen, Stiefeln und Wachsmantel – und sie sah der Kleinen auffallend ähnlich.

»Offenbar Mutter und Tochter«, meinte Nellie und bewegte sich zielstrebig, aber etwas skeptisch, auf die improvisierte Gangway zu.

Sie selbst war schwindelfrei, befürchtete nur, dass Maria es nicht war. Walter reichte ihr die Hand, um ihr galant hinüberzuhelfen. Sie lächelte ihm zu.

»Da kann das Pferd aber nicht drüber«, bemerkte eben die Frau. »Wir haben es schließlich nicht meilenweit transportiert, damit es hier ins Wasser fällt.«

Das Mädchen wandte sich gleich an Walter und Nellie. »Sind Sie die Tierärzte?«, fragte es eifrig auf Deutsch. »Bringen Sie unser Pferd?«

»April, vielleicht sagst du erst mal gesittet Guten Tag und Herzlich willkommen«, rügte die Frau und sprach Walter nun ihrerseits an. »Verzeihen Sie meiner Tochter. Sie freut sich schon sehr auf den neuen Zuchthengst – und darauf, künftig drei Tierärzten über die Schulter schauen zu können. Wir verarzten unsere Pferde zwangsläufig oft selbst, und April möchte unbedingt dazulernen. Ach ja, ich bin übrigens Mia von Gerstorf – und Sie sind Walter und Maria von Prednitz? Oder Bernhard Lemberger und Cornelia De Groot?«

Walter gab ihr die Hand. »Walter von Prednitz, gnädige Frau, gnädiges Fräulein … Und dies ist meine Verlobte Dr. Nellie De Groot.«

»Einfach Dr. Nellie«, verbesserte Nellie. »Wir müssen es nicht so förmlich angehen …«

Mia von Gerstorf reichte auch ihr die Hand und lächelte ihr zu. »Ganz meine Meinung«, sagte sie fröhlich. »Hier in Neuseeland ist man schnell per Du. Zumal es das Sie im Englischen auch gar nicht gibt …«

»Außer im Altenglischen.« Das war Maria. Wenn sie Wissen vermitteln konnte, fiel stets alle Schüchternheit von ihr ab. »Da entspricht das *You* in etwa dem altdeutschen ›Ihr‹, während ›Du‹ mit *Thou* übersetzt wird. *Du sollst nicht töten – Thou shalt not kill …*«

Nellie seufzte und hoffte, dass ihre Freundin nicht besserwisserisch rüberkam.

»Das ist meine Freundin Maria«, stellte sie vor. »Unser wandelndes Lexikon und eine ganz hervorragende Tierärztin. Die erste, die je in Europa promoviert hat.«

Mia von Gerstorf schenkte auch Maria ihr warmes Lächeln. Sie schien ihr den Vortrag nicht übel zu nehmen.

»Frau Dr. von Prednitz …«

»Lemberger!«, sagte Maria stolz. »Maria Lemberger. Ich habe geheiratet.«

»Wir haben geheiratet«, erklärte Bernhard und nahm Mia mit seinem Grübchenlächeln und seinen warmen Augen sofort für sich ein. »Auf dem Schiff. Es war sehr … ungewöhnlich.«

Mia lachte. »Sie müssen mir davon unbedingt ausführlich erzählen!«, forderte sie ihn auf. »Aber jetzt sollten wir uns um das Pferd kümmern. Haben Sie schon eine Vorstellung, wie wir es ausladen?«

Walter nickte. »Also eingeladen haben wir es über eine Rampe, die direkt ins Unterdeck führte. Darüber werden auch die Koffer entladen. Ich kümmere mich gleich darum. Nur wie geht es dann weiter? Sie haben keinen Transporter mitgebracht …«

Mit dem schweren Wagen der von Gerstorfs hätte man einen der modernen Pferdeanhänger ziehen können, in denen man Pferde leicht über ganz normale Straßen transportieren konnte.

Mia von Gerstorf schüttelte den Kopf. »Nein. Da müsste der arme Kerl ja gleich in den nächsten Kasten. Das würde ihm sicher nicht gefallen. Wir haben uns überlegt, dass er lieber etwas laufen würde. April wird ihn erst mal zum Haus meines Vaters reiten. Da gibt es einen Stall, in dem er schlafen kann. Und morgen bringt sie ihn nach Hause.«

Walter fiel buchstäblich die Kinnlade herunter. Völlig verblüfft sah er Mia an.

»Reiten? Jetzt? Nach der langen Stehzeit … Und dann ein so junges Mädchen?« Er schüttelte den Kopf. »Das ist unmöglich, Frau von Gerstorf, das … das kann ich nicht zulassen …«

»Sicher ist das möglich«, erwiderte Mia gelassen. »Er wird natürlich etwas wacklig auf den Beinen sein, aber April ist sehr sattelfest. Und sie ist vernünftig, sie wird ihn sicher nicht überfordern. Es sind auch nur drei Meilen – genau die richtige Bewegung nach der langen Zeit auf dem Schiff.«

»Vielleicht«, meinte Walter, »könnte ich ihn führen? Er ist … er ist das alles nicht gewöhnt …«

Mia runzelte die Stirn. »Er ist doch Rennen gelaufen. In halb Europa, sagt mein Mann, da ist er viel transportiert worden. Er wird nicht vor jeder Kleinigkeit scheuen.«

»Eben!«, sagte Walter verzweifelt. »Er ist ein Rennpferd. Kein … kein Damenpferd. Und er ist empfindlich …«

»Na, das muss er sich dann bei uns mal abgewöhnen. Unsere

Pferde werden nicht behandelt, als wären sie aus Porzellan«, beharrte Mia energisch. »Es sind in erster Linie Pferde, und die laufen gern. Und April würde ich auch nicht als Dame bezeichnen ...«

»Mami!«, bemerkte April empört. Es hatte ihr eben erkennbar geschmeichelt, dass Walter sie mit »gnädiges Fräulein« angesprochen hatte.

»Jedenfalls nicht im Sinne von Damensattel und Damensitz«, schwächte ihre Mutter ab. »Das hat sich überlebt, Herr von Prednitz, jedenfalls hier in Neuseeland. Vielleicht laden Sie Erlkönig erst mal aus, dann sehen wir ja, wie er die Reise überstanden hat.«

Walter wollte weitere Einwände vorbringen, aber Nellie legte ihm die Hand auf den Arm. »Er gehört ihnen, streite dich nicht«, sagte sie leise. »Es wäre vielleicht wirklich besser, ihn nicht gleich mit Reitergewicht zu belasten«, wandte sie sich darauf an die von Gerstorfs, während Walter in den Frachtraum ging, um nach dem Pferd zu sehen. »Walter wird ihn gern führen ...«

Mia runzelte die Stirn. »Bei dem Wetter? Und morgen dann elf Meilen bis nach Epona Station? April hat das schon im Griff, und sie wiegt ja praktisch nichts. Zudem übernachtet sie gern bei ihrem Großvater – während ich davon ausgehe, dass Sie am liebsten gleich mit auf die Farm fahren würden. Nach so einer langen Reise möchte man doch mal ankommen.«

Nellie konnte Mia von Gerstorf da nur zustimmen. Sie sah sich nach Bernhard und Maria um, die nicht zu sehen waren. Wahrscheinlich kümmerten sie sich um das Gepäck. Maria war schließlich sehr besorgt um ihre Sachen gewesen.

»Ihre Koffer passen sicher alle auf den Pick-up«, meinte Mia, als sich jetzt tatsächlich der Bauch des Schiffes öffnete und eine Rampe ausgefahren wurde. Matrosen trugen die ersten Kisten und Fässer der Ladung heraus und wurden schnell von den Fahrern der Lastwagen unterstützt, die sich aus ihren Kabinen in den Regen wagten. Mia begrüßte einen Mann im Trenchcoat, der anscheinend gekommen war, um die Stute abzuholen. »Mr. Abercrombee! Sind Sie gespannt auf Ihr neues Reitpferd? Mein Mann hat sich wirklich Mühe gegeben, das richtige für Sie zu finden.«

Der Mann lächelte und versicherte sie seines vollsten Vertrauens in die Urteilskraft ihres Gatten.

Nellie erklärte, wie gut ihr die Stute gefalle, und Mia stellte sie gleich als eine der neuen Tierärztinnen vor. Der frischgebackene Pferdebesitzer, ein großer, dunkelhaariger Mann, nahm das gelassen auf.

»Freut mich«, sagte er. »Bisher hatten wir in ganz Auckland nur einen Veterinär, und der macht kaum noch Pferde, seitdem jetzt alle Welt Automobil fährt. Ich schick dann nach Ihnen, falls der Melisande mal was fehlt. Aber jetzt geh ich schnell, um sie da rauszuholen ...«

Mia übersetzte für Nellie, die stolz war, immerhin sinngemäß verstanden zu haben, was der Mann ausdrücken wollte. Kurze Zeit später wurden beide Pferde aus dem Schiffsbauch herausgeführt, begleitet von Maria und Bernhard, die genau hinsahen, ob keins der Tiere lahmte.

»Gehen beide sauber, und die Sehnen sind klar«, urteilte Bernhard. »Es spricht eigentlich nichts dagegen, sie ein bisschen zu reiten. Zumal das Mädchen ja kaum was wiegt.«

Walter blitzte ihn ärgerlich an. Er hielt es nach wie vor für Wahnsinn, April den lebhaften Hengst anzuvertrauen. Dabei war Erlkönig ganz friedlich. Nach der langen Stehzeit war er steif und musste sich erst einlaufen, bevor sein Temperament wiedererwachen würde. Melisande, der braunen Warmblutstute, ging es ähnlich. Erlkönig wieherte ihr unglücklich hinterher, als ihr Besitzer sich gleich mit ihr auf den Weg machte. Anscheinend wohnte er in Auckland.

»Mach dir nichts draus, du siehst sie sicher wieder!« Mia von Gerstorf legte dem Hengst sanft die Hand an den Hals, streichelte ihn und förderte dann einen Apfel aus ihrer Manteltasche zutage. »Hier, zur Begrüßung. Morgen gibt es noch mehr davon. Was bist du für ein schönes Pferd!«

Sie nahm Walter den Strick aus der Hand und hielt den Hengst nun selbst, während sie damit fortfuhr, ihn zu streicheln und zu liebkosen. Erlkönig schien das zu gefallen – Nellies und Marias Sympathien flogen der Gestütsbesitzerin zu. Sie waren in den letzten Jahren oft als Rennbahntierärztinnen tätig gewesen und wussten, dass die meisten Besitzer und Züchter der hochwertigen Tiere nur eine Investition in ihnen sahen. Freundlichkeiten erfuhren sie höchstens von ihren Pflegern, Reitern und Trainern, doch auch die gingen es meist geschäftsmäßig an. Mia dagegen strahlte vor Glück, das neue Pferd begrüßen zu dürfen, und ihre Tochter drückte Erlkönig sogar einen Kuss auf die Nase.

»Wie wollen wir ihn denn rufen, Mami? Das ist ein komischer Name, den er da hat …«

Mia lachte. »Lass dir heute Abend von deinem Großvater die Ballade vom *Erlkönig* heraussuchen. Würde mich nicht wundern, wenn er sie auswendig könnte …«

»*Wer reitet so spät durch Nacht und Wind …*«, begann Maria zu rezitieren, reagierte dann aber auf Nellies Zeichen, es lieber zu lassen.

»Habt ihr die Koffer gesehen, Maria?«, fragte sie und bemerkte gleichzeitig, dass einer der Träger sie bereits nach draußen brachte.

April räumte inzwischen die Ladefläche des Geländewagens frei, indem sie einen voluminösen Sattel und ein Kopfstück auslud.

»Was ist das denn?«, fragte Walter, erneut entsetzt, als sie Anstalten machte, den Sattel auf Erlkönigs Rücken zu wuchten.

»Gnädiges Fräulein, bitte … Das Pferd ist leichte Rennsättel gewöhnt, allenfalls Vielseitigkeitssättel …«

»Das ist ein Stocksattel«, informierte ihn Mia. »Kommt ursprünglich aus Australien und ist sehr bequem. Für Pferd und Reiter. Schauen Sie mal auf die große Auflagefläche …«

»Aber … aber er ist ein Vollblut …« Walter schaute hilflos zu, wie April angurtete, während sie sanft und schmeichelnd auf Erlkönig einsprach. Der Hengst ließ es ohne Widerstand geschehen.

»Der Sattel passt eigentlich all unseren Vollblütern«, bemerkte Mia. »Und keine Angst, wir haben auch Dressursättel. Mein Mann und ich ziehen sie vor, wenn wir mit den Pferden arbeiten. Zum Überlandreiten sind die Stocksättel dagegen angenehmer. Man fällt zudem nicht so leicht runter.« Sie lächelte ihrer Tochter zu, die den Hengst eben auftrenste und dann Anstalten machte aufzusteigen.

»Lassen Sie sich wenigstens helfen, gnädiges Fräulein …« Walter trat neben das Pferd.

April kicherte und hob geziert das Bein, um sich aufs Pferd werfen zu lassen wie ein Jockey. Sie glitt geschmeidig in den Sattel, aber Erlkönig erschrak ein wenig und machte einen Seitensprung.

»Hups!« April lachte. Sie fand sich schnell im Sattel zurecht, nahm sanft die Zügel auf und schnalzte dem Pferd leise zu. »Los geht's, Hübscher. Wir sehen uns morgen, Mami!«

Zu Walters Verwunderung schritt der Hengst ruhig unter ihr aus und ließ sich auf die Straße in Richtung Stadt lenken.

»Wir folgen ihr nicht?«, fragte Walter, als Mia ihr kurz nachwinkte, und dann die Träger anwies, die Koffer auf der Ladefläche des Wagens zu stapeln.

»Nein, warum?«, fragte Mia.

Nellie lächelte und legte Walter erneut die Hand auf den Arm. »Nun mach dir nicht solche Sorgen«, versuchte sie, ihn zu beruhigen. »Dies ist ein anderes Land. Hier gehen sie lockerer mit den Dingen um. Das haben wir uns doch sogar gewünscht.«

»Aber der Verkehr …«, wandte Walter ein.

»Dies ist nicht Berlin«, begütigte auch Bernhard. »Nun stell dich nicht so an, die Kleine wird dein Baby schon sicher ins Bett bringen. Und ich käme jetzt sehr gern raus aus dem Regen.«

Mia lächelte ihm verständnisvoll zu. »Sie müssen sich hier Trenchcoats anschaffen«, erklärte sie. »Und Hüte, die den Regen abhalten. Aus Deutschland sind Sie es wahrscheinlich gewöhnt, dass die Leute ihre Tiere in den Stall holen, bevor der Tierarzt kommt, hier wird man Sie oft mit auf die Weiden nehmen. Es ist alles noch ein bisschen primitiv auf den meisten Farmen. Aber jetzt bringe ich Sie erst mal nach Epona Station. Bei uns ist alles sehr modern …«

Walter, Bernhard und Nellie ließen Maria, die nicht gern eingequetscht zwischen anderen saß, den Vordersitz neben Mia und nahmen auf der Rückbank Platz. Der Wagen war unerwartet geräumig, roch allerdings nach nassem Hund und nach Lederzeug. Mit den Taxen in Berlin oder gar dem großen Automobil seiner Gönnerin, der Gräfin von Albrechts, in dem Walter oft herumkutschiert worden war, hatte er nichts gemeinsam.

»Können Sie Autofahren?«, fragte Mia, während sie das riesige Gefährt souverän aus dem Hafenbereich hinauslenkte.

Die vier mussten das sämtlich verneinen. Lediglich Walter hatte ein- oder zweimal am Steuer gesessen, um es auszuprobieren, doch in den Berliner Verkehr hatte er sich nie gewagt.

»Sie werden es lernen müssen«, meinte Mia. »Die Entfernungen hier sind groß, Sie brauchen einen Wagen. Aber es ist nicht schwierig«, fügte sie hinzu. »Nicht so wie Reiten.«

Nellie und Walter lachten. Maria verstand den Scherz mal wieder nicht.

»Reiten ist sehr schwierig«, stimmte sie zu. »Und Pferde sind sehr sensible Tiere, sehr anfällig. Haben Sie noch andere Tiere auf dem Hof?«

»Maria ist Spezialistin für Exoten«, bemerkte Nellie. »Falls Sie hier also Kängurus haben oder Koalabären …«

Mia von Gerstorf lachte. »Sie wissen aber noch nicht viel über Ihre neue Heimat«, bemerkte sie dann. »Kängurus und Koalas jedenfalls gehören nach Australien. In Neuseeland gab es ursprünglich gar keine Säuge- oder gar Beuteltiere …« Nellie bewunderte ihr feines Gespür für ihr Gegenüber. Wäre Maria nicht gewesen, die sie zweifellos korrigiert hätte, hätte sie die Beuteltiere wohl nicht extra erwähnt. »Lediglich zwei Fledermausarten. Ansonsten gibt es hier vor allem Vögel – ganz lustige zum Teil. Der Kiwi, unser Wappenvogel, ist fast blind, aber dafür kann er riechen. Er ist nachtaktiv und gräbt sich tagsüber ein. Die Keas …«

»… sind Papageien«, wusste Maria. »Die bis in Schneefallgebieten leben, was ungewöhnlich ist. Sie gehören aber in die Südalpen, richtig?«

Mia nickte. »Sie sind sehr intelligent und witzig. Man muss ständig aufpassen, dass sie einen nicht berauben. Sie können sogar Taschenverschlüsse öffnen. Meine Lieblingsvögel. Aber wir haben keine. Nur ein paar Hühner. Ich mag keine Käfige.«

»Wer mag die schon?«, fragte Bernhard. »Wie sieht es mit Hunden und Katzen aus?«

Mia lachte. »Die haben wir. Und alle sind schrecklich verwöhnt. Ich mag es, wenn die Tiere glücklich sind. Auch die Pferde. Am liebsten würde ich sie alle glücklich machen. Und ich weine jedes Mal, wenn wir eins verkaufen müssen. Aber das geht natürlich nicht anders, davon leben wir ja. Wir bilden sie jedoch alle gut aus, und wir verkaufen nicht an jeden X-beliebigen. Die Leute sollen mit unseren Pferden zufrieden sein. Dann behandeln sie sie auch gut.«

Nellie empfand das als eine sehr freundliche Philosophie. Sie wusste jetzt schon, dass sie sich mit Mia gut verstehen würde.

Mia lenkte den Pick-up jetzt aus dem Stadtbereich von Auckland hinaus und auf einer relativ geraden Straße zwischen Acker- und Weideland hindurch.

»Gleich wird's kurviger«, kündigte sie allerdings an. »Epona Station liegt in den Ausläufern der Waitakere Ranges – fantastisches Ausreitgelände. Regenwald. Wenn man das zum ersten Mal sieht, ist man wie verzaubert. All die Flechten und Moose, die zum Teil uralten Bäume … dazwischen Bäche und Wasserfälle … Man kommt sich vor wie im Märchen. Ich muss es Ihnen zeigen. Reiten Sie alle?«

Tatsächlich ritten nur Walter und Nellie. Maria war als Kind als zu ungeschickt empfunden worden, um reiten zu lernen, und Bernhards Familie hatte es sich nicht leisten können.

»Dann lernen Sie das Autofahren umso schneller«, tröstete Mia. »Weil es Ihre einzige Gelegenheit ist, irgendwo hinzukommen. Da, schauen Sie, das ist Onehunga.« Sie durchfuhr eine kleine Stadt, die auf den ersten Blick nur aus der Mainstreet zu bestehen schien, aber Mia erklärte ihnen, dass es auch Fabriken gab und die zugehörigen Arbeitersiedlungen sowie ein hauptsächlich von Maori bewohntes Viertel. »Und es gibt etliche Kirchen«, bemerkte sie. »Wenn Sie gläubig sind, finden Sie da sicher etwas. Es gibt nur keine Synagoge. Obwohl ich die ehrlich gesagt nie vermisst habe.«

Bernhard merkte auf. »Sie ... Sie sind Juden?«, fragte er verblüfft.

»Mein Vater und ich«, sagte Mia. »Und natürlich April und Jonathan, unser Sohn. Denn ...«

»... der ist Jude, der von einer Jüdin geboren wurde ...«, vervollständigte Bernhard. »Das ... das hätte ich nicht gedacht ...« Er hatte offenbar das Gefühl, als würden Gebirge von ihm abfallen.

»Sie sind auch Jude, oder?«, fragte Mia wie nebenbei. »Mein Mann sagte mir so was. Und dass die Deutschen es uns immer schwerer machen. Mein Vater unkt da ja seit Jahren. Er befürchtet, dass dieser Hitler irgendwann an die Macht kommt. Aber das kann ich mir nicht vorstellen. Hier, schauen Sie mal. Ab hier gehört das Gelände offiziell zu Epona Station. Im Wald haben wir Holz für die Ställe geschlagen. Das Eingangsschild kommt gleich ...«

Sie ging über Bernhards und ihr eigenes Judentum hinweg, als ob das überhaupt nichts zählte.

Nellie sah, dass Bernhard unendlich erleichtert war. In diesem Land musste er sich nicht mehr fürchten.

Mia durchfuhr ein schönes schmiedeeisernes Tor, das Besucher auf Epona Station willkommen hieß.

»Ist der Name Maori?«, fragte Nellie.

Mia und Maria schüttelten gleichermaßen den Kopf. Auch Bernhard und Walter schienen Bescheid zu wissen.

»Eine Göttin«, erinnerte sich Walter an sein Gymnasialwissen. »Eine römische Pferdegöttin.«

»Eigentlich eher eine keltische«, erklärte Mia. »Die Kelten nannten sie Rhiannon, aber die Römer befanden sie wohl als nützlich, und so haben sie ihr den Olymp geöffnet. Vielleicht auch schon die Griechen. Jedenfalls ist sie für das Glück der Pferde zuständig, und das schien mir ein guter Name zu sein.«

Rechts und links der gepflegten Zufahrtsstraße lagen jetzt Pferdeweiden, alle ordentlich mit weißen Zäunen versehen, aber um diese Jahreszeit, mitten im Winter, natürlich verwaist.

»Schade, dass Sie nicht im Frühling ankommen konnten«, bedauerte Mia. »Dann ist es sehr schön hier. Vor allem, wenn die Fohlen kommen ...« Sie lächelte in glücklicher Erinnerung. »Und hier sieht man auch schon das Haus.«

Es regnete immer noch, aber das diesige Wetter ließ das Wohnhaus von Epona Station noch märchenhafter wirken, als strahlender Sonnenschein es getan hätte. Es war kein Farmhaus im üblichen Sinne, sondern glich einem Schlösschen mit Erkern, Balkonen und Türmchen. Das helle Gelb und Blau, in dem es gestrichen war, verstärkte den Eindruck.

»Wie schön«, sagte Maria fast andächtig.

Mia strahlte. »Ja, nicht wahr? Ich war auch auf den ersten Blick begeistert. Allerdings ist es sehr pflegeintensiv. Es ist ein Holzbau, man muss es alle paar Jahre streichen, damit es so gut erhalten bleibt. Aber das ist es wert, finden Sie nicht?«

Nellie wusste nicht recht. Sie mochte zweckmäßige Bauten eigentlich lieber. Natürlich war Epona Station etwas Besonderes – genau wie seine Besitzerin, die Königin in diesem Schlösschen. Nellie fühlte sich tatsächlich wie in ein Märchenland versetzt. Sie war froh, dass die Wirklichkeit wieder triumphierte, als sie auf den Hof fuhren. Hunde bellten und überschlugen sich fast, um Mia zu begrüßen. Auf Ausläufen vor den Ställen standen Pferde, die sicher alle sehr schön waren, was sie in ihrem augenblicklichen Zustand mit struppigem, nassem, schlammigem Winterfell lediglich erahnen ließen. Ein schlaksiger Junge mit exotisch anmutenden Gesichtszügen führte eben ein gesatteltes Pferd aus dem Stall.

»Willst du bei dem Wetter reiten, Cedric?«, fragte Mia ihn freundlich. »Das ist pflichteifrig.«

Nellie beglückwünschte sich dazu, die Frage zu verstehen. Die Antwort des Jungen musste Maria allerdings übersetzen.

»April reitet doch auch bei Wind und Wetter«, meinte Cedric. »Und Winterstar muss mal raus. Ich dachte, ich reite April etwas entgegen. Sie bringt den Hengst her, oder?«

Der Junge wirkte enttäuscht, als Mia ihm verriet, dass ihre Tochter erst am nächsten Tag erwartet wurde.

»Nach der langen Reise wäre es zu viel für den Hengst. Und dann dieses Wetter ...«

»April macht das nichts«, versicherte der Junge, wobei Bewunderung in seiner Stimme mitschwang. »April ist zäh!«

Mia lächelte. »Das ist sie zweifellos. Wo ist Jonathan? Hat er sein Pony gearbeitet?«

Cedric verzog das Gesicht. »Höchstens zehn Minuten«, erklärte er. »Dann wurde es ihm zu nass. Und Hurricane ebenso. Der hat den

Kopf hochgeschmissen und ist zum Stall gerannt. Jonathan hat ihn daraufhin abgesattelt ...«

Mia seufzte. Auch wer kein Englisch konnte, erspürte den vorwurfsvollen Ton in Cedrics Stimme. Wenn das Pony tatsächlich mit dem Jungen durchgegangen war, hätte er es auf keinen Fall einfach im Stall lassen, sondern zurück auf den Reitplatz führen und noch mindestens eine Viertelstunde mit ihm arbeiten müssen. Pferde merkten sich sehr gut, wenn man sie mit Dummheiten durchkommen ließ.

»Ich nehme mir die beiden morgen vor«, versprach Mia. »Und du steigst besser auf, sonst ist dein Sattel gleich ganz nass, und du kriegst einen feuchten Hintern.«

Der Junge lachte, als er sich in den Sattel schwang und die hochblütige Fuchsstute antreten ließ.

»Cedric, der Sohn unseres ersten Stallburschen Leo«, stellte Mia ihn den Neuankömmlingen noch vor. »Ein begnadeter Reiter, Sie werden ihn gemeinsam mit meiner Tochter unterrichten, Herr von Prednitz. Er hofft, dass er im nächsten Jahr erste Rennen reiten darf – aber ich weiß noch nicht, ob wir Pferde nach Ellerslie schicken. Jedenfalls braucht er ein bisschen Schliff, genau wie April ...«

Walter räusperte sich. »Kann man ... irgendwie herausbekommen, ob Ihre Tochter und Erlkönig gut angekommen sind?«, fragte er.

Mia lachte. »Ich rufe meinen Vater nachher an«, versprach sie. »Machen Sie sich eigentlich mehr Sorgen um meine Tochter oder um Ihr Pferd?«

Walter errötete. »Natürlich um ... äh ...«

Mia winkte augenzwinkernd ab. »Vergessen Sie's, ich will auch immer zuerst wissen, ob den Pferden nichts passiert ist ... Jetzt etwas anderes: Möchten Sie zuerst eine Stallführung oder lieber in Ihre Unterkunft, um sich ein bisschen frisch zu machen? In einer guten Stunde erwarte ich Sie zum Abendessen, dann lernen Sie auch meinen Sohn kennen. Vielleicht möchten Sie sich vorher etwas ausruhen.«

Nellie ergriff das Wort, bevor Walter etwas sagen konnte. »Also, wenn es Ihnen nichts ausmacht, würden wir uns die Pferde lieber morgen ansehen. Ich kann eine kleine Ruhezeit gebrauchen – ein Bad wäre ein Traum.« Sie lächelte entschuldigend.

Mia nickte. »Ein Badezimmer ist vorhanden, auch warmes Wasser. Sie müssen es sich nur teilen mit Ihren Freunden. Es liegt zwischen unseren beiden Gästewohnungen. Warten Sie, ich zeige Ihnen gleich alles.«

Sie führte die Freunde zu einem flachen Nebengebäude, in dem früher die Angestellten des Gestüts untergebracht gewesen waren. Mittlerweile fuhren diese am Abend nach Hause. Nur Hans Willermann, der Stallmeister, lebte auf Epona Station, aber er hatte sich ein eigenes Blockhaus nahe am Wald gebaut.

»Wir haben die Wohnungen nett eingerichtet und verwenden sie als Gästeunterbringung«, erläuterte Mia. »Wenn Leute hier Pferde kaufen, bieten wir ihnen an, ein paar Tage zu bleiben und die Tiere in Ruhe kennenzulernen. Denen müssen wir dann schon ein bisschen Luxus bieten.«

Tatsächlich bestanden die Wohneinheiten aus je drei Zimmern, in einem davon gab es eine Kochgelegenheit. Dazwischen lag ein modern eingerichtetes Bad mit Gasheizung. Neben der Wanne stand eine große Flasche Schaumbad – Nellie strahlte bei ihrem Anblick.

»Der Himmel!«, entfuhr es ihr seufzend.

»Gefällt's Ihnen?«, fragte Mia freundlich, als Nellie und Maria sich sofort darüber verständigt hatten, dass Maria und Bernhard die Wohnung links, Nellie und Walter die rechts beziehen wollten. Auch in Berlin hatte Nellie rechts und Maria links des Badezimmers gewohnt. Den Männern schien es egal zu sein. Sie unterwarfen sich der Wahl ihrer Frauen und begannen, das Gepäck in die jeweiligen Wohnungen zu bringen. »Dann lasse ich Sie jetzt erst mal allein. Kommen Sie einfach um sieben zum Haupthaus. Ich freue mich, dass Sie da sind!«

Nellie und Maria blieben im Korridor vor dem Bad zurück und atmeten beide auf. Sie waren angelangt, und sie waren allein. Maria genoss die Stille. Auch Nellie schwieg eine Weile, bevor sie sie brach.

»Frau von Gerstorf ist nett, nicht?«, fragte sie ihre Freundin.

Maria nickte. »Alles hier ist ... schön«, fügte sie hinzu, was Nellie einigermaßen verwunderte. Es kam selten vor, dass Maria sich irgendwo auf Anhieb wohl fühlte. »Sehr ... friedlich ...«

»Zumindest auf den ersten Blick«, schränkte Nellie ein. »Das junge Mädchen hat mir auch gefallen. Es sieht seiner Mutter ähnlich, obwohl ... Irgendwas kommt mir da komisch vor. Ich weiß bloß nicht, was ...«

»Das rote Haar«, sagte Maria, der so schnell nichts entging. »Mia von Gerstorf hat braunes Haar, und Julius von Gerstorf ist blond. Bei dieser Verbindung setzt sich meistens das dunklere Haar durch. Rothaarige Nachkommen sind dagegen selten. Natürlich könnte es sein, dass beide reinerbig rothaarige Eltern haben und zu dem geringen Prozentsatz an Kindern gehören, die selbst eine andere Haarfarbe entwickelten. Aber wahrscheinlich ist das nicht.«

»Du meinst, April ist nicht Julius' Tochter?«, schloss Nellie.

»Die statistische Wahrscheinlichkeit für seine Vaterschaft ist sehr gering«, bestätigte Maria.

»Ob er das weiß?«, überlegte Nellie. »Ich bin gespannt auf den Sohn und ob der auch ein Rotschopf ist. Aber jetzt ist mir das erst mal egal. Willst du noch mal ins Bad, bevor ich diese Wanne fülle und mich im Rosenduft verliere?«

Eine Stunde später hatten sich alle zumindest gewaschen und umgezogen und erschienen ordentlich gekleidet im Eingangsbereich des Schlösschens. Epona Station wirkte wie eine Miniaturausgabe eines hochherrschaftlichen Hauses. Unten gab es einen Salon, ein Esszimmer sowie Küchen- und Vorratsräume. Die Tür zur Küche stand offen, anscheinend trennte Mia von Gerstorf nicht streng zwischen Herrschafts- und Dienstbotenbereichen.

Eine rundliche, gemütlich wirkende Frau werkelte in der Küche herum.

»Miss Mia kommt gleich!«, rief sie den Gästen nach einem kurzen Gruß zu. »Sie sollen einfach schon mal in den Salon gehen.«

Etwas befangen öffnete Nellie die Tür zum Wohnzimmer. Als Erstes fielen ihr die vielen Bücherregale auf. Es gab Hunderte von Werken zu den verschiedensten Themen. Die meisten waren in deutscher Sprache verfasst.

»Donnerwetter«, bemerkte Bernhard. »Wer hat denn so viele Bücher?«

»Mein Großvater«, meldete sich zu ihrer aller Überraschung eine helle Stimme aus einem großen Ohrensessel, der am Kamin stand. Der zugehörige Knabe – er trug Stoffhosen und einen Wollpullover – stand nun auf und streckte den Gästen wohlerzogen die Hand entgegen. »Mein Großvater ist der klügste Mann auf der ganzen Welt. Er hat die Bücher gesammelt – und uns geschenkt.«

Nellie lächelte dem Jungen zu. »Dann bist du Jonathan.«

Der Junge nickte ernst. Er mochte acht oder neun Jahre alt sein, hatte braunes Haar und hellbraune Augen. Eine Locke fiel ihm eigenwillig in seine hohe Stirn. Er konnte die Verwandtschaft mit Julius von Gerstorf nicht verleugnen. Natürlich waren seine Züge noch kindlich, aber ihnen fehlte das Koboldhafte, das Mia und April zu eigen war, und er schien auch nicht so oft zu lächeln.

»Jonathan von Gerstorf«, stellte er sich artig vor.

Maria drückte sich um den Handschlag, wie sie das immer tat, wenn es eben möglich war, und nahm stattdessen das Buch an sich, in dem der Junge gelesen hatte: *Geschichte der Alchemie.*

»Willst du Gold machen?«, fragte Bernhard lächelnd.

Jonathan schüttelte den Kopf. »Nein. Es ist ein Irrglaube, dass sich die mittelalterlichen Alchemisten schwerpunktmäßig darum bemühten, unedle Metalle in Gold umzuwandeln. Mindestens genauso oft ging es um ein Universalheilmittel, das gegen alle Krankheiten helfen sollte …«

»Und damit legte die Alchemie die Grundlagen für die moderne Wissenschaft. Medizin, Pharmazie und Metallurgie«, ergänzte Maria. »Paracelsus …«

Mia von Gerstorfs Eintreten unterbrach ihren Vortrag.

»Verzeihen Sie, dass ich mich verspäte«, entschuldigte sie sich.

Auch sie hatte sich umgezogen und trug nun ein modisches Kleid aus goldfarbenem Samt, dessen Farbe ihre leuchtenden Augen betonte. Es zeugte von exzellentem Geschmack, gleichzeitig erlesen und schlicht – passend zu einem informellen Dinner.

»Ich hoffe, mein Sohn hat Sie an meiner statt ein wenig unterhalten«, meinte Mia und legte den Arm um den Jungen. Er schmiegte sich fast unmerklich an sie. »Jonathan ist sehr klug für sein Alter.«

Jonathan lächelte verlegen. »Aber das Pony ist heute mit mir durchgegangen«, gestand er seiner Mutter.

Mia hob die Schultern. »Hurricane ist halt ein Frechdachs«, meinte sie nachlässig. »Nun kriegst du ja bald Hilfe im Umgang mit ihm. Herr von Prednitz wird euch allen Reitunterricht geben. Dann kommst du bald besser mit ihm zurecht. Mögen Sie einen Sherry vor dem Essen?«, wandte sie sich gleich darauf an ihre Gäste – und zog deren Aufmerksamkeit damit geschickt davon ab, dass Jonathan bei der Ankündigung von Reitstunden alles andere als begeistert wirkte.

Mia erwies sich auch weiterhin als hervorragende Gastgeberin. Sie fragte die Tierärztinnen nach ihrem Studium und brachte sogar Maria dazu, ohne große Scheu von ihren Erfahrungen als Zootierärztin und später mit den diversen Tieren der Berliner Varietéstars zu erzählen. Sie akzeptierte gelassen, dass weder Maria noch Nellie Fleisch aßen und äußerte ihre Hochachtung für Nellie, die mehrere Jahre auf einem Schlachthof gearbeitet hatte, um die Aufbauzeit ihrer Berliner Praxis zu überbrücken.

»Ich könnte das nicht«, sagte sie ehrlich. »Wir beziehen unser Fleisch durchweg von Bauern aus der Gegend, die selbst schlachten, aber wenn ich dabei zusehen müsste, würde ich auch kein Fleisch mehr essen. Ganz am Anfang hat Hans mal einem unserer Hühner den Kopf abgeschlagen … Ich konnte nichts von dem Braten anrühren.«

»Das ginge wahrscheinlich vielen Menschen so«, meinte Nellie und wechselte dann das Thema. Lebhaft erzählte sie vom Berlin der Zwanzigerjahre.

»Schade, dass April das nicht hört«, bemerkte Mia. »Die Mädchen in der Schule reden die ganze Zeit von Charleston, nur kann ihn keiner hier richtig tanzen. Sie hopsen lediglich wild herum.«

»Ich kann ihr zeigen, wie man Charleston tanzt«, bot Walter an.

»Mein Mann hat nach dem Krieg eine Zeit lang als Eintänzer gearbeitet«, verriet Nellie mit unergründlicher Miene. Sie war von dieser Arbeit nicht begeistert gewesen.

Gleich darauf musste Walter von diesem seltsamen Beruf erzählen, Mia bat ihn, eine weitere Flasche Wein zu öffnen, und am Ende des Abends waren alle übereingekommen, sich in Zukunft beim Vornamen zu nennen, wie es in englischsprachigen Ländern üblich war.

»Ein schöner Abend«, fasste Nellie zusammen, als sie schließlich zurück in ihre Unterkunft gingen, alle todmüde, aber sehr zufrieden. »Ich bin gespannt, wie es weitergeht.«

Am nächsten Morgen erwachte Nellie gut gelaunt und voller Tatendrang. Es regnete an diesem Tag nicht. Der Nebel hatte sich verzogen, und alles sah freundlicher aus. Walter war noch früher aufgestanden und bereits im Bad. Er brannte darauf, die Pferde der von Gerstorfs kennenzulernen und konnte nicht schnell genug in den Stall kommen. Als Nellie später zu ihm stieß, befand er sich bereits im eifrigen Fachgespräch mit Hans Willermann. Der Stallmeister, ein kleiner, schmächtiger Mann mit wasserblauen Augen, war Julius von Gerstorfs Bursche gewesen, als der noch in der Kavallerieschule Hannover gedient hatte. Er sprach gleich auch Walter mit »Herr Leutnant« an, nachdem der von seiner Vergangenheit beim Militär erzählt hatte.

»Sag ihm ja nicht, dass du eigentlich Oberleutnant warst«, wisperte Nellie Walter zu, als Hans in die Ställe vorausging. »Sonst kriegen wir hier noch ein Dienstrangproblem.« Julius von Gerstorf hatte die Armee als Leutnant verlassen.

Walter zwinkerte ihr zu. »Ich werde nicht drauf bestehen«, versprach er.

Die Ställe auf Epona Station waren weitläufig und gut gepflegt. Stuten und Fohlen hatten Laufställe, in denen sie in Gruppen lebten. Hans erklärte, dass es sich um Scherschuppen für Schafe handelte, die man umgebaut hatte. Nur die Reitpferde und die Zuchthengste standen in großen Boxen – ein Schimmelpony konnte die Wand seiner Box kaum überblicken. Hingerissen blickte Nellie auf seine dicke Mähne, den bildhübschen Kopf und das erstklassige Reitpferdegebäude.

»Hurricane«, stellte Hans vor. »Welsh-Mountain-Pony. Seine Eltern kamen aus Großbritannien. Die Mutter hatte der Herr Leutnant für April gekauft, als sie noch klein war. Und dann kam Miss Mia auf die Idee, man könnte sie hier züchten. Wir haben zwei Zuchtstuten und jedes Jahr Fohlen. Bislang hat April die mit drei Jahren zugeritten, sie wurden später als Kinderreitpferde verkauft. Jetzt soll das Jonathan machen. Der will nur nicht so recht. Dabei verdient man daran gut. Sichere, gut gerittene Kinderponys sind selten.«

Walter nickte. »Mal sehen, ob der kleine Jonathan nicht mehr Lust bekommt, wenn er erst richtigen Unterricht hat«, meinte er hoffnungsvoll.

Hans blickte ihn skeptisch an. Schlechten Reitunterricht konnte der Junge bisher auch nicht bekommen haben, von Gerstorf war schließlich Kavallerist. Aber viele Kinder taten sich ja schwer, wenn ihre Eltern sie unterrichteten. Mit etwas Glück würde Walter also recht behalten.

Für Erlkönig war bereits eine Box vorbereitet, was Walter wieder daran erinnerte, dass April womöglich schon mit dem Hengst unterwegs war. Am Abend zuvor war sie gut im Haus ihres Großvaters angekommen, jetzt stand eine weit längere Strecke mit dem besser ausgeruhten Pferd an. Walter begann gleich wieder, sich zu sorgen.

Während Hans zu jeder Stute und jedem Fohlen etwas erzählte, traf Leo Takona ein, der erste Pfleger. Er war ein groß gewachsener, etwas untersetzter Mann, dem seine Maori-Abstammung im Gesicht geschrieben stand, er sprach allerdings genauso fließend Englisch wie sein Sohn und sogar ein bisschen Deutsch. Hans wirkte stolz, als er die Neuankömmlinge in ihrer Sprache begrüßte.

»Hab ich ihm beigebracht«, erklärte er. »Ich hab's nicht so mit dem Englischen.«

Cedric erschien ebenfalls im Stalleingang.

»Arbeitest du auch hier?«, fragte ihn Nellie in langsamem Englisch.

Cedric schüttelte den Kopf. »Nein, Ma'am. Ich gehe zur Schule in Auckland. Wie April. Aber heute ist ja Samstag, und wir haben frei.«

Nellie war der Wochentag gar nicht bewusst gewesen. Sie sah zu, wie Vater und Sohn sich sofort Mistgabeln nahmen und mit der Stallreinigung begannen.

»Ach ja, Miss Mia sagt, Sie sollen zum Frühstück ins Haus kommen«, erinnerte sich der Junge plötzlich und wandte sich an Nellie und Walter. »Die anderen Tierärzte sind schon da.«

Hans grinste. »Dann gehen Sie mal. Miss Mia wird gleich sowieso noch eine Stallführung machen. Mit viel Liebe – sie dauert dreimal so lange. Sie ist ein Prachtstück, unsere Miss Mia. Mehr Pferdeverstand im kleinen Finger als die Baronin in der ganzen Hand, wenn Sie mich fragen!«

»Die Baronin?«, fragte Nellie, als sie sich gleich darauf mit Walter auf den Weg zum Haus machte. »Wer soll das schon wieder sein? Und es ist mir ja ein bisschen peinlich, dass wir uns jetzt schon wieder zum Frühstück einladen … Wir können doch gut für uns selbst sorgen. Sobald wir etwas einkaufen können, fangen wir damit an.«

Das Frühstück fand bei den von Gerstorfs am Küchentisch statt. Die Köchin gab Spiegeleier und Toast gleich auf die Teller.

Maria und Bernhard tranken bereits Kaffee und Tee und wälzten Tierarztbedarfkataloge.

»Ihr braucht ja eine Grundausstattung«, erklärte Mia, nachdem sie Walter und Nellie begrüßt hatte.

Nellie blickte auf die Kataloge und sah, dass Maria nicht nur Bandagen, Verbandmull, Hufzange und Operationsbestecke, sondern auch einen Behandlungstisch und Käfige für Kleintiere angekreuzt hatte.

»Willst du denn zusätzlich zu unserer Fahrpraxis eine Kleintierpraxis aufmachen?«, fragte sie verwundert und ließ sich dankend Kaffee einschenken.

Maria nickte. »Von dem Geld, das Bernhard gewonnen hat«, führte sie aus.

Bernhard hatte kurz vor der Abreise aus Deutschland sein gesamtes gespartes Geld auf Erlkönigs Sieg in einem Rennen gesetzt und damit vervielfacht.

»Für drei Großtierärzte wird hier möglicherweise nicht genug zu tun sein«, fügte Bernhard hinzu. »Zumal wir dann ja auch drei Autos bräuchten. Aber wenn wir hier eine Kleintierpraxis eröffnen, könnten uns die Leute ihre Hunde und Katzen bringen. Mia stellt uns freundlicherweise Räume zur Verfügung – und Maria müsste nicht jeden Tag mit raus …«

Maria machte ungern Hausbesuche. In Berlin hatten das meistens Bernhard oder Nellie erledigt. Wenn Pferdehalter Maria gezielt anforderten, pflegte einer von ihnen sie zu begleiten.

»Es käme ja auch unseren Kleintieren zugute«, merkte Mia an. Ihre Augen leuchteten auf, als jetzt Jonathan in die Küche kam. »Jonathan!« Sie lächelte ihm zu. »Gut geschlafen? Bereit für die Reitstunde?«

Der Junge biss sich auf die Lippen. »Wolltest du nicht erst mit Miss Nellie und Miss Mary und Mister Bernard und Walter in den Stall?«, fragte er.

Mia lachte und verwuschelte seine braunen Locken. »Und während ich sie herumführe, kannst du Hurricane schon mal satteln. Keine Widerrede! Dem kleinen Frechdachs treiben wir sein Böckchen heute aus!«

»In die Apotheke müssten wir auch noch …«, bemerkte Bernhard. »Am besten gleich heute, morgen wird sie geschlossen haben. Und falls es übers Wochenende einen Notfall gibt …«

Mia, die ihrem Sohn ein Honigbrot schmierte, nickte. »Ihr könnt den Pick-up jederzeit nehmen, ich brauche ihn heute nicht«, erklärte sie – bis ihr plötzlich das Problem mit den mangelnden Fahrkenntnissen einzufallen schien. »Vielleicht kann euch Cedric zeigen, wie man fährt …«

»Cedric fährt schon Auto?«, wunderte sich Nellie.

»Klar. Er ist fünfzehn.« Für Mia war es offenbar völlig normal, ihn somit ans Steuer zu lassen. »Sonst müssten wir die Kinder ja jeden Tag in die Schule bringen. Onehunga hat keine Highschool. Wer die besuchen will, muss nach Auckland. Und da haben wir leider nur drei Schüler aus dieser Gegend seit Beginn des Jahres ...«

»Bald vier!«, verbesserte Jonathan mit Stolz in der Stimme.

Mia nickte. »Na, das dauert aber noch eine ganze Weile«, maßregelte sie ihren Sohn. Und sagte an Nellie gewandt: »Jonathan hat zwei Klassen übersprungen und würde lieber heute als morgen auf die Highschool wechseln. Er kann es nicht erwarten. Mein kluger kleiner Junge wird flügge. Mir macht das fast etwas Angst.«

Jonathan lachte verschmitzt, wobei sich zum ersten Mal die Ähnlichkeit mit seiner Mutter zeigte. Dann erklärte er umständlich, wie der Schulweg der Kinder geregelt war: Cedric brachte seinen Vater Leo jeden Morgen zur Arbeit nach Epona Station, lud dort April ein und nahm sie mit nach Auckland zur Schule. Er fuhr das Auto seines Vaters, das etwa ebenso groß, aber wesentlich älter und verbeulter war als der Pick-up der von Gerstorfs.

»Und der dritte Schüler?«, fragte Maria.

»Ach, Alex ...« Jonathan gab hörbar unwillig Auskunft. »Der fährt auch manchmal mit. Wenn seine Eltern das Auto brauchen. Meistens fährt er selbst.«

Der dritte Highschool-Schüler schien nicht beliebt zu sein.

»Nun läster mal nicht über Alex, sondern komm mit in den Stall«, ermahnte ihn seine Mutter. »Seid ihr alle fertig? Dann willkommen in der Pferdezucht von Epona Station!«

Mia hatte tatsächlich zu jedem einzelnen ihrer Pferde etwas zu erzählen. Die meisten ihrer durchweg sehr schönen Zuchtstuten waren auf Epona Station geboren.

»Deshalb brauchen wir ja einen neuen Hengst«, erklärte sie. »Ein großer Teil der Stuten ist mit Northern Star und Magic Moon verwandt.« Sie kraulte einen wunderschönen, rötlich braunen Vollbluthengst, neben ihm stand ein ebenso hübscher Rappe. Beide wirkten nicht mehr jung.

»Ihr züchtet aber nicht schwerpunktmäßig Rennpferde?«, fragte Bernhard.

Mia verneinte. »Nein. Hauptsächlich Reitpferde – mit hohem Vollblutanteil. Ein oder zwei Vollblutfohlen haben wir allerdings auch noch jedes Jahr. Da müssen wir dann jeweils entscheiden, ob das Potenzial für die Rennbahn ausreicht oder ob wir sie auch lieber dressurmäßig ausbilden und als Damen- beziehungsweise Jagdpferde anbieten. Julius ist da sehr streng, er schickt nur Pferde auf die Rennbahn, die Willies sicher schlagen. Eine alte Rivalität ...« Ihr Lächeln geriet etwas schief.

»Willie ist Wilhelmina Rawlings?«, fragte Walter.

Er hatte sich bei Julius von Gerstorf genau darüber erkundigt, ob es weitere größere Pferdehöfe in der Gegend von Epona Station gab.

»Baroness Stud?«, fügte Maria hinzu. »In ... in unserem Zimmer lag ein Rennprogramm von Ellerslie. Ich habe den Namen gelesen.«

Mia nickte. »Genau. Der Brand ist eine kleine Krone ... Und die Pferde sind recht erfolgreich. Allerdings hat sie auch mal spektakuläre Versager dabei. Das liegt ... Aber lassen wir das! Ich stelle euch lieber noch unsere ältesten Pferde vor. Medea und Valerie hier sind mit Julius und mir gemeinsam nach Neuseeland gekommen. Allerliebste war ein Hochzeitsgeschenk. Und Medea hat Julius und mich zusammengebracht ...«

Sie berichtete, dass ihr Vater das Pferd für sie auf dem Gut der von Gerstorfs bei Hannover gekauft hatte. Julius hatte die Stute in Hannover weiter beritten, und Mia und er waren sich dabei nähergekommen.

»Das hier sind zwei Nachkommen von Medea und Magic Moon«, führte sie weiter aus, und wies auf einen Laufstall, den sich zwei Rappstuten teilten, als Jonathan, den gesattelten Hurricane an der Hand, im Eingang zum früheren Schafschuppen erschien. Der kleine Hengst wieherte den Stuten begehrlich zu.

Jonathan versuchte halbherzig, ihn dafür zu tadeln. »Ich wär dann so weit«, sagte er mit einer Miene, als hätte er sich mindestens einer Prügelstrafe, wenn nicht gleich einer Hinrichtung zu unterziehen.

»Ich komme!«, erwiderte Mia und beendete ihre Führung. »Ihr könnt ja schon mal Autofahren üben. Ich sag Cedric auf dem Weg zum Reitplatz Bescheid.«

Walter hätte seine Fahrkünste zwar gern an dem Pick-up der von Gerstorfs erprobt, doch vorerst interessierte ihn eher, was Mia ihrem Sohn auf dem Reitplatz zu vermitteln hatte. Er folgte den beiden also zum Viereck – einer gepflegten Anlage in den großzügigen Maßen dreißig mal sechzig Meter. Auch in Hannover waren sie in so großen Bahnen geritten, in den Reithallen waren die Ringe allerdings meistens kleiner. Walter überlegte, dass ein überdachter Platz in diesem regnerischen Land vielleicht gar keine schlechte Investition wäre. Wenn es so weit war, seinen eigenen Reitstall aufzubauen, würde er mit Nellie darüber nachdenken.

Mia, wie am Tag zuvor in weiten Reithosen, ließ ihren Sohn das Pony zunächst im Schritt lösen und verlegte den Unterricht auf die dem Eingang abgewandte Hälfte des Vierecks. Hurricane begann sofort, nach dem Ausgang zu schielen und dorthin zu streben.

»Dem musst du sofort entgegenwirken«, riet ihm Mia. »Äußerer Zügel, innerer Schenkel. Und halt ihn beschäftigt. Reit ein paar Bahnfiguren, wechsle die Hand … Er soll gar nicht dazu kommen, über irgendwelchen Unsinn nachzudenken.«

Walter gefiel das Pony unter dem Sattel ausnehmend gut. Hurricane war hervorragend bemuskelt und wusste ganz genau, was er durfte und was nicht. Es schien ihm Spaß zu machen, seinen Reiter auf die Probe zu stellen. Immerhin war er brav, solange Jonathan die Anweisungen seiner Mutter befolgte. Vergaß der Junge das jedoch für einen Moment, begann der kleine Hengst sofort in Richtung Ausgang zu streben. Walter konnte sich gut vorstellen, wie das aussah, wenn Mia nicht in der Mitte stand und ihren Sohn an die Hilfengebung erinnerte. Jonathan ritt nicht schlecht, aber er war nicht mit dem Herzen dabei.

Als Mia ihm schließlich die Anweisung gab, das Pony anzugaloppieren, geschah es. Auf dem Hof war Hufgeklapper zu hören, wahrscheinlich ritt jemand aus. Jonathan wandte den Kopf dorthin, vergaß den verwahrenden Schenkel – und Hurricane warf sich wie ein Gummiball auf der Hinterhand herum und flitzte Richtung Ausgang. Walter war nicht schnell genug, um ihn aufzuhalten, und Jonathans Hilfen hatte das Pony sich längst entzogen. Noch bevor Mia und Walter den Hof erreichten, hörten sie Quietschen, Hufschläge und eine wütende Mädchenstimme.

»Jonathan, du Dussel! Kannst du nicht endlich mal lernen, ihn zu halten? Und du hau ab, Hurry! Erlkönig ist zu groß für dich, mit dem kannst du nicht kämpfen!«

Genau das hatte der kleine Schimmel offenbar vor. Seinen hilflosen Reiter im Rücken attackierte er den Hengst. April saß auf dem großen Rappen und versuchte, das steigende und ausschlagende Pferd unter Kontrolle zu bringen. Sie stellte das sehr geschickt an, nur ließ das Pony nicht locker. Als Erlkönig sich widerstrebend von ihm weglenken ließ, folgte ihm der kleine Schimmel und biss nach seinem Hinterteil. Endlich erreichte Walter das Pony, packte beherzt Hurricanes Zügel und zerrte den wütenden kleinen Kerl von dem Rennpferd weg. Erlkönig beruhigte sich sofort. Hurricanes Angriff hatte ihn schockiert, er war nie zuvor in einen Kampf verwickelt gewesen.

April streichelte ihn, ritt ihn ein Stück weg und stieg ab. »Mach so was bloß nicht noch mal!«, brüllte sie ihren Bruder an und wandte sich dann lächelnd an Walter. »Vielen Dank, Herr von Prednitz. Und der Earl hier – ich glaub, so werde ich ihn nennen, Erlkönig kann man ja nicht über die Weide schreien – der ist ein ganz großartiges Pferd! Jedenfalls, wenn man ihn nicht erst mit dem Auto fast anfährt, um dann diesen Kampfzwerg auf ihn loszulassen.« Ihr Tadel traf diesmal nicht nur ihren Bruder, sondern auch Bernhard, der noch reichlich verdattert am Steuer von Leos altem Pick-up saß. Er hatte sich so auf das Fahren konzentriert, dass es fast zu einem Zusammenstoß zwischen dem Hengst und dem Auto gekommen war, wie Walter jetzt erfuhr. »Aber ist ja nichts passiert!« April tat sämtliche Beinahekatastrophen mit einem Lachen ab, förderte einen Apfel für Erlkönig zutage und führte ihn dann in den Stall. »Hallo, Mami!«, begrüßte sie dabei ihre Mutter, die es inzwischen auch auf den Hof geschafft hatte. »Schönen Gruß von Großvater. Wir sollen nächsten Samstag zum Essen kommen und die Berliner mitbringen, sagt er. Er freut sich, das Neueste aus der alten Heimat aus erster Hand zu hören. Und du, Jonathan, steig endlich ab!«

Die letzten Worte richteten sich an ihren Bruder, der wie erstarrt auf seinem Pony saß. Walter hielt den kleinen Hengst nach wie vor fest.

»Von wegen!«, sagte Mia von Gerstorf entschlossen. »Zurück auf den Reitplatz, Jonathan, und diesmal konzentrierst du dich. Es geht nicht, dass dir das Pony dauernd durchgeht!«

Der Junge stöhnte auf, nahm dann jedoch die Zügel auf und folgte seiner Mutter erneut auf den Platz. Walter schloss das Tor hinter ihm, das vorher offen gestanden hatte. Er war sich allerdings klar darüber, dass das nicht viel nützen würde, wenn Hurricane ernstlich hinauswollte. Welsh-Ponys hatten ein hervorragendes Springvermögen.

Immerhin ging jetzt alles gut. Jonathan nahm sich zusammen, der kleine Hengst anscheinend auch, und nach einer halben Stunde beendete Mia ihren Unterricht mit einem Lob für Pferd und Reiter. Während Jonathan das Pony wegbrachte, gesellte sie sich zu Walter.

»Du hast gesehen, wo das Problem liegt«, sagte sie seufzend. »Der Junge kann reiten, aber es macht ihm keinen Spaß, und er strengt sich nicht an. Und ehrlich gesagt, glaube ich nicht, dass ein anderer Lehrer daran etwas ändern wird.«

Walter glaubte das ebenfalls nicht mehr. »Warum muss er denn reiten?«, erkundigte er sich. »Mir ist klar, dass das eine dumme

Frage ist, hier auf dem Gestüt, wo sich alles um Pferde dreht – und obendrein mit der Ponyzucht und -ausbildung, für die ein junger Reiter gebraucht wird. Aber wenn er doch partout nicht dafür geboren ist? Er hat anscheinend andere Talente.«

Mia seufzte. »Von mir aus könnte er morgen aufhören. Oder nur ab und zu zum Spaß ein braves Pony reiten, damit er mal an die Luft kommt. Aber mein Mann ist darauf fixiert, dass sein Stammhalter ihm nacheifert. Jonathan ist ein Nachzügler und ein kluger, lieber Junge ... Abgesehen von der Pferdebegeisterung kommt er sehr nach Julius. Er ist friedfertig, diplomatisch. Von meinem Vater hat er die Begeisterung für Bücher und Wissenschaft. Alles wäre hervorragend, wenn wir nicht gerade ein Gestüt zu vererben hätten ...«

Walter runzelte die Stirn. »Aber ihr seid noch jung, es ist noch lange hin, bis jemand den Hof übernehmen muss. Vielleicht habt ihr bis dahin Enkel ...«

»Meine Rede!« warf Mia ein.

»Und April schlägt doch sehr gut ein«, sprach Walter weiter. »Wer sagt denn, dass eine Frau die Pferdezucht nicht leiten kann?«

Mia antwortete nicht, aber ihr Gesichtsausdruck veränderte sich. Walter fragte sich, was in ihr vorging. Konnte Julius von Gerstorf wirklich so verbohrt sein, dass er eine Frau als Nachfolgerin kategorisch ablehnen würde? Eigentlich war er ihm gar nicht so chauvinistisch erschienen. Weibliche Tierärzte zum Beispiel hatte er als selbstverständlich hingenommen.

Inzwischen hatten sie den Hof erreicht, gerade saß Maria am Steuer des Pick-up und kurvte umher. Sie wirkte verzweifelt. Walter signalisierte ihr anzuhalten, was allerdings erst klappte, nachdem sie aus Versehen das Gaspedal durchgetreten und das Gefährt einen Sprung nach vorn gemacht hatte.

»Miss Mary, was machen Sie denn?« Der junge Cedric sprach genauso verzweifelt auf sie ein. »Ich hab es doch schon dreimal erklärt. Und wenn Sie auf den Weg wollen, müssen Sie links fahren. Links, nicht in der Mitte oder rechts ...«

Maria biss sich auf die Lippe. Sie war erkennbar überfordert. Walter kannte das. Seine Schwester war hochintelligent, doch manchmal scheiterte sie an Aufgaben, die für jeden anderen Menschen leicht zu erlernen waren. Meistens waren das Dinge, bei denen man mehrere Bewegungen und Wahrnehmungen auf einmal koordinieren musste. Tanzen lag ihr ebenso wenig wie Reiten. Walter beschloss, einzugreifen.

»Lass es mich jetzt mal versuchen«, sagte er freundlich zu seiner Schwester und wechselte einen vielsagenden Blick mit Nellie. »Du musst es nicht gleich lernen, Maria, du willst doch sowieso schwerpunktmäßig in der Kleintierpraxis arbeiten. Wir haben alle Zeit der Welt. Wie lief es denn bei dir, Nellie?«

Nellie war ganz gut mit dem Wagen zurechtgekommen. Sie war aufmerksam und gelassen und vor allem sehr motiviert, Autofahren zu lernen. So gern sie Kleintiere hatte, im Grunde sehnte sie sich nach einer Landpraxis, und die Beherrschung des Wagens war der Weg dorthin. Also lauschte sie Cedrics Erklärungen hochkonzentriert, merkte sich alles und stellte sich recht geschickt dabei an, es nachzumachen. Auch mit Bernhard war ihr junger Lehrer zufrieden, und Walter erinnerte sich an die Einweisung des Chauffeurs der Gräfin Albrechts und glänzte mit seinen Vorerfahrungen.

»Trotzdem sollten wir uns nicht jetzt gleich nach Auckland wagen«, sagte er und fuhr schließlich mit Nellie nach Onehunga, in der Hoffnung, dass die dortige Apotheke die benötigten Medikamente bestellen konnte und einiges vorrätig hatte.

Das war ein guter Kompromiss zwischen dem Wunsch der Tierärzte, möglichst schnell praktizieren zu können, und ihrer Sorge, gleich in einer Stadt Auto zu fahren, in der viel Verkehr herrschte. In Onehunga gab es erst wenige Automobile, und alle Fahrer kannten sich. Ein Neuling durfte hier mit Rücksichtnahme rechnen.

Maria und Bernhard sichteten inzwischen die Räumlichkeiten für die Kleintierpraxis, für die ihnen Mia ein altes Waschhaus zur Verfügung stellte. Sie würden hier noch einiges herzurichten haben. Bernhard schlug vor, selbst zu renovieren.

»Ich kann streichen«, erklärte Maria zustimmend. Nellie hatte auf ihrer Hilfe bestanden, als die Praxisräume in Berlin renoviert werden mussten. »Und Käfige zusammenbauen. Es ... es tut mir leid, das mit dem Fahren ...« Maria, stets eine Einserschülerin und -studentin, nahm es sehr ernst, wenn sie versagte. »Ich ... ich seh alles gleichzeitig, weißt du ... die Straße, das Steuer, und dann soll ich auf die Richtung achten und auf Schilder und Menschen, die sich bewegen, und auf andere Autos ... Da weiß ich nicht mehr, was wichtig ist und was ich zuerst machen soll, und außerdem ist es auch noch laut, und Cedric redet die ganze Zeit, und ich muss Englisch verstehen, und ...« Sie kämpfte mit den Tränen.

Bernhard griff sanft nach ihrer Hand. Leichte Berührungen beruhigten sie manchmal, aber in den Arm genommen zu werden irritierte sie.

»Das macht nichts, Maria ... Du musst das nicht alles am ersten Tag schon schaffen.«

»Doch!«, sagte sie. »Doch, das macht was, weil ... wenn es nicht klappt, dann möchte ich mich wieder in einem Schrank verstecken. Und das ... das ist kindisch.«

Maria neigte dazu, sich bei Überforderung und Angst entweder unter ihre Bettdecke zu verkriechen, oder, im Extremfall, sich in enge, abgeschlossene Räume zurückzuziehen.

Jetzt lächelte er. »Ist es nicht«, erwiderte er. »Der Kleiderschrank in unserer Wohnung ist groß genug. Es spricht nichts dagegen, dass du dir darin eine Höhle baust. Niemand wird es wissen. Nur ich.«

Maria lehnte sich an ihn, es schien sie selbst zu überraschen, dass sie das immer häufiger zulassen konnte.

»Ich lieb dich sehr«, sagte sie leise.

»Und ich dich«, versicherte ihr Bernhard. »Ob du Autofahren lernst oder nicht.«

Der Apotheker in Onehunga war jung und begeisterungsfähig und mischte Nellie gleich diverse Mittel selbst an, nachdem er verstanden hatte, was sie brauchte. Er führte auch Mittel, um Hunde zu entflohen.

»Können die Leute sich das nicht selbst kaufen?«, erkundigte sich Walter.

Nellie antwortete, bevor der Apotheker sich erklärte. »Können sie, tun sie aber nicht. Manche merken gar nicht, dass ihr Hund völlig verfloht ist – und das sind nicht etwa nur Leute, die einen Hofhund halten, der gar nicht ins Haus kommt. Ich hab schon verflohte Schoßhündchen gesehen. Manche Menschen sind einfach nicht empfindlich gegenüber Flohstichen. Die merken es nicht einmal, wenn die Viecher sie selbst beißen. Das wird erst peinlich, wenn Besuch kommt.«

Sie deckte sich großzügig mit dem Mittel ein und kaufte auch Hufsalbe und Gewehröl.

Walter lachte, als er das sah. »Nimmt man das immer noch? Wir haben im Krieg die Pferde damit behandelt.«

Nellie nickte. »Wirkt nach wie vor juckreizlindernd, ist ideal zum Ohrensäubern, und auf kleine Wunden kann man's auch pinseln.«

Ein paar Dinge wie Seile und Schmiedewerkzeuge, die sie für die Großtierpraxis benötigten, bekamen sie im Landhandel, der Apotheker erklärte ihnen den Weg.

Walter und Nellie fuhren stolz zurück, das Auto voller Bandagen, Medikamente und anderem Veterinärbedarf.

»Wir nehmen statt Gewehröl eher Manukaöl«, erklärte Mia ihnen später, als sie ihre Einkäufe in Augenschein nahm. »Ein wahres Allheilmittel. Die Maori setzen es für und gegen alles Mögliche ein, vor allem bei Hautkrankheiten. Ich geb euch nachher mal ein Fläschchen zum Ausprobieren. Manukahonig ist wunderbar gegen Erkältungen.«

Nellie berichtete, dass sie im Ort bereits Bekanntschaften gemacht hatte. In der Apotheke hatten sie den Arzt getroffen und sich vorgestellt, im Landhandel mehrere Bauern aus der Gegend.

Alle waren hocherfreut über den Zuwachs an Tierärzten, auch wenn sie sich wunderten, dass sie die Praxis zu dritt führen würden.

»Wir wären schon über einen glücklich gewesen«, hatte ein Schafzüchter lachend erklärt. »Ob unsere Viecher gleich drei ernährt kriegen?«

Immerhin hatte er sofort einen Termin ausgemacht, es gab einige Tiere in seinem Betrieb, die kränkelten.

»Es wird sich schnell herumsprechen, dass ihr da seid«, meinte Mia. »Was machen wir morgen? Am Sonntag arbeiten wir nur mit halber Besetzung im Stall, da kann euch keiner helfen, die Wände für die Kleintierpraxis hochzuziehen.« Maria und Bernhard hatten entschieden, zwei Räume abzutrennen. »Ich kann euch erst Montag einen Mann dafür abstellen. Wenn ihr damit also nicht schon allein beginnen wollt und könnt – wie wär's stattdessen mit einem Spaziergang? Nellie und Walter, wir könnten in der Zeit einen Ausritt in die Umgebung machen. Ihr müsst den Regenwald sehen. Einfach mal schauen, wo ihr hier gelandet seid!«

»Ich kann den Kindern gern schon eine Reitstunde geben«, bot Walter an.

Mia freute sich sichtlich. »Das ist schön, Cedric wird auch da sein. Der hilft am Sonntag immer im Stall. Also steht das Programm: morgens ausreiten, nachmittags Unterricht. Frühstück gibt's um acht!«

Nellie merkte an, dass sie nicht lästigfallen wollten. Sie hatte in der Stadt Lebensmittel eingekauft. Mia winkte jedoch ab. »Uns stört ihr nicht, wir freuen uns über nette Gesellschaft. Wie ihr gehört habt, geht es meinem Vater genauso. Begleitet ihr uns zu ihm nächsten Samstag? Seine Haushälterin kocht ganz hervorragend.«

Die vier sagten gern zu, und ließen sich auch an diesem Abend erneut zum Essen einladen. Diesmal ging es noch formloser zu als am Abend zuvor. April schwärmte von Erlkönig. Sie hing an Walters Lippen, als der von dem Hengst und seinen Rennen erzählte. Und dann – weniger ausführlich natürlich, von seiner Arbeit als Eintänzer.

»Sie müssen mir Charleston beibringen!«, forderte April stürmisch. »Wir haben doch Platten, nicht, Mami?«

Mia nickte lächelnd. »Aber wir haben Walter als Bereiter eingestellt«, mahnte sie ihre Tochter. »Nicht als Tanzlehrer. Wir müssen also sehen, ob er Lust hat. Das ist keineswegs selbstverständlich. Er möchte ja auch noch etwas Zeit mit seiner Frau verbringen.«

Nellie bewunderte ihre Feinfühligkeit. Mia von Gerstorf musste bemerkt haben, dass sie selbst Ressentiments gegen Walters ehemaligen Beruf hegte. Sie lächelte Mia zu.

Am nächsten Morgen erfreute Neuseeland seine neuen Bürger mit einer schwachen Wintersonne. Sie reichte aus, um die Landschaft um Epona Station noch eindrucksvoller erscheinen zu lassen als bei ihrer Ankunft. Nellie meinte wirklich, durch eine Traumwelt zu reiten, in der sich Sonnenstrahlen durch ein Dach aus Flechten und Farn stahlen und seltsame Muster auf den von Grün überwucherten Grund zeichneten. Die Pferde schritten auf kaum sichtbaren Pfaden zwischen Bäumen hindurch, die mit all den anderen Gewächsen eine Gemeinschaft zu bilden schienen. Durch die unzähligen Schattierungen von Grün wanden sich kleinere und größere Wasserläufe. Mias, Nellies und Walters Pferde setzten die Hufe fraglos hinein, die dreijährige Stute, die April gewählt hatte, hopste einfach darüber.

Mias Tochter saß die kleinen Sprünge mühelos aus und kommentierte mit fröhlichem Hups oder Huch, wie sie überhaupt pausenlos plapperte. Nellie und Walter hätten die Pracht lieber still und andächtig genossen.

Marias und Bernhards Spaziergang hätte eigentlich romantischer ausfallen sollen, aber tatsächlich waren die beiden schon zurück, als die Reiter Epona Station erreichten. Maria tauchte zum Mittagessen nicht auf, und Bernhard war besorgt.

»Für Maria war das alles zu viel«, verriet er Nellie später. »Es ist so gänzlich anders als in Deutschland – irgendwie hat sie nichts Vertrautes mehr, an dem sie sich festhalten kann. Natürlich ist es wunderschön hier, aber ich glaube, sie fühlt sich ins kalte Wasser gestoßen und hat nun Angst zu ertrinken.«

Nellie nickte. »Lass ihr Zeit«, riet sie. »Und warte, bis die Praxiseinrichtung kommt. Dann kann sie die Skalpelle und das andere OP-Besteck wieder akribisch ordnen und alles genauso einräumen wie in Berlin. Das gibt ihr Sicherheit. Ihr habt den Grundrissplan doch so weit als möglich an unsere Praxis in Berlin angepasst, oder?« Bernhard nickte. Maria hatte tatsächlich darauf bestanden, genau da Wände einzuziehen, wo es auch in Berlin welche gegeben hatte. »Na, also«, fuhr Nellie fort. »Das wird schon, reg dich nicht auf. Als wir in die Wohnung in Berlin gezogen sind, war sie zuerst ebenfalls ganz verwirrt. Dann hat sie sich schnell an alles gewöhnt. Willst du jetzt zu ihr, oder kommst du mit und guckst dir Walters Reitstunde für die Kinder an?«

Walter hatte seine Schüler schon auf dem Platz versammelt, wobei Nellie sofort auffiel, dass sowohl April als auch Cedric auf den ältesten und erfahrensten Pferden des Gestüts saßen. Nur Jonathan musste sich wieder mit seinem kleinen Hengst herumplagen, der diesmal allerdings kooperativer schien. Die anderen Pferde waren schließlich Stuten. Da zog es ihn nicht weg.

»April reitet deine Medea?«, fragte Nellie Mia lächelnd.

Die Gestütsbesitzerin hatte sich am Reitplatzrand eingefunden und wirkte nervös. Nellie konnte sich gut in sie hineindenken. Sie selbst wäre ebenso aufgeregt gewesen, hätte sie ihrer Tochter beim Vorreiten zusehen müssen. Mit leisem Schmerz dachte sie daran, dass sie Grietjes erste Auftritte als Pianistin oder Geigerin nicht würde miterleben dürfen. Nur Phipps würde dabei sein und an seinen Fingernägeln knabbern – sofern das für Geiger nicht streng verboten war.

Mia nickte. »Ja, die Stute ist einfach eines der am besten ausgebildeten Pferde hier. Die jungen Tiere lernen ja nur die Grundbegriffe, bevor wir sie an ihre neuen Besitzer weitergeben. Aber von Medea und Valerie können April und Cedric was lernen. Es geht schließlich um Reitkunst – nicht nur darum, nicht runterzufallen.« Sie lachte. »Oben bleiben können die. Klammern sich fest wie die Äffchen, wenn ein Pferd mal bockt. Selbst Jonathan.«

Tatsächlich war der Junge bei den Sperenzchen seines Ponys auch am Tag zuvor nicht heruntergefallen, und machte jetzt zudem eine bessere Figur. Selbst April stellte ihr Geplauder ein und lauschte konzentriert den Anweisungen des Reitlehrers. Überhaupt bot die Abteilung einen schönen Anblick. Alle Pferde gingen ordentlich am Zügel, und die Reiter saßen gut.

Die Zuschauer, die dem Unterricht konzentriert folgten, bemerkten erst, dass hinter ihnen ein leichter Doktorwagen an den Reitplatz heranrollte, als Hurricane das Pferd davor anwieherte. Das Fahrzeug wurde von einem hübschen kleinen Fuchs gezogen. Er hielt artig an und stand wie ein Standbild, während der Fahrer sich schwerfällig vom Bock schob. Er brauchte zwei Krücken, um auf die Frauen zuzugehen.

»Edward!«, rief Mia, überrascht und offensichtlich nur begrenzt erfreut. Nellie kannte sie schon jetzt gut genug, um die Abneigung hinter ihrer freundlichen Begrüßung zu erkennen. »Was führt dich her? Komm, wir suchen einen Stuhl für dich!«

Ein Stuhl fand sich zwar nicht, aber seitlich des Reitplatzes war eine Bank, die Cedric, April und ihr Bruder als Aufstiegshilfe benutzt hatten. Der Mann ließ sich mühsam darauf nieder, nachdem er Mia begrüßt hatte. Jetzt stellte er sich Nellie förmlich vor.

»Edward Rawlings«, sagte er mit einer Verbeugung. Er hatte dunkelblondes Haar, war nicht sehr groß, wobei das täuschen konnte, da er etwas gebückt ging, und ein eher rundes, von Falten durchzogenes Gesicht. Seine Augen waren blau und freundlich. Nellie fand ihn sympathisch. »Von Rawlings Farm ... äh ... Baroness Stud ...« Der Gestütsname kam ihm etwas schwer über die Lippen.

Nellie lächelte. »Ich hab schon gehört – das Rennpferdegestüt hier in der Nähe. Wir hoffen, Ihre Pferde demnächst zu unseren Patienten zählen zu können.« Sie war sehr stolz, die Sätze auf Englisch herausbringen zu können, wenn auch noch ziemlich holprig.

Rawlings winkte ab. »Für die Pferde ist Willie zuständig. Aber sie wird Sie sicher kontaktieren. Ich wollte nur ... Also, mir geht es um den Reitunterricht. Wie ich sehe, ist er ja schon in vollem Gange ...« Reitunterricht? Nellie musterte den Mann verwundert. Edward Rawlings konnte sich höchstwahrscheinlich nicht auf einem Pferd halten. Er lächelte denn auch etwas traurig über ihre verwunderte Miene. »Nein, nein, nicht für mich. Ich dachte ... an Alex ...« Er wandte sich an Mia. »Wenn Sie nichts dagegen hätten, würde ich Ihren neuen Reitlehrer bitten, meinen Sohn zusammen mit den anderen zu unterrichten. Er reitet zwar regelmäßig unsere Rennpferde zu und stellt sich dabei recht geschickt an, aber Dressur ... Reitkunst ... Was ich ihm vermitteln konnte, hat er gelernt, nur dass es natürlich sehr wenig ist. Ich war Offizier, wissen Sie«, sprach er erneut Nellie an. »Dies hier ist eine Kriegsverletzung.« Er wies auf seine Beine oder Beinprothesen. Nellie konnte das nicht genau erkennen. »Bei der neuseeländischen Armee lernt man allerdings vor allem, sich auf seinem Pferd zu halten. Die Rough Riders nannte man uns ... Mutig und schnell. Schön anzusehen war das nicht immer.«

Er ließ seinen Blick über den Reitplatz schweifen, wo Walter

April gerade die Hilfen für Schulterherein erklärte, was Jonathan für Cedric übersetzte. Aprils Stute tanzte dann geradezu durch die Aufgabe.

»Von mir aus kann Alex gern kommen«, bemerkte nun Mia, obwohl es klang, als müsste sie sich dazu einen Ruck geben. »Wir können ihm auch ein gut ausgebildetes Pferd zur Verfügung stellen. Zumindest am Anfang, er wird ja mit seinem eigenen weiterlernen wollen.«

Edward verzog kaum merklich den Mund. »Ich fürchte, seine Shelley ist für die Dressur nicht sehr geeignet«, gab er zu.

Über Mias Gesicht flog ein spöttisch wirkendes Lächeln, das sie jedoch sofort unterdrückte. »Sie müssen natürlich mit Walter sprechen«, schränkte sie noch ein.

Nellie versicherte Edward Rawlings, dass ihr Mann nichts gegen einen weiteren Schüler einzuwenden hätte.

»Gleich nach der Stunde rede ich mit ihm«, meinte Rawlings und begann dann mit Mia eine höfliche, aber eher mühsame Konversation.

Er erkundigte sich nach Julius, der in etwa acht Wochen zurückerwartet wurde. Die Antworten kamen so knapp und uninspiriert, wie die Frage erfolgt war. Ja, Julius gehe es gut, er habe zwei hübsche Warmblutstuten für Epona Station gekauft. Mia fragte genauso beiläufig nach Wilhelmina, anscheinend seiner Frau. Willie gehe es ebenfalls gut, erwiderte Edward Rawlings, sie trainiere ein vielversprechendes Pferd für die Rennsaison. Beide Gesprächspartner schienen froh, als Walter die Stunde beendete und an den Rand der Reitbahn kam.

Mia stellte ihm Rawlings als einen Nachbarn vor, der wiederholte seine Bitte, und Walter erklärte wie erwartet, dass er bereit sei, seinen Sohn auf jedem beliebigen Pferd zu unterrichten.

»Solange es den Reitlehrer nicht angreift«, schränkte er lachend ein.

Rawlings schmunzelte. »Das nun doch nicht. Wann kann Alex

denn kommen? Unterrichten Sie nur am Wochenende oder auch nach der Schule?«

Walter hatte das mit Mia noch nicht abgesprochen, aber alle einigten sich schnell darauf, dass Walter den Kindern jeden Dienstag, Donnerstag und Samstag Unterricht geben würde. Alex sollte am Donnerstag das erste Mal kommen, den Beginn der Woche wollte Walter nutzen, um den gesamten Betrieb auf der Farm besser kennenzulernen. Dann verabschiedete sich Rawlings. Mia lud ihn nicht zum Tee ein.

Auch die Reaktion der Kinder auf den künftigen Mitschüler überraschte Nellie.

»Alex? Doch nicht mit seiner komischen Shelley …«, bemerkte April und zog einen Flunsch.

»Der kommt nur, um dich anzuschmachten«, meinte Cedric. »April hier und April da … Fällt mir schon auf die Nerven, wenn wir ihn mit in die Schule nehmen müssen …«

»Ob da wohl jemand eifersüchtig ist?«, bemerkte Nellie Mia gegenüber. Ihr war längst aufgefallen, dass Cedric sich für April interessierte.

Mia lächelte zu ihrer Überraschung nicht. »April macht sich nichts aus Alex«, bemerkte sie kühl. »Die beiden konnten einander noch nie leiden. Und ich denke auch nicht, dass sich das noch ändert. Obwohl er zu einem sehr netten Jungen herangewachsen ist. Edwards Einfluss hat sich äußerst positiv auf seine Entwicklung ausgewirkt.«

Mehr sagte sie nicht, und Nellie wusste nicht recht, wie sie das deuten sollte. Noch ein Kuckuckskind? Auf jeden Fall hatte Edward Rawlings sehr liebevoll von ihm gesprochen, und der Ausflug nach Epona Station war ihm sicher nicht leichtgefallen – rein körperlich, und obendrein aufgrund der Spannungen, die zwischen den Familien zu bestehen schienen.

Nellie war jedenfalls gespannt auf den Jungen und bemühte sich, es so einzurichten, dass sie auf dem Hof war, als Alex zum Reiten kam. Ganz einfach war das nicht, denn gleich am Montagmorgen waren die ersten Anrufe von Patientenbesitzern für die Tierärzte gekommen. Mia lieh Nellie und Bernhard den Pick-up, nicht ohne sie darauf hinzuweisen, dass sie sich möglichst schnell ein eigenes Auto anschaffen müssten.

»Ihr werdet ja bald den ganzen Tag unterwegs sein, und manchmal brauche ich das Auto selbst. Soll ich Leo bitten, sich im Ort nach einem gebrauchten umzuschauen?«

Bernhard und Nellie bejahten und hoffen, bis dahin genügend Geld für den Wagen verdient zu haben. Bernhards Startguthaben war für die Praxiseinrichtung schon ziemlich verplant, und Walter hatte sein Geld noch nicht nach Neuseeland transferieren lassen. Es war in diversen Aktien und anderen Geldanlagen investiert, und der Bankberater in Berlin riet nicht dazu, sie aufzulösen. Walter, der keine Ahnung von Geldgeschäften hatte, ließ ihn machen. Schließlich hatte der Mann die Gräfin, die ihn als Haupterben eingesetzt hatte, auch stets gut beraten.

Nellie und Bernhard halfen gleich an ihrem ersten Arbeitstag einem Kalb auf die Welt, behandelten Lämmer, die an einer Bleivergiftung litten, nachdem sie an Wandfarbe genascht hatten, und sahen sich zwei lahmende Pferde an. Maria beaufsichtigte derweil die Arbeiten am ehemaligen Waschhaus, aus dem in erstaunlich kurzer Zeit die Kleintierpraxis wurde, und richtete sie ein, als die bestellten Artikel ein paar Tage später eintrafen. Je mehr sie ihrer Praxis in Berlin zu gleichen begann, desto sicherer fühlte sie sich, und als in der Nacht zum Donnerstag – Mia war nur begrenzt begeistert von dem nächtlichen Anruf und empfahl ein eigenes Telefon als dringlichste nächste Anschaffung – der erste Kleintiernotfall hereinkam, überzeugte sie als erstklassige Tierärztin. Es ging um eine preisgekrönte King-Charles-Spaniel-Hündin, die von einem ebenso edlen Rüden tragend war. Bei der Geburt kam es zu Komplikationen, und ihre Besitzerin, eine Mrs. Donner, deren Gatte sich als Vorbesitzer von Epona Station entpuppte, reagierte hysterisch. Maria löste das

Problem mit einem Kaiserschnitt, und Mrs. Donner freute sich über fünf gesunde Welpen. Sie wollte die neue Kleintierpraxis auf jeden Fall weiterempfehlen.

»Ich dachte, es gäbe hier gar nicht so viele Leute mit Hunden und Hauskatzen«, sagte Maria erfreut, was Mrs. Donner verneinte.

»Die Bauern lassen ihre Hunde und Katzen meistens verwahrlosen«, erwiderte Mrs. Donner herablassend. »Aber in meiner Damenrunde haben viele Frauen Schoßhündchen. Und die zahlen gern für eine ordentliche Behandlung.«

Rund um Onehunga, so lernten die Tierärzte, gab es zwar viel Landwirtschaft, aber ursprünglich war die Gemeinde von pensionierten Militärangehörigen gegründet worden. Ihre Frauen dominierten nach wie vor Kirchenkreise und Damenzirkel und hätschelten ihre reinrassigen Hündchen und Katzen.

Walter verbrachte die erste Woche damit, seine Bereitertätigkeit aufzunehmen. Epona Station hatte zurzeit zwölf Pferde, die auf ihren Verkauf im Frühjahr vorbereitet wurden. Für einen Bereiter schien das viel, tatsächlich leistete Julius von Gerstorf, dessen Aufgaben Walter nun übernahm, nur die dressurmäßige Grundausbildung und das Springen. Ansonsten ritten April und Cedric die Pferde, manchmal nahm Leo eins mit ins Gelände. Mia bereitete sie darauf vor, auch der leichten Hand einer Dame zu folgen. Im Damensattel bildete sie inzwischen nicht mehr aus, es sei denn, eine künftige Besitzerin bestand darauf. Dann blieb das Pferd noch ein paar Tage auf Epona Station, und Mia gewöhnte es an den Seitsitz.

Alle zusammen schafften sie es mühelos, die Pferde auszulasten und vielseitig zu trainieren. Einen weiteren Bereiter brauchte das Gestüt eigentlich nicht. Walter war Julius von Gerstorf sehr dankbar für seine Anstellung, da sie ihm das Einwanderungsvisum für Neuseeland ermöglicht hatte. Wenn der Gestütsbesitzer jedoch zurückkam, würde er sich ernsthaft nach einem Platz umsehen, um sich mit seinem ererbten Geld selbstständig zu machen.

Am Donnerstagnachmittag lernten Nellie und Walter dann Alex Rawlings kennen. Er kam gleich nach der Schule in einem Geländewagen mit der Aufschrift BARONESS STUD. Es schien ihm peinlich zu sein, ihn auf dem Hof der von Gerstorfs zu parken, und so stellte er ihn in die äußerste Ecke. Nellie fragte sich, warum die jungen Leute nicht jeden Tag zusammen zur Schule fuhren, sondern nur, wenn Alex aus irgendeinem Grund das Familienauto nicht benutzen konnte. Allerdings war die Atmosphäre zwischen den Jugendlichen frostig, während Nellie beim besten Willen nicht verstand, was besonders April so schlimm an dem Nachbarsjungen fand. Tatsächlich war Alex ein ungewöhnlich gut aussehender Teenager und genauso alt wie sie. Beide waren vor kurzem vierzehn Jahre alt geworden. Er hatte blondes Haar, das ihm verwegen in die Stirn hing – die Locken hatte ihm wahrscheinlich Edward Rawling vererbt. Auch sonst sah Alex seinem Vater ähnlich, sein Gesicht war jedoch schmaler, feiner geschnitten, die blauen Augen umrahmt von langen blonden Wimpern. Nellie fand, dass er einem Aristokraten ähnelte – was sie wieder auf den seltsamen Gestütsnamen Baroness Stud brachte.

Alex erwies sich als höflich und wohlerzogen, begrüßte Walter respektvoll und bedankte sich bei Mia für das bereitgestellte Pferd.

»Na, Mami konnte dich wohl kaum mit deiner Shelley hier auflaufen lassen«, bemerkte April giftig. »Da müssten wir uns ja schämen, wenn die hier einer sieht.«

Alex zuckte mit den Schultern. »Shelley hat eine sehr gute Abstammung«, erklärte er. »Sie kann nichts dafür, dass sie nicht so schön ist. Und wenn ich besser reiten könnte, wäre sie auch besser bemuskelt und sähe ansprechender aus. Reitest du heute die Fuchsstute? Das wird hübsch aussehen, ihr habt fast die gleiche Haarfarbe.«

Er lächelte dem Mädchen zu. April wandte sich ab. Cedric blickte drohend und Jonathan, als wollte er flüchten.

Walter teilte seinem neuen Schüler die Stute Medea zu, was April zu empören schien.

»Hat Mami gesagt, er darf sie reiten?«, fragte sie.

Walter zuckte mit den Schultern. »Sie bat mich, ein passendes Pferd auszusuchen, und ich halte Medea für sehr geeignet, um mir ein Bild von einem neuen Schüler zu machen. Aber ich freue mich auch, wenn du deine Shelley das nächste Mal mitbringst, Alex. Ein jedes Pferd hat seine Vorzüge und Nachteile. Keines ist so schwierig und hässlich, dass es nichts wert wäre.«

Walter sprach Deutsch und hoffte, dass April oder Jonathan für ihn übersetzen würden. Zu seiner Verwunderung antwortete Alex in seiner Sprache. Sein Deutsch war langsam, klang etwas unbeholfen, er sprach es dennoch recht gut.

»Ich schäme mich nicht für Shelley, Sir. Aber ich hätte es nach der Schule nicht mehr geschafft, nach Hause zu fahren und sie zu holen. Ich bringe sie am Samstag mit.«

Walter nickte. »Ich freue mich darauf«, sagte er. »So, und nun macht eure Pferde fertig, ich will euch alle in zehn Minuten auf dem Platz sehen.«

Nellie ging mit und beobachtete, wie Alex Mias Pferd in die Bahn führte, gekonnt aufstieg und die Stute warmritt. April beäugte ihn dabei unwillig, während Alex' Augen strahlten, wenn das Mädchen in sein Blickfeld geriet. Nun sah April auf der jungen Fuchsstute Vanessa, einem sehr schönen, gut ausgebildeten Pferd, das Julius von Gerstorf als Reitpferd für sich trainiert hatte, tatsächlich sehr hübsch aus. In der nach dem letzten Regen wieder mal feuchten Luft lockte sich ihr kurzes rotes Haar, das sie jeden Morgen mühsam zu glätten versuchte, um dem Ideal des Bobs möglichst nahe zu kommen. Die Locken umspielten ihr Elfengesicht, der Kobold hielt sich diesmal versteckt. April saß aufrecht und ritt konzentriert, ihr Pferd tanzte sich durch die Stunde.

Die beiden älteren Jungen blickten sie bewundernd an, als es ihr gelang, nach Walters Anweisung auch schwere Lektionen abzurufen. Alex verfügte über ein solides Grundwissen, er fiel in der kleinen Gruppe nicht negativ auf. Auf der eleganten Rappstute sah er nicht minder gut aus als April auf der Füchsin. Nellie ertappte sich bei dem Gedanken, dass die zwei ein recht schönes Paar darstellten. April schien sich allerdings eher zu Cedric hingezogen zu fühlen. Sie steckte ständig mit ihm zusammen, sie lachten und arbeiteten gemeinsam und ließen kein Abenteuer aus.

Nellie fühlte sich an sich selbst und ihren Jugendfreund und Nochehemann Phipps erinnert. Konnte es sein, dass er sie damals schon so angesehen hatte, wie Cedric es jetzt bei April tat, und dass sie nichts davon gemerkt hatte?

Am folgenden Samstag erschien Alex mit seiner Stute Shelley, und Walter musste April und Cedric auf den ersten Blick recht geben: In einem Gestüt, in dem edelste Pferde gezüchtet wurden, fiel die Füchsin unangenehm auf. Shelley führte zwar sicher viel Rennpferdeblut, aber sie besaß weder den geraden, edlen Kopf der meisten Englischen Vollblüter noch den leichten Hechtkopf der Araber. Stattdessen zeigte sie kleine Augen und einen Ramskopf, auch Elchnase genannt, da die Form der Nasenlinie mehr der eines Elches als der eines edlen Pferdes glich. Das verband sie mit einem sogenannten Hirschhals, der nicht konkav, sondern konvex gebogen war. Pferde wie dieses waren schwer dressurmäßig zu versammeln, da hatte Edward Rawlings schon recht gehabt. Auch der Rücken des Pferdes hatte keine ideale Form. Shelley trug einen Maßsattel, der sicher einmal sehr teuer gewesen war. Er wirkte zwar gut gepflegt, jedoch alt. Wahrscheinlich war er nicht für die noch relativ junge Shelley angefertigt worden.

»Der Sattel ist sicher noch von Gipsy. Shelley ist ihrer Urgroßmutter wie aus dem Gesicht geschnitten«, erklärte Mia seufzend, als die Reiter aufgestiegen waren und Walter mit dem Unterricht begann. Sie gesellte sich zu Nellie, die am Reitplatzrand stand.

»Warum züchtet man mit solchen Pferden?«, fragte Nellie. »Ich meine … wenn die Familie doch sonst Rennpferde züchtet …«

Mia rieb sich die Schläfe. »Oh, Gipsy war schnell«, erklärte sie. »Und ihr Sohn, Bukephalos, von unserem Magic Moon, war auch schnell. Er hat etliche Rennen gewonnen, er kam ganz nach seinem

Vater. Magic Moon ist ein Stempelhengst, seine Kinder gleichen sich wie ein Ei dem anderen. Willie wollte mit Bukephalos weiterzüchten. Aber ich war dagegen ...«

»Du?«, fragte Nellie.

Mias Gesicht umwölkte sich. »Damals haben wir noch zusammengearbeitet«, gab sie vage Auskunft. »Na ja, und als sie dann Edward heiratete und sich auf Rawlings Farm etwas Eigenes aufbaute, setzte sie den Hengst natürlich ein. Ebenso wie die Töchter von Gipsy. Sie waren alle schön, und wenn man sie wieder mit anderen Vollblütern paarte, kamen meistens sehr hübsche Pferde heraus. Manchmal auch sehr schnelle. Aber ab und zu fällt eben ein Fohlen wie Shelley, das auf die Urmutter zurückgeht. Und man muss zu Willies Ehrenrettung sagen, dass sie diese Fohlen nicht stillschweigend verschwinden lässt, sondern aufzieht und nach Besitzern für sie sucht, die sie dann hoffentlich gut behandeln.«

»Oder sie ihrem Sohn aufdrückt«, bemerkte Nellie.

Mia schüttelte den Kopf. »Nein, so ist es nicht, Alex hat sich das Pferd selbst ausgesucht. Willie hätte ihm nur die schönsten Pferde gegeben – auf dem Papier gehört ihm sogar Bukephalos ...«

Nellie lächelte. »Der Streithengst Alexanders des Großen. Kein Zufall?«

Mia verneinte. »Kein Zufall. Willie neigt ein wenig zum Größenwahn. Und Alex spielt da wohl nicht mehr mit, seit er alt genug ist, um sich eine eigene Meinung zu bilden. Er orientiert sich sehr an seinem Vater und seinen Großeltern – alles gute, bodenständige Leute. Willie ... sie hat ihn anscheinend enttäuscht ...«

Nellie hätte noch einige Fragen gehabt, doch mehr schien Mia nicht sagen zu wollen. Die beiden sahen also nur schweigend der Reitstunde zu, in der Walter mitunter sehr laut werden musste. April und Cedric feixten, wenn Alex mit Shelley etwas nicht gelang, obwohl Alex mit aller Geduld und Ruhe versuchte, die Hilfen richtig zu geben. Schließlich explodierte der Reitlehrer und bat sich entschieden Ruhe aus.

»Ein guter Reiter macht aus einem schlechten Pferd ein mittelmäßiges, aus einem mittelmäßigen ein gutes und aus einem guten ein sehr gutes«, schleuderte er den Jugendlichen entgegen. »Und Alex hier bemüht sich redlich, ein sehr guter Reiter zu werden. Wenn ihr allerdings alles besser könnt, werden wir beim nächsten Mal einen Pferdetausch durchführen. Dann wollen wir mal sehen, wie sich Miss April auf einem mittelmäßigen Pferd macht!«

»Na, wie man aus Shelley ein gutes Pferd macht, müssen Sie uns aber erst zeigen!«, sagte Cedric.

Walter rang um Geduld. Gewöhnlich war der Junge höflich und respektvoll, nur wenn es um Alex ging, vergriff er sich wohl schnell im Ton.

Walter warf ihm einen eisigen Blick zu, bat Alex in der Mitte abzusteigen und verstellte für sich die Steigbügel.

»Darf ich?«, fragte er.

Dann stieg er auf und begann mit Shelley zu arbeiten. Nach einer Viertelstunde ging die Stute am Zügel und schaffte es, sich zumindest für einfache Lektionen ausreichend zu biegen.

Alex sah ihm bewundernd zu, Cedric beschämt – und April geradezu anbetend.

»Das war fabelhaft«, sagte sie, jetzt ganz ohne Bosheit und Ironie. »Mensch, so möchte ich auch mal reiten können!«

Walter lächelte. »Dann solltest du nicht auf die mittelmäßigen Pferde herabsehen, sondern möglichst viele verschiedene Pferde reiten. Man kann von jedem Pferd etwas lernen. So, und nun machen wir Schluss. Wir wollen heute ja noch nach Auckland, euren Großvater kennenlernen, April und Jonathan.«

Nellie und Mia klatschten ihm Beifall, als er Alex sein Pferd zurückgab.

»Danke, dass ich sie reiten durfte«, sagte er dem Jungen, der ihn daraufhin anstrahlte. Alex schien seine Shelley wirklich zu mögen.

Jakob Gutermann empfing seine Gäste im Salon seines Stadthauses in Auckland, einem der ältesten Steinbauten der noch recht jungen Stadt. Es lag im ehemaligen Regierungsviertel, bis 1862 war Auckland die Hauptstadt Neuseelands gewesen. Gutermann hatte es mit Möbeln ausgestattet, die schon in seinem Haus in Hannover gestanden hatten. Die Atmosphäre glich also der eines deutschen, hochherrschaftlichen Hauses, und selbst Maria fühlte sich sofort heimisch. Gutermann selbst war ein eher kleiner Mann, der im Alter sicher noch geschrumpft war. Sein Gesicht war voller Falten, das schlohweiße Haar allerdings noch erstaunlich voll. Er war ein wenig untersetzt, doch seine nussbraunen Augen blickten noch wach und listig in die Welt. Über den Besuch aus Deutschland freute er sich erkennbar und konnte seine vielen Fragen gar nicht schnell genug loswerden.

Jakob Gutermann interessierte einfach alles – vom Werdegang der beiden Tierärztinnen bis zu Walters Erbschaft – und besonders natürlich die politische Lage in seinem Geburtsland.

»Ich hörte, es wird nicht einfacher für Juden«, erkundigte er sich bereits beim Aperitif, einem köstlichen alten Sherry.

»Einer der Gründe für unsere Auswanderung«, antwortete Bernhard. »Ich weiß nicht, ob Mia es erzählt hat. Ich bin Jude, und ich hatte in Deutschland mit ziemlichen Anfeindungen zu kämpfen.«

»Vor allem von der Partei dieses Adolf Hitlers«, fügte Nellie hinzu. »In unserem Haus wohnte einer seiner Anhänger – unangenehme Menschen. Man kann nur hoffen, dass die nie an die Regierung kommen.«

»Ach, die wählt doch niemand«, mutmaßte Walter.

Jakob Gutermann ließ sich von dem bedienenden Hausmädchen Sherry nachschenken. Genüsslich nahm er einen Schluck.

»Das wird von den weiteren Entwicklungen abhängen«, sagte er dann nachdenklich. »Hauptsächlich von der Börse ...«

Bernhard runzelte verwundert die Stirn. »Was hat denn die Börse mit diesem bösartigen Hassprediger zu tun? Ich habe den Kerl in

Berlin reden hören. Zu den Börsenkursen sagt der gar nichts. Das ist eher so eine Deutschtümelei ...«

Jakob Gutermann lächelte. »Junger Mann, Sie werden im Leben noch lernen, dass alles mit allem zusammenhängt, und die Börse liegt inmitten eines ganzen Spinnennetzes an Fäden. Solange sie sich gut entwickelt, ist alles in Ordnung ...«

»Und zurzeit entwickelt sie sich ja großartig, nicht wahr?«, fragte Walter.

Er hatte da zwar nur vage den Überblick, aber sein Banker in Berlin hatte ihm nur von positiven Entwicklungen in Bezug auf seine Aktien berichtet.

»O ja«, erwiderte Gutermann. »Aber das muss nicht so bleiben. Tatsächlich sehe ich beunruhigt, dass sich eine Spekulationsblase aufbaut. Viele Menschen spekulieren mit Geld, das sie gar nicht haben. Viele Börsenwerte sind überbewertet. So etwas kann zum Zusammenbruch der Märkte führen. Wenn ich Sie wäre, Herr von Prednitz, dann würde ich meine Aktien ganz schnell zu Geld machen und mein Vermögen hierher transferieren. Selbst wenn Sie nicht gleich einen eigenen Hof kaufen wollen. Ein paar Zinsen brächte das Geld auch auf dem Bankkonto – und Sie gingen kein Risiko ein.«

Walter überlegte. »Und was hat das nun mit diesem Hitler zu tun?«

Gutermann zuckte mit den Schultern. »Wenn es zu einem Crash kommt und Menschen verarmen, wenn die Wirtschaft kränkelt und Leute ihre Arbeit verlieren, suchen sie dafür einen Schuldigen ...«

»Die Juden«, verstand Bernhard. »Wie beim Verlust des Krieges. Dafür wurden wir ja ebenfalls verantwortlich gemacht.«

»Richtig«, meinte Gutermann. »Dieser Hitler muss ihnen dann nur noch eine schnelle Besserung der Lage versprechen, und schon könnte er gewählt werden.«

»Nun muss das ja nicht so kommen«, meinte Walter.

Gutermann nickte. »Ich will auch nicht alles schwarzmalen. Ich hoffe von ganzem Herzen, dass es keinen Börsenkrach und nie wieder Krieg gibt. Meine Aktien werde ich dennoch abstoßen. Und Sie sollten das auch tun! Hat sonst noch jemand von Ihnen Vermögenswerte in Deutschland?«

Maria berichtete von ihrem Haus in Berlin, in dem sie mit Nellie und Bernhard ihre Tierarztpraxis betrieben hatte. Sie hatte es überstürzt verlassen, aber eigentlich gehörte es ihr noch.

Gutermann rieb sich die Stirn. »Sie könnten relativ leicht herausfinden, was damit geschehen ist«, meinte er. »Nur müssten Sie Ihren aktuellen Aufenthaltsort dazu preisgeben. Wollen Sie das?«

Maria schüttelte den Kopf. »Es kann sein, dass ich gesucht werde«, gab sie zu und berichtete kurz von den gegen sie erhobenen Anklagen.

Sie war beschuldigt worden, in ihrer Tierarztpraxis Abtreibungen durchgeführt zu haben. Das stimmte zwar nicht, sie hatte lediglich zwei Frauen nach einer missglückten Abtreibung medizinisch geholfen, doch beweisen ließ sich das nicht.

»Und womöglich würden die Deutschen einen Auslieferungsantrag stellen«, meinte Bernhard. »Zumal wir hier vorerst nur mit einem Besuchervisum eingereist sind.«

Gutermann seufzte. »Dann kümmern Sie sich am besten erst mal um Ihre Einbürgerung«, riet er. »Auf die Gefahr hin, das Haus zu verlieren. Wenn Neuseeland Sie ausweist, kommen Sie nie wieder her.«

»Ich denke, dass unsere Eltern sich um das Haus kümmern werden«, bemerkte Walter. »Die wird man doch von Marias Verschwinden benachrichtigen. Ich könnte ihnen sogar schreiben und mich erkundigen. Ich habe ja hier eine Anstellung, und ich sollte mich sowieso mal wieder bei ihnen melden.«

»Deine Eltern würden sofort darauf schließen, dass Maria auch hier ist«, gab Bernhard zu bedenken. »Und wir wissen nicht, wie sie nach der langen Zeit ohne Kontakt zu ihr stehen. Wer weiß, was sie alles unternehmen würden, um sie wieder unter ihre Fittiche zu bekommen.«

Nellie winkte ab. »Lasst es einfach«, meinte sie. »Das Haus ist das Risiko nicht wert. Außerdem wird es sich ja nicht in Luft auflösen. Maria kann auch noch Ansprüche stellen, wenn sie längst in Neuseeland eingebürgert ist. Manchmal ist es einfach angebracht, sich eine Weile unsichtbar zu machen.«

Jakob Gutermann lachte. »Da haben Sie nicht ganz unrecht, junge Frau. Besser keine schlafenden Hunde wecken. Also ...« Er hob sein Glas. »Auf unsere neuen Neuseeländer. Passen Sie auf sich auf! Und was Sie angeht, Herr von Prednitz: Achten Sie auf Ihr Geld!«

Nellie fand, dass die Argumente des alten Mannes überzeugend klangen, doch in den nächsten Wochen geschah so viel, dass Walter und sie einfach vergaßen, sich um das Geld in Berlin zu kümmern. Nellies und Bernhards Fahrpraxis florierte, und die Kleintiersprechstunde wurde unerwartet gut angenommen. Selbst Mia war überrascht davon, wie viele Leute aus der Umgebung die weiten Wege auf sich nahmen, aber dadurch, dass es immer mehr Automobile gab, waren die Entfernungen kein Problem mehr. Sechs Meilen – früher eine ein- bis zweistündige Kutschfahrt – waren mit dem Auto in kürzester Zeit zu bewältigen, und die meisten Männer fuhren gern. Sie chauffierten ihre Frauen und deren Schoßtiere ohne zu murren nach Epona Station, wo sie sich dann die Zeit damit vertrieben, mit Julius von Gerstorf, Walter oder dem Stallmeister ein bisschen über Pferde zu fachsimpeln. Maria behandelte die Herzprobleme verfetteter Pudel, verschaffte arthritischen Bullterriern Erleichterung und kümmerte sich in Notfällen um Verletzungen. Sie wirkte dabei sehr zufrieden. Das neue Land jagte ihr kaum noch Angst ein.

Julius von Gerstorf war inzwischen wohlbehalten zurück aus Europa. Er berichtete besorgt von den Landtagswahlen in Deutschland, in denen die Nationalsozialisten massiv an Stimmen gewonnen hatten. Ihm selbst war das unverständlich, zumal nicht nur die weniger gebildeten Schichten, sondern auch Menschen aus bürgerlichen Kreisen immer häufiger ihr Kreuz bei der NSDAP machten.

Für Epona Station erschien es jedoch vorerst wichtiger, dass er zwei schöne westfälische Zuchtstuten mitgebracht hatte sowie vier vielversprechende junge Vollblüter, die er im Auftrag diverser Rennpferdezüchter und -halter erstanden hatte. Mit Walters Arbeit mit seinen Berittpferden war er ebenso zufrieden wie mit den reiterlichen Fortschritten der Kinder. Die Männer merkten allerdings bald, dass sie sich im Stall praktisch auf die Füße traten. Epona Station brauchte keine zwei Bereiter. Walter begann also ernsthaft darüber nachzudenken, wo genau er sich mit seinem eigenen Pferdehof ansiedeln wollte.

Für Nellie brachte ein Schiff aus Amerika fast zur selben Zeit einen dicken Brief. Philipp De Groot und seine Tochter waren gut in Amerika angekommen, und in Anbetracht der sehr klaren Lage und der Zustimmung beider Partner hatte ein Richter umgehend seine Scheidung von Nellie ausgesprochen. Phipps bedauerte das noch einmal wortreich in seinem beiliegenden Schreiben, aber Nellie jubelte und begann sofort, ihre Hochzeit mit Walter zu planen. Auch Grietje schrieb einen Brief an ihre Mutter. Sie beteuerte, wie sehr sie Nellie vermisste und dass sie das mit der Scheidung »ganz, ganz dumm« fände, zumal das Haus in Boston sehr schön und geräumig sei. Grietje fand, dass sie dort sehr gut alle zusammen hätten wohnen können. Auch sonst war sie angetan von ihrem neuen Land. Die Schule gefiel ihr, die Sprache flog ihr offenbar zu, und sie hatte bereits Freunde gefunden. Ihr Vater hatte sie mit zu den Bostoner Symphonikern genommen, wo man die Kleine freundlich aufnahm. Grietje wurde nach Strich und Faden verwöhnt und fand das großartig.

Lene, ihre Kinderfrau, die auf Nellies Bitten hin mit ihr gereist war, war nicht so begeistert. Der einfachen jungen Frau fiel das Englischlernen schwer, sie war ganz auf Grietjes Übersetzungen angewiesen, was ihrer Autorität natürlich schadete. Auch sie war allerdings beeindruckt von Phipps' Haus und dem in den Staaten offensichtlich herrschenden Überfluss.

Alle scheinen hier reich zu sein, schrieb Lene. *Keiner macht sich Sor-*

gen, keiner fragt, was etwas kostet. Herr Philipp kauft Grietje alles, was sie will, aber sie muss viel lernen. Jeden Tag Klavier- und Geigenstunden, und die Lehrer sind wohl sehr streng. Grietje sagt, ihr Klavierlehrer wär schlimmer als Dr. Maria, und das will schon was heißen.

Nellie lächelte. Maria hatte Grietje die Grundbegriffe des Klavierspiels beigebracht und ihrem Perfektionismus dabei freie Bahn gelassen. Selbst kleinste Fehler wurden sofort korrigiert. Vergnügt berichtete sie ihrer Freundin vom Urteil ihrer Tochter.

»Ich war gar nicht streng«, behauptete Maria. Nellie, und Bernhard, der oft mitbekommen hatte, wie seine Frau Grietje ein paar Takte endlos hatte wiederholen lassen, lachten. »Aber was ist mit dem Reichtum?«, fragte Maria. Ihr waren anscheinend ganz andere Bemerkungen Lenes aufgefallen. »Wenn alle nur scheinbar reich sind und keiner sich Sorgen macht, kommt es dann nicht bald zu dem, was der Kommerzienrat gesagt hat?« Maria hatte sich Jakob Gutermanns Erklärungen zur Börse genau gemerkt, und anschließend hatte Nellie sie mit Lektüre aus Mias umfangreicher Bibliothek gesehen – einem Wirtschaftsfachbuch. »Beobachten wir hier nicht die begrenzte Rationalität der Anleger an der Börse und extrem spekulatives Verhalten bei Ausblenden des Risikos?«, fragte sie.

Nellie schüttelte den Kopf. »Das kommt von Lene«, bemerkte sie. »Die hat von Anlegern und Börse und all dem keine Ahnung.«

»Dennoch beschreibt sie in einfachen Worten die Gefahr einer Finanzblase«, resümierte Maria nüchtern. »Das ist sehr interessant.«

Nellie winkte ab. »Ich find viel interessanter, dass Walter und ich endlich heiraten können«, freute sie sich. »Wirst du meine Trauzeugin sein? Ich denke, wir machen keine große Feier, aber ein schönes Essen in einem guten Restaurant in Auckland sollte schon drin sein. Ich bin so glücklich, Maria. Bis jetzt waren wir Freundinnen. Nun werden wir Schwestern.«

Maria lächelte, wobei das schon als ihr größter Ausdruck von Begeisterung zu deuten war. Euphorie war ihr fremd.

»Ja«, sagte sie. »Ich werde sehr gern deine Schwester!«

Cornelia De Groot und Walter von Prednitz heirateten am 24. Oktober 1929 in Auckland. Nellie trug ein knöchellanges geblümtes Kleid mit plissiertem, asymmetrisch geschnittenem Rock und einen passenden Kopfschmuck. Walter besaß noch einen Anzug aus seinen Eintänzerzeiten. Glücklich verließen sie das Standesamt unter einem Regen von Reis, unter dem Mia und Jonathan sie fast begruben, während Maria sich fragte, was das nun wieder für einen Sinn ergab.

»Es soll bewirken, dass sie niemals Hunger leiden müssen?«, hinterfragte sie Bernhards Erklärung. »Aber dann wäre es doch besser, ihnen den Reis in einem Glas zu schenken oder so … Er hält sich ja lange. Andererseits kochen wir wenig mit Reis …«

Bernhard lachte. »Wir könnten junge Brautleute alternativ mit Kartoffeln bewerfen«, neckte er seine Frau. »Es ist symbolisch gemeint, Maria!«

Die Einzige, die der Trauung mit einem unwilligen Gesicht beigewohnt hatte und sich nun auch nicht am Reiswerfen beteiligte, war April. Nellie bestätigte das in der Annahme, dass sie Walters Eheschließung missbilligte. Das junge Mädchen hatte von Anfang an für Walter geschwärmt, und seit er auf Shelley seine reiterlichen Fähigkeiten demonstriert hatte, schien es ernstlich in ihn verliebt zu sein. April bemühte sich um seine Nähe, arbeitete ihre eigenen Berittpferde vorzugsweise dann auf dem Platz, wenn auch er ein Pferd bewegte, und versuchte, ihn in Gespräche zu verwickeln. Sie zeigte ihm ihre Bewunderung und war sogar etwas netter zu Alex, um ihm zu gefallen.

Alex stürzte das in Verwirrung, und Cedric fiel es ebenso auf. Es bewog ihn dazu, April noch offensichtlicher zu hofieren. Die Jungen wetteiferten darum, ihr kleine Gefallen zu tun, wie ihr Pferd zu putzen oder ihre Hausaufgaben zu machen. Bei Letzterem punktete Alex, der ein sehr guter Schüler war. Letztlich gewann jedoch Cedric das Rennen um ihre Gunst, indem er ihr einen dreifarbigen Hundewelpen mitbrachte, der in der Maori-Siedlung im Abfall gefunden worden war.

April überschlug sich vor Begeisterung und überschüttete den kleinen Nanu, wie sie ihn nannte, mit Liebe. Seinen Namen wählte sie nach Walters erster Reaktion auf den Kleinen: »Nanu, wer bist du denn?« Alle Fragen zu Hundeaufzucht und -erziehung, die ihr nur eben einfallen wollten, stellte sie ihrem Reitlehrer.

Walter betrachtete die Schwärmerei des jungen Mädchens mit Amüsement, doch Nellie hatte den Verdacht, dass er sich auch ein wenig geschmeichelt fühlte. April war schließlich ein bildhübsches Mädchen. Nellie war besorgt. Vielleicht würden die von Gerstorfs die Sache gelassen sehen, wenn sie dahinterkamen, doch sicher konnte man da nicht sein. Sie wollte auf keinen Fall, dass der Verdacht entstand, Walter ermunterte das Mädchen. Auch deshalb war sie froh, dass die Hochzeit nun endlich stattfand. Sie würde dadurch auch die neuseeländische Staatsangehörigkeit erhalten. Walter hatte sie bereits dank der Festanstellung bei den von Gerstorfs. Bernhard und Maria hatten sie beantragt.

»Wollt ihr denn wirklich in gar keiner Kirche heiraten?«, fragte Mia, als Nellie und Walter nach dem Standesamt direkt ein gutes Restaurant am Hafen ansteuerten. »Das ist doch immer so feierlich!«

Nellie schüttelte den Kopf. »Lieber nicht«, meinte sie. »Ich hab ja schon mal kirchlich geheiratet, und bei den Katholiken gibt es streng genommen keine Scheidung. Walter ist zudem protestantisch erzogen – und ehrlich gesagt verwirrt uns die Kirchenvielfalt hier in Neuseeland. In Deutschland gibt es nur Katholiken oder Protestanten, hier habt ihr Methodisten, Baptisten, Anglikaner, Alt-Lutheraner ... Um uns da einzuarbeiten, fehlt uns beiden die Zeit und die Lust.«

»Ihr könntet sie ja alle fragen, ob sie euch einsegnen«, schlug Mia vor und lächelte ihrem Julius zu. »Segen kann man nicht genug haben!«

Mia und Julius waren zunächst protestantisch getraut worden, aber am Abend hatte ein Rabbi ihre Verbindung noch einmal gesegnet.

Nellie lachte und schmiegte sich in Walters Arme. »Wir sind schon ausreichend vom Glück begünstigt«, erklärte sie. »Wir haben uns, wir sind reich, wir tun, was wir gern tun … Was brauchen wir da noch an Segen?«

Sie sollte sich selten so sehr geirrt haben, obwohl sicher auch der Segen beliebig vieler Geistlicher den Börsencrash nicht verhindert hätte. Er nahm genau am Tag ihrer Hochzeit seinen Anfang. Allein am 24. Oktober sank der Gesamtwert der in Amerika börsennotierten Unternehmen um 11 Milliarden US-Dollar – und ein Zusammenbruch der Märkte in aller Welt sollte folgen.

Ein paar Wochen später hatten Nellie und Walter immer noch einander, und sie taten das, was sie gern taten – allerdings waren sie nicht mehr reich.

Zunächst bemerkte man auf Epona Station nichts von der beginnenden Wirtschaftskrise. Besonders Nellie und Walter beschäftigte etwas ganz anderes, nämlich eine Anzeige, die Nellie im *New Zealand Herald* fand.

Die Hawke's Bay Farmers Union suchte einen Tierarzt. Wie andere Bauernvereinigungen vorher, war sie entschlossen, einen Veterinär anzuwerben und fest anzustellen. Zusätzlich zu einem Grundgehalt sollten die jeweiligen Leistungen vergütet werden. Die Farmervereinigung würde bei der Einrichtung einer Praxis helfen und ihn dafür eventuell mit einem Kredit unterstützen.

»Wäre das nicht was für uns?«, fragte Nellie und suchte die Region auf einer Karte von Neuseeland. »Die Gegend soll ja sehr schön sein. Die Küste ist nah, es gibt mit Napier und Hastings zwei aufstrebende Städte ...«

»Napier liegt direkt an der Ostküste der Nordinsel«, begann Maria zu referieren. Sie hatte inzwischen etliche Bücher über ihre neue Heimat gelesen. »Die Hawke Bay ist eine lang gestreckte, halbrunde Bucht. Die Küste ist eher hügelig, rund um die Stadt Hastings, die etwas weiter im Inland liegt, gibt es eine fruchtbare Ebene, die Heretaunga Plains. Da ist die meiste Landwirtschaft angesiedelt. Vorherrschend sind neben Viehzucht und Getreideanbau Obstanbau und Weinbau. Aber es ist weit weg. Über vierhundert Kilometer. Wollt ihr denn wirklich so weit fort?«

Maria und Nellie hielten an diesem Nachmittag die Kleintierpraxis offen, zwei Patientenbesitzer aus Auckland hatten sich angesagt, und Maria wusste, dass sie zumindest bei der Behandlung eines sehr unruhigen Katers Hilfe brauchen würde. Bis die Patienten eintrafen, vertrieb sich Maria die Zeit damit, die Instrumente der Klinik zu ordnen, Nellie studierte die Zeitung.

Nellie sah auf. »Na ja, wir waren uns doch einig darüber, dass drei Tierärzte für diese Region zu viel sind. Du kommst mit Bernhard allein gut zurecht, sein Englisch wird ja auch immer besser. Er kann die Besuche auf den Farmen allein erledigen, und wenn er Hilfe braucht, fährst du eben mit. Zurzeit steht meistens einer von uns daneben, während der andere das Tier behandelt. Das bringt nichts, zumal in einem Land, in dem ein derartiger Tierärztemangel herrscht. Anderswo werden wir dringend gebraucht.«

»Aber so weit?«, wiederholte Maria mutlos.

Nellie seufzte. »Um Auckland herum ist die Dichte an Tierarztpraxen wahrscheinlich am größten. Außerdem … Also ich würde ganz gern eine ziemlich große Entfernung zwischen Walter und die kleine April legen. Ihre Schwärmerei ist ja ganz niedlich, aber sie versucht immer offensiver, ihre weiblichen Reize einzusetzen. Der Umstand, dass Walter verheiratet ist, scheint sie nicht sehr zu irritieren. Und aller guten Erziehung zum Trotz ist sie ein Naturkind. Letzte Woche hat sie ihn um Begleitung bei einem Ausritt gebeten, ihm einen Badeteich gezeigt und davon geschwärmt, wie schön es ist, darin nackt zu schwimmen. Noch ist Frühling, und es ist zum Glück zu kalt, aber was erwartet uns im Sommer? Ich möchte mich lieber in Freundschaft von den von Gerstorfs trennen, als dass die Kleine Walter in Verruf bringt und er dann womöglich rausfliegt.«

Maria nickte. Sie konnte das zwar nicht nachvollziehen – triebgesteuertes Verhalten war ihr einfach zu fremd –, aber sie hatte die Zwanzigerjahre mitten im Vergnügungsviertel von Berlin erlebt und oft Tiere von Schaustellern behandelt. Ihre dortigen Erlebnisse hatten sie davon überzeugt, dass Menschen so ziemlich alles zuzutrauen war, wenn es um Liebe ging.

»Es scheint eine wohlhabende Region zu sein«, meinte Nellie, die weiterhin die Karte studierte und nun auch ein Buch über Neuseeland zurate zog. »Also ganz gute Voraussetzungen für einen Reitstall, einen Ponyklub für Kinder ... Ich denke, ich werde es Walter mal vorschlagen. Er sollte langsam sein Geld in Sicherheit bringen. Die Unkerei des alten Gutermann scheint sich ja zu bewahrheiten.«

Auf den ersten Seiten berichtete der *New Zealand Herald* über den Börsencrash in den USA.

»Ja«, sagte Maria. »Die Finanzblase platzt. Der Kommerzienrat versteht sein Geschäft. Schau, da kommen die Leute mit dem Kater ...«

Von der Kleintierpraxis aus hatte man einen guten Blick über den Hof, und Nellie sah nicht nur das Auto des Ehepaars Hefner vorfahren, sondern auch Walter, der eben mit einem gesattelten Pferd aus dem Stall kam. Ihm folgte April mit ihrem kleinen Hund, eifrig plaudernd. Nellie seufzte. Es wurde Zeit, die Zelte abzubrechen.

Walter stand der Idee, sich in der Hawke's Bay Region anzusiedeln, durchaus positiv gegenüber. Auch ihm wurde die Sache mit April unheimlich, außerdem fühlte er sich überflüssig. Julius von Gerstorf kam mit den Berittpferden gut allein zurecht, und nun im Frühjahr wurden die Pferde verkauft. Natürlich kamen danach neue unter den Sattel, aber die Anfangsarbeit konnten auch Cedric und April erledigen. Walter war es unangenehm, den von Gerstorfs weiter auf der Tasche zu liegen, und er freute sich auf die Selbstständigkeit.

Mia und Julius schwärmten ebenfalls von der Schönheit der Bucht an der Ostküste. Es gab eine Rennbahn in Hastings, und sie waren früher oft dort gewesen. Natürlich gaben sie Walter ohne zu zögern Urlaub, um sich die Region anzusehen, und so nahmen die von Prednitzens gegen Ende Oktober den Zug von Auckland nach Süden. Schon die Bahnreise empfanden sie als beeindruckend. Teilweise musste es geradezu halsbrecherischer Bemühungen bedurft haben, um hier Schienen zu verlegen. Der Zug fuhr durch dichten Wald, Brücken überquerten Schluchten und Flüsse – aber oft ging es auch zwischen Feldern und Wiesen hindurch. In der Hawke's-Bay-Region wurden sie schließlich von einer hügeligen, auf den ersten Blick lieblichen Landschaft begrüßt, obwohl es ebenso Steilküsten und schroffe Felsformationen geben sollte. In Hastings war Nellie mit zwei Vertretern der Farmervereinigung verabredet. Beide waren sehr freundlich und höflich und störten sich nicht daran, dass sich hier eine Tierärztin statt eines männlichen Vertreters ihrer Zunft bewarb.

»Hauptsache, Sie verstehen Ihr Handwerk«, meinte Fred Lester, ein drahtiger kleiner Mann mit wettergegerbter Haut. »Und wenn bei Großtieren mal einer zufassen muss, dann helfen wir eben.«

»Ich komme meistens sehr gut zurecht«, erklärte Nellie und berichtete von ihren Erfahrungen als Landtierärztin in Belgien. »In Berlin habe ich hauptsächlich Kleintiere und Exoten behandelt.« Sie lächelte. »Sogar einen Elefanten, und da muss man ganz schön zupacken. Hier in Neuseeland habe ich bisher beim Aufbau einer Landpraxis geholfen.«

»Ich fahr morgen mal ein bisschen mit Ihnen rum«, versprach Tom Brewer, der Zweite im Bunde, seines Zeichens ein muskelbepackter Hüne mit wild gelocktem rotem Haar und Backenbart.

»Vielleicht können wir uns dabei gleich nach einem geeigneten Hof umsehen«, mischte sich Walter ein. »Ich würde gern einen Reitstall, vielleicht einen kleinen Pferdezuchtbetrieb gründen.«

Die beiden Farmer begannen sofort, eifrig miteinander zu besprechen, wo sich ein passendes Objekt finden ließe. Als Vorsitzende des Bauernverbandes wussten sie natürlich, was zum Verkauf stand.

Zunächst luden sie Nellie und Walter im Hotel zum Essen ein, horchten beide noch etwas nach ihren Vorerfahrungen aus und schienen dann recht zufrieden.

»Haben sich eigentlich viele Tierärzte beworben?«, fragte Nellie am Ende des Abends, woraufhin Lester ehrlich den Kopf schüttelte.

»Bisher sind Sie die Einzige«, erklärte er, um dann übers ganze

Gesicht zu grinsen. »Aber mehr als einen Vet brauchen wir ja auch nicht.«

»Sieht aus, als hättest du die Stelle.«

Walter lächelte, als sie ihr einfaches, aber sauberes Zimmer betraten. Die Farmervereinigung hatte sie in einem ordentlichen Landgasthof eingemietet.

Am nächsten Morgen fuhr Brewer mit einem der unvermeidlichen Pick-ups vor und kutschierte sie beide durch die Heretaunga Plains. Dabei fuhr er mehrere Farmen an, und Nellie besichtigte weitgehend moderne, luftige Schaf- und Kuhställe. Einige Farmer konnten es nicht abwarten, ihre Tiere mit diversen Wehwehchen vorzuführen, und Nellie schuf sich gleich Sympathien, indem sie beherzt zum Hufmesser griff und einem Pferd den Hufabszess öffnete. Bei einer Kuh diagnostizierte sie Mastitis, konnte aber aus Mangel an Medikamenten nicht sofort etwas tun.

»Sie sollten das Euter kühlen und massieren«, riet sie dem Landwirt. »Und immer wieder abmelken. Das Sekret und eventuell Eiter müssen raus. Ich schreibe Ihnen ein Schmerzmittel auf, das auch entzündungshemmend wirkt. Mit etwas Glück kommt sie bald wieder in Ordnung.«

Walter wartete geduldig ab, während Nellie versuchte, einen möglichst guten Eindruck zu erwecken, aber Brewer hatte ihn nicht vergessen und sprach jeden der besuchten Landwirte auf verkäufliche Höfe in der Nähe an.

Walter war besonders interessiert, als sie schließlich einen Pferdehof bei Hastings besuchten. James Bolt, der Besitzer, züchtete und trainierte Rennpferde, hatte allerdings auch Reitpferde in Pension.

»Eine ordentliche Reitschule fehlt hier«, ermutigte er Walter. »Ich geb ein bisschen Unterricht, aber ich tu's nicht gern, denn ich kann's nicht gut. Ich war Rennreiter, jetzt bin ich Trainer. Kringel reiten und über Hindernisse springen hat mich nie gereizt. Wenn Sie sich nicht selbstständig machen wollten, hätte ich Sie glatt als

Reitlehrer angestellt. Anfragen gibt es massig. Die Kaufleute in der Stadt und die Besitzer der Obstplantagen wollen, dass ihre Kinder Turniere und Jagden reiten. Das gehört in besseren Kreisen wohl dazu. Also suchen Sie sich was, das nicht zu abgelegen ist. Die Leute wollen nicht stundenlang fahren, bevor sie bei ihrem Pferd sind.«

Bolts eigener Hof lag ganz in der Nähe der Rennbahn, und er machte Nellie Hoffnungen, auch als Rennbahntierärztin tätig werden zu können.

Gegen Ende der Rundreise fuhr Brewer dann noch einen Hof bei Napier an. »Das ist was für Sie«, meinte er zu Walter. »Kein Herrenhaus, dafür ordentliche Ställe. Die Hausmanns – deutschstämmig übrigens, bestimmt können sie noch Ihre Sprache sprechen – haben das alles für ihren Sohn aufgebaut. Aber der hatte es nicht mit Schafen und Pferden. Er wollte fliegen, war bei der Air Force. Vor einem Jahr ist er abgestürzt. Traurige Geschichte. Sie wollen jetzt verkaufen. Ganz billig wird's nur nicht. Sie haben schon mehrere Interessenten. Kann sein, dass es sogar eine kleine Auktion gibt.«

Als Brewer seinen Wagen über die gepflegte Einfahrt lenkte, war Nellie sofort bereit mitzubieten. Sie verliebte sich auf den ersten Blick in das niedrige kleine Cottage, das sich an einen Hügel schmiegte und von einem Garten umgeben war, in dem Gemüse und Blumen üppig gediehen. Es gab Apfel- und Kirschbäume und zwei lang gezogene Stallgebäude.

»Da müssten Sie für Pferde etwas umbauen, und eine Reitbahn müssten Sie auch anlegen«, meinte Brewer. »Aber Platz ist genug da, und obwohl die Umgebung so ländlich wirkt, ist man in ein paar Minuten in der Stadt.«

Die Hausmanns, ein etwas verhutzelt wirkendes Ehepaar in altmodischer schwarzer Kleidung, sprachen tatsächlich Deutsch, luden zu Kaffee ein und waren sehr freundlich. Beide wirkten verbittert. Nellie sprach ihnen einfühlsam ihr Beileid zum Verlust ihres Sohnes aus. Walter berichtete, was er sich für die Zukunft des Hofes vorstellte, und die zwei nickten, schienen jedoch kaum interessiert. Nellie hatte den Eindruck, als wollten sie nur weg.

»Wir denken sogar daran, zurück nach Deutschland zu gehen«, überlegte die alte Frau, wovon ihr Walter und Nellie rasch abrieten.

»Aber auf jeden Fall möchten wir an einen Ort, in dem noch Deutsch gesprochen wird«, meinte Herr Hausmann. »Es ist nicht so, als hätten wir uns hier nicht heimisch gefühlt – Robert war Neuseeländer ... ganz und gar. Doch nun ... Wir haben gehört, dass sich in der Region von Blenheim auf der Südinsel viele Deutsche angesiedelt haben.«

Er führte Nellie und Walter schließlich über den Hof, informierte sie über das zugehörige Weideland, die Zäune und die Wasserversorgung, wobei Walter immer zufriedener wirkte. Der Preis, den der alte Mann am Ende nannte, schreckte ihn nicht.

»Was ist denn mit den anderen Interessenten?«, fragte Brewer neugierig. »Es hieß doch, der Hof sei so gut wie verkauft.«

Hausmann verzog das Gesicht. »Liquiditätsschwierigkeiten. Wollte uns hinhalten. Aber ich hab ihm gesagt, dass ich nicht warte. Wenn einer zahlt, kriegt er's. Also überlegen Sie's sich, Herr von Prednitz. Handeln tu ich nicht. Wenn Sie meinen Preis bezahlen können, gehen wir sofort zum Notar.«

»Das Anwesen ist optimal«, erklärte Walter, als sie wieder in Brewers Auto saßen. »Vielen Dank, Mr. Brewer. Was meinst du, Nellie?«

Nellie strahlte. »Das Haus ist ein Traum«, sagte sie. »Genauso ein niedliches Bauernhaus hab ich mir immer gewünscht. In der Scheune könnte man gut eine kleine Praxis einrichten. Um Tiere einzustellen, die intensive Pflege brauchen. Sogar ein oder zwei Pferdeboxen hätten Platz. Lass es uns kaufen, Walter. Was Besseres finden wir nicht!«

Tom Brewer grinste. »Gilt für uns genauso, Dr. von Prednitz«, meinte er. »Einen besseren Tierarzt könnten wir nicht einstellen.

Wenn Sie also einschlagen, haben Sie die Stelle.« Er hielt Nellie die Hand hin.

»Dr. Nellie«, korrigierte sie mit einem Lächeln. Dann schlug sie ein.

Walter sandte noch von Hastings aus ein Telegramm an seine Bank in Berlin, eine erlesene Privatbank, die das Geld der Gräfin bis zu ihrem Tode verwaltet hatte, und bat den Direktor, die Anlagen zu verkaufen und den Erlös auf sein neues Konto in Neuseeland zu überweisen. Ein solches eröffnete er gleich in Hastings. Danach nahmen die von Prednitzens den Nachtzug zurück nach Auckland. Julius holte sie persönlich ab und freute sich mit ihnen über die guten Nachrichten.

»Wir sollten Champagner kaufen«, regte er an, »und heute Abend darauf anstoßen.«

Walter stimmte vergnügt zu. »Dabei könnten wir auch ein bisschen übers Geschäft reden. Vielleicht mögen Sie mir ein paar Pferde verkaufen, ich muss ja mit etwas anfangen. Mal schauen, wie viel von meinem Geld übrig bleibt, wenn das Haus bezahlt ist.«

Nellie gähnte. »Könnt ihr nachher gerne tun. Aber ich brauche jetzt erst mal ein Nickerchen. Die Nachtfahrt war anstrengend. Und neuerdings werde ich so schnell müde …«

Bei der letzten Bemerkung warf sie Walter einen sprechenden Blick zu, den der allerdings nicht wahrnahm. Lieber fachsimpelte er mit Julius darüber, welche der jungen Stuten von Epona Station für ihn infrage kämen.

Nellie und Walter schwelgten genau vier Tage lang in ihren Träumen vom Reitstall in Hastings. Das Telefon klingelte, als Nellie und Bernhard gerade ihre Sachen für die Hausbesuche ins Auto packten. Walter saß schon auf dem Pferd. Maria nahm den Anruf an und kam aus dem Haus.

»Telefon für Walter«, sagte sie. »Würdet ihr ihn bitte rufen?«

»Er reitet«, erwiderte Nellie. »Kann das nicht warten?«

»Es klang dringlich«, urteilte Maria. »Ein Bankdirektor aus Hastings.«

Nellie lächelte. »Oh, dann ist wohl das Geld da. Ich gehe eben zum Platz und schicke ihn her.«

Sie lief zum Reitplatz, der hinter den Ställen lag, und hielt Walters Pferd fest, während er zum Haus eilte.

»Was da wohl so dringend ist, dass Walter ihn nicht später zurückrufen konnte?«, fragte sie Julius, der gerade ein weiteres Pferd auf den Platz brachte.

»Geh hin und hör's dir an«, gab Julius zurück. »Ich kann Dreamgirl als Handpferd nehmen, bis Walter wiederkommt.«

Nellie ließ sich das nicht zweimal sagen. Ihr Englisch war besser als Walters. Wenn es etwas zu erklären gab, konnte sie den Hörer übernehmen.

Das hatte allerdings bereits Maria getan, als Nellie zurück ins Haus kam. Sie hörte dem Mann am anderen Ende der Leitung aufmerksam zu. Walter stand leichenblass neben ihr und riss geistesabwesend die ersten Blätter eines Notizblocks in Fetzen, auf dem sie zu notieren pflegten, wer angerufen hatte.

»Was ist los?«, fragte Nellie leise.

Walter sah sie mit fast irrem Blick an. »Das Geld …«, flüsterte er. »Das … das ganze Geld ist weg. Also wenn ich das nicht falsch verstanden habe.«

»Wie weg?«, fragte sie. »Hat es jemand gestohlen?«

Maria gebot ihr mit einer Handbewegung Schweigen. Kurz darauf beendete sie das Telefongespräch mit einem höflichen Dank und wandte sich ihnen zu.

»Das ganze Geld ist nicht weg«, sagte sie sachlich. »Es sind umgerechnet vierhundert Pfund von Deutschland überwiesen worden. Das ist viel weniger, als Walter der Bank avisiert hatte. Der Bankdirektor in Hastings nimmt an, dass es mit dem Börsencrash zu tun hat. Das müsst ihr aber in Berlin erfragen …«

Walter blitzte sie an. »Das werde ich! Und ob ich das werde! Vielleicht ist es ja ein Irrtum. Und sonst ... Das ... das müssen die mir zurückzahlen. Es kann doch nicht sein, dass ...«

Maria zuckte mit den Schultern. »Wenn du das Geld in US-Aktien investiert hattest, kann das durchaus sein«, stellte sie richtig. »Da sind mehrere Firmen in Konkurs gegangen. Sehr viele Anleger haben ihr ganzes Geld verloren.«

Walter vergrub das Gesicht in den Händen. »Ich werde da gleich anrufen«, sagte er. »Ich werde ...«

Nellie warf einen Blick auf die Uhr. »In Berlin ist es jetzt kurz nach neun Uhr abends«, bemerkte sie. »Da wird niemand mehr im Büro sein.«

Walter ließ sich jedoch nicht beirren. Er suchte die Nummer seiner Bank heraus und wählte hektisch. Nellie nahm ihm das Telefon aus der Hand, als er die Vermittlung erreichte und keine Worte dafür fand, was er wollte. Die junge Frau bei der Telefongesellschaft wählte Deutschland dann an – und nach einer Viertelstunde, die Walter damit verbrachte, ungeduldig auf dem Korridor hin und her zu laufen, wurden sie tatsächlich verbunden.

Nellie hörte eine müde Stimme am anderen Ende der Leitung. Es war tatsächlich der Bankdirektor.

»Hier ist Cornelia von Prednitz«, sagte sie. »Mein Mann will Sie sprechen.« Damit gab sie das Telefon weiter – und ließ Walter mit seinem Gespräch allein. Eine Übersetzerin brauchte er ja nicht, und Julius musste unbedingt darüber informiert werden, warum Walter nicht gleich wiederkam.

Als sie das Haus verließ, hörte sie Walter bereits in den Hörer brüllen. Er wurde selten laut, aber jetzt musste er seine Frustration wohl an jemandem auslassen. Nellie tat der Bankdirektor leid. Wenn es stimmte, was Maria gesagt hatte, und daran hatte sie keinen Zweifel, dann war Walter wohl nicht der Einzige, dem der Mann in diesen Tagen eine Hiobsbotschaft hatte überbringen müssen.

Während Nellie noch mit Julius sprach, kam Walter zurück zum

Reitplatz. Er wirkte, als hätte man ihn geschlagen, seine Augen waren gerötet, und er schien verwirrt.

»Nellie«, sagte er leise. »Nellie, was machen wir denn jetzt?«

Nellie legte tröstend die Arme um ihn. »Na, was schon? Wir machen weiter«, beschied sie ihn dann. »Du reitest dein Pferd, ich fahre mit Bernhard auf die Höfe. Dabei beruhigen wir uns, und heute Abend reden wir darüber. Es ist nicht das Ende der Welt, Walter!«

Walter fuhr sich durchs Haar, als wollte er es raufen wie die geschlagenen Helden in alten Romanen. »Aber ich … wir … das ganze Geld … Warum hab ich bloß nicht auf Mias Vater gehört? Warum konnte die Bank das nicht voraussehen? Der Kommerzienrat wusste es doch auch.«

»Mias Vater hatte immer ein besonderes Gespür für Politik und Geldgeschäfte«, mischte sich Julius ein. »Er hat sogar den Krieg damals vorausgesehen … als noch niemand daran glaubte … Ich hätte vielleicht auch nicht auf ihn gehört. Aber Mia kannte ihn zu gut …«

Walter fasste sich langsam wieder. Er nahm die Zügel der Stute Dreamgirl, die Julius ihm reichte, und machte Anstalten aufzusitzen.

»Kannst du denn jetzt reiten?«, fragte Nellie fürsorglich.

Walter sah sie an. »Es wird helfen«, sagte er. »Reiten hilft gegen alles.« Gleich darauf ließ er die Stute seitwärtstreten. Er schien voll konzentriert auf sein Pferd, als Nellie zurück zu Bernhard ging.

»Wir reden heute Abend«, rief Julius ihr noch zu. »Und Mia soll ihren Vater anrufen. Vielleicht lässt sich ja noch etwas machen.«

Walter mochte die Reiterei beruhigen, und auf Nellie hatte Bernhard einen beruhigenden Einfluss. Der junge Tierarzt hatte Zeit seines Lebens mit Geldknappheit gekämpft. Er sah Nellies und Walters Lage gelassen.

»Du hast doch die neue Arbeitsstelle in Hastings«, beruhigte er sie. »Und wenn ich das richtig verstanden habe, war damit ursprünglich auch das Angebot verbunden, euch einen Kredit für den Neuanfang in Hawke's Bay zu geben. Das wird nicht gleich so viel sein, dass ihr ein Haus kaufen könnt, aber für ein Auto und ein Dach über dem Kopf wird es schon langen.«

Nellie nickte. »Ich werde Tom Brewer nachher anrufen. Es wird schon alles werden. Wo müssen wir denn jetzt hin? Hoffentlich kein dringender Fall, wir sind fast eine Stunde zu spät dran.«

Am Abend trafen sich alle im Salon der von Gerstorfs. Mia hatte darauf bestanden, Walter und Nellie mit ihrem Verlust nicht allein zu lassen. Sie erläuterte ihnen als Erstes, was ihr Vater gesagt hatte.

»Jetzt, da dieser Bankdirektor die Aktien verkauft hat – ich verstehe nicht, warum er dich nicht informiert hat, bevor er die Order ausführte, alles zu Geld zu machen und den Erlös nach Neuseeland zu überweisen –, könnt ihr leider nichts mehr machen«, nahm sie Walter die letzte Hoffnung. »Zumindest einen Teil der Anteile hätte man vielleicht behalten können und hoffen, dass sie irgendwann wieder steigen. Aber da hätte er konkret wissen müssen, welche Werte du im Depot hattest. Es war ganz klar falsch, dieser Bank in Berlin alles zu überlassen ...«

»Wie passiert so was nur?«, fragte Walter hilflos. »Wie kann man plötzlich alles verlieren?«

Mia zuckte mit den Schultern. »Na ja, jedes Unternehmen, das an der Börse notiert ist, gibt eine bestimmte Anzahl an Aktien aus. Wenn es gut wirtschaftet und viel verdient, wollen alle diese Aktien haben. Dann werden sie teurer und teurer, theoretisch wächst also dein Vermögen. Allerdings nur, solange du die Gewinne nicht realisierst, die Aktien also wieder verkaufst. Und wenn die Aktien so teuer sind, dass sie schließlich mehr kosten als das ganze Unternehmen wert ist, also die Fabrikhallen und die Maschinen und all das, dann entsteht eine Spekulationsblase. Die muss irgendwann platzen, und das ist jetzt passiert. So was geht ganz schnell, da muss sich nur die Angst ausbreiten, die Unternehmen würden in naher Zukunft nicht mehr so viel Geld verdienen, und schon fangen die Aktionäre an, ihre Aktien zu verkaufen. Sie werden dadurch immer billiger, und irgendwann ist aus einem vierhunderttausend Pfund schweren Depot eins geworden, das nur noch vierhundert enthält. Wenn man den Absprung nicht rechtzeitig schafft. Das war jetzt natürlich sehr vereinfacht erklärt.«

Mia, ganz die Tochter eines Bankdirektors, lehnte sich zurück. Julius öffnete eine Flasche Cognac und schenkte allen ein. Walter nahm einen tiefen Schluck aus seinem Glas.

Nellie erhob sich. »Ich telefoniere mal mit Mr. Brewer – wenn ich noch einmal euren Apparat benutzen darf. Dann können wir überlegen, wie es weitergeht. Ich werde ihm sagen, Walter, dass wir vom Kauf der Farm von Mr. Hausmann zurücktreten müssen.«

Walter nickte unglücklich. »Es tut mir so leid«, sagte er.

Nellie bemühte sich, nicht an das niedliche Bauernhaus zu denken, in dessen Garten sie sich schon eine Schaukel und eine Wippe erträumt hatte …

Brewer hob zum Glück sofort ab. Und wusste bereits alles. Bankgeheimnisse schienen in Kleinstädten keinen allzu großen Stellenwert zu besitzen.

»Ist wirklich schade«, meinte er mit ehrlichem Bedauern. »Aber Sie kommen doch trotzdem, Dr. Nellie?«

»Sicher«, meinte Nellie. »Ich werde nur ein bisschen mehr Aufbauhilfe brauchen. Wissen Sie ein Haus, das wir mieten können? Und würden Sie uns mit einem Kredit für ein Auto helfen? Für unsere verbliebenen vierhundert Pfund sollten wir zwar eins kaufen können, aber das Geld würde ich gern als Notgroschen zurücklegen.«

Brewer versicherte ihr, dass die Farmervereinigung schon ein kleines Haus am Rande von Hastings für ihren künftigen Tierarzt und seine Familie ins Auge gefasst hatte. »Wir haben ja mit einem Berufsanfänger gerechnet, der nicht viel Geld hat.« Auch ein Auto würden die Landwirte vorfinanzieren.

»Und wenn ich Mr. Hausmann nun für Ihren Mann absage«,

fragte er schließlich, »soll ich dann vielleicht bei Mr. Bolt für ihn zusagen?«

»Mr. Bolt?«, fragte Nellie verwirrt.

Sie hatte sich die Namen der Bauern, die sie mit Brewer besucht hatte, nicht alle merken können.

»Na, der mit dem Gestüt«, half ihr Brewer. »Der wollte Ihren Mann doch anstellen …«

Nellie warf Walter einen fragenden Blick zu. Sie hatte das Jobangebot völlig vergessen, und auch er schien nicht mehr daran gedacht zu haben. Als sie ihn jetzt erinnerte, hellte sich seine Miene auf.

»Ja«, sagte er. »Das ist gut. Ich werde für Mr. Bolt arbeiten. Wir fangen einfach ganz neu an.«

»Es gibt übrigens noch eine gute Nachricht«, raunte Nellie ihrem Mann zu, als sie schließlich zurück zu ihrem Wohnhaus gingen. Walter und Julius hatten noch einen Blick auf eine Stute werfen wollen, die bald fohlen sollte, deshalb waren Maria und Bernhard vorausgegangen, und Walter und Nellie waren nun allein unter einem traumhaften neuseeländischen Sternenhimmel. Es war eine klare Nacht, der Stern des Südens war gut zu erkennen. »Jedenfalls hoffe ich, dass du dich freust. Oder willst du es lieber an einem besseren Tag hören?«

Walter blickte auf die Uhr. »Es ist Viertel nach zwölf«, sagte er sanft. »Ich schätze, der schlimmste Tag ist vorbei.«

Nellie lächelte. »Dann soll dies jetzt ein guter werden. Ich bekomme ein Kind, Walter. Du wirst Vater!«

Sie schaute unsicher zu ihm auf, entspannte sich jedoch, als er sie spontan in die Arme schloss.

»O Nellie!«, flüsterte er. »Das ist besser als alles Geld der Welt.«

DIE ERDE BEBT ...

Neuseeland – Hawke's Bay Region, Onehunga, New Lynn
1930 – 1933

Das Haus, das Nellie und Walter in der Hawke's Bay Region bezogen, war nicht halb so attraktiv wie das Cottage der Hausmanns. Es stand in einem Arbeiterviertel in einem Vorort von Hastings – man war schnell in der Stadt, und Nellie hatte es nicht weit bis zu den umliegenden Höfen. Das Haus gehörte zu einer Reihenhaussiedlung, die wenige Jahre zuvor in kürzester Zeit aus dem Boden gestampft worden war. Sehr solide gebaut schien es Nellie nicht.

»Wir werden hier jeden Laut hören, den die Nachbarn von sich geben«, sagte sie seufzend. »Und umgekehrt. Die Leute tun mir jetzt schon leid, wenn demnächst unser Baby brüllt.«

Dafür gab es jedoch einen Vorgarten und einen kleinen hinteren Garten, in dem viele der Bewohner Gemüse anbauten oder sich sogar ein Schaf oder eine Ziege hielten. Nellie plante nichts dergleichen, für Gartenpflege würde keiner von ihnen Zeit finden. Sie würde also nur ein paar Blumen aussäen.

Alternativ hatte James Bolt ihnen angeboten, eine Wohnung auf seinem Anwesen zu beziehen, aber Nellie hatte abgelehnt. Sie wollte Walter einmal ganz für sich allein haben, ein Heim, das sie mit niemandem teilte als mit ihrem Mann und sehr bald ihrem Kind.

Nellie war dankbar, aber Walter eher beschämt, als der Landfrauenverein am Einzugstag einen Wagen vorbeischickte, der mit Möbeln und Vorräten beladen war. Eine der tatkräftigen Frauen fuhr ihn selbst, sie hatte zwei prächtige Kaltblüter vorgespannt.

»Wir haben das für Sie gesammelt, Dr. Nellie«, erklärte sie. »Soll ich wirklich Dr. Nellie zu Ihnen sagen?«

Nellie nickte und bedankte sich lachend. »Die Bauern in Belgien haben mich schon so genannt«, verriet sie. »Ich hab's immer als eine Art Ehrentitel betrachtet. Und Sie sind …«

»Veronica Lester, die Frau von Fred«, stellte die Farmerin sich vor. Nellie dachte amüsiert, dass sie etwa doppelt so breit, schwer und einen Kopf größer sein musste als ihr Mann. »Und jetzt lassen Sie uns mal abladen. Sie sollen's heute Abend doch schon gemütlich haben!«

Tatsächlich waren Schlafzimmer, Wohnzimmer und Küche bereits eingerichtet und mit Teppichen und teilweise grauenhaft kitschigem Nippes dekoriert, als Veronica sich ein paar Stunden später verabschiedete. Zwischendurch waren noch zwei weitere Landfrauen vorbeigekommen und hatten Nellies Vorratsschrank mit Eingemachtem gefüllt. Ein weiteres kleines Zimmer blieb frei.

»Eine Wiege wollten wir nicht gleich mitbringen«, bemerkte Veronica freimütig. »Erschien uns zu … äh … taktlos. Aber Sie sind jung verheiratet, hab ich gehört. Da soll ja wohl bald was Kleines kommen.«

Nellie verriet ihr nicht, dass der künftige Bewohner des Kinderzimmers bereits unterwegs war. Diese lebensklugen Frauen würden es ihr sehr bald ansehen.

Nachdem sie Veronica verabschiedet hatte, ging sie zu Walter, der am Fenster stand und in den verwahrlosten Garten hinaussah. Sie legte ihm die Arme um die Hüften.

»Nun guck nicht so traurig«, tröstete sie ihn. »Es ist doch ganz nett hier. Wir bleiben ein paar Jahre, und dann kaufen wir uns ein eigenes Haus. Wenn wir beide verdienen und die Landfrauen uns weiterhin verpflegen, geht das ganz schnell.«

Walter nickte. »Aber du wirst mehr verdienen als ich«, bemerkte er.

Nellie hatte längst geahnt, dass ihn das plagte, doch bislang hatte er es nie ausgesprochen.

»Und was ist daran schlimm?«, fragte sie. »Ist es nicht nur wichtig, dass wir glücklich sind?«

Walter wandte sich zu ihr um. »Ich weiß nicht, ob ich unter diesen Umständen wirklich glücklich sein kann«, gestand er.

Nellie strich über seine Wange. »Dann musst du dich eben anstrengen. Mir macht es überhaupt nichts aus. Ich hab nie erwartet, dass mein Mann mich ernährt. Wenn mir das wichtig gewesen wäre, wäre ich mit Phipps nach Amerika gegangen.«

»Und was wird das Kind von mir denken?«, fragte er.

Nellie seufzte. »Walter, das Kind wird dich lieben. Weil du ihm reiten beibringst und ihm vielleicht ein Pony kaufst, wenn es alt genug ist. Und weil du ganz sicher ein sehr guter Vater sein wirst. Du warst es auch schon für Grietje. Freu dich mal, Walter! Andere Leute haben viel mehr verloren. Denk an die Hausmanns. Die haben Grund zur Trauer. Bei uns war es nur Geld.«

Nellie wusste nicht, ob es Walter Anstrengung kostete, doch die ersten Monate in ihrem neuen Zuhause verliefen außerordentlich glücklich. Sie mochte ihre Arbeit für die Farmervereinigung, denn sie wurde überall freundlich aufgenommen. Die Bauern waren dankbar, mit den Krankheiten ihrer Tiere nicht mehr alleingelassen zu werden, und sie wussten es natürlich auch zu schätzen, dass sie weniger Vieh verloren. Am meisten genoss Nellie die Zeit des Lammens. Geburtshilfe bei Schafen hatte sie immer besonders gern geleistet. Die Frauen der Farmer standen ihr zur Seite – in der bewegtesten Zeit auf Schaffarmen mussten alle mit anpacken. Nellie gewann viele neue Freundinnen und bekam mehr Eingemachtes und frisches Gemüse geschenkt, als Walter und sie essen konnten.

Auch Walter fühlte sich wohl auf dem Hof von James Bolt. Der Züchter überließ ihm die Reitschule praktisch allein und freute sich, dass sie florierte. Dazu liebten es beide, über Rennpferde zu fachsimpeln. Während der Rennsaison verbrachten Nellie und Walter viele Sonntage auf der Rennbahn – Nellie als Tierärztin und Walter in Gesellschaft von Mr. Bolt. Mitunter wettete er kleine Beträge und war meist erfolgreich. Das Guthaben auf seinem Konto wuchs deutlich über die ihm verbliebenen vierhundert Pfund hinaus.

Vorerst spürten Neuseelands wohlhabende Farmer in der Hawke's Bay Region noch nicht viel von der sich anbahnenden Wirtschaftskrise. Lediglich Phipps erwähnte in seinen Briefen, dass seine Konzerte schlechter besucht waren, da die Menschen um ihre Arbeitsplätze fürchteten und sparten. Grietje berichtete begeistert von der privaten Mädchenschule in Boston, die sie besuchte.

Ich habe sogar einen neuen Namen, verkündete sie in einem Brief im März 1930. *Die Mädchen nennen mich Grit. Das klingt famos: Grit De Groot. Papa meint, es sei auch ein guter Künstlername …*

Nach wie vor ging Nellies Tochter in ihren Musikstunden auf, obwohl sie natürlich bedauerte, dass sie ihren neuen Bruder oder die neue Schwester nicht gleich würde kennenlernen können. Phipps reagierte betreten auf Nellies Schwangerschaft und gratulierte nur halbherzig, als ihr Sohn Peter Ende Juni zur Welt kam. Walter dagegen konnte sich vor Begeisterung kaum halten. Die von Gerstorfs schickten ein Geschenk, und Bernhard und Maria offenbarten, dass nun auch Maria guter Hoffnung war. Bernhard freute sich sehr, Maria war eher ängstlich.

Ich kann Bernhard das gar nicht sagen, schrieb sie an Nellie. *Aber es macht mir Angst, wie ich mich verändern werde – dass ich nicht mehr allein sein kann, weil ein anderes Wesen in mir wächst. Und was wird sein, wenn es geboren wird? Babys schreien, und dann kann ich nicht mehr die Tür hinter mir zumachen wie damals bei Grietje. Ich hab auch Angst vor der Geburt. Ich will nicht, dass mich eine fremde Frau anfasst oder ein Arzt. Mia hat Jonathan in einem Krankenhaus bekommen, das macht mir mehr Angst als alles andere.*

Nellie seufzte, als sie den Brief las. »Ich werde wohl hinfahren müssen«, meinte sie.

»Und sie entbinden?«, fragte Walter entsetzt. »Das meinst du nicht ernst!«

»Doch«, erwiderte Nellie. »Maria hat das damals auch für mich getan. Wir hatten kein Geld für eine Klinik, und sie konnte glaubhaft versichern, eine Schimpansin und eine Gorilladame erfolgreich entbunden zu haben. Mit solchen Erfahrungen kann ich zwar nicht aufwarten, aber ich habe immerhin zwei Kinder, und Mia von Gerstorf ebenso. Wir sollten das also schaffen. Und wenn etwas schiefgeht, merke ich es früh genug, um sie noch mit dem Auto ins Krankenhaus bringen zu können.«

Walter fand das nach wie vor unverantwortlich, doch Bernhard sah die Notwendigkeit ein, nachdem Maria sich kaum noch aus ihrer geschützten Ecke herausbewegte, wenn sie nicht gerade in der Praxis war. Er erklärte sich bereit, Nellie in Hawke's Bay zu vertreten, solange sie Maria auf Epona Station Beistand leistete.

»Und Petey nimmst du mit?«, fragte Walter bedauernd.

Nellie lachte. »Da du das Stillen nicht übernehmen kannst, wird mir wohl nichts anderes übrig bleiben«, neckte sie ihn. »Und ich weiß auch nicht, was Mr. Bolt zu einem Baby am Reitplatzrand sagen würde, das zwischen den Stunden gewickelt werden muss. Obwohl deine Reitschülerinnen zweifellos begeistert wären.«

Walter hatte unerwartet viele Reitschülerinnen. Deren Brüder und Väter, die ebenfalls fast ausnahmslos ritten, kümmerten sich weniger um die Feinheiten der Reitkunst als darum, irgendwie über Jagdhindernisse zu kommen. Freiwillige Kavallerieeinheiten wie vor dem Weltkrieg gab es nicht mehr. Falls es noch einmal zu einem Krieg kommen würde, so meinte die Mehrheit der Neuseeländer, dann würde der eher durch Panzer entschieden. Allgemein glaubte daran aber niemand – nur Walter erinnerte sich manchmal an die Warnungen des alten Bankiers Gutermann.

Seine Reitschülerinnen waren jedoch mindestens so interessiert und eifrig wie Julius' damalige Möchtegernkavalleristen. Sie schwärmten alle ein wenig für ihren jungen, gut aussehenden Lehrer, und wenn Nellie ihn mit Petey besuchte, umgarnten sie das Baby so aufdringlich, dass Petey oft vor Schreck zu schreien begann.

Ansonsten war Nellies Sohn jedoch ein ruhiges, sonniges Kind.

Sie nahm ihn von Anfang an mit zu ihren Patientenbesuchen und stillte ihn in den Küchen der Bäuerinnen, wenn sie fertig war. Die Frauen passten bereitwillig auf ihn auf, falls Behandlungen länger dauerten. Für das Landvolk gehörten Kinder einfach dazu, es machte kein besonderes Gewese um den Sohn der Tierärztin.

Nellie und Bernhard tauschten im September 1930, ungefähr zwei Wochen vor Marias Niederkunft, die Praxen. Solange sie darauf wartete, dass Marias Zeit kam, übernahm Nellie die Versorgung der Tiere rund um Onehunga. Petey kam natürlich mit, es gab immer jemanden auf Epona Station, der sich um ihn kümmerte, wenn sie selbst beschäftigt war.

Maria hatte sich inzwischen beruhigt, war jedoch noch stiller als sonst und schien ständig in sich hineinzuhorchen, um Verbindung mit ihrem Kind aufzunehmen. So ganz gelang ihr das nicht.

»Es ist ... verwirrend ...«, bekannte sie Nellie gegenüber. »Als ob es ... durcheinanderdenken würde. Nicht laut, aber ... seltsam ...«

Maria pflegte ihre Abneigung dagegen, mit zu vielen anderen Menschen in einem Raum zu sein oder gar mit jemandem den Schlafraum teilen zu müssen, damit zu begründen, dass die meisten Leute zu laut dächten. Nellie wunderte sich insofern nicht, sie war mit Marias Ausdrucksweise vertraut. Auch damit, dass sie ein Tier stundenlang beobachten konnte, um es dabei zu »berühren«, am Wesen eines Geschöpfes Anteil zu nehmen. Sie wusste nicht genau, ob Maria wirklich geistig Kontakt mit den Tieren aufnahm oder nur durch genaue Beobachtung ihres Verhaltens auf ihre Befindlichkeiten schloss.

»Es bewegt sich auch sehr stark«, bemerkte Nellie, nachdem sie Maria gleich nach der Ankunft untersucht hatte. Sie tat das recht professionell. Seit sie wusste, was auf sie zukommen würde, hatte sie diverse Bücher über Frauenheilkunde bestellt und gelesen. »Mehr als Petey und Grietje es getan haben. Du scheinst einen denkfreudigen Wirbelwind im Bauch zu haben.« Sie lächelte der Freundin zu.

»Aber noch will das Kleine nicht heraus. Ich werde also die Freude haben, morgen Bernhards Besuche zu übernehmen. Und dabei endlich die ominöse Baronin kennenlernen! Ich platze vor Spannung.«

Alex war am Morgen nach Epona Station gekommen und hatte um einen Tierarztbesuch gebeten. Eines der Zuchtpferde seiner Mutter hatte einen Abszess am Hals, Wilhelmina Rawlings meinte, er müsse geöffnet werden.

»Hat Bernhard mal was von ihr erzählt?«, erkundigte sich Nellie. »Er war doch schon öfter bei den Rawlings.«

»Nur, dass sie viel von Pferden versteht«, meinte Maria. »Und ziemlich streng mit ihrem Stallpersonal ist. Mit den Pferden soll sie gut umgehen und auch gut reiten.«

»Hat Mia noch mehr erzählt?«, fragte Nellie weiter.

Sie war neugierig, wusste jedoch, dass Maria dieses Gefühl nicht teilte. Ihre Freundin interessierte sich nicht für Klatsch und Tratsch.

Maria schüttelte denn auch den Kopf. »Alex kommt nicht gut mir seiner Mutter aus«, gab sie nach einer Weile doch noch ein paar Auskünfte. »Und er ... ist seltsam im Beisein von Mia und Julius. Es ist, als wären da Schranken ... Du weißt schon ...«

Maria spürte zwischen sich und anderen Menschen mitunter unsichtbare Schranken, die sie daran hinderten, ihnen zu nahezukommen. Das galt selbst für schlichte Kommunikation. Wenn Maria sich an Small Talk versuchte, endete es meist irgendwann mit peinlichem Schweigen.

»Ich muss Mia mal aushorchen«, nahm Nellie sich vor.

Dass zwischen den Rawlings und den von Gerstorfs etwas stand, war ihr gleich bei ihrer Ankunft wieder aufgefallen.

KAPITEL 2

Am nächsten Tag lenkte sie Bernhards bulligen Geländewagen nach Baroness Stud. Letzteres stand auf einem Eingangsschild, ganz offensichtlich dem von Epona Station nachempfunden. Das Wohnhaus der Rawlings konnte es allerdings mit Mias kleinem Schloss nicht aufnehmen. Es war ein kleines, gemütlich wirkendes Farmhaus, eher vergleichbar mit dem Cottage der Hausmanns. Die Ställe dagegen wirkten nobel. Es gab ein altes Stallgebäude, das wohl schon immer zur Farm gehört hatte, und zwei neue, lang gezogene einstöckige Gebäude, wie man sie auch auf Rennbahnen fand. Zwischen ihnen lag ein Reitplatz, und um die Anlage herum zog sich eine Rennbahn.

Auf dem Reitplatz wurde ein Pferd longiert. Über die Rennbahn preschten eben zwei Vollblüter, ein Dunkelbrauner und ein Rappe. Nellie sah zu, wie sie über die Bahn flogen. Beide waren sehr schnell und sehr schön, nicht zu vergleichen mit Alex' Shelley. Nachdem sie längere Zeit nebeneinanderher gerannt waren, setzte sich schließlich der dunkelbraune Hengst an die Spitze. Auch das andere Pferd beschleunigte, es handelte sich wohl um die Zielgerade. Allerdings konnte es den Vorsprung des Braunen nicht mehr aufholen. Am Ende der Geraden parierten die Reiter durch, klopften die Pferde und ritten im Schritt auf Nellie zu. Der Reiter des Braunen sprach dabei eifrig auf den des Rappen ein. Als die Tiere sich beruhigten, ließ er die Zügel locker, nahm die Mütze ab und hervor kam langes blondes Haar. Es war zwar im Nacken zu einem Knoten zusammengefasst worden, doch etliche Strähnen hatten sich daraus gelöst.

Nellie konnte nicht anders, als die Reiterin anzustarren. Das also war sie, Wilhelmina Rawlings, die »Baronin«. Nellie hatte wegen des Titels mit einer strengen, vielleicht älteren Frau gerechnet, eigentlich dachte sie stets an die Gräfin Albrechts, wenn der Name fiel. Die Reiterin des dunkelbraunen Hengstes war jedoch eine Schönheit. Sie hatte ein ebenso aristokratisch anmutendes Gesicht wie ihr Sohn, ausdrucksvolle, fein geschnittene Lippen und weit auseinanderstehende große Augen von einem betörenden Blaugrün.

Bislang schien sie damit beschäftigt gewesen zu sein, ihren Mitreiter zusammenzustauchen. Nellie entnahm ihrem Wortschwall, dass er seinem Pferd viel früher die Zügel hätte freigeben müssen. Es sei auf keinen Fall langsamer als das ihre, es brauche nur Zeit zum Beschleunigen.

Als sie Nellie erblickte, nahm Wilhelminas Gesicht einen aufmerksamen Ausdruck an, und schließlich schenkte sie ihr sogar ein Lächeln. Es erreichte aber nicht ihre Augen, die weiter wachsam wirkten.

»Ich bin Wilhelmina Rawlings«, stellte sie sich vor, ohne vom Pferd zu steigen. »Kann ich Ihnen irgendwie helfen?«

Nellie lächelte ihrerseits. »Ich wollte eigentlich Ihnen helfen. Ich bin Nellie von Prednitz, die Tierärztin. Ich vertrete Dr. Lemberger.«

Das Lächeln der Baronin wurde wärmer. Zudem glitt sie geschmeidig vom Pferd und gab Nellie die Hand.

»Dr. Nellie, ja?«, fragte sie. »Dr. Bernhard hat von Ihnen erzählt.«

Nellie wunderte sich ein wenig, dass Bernhard sich von den Kunden mit dem Vornamen ansprechen ließ. Das war in Neuseeland zwar allgemein üblich, er hatte jedoch eine Aversion dagegen. In Berlin hatte Nellie ihn den Patientenbesitzern als Dr. Bernhard vorgestellt, um den jüdischen Namen Lemberger zu umgehen. Bernhard hatte das mitgemacht, gefallen hatte es ihm nie.

»Dann zeige ich Ihnen mal mein Sorgenkind. Der Abszess ist ziemlich reif, vielleicht würde er ja von selbst aufgehen, aber ich hab Angst, dass er sich nach innen öffnet. In dem Fall kann man die Wunde nicht ordentlich spülen, und womöglich führt es noch zu einer Infektion. Gipsy Princess ist tragend, ich möchte nichts riskieren.«

Wilhelmina drückte die Zügel ihres Pferdes einem Burschen in die Hand, der wohl schon gewartet hatte, und führte Nellie in eines der Stallgebäude. Dabei löste sie den Knoten ganz, und ihr volles Haar fiel ihr über die Schulter – blondes Haar, das leuchtete wie ein Weizenfeld in der Sonne. Es kontrastierte reizvoll mit ihrem goldbraunen Teint.

»Waren Sie nicht umgezogen?« Wilhelmina machte höflich Small Talk, während sie Nellie zu der Box einer Fuchsstute führte, einem hübschen Pferd, dem nur ein Kenner seine Verwandtschaft mit Alex' Shelley ansah. Nellie bemerkte jedoch, dass sie für einen Vollblüter etwas kleine Augen hatte sowie einen kaum merklichen Ansatz zum Karpfenrücken. Im Gegensatz zu der stets freundlichen Shelley schien sie auch ein eher missmutiges Pferd zu sein. Als Nellie die Schwellung seitlich ihrer Kehle betasten wollte, legte sie die Ohren zurück und schnappte nach ihr.

»Benimm dich, Princess!«, sagte Wilhelmina streng, woraufhin sich die Stute die Untersuchung widerstrebend gefallen ließ.

»Sie ist ein bisschen eigen, aber eines meiner Lieblingspferde. Recht schnell, hat letztes Jahr drei Rennen gewonnen. Zuchtrennen in Ellerslie …«

Nellie dachte bei sich, dass die Konkurrenz nicht allzu stark gewesen sein konnte. Ellerslie war nicht so groß wie die Rennbahn Hoppegarten in Berlin, allzu viele Züchter gab es hier sicher nicht.

»Sie würde sehr gut zu dem neuen Hengst der von Gerstorfs passen«, bemerkte Nellie, während sie ihre Instrumente auspackte, um die Stute örtlich zu betäuben und den Abszess zu öffnen. »Erlkönig. Mein Mann hat ihn in Berlin geritten, ein Ausnahmepferd.«

Wilhelmina nickte höflich, verzog dabei jedoch leicht den Mund. »Ich züchte meist mit meinen eigenen Hengsten«, erwiderte sie. »Ich bin überzeugt, Princess wird ein sehr schönes Fohlen von Beauregard bekommen. Warten Sie, ich halte ihren Kopf hoch – dann kann sie nicht beißen …«

Nellie gedachte nicht, dieses Risiko einzugehen, sondern gab dem Pferd ein leichtes Beruhigungsmittel.

Der Abszess war tatsächlich reif, die kleine Operation in wenigen Minuten geschehen. Nellie ließ den Eiter abfließen und erklärte Wilhelmina, wie sie die Wunde zu spülen hatte. Das wusste die Züchterin aber schon. Abszesse kamen häufig vor, es war nicht Willies erstes Pferd mit dieser Erkrankung.

»Soll ich Ihnen noch das Gestüt zeigen?«, fragte Wilhelmina, als Nellie zusammenpackte. »Also falls Sie Zeit haben und es Sie interessiert …«

Nellie nahm das Angebot gern an. Sie hatte an diesem Morgen keine weiteren Termine, und Pferde interessierten sie immer. Sie erzählte von ihrer und Marias Tätigkeit als Rennbahntierärztinnen in Hoppegarten, und Wilhelmina gestand, dass sie ihre Pferde zu gern selbst im Rennen reiten würde.

»Es ist ungerecht, dass sie Frauen nicht als Jockeys zulassen. Ich könnte sie viel erfolgreicher vorstellen als solche Jungs wie der Knabe eben. Ich hab ihn als Jockey engagiert, aber er hat kein Gefühl für Vollblüter. Das Einzige, was ihn auszeichnet, ist, dass er praktisch nichts wiegt.« Der junge Mann war tatsächlich sehr klein und mager.

»Das kann ein Rennen entscheiden«, meinte Nellie. »Allerdings würde mein Mann Ihnen recht geben. Der hat sich auch ungern von seiner Jockeykarriere verabschiedet, als immer mehr extrem kleine, leichte Reiter die Rennen bestritten.«

»Frauen wiegen oft weniger und sind kleiner«, beharrte Wilhelmina, obwohl das auf sie nicht zutraf. Sie war zwar sicher nicht schwer, allerdings recht groß. »Und sie würden sich auch trauen, wenn sie nur dürften. Die Tochter von Mia von Gerstorf zum Beispiel, die reitet wie der Teufel – und wiegt fast nichts.«

Nellie lächelte und registrierte, dass Wilhelmina von Mias Tochter sprach, nicht von Julius'. »Irgendwann dürfen sie sicher. Als ich anfing zu studieren, konnten Frauen auch noch keine Tierärztinnen werden. Das lockert sich auf Dauer alles. Und Sie haben es immerhin bis zur Gestütsbesitzerin gebracht. Wie kommt es eigentlich zu dem Namen Baronin?«

Nellie stellte die Frage wie nebenbei und fand sich dabei sehr diplomatisch.

»Das ist eine lange Geschichte«, wich Wilhelmina aus. »Es hat mit dem Krieg zu tun. Hat Mia von Gerstorf Ihnen nichts erzählt?«

Nellie schüttelte den Kopf. »Nein, warum sollte sie? Sie hat nur mal erwähnt, dass Sie früher zusammengearbeitet haben. Sollten Sie, wie gesagt, wieder tun. Erlkönig wäre zweifellos eine Bereicherung für Ihre Zucht.«

Willie ging nicht darauf ein. Sie führte ihre Besucherin jetzt durch saubere, geräumige Ställe und über weitläufige Weiden und zeigte ihr noch einmal den gepflegten Reitplatz und die Rennbahn. Immer wieder stellte sie ihr dabei Pferde vor, die hier gerade von Angestellten trainiert wurden, oder grasend oder dösend herumstanden. Nellie fiel dabei auf, dass alle Fuchsstuten auf Namen im Zusammenhang mit »Gipsy« hörten – wie Gipsy Dream, Gipsy Song, Gipsy Crown oder Gipsy Queen. Einige erinnerten sie in geringer Weise an Shelley, auch wenn sie schöner waren und sicher bessere Reitpferdeeigenschaften aufwiesen. Nellie hätte dazu einige Fragen gehabt, beschloss aber, sie lieber Mia zu stellen. Sie versicherte Wilhelmina stattdessen, das Gestüt sei eine wahre Musteranlage, die Pferde sähen alle großartig aus und seien gut gepflegt.

»Und schnell«, gab Willie lächelnd zurück. »Vor allem müssen sie schnell sein, um das hier aufrechtzuerhalten. Ich muss Sieger züchten.«

Nellie nickte. »Dann weiter viel Glück!«, sagte sie, bevor sie sich verabschiedete.

Sie wusste nicht recht, was sie von der neuen Bekanntschaft zu halten hatte. Sie fand Wilhelmina Rawlings nicht unsympathisch, schon deshalb, weil sie ihre Pferde ganz offensichtlich liebte. Andererseits hatte ihre Zielstrebigkeit etwas Gnadenloses. Nellies Neugier war jedenfalls nicht gestillt, sondern eher geweckt worden.

Eine Woche später, ausgerechnet während der Abendsprechstunde, setzten bei Maria die Wehen ein. Die junge Frau war vor Schreck wie erstarrt, obwohl sie natürlich genau wusste, wie eine Geburt vor sich ging. Nellie wies sie an, sich ins Bett zu legen und auf sie zu warten, und versprach, die Sprechstunde rasch zu beenden. Wegen der Panik, die sie offensichtlich befallen hatte, war sie sich jedoch nicht sicher, ob Maria das verstanden hatte und sich auch daran hielt. Sie bat also April, die ihr in der Kleintierpraxis assistierte, Mia zu bitten, nach ihrer Freundin zu sehen.

Eine halbe Stunde später fand Nellie Mia in der Küche, sie kochte Tee. »Gut, dass du da bist, Maria ist ganz verängstigt«, begrüßte sie Nellie. »Was hat sie bloß? Sie weiß doch, was vorgeht. Sagtest du nicht, sie hätte deine Tochter entbunden?«

»Maria hasst es, wenn sich etwas ihrer Kontrolle entzieht«, erklärte Nellie. »Und jetzt macht ihr Körper, was er will, statt sich wie gewohnt von ihr kontrollieren zu lassen. So stelle ich es mir jedenfalls vor. Walter sagt, sie sei schon als Kind außer sich gewesen, wenn sie krank war. Ich geh mal zu ihr, bestimmt kann ich sie beruhigen.«

Maria lag zusammengekrümmt im Bett, wie immer, wenn sie meinte, sich vor der Welt verkriechen zu müssen. Ihre Wehen kamen jetzt regelmäßiger, und Nellie bat sie, ihr noch einmal genau zu erklären, was dabei in ihrem Körper vor sich ging. Die Freundin begann daraufhin zu dozieren. Sie sprach über rhythmische Muskelkontraktionen des Uterus, bei denen sich selbiger über den Kopf des Fetus zurückzöge, von Retraktion und Verkürzung des Cervix uteri.

Mia, die inzwischen mit dem Tee hereingekommen war, lauschte irritiert, konnte jedoch wie Nellie sehen, dass Maria dabei ruhiger wurde.

»Es verläuft alles ganz normal«, beteuerte Nellie, obwohl Maria so verspannt war, dass sie die Herztöne des Kindes nicht fand, als sie das Hörrohr mehrmals an Marias Bauch hielt. »Und es wird noch ziemlich lange dauern. Was hältst du davon, wenn du erst ein warmes Bad nimmst? Das entspannt. Wir sind ja noch in der Einführungsphase. Wir könnten auch einen Spaziergang machen ...«

Maria lehnte den Spaziergang ab, erlaubte Nellie jedoch, ihr ein warmes Bad einzulassen. Danach war sie sichtlich gelassener, trank ihren Tee, erlaubte Mia, ihr Haar zu bürsten, und Nellie versuchte es ein weiteres Mal mit dem Abhören. Sie horchte und horchte.

»Stimmt etwas nicht?«, fragte Mia besorgt.

Nellie lächelte ermutigend. »Ich glaube, ich weiß jetzt, warum du die ganze Zeit irritiert warst, wenn du versucht hast, das Kind zu berühren«, wandte sie sich an ihre Freundin. »Und warum du meintest, es dächte durcheinander ...« Mia schaute sie an, als wäre sie nicht ganz bei Trost. »Es ist nicht nur ein Baby, es sind zwei, Maria«, sprach Nellie weiter. »Du bekommst Zwillinge. Ich hoffe bloß, ich kriege das hin!«

»Zwei?«, fragte Mia entsetzt.

Sie machte gleich den Vorschlag, vielleicht doch lieber ins Krankenhaus zu fahren, aber Maria lehnte das strikt ab. Nellies Neuigkeit schien sie auch nicht weiter zu ängstigen, vielleicht erklärte das ja tatsächlich ihre Gefühle, was sie beruhigte.

»Der Herzschlag von beiden ist kräftig«, fuhr Nellie fort. »Es sieht grundsätzlich gut aus. Also warten wir ab. Lass mich gerade noch mal tasten, wie es mit dem Muttermund aussieht ...«

Der Muttermund war noch nicht weit geöffnet. Es würde sicher Stunden dauern, bis sich der erste Zwilling in die Welt schieben konnte. Nellie überlegte, wie sie Maria beschäftigen konnte – und verfiel auf die Idee, eine gute Geschichte könnte hilfreich sein.

»Was ich dir noch erzählen wollte ... Ich war ja neulich bei Wilhelmina Rawlings«, begann sie zu plaudern.

»Und?«, fragte Mia interessiert, wenn auch ein wenig kühl. »Wie geht es ihr?«

»Ich hab sie gefragt, warum man sie Baronin nennt«, ging Nellie in die Offensive. »Sie meinte, es hätte mit dem Krieg zu tun ... Und du wüsstest was darüber. Ich bin neugierig ...«

Mia verzog das Gesicht. »Eine lange Geschichte«, sagte auch sie.

Nellie lächelte. »Wir haben viel Zeit. Wenn es also kein Geheimnis ist ...«

Mia rieb sich die Stirn. »In gewisser Weise schon. Aber ich denke, ihr würdet es nicht herumerzählen. Ihr ahnt doch sowieso schon einiges, oder?«

»Ein blonder Mann und eine Frau mit braunem Haar haben selten rothaarige Kinder«, sagte Maria. Sie schien die Geschichte hauptsächlich aus biologischer Sicht interessant zu finden.

Mia seufzte. »April hat eigentlich nichts mit Willie zu tun«, meinte sie. »Ich denke, ich muss da von vorn anfangen. Willie kommt aus sehr einfachen Verhältnissen. Ihre Eltern sind Fabrikarbeiter, und auch deren Kinder mussten früh die Schule verlassen und in die Fabrik. Willie war Näherin, aber dann hat sie bei einem Pferdehändler ausgeholfen, um reiten zu dürfen. Dabei verliebte sie sich in Gipsy, eine nicht gerade schöne und ziemlich garstige Fuchsstute. Willie gelang es, sie zu zähmen. Gipsy war windschnell. Ich lernte die beiden bei einem Pferderennen am Strand kennen, und beinahe hätten sie mich und Medea geschlagen. Willie ritt als Junge verkleidet ohne Sattel – sie war vielleicht siebzehn Jahre alt und ziemlich verstockt.

Einen oder zwei Tage später stand sie bei uns vor der Tür, mit dem Pferd, bei strömendem Regen. Angeblich hatte der Händler es ihr geschenkt, aber nun wollte er Geld für Unterhalt ... Irgendwas erschien uns da seltsam, Willie war verängstigt, erschöpft, wir mochten sie nicht wegschicken. Julius gab ihr dann Arbeit als Stallmädchen, und sie schlug hervorragend ein. Sie war fleißig, und sie lernte in atemberaubendem Tempo. Ich lieh ihr Bücher aus meiner Bibliothek – sie las und las … Sie lernte sogar etwas Deutsch, um sich mit Hans verständigen zu können. Der war verrückt nach ihr, aber sie hatte keinen Blick für Männer. Willie wollte sich verändern, eine Lady werden. Und das gelang ihr recht gut. Ich gab ihr Kleider von mir, freundete mich mit ihr an. Damals war ich noch neu hier, und die Frauen im Ort wollten nichts mit mir zu tun haben. Willie wurde meine Vertraute. Ich glaube, ich bin ziemlich naiv gewesen.« Sie lächelte entschuldigend.

»Inwiefern?«, fragte Nellie. »Hat sie euch betrogen?«

Mia schüttelte den Kopf. »Nein. Im Gegenteil, sie hat uns gerettet. Als der Krieg ausbrach, brachte ein Neider Gerüchte auf. Wir sollten als feindliche Ausländer, wenn nicht gar Spione abgeurteilt und deportiert werden. Zudem enteignet. Willie konnte Letzteres verhindern – mit einer wirklich kühnen Geschichte! Sie gab sich als Wilhelmina von Stratton aus, eine Cousine meines Mannes, aus Großbritannien zu Besuch – und die Tochter des wirklichen Eigners des Gestüts. Angeblich hatte ihr Vater es finanziert. Zu unserer größten Verblüffung bestätigte Edward Rawlings, der Sohn unserer Nachbarn, ihre Identität als Lady Stratton, und er half ihr, das Gestüt zu halten, nachdem wir fort waren. Julius und Hans wurden nach Wellington gebracht und ich nach Somes Island – eine Insel in der Bucht von Wellington, wo Deutsche während des Krieges inhaftiert waren. Die Anschuldigungen stellten sich schnell als Unsinn heraus, aber Julius wurde gebeten, eine kriegswichtige Aufgabe in einem Remontendepot zu übernehmen. Ich sollte befreit werden, doch zu der Zeit war ich bereits geflohen. Julius hielt mich für tot. Ich hatte mich auf der Südinsel versteckt, wir hörten den ganzen Krieg hindurch nichts voneinander.«

»April wurde im Krieg geboren«, vermeldete Maria und stöhnte unter einer Wehe auf. Die Kontraktionen erfolgten jetzt häufiger.

»Ja«, sagte Mia. »Sie wurde auf Somes Island gezeugt. Der stellvertretende Kommandant hatte …« Sie errötete. »Er hatte sozusagen

Gefallen an mir gefunden … Ein Ire. Karottenrotes Haar. Zum Glück das Einzige, was er April vererbt hat.«

»Eine Vergewaltigung?«, fragte Nellie nüchtern.

Mia senkte den Kopf. »Ja. Daraufhin floh ich. Ich schwamm durch die Bucht. Es war … es war nicht einfach. Nichts war einfach in diesen Jahren. Aber April war ein entzückendes Kind. Ich liebte sie über alles, und ich dachte … ich dachte, dass Julius es schon verstehen würde. Als ich zurückkehrte, lebte er allerdings mit Willie auf Epona Station, und sie hatte einen Sohn. Alex. Julius hatte ihn als den seinen anerkannt – es war irgendetwas gewesen in der Nacht nach meiner Deportation. Julius hatte sich bis zur Bewusstlosigkeit betrunken, und angeblich hatte er mit Willie geschlafen und sie geschwängert …«

Nellie pfiff durch die Zähne. »Ich muss gerade noch mal nach dem Muttermund sehen«, sagte sie, als sie bemerkte, dass Mia mit den Tränen kämpfte.

Während sie feststellte, dass er sich langsam weitete und der Herzschlag der Zwillinge nach wie vor normal war, fasste Mia sich wieder.

»Inzwischen war wohl nichts mehr zwischen den beiden«, erzählte sie weiter. »Obwohl Willie Julius erkennbar umgarnte. Sie gab jetzt jede Zurückhaltung auf, sie kämpfte mit mir um meinen Mann – und ihre Voraussetzungen waren nicht schlecht. Sie hatte einen Sohn von ihm, wie ich damals annahm – beide vergötterten und verwöhnten den kleinen Alex –, und ich hatte meinen rothaarigen Bastard. Alex war entsetzlich verzogen, er machte April das Leben schwer, und Julius erkannte zwar an, dass sie seinen Namen trug, doch es fiel ihm verständlicherweise schwer, ein Kind zu lieben, dessen Fremdheit einem bei jedem Blick ins Auge sprang. Dazu machte Willie Ansprüche geltend. Sie hatte vier Jahre lang das Gestüt allein geführt und ordentlich Gewinn gemacht, das muss man ihr lassen. Sie hatte mit eiserner Faust regiert und sich damit den Namen Baronin erarbeitet. Nun wollte sie ihren Anteil. Leider konnten wir sie nicht auszahlen. Das Geld war immer gleich in weitere Pferde investiert worden. Wir versuchten also, das Gestüt zu dritt zu führen ...« Sie holte Luft, während Nellie die Augen verdrehte – eine solche Konstellation konnte eigentlich nicht gut gehen! Mia sprach gleich weiter. »Willie und ich hatten leider völlig unterschiedliche Vorstellungen. Wir sprachen neulich schon mal darüber, Nellie. Es ging unter anderem um die Zucht mit Gipsys Nachkommen. Julius war unentschlossen. Schließlich war ich bereit, Willie das Feld zu überlassen, doch dann kam Edward Rawlings aus dem Krieg zurück – als Schwerstversehrter. Er hatte gehört, dass Willie ein Kind hatte, und ging davon aus, dass es von ihm war. Wie sich zweifelsfrei herausstellte, hatte er recht. Willie hatte Julius belogen, sie hatte es von Anfang an auf ihn und auf Epona Station abgesehen. Warum sie letztlich einwilligte, Edward zu heiraten ... Ich weiß es nicht, ich war damals bei meinem Vater in Auckland. Ich nehme an, die Männer haben sie mehr oder weniger genötigt. Jedenfalls gab ihr Julius ein paar Pferde – sämtlich Nachkommen von Gipsy – und führte sie als seine Cousine Wilhelmina von Stratton zum Altar, um den Schein zu wahren. Sie baute sich dann auf Rawlings Farm ein eigenes Gestüt auf.

»Und Alex?«, fragte Nellie. »Für den muss das doch schrecklich gewesen sein. Plötzlich ein anderer Vater ...«

Mia zuckte mit den Schultern. »Das weiß ich nicht. Ich war nur froh, dass sie fort war und dass sich zwischen mir und Julius wieder alles einrenkte. Er begann auch April zu lieben. Und Alex ... Na ja, wenn ich ihn mal sah, dann immer nur mit Edward oder mit dessen Eltern, er selbst kam kaum in die Stadt. Willie hat sich anscheinend nicht mehr sehr intensiv um ihn gekümmert, dabei hatte sie ihn vorher überallhin mitgenommen, sehr oft auch auf die Rennbahn, wo sie ihn stolz als Alexander von Gerstorf vorstellte. Da tauchte er nie wieder auf. Nun scheint ihm das ganz gutgetan zu haben. Aus dem verwöhnten Balg ist ein netter, wohlerzogener Junge geworden. Julius und ich versuchen, keine Ressentiments gegen ihn zu hegen –

es ist trotzdem schwierig. Na ja, und April tut sich da ja keinerlei Zwang an. Sie nimmt ihm heute noch übel, dass er ihr im Sandkasten ständig die Schaufel wegnehmen wollte.«

»Was für eine Geschichte!« Nellie dachte an Alex, und daran, mit welcher Sehnsucht er April zu betrachten pflegte, wenn sie ihren kleinen Hund umarmte und herzte. »Und was für ein armes Kind – das man erst mit Liebe überschüttet und sie ihm dann entzieht ...«

Maria stöhnte wieder. »Ich ... ich glaube, es ... es tut sich was. Die Kontraktionen werden heftiger. Hast du ... hast du Lachgas?«

Nellie nickte und schloss den Apparat an. Bei Grietjes Geburt hatte Maria Nellie das Betäubungsmittel verabreicht, das sie sonst in der Klinik für die Tiere nutzten, und Nellie war nun entschlossen, damit auch Maria die letzte Phase der Geburt zu erleichtern.

Mia sah verwirrt zu. »Was ist das?«, fragte sie. »Bei Aprils und bei Jonathans Geburt hat mir niemand so was angeboten. Soll das den Geburtsschmerz lindern?«

»Genau«, erwiderte Nellie. »Aber erzähl weiter. Was passierte dann?«

»Ein gutes Jahr nach Willies Weggang kam Jonathan zur Welt«, fuhr Mia mit ihrer Geschichte fort. »Julius war überglücklich. Ich fürchte nur, er vergleicht ihn ständig mit Alex. Alex war ... ein richtiger Junge. Wild und frech und übermütig. Dagegen ist Jonathan ... er ist ... Also, Julius würde es nie so direkt aussprechen, aber ich glaube, manchmal denkt er es. Jonathan ist ... ein typischer Jude ...«

Nellie schüttelte den Kopf. »Das redest du dir ein«, erklärte sie. »Es gibt keine typischen Juden.«

»Der Begriff ›Jude‹«, keuchte Maria unter einer Wehe, »bedeutet ursprünglich ›Bewohner des Landes Jehuda‹. Er kommt aus dem persischen Sprachraum und bezeichnet heute den Angehörigen einer ethnisch-religiösen Gruppe oder einen Nachkommen eines Mitglieds dieser Gruppe aus mütterlicher Linie. Eine menschliche Rasse bezeichnet es nicht. Sofern man Menschen überhaupt in Rassen einteilen kann, was umstritten ist, so unterscheidet man Europide, Mongolide, Australide und Negride. Manchmal auch Eurasier. Da die jüdische Religion überall auf der Welt verbreitet ist und alle Menschen sich ohne Rücksicht auf Hautfarben oder Haarstruktur untereinander fortpflanzen können, gibt es Juden unter all diesen Menschentypen.«

»Schon deshalb, weil jüdische Frauen sehr oft nicht gefragt wurden, ob sie sich mit diesen oder jenen Bewohnern eines Volksstammes fortpflanzen wollten«, bemerkte Mia bitter. »Ich weiß das ja alles. Aber Jonathan hat nun mal Eigenheiten, die Juden oft zugeschrieben werden, und ich glaube, dass Julius das nicht gefällt.«

Maria bäumte sich unter einer Wehe auf. In den nächsten Stunden hatten die Frauen keine Zeit mehr, über Ethnien zu diskutieren.

Kurz vor Sonnenaufgang schob sich der erste Zwilling in die Welt. Das kleine Mädchen war zwar voll entwickelt, aber winzig. Kurze Zeit später folgte ihm ein nur wenig größerer Junge. Auf beiden Köpfchen zeigte sich dunkler Flaum.

»Daphne und David«, flüsterte Maria, bevor sie erschöpft einschlief.

»Und, wie ihre Mutter uns vorhin erläutert hat, keine Juden.« Nellie lachte.

»Neuseeländer«, sagte Mia. »Genau wie April, Alex und Jonathan.«

»Und Petey!«, ergänzte Nellie. »Niemand soll sie jemals anders nennen oder gar auf sie herabschauen. Sie sind, was sie sind, und werden, was sie wollen. Damit müssen wir uns alle abfinden – sogar ihre Väter!«

Nellie kehrte gleich nach der Geburt der Zwillinge zurück nach Hastings – schon weil Bernhard darauf brannte, seine Kinder zu sehen. Er schrieb in den nächsten Wochen begeisterte Briefe. Bernhard zufolge mussten Daphne und David wahre Wunderwesen sein. Maria schrieb nicht so ekstatisch, sie zweifelte oft an ihrer Eignung zur Mutter und fühlte sich mitunter überfordert und verwirrt, da das Verhalten der Zwillinge natürlich keinen Regeln folgte. Bernhard war jedoch immer für sie da, auch Mia und April halfen. April war ein übermütiges junges Ding, das wie ein Derwisch ritt, mehr als selbstbewusst und mitunter launisch. In kleine Kinder und Tiere war sie hingegen vernarrt, sie half nicht nur regelmäßig in der Sprechstunde, sondern nahm Maria auch jederzeit die Kinder ab, wenn sie überfordert war, weil ein Hund oder eine Katze behandelt werden musste und gleichzeitig ein Baby schrie. Meist schob April dann einfach den Stubenwagen, in dem die Zwillinge lagen, nach draußen oder ins Haus der von Gerstorfs und kümmerte sich um sie. Sie wickelte und fütterte sie bald selbstständig. Marias Milch reichte für beide nicht aus, und so wurden sie schnell ans Fläschchen gewöhnt.

Das Jahr 1930 näherte sich dem Ende, und die vier Auswanderer waren recht zufrieden in ihrer neuen Heimat.

Walter trauerte seinem Geld nicht mehr nach. Alarmierende Berichte kamen lediglich von Phipps und Grietje. Amerika schien nach dem Bankencrash in eine längere Depression abzurutschen. Menschen verloren ihre Arbeitsplätze, alle hielten ihr verbliebenes Geld

zusammen. Phipps' Solokonzerte sowie die der Bostoner Symphoniker waren schlechter besucht.

Philipp The Great, wie er sich in Amerika nannte, gab deshalb dem Wunsch seiner Konzertagentur nach, ein paar Wochen
durch Europa zu touren, und er engagierte einen Privatlehrer, damit Grietje ihn begleiten konnte. Ihr kleines Mädchen war aufgeregt
über das Abenteuer und schrieb Nellie während der Reise fast jeden
Tag. Meistens versandte sie Ansichtskarten. Nellie lachte darüber,
dass Grietje das Kolosseum in Rom als ziemlich kaputt bezeichnete,
weshalb ihr Papa auch nicht da spielte, sondern in einem anderen
Konzerthaus. Den Eifelturm fand sie famos, den Tower gruselig,
und in Neuschwanstein wäre sie am liebsten gleich eingezogen. Aus
Deutschland – Phipps spielte diesmal in München – kam jedoch ein
Brief, in dem Grietje Erschrecken und Angst ausdrückte.

*Weißt Du noch, diese Männer, Mami? Wie unser grässlicher Nachbar
in Berlin? Die immer geschrien haben und so falsch gesungen und vor
denen Onkel Bernhard Angst hatte? Sie waren immer so komisch braun
angezogen und hatten diese Glücksflagge. Die sind hier überall!*

»Glücksflagge?«, fragte Walter, der Nellie beim Lesen über die
Schulter blickte.

Nellie sah ernst zu ihm auf. »Die Hakenkreuzfahne. Maria hat
ihr erklärt, dass es ursprünglich ein indisches Symbol für Glück und
Heil war. Anscheinend breiten sich die Nationalsozialisten aus.«

»München war ja immer ein Zentrum ihrer Bewegung«, meinte
Walter wenig besorgt. »Was machen sie denn?«

»Laut Grietje wohl mehr oder weniger das, was sie in Berlin auch
gemacht haben: Aufmärsche, wobei sie ihre Lieder singen. Und
abends laufen sie durch die Straßen und grölen und trinken Bier.
Und sie schikanieren Juden. Phipps und Grietje sind wohl in eine
Straßenschlacht hineingeraten, sie hat sich zu Tode gefürchtet. Außerdem wurden sie in einem Biergarten angepöbelt, weil sie Englisch
sprachen. Das sieht nicht gut aus. Phipps sollte sie da wegbringen.«
Nellie ließ Grietjes Brief alarmiert sinken.

»Hier ist noch ein Schreiben von Philipp«, sagte Walter und hob einen Brief auf, der zu Boden gefallen war. »Vielleicht enthält der ja nähere Informationen.«

Nellie riss ihn rasch auf, und tatsächlich stellte Phipps die Erlebnisse in München weit weniger drastisch dar.

Mach Dir keine Gedanken, schrieb er. *Grit war keinen Augenblick lang wirklich in Gefahr. Sie ist nur sehr erschrocken über die Aufmärsche und den Lärm, die lauten Kundgebungen – das Kind ist sensibel, es spürt die unterschwellige Aggression und den Hass, den diese Leute ausstrahlen. Ich weiß nicht, wie weit Ihr das verfolgt, aber die NSDAP hat bei den letzten Reichstagswahlen recht gut abgeschnitten, und nun treten die Kerle noch herrischer auf und provozieren. In Berlin soll es zu pogromartigen Ausschreitungen gegenüber Leuten gekommen sein, die irgendwie jüdisch aussahen. Ich bin nur froh, dass ihr diesem Hexenkessel rechtzeitig entkommen seid. Sicher werde ich hier so schnell nicht wieder auftreten. Morgen reisen wir weiter nach Belgien. Ich habe unseren Eltern Eintrittskarten für das Konzert in Lüttich geschickt. Mal sehen, ob sie kommen ...*

»Na, siehst du, alles halb so schlimm«, tröstete Walter.

Nellie zuckte mit den Schultern. »Für Grietje«, meinte sie. »Aber ... für Deutschland? Denkst du noch daran, was der alte Gutermann gesagt hat? Die Nazis könnten das Land einmal regieren.«

In den nächsten Wochen verfolgten sie beide die Berichte in den Zeitungen, in denen von Empörung in anderen Europäischen Ländern die Rede war. Etliche Banken zogen die Konsequenzen und kündigten die Kredite, die sie Deutschland in den letzten Jahren gewährt hatten.

»Das wird die Wirtschaftskrise anheizen«, bemerkte Nellie, die sich seit dem Börsencrash deutlich mehr für Wirtschaft und Politik interessierte. Noch einmal wollte sie kein Geld verlieren. »Und wenn Gutermann recht hat, dann spielt es Hitler in die Hände.«

Zu Beginn des Jahres 1931 sollte jedoch etwas anderes als ein Börsencrash Nellies und Walters Welt erschüttern. Seit den letzten

Januartagen erstrahlte Hawke's Bay im Licht des neuseeländischen Sommers. Als Nellie sich am Morgen des 3. Februar auf ihre Besuchsrunde machte, war es warm und windstill, sie empfand die Luft als ein wenig drückend.

»Kopfschmerzwetter«, erklärte sie ihrem Sohn, der in seinem Körbchen auf dem Vordersitz saß, nachdem sie Walter auf dem Hof der Bolts abgesetzt hatte. Petey war jetzt sieben Monate alt, ein putziger kleiner Junge, dessen Haar dunkel zu werden versprach wie Walters und Marias. Seine Augen schienen sich noch nicht ganz für eine Farbe entschieden zu haben, vielleicht würden sie braun werden wie ihre oder blau wie Walters. Der Kleine hatte am Morgen sein Fläschchen geleert und wirkte trotz der Schwüle gut gelaunt. Er wedelte mit einem Stoffpferdchen, das Walter ihm gerade in die Hand gedrückt hatte, und lachte, als es in den Fußraum fiel und Nellie es aufheben musste. Sie befestigte es kurzerhand mit einem Band an seinem Körbchen.

»So kannst du's dir zurückholen und schreist nicht, wenn ich fahre«, erklärte sie.

Petey lachte zahnlos, und Nellie gab ihm einen Kuss auf die Nase, bevor sie weiterfuhr.

Gewöhnlich wären sie nun den ganzen Tag unterwegs gewesen, aber als Nellie den ersten Besuch geschafft hatte, rief ein Landwirt aus Napier bei dem Bauern an. Auch er war für einen Besuch an diesem Tag vorgesehen, wollte jedoch noch etwas ergänzen. Er habe ein neues Pferd gekauft, erklärte er Nellie, und es sei mager und könne kaum fressen.

»Könnten die Zähne sein«, vermutete er. »Haben Sie Zeit, die noch zu raspeln, wenn Sie nachher die Schweine impfen kommen?«

Nellie überlegte kurz. »Zeit ja, ich hab nur kein Maulgitter und keine Zahnraspeln dabei«, erwiderte sie. »Macht aber nichts. Ich kann noch eben zu Hause vorbeifahren und beides holen. Es liegt mehr oder weniger auf meinem Weg. Ich schätze, ich bin dann gegen drei bei Ihnen, Mr. Grimes.«

Nellie erledigte noch einen weiteren kurzen Besuch in der Gegend von Hastings und machte sich gegen halb elf auf den Weg zu ihrem Haus. Sie konnte es schon sehen, als die Straße vor ihr sich plötzlich aufwölbte – begleitet von einem ohrenbetäubenden Krachen, das an den Einschlag eines gigantischen Vorschlaghammers erinnerte. Nellie erschrak zu Tode, als ihr schweres Auto wie von einem grollenden Riesen angehoben wurde und auf einem Wellenkamm zu tanzen schien, während der Asphalt kreischend aufbrach. Sie kämpfte um die Kontrolle über das Fahrzeug, als es dann plötzlich steil nach unten raste. Petey schrie. Nellie meinte sich selbst ebenfalls schreien zu hören. Doch der Lärm um sie herum übertönte alles. Es war, als wäre ein Schnellzug auf den Wagen zugerast, hätte ihn angeschoben und hochgehievt … bis alles so schnell vorbei war, wie es begonnen hatte.

Nellie konnte nicht mehr klar denken. Sie schaffte es irgendwie, den Wagen vor ihrem Haus zum Stehen zu bringen, riss Petey in ihre Arme, eilte hinein und stürzte ins Schlafzimmer, als ein erneuter Erdstoß den Boden erschütterte. Nellie warf sich instinktiv zu Boden, zog den Kleinen an sich – und hatte plötzlich das Gefühl zu fallen. Die Erde gab einfach unter ihr nach. Einen Herzschlag lang fürchtete sie, ins Bodenlose zu stürzen, aufgesogen zu werden vom glühenden Inneren der Erde. Doch dann stockte ihr Fall jäh. Sie versuchte, sich zu bewegen, schaffte sich zu drehen – bis irgendetwas auf sie niederstürzte.

Nellie rollte sich zusammen, unter sich Peteys kleiner Körper. Sie spürte etwas Weiches, auf das etwas Hartes fiel und zerbarst. Danach wurde der Lärm unerträglich. Erst ein Brüllen und ein Laut, als würde Wasser in einem gigantischen Kessel kochen. Das Loch, in das Nellie gefallen war, füllte sich mit Trümmern, es war, als bräche das Haus über ihr zusammen. Nellie wartete darauf, zerquetscht zu werden, dann merkte sie, dass sie sich in einem Hohlraum befand. Einer ihrer Arme lag über ihrem Gesicht, mit dem anderen hielt sie Petey an sich gepresst. Das Kind schrie immer noch oder wieder, es war also am Leben. Sehen konnte Nellie es allerdings nicht. Um sie herum herrschte völlige Dunkelheit.

Verschüttet ... Das Wort verschaffte sich irgendwie Eingang in ihren Geist. Und wandte sich dann zu »begraben werden«. Sie versuchte, sich zu bewegen, aber das war kaum möglich. Es fühlte sich jedoch an, als läge sie in einer gut gepolsterten Kiste. Hustenreiz überkam sie, sie roch ihr Parfüm und Walters Rasierwasser. Eine Sinnestäuschung?

Petey hörte auf zu schreien, er wimmerte jetzt nur noch. Sie spürte seinen heißen Atem an ihrer Brust. In der plötzlich einkehrenden Stille wurde ihr langsam klar, was passiert sein musste. Die Erde war zwischen ihr und dem Kleiderschrank in ihrem Schlafzimmer aufgebrochen, sie war abgestürzt mitsamt dem Möbelstück. Es hatte sich geöffnet, und sie lag praktisch inmitten ihrer Kleidung – was sie und Petey geschützt hatte.

Aber wer würde sie hier finden?

Nellie fragte sich, ob sie Gott dafür danken sollte oder ob ein schneller Tod nicht vielleicht besser gewesen wäre, als langsames ... Ersticken? Nein, Luft schien ausreichend vorhanden zu sein. Aber verhungern oder verdursten in völliger Dunkelheit ...

Sie merkte, wie sie von Panik erfasst wurde, und konnte nicht mehr an sich halten. Verzweifelt begann sie zu kreischen. Als ihre Kehle zu schmerzen begann, fand sie wieder zu ein bisschen Vernunft. Es half nichts, sich heiser zu schreien. Schon jetzt war ihr Hals wie ausgetrocknet, sie verspürte Durst. Es war besser, die Stimme zu schonen, um Petey beruhigen zu können. Nellie begann, sanft auf das Kind einzusprechen, musste wieder husten und hatte das Gefühl, kurz das Bewusstsein zu verlieren. Sie begrüßte es ... Vielleicht erstickte sie ja doch ganz langsam, oder es war irgendein Gas in dem Hohlraum, das sie schmerzlos sterben ließ. Aber dann würde Petey auch sterben – und der versuchte immer wieder, sich freizustrampeln.

Nellie merkte, dass ihr Arme und Beine einschliefen. Sie bemühte sich wenigstens um kleine Bewegungen, um den Blutkreislauf in Gang zu halten. Es gelang ihr, die Fäuste ein wenig zu öffnen und zu schließen. Außerdem schaffte sie es jetzt nachzudenken. Was sie erlebt hatte, war ein Erdbeben. Sie hatte von so etwas gelesen, es sich jedoch nie vorstellen können. Aber hatte Maria nicht irgendwann gesagt, Neuseeland läge im Spannungsfeld zweier tektonischer Erdplatten? Hatte sie nicht von Vulkanausbrüchen und ähnlichen Naturkatastrophen gesprochen und sich darüber informiert, ob die Gegend um Epona Station schon einmal betroffen gewesen war?

Nellie wünschte jetzt, sie hätte sich über die Gefährdungslage von Hawke's Bay erkundigt. Doch wie auch immer, es war nicht der Weltuntergang, obwohl es sich so anfühlte. Auf die Dauer würden Menschen kommen und nach Überlebenden suchen. Sie und Petey konnten sicher eine Weile ausharren. Einen Tag ... bestimmt zwei Tage ... Konnte man nicht sogar drei oder mehr durchhalten, ohne etwas zu trinken? Nur ein so kleines Kind ...

Sie musste irgendeine Möglichkeit finden, auf sich aufmerksam zu machen. Verzweifelt kämpfte sie, bis sie ihr rechtes Bein etwas befreit hatte. Sie konnte gegen das Holz des Schranks treten. Wie war noch das Morsezeichen für SOS? Dreimal kurz, dreimal lang, dreimal kurz? Oder umgekehrt? Nellie probierte beides, wartete etwas und wiederholte es, starrte mit brennenden Augen in die Dunkelheit. Petey weinte wieder. Sie musste durchhalten – schon um des Kindes willen. Sie musste diese Hölle annehmen, um zu überleben ... ruhig atmen ... ihr rasendes Herz beruhigen ...

Nellie versuchte, das Grauen niederzukämpfen, bemühte sich schließlich sogar um ein Gebet ... Mia mochte recht gehabt haben, vielleicht hätten Walter und sie doch um einen Segen bitten sollen bei ihrer Heirat. Sie lachte hysterisch auf und begann dann wieder zu schluchzen. Nach einer Weile versuchte sie erneut, den Kleinen zu beruhigen, schaffte es, ein Kinderlied zu singen – und verstummte, weil das Grauen sie überwältigte. Es stank nach Kot und Urin – sie hatte sich erleichtern müssen, und natürlich waren auch

Peteys Windeln voll. Nellie versuchte, durch den Mund zu atmen, um es nicht riechen zu müssen, doch davon wurde ihre Kehle noch trockener.

Sie hatte kein Zeitgefühl mehr. Irgendwann war ihr, als steckte sie seit Ewigkeiten in dem sargähnlichen Gefängnis. Sie beruhigte sich, wurde eins mit der Dunkelheit – und dann wurde sie erneut so plötzlich von Panik erfasst, dass sie schrie wie in den ersten Minuten. Manchmal schien sie einzuschlafen und schreckte von Entsetzen gepackt auf, lauschte auf Peteys Atemzüge. Auch der Kleine dämmerte immer wieder zwischendurch weg. Nellie erschrak jedes Mal zu Tode, wenn sein Wimmern verstummte.

Wie lange mochten sie verschüttet sein? War es mittlerweile Abend oder gar Nacht? Inzwischen quälte sie rasender Durst. Hunger empfand sie nicht. Petey dagegen musste hungrig sein, er hätte längst sein Fläschchen haben müssen ... oder das Fläschchen nach dem nächsten Fläschchen?

Nellie versuchte, an etwas Schönes zu denken ... An Grietje, an Phipps' Musik ... an Walter. Wo war Walter? Ob auch James Bolts Pferdehof von dem Beben betroffen war? Doch letztlich waren da nur Kälte und Dunkelheit. Sie sehnte sich danach, wieder das Bewusstsein zu verlieren. Diesmal vielleicht für immer ... Hieß es nicht, man sähe am Ende ein Licht?

Nellie hätte ihr Leben gegeben, um noch einmal ein Licht zu sehen.

Walter von Prednitz unterrichtete eine Reitschülerin, als das Beben die Hawke's Bay Region erschütterte. Er war mit Macey Pattern auf dem Platz, der Tochter eines vermögenden Obstbauern, der ihr vor Kurzem ihr erstes eigenes Pferd, eine kastanienbraune Vollblutstute, gekauft hatte. Macey liebte ihre Sensation, aber mit dem temperamentvollen Tier wurde sie noch nicht allein fertig. Besonders an diesem Tag war die Stute ein Nervenbündel, was sich auf die Reiterin übertrug. Walter, der annahm, dass ein Gewitter in der Luft lag, und befürchtete, das Pferd könnte beim ersten Donnern durchgehen – riet seiner Schülerin abzusteigen, und Sensation erst mal an der Hand zu arbeiten. Die junge Frau nahm den Vorschlag nur zu gern an, und Walter erklärte ihr, wie man das aufgeregte Tier beschäftigte und damit hoffentlich auf andere Gedanken brachte. Er ließ sie die Stute rückwärts und seitwärts richten und erklärte gerade die Hilfen zum Schulterherein an der Hand, als die Erde sich zum ersten Mal aufwölbte.

Sensation warf den Kopf hoch, riss sich los und flüchtete, während in Walter die Instinkte des alten Frontsoldaten griffen. Er warf sich zu Boden, riss Macey mit herunter und tastete nach einer Waffe, als weitere Erdstöße erfolgten. Natürlich trug er keine, und ihm wurde nun auch bewusst, dass niemand Granaten auf Mr. Bolts Reitanlage abfeuerte. Das Geräusch passte zudem nicht, es war mehr ein Pfeifen und Röhren als ein Einschlag. Als es wieder ruhig wurde, richtete er sich auf, um nach dem Rechten zu sehen, doch dann bebte die Erde erneut, und er zerrte die schreiende Macey wieder zu Boden. Jetzt wurde ihm klar, womit er es hier wirklich zu tun hatte.

Er hörte das Bersten von Glas und Einbrechen von Mauern. Mitten auf dem Reitplatz waren sie jedoch sicher.

Als das Beben nach wenigen Minuten endete, ließ er Macey los, entschuldigte sich förmlich für die rüde Behandlung und blickte um sich. Der Anblick erschreckte ihn. Nichts auf dem Anwesen war mehr wie zuvor. Die Reit- und Longierplätze, bislang völlig eben, hatten sich zu einer Art Hügellandschaft gewandelt. Das Stallgebäude war zum Teil eingestürzt – Walters erster Impuls war, dorthin zu rennen, um die Pferde zu retten. Zum Glück befanden sich an diesem schönen Sommertag fast alle auf den Koppeln. Lediglich die Hengste standen in Boxen.

»Wo ... wo ist Sensation?«, stammelte Macey.

Sie standen beide auf, verletzt hatte sich keiner von ihnen. Der Reitplatz war mit weichem Sand bedeckt.

»Irgendwo wird sie sein ...«, murmelte Walter und erspähte die Stute gleich darauf vor dem zerstörten Stallgebäude.

Zusammen mit zwei weiteren gesattelten Pferden balancierte sie über den vormals gepflasterten Stallvorplatz, der jetzt einer Steinhalde glich. Mit diesen Pferden waren Mr. Bolt und zwei Jockeys eine halbe Stunde zuvor in Richtung Rennbahn aufgebrochen, um sie dort zu trainieren. Sie mussten ihre Reiter abgeworfen haben und nach Hause gelaufen sein.

»Wir müssen die Pferde einfangen«, meinte Walter noch benommen zu Macey. »Und im Stall nachsehen, was passiert ist. Da waren doch noch Stallknechte beschäftigt ... Versuchen Sie, Sensation zu bändigen – vor allem müssen die Pferde von dem Geröll weg, da brechen sie sich noch die Beine. Ich gehe in den Stall ...«

Macey war eine recht beherzte junge Frau, und sie erwischte auch gleich den Zügel eines der zwei Rennpferde, das sich ihrer Führung erleichtert überließ. Sensation und das andere folgten ihm – wobei Macey allerdings nicht recht wusste, wohin mit den Tieren. Der Anbindeplatz war mit Trümmern übersät, sämtliche Zäune lagen am Boden. Sie wandte sich erst mal in Richtung Wohnhaus, während Walter sich zum Stall vortastete. Dabei fand er zunächst die Stallknechte. Anscheinend hatten auch sie Kriegserfahrungen, denn sie hatten sich zu Boden geworfen und Planen über sich gezogen, um sich vor herabfallenden Trümmern zu schützen. Bislang hatten sie noch nicht gewagt, sich wieder zu rühren.

Walter wies sie an, aufzustehen und bei den Pferden nach dem Rechten zu sehen, doch der Ältere von ihnen schüttelte entschlossen den Kopf.

»Nein, Sir, ich geh da nicht rein! Wenn das noch mal kommt, dann bricht der Bau doch ganz zusammen ... Oder Feuer ... da kann auch Feuer ausbrechen ...«

»Und das nur wegen der Gäule vom alten Bolt?« Der jüngere Mann bewies ebenfalls keine besondere Loyalität gegenüber seinem Arbeitgeber.

Walter warf ihnen vernichtende Blicke zu. »Auch Pferde möchten nicht gern erschlagen oder verbrannt werden«, erklärte er. »Wenn wir sie in einem Gebäude einsperren, dann müssen wir sie im Notfall rausholen. Und jetzt gehen Sie mir aus dem Weg! Am besten verschwinden Sie gleich ganz, wenn Sie schon nicht helfen wollen.«

Er selbst kletterte vorsichtig, doch entschlossen über eingestürzte Wände und verbogene Stalltüren in den hinteren Stallbereich, in dem die wenigen Pferde untergebracht waren, für die es an diesem Morgen keinen Weidegang gegeben hatte. Es waren drei Hengste, und natürlich waren sie halb verrückt vor Angst. Sie stiegen und traten um sich, um sich zu befreien. Ein Brauner war gefallen und eingeklemmt. Walter konnte die zwei Tiere, die anscheinend nicht verletzt waren, retten, indem er einfach die Boxtüren öffnete. Sie stürmten hinaus, und er mochte gar nicht daran denken, was sie in der Freiheit womöglich anstellten. Dennoch war es besser so, als zu riskieren, sie einzeln herauszuführen. Die Stallarbeiter hatten ja nicht ganz unrecht, die Erde konnte noch einmal beben und der Stall dann vielleicht ganz zusammenstürzen.

Walter bemühte sich um das dritte Pferd, das verzweifelt versuchte, auf die Beine zu kommen. In der engen Box gelang das nicht, doch als er die Tür öffnete, reichte der Platz dem Tier, um sich freizustrampeln und aufzustehen. Walter griff beherzt nach dem Halfter des wertvollen Zuchthengstes, bevor auch er hinausrennen konnte. Wenigstens den Braunen konnte er langsam über den Schutt und das gesplitterte Holz geleiten. Er griff noch rasch nach ein paar Halftern und Stricken und verließ dann den Stall. Von den anderen Hengsten war draußen nichts zu sehen. Walter folgte Macey in Richtung Haus – und sah, dass die junge Frau bereits Hilfe hatte. Marjorie Bolt, Mr. Bolts Ehefrau, hatte Sensation und das zweite Rennpferd eingefangen.

Walter sah, dass ihr Kleid und ihr Gesicht grau von Staub waren. Das Wohnhaus lag zum Teil in Trümmern. Immerhin hatte Marjorie es unverletzt hinausgeschafft. Aber …

»Wo sind die Kinder, March?«, fragte er entsetzt.

Mrs. Bolt antwortete mit erstaunlich ruhiger Stimme. »In der Schule. Gott sei Dank, dass die Sommerferien vorbei sind.« Dabei schien ihr erst jetzt klar zu werden, dass dies die Sicherheit ihrer Kinder keineswegs gewährleistete. »Das … das wird doch nicht bis Hastings gereicht haben?«, fragte sie tonlos.

Walter versuchte sich zu erinnern, wie Nellies Besuchsliste an diesem Tag ausgesehen hatte.

»Wir sollten jemanden anrufen«, regte Macey an. Ihre Stimme zitterte. »Meinen Dad …«

»Erst müssen wir irgendwohin mit den Pferden«, sagte Walter.

Der Hengst an seiner Hand tänzelte nervös, er hatte nur noch Augen für Sensation und die beiden Rennpferde, bei denen es sich ebenfalls um Stuten handelte. Unsicher führte Walter das Pferd zurück in Richtung der Ställe und Reitanlagen – und sah Mr. Bolt und die Jockeys, die eben zu den Ställen eilten, wohl um die vermeintlich noch eingeschlossenen Hengste zu befreien. Erleichtert rief er ihnen zu, dass die Tiere bereits frei seien, und gleich darauf bemühten sich alle um eine provisorische Unterbringung der Pferde.

Macey und Marjorie wagten sich derweil in die Trümmer des Wohnhauses und fanden das Telefon unversehrt an der Wand eines Korridors. Das nützte allerdings nichts, die Leitung war tot.

Macey kämpfte mit Hysterie, und Marjorie sorgte sich um die Kinder.

»Wir müssen wissen, was in Hastings los ist«, sagte sie zu ihrem Mann. »Was ist mit dem Auto?«

Mr. Bolt war mit dem Pick-up zur Rennbahn gefahren, während die Jockeys geritten waren.

»Das Auto ist in Ordnung, aber die Straße ist weg«, antwortete James Bolt. »Es steht auf dem Weg zur Rennbahn, vielleicht kommt man damit noch vorwärts, hierher zurück war es unmöglich. Da hab ich's einfach gelassen, wo es war. Und jetzt muss ich erst nach den Pferden sehen … ob die Koppelzäune noch stehen … und … was da womöglich passiert ist.«

Marjorie dachte kurz nach. »Ich nehme ein Pferd«, entschied sie schließlich. »Kann ich Sensation haben, Macey? Im Rennsattel möchte ich nicht nach Hastings …«

»Natürlich.« Macey schien sich zu ärgern, nicht selbst auf den Gedanken gekommen zu sein. »Ich trau mich sowieso nicht, sie jetzt zu reiten«, erklärte sie. »Sie ist so nervös. Mein Auto steht außerdem noch auf dem Hof. Ich werd nach Hause fahren und nach meinen Eltern und Geschwistern sehen. Vielleicht komme ich ja bis Napier durch und finde dort ein funktionierendes Telefon.«

Während die Frauen aufbrachen, um Erkundigungen einzuziehen, machten sich die Männer daran, die Pferde einzufangen. Sie fanden die Hengste wie erwartet auf der Koppel der Zuchtstuten oder zumindest auf dem, was davon übrig war. Die Landschaft hatte sich völlig verändert. Die Grasnarbe war aufgerissen, wo sich die Erde wellenartig aufgewölbt oder abgesenkt hatte. Bäume waren umgeknickt oder entwurzelt, Bäche hatten sich neue Wege gebahnt. Nur noch vereinzelt standen Zaunpfähle. Mr. Bolt begann, sie einzusammeln.

»Wir müssen einen provisorischen Paddock bauen, in den wir die Pferde stellen können«, erklärte er. »Möglichst nah am Haus ...«

Walter und die Jockeys blickten mutlos auf das wenige Holz und dachten an die über fünfzig Pferde, die unterzubringen waren: drei Hengste, Zuchtstuten und Fohlen, dazu ein paar Wallache.

Dann kam jedoch unerwartet Hilfe. Bo Halliday, ein Nachbar, dessen Farm sich in zwei Meilen Entfernung Richtung Napier befand, fuhr seinen Pick-up auf den Hof.

»Uff, bei euch siehts ja wirklich schlimm aus«, erklärte er mit Blick auf den Stall. »Da hat die junge Frau nicht übertrieben ...«

»Welche junge Frau?«, fragte Bolt.

»Macey Pattern«, erwiderte Walter, froh darüber, dass seine Schülerin offenbar mitgedacht und auf dem Weg nach Napier um Hilfe gebeten hatte.

»Weiß nicht, wie sie heißt, aber sie hat gesehen, dass meine Scheune noch steht. Und sie meint, Sie bräuchten einen Platz für die Pferde ...«

Mr. Bolt strahlte seinen Nachbarn an. »Sie schickt der Himmel, Bo! Was ist mit Ihrem Haus? Geht Ihr Telefon?«

Halliday grinste. »Das hat die Kleine auch zuerst gefragt. Leider ist da nichts zu machen, die Leitungen sind wohl durchweg tot. An meinem Haus ist nicht viel kaputt, nur ein Baum ist auf den Wintergarten gestürzt, und die Scheiben sind alle raus ... Das Mädel ist weiter nach Napier ...«

Den Rest des Tages verbrachten die Männer damit, die Pferde einzufangen und in Hallidays Scheune zu bringen. Der hilfreiche Nachbar und sein Knecht teilten sie derweil provisorisch in mehrere Abteile auf.

Nach ein paar Stunden kam Marjorie mit Sensation zurück und brachte gute und schlechte Nachrichten.

»Die Kinder sind wohlauf, die Lehrer haben sie gleich nach dem ersten Erdstoß rausgeschickt auf die Sportplätze. Da sollen sie auch erst mal bleiben, sie bauen Zelte auf und haben eine Küche eingerichtet. Unsere beiden sind jedenfalls nicht verletzt, und ich fand es sinnvoll, sie dort zu lassen. Vielleicht reite ich nachher noch mal hin und verbringe die Nacht mit ihnen. Jenny ist ziemlich verängstigt, aber Mark scheint das Ganze für ein großartiges Abenteuer zu halten. Die Schule ist teilweise eingestürzt. Überhaupt sind die Straßen voller Trümmer, es hat Dutzende Tote gegeben. Viele sind sicher noch verschüttet. Wir sollten alle hin, wenn die Pferde versorgt sind. Hilfe wird dringend gebraucht.«

»Haben Sie irgendwas von Nellie gehört?«, fragte Walter.

Marjorie schüttelte den Kopf. »Dr. Nellie ist bestimmt irgendwo auf dem Land«, meinte sie tröstend. »Oder unterwegs im Auto vom Beben überrascht worden. In der Stadt ist sie sicher nicht, was sollte sie denn da?«

Hilfe leisten, dachte Walter. Auch als Tierärztin würde Nellie nützlich sein, und er konnte sich nicht vorstellen, dass sie nicht von selbst daran gedacht und sich gleich zur Verfügung gestellt hatte.

»Napier ist übrigens ebenfalls betroffen«, sprach Marjorie weiter. »Noch schlimmer wohl, da hat es auch Brände gegeben. Genau weiß man das allerdings nicht, die Telefonleitungen sind wie gesagt tot. Strom gibt es nicht mehr, alle Verbindungen sind unterbrochen.«

»Hat niemand Funk?«, erkundigte sich Walter und dachte daran, dass Nellie an diesem Tag etliche Termine bei Napier hatte. Vielleicht hatte sie sich dort den Helfern zugesellt.

Marjorie zuckte mit den Schultern. »Ich geh jetzt mal nach unserem Auto sehen«, verkündete sie. »Vielleicht kann ich die kaputten Straßen ja irgendwie umfahren, um nach Napier zu kommen.«

Es wurde bereits dunkel, als das letzte Pferd eingefangen und in Bo Hallidays Scheune mit Heu versorgt war. Einer der Jockeys, der keine Familie hatte, erklärte sich bereit, bei den Pferden zu übernachten.

Walter hoffte noch darauf, dass Nellie irgendwann kommen und ihn abholen würde, wie vereinbart, doch als sie zwei Stunden nach seinem üblichen Arbeitsende immer noch nicht da war, schloss er sich Mr. Bolt und Marjorie an. Die beherzte Farmersfrau hatte tatsächlich eine Möglichkeit gefunden, mit dem Auto bis kurz vor Napier zu kommen, und so machten sich alle auf den Weg in die zerstörte Stadt, um zu helfen. Walter verbrachte fast die gesamte Nacht damit, Straßen freizuräumen, Verletzte und leider auch Tote zu bergen und dabei immer wieder nach Nellie zu fragen. Allerdings hatte niemand von ihr gehört, und er war ziemlich besorgt, als er irgendwann gegen vier Uhr morgens völlig erschöpft einschlief. Die Helfer nahmen sich einfach nur eine Decke und schliefen irgendwo unter freiem Himmel. Die Nacht war zum Glück warm, und es regnete nicht.

Der nächste Tag versprach ein konzentrierteres Vorgehen bei der Bergung Verschütteter und eine Menge neuer Helfer. Ein Schiff der Royal Navy hatte zufällig im Hafen von Napier gelegen und per Funk um Hilfe gebeten. Am nächsten Morgen würden zwei Schiffe der australischen Marine eintreffen, die zu einem Seemanöver in der Gegend weilten. Die Seeleute sollten dann in Aufräumkommandos, Rettungskommandos und Feuerbekämpfungseinheiten eingeteilt werden.

Tatsächlich legten die *HMS Dunedin* und die *HMS Diomede* in der Morgendämmerung in Napier an. Der Kommandeur Geoffrey Blake schickte die Hälfte seiner Männer sofort in die am schlimmsten betroffenen Stadtteile von Napier und die andere nach Hastings.

»Auch da sind ganze Straßenzüge eingestürzt«, berichteten Menschen, die in Napier Hilfe suchten. »Besonders in den Neubaugebieten. Die Stadt braucht dringend Hilfe.«

Nellie befand sich in einer Art schmerzerfülltem Dämmerzustand, als sie Stimmen hörte. Sie konnte ihre Arme nicht mehr spüren, ihre Kehle brannte, die Muskeln ihrer Beine schmerzten, und alle ihre Tränen schienen geweint. Petey gab nur noch gelegentlich ein schwaches Wimmern von sich. Sehr lange würde das Kind nicht mehr durchhalten. Doch dann hörte Nellie eine Stimme über sich.

»Ist hier noch jemand?«

Nellie wusste, dass dies ihre letzte Chance war. Verzweifelt versuchte sie, ihrer wunden Kehle einen weiteren Schrei abzuringen, und sie trat mit aller Kraft gegen das Holz.

»Ich hör was!«, rief draußen jemand. »Hallo? Hallo? Ich glaub, ich hab was gehört …«

Nellie trat ein zweites Mal – und brachte einen erstickten Laut hervor.

»Hier! Hier!«

»Da klopft jemand. Klopfen Sie noch mal, damit wir Sie lokalisieren können!« Die Stimme von außen kam näher.

Nellie trat – und schluchzte vor Erschöpfung.

»Hier … das muss ein Erdrutsch gewesen sein … Warten Sie, bleiben Sie ganz ruhig, wir sind gleich bei Ihnen!«

Nellie fragte sich, was sie anderes tun könnte, als zu warten, und hätte beinahe hysterisch gelacht. Und sie sollte ruhig bleiben?

Immerhin schien der Mann besser im Abtragen von Schutt zu sein, als im Trösten von Verschütteten. Nellie hörte, dass über ihr gearbeitet wurde. Der Mann rief einen anderen zu Hilfe.

»Das kann doch eigentlich gar keiner überlebt haben«, meinte der Neuankömmling skeptisch.

Nellie trat noch einmal gegen das Holz. Dann stießen die Männer auf die Rückwand des Kleiderschranks.

»Vorsicht! Nicht mit der Axt!«, forderte einer ihrer Retter den anderen auf und schob einen Hebel unter das Holz.

Der Schrank hob sich – Nellie sah Licht. Sie zwinkerte, und als sich ihre Augen an die plötzliche Helligkeit gewöhnt hatten, erkannte sie einen blonden und einen dunkelhaarigen Mann in Uniform.

»Eine Frau!«, rief der Blonde. »O Gott, und ein Kind! Warten Sie, Madam, wir helfen Ihnen da raus … Können Sie mir die Hand reichen? Oder gleich das Baby? Ist es am Leben?«

Nellie konnte nichts dergleichen, nur trocken schluchzen. Sie nahm verschwommen wahr, dass der Mann sich zu ihr herunterbeugte – das Loch war nicht tief, sie hatte kaum mehr als gut einen Meter unter der Erde gesteckt – und nach Petey griff. Das Kind regte sich, es lebte.

Nellie empfand eine Woge von Erleichterung, auch als der Soldat Petey nun nach oben reichte und sich bemühte, ihr beim Aufrichten zu helfen.

»Sind Sie verletzt, Madam?«

Nellie schüttelte den Kopf, zeigte auf ihren Hals …

»Sie muss halb verdurstet sein«, stellte der andere Soldat fest und griff gleich nach einem Flachmann an seinem Gürtel.

»Hier, trinken Sie …«

Nellie erwartete Wasser, doch als sie den ersten gierigen Schluck nahm, merkte sie, dass Whiskey durch ihre Kehle lief. Wieder hätte sie fast gelacht. Das scharfe Getränk ließ sie husten. Jetzt hob der erste Soldat auch sie aus der Grube, brachte sie nach oben in die Trümmer ihres Schlafzimmers, und weitere Menschen bemühten sich um sie. Eine Frau gab ihr endlich Wasser – und Nellie trank so hektisch, dass sie sich übergab. Die Frau hielt sie, redete freundlich auf sie ein und reichte ihr einen neuen Becher.

»Mein Sohn …«, flüsterte Nellie.

»Wird versorgt«, sagte die Frau. »Dr. Parson kümmert sich um ihn. Ich bin Doris Warren, Krankenschwester aus Napier.«

Nellie nickte. Schwester Doris half ihr in eine sitzende Position, und sie konnte sehen, dass ein junger Mann in der Uniform eines Stabsarztes dabei war, Peteys Brust abzuhören. Mit einer Pipette versuchte er dann, ihm Wasser einzuflößen. Der kleine Junge schien zu schlucken.

»Sie sind wirklich unverletzt?«, fragte Schwester Doris und massierte Nellies Arme. Sie hielt Decken bereit, um sie darin einzuhüllen, nachdem sie ihr aus ihren Sachen geholfen hatte. Nellie schämte sich für ihre kot- und urindurchtränkte Kleidung. »Das macht doch nichts, meine Liebe …«, sagte Schwester Doris sanft. »Sie hatten da unten schließlich keine sanitären Anlagen, oder? Ich werde Sie gleich ein wenig waschen, und irgendwo müssen wir Thermoskannen mit heißem Tee haben …«

Nellie spürte, wie das Gefühl in ihre Hände und Arme zurückkehrte. Sie hätte Petey gern gehalten, der Arzt war jedoch noch nicht fertig. Erst nach einer gründlichen Untersuchung kam er zu Nellie, das Kind auf dem Arm.

»Der Kleine ist unterkühlt und ausgetrocknet, unterzuckert natürlich. Aber er trinkt, und Herz und Lunge hören sich gut an. Er wird sich erholen. Sie haben unglaubliches Glück gehabt!«

Nellie hätte das zwar nicht so ausgedrückt, aber objektiv gesehen musste man dem Arzt wohl recht geben. Wäre sie nicht unter dem Schrank zu liegen gekommen, hätten die Wände ihres Hauses sie erschlagen.

»Ihnen fehlt ebenfalls nichts?«

Dr. Parson legte ihr Petey in die Arme und begann, auch sie zu untersuchen.

»Ich bin … nur heiser …«, flüsterte sie. »Und mir ist kalt …«

Sie zitterte jetzt, obwohl Sonnenschein von draußen in ihr zertrümmertes Haus drang. So kalt konnte es eigentlich gar nicht sein.

»Das wird sich geben«, tröstete der Arzt.

»Hier, trinken Sie!« Schwester Doris hatte den Tee aufgetrieben. Er war heiß und stark gesüßt. Nellie trank selbst und nutzte die Pipette, um Petey etwas davon einzuflößen. Sie waren beide nackt und in Decken gehüllt, doch die tatkräftige Schwester Doris hatte schon eine neue Idee. »Da müssen noch Kleider von Ihnen sein, oder?«, meinte sie und blickte in das Loch, in dem Nellie gefangen gewesen war.

Die Kleidungsstücke waren zwar voller Staub und rochen nicht sehr angenehm, sie waren jedoch trocken. Zudem fanden sich die Trümmer von Peteys Wickelkommode in dem zerstörten Schlafzimmer. Schwester Doris barg Hemdchen und Höschen. Als die Männer sie schließlich allein ließen, um weitere Häuser zu durchsuchen, half Doris ihr, sich selbst und das Kind notdürftig zu reinigen und anzuziehen.

»Wie ... wie lange waren wir da unten?«, fragte Nellie schwach.

Die Schwester sah auf die Uhr. »Das Beben war gestern um 10:47 Uhr«, gab sie präzise Auskunft. »Jetzt haben wir Nachmittag, Viertel nach vier. Also ...« Sie rechnete. »Knapp dreißig Stunden. Es muss die Hölle gewesen sein.«

Nellie nickte. »Gibt es viele Tote?«, fragte sie.

»In Napier wohl über hundert«, meinte Schwester Doris. »Hastings hat es ähnlich schwer getroffen. Die Städte sind weitgehend zerstört. Hier in Ihrer Siedlung haben wir ein paar Verletzte. Die Häuser sind alle zusammengebrochen, kein Wunder, bei der Bauweise. In diesem Fall aber ein Glück. Die Trümmer haben keinen erschlagen. In Napier ist das Schwesternwohnheim eingestürzt, da gab es mehrere Tote.«

»Wissen Sie was von Bolt Stables?«, wagte Nellie nun endlich nach Walter zu fragen. »Dem Pferdehof?«

»Sorgen Sie sich um die Pferde?«, fragte Schwester Doris mit gerunzelter Stirn.

»Auch«, flüsterte Nellie. »Ich bin Tierärztin. Aber vor allem ... um meinen Mann ...«

»Er hat dort gearbeitet? Ich verstehe. Also auf den Farmen scheint es keine Toten gegeben zu haben. Ein paar Farmer haben nachts in Napier geholfen. Warten Sie, ich glaube, ich habe Marjorie Bolt gesehen ...«

Nellie machte das Hoffnung. Wenn die Bolts zum Helfen nach Napier gekommen waren, konnte es ihren eigenen Hof kaum allzu schwer getroffen haben.

»Was ... wird jetzt?«, fragte sie und blickte sich in der Trümmerwüste um, die einmal ihr Haus gewesen war.

Schwester Doris lächelte ihr aufmunternd zu. »Sie sind nicht die Einzige, die ihr Zuhause verloren hat«, meinte sie. »Sogar die Krankenhäuser in Napier sind zerstört. Es gibt Hunderte, die eine Zuflucht suchen. Die Ärzte haben im Botanischen Garten in Napier ein Nothospital eingerichtet und wohl auch auf der Rennbahn in Hastings. Da könnten wir Sie hinbringen. Wir haben noch zwei Verletzte aus dieser Siedlung, die müssen auf jeden Fall weiter versorgt werden. Aber es gibt Auffanglager für Leute, die nicht verletzt sind. Sowohl in der Stadt als auch außerhalb. Ein paar reiche Farmer haben ihre Anwesen geöffnet. Scherschuppen, Weinkeller ... Die brauchten gar keine Zelte aufzubauen, und ich denke, die Unterbringung und Verpflegung ist da besser als in den großen Lagern. Wir könnten Sie zu den Patterns bringen.«

»Sie meinen das Weingut?«, fragte Nellie. »Das sind ... die Leute von Sensation ...«

»Von was?« Die Schwester schaute sie wieder besorgt an. Anscheinend war sie sich noch nicht völlig sicher, dass ihr Verstand nicht gelitten hatte.

»Sensation ... ein Pferd. Ich ... behandle das Pferd von ... Wie heißt sie noch? Lacey Pattern oder so ähnlich.« Nellie hatte die eifrige junge Frau vor Augen, konnte sich jedoch nicht genau an ihren Vornamen erinnern. »Ja ... ja, da würde ich gern hin ...«

Die Tochter der Patterns würde auf jeden Fall erfahren wollen, wie es ihrem Pferd ging – Nellie schätzte sie so ein, dass sie jedes

Hindernis umgehen würde, um zu Bolts Farm zu kommen. Sie würde wissen, was mit Walter war.

Kurze Zeit später half Schwester Doris Nellie auf einen Armeelastwagen. Sie war noch sehr wacklig auf den Beinen und brauchte dringend etwas zu essen. Petey schien ebenfalls hungrig zu sein. Er schaffte es noch nicht zu schreien, aber er weinte leise vor sich hin. Er brauchte seine Milch.

Drei andere Bewohner der Siedlung wurden auf Tragen zum Laster gebracht. Sie waren nicht sehr schwer verletzt, und keiner war verschüttet gewesen. Aus eigener Kraft hatten sie ihre zerstörten Häuser jedoch nicht verlassen können. Der Lastwagen würde sie jetzt zur Rennbahn in Hastings bringen.

Nellie widerstand der Versuchung, sich auf die Farm der Bolts bringen zu lassen, die in unmittelbarer Nähe der Bahn lag. Die Wahrscheinlichkeit, dass Walter noch dort war, erschien ihr gering, und sie brauchte einen Platz, an dem sie sich und Petey aufwärmen konnte. Das Gut der Patterns war die beste Lösung, und das sollte sich bestätigen, als Nellie eintraf. Einige Landfrauen aus der Gegend hatten die Versorgung der Erdbebenopfer übernommen. Unter der Ägide von Macey Patterns tatkräftiger Mutter kümmerten sie sich um ihre Unterbringung in den Wirtschaftsgebäuden. Nellie wurde natürlich sofort erkannt. Veronica Lester, die erste Frau in Hastings, mit der sie sich angefreundet hatte, nahm sie und Petey unter ihre Fittiche. Binnen kürzester Zeit löffelte Nellie einen gehaltvollen Eintopf, und Veronica flößte Petey vorsichtig Honigmilch ein. Sie schäkerte wie sonst mit dem Kleinen, aber an diesem Tag konnte sie ihm kein Lächeln entlocken. Er schluckte die Nahrung, wollte danach jedoch sofort zurück zu seiner Mutter. Nellie gab ihm noch Früchtetee. Das Kind brauchte viel Flüssigkeit.

»Und Sie auch, Dr. Nellie«, erklärte die resolute Farmersfrau, reichte ihr einen großen Becher Tee und fügte einen kräftigen Schluck Whiskey hinzu. »Sie waren verschüttet? Ganz allein mit dem Kleinen im Dunkeln?«

Nellie wusste, dass sie diese Geschichte noch oft würde erzählen müssen, aber vorerst war sie zu erschöpft und schob ihre entzündeten Stimmbänder vor. Sie nippte an dem scharfen Getränk – der Whiskey machte sie umgehend schläfrig. Doch dann betrat Macey Pattern mit einem Korb voller Gemüse die improvisierte Küche, und Nellie wurde schlagartig wach.

»Miss ... Miss Pattern ...« Sie versuchte zu rufen, mehr als ein Flüstern brachte sie hingegen nicht heraus.

Macey hörte sie trotzdem. »Dr. Nellie!« Die junge Frau wandte sich ihr erfreut zu. Sie war ein hübsches Ding mit blitzenden braunen Augen und einem braunen Bubikopf, der jetzt allerdings etwas zerzaust wirkte. Die Tochter des Hausherrn ließ es sich offensichtlich nicht nehmen, hier tatkräftig mitzuhelfen. »Sensation geht es gut!«, verkündete sie. »Sie hat sich fürchterlich erschrocken und ist weggaloppiert, aber dann ließ sie sich gleich wieder fangen ...«

»Und ... und Walter?«, unterbrach Nellie sie.

»Der hat die Hengste gerettet. Sehr mutig, Ihr Mann. Dabei waren wir zuerst ganz allein auf dem Hof ...« Macey begann, die Geschehnisse auf Bolt Station in allen Einzelheiten zu schildern, aber Nellie hörte nicht mehr zu. Das Wichtigste wusste sie schließlich – Walter war wohlauf. Irgendwann fiel Macey auf, dass ihr Gegenüber auf dem besten Weg war wegzudämmern. Veronica klärte sie kurz darüber auf, was Nellie zugestoßen war. »Lieber Himmel, und jetzt sind Sie hier mit dem Kleinen in diesem Durcheinander ...« Die junge Frau sah Nellie mitleidig an. »Wissen Sie was, Mrs. Lester, ich suche jetzt meine Mutter, und wenn sie einverstanden ist, mache ich für Dr. Nellie ein Gästezimmer fertig. Da hat sie es doch bequemer mit dem Kind. Sie ist immer so nett ... kam sogar mitten in der Nacht, als Sensation Kolik hatte ... Das sind wir ihr schuldig, Sensation und ich ...«

Kurze Zeit später fanden sich Nellie und Petey in einem im Landhausstil hübsch gestalteten Gästezimmer wieder, das sogar über ein eigenes Bad verfügte. Auf dem Bett lag eine Patchworkdecke, für Petey hatte Macey ein Körbchen hergerichtet, ein flauschiger Bademantel und ein Nachthemd warteten auf Nellie.

Nellie wähnte sich wie in den Himmel versetzt. Sie wusch sich im Halbschlaf und badete Petey in warmem Wasser. Dann schaffte sie es gerade noch bis aufs Bett, bevor sie einschlief. Nur einmal wurde sie kurz gestört von Peteys Weinen. Der Kleine war in seinem Körbchen aufgewacht und schien sich zu fürchten – auch Nellie fuhr erschrocken zusammen. Inzwischen war es dämmrig geworden, die Vorhänge tauchten das Zimmer ins Dunkel.

Nellie tastete nach einer Lampe, doch das Licht funktionierte nicht. Allerdings hatte Macey eine Kerze in einer Laterne bereitgestellt. Nellie entzündete sie mit zitternden Fingern, holte Petey aus seinem Korb und nahm ihn mit zu sich ins Bett.

Gleich darauf schliefen beide erneut ein und erwachten erst am nächsten Morgen. Die Sonne strahlte bereits wieder – und Nellie erschienen die letzten Tage wie ein Albtraum.

»Das müssen wir ganz schnell vergessen«, flüsterte sie Petey zu. »Heute finden wir erst mal deinen Dad … und dann wird alles gut.«

Das Wiedersehen mit Walter ergab sich schneller, als sie gehofft hatte. Macey hatte Himmel und Hölle in Bewegung gesetzt, um ihren Reitlehrer zu finden, und traf ihn tatsächlich in den improvisierten Ställen auf Hallidays Hof an. Walter kontrollierte den Zustand der Pferde, half beim Füttern und wollte sich dann einem Suchtrupp in Hastings anschließen. Er war äußerst beunruhigt, hatten seine Nachforschungen zu Nellies und Peteys Verbleib doch bislang nichts ergeben.

Macey nahm ihn nun mit zu sich nach Hause, wo sie Nellie und Petey beim Frühstück mit ihren Eltern antrafen. Nellie warf sich in Walters Arme und brach gleich darauf in Tränen aus.

»Ich … ich hätte nicht gedacht, dass ich dich wiedersehe«, brachte sie schluchzend hervor, immer noch heiser. »Ich dachte, ich sterbe ... Bitte halt mich, Walter, halt mich, und lass mich nie mehr los ...«

Walter hielt sie fest, küsste ihr Haar und murmelte beruhigende Worte. Auch von ihm war ein Albdruck genommen, obwohl er nicht geahnt hatte, in welcher schrecklichen Lage sich Nellie befunden hatte.

»Ich dachte, du wärst auf irgendeiner Farm ...«, sagte er später, als alle sich ein bisschen beruhigt hatten. »Wenn ich auch nur geahnt hätte, dass du zurück nach Hause gefahren bist ...«

»Nun lassen Sie das mal«, meinte Mr. Pattern, ein großer Mann mit einem ausladenden Bart und rotem Gesicht. »Berichten Sie uns lieber von der Lage in Napier. Von uns war seit vorgestern niemand mehr da, wir kümmern uns hier um die Opfer. Aber die erzählen nicht viel. Sind zu sehr mit ihren eigenen Geschichten beschäftigt. Gib Mr. von Prednitz mal einen Kaffee, Helen. Nein, keine Widerrede, Sie können gleich wieder zu Ihrem Bergungstrupp. Jetzt frühstücken Sie erst mal mit uns und Ihrer Familie.«

Walter war gut informiert. Die Helfer von der Royal Navy standen per Funk miteinander sowie mit Auckland und Wellington in Verbindung, und auch die zivilen Helfer erfuhren die wichtigsten Nachrichten.

»Insgesamt vermutet man um die zweihundertfünfzig Tote, die meisten von Trümmern erschlagen. Die Kathedrale in Napier ist eingestürzt, die Stadtbibliothek, ein Schwesternheim und das Technische College. Außerdem gab es ein verheerendes Feuer – elf Blocks in der Innenstadt sind verbrannt. Ein paar Leute konnten leider nicht rechtzeitig befreit werden und sind im Feuer umgekommen. In Hastings ist Roach's Department Store zusammengebrochen – das Kaufhaus, Sie wissen schon. Siebzehn Menschen sind tot. Und die Front des Grand Hotels ist eingestürzt und hat auf der Hauptstraße acht Leute getötet. In den Städten herrscht nach wie vor das Chaos, man nimmt an, dass noch einige Menschen verschüttet sind – deshalb muss ich auch gleich wieder los. Jeder Mann wird gebraucht ...«

»Jede Frau vermutlich auch«, meinte Nellie. »Ich werde mich dem medizinischen Notdienst zur Verfügung stellen. Sicher gibt es verletzte Katzen und Hunde – und natürlich kann ich im Notfall auch Menschen verarzten.«

Die Patterns bestanden darauf, dass sich Nellie noch einen Tag schonte, dann meldete sie sich zum Dienst im Nothospital auf der Rennbahn von Hastings. Die Army und die Navy hatten hier bereits Großartiges geleistet. Es gab Zelte für Kranke und Gesunde, Lager für mehrere Tausend Menschen entstanden in Parks und auf Sport-stätten. An medizinischem Personal fehlte es jedoch. Nellie wurde mit offenen Armen aufgenommen und gleich einer Station zugeteilt.

Durch all die Arbeit fand sie kaum Zeit, an ihr eigenes Erleben zu denken. Zu sehr war sie mit dem Elend der anderen beschäftigt. Auch Petey machte ihr Sorgen. Er ließ sich nicht mehr wie sonst einfach im Körbchen abstellen, solange seine Mutter arbeitete, und keine andere Frau konnte ihn trösten, wenn er weinte. Petey wollte Nellie – und das rund um die Uhr. Schließlich ging sie dazu über, ihn sich auf den Rücken zu binden. Eine Maori-Frau zeigte ihr, wie das bei ihrem Volk gehandhabt wurde. Es machte die Arbeit na-türlich beschwerlich, mit seinen siebeneinhalb Monaten war Petey schon recht schwer. Wenn Nellie am Abend ins Bett fiel – wenn sie Glück hatte, im Gästezimmer der Patterns, aber oft genug auf einem Notbett bei ihren Patienten –, schlief sie wie tot.

Walter sah sie bei all dem eher selten. Er half bei den Aufräum-arbeiten und ging dann, als das Schlimmste bewältigt war, wieder zum Gestüt. Mr. Bolt und seine Leute beeilten sich, die Zäune auf-zubauen und die Ställe zumindest provisorisch wiederherzurichten. Allzu lange wollte der Züchter die Gastfreundschaft seines Nachbarn für seine Pferde nicht in Anspruch nehmen. Walter schlief in dieser Zeit im Gestüt. Natürlich hätten die Patterns auch ihm gern ihr Gäs-tezimmer geöffnet, doch er hatte kein Auto, um von dort aus zur Arbeit zu kommen. Bislang hatten weder er noch Nellie jemanden gefunden, der sie zu ihrem früheren Heim bringen konnte, um dort nach ihrem Wagen zu sehen. Möglicherweise war er noch brauchbar – aber all solche Überlegungen verblassten vor der Notwendigkeit, das Leben in den Städten und auf den Bauernhöfen wieder in Gang zu bringen.

An einen vollständigen Wiederaufbau von Mr. Bolts Stallanlage war allerdings vorerst nicht zu denken. Zwar waren die Gebäude noch zu retten, aber das Gelände hatte sich völlig verändert. Was bisher Ebene war, war Hügelland. Das galt für die gesamte Region. Im Hafen von Napier war es durch Erdrutsche zum Abbrechen von Felsen gekommen – zu nah an die Klippen gebaute Häuser waren ins Meer gestürzt. Die größte landschaftliche Veränderung betraf jedoch die Lagune: Hier hatte sich der Boden gehoben und das Meer trockengelegt. Flüsse hatten neue Betten gefunden, die Bäume ganzer Wälder waren entwurzelt.

Napier erwies sich als so schwer zerstört, dass darüber nachgedacht wurde, die Stadt dem Erdboden gleichzumachen und ganz neu aufzubauen. Darüber, wer das bezahlen sollte, stritt sich die Regierung mit den lokalen Verwaltungen.

Für Nellie und Walter ging der erste Schritt in Richtung Normalität von der Farmervereinigung aus. Die meisten Bauern hatten nur wenige Tiere verloren – ihre Schafe und Rinder, die frei auf großen Weiden oder gar in den Bergen lebten, hatten sich rechtzeitig in Sicherheit gebracht. Wie alle Tiere schienen auch sie einen sechsten Sinn zu haben und Erdbeben vorauszusehen. Insofern wurde bald wieder ein Tierarzt gebraucht, um Kälbern auf die Welt zu helfen, Euterentzündungen zu behandeln und Moderhinke zu bekämpfen.

Die Farmervereinigung zahlte also für die Reparatur von Nellies Auto und besorgte den von Prednitzens eine neue Unterkunft – ein Privileg in den vom Erdbeben betroffenen Gebieten, hier würde noch jahrelang Wohnraummangel herrschen. Allerdings entsprach die neue Unterkunft in keiner Weise dem, was Nellie gewöhnt war.

Tatsächlich erinnerte sich Tom Brewer an ein Blockhaus, in dem er Jahre zuvor mit seiner Frau gewohnt hatte, während an ihrem Farmhaus und den Scherschuppen gebaut worden war. Das Häuschen war unbeschädigt und lag in einem Wäldchen, fast eine Meile vom Farmhaus entfernt.

»Warum ist es denn so weit weg?«, erkundigte sich Nellie, als der Farmer es ihnen stolz vorführte.

Brewer zuckte mit den Schultern. »Ich wollte erst hier bauen. Wäre so praktisch gewesen, wir hätten das Holz einfach schlagen und für das Wohnhaus verarbeiten können. Deshalb hab ich hier das Blockhaus aufgestellt, bevor meine Frau kam. Die wollte dann aber näher an der Straße wohnen, und der Platz auf dem Hügel ist ja auch schöner. Also haben wir in den sauren Apfel gebissen und das Holz transportiert.«

Das Blockhaus wirkte auf den ersten Blick einladend, doch es hatte weder Elektrizität noch fließendes Wasser. Geheizt werden musste mit Holz, es gab nur Gaslampen, und das Wasser holte man aus einem in der Nähe liegenden Bach. Zum Baden musste man es über dem Feuer erhitzen.

Für Nellie sprach all das gegen das Haus, andererseits konnten sie nicht ewig bei den Patterns wohnen, und eines der Lager war keine Alternative.

»Ich könnte das jederzeit vermieten«, behauptete Tom Brewer beleidigt, als Nellie um Bedenkzeit bat.

Bei Walter fand er Unterstützung. Als Soldat hatte er noch viel primitiver gehaust, und er drängte darauf, wieder selbstständig zu sein.

»Ist doch eigentlich ganz romantisch«, meinte er, als Brewer wieder gefahren war. »Im Winter kuscheln wir vor dem Kamin, wir lieben uns im Kerzenschein ...«

Nellie blitzte ihn an. »Klar, mit Petey zwischen uns«, sagte sie scharf. »Oder mit seinem Geschrei als Lautuntermalung ...«

Petey brauchte die Nähe zu seiner Mutter am Tag wie bei Nacht –

wenn er aufwachte und sie nicht spürte, schrie er wie am Spieß. Seit dem Erdbeben hatten Nellie und Walter keinen sexuellen Kontakt mehr gehabt, der über Küsse hinausging.

Nellie wünschte es sich allerdings auch nur selten. Sie fühlte sich nach der Arbeit abgeschlagen und müde, kämpfte mit Albträumen und Magenbeschwerden. Dass ihre Periode ausblieb, fiel ihr zunächst gar nicht auf. Es wurde ihr erst klar, als sie wegen der anhaltenden Magenprobleme einen Arzt aufsuchte.

Dr. Winter, ein freundlicher älterer Herr, der sonst gern mit Nellie fachsimpelte, grinste breit, als er sie untersuchte. »Nun, meine liebe Frau Kollegin von der vierbeinigen Fraktion … Darauf, was Ihnen fehlt, hätten Sie auch selbst kommen können. Sie sind schwanger, Dr. Nellie. Dritter Monat, schätze ich. Haben Sie das wirklich nicht geahnt?«

Nellie hatte die Möglichkeit nicht im Entferntesten in Betracht gezogen, und sie freute sich auch nicht so unbändig wie damals bei Petey. Tatsächlich fiel es ihr in der letzten Zeit immer schwerer, sich überhaupt an etwas zu freuen. Sie war ständig erschöpft, litt unter Ängsten und Einsamkeit. Ihr neues Haus lag weit entfernt von anderen Siedlungen, und sie musste immer wieder den Gedanken niederkämpfen, wer sie hier wohl finden würde, sollte sie noch einmal verschüttet werden. Alle fürchteten sich vor Nachbeben. Wenn Nellie mit Petey allein zu Hause war, litt sie unter Panikanfällen, oft konnte sie Peteys Schreien nicht ertragen. Zu sehr glich es seinen Verzweiflungslauten in ihrem »Sarg«. Der Kleine entwickelte sich eher zurück. Er konnte noch immer nicht krabbeln. Und nun ein weiteres Kind?

»Jetzt mach dich nicht verrückt, es kann nur besser werden«, tröstete dagegen Walter, der sich ehrlich freute. »Wenn Petey erst ein Geschwisterchen hat, wird er sich auch wieder beruhigen. Mensch, Nellie, uns geht es doch gut! Wir haben wieder ein Dach über dem

Kopf, wir haben Arbeit – und nun bist du noch mal schwanger. Weißt du eigentlich, wie viele Leute hier in Hawke's Bay begeistert mit uns tauschen würden?«

Nellie wusste es nicht, und es war ihr auch egal. Wenn sie ehrlich sein sollte, wäre sie am liebsten geflohen – so weit weg von Hawke's Bay wie nur irgend möglich.

Nellies böse Ahnungen bewahrheiteten sich. Nach dem Erdbeben wurde nichts wirklich besser für sie und die anderen Menschen in der betroffenen Region. Die Naturkatastrophe hatte Neuseeland in einer ohnehin schwierigen Zeit getroffen. Die Wirtschaftskrise wirkte sich nun auch in den abgelegeneren Teilen der Welt aus. Der Export von Waren ging zurück, viele Fabriken und Manufakturen mussten schließen, und die Menschen verloren ihre Arbeit. In der Hawke's Bay Region kamen die Zerstörungen durch das Erdbeben hinzu. Es gab bald nur noch in der Baubranche einigermaßen gut bezahlte Arbeit. Luxus wie Reitpferde oder auch nur Reitunterricht konnte sich niemand mehr leisten, und so beschloss James Bolt einige Wochen später, sich in den nächsten Jahren auf die Rennpferdezucht zu konzentrieren und den Reitschulbetrieb nicht wieder aufzunehmen. Unter vielen Entschuldigungen und Erklärungen entließ er Walter.

»Was soll ich denn jetzt machen?«, fragte Walter, nachdem er Nellie davon in Kenntnis gesetzt hatte.

»Na, was wohl?«, fragte Nellie gereizt. »Entweder suchst du dir einen anderen Job, oder du bleibst zu Hause und kümmerst dich um Petey. Letzteres würde mir fast besser gefallen. Ich werde bald nicht mehr mit ihm fertig ...«

Nellies fortschreitende Schwangerschaft machte ihr immer mehr zu schaffen, und langsam fehlte ihr die Kraft, Petey bei der Arbeit auf dem Rücken zu tragen. Das Kind wie früher einfach bei den Farmersfrauen oder deren Töchtern abzugeben und es dann fröhlich mit Milchbart und Kekskrümeln im Gesicht zurückzubekommen, war nicht mehr möglich. Aus dem sonnigen kleinen Kerl war ein schüchternes, verängstigtes Wesen geworden, das sich an seine Mutter klammerte und bei jeder Gelegenheit in Panik geriet und schrie. Anfänglich brachten die Frauen dafür noch Verständnis auf, doch irgendwann fühlten sie sich von Peteys anhaltender Ablehnung verletzt und begannen, Nellie mit Ratschlägen zu einer besseren Erziehung zu überhäufen. Das Kind sei verwöhnt, es müsse sich abnabeln – Nellie solle es nachts einfach mal schreien lassen, dann werde es sich schon daran gewöhnen, wieder allein zu schlafen und sie in Ruhe arbeiten lassen.

Auch die Farmer bemerkten inzwischen die Depression. Die Nerven lagen blank, als die Preise für landwirtschaftliche Erzeugnisse sanken. Häufig wurden Nellies Rechnungen infrage gestellt oder einfach nicht bezahlt. Sie erhalte doch ein Gehalt, hielt man ihr vor, und sie wohne mietfrei. Da könne sie nicht auch noch Honorare verlangen.

Die Kleintierpraxis brach ebenso ein. Die Leute überlegten sich zweimal, ob sie mit einem kranken Schoßtier oder gar mit einem Hofhund oder einer Stallkatze zum Tierarzt gingen. Und nun fiel auch noch Walters Gehalt weg. Nellie hatte das Gefühl, den Boden unter den Füßen zu verlieren.

Walter sah sie beleidigt an. »Du meinst, ich soll hierbleiben und ... und Petey bemuttern, während du arbeiten gehst? Nellie, das ... Was soll ich denn hier den ganzen Tag tun?«

Nellie hatte das Gefühl, kurz vor dem Platzen zu stehen. »Petey trösten, Wasser holen, Petey baden, mit ihm spielen, Wasser holen, kochen, Holz schlagen, Petey trösten, saubermachen, Wasser holen, den Herd anheizen, Wäsche waschen ... All die Dinge, die ich nach der Arbeit nebenbei mache ...«

Walter runzelte die Stirn. »Das ist ungerecht, Nellie, ich hole regelmäßig Wasser und Holz, und ich heize dir den Ofen an, wann immer ich da bin ...«

»Und wenn du nicht da bist, mache ich es selbst!«, gab Nellie zurück. »Insofern wäre es eine ziemliche Erleichterung für mich, wenn du immer da wärst. Zumal es in kurzer Zeit zwei Kinder sein werden, um die du dich kümmern könntest.«

Walter schüttelte den Kopf. »Ich denke, ich suche mir eine andere Arbeit«, erklärte er. »Und für die Kinder schauen wir uns nach einer Kinderfrau um. Wäre das für dich eine Lösung?«

Nellie seufzte – und fragte sich, wie sie eine Frau finden sollten, die bereit war, jeden Tag in ein Haus zu kommen, das so weit weg von der nächsten Straße stand. Ganz abgesehen davon, dass sie bezahlt werden musste und dass es ein paar enervierende Tage dauern würde, um Petey an eine neue Bezugsperson zu gewöhnen. Mit Walter klappte es inzwischen ganz gut. Petey suchte zwar ständig Körperkontakt, war aber bereit, sich alternativ an seinen Vater zu klammern, wenn Nellie nicht zu Hause war.

Walter ließ sich am nächsten Tag nicht auf dem Hof der Bolts, sondern im Zentrum von Hastings absetzen und fand innerhalb weniger Stunden einen Hilfsarbeiterjob auf einer Baustelle. Er brachte weniger Geld als die Arbeit bei Bolt, doch ein Mädchen, das jeden Tag ein paar Stunden auf Petey aufpassen konnte, würden sie sich davon leisten können. Hier bewahrheiteten sich jedoch Nellies Befürchtungen. Zwar suchten auch Frauen dringend nach Arbeit. Um zu Nellies und Walters Haus zu kommen, hätten sie allerdings ein Auto benötigt, und das hatten sie nicht. Dazu fanden es die meisten unheimlich in der abgelegenen Blockhütte, und Peteys anhaltendes Fremdeln trug nicht dazu bei, ihm Sympathien zu sichern.

Nellie blieb letztlich nichts anderes übrig, als ihn weiterhin mit zur Arbeit zu nehmen. Immerhin lernte er endlich zu krabbeln und klammerte sich nun an ihre Beine, statt getragen werden zu wollen. Auch das war lästig und gefährlich, wenn sie mit Farmtieren umging, und oft blieb ihr nichts anderes übrig, als ihn doch dem nächsten Farmer in den Arm zu drücken oder ihn im Auto zu lassen, wo er anhaltend schrie. Sie wusste, dass die Bauern begannen, sich darüber bei der Farmervereinigung zu beschweren, und schließlich fand Brewer mahnende Worte.

»Bisher waren wir immer sehr zufrieden mit Ihnen, Dr. Nellie, aber so kann das nicht weitergehen. Wenn nun noch das zweite Kind kommt …«

Nellie nahm sich zusammen und entschuldigte sich. Sie konnten es sich nicht leisten, auch ihr Gehalt zu verlieren.

Immerhin kamen von Grietje weiterhin fröhliche Briefe. Nellies Tochter, die bald zwölf Jahre alt wurde, hätte größte Lust, ihre Puppen gegen lebende Babys einzutauschen, und äußerte sich hocherfreut über ein weiteres Geschwisterchen.

»Ich hab Papa gesagt, wir müssen dich besuchen. Es gibt sowieso kaum Konzerte, da hätten wir in den Sommerferien Zeit. Aber Papa meint, er müsste trotzdem arbeiten. Er gibt jetzt Geigenunterricht. Nicht nur mir, auch anderen. Die meisten spielen nur nicht so gut wie ich!«

Zumindest mangelte es Grietje nicht an Selbstvertrauen. Nellie lächelte, als sie ihre Zeilen las, war dann jedoch beunruhigt. Auch an Phipps schien die Wirtschaftskrise nicht vorbeizugehen. Sein beiliegender Brief bestätigte das, doch Sorgen machte er sich nicht darüber.

Hier überschlagen sich die Arbeitslosenzahlen. Die Menschen stehen vor den Ämtern und hoffen auf Unterstützung, manche fahren gen Westen, um irgendwo in der Landwirtschaft Beschäftigung zu finden. Selbst wer reich ist, hält sein Geld zusammen, Konzerte werden nur noch besucht, wenn sie vom Staat stark bezuschusst werden. Nun ist nicht die Rede davon, die Bostoner Symphoniker aufzulösen, aber mit Solokonzerten sieht es schlecht aus. Ich habe deshalb eine Dozentenstelle am Konservatorium angenommen und unterrichte eine Meisterklasse. Auch im Sommer gebe ich Kurse – hier geht es vor allem um die Vorbereitung der Studenten auf Prüfungen. Grietje macht ganz eifrig mit. Wenn es nach ihr ginge, würde sie die Aufnahmeprüfung an der Juilliard gleich morgen ablegen, aber sie muss erst die Schule abschließen. Sie macht auch hier gute Fortschritte – die Klassen sind kleiner geworden, seit die Depression wütet. Kaum noch jemand kann sich Privatschulen leisten.

Grietjes Vater ließ keinen Zweifel daran, dass er sich gut um seine Tochter kümmerte und auch finanziell zurechtkam. Sie erhielt weiterhin Privatunterricht bei bekannten Pianisten. Nellie fragte sich, ob sie Petey und dem neuen Baby irgendwann vergleichbare Möglichkeiten würde bieten können. Sie vermisste ihre Tochter schmerzlich, aber es war das Richtige gewesen, sie mit Phipps gehen zu lassen. Was hätte sie jetzt in ihrer Blockhütte mit dem musikalisch hochbegabten Stadtkind gemacht? Grietje wäre todunglücklich gewesen, und Nellie hätte sich zu all ihren sonstigen Schwierigkeiten auch noch schuldig gefühlt.

Ende September setzten ihre Wehen ein – zum Glück bei der Arbeit und nicht, wie sie befürchtet hatte, wenn sie allein mit Petey zu Hause war. Jetzt im Frühling, da die Tage länger wurden, wurde auf dem Bau bis in den späten Abend hinein gearbeitet, und Walter machte viele Überstunden, dabei hasste er den Job auf dem Bau. Die Arbeit lag ihm nicht, und er vermisste den Umgang mit den Pferden. Am Wochenende begleitete er Nellie bei ihren Notdiensten – schon um mal wieder einen Stall von innen zu sehen und mit Menschen zu reden, mit denen er mehr gemeinsam hatte als mit Maurern und Schreinern. Oft hatte sie aber das Gefühl, dass er das Zusammensein mit ihr eher mied, und sie fühlte sich daran nicht ganz unschuldig. Sie war launisch und sarkastisch, hatte nichts Lustiges mehr zu erzählen, sondern immer nur Klagen vorzubringen. Walter konnte sie nicht aufheitern. Er war am Abend erschöpft und erledigte die häuslichen Arbeiten nur unwillig.

Nellie hoffte, dass die Geburt des Kindes neue Freude in ihre Ehe bringen würde, und tatsächlich war Walter überglücklich, als Nellie ihren zweiten Sohn zur Welt brachte. Der kleine Martin wurde auf

der Rennbahn von Hastings geboren, wo nach wie vor ein proviso-
risches Krankenhaus betrieben wurde.

»Wenn das kein Zeichen ist«, freute sich Walter. »Er wird zweifellos ein Rennreiter. So ein süßer Kerl, Nellie! Und was für eine
kräftige Stimme!«

Nellie sollte Martys Geschrei in den nächsten Monaten noch ver-
fluchen lernen. Natürlich liebte sie den Kleinen vom ersten Moment
an – der Flaum auf seinem Köpfchen war dunkel, vielleicht würde er
Walters Haarfarbe erben, und sie fand, dass sein Mündchen Grietjes
glich. Ansonsten hatte er jedoch nichts mit ihrer Tochter gemeinsam, die ein ausgeglichenes Baby gewesen war. Marty dagegen schrie
manchmal zwanzig Stunden am Tag. Nellie versuchte es mit Füttern,
mit Singen, mit Wiegen und Herumtragen, doch Marty war nicht zu
besänftigen. Damit weckte er natürlich Petey, und die beiden brüllten im Duett. Nellie meinte es manchmal nicht mehr aushalten zu
können, und auch Walters Nerven lagen blank.

Ich werde noch verrückt, schrieb sie verzweifelt an Maria. *Endlich
kann ich verstehen, wie unerträglich Lärm für Dich ist, selbst wenn ich
nach wie vor nicht nachvollziehen kann, warum es Dich beruhigt, wenn
Du dann in eine Kiste kriechst. Ich dagegen träume immer noch von den
Stunden in meinem »Sarg«, und manchmal wache ich schreiend auf, was
natürlich die Kinder weckt, wenn sie denn mal schlafen. Walter bemüht
sich um Geduld. Er sagt, er hätte solche Dinge oft von Kriegsteilnehmern
gehört, die verschüttet waren, es brauche seine Zeit, darüber hinwegzukommen. Aber der Schlafmangel macht auch ihm zu schaffen. Und ich
muss nun bald wieder voll arbeiten. Im Moment mache ich lediglich Notdienst, all die Routinetätigkeiten wie Impfungen und Ähnliches schiebe ich
auf. Die Farmer beschweren sich schon. Im Moment lammen die Schafe,
und sie sind auf sich allein gestellt. Ich fürchte, ich werde diese Arbeit
verlieren.*

Maria hatte weiterhin nur Positives zu berichten. Ihre Zwillinge,
die sie die »Dadas« nannte, gediehen und waren pflegeleicht.

Ich würde mich gern mehr mit ihnen beschäftigen, weil eine gute Mut-

ter das ja tut, schrieb Maria. *Aber sie scheinen einander genug zu sein. Sie krabbeln durch die Wohnung, schauen sich an und brabbeln irgendetwas. Es sieht aus, als würden sie sich unterhalten. Daphne versucht schon, sich hochzuziehen. Bald wird sie laufen können. Ein großes Geschrei machen sie selten, aber ich koche ihnen auch immer rechtzeitig etwas, wenn es Zeit ist, sie zu füttern. Manchmal wecken wir sie nachts und geben ihnen ein Fläschchen, dann wachen sie morgens nicht so früh auf. Bernhard muss dabei natürlich mitmachen, jeder kriegt einen Dada, und wir wechseln regelmäßig … Ich habe einen Plan gemacht, an den wir uns möglichst genau halten.*

Nellie lächelte über Marias voll durchgetaktete Kindererziehung, musste sich jedoch eingestehen, dass ihre Freundin erfolgreicher war als sie.

Was die Arbeit anging, so spürten auch Bernhard und Maria die Depression. Die Bauern warteten länger, bevor sie Bernhard riefen, und die Kleintierpraxis lief ebenfalls schlechter. Es reichte dennoch zum Leben, zumal die beiden regelmäßig als Rennbahntierärzte arbeiteten.

Der Rennbetrieb läuft besser als in wirtschaftlich guten Zeiten, schrieb Maria. *Die Menschen haben kein Geld, aber sie wetten. Ich verstehe das nicht, doch Bernhard meint, das sei normal. Ein Tag auf der Rennbahn sei ein Tag voller Hoffnung. Was das nützen soll, wenn dann abends kein Geld mehr da ist, um Brot zu kaufen, erschließt sich mir nicht. Bernhard und ich werden erfreulicherweise für jeden Renntag bezahlt, und das war ja schon in Berlin ein gutes Einkommen. Die von Gerstorfs trainieren auch wieder Rennpferde und haben ihre Vollblutstuten alle von Erlkönig decken lassen. Mit dem Verkauf von Reitpferden verdienen sie zurzeit weniger, also hoffen sie auf Preisgelder. Bernhard meint, Wilhelmina spucke deshalb Gift und Galle – was sicher eine Metapher ist. Sie hat Angst vor der Konkurrenz.*

Nellie konnte sich das lebhaft vorstellen. Sie ertappte sich nun oft dabei, sich nach Epona Station zu sehnen. Sie hätte sich gern mit Maria sowie der lebensklugen Mia ausgetauscht. Vielleicht hätte eine der Frauen ja einen Einfall dazu gehabt, was sie mit Petey und vor allem Marty tun konnte.

Eine Idee dazu äußerte Dr. Winter, als sie ihn schließlich verzweifelt um Rat fragte.

»Also krank sind die zwei Racker nicht«, meinte der Arzt, nachdem er beide Kinder untersucht hatte. »Ich denke, Petey hängt einfach das Erdbeben noch nach. Er kann das nicht vergessen – genauso wenig wie Sie, Nellie.« Nellie fragte sich, woher der Arzt das wissen konnte. Sie hatte nie mit ihm darüber gesprochen, doch er musste eine Veränderung an ihr spüren. »Leugnen Sie es nicht, das Erlebnis verfolgt Sie, Nellie«, sprach Dr. Winter weiter. »Träumen Sie davon? Oder fühlen Sie sich ganz plötzlich wieder in die Situation hineinversetzt, wenn ...«

»Wenn ich einen Vorschlaghammer höre«, flüsterte Nellie. »Oder wenn das Wasser kocht ... wenn Petey schreit ... Ich versuche, es nicht an mich ranzulassen, aber es ist immer da.«

Der Arzt nickte. »Und Marty war damals auch schon bei Ihnen«, sagte er sanft. »Natürlich war er noch winzig, kaum mehr als ein Zellhaufen. Sie waren erst im zweiten Monat, nicht? Manche Wissenschaftler nehmen allerdings an, dass es so etwas wie ein Erbgedächtnis gibt, so ...«

»Wie wenn ängstliche Stuten übernervöse Fohlen haben?«, fragte Nellie.

Dr. Winter nickte. »Das habe ich jetzt nicht gewusst, aber wenn Sie es so sagen ... Kommt natürlich darauf an, ob die Stute schon von Geburt an ängstlich war oder ob sie durch ein einschneidendes Erlebnis oder fortschreitende Misshandlung so geworden ist ...«

Nellie seufzte. »Dann wird es also nicht besser?«, wollte sie wissen.

Der Arzt rieb sich die Stirn. »Na ja, so würde ich das nicht sagen. Die Kinder sind ja beide noch sehr klein, und sie lernen jeden Tag dazu. Sie erfahren, dass Sie sich um sie kümmern und sie lieben, sie erfahren Sicherheit. Das ist das Wichtigste. Die Kinder müssen sich sicher fühlen. Vermitteln Sie ihnen das Gefühl, es könnte ihnen nichts passieren.«

Nellie wurde schlagartig klar, dass noch nicht einmal sie selbst sich sicher fühlte. Im Gegenteil, jeder Tag, den sie in Hawke's Bay verbrachte, an dem sie über die Straßen fuhr, die eben ausgebessert worden waren, oder die Trümmer der Städte sah, schürte die Angst in ihr. Und solange sie die nicht überwand, konnte sie auch in Petey und Marty kein Vertrauen in die Welt wecken.

»Sie haben mir sehr geholfen«, sagte sie zu Dr. Winter. »Es ist schade, dass wir uns vielleicht nicht wiedersehen.«

Nellie setzte alle Hebel in Bewegung, um eine neue Arbeit in einem anderen Teil des Landes zu finden, doch die Depression beeinträchtigte sogar den Arbeitsmarkt für Tierärzte.

»Wenn ich Geld hätte, um mich selbstständig zu machen, wäre es sicher kein Problem«, sagte sie seufzend nach einem Telefonat mit der Tierärztekammer. »Es gibt ja immer noch zu wenig Veterinäre. Aber zurzeit wird sich keine Bank auf das Wagnis einlassen, mir einen Kredit zu geben. Einem männlichen Tierarzt vielleicht, meinte der Mann von der Kammer … einer Frau mit zwei Kindern dagegen …«

»Ich bin auch noch da«, erwiderte Walter gereizt. Grundsätzlich stand er Nellies Wunsch nach einer Veränderung positiv gegenüber. Die Arbeit auf dem Bau aufzugeben würde ihm nicht schwerfallen. Andererseits hatte er hier wenigstens Arbeit. Wie es woanders aussah, war unklar, und er mochte es nicht, dass Nellie ihn so gar nicht in ihre Planungen einbezog.

»Ich weiß.« Nellie schmiegte sich versöhnlich an ihn. »Vielleicht finden wir ja etwas in der Nähe einer Rennbahn, damit du wenigstens irgendwas mit Pferden machen kannst.«

Irgendwas hieß im Extremfall Stallarbeit, aber das sprach keiner von ihnen aus.

Schließlich war es Mia von Gerstorf, die bei der Lektüre des *New Zealand Herald* auf eine Stellenanzeige aufmerksam wurde. Eine Kleintierpraxis im Zentrum von New Lynn, einer kleinen Stadt südwestlich von Auckland, wollte einen Tierarzt anstellen, wobei die Option bestand, die Praxis später einmal zu übernehmen.

Nellie überließ die Kinder umgehend dem widerstrebenden Walter und nahm den Zug nach Auckland, um sich die Sache anzusehen. Sie umarmte Mia und konnte sich kaum beherrschen, Maria nicht ebenfalls um den Hals zu fallen. Sie ließ es, weil sie wusste, dass die Freundin es nicht schätzte, aber dann verbrachten die Frauen die halbe Nacht damit, miteinander zu plaudern. Nellie schüttete Maria ihr Herz aus, endlich einmal konnte sie frei heraus reden. Maria würde sie für nichts, was sie dachte und fühlte, verurteilen.

»Ich versuche, geduldig zu bleiben, nur manchmal möchte ich Marty einfach schütteln, bis er endlich aufhört zu schreien … Und Petey … Wenn ich ihn anbrülle, hört er auf, dann schaut er mich mit einem Ausdruck an, als hätte ihn jetzt auch der letzte Mensch verraten, dem er noch vertraut hat …« Nellie kämpfte mit den Tränen.

»Man darf Babys nicht schütteln, davon können sie sterben«, kommentierte Maria nüchtern. »Also tust du das nicht.«

Nellie seufzte. »Natürlich nicht, es ist schon schrecklich genug, es nur zu denken. Und es ist furchtbar, wenn man weglaufen will und seine Kinder im Stich lassen …«

»Wollen und denken kann man alles. Nur tun darf man nicht alles«, bemerkte Maria. »Wenn du wieder hier bist, musst du eine Hilfe finden, die dir die Kinder abnimmt …«

»Bin ich dann nicht eine schlechte Mutter?«, fragte Nellie. »Ich sollte gern mit ihnen zusammen sein.«

»Lärm kann krank machen«, sagte Maria. »Man nennt das Neurasthenie, es zeigt sich durch Schweißausbrüche, Angstgefühle, sogar Hypertonie und Verminderung der Magensekretbildung. Bei Menschen und Tieren. Robert Koch sagte: *Eines Tages wird der*

Mensch den Lärm ebenso unerbittlich bekämpfen müssen wie die Cholera und die Pest.«

Nellie musste lachen. Sie hatte gar nicht gewusst, wie sehr sie Marias Repertoire an passenden und unpassenden Zitaten vermisst hatte. »Ich denke, er hat dabei nicht an Kindergeschrei gedacht«, meinte sie. »Aber es ist schön, dass du mich verstehst – und es ist ein wahres Wunder, dass deine Zwillinge, seit ich hier bin, noch kein einziges Mal geschrien haben. Und jetzt gehen wir schlafen. Morgen treffe ich Dr. Maitland. Mal sehen, was er zu sagen hat.«

New Lynn war eine verschlafene kleine Stadt. Auf die Dauer würde die Metropole Auckland sie sicher vereinnahmen, aber bislang war sie unabhängig und hatte etwa dreitausend Einwohner. In der zweiten Hälfte des vergangenen Jahrhunderts war New Lynn eine blühende Industriestadt gewesen, berühmt für ihre Ziegeleien und Keramikwerkstätten. In den Flüssen und Bächen ringsum fand sich äußerst qualitätvoller Ton, der hier verarbeitet wurde. Schon seit der Jahrhundertwende hatte die Produktion jedoch abgenommen, in Neuseeland verwandte man mehr Holz als Ziegel für den Bau. Dazu wirkte sich natürlich auch die Depression auf den Ort aus. Er schien verlassen und heruntergekommen.

Dennoch war das Wartezimmer der Tierarztpraxis gut gefüllt. Hunde- und Katzenbesitzer warteten darauf, aufgerufen zu werden. Nellie meldete sich bei Dr. Maitland und bot an, gleich mitzuhelfen. Dabei fiel ihr auf, wie alt ihr hoffentlich künftiger Arbeitgeber bereits war. Dr. Maitland musste mindestens in seinen Siebzigern sein, wenn nicht um die achtzig. Er war ein kleiner Mann mit einem schmalen, faltigen Gesicht, einer dicken Brille und schütterem weißem Haar.

Der Tierarzt bestätigte, dass er die Praxis schon seit dreißig Jahren betrieb. »Tja, Dr. von … von Pred… Wie war noch Ihr Name?«

»Sagen Sie Dr. Nellie«, forderte ihn Nellie auf. »Von Prednitz ist schwer auszusprechen.«

Der alte Mann lächelte. »Dr. Nellie! Das klingt nett … Tja, Dr. Nellie, ich komme aus Schottland, bin als junger Tierarzt eingewandert und war zuerst in verschiedenen Landpraxen. Aber ich mochte die Herumfahrerei nicht und ganz ehrlich: Mein Herz schlägt für Katzen. Ich habe das ganze Haus voller Miezen, vielleicht deshalb auch nie geheiratet.« Nellie mochte sein verschmitztes Lächeln. »Also hab ich mir einen möglichst florierenden Ort gesucht, um eine Kleintierpraxis zu gründen. Damals brummte es hier, es gab bestimmt ein Dutzend Ziegeleien. Die Betreiber holten Facharbeiter aus Staffordshire in Großbritannien – die wurden gut bezahlt, sie konnten sich Haustiere leisten. Man wurde nicht reich dabei, aber die Praxis lief immer ganz gut.«

»Aber jetzt, in der Depression …« Nellie war skeptisch.

Dr. Maitland winkte jedoch ab. »Ach, so schlimm ist das gar nicht. Vor zwei Jahren haben sich vier Betriebe zusammengetan – Amalgamated Brick and Pipe Company. Die schreiben durchaus schwarze Zahlen. Natürlich gibt es Arbeitslose, und für deren Katzen und Hunde schreibe ich schon mal an. Wie gesagt, das hier ist keine Goldgrube, und ich kann Sie auch nicht sehr gut bezahlen, falls Sie zu mir kommen wollen. Aber dafür bestünde die Chance, meine Nachfolge zu übernehmen. Ich habe keine Kinder und meines Wissens keinerlei Verwandtschaft in Neuseeland. Überlegen Sie es sich.«

Tatsächlich entsprach das Gehaltsangebot in etwa dem, was Nellie in Hawke's Bay als Grundsicherung erhielt. Da hatte sie zusätzlich jedoch noch Rechnungen schreiben können.

»Meinen Sie, im Ort fände sich auch eine Arbeit für meinen Mann?«, erkundigte sie sich schließlich.

Der Tierarzt zuckte mit den Schultern. »Wenn er Töpfer sein sollte oder Ziegler … Ansonsten sehe ich da schwarz. Was macht er denn beruflich?«

Nellie berichtete von Walters Werdegang, und Dr. Maitland überlegte. »Ellerslie ist gerade mal sechs Meilen entfernt«, meinte er. »Auf der Rennbahn könnte er vielleicht etwas finden. Und es gibt hier durchaus reiche Leute, die Reit- und Jagdpferde halten. Ich werde da immer mal wieder gerufen, obwohl ich Pferde ungern behandele ...«

»Ich mache das gern«, unterbrach ihn Nellie. »Was halten Sie von einem Deal, Dr. Maitland: Ich arbeite für das gebotene Gehalt in der Kleintierpraxis und biete zudem eine Fahrpraxis für Pferde an – nur außerhalb der Sprechstundenzeiten natürlich. Das Honorar dafür darf ich privat abrechnen.«

Dr. Maitland überlegte und nickte kurz darauf.

»Wenn Ihnen das nicht zu viel wird, junge Frau«, bemerkte er dann noch besorgt.

Nellie schüttelte den Kopf. »Ich bin harte Arbeit gewohnt, und ich bekomme ohnehin wenig Schlaf. Die zwei kleinen Kinder ...«

Sie verriet ihm nicht, dass sie die Nacht in einem Pferdestall jederzeit dem einsamen Haus in Hawke's Bay, eingeschlossen mit zwei schreienden Kindern, vorziehen würde.

Dr. Maitland lächelte. »Schreiende Kinder wären mir ja ein Gräuel ...«, gab er zu. »Aber wie auch immer: Wann können Sie kommen, Dr. Nellie? Ich freue mich sehr auf die Unterstützung!«

Es wurde Ende des Jahres 1932, bevor Nellie und Walter umziehen konnten. Die Farmervereinigung wollte Nellie erst freigeben, wenn sich ein Nachfolger für sie gefunden hatte, und so hielt sie denn durch und versuchte, etwas Geld zu sparen, um ihre künftige Pferdepraxis in New Lynn finanzieren zu können. Dabei waren ihre Nächte immer noch die Hölle, und die Tagesarbeit mit den beiden Kindern im Schlepptau wurde nicht leichter. Petey schrie inzwischen deutlich weniger. Er hatte jedoch eine zerstörerische Ader entwickelt, und man musste ständig aufpassen, dass er auf den Höfen nicht irgendetwas kaputtmachte oder Tore öffnete und Tiere befreite. Über vierbeinige Ausreißer konnte er sich diebisch freuen, während die Bauern weniger begeistert waren. Nellie bekam immer häufiger zu hören, dass man die Ankunft ihres Nachfolgers kaum erwarten konnte. Marty hatte laufen gelernt und konnte keinen Moment aus den Augen gelassen werden.

Walter arbeitete bis zuletzt auf dem Bau und hielt sich mit der Hoffnung aufrecht, in Zukunft in Ellerslie Arbeit zu finden. Beide waren glücklich und blickten zuversichtlich in die Zukunft, als sie ihren alten Geländewagen endlich mit ihren wenigen Habseligkeiten beladen hatten und nach Norden aufbrechen konnten. Am Tag vor der Abfahrt erhielt Nellie noch einen Brief von Grietje, die nach wie vor guter Dinge war. Sie hatte eine Fotografie mitgeschickt, und Nellie musste weinen, als sie sah, wie sehr sich ihr kleines Mädchen verändert hatte. Die mittlerweile Dreizehnjährige trug ein schickes Kleid, und man konnte sehen, dass sie sich langsam zur Frau entwickelte. Das weiche, runde Kindergesicht wurde oval, ihre Züge begannen Nellies zu ähneln. Sie waren ebenmäßig und fein, die Augen blieben groß und verträumt wie die ihres Vaters. Dabei umspielten die ebenfalls vom Vater geerbten Locken ihr Gesicht. Grietje – oder Grit, wie sie sich jetzt ja nannte – war auf dem besten Wege dazu, eine schöne Frau zu werden.

»Ich verpasse so viel«, entfuhr es Nellie seufzend.

Walter antwortete nicht.

Nellie hatte langsam das Gefühl, dass er ihren Kindern nicht mehr so uneingeschränkt positiv gegenüberstand wie früher. Petey und Marty überforderten auch ihn.

Dr. Maitland hatte sich in New Lynn nach einer Wohnung für Nellie und Walter umgesehen und war ganz in der Nähe der Praxis fündig geworden. Die Wohnung lag im ersten Stock einer Industriellenvilla, deren Bewohner nach Schließung ihres Unternehmens sparen mussten und deshalb die erste Etage vermieteten. Es waren angenehme Leute, die ihre neuen Nachbarn herzlich willkommen hießen. Allerdings befürchtete Nellie, das könnte sich schnell ändern, wenn Petey und Marty die ersten Nächte zu Tagen gemacht hatten. Immerhin war es diesmal nicht schwierig, eine Kinderfrau zu finden. Nellie entschied sich für eine resolute ältere Frau, Witwe eines Facharbeiters, die selbst neun Kinder großgezogen hatte und nun eine Stütze der anglikanischen Kirchengemeinde war.

»An Lärm sollte sie gewöhnt sein«, meinte Nellie, nachdem sie gemeinsam mit Walter und den Kindern einen Sonntagsgottesdienst besucht hatte. »Der Kirchenchor ist jedenfalls zum Fürchten ...«

Wie sich herausstellte, war Mrs. Redlock tatsächlich schwerhörig – ganz im Gegenteil zu den Vermietern der von Prednitzens, die sich bald beschwerten. Sie kam recht gut mit den Kindern zurecht. Es schien vor allem Petey gutzutun, dass sein Tag nun nicht mehr von Nellies Besuchsrunde bestimmt wurde, sondern klar strukturiert war. Mrs. Redlock ließ nicht mit sich handeln. Sie war freundlich, aber bestimmt. Nellie konnte zum ersten Mal wieder aufatmen.

Die Arbeit mit Dr. Maitland machte ihr Freude, wobei er ihr die Praxis mehr und mehr allein überließ. Oft kam er nur zur Morgensprechstunde. Die Pferdepraxis lief auch gut an, Bernhard war so nett, ihr etliche Instrumente zu überlassen, um sich neuere, modernere anzuschaffen.

Walter fand auf der Rennbahn keinen festen Job, aber immer mal wieder Aushilfstätigkeiten. Nellie hoffte, dass sich bald Arbeit als Reitlehrer oder Bereiter finden würde, wenn sie die Pferdebesitzer der Gegend erst kennengelernt hatte. Sie selbst begann, sich weniger zu fürchten und besser zu schlafen – in der Folge schlief auch Marty zum ersten Mal durch.

Alles ließ sich gut an in diesem Sommer – Nellie und Walter feierten Silvester mit Maria und Bernhard bei den von Gerstorfs. April – inzwischen siebzehn und der Schwärmerei für ihren Reitlehrer entwachsen – kümmerte sich voller Begeisterung um die Kleinen. Sie schaffte es sogar, Marty in den Schlaf zu schaukeln.

»Ich will später viele Kinder«, verkündete sie vergnügt. Vorerst stand für sie jedoch das College in Auckland an. Sie wollte sich auf Wirtschaftswissenschaften spezialisieren, wobei sie mehr die Praxis als die Mathematik interessierte. »Es wird ja wohl mal jemand das Gestüt leiten müssen«, bemerkte sie, während Jonathan gequält guckte.

Nach wie vor gelang es ihm nicht, seinen Vater zufriedenzustellen, und sein engster Vertrauter, der geliebte Großvater, war einige Monate zuvor gestorben. Er hatte Jonathan seine Anteile an der Privatbank seines Bruders in Australien vererbt. Jonathan träumte davon, dort vielleicht einmal zu arbeiten. Alex Rawlings war ihm schon vorausgereist. Er studierte in Sydney Tiermedizin.

»Ist Wilhelmina denn damit zufrieden?«, erkundigte sich Nellie. »Eigentlich sollte sie es. Als Tierarzt wäre er kein schlechter Nachfolger für die Leitung ihres Gestüts.«

Mia von Gerstorf verzog das Gesicht. »Willie hat nur ihre Pferde im Kopf«, erwiderte sie. »Sie spielt die Königin von Ellerslie, in den letzten Jahren hatte sie zwei Hengste, die vorne mitgelaufen sind. Aber in dieser Saison kommen unsere erneut ins Spiel. Wir haben zwei junge Stuten, die wir für vielversprechend halten – und in der nächsten Saison starten die ersten Nachkommen von Erlkönig.«

»Das wird die Rennwelt auf den Kopf stellen!« Julius lachte zufrieden. »Und Willies Welt erschüttern.«

Die Freunde stießen mit Champagner auf das neue Jahr an – und wussten nicht, dass der Welt bald weit größere Erschütterungen bevorstanden, als das Erdbeben oder Rennsiege.

Am 30. Januar 1933 ernannte Reichspräsident Paul von Hindenburg Adolf Hitler zum Reichskanzler.

BRIEFE

1933 – 1936

Liebe Nellie,

ich hoffe, Du langweilst Dich nicht allzu sehr bei der Lektüre von Grits beiliegendem Brief. Ich fürchte nämlich, sie wird darin jede Note kommentieren, die sie am letzten Freitag gespielt hat, jeden Blick des Dirigenten – und womöglich noch jeden kleinsten Patzer irgendeines Orchestermitglieds. Da bleibt ihr bekanntlich nichts verborgen. Das Kind hat das absolute Gehör.

Seit Freitag darf sie sich Konzertpianistin nennen. Sie durfte bei einer Benefizgala das Schumann-Klavierkonzert in a-moll spielen – mit dem Bostoner Symphonieorchester. Natürlich war sie sehr aufgeregt, aber ich habe keinen einzigen falschen Ton gehört. Sie war gelassen und sicher – und sie sah wunderhübsch aus in ihrem neuen Kleid, das sie Dir sicher in allen Einzelheiten schildern wird.

Ich war unglaublich stolz auf sie, und ich danke Dir sehr, Nellie, für unsere wunderbare Tochter! Ich weiß, wie schwer es Dir gefallen ist, Dich von ihr zu trennen, aber ich denke nach wie vor, dass es das Richtige war, sie mit nach Boston zu nehmen und ihre Begabung angemessen zu fördern. Am letzten Freitag jedenfalls war sie überglücklich. Du hättest sehen sollen, wie sie gestrahlt hat. Sie schien von innen zu leuchten, und das Publikum hat das wohl auch so empfunden, denn sie erhielt stehende Ovationen.

Das Konzert fand übrigens zugunsten der örtlichen Suppenküche für Bedürftige und des Obdachlosenasyls statt. Die Wirtschaftskrise hat unser Land immer noch fest im Griff, und es schaudert einen, wenn man hungrige, ausgemergelte Männer und Frauen und magere, schmutzige Kinder vor den Arbeitsämtern stehen sieht, hoffend auf einen noch so kleinen Job oder wenigstens den geringen Geldbetrag, der ihnen als Arbeitslosenhilfe zusteht. Ich hoffe, Ihr habt nicht allzu sehr unter den Folgen dieser Krise zu leiden. Natürlich werden Tiere immer krank, aber wir wissen ja beide, dass ihre Halter oft an den Tierarztkosten sparen und lieber zu fragwürdigen Hausmitteln greifen.

Immerhin hat die Depression in unseren neuen Heimatländern keine so dramatischen Folgen wie in Deutschland – Ihr habt zweifellos gehört, dass dieser Adolf Hitler zum Reichskanzler ernannt wurde und auch die folgenden Wahlen für sich entscheiden konnte. Ich bin darüber sehr beunruhigt, obwohl unsere Diplomaten das Ereignis herunterspielen. Noch mehr sorgt sich Grit. In den Tagen nach der sogenannten Macht-übernahme hatte sie regelrecht Albträume. Sie bekam ein Lied nicht aus dem Kopf, das Hitlers Parteigänger vor zwei Jahren in München in der *Wochenschau* sangen: *Heute gehört uns Deutschland und morgen die ganze Welt.* Das hat ihr damals Angst gemacht, sie befürchtete, die Nazis würden auch hier bald aufmarschieren. Natürlich konnte ich sie beruhigen, doch als jetzt unter mysteriösen Umständen das Reichstagsgebäude abgebrannt ist, sind ihre Ängste wieder aufgeflammt. Zum Glück versteht sie noch nicht, welche Grundrechte mit der *Verordnung des Reichspräsidenten zum Schutz von Volk und Staat* außer Kraft gesetzt wurden. Hitler und seine Leute sind für sie nur ein brauner Spuk, und ich glaube, sie hat dabei hauptsächlich Euren fürchterlichen Berliner Nachbarn vor Augen.

Vielleicht versicherst Du ihr in Deinem nächsten Brief, dass sie hier wirklich nichts zu befürchten hat.

Du weißt, ich werde immer gut auf sie aufpassen!

Anbei noch ein paar Zeitungsausschnitte. Grit wurde nach dem Konzert in praktisch jeder Gazette erwähnt. Sie ist auf dem besten Wege, ein Star zu werden, wie man hier sagt.

Dies schreibt Dir mit einem Lächeln auf den Lippen

Dein Phipps

Liebste Grietje,

ich weiß, ich soll Dich jetzt Grit nennen, aber das bringe ich irgendwie nicht fertig. Für mich bleibst Du immer meine süße kleine Grietje – was die Konzertpianistin Grit De Groot mir hoffentlich verzeiht.

Die Berichte von Deinem ersten großen Auftritt haben mich sehr beeindruckt, ich wäre vor Stolz auf Dich beinahe geplatzt. Die Zeitungsausschnitte habe ich gerahmt und im Wohnzimmer aufgehängt. Maria ist ebenfalls begeistert und stolz darauf, dass sie es war, von der Du die ersten Noten gelernt hast. Ich bin so glücklich, dass es Euch in Boston nach wie vor gut geht und dass Deine Träume wahr werden!

Von den Ereignissen in Deutschland haben wir natürlich gehört. Wir sind sehr traurig, dass diese unangenehmen Leute, die Berlin schon mit Lärm und Hass erfüllten, als wir dort noch wohnten, nun die Regierung übernommen haben. Du brauchst Dir deshalb aber keine Sorgen zu machen. Bis nach Amerika oder gar nach Neuseeland kommen sie ganz sicher nicht. Da müssten sie ja erst mal Schiffe bauen, und wir würden sie auf keinen Fall an Land lassen! Ich hoffe, dass die anderen Politiker in Europa und Amerika recht haben, wenn sie glauben, dass es sehr bald einen neuen Reichskanzler geben wird. Dieser Hitler kann gut reden, aber ob er auch regieren kann, muss er erst mal beweisen.

Es ist sehr schön, dass Du mit Deinem ersten großen Auftritt dazu beitragen konntest, den Arbeitslosen in Boston zu helfen. Hier sieht es leider nicht viel besser für die Menschen aus. Viele Industriebetriebe sind geschlossen und haben ihre Leute entlassen. Sogar Onkel Walter hat es nicht immer leicht, Arbeit zu finden. Er versucht es hauptsächlich auf der Rennbahn, manchmal kann er da aushelfen. Eine feste Stelle hat er jedoch nicht. Nun hoffen wir, dass es bald besser wird. Im Winter werden die ersten Fohlen von Erlkönig trainiert. Julius von Gerstorf hat Walter gebeten, dabei zu helfen. Ansonsten verdiene ich Geld in der Tierarztpraxis und mit den Pferden in der Umgebung. Onkel Bernhard lässt mich alle Notfälle zwischen Onehunga und New Lynn übernehmen.

Wenn irgendjemand außerhalb der Sprechstunde anruft, leitet er den Anruf an mich weiter, und ich fahre zu dem kranken Pferd. Natürlich bekomme ich dadurch etwas wenig Schlaf, doch Deine Brüder schlafen bislang auch sehr selten durch. Ich bin also daran gewöhnt.

Weniger schön ist, dass unsere Nachbarn, in diesem Fall ebenso unsere Vermieter, nicht bereit sind, sich an Kindergeschrei zu gewöhnen. Ich fürchte, wir müssen uns bald eine neue Wohnung suchen. Sonst sind wir jedoch gesund und glücklich, Petey und Marty gedeihen, und Marias und Bernhards Zwillinge sind sehr niedlich. Es geht uns allen gut.

Also hab weiter Spaß in der Schule und mit Deiner Musik, und pass gut auf Papa auf!

Allerliebste Grüße auch von Onkel Walter, Maria und Bernhard – und unbekannterweise von Deinen Brüdern Peter und Martin.

Deine Mami – die Dich mehr liebt, als Du es Dir nur vorstellen kannst, und für die Du schon immer ein Star gewesen bist

Auckland, 5. November 1933

Lieber Phipps,

bitte notier Dir doch unsere neue Adresse und gib sie auch Grietje. Wir mussten leider nach Auckland umziehen, unsere Vermieter in New Lynn waren nicht sehr kinderfreundlich. Nun sind Petey und Marty sehr lebhafte Jungen. Ich hoffe sehr, dass sie hier in unserer neuen Wohnung – wir wohnen in einem Mehrfamilienhaus am südlichen Stadtrand, und all unsere Nachbarn haben große Familien – Freunde finden und sich mit ihnen austoben können. Marty ist im September zwei Jahre alt geworden und hat eine Menge Blödsinn im Kopf. Petey ist mit seinen fast dreieinhalb Jahren ein rechter Wirbelwind. Unserer Kinderfrau, sie ist schon älter, wurden die beiden zu viel, ich muss mich also auch nach einer neuen Betreuerin umsehen. Es ist sowieso besser, wenn es jemand aus Auckland ist, denn New Lynn liegt acht Meilen außerhalb der Stadt.

Vorerst nimmt Walter die zwei täglich mit nach Epona Station, wo er gemeinsam mit Julius von Gerstorf drei Jungpferde für die Rennbahn trainiert, zwei Stuten und einen Hengst. Sie kommen nun jedoch bald auf die Bahn nach Ellerslie, und da sind die kleinen Jungen nicht so gern gesehen. Man befürchtet, sie würden nur Unsinn machen. Dabei ist es erst einmal passiert, dass Petey eine Box geöffnet und den darin stehenden Hengst freigelassen hat. Und Marty hat eine Dose Hufteer gefunden und auf der Stallgasse entleert. Eigentlich nicht schlimm, aber Du weißt, wie das Zeug stinkt, und die Trainer sind recht pingelig. Dabei kann ich die Augen nun wirklich nicht überall haben, wenn ich Pferde behandle, und manchmal muss ich die Kinder eben mitnehmen.

Nun, das sind alles Kleinigkeiten. Grundsätzlich sind wir alle wohlauf und guter Dinge.

Gib meiner süßen Grietje bitte einen Kuss von mir. Ich schreibe ihr bald, im Moment komme ich durch den Umzug und all die Arbeit einfach zu nichts.

Ach ja, verzeih die Tintenflecken ... Marty hat mir tatkräftig beim Schreiben dieses Briefes »geholfen«.

Viele Grüße

Deine Nellie

Boston, 5. September 1934

Liebe Nellie,

ich schreibe Dir, obwohl es eigentlich nicht viel Neues zu berichten gibt. Grit arbeitet fleißig – sowohl für ihre Prüfungen an der Mädchenschule als auch an ihren Instrumenten. Sie ist natürlich noch an der Highschool, hat aber ein Jahr überspringen können, und demnächst steht deshalb schon die Aufnahmeprüfung an der Juilliard School in New York an. Ich bin mir sicher, dass unsere Tochter sie besteht, Grit dagegen ist sehr aufgeregt und zeigt zum ersten Mal Zweifel an ihrem Genie. Die Aufnahme an der Juilliard ist schon so lange ihr großes Ziel – das hat sie Dir bestimmt schon tausendmal geschrieben, und auch ihr beiliegender Brief wird Dich sicher genau darüber informieren, was sie gerade übt und wie es ihr dabei geht.

Ich dagegen habe ein etwas heikles Anliegen, und es ist mir klar, dass ich mich hier in Dinge einmische, die mich eigentlich nichts angehen. Trotzdem bist Du immer noch Teil meines Lebens – Du hast einen festen Platz in meinem Herzen, und deshalb wage ich zu fragen: Geht es Dir wirklich gut? Ich weiß, Du hast Dich nie beklagt, weder in Deinen Briefen an Grit noch an mich, und Grit ist davon überzeugt, dass Du glücklich bist. Ich jedoch meine, zwischen den Zeilen zu lesen, Erschöpfung zu spüren und Überdruss. Wenn Du mir von Deinen interessanten Fällen berichtest und Grit launig die Streiche Deiner Söhne schilderst, habe ich oft das Gefühl, als wärst Du dem Weinen näher als dem Lachen.

Nellie, arbeitest Du nicht zu viel? Wachsen Dir die Praxis und die weiten Fahrten über Land zu den Pferden, die Kinder und die Wohnung in Auckland nicht manchmal über den Kopf? Du schreibst immer wieder, dass Walter zurechtkommt. Aber ist er nicht unzufrieden mit seiner Situation? Ich sehe hier so viele Menschen, die sich von einem schlecht bezahlten Job zum anderen hangeln. Den allermeisten davon fällt es schwer, optimistisch zu bleiben und an eine bessere Zukunft zu glauben. Natürlich erwarte ich nicht, dass Du mir berichtest, wie es in Deiner Ehe aussieht. Aber ich weiß, wie sehr gerade Du davon abhängst, mit den Menschen in Deiner Umgebung in Harmonie zu leben.

Ich bin Dein Freund, Nellie. Du kannst es mir sagen, wenn Du Schwierigkeiten hast, vielleicht kann ich Euch ja irgendwie helfen.

Bitte vergiss nicht, dass ich immer für Dich da bin.

Die allerherzlichsten Grüße

Dein Phipps

Auckland, 6. Dezember 1934

Lieber Phipps,

es ist wirklich ganz reizend, wie sehr Du Dich um mich sorgst, aber Deine Befürchtungen entbehren wirklich jeder Grundlage. Natürlich leben wir in schwierigen Zeiten, und meine Familie spürt das sicher mehr, als Grietje und Du es spüren. Dennoch sind wir zufrieden, und es gibt keinen Grund zu klagen.

Dr. Maitland zieht sich weiter aus seiner Praxis zurück, ich führe sie inzwischen fast allein. Marty nehme ich meistens mit und versuche, ihn irgendwie zu beschäftigen. Petey geht in die Vorschule. Wenn ich Pferde behandle, kann ich die beiden auch oft auf Epona Station absetzen. Sie spielen sehr schön mit Marias Zwillingen, und vor allem finden sie es großartig, wenn April sie auf den Ponys reiten lässt. April geht jetzt zwar aufs College, ist aber so oft wie möglich auf der Farm ihrer Eltern, und wir alle glauben, dass der junge Cedric der Grund dafür ist. Cedric macht eine Lehre als Hufschmied. Er bekommt kein Geld dafür, Julius und Mia von Gerstorf zahlen ihm deshalb ein Taschengeld. Schließlich wird es ihnen letztlich zugutekommen, wenn er sich in seinem Beruf bewährt.

Nun fragst Du Dich vielleicht, warum die von Gerstorfs Walter nicht ebenfalls fest einstellen. Sie könnten es sich bestimmt leisten, auch ihm regelmäßig ein Gehalt zu zahlen, Arbeit gibt es auf einem Hof mit Pferden ja immer genug. Allerdings ist ihr Plan mit der Zucht von Rennpferden nicht ganz aufgegangen. Tatsächlich hat auch Wilhelmina Rawlings zurzeit sehr starke Pferde auf der Bahn und schickt sie gezielt in dieselben Rennen, in denen die Nachwuchspferde der von Gerstorfs starten. Sie überbieten sich gegenseitig mit teuren Trainern und Jockeys, von den Preisgeldern bleibt da nicht mehr viel übrig.

Mias Vater ist vor zweieinhalb Jahren gestorben, und er war sehr vermögend – aber tatsächlich hat er das weitaus meiste Geld und all seine Anteile an der Bank seines Bruders in Australien seinem Enkelsohn Jonathan vermacht. Dabei hatte er zweifellos den Hintergedanken, den Jungen in seinen Berufswünschen zu unterstützen. Jonathan fühlte sich stets weit mehr zu Bankgeschäften hingezogen als zur Leitung des Gestüts. Julius sollte das endlich einsehen, und sie haben ihren Sohn nun auch wirklich nach Sydney geschickt, wo er eine Banklehre macht. Ich denke, er ist sehr zufrieden im Haushalt seines Großonkels.

April hat natürlich auch etwas geerbt, aber sie erhält ihr Erbe erst bei Volljährigkeit, und Mia hält ihr Geld zusammen. Sie hat immer großes

Vertrauen in die Voraussagen und Befürchtungen ihres Vaters gesetzt, und der hat schon vor Jahren von der Möglichkeit eines Adolf Hitler als Reichskanzler und einem sich daraus vielleicht ergebenden Krieg gesprochen. Mia sorgt sich, dass noch viel schlimmere Zeiten als jetzt auf uns zukommen könnten, und wenn man die Berichte aus Deutschland hört, wird einem ja auch wirklich angst und bange. In der letzten Zeit kommen immer mehr jüdische Einwanderer nach Neuseeland. Sie fliehen vor den Zuständen in Deutschland, wo man inzwischen wohl wirklich von Pogromen sprechen kann. Bernhard hat sich einer jüdischen Organisation angeschlossen, die Einwanderern praktische Starthilfe bietet. Das nimmt viel seiner Zeit in Anspruch, weshalb ich fast alle seine Pferdepatienten übernehmen konnte. Du siehst also, ich verdiene Geld – auch wenn es Walter nicht immer gefällt, dass ich die Hauptverdienerin in unserer Familie bin.

Mach Dir nicht so viele Sorgen, Phipps – denk lieber an Dich selbst. Wir schreiben einander nun schon so viele Jahre, aber nie höre ich von einer Frau an Deiner Seite. Du solltest Dich verlieben, Phipps, Dein eigenes Leben leben. Ich für mein Teil habe alles, was ich mir immer gewünscht habe. Wie könnte ich also nicht glücklich sein?

Mit allerherzlichsten Grüßen

Deine Nellie

Boston, 5. Mai 1935

Liebste Mami,

heute habe ich Bescheid bekommen, dass ich an der Juilliard School in New York aufgenommen werde. Ab Herbst darf ich dort studieren. Ich bin so glücklich, ich könnte den ganzen Tag singen und tanzen!

Und ja, natürlich werde ich darüber nicht vergessen, für meine Highschool-Prüfungen zu lernen. Es ist ja sehr wichtig, Sprachen zu können, wenn man als Musiker auf Tournee geht, und Papa sagt, man sollte auch rechnen können – obwohl das eigentlich sein Agent für ihn macht. Ich glaube, er kann es selbst gar nicht so gut. Jedenfalls sucht er schon eine

Wohnung in New York. Er will mir weiterhin nahe sein, und das finde ich ganz süß von ihm – aber eigentlich brauche ich das nicht mehr. Ich bin schließlich kein Kind mehr und bald Studentin an der Juilliard ... Wie sich das anhört!

Es ist einfach unglaublich, ich freue mich unsagbar auf mein neues Leben in New York! Und danach steht mir die Welt offen, meint Papa. Ob er sich wohl überall eine Wohnung kaufen wird, wo ich auftrete?

Als Erstes komme ich auf jeden Fall zu Dir, liebste Mami, das Debüt der großen Pianistin Grit De Groot wird in Neuseeland stattfinden – und Du und Maria, ihr sitzt in der ersten Reihe.

Ich freue mich so, ich freue mich so, ich freue mich so!

Mami, ich glaube, Du kannst mich bis nach Neuseeland jubeln hören! Deine Grit

New York, 10. September 1935

Liebe Dr. Nellie,

wissen Sie noch, was Sie mir versprochen haben, als Sie wollten, dass ich mit Grietje nach Amerika gehe? Ich wollte doch nicht. Aber Sie haben gesagt, ich kann zurückkommen, wenn Grietje keine Kinderfrau mehr braucht. Jetzt ist sie sechzehn, und sie kriegt in der Schule Essen und kann da wohnen. Und ihr Papa ist auch in New York. Ich bin jetzt hier und in seiner Wohnung, ich kann da bleiben, wenn er in Boston ist. Aber ich will nicht. Ich bin einsam. Ich war immer ein bisschen einsam in Amerika. Englisch ist so schwer. Am liebsten will ich wieder nach Deutschland. Aber Mr. Philipp sagt, das geht nicht, da sind die Nazis. Also will ich zu Ihnen.

Grietje sagt, Sie haben zwei kleine Jungs. Die brauchen sicher eine Kinderfrau. Wenn Sie mir das Geld schicken, nehme ich das nächste Schiff. Zu Ihnen und Dr. Maria. Bitte.

Lene

Liebe Lene,

natürlich weiß ich noch, was ich Dir damals versprochen habe. Ich werde Dir ewig dankbar dafür sein, dass Du Dich so lange um Grietje gekümmert hast. Sie war bestimmt bei ihrem Vater in den besten Händen, aber so ein Kind braucht doch eine weibliche Bezugsperson. Du hast mich bei Grietje vertreten. Ich danke Dir sehr dafür. Sehr gern hätte ich Dich als Kinderfrau für meine Söhne Peter und Martin. Ich muss Dir allerdings etwas gestehen, Lene, das ich Grietje und Mr. Philipp nicht verraten habe, und ich bitte auch Dich, es ihnen gegenüber nicht zu erwähnen. Ich habe kein Geld, um Dir die Überfahrt zu bezahlen, und ich könnte Dir keinen Lohn geben. Die Praxis, in der ich hier in New Lynn arbeite, läuft zwar recht gut, aber ich bin nur angestellt und bekomme wenig Gehalt. Daneben behandle ich Pferde. Doch jetzt, in dieser schweren Zeit, wollen die Leute nicht zahlen, ich bleibe auf vielen meiner Rechnungen sitzen. Mein Mann Walter ist immer auf der Suche nach Arbeit, er findet nur keine festen Jobs, und wenn, dann sehr schlecht bezahlte. Unsere Wohnung ist zudem sehr klein, ich hätte gar keinen Platz, um Dich unterzubringen.

Nun die gute Nachricht: Ich habe Deine Anfrage an Dr. Maria weitergegeben, die sich über eine Kinderfrau freuen würde. Du weißt, dass sie fünfjährige Zwillinge hat. Sie sind sehr lieb – im Gegensatz zu meinen Rangen, die einen ganz schön auf Trab halten. Dr. Maria sagt, sie wird sich mit Dir in Verbindung setzen und Dir das Geld schicken. Die Reise wird allerdings lang und schwierig. Also bitte möglichst Mr. Philipp, das für Dich zu organisieren, damit Du unterwegs nicht noch verloren gehst. Ich freue mich sehr, Dich bald wiederzusehen.

Mit den allerherzlichsten Grüßen

Deine Dr. Nellie

Liebe Nellie,

ich muss Dich heute über etwas in Kenntnis setzen, das Dir vielleicht nicht gefallen wird. Du weißt, dass im August die Olympischen Spiele in Berlin stattfinden werden, und um die Sportwettkämpfe herum ist ein großes Kulturprogramm geplant. Tatsächlich war ein Kompositionswettbewerb ausgeschrieben. Es geht um Chormusik, Orchestermusik oder Soli für Einzelinstrumente. Musik, die in irgendeiner Weise den Olympischen Gedanken ausdrücken soll. Nun hat Grit ja Kompositionsunterricht, wie Du weißt, und ihr Lehrer hat die Schüler ermuntert, sich zu der gestellten Aufgabe Gedanken zu machen. Grit hat also ein Klavierstück komponiert, das sie *Fünf Ringe* genannt hat. Es besteht aus fünf miteinander verwobenen Melodien – und es ist wirklich wunderschön. Ihr Lehrer fand, sie sollte es unbedingt zum Wettbewerb einreichen – und das hat sie dann auch getan. Ohne mich vorher zu fragen, das musst Du mir glauben, Nellie. Ich hätte wahrscheinlich versucht, es ihr auszureden, schon weil ich die von den Deutschen eingesetzte Jury nicht für objektiv halte.

Nun haben wir allerdings gestern die Nachricht bekommen, dass Grits Komposition den zweiten Preis gewonnen hat. In ihrer Kategorie hat es von deutscher Seite wohl keine Bewerbungen gegeben, jedenfalls scheint die Entscheidung vorurteilslos gefallen zu sein. Der Sieger ist Niederländer, der Drittplatzierte Tschechoslowake. Die Siegerehrung des Wettbewerbs soll am 2. August im Olympiastadion in Berlin stattfinden, das deutsche Kulturministerium hat die drei Erstplatzierten dazu eingeladen. Weiterhin sollen sie ihre Werke im Rahmen eines großen Olympiakonzertes vorstellen. Das Nationale Olympische Komitee – man scheint wirklich vorzuhaben, das als Teil der Spiele anzusehen, und Grit hat folglich eine waschechte Olympiamedaille zu erwarten – unterstützt die Einladung. Man ist sogar bereit, Grit eine spezielle Betreuerin zu stellen, die auf sie achtgibt. Sie soll die Medaille für Amerika in Empfang nehmen. Man hat mir versprochen, dass die Botschaft und die Funktionäre der Spiele ein besonderes Auge auf sie haben würden.

Grit ist natürlich Feuer und Flamme. Sie hat zwar immer noch schlimme Erinnerungen an die Nazis im Berlin der Zwanzigerjahre. Aber während der Olympiade soll es gesitteter zugehen. Und ein so besonderer Preis in einem Kompositionswettbewerb, in ihrem Alter ... Dazu die Uraufführung ihres Werks in einem extra für die Spiele erstellten gigantischen Freilichttheater! Ich kann verstehen, dass sie da nicht Nein sagen will. Insofern habe ich mich nach reiflicher Überlegung dafür entschieden, die Einladung für unsere Tochter anzunehmen. Selbstverständlich lasse ich sie nicht allein reisen, ich werde sie auf jeden Fall begleiten. Vielleicht gebe ich selbst ein paar Konzerte. Mal sehen, ob meine Agentur etwas organisieren kann und will.

Grit wird bestimmt nicht in Gefahr sein, und ich stelle es mir weiterhin interessant vor, mit eigenen Augen zu sehen, wie sich Deutschland unter seiner neuen Regierung entwickelt hat. Die Befürchtung Deiner Freundin Mia, Hitler könnte einen Krieg beginnen, geht mir nicht aus dem Kopf. Ich denke, wir sollten es unterstützen, wenn er sich jetzt, mit der Austragung der Spiele, friedlich zeigt.

Bitte sei nicht böse, dass ich diese Entscheidung allein getroffen habe, und wünsch Grit Glück für ihren Auftritt.

Dein Phipps

Auckland, 30. Juli 1936

Lieber Phipps,

ich weiß, dieser Brief kommt zu spät, um noch irgendetwas an Deinen Entschlüssen zu ändern. Aber ich frage Dich dennoch:

Wie kannst Du nur? Wie kannst Du ein derart menschenverachtendes Regime unterstützen, nur damit Deine Tochter vielleicht eine Medaille gewinnt?

Weißt Du nicht, was die Nazis den Juden und Intellektuellen antun? Welche Rechte sie Frauen und Mädchen nehmen? Dass sie etliche Kunstwerke als entartet bezeichnen? Ich höre all das hier oft aus erster Hand. Die jüdischen Flüchtlinge, die Bernhard unterstützt, treffen sich gern mit uns deutschen Einwanderern, schon um ihre Sprache sprechen zu können. Mia von Gerstorf gibt häufig Gesellschaften, zu denen auch Walter und ich geladen sind. Was die Menschen berichten, ist unfassbar. Mit der Ausrichtung der Olympischen Spiele zeigt Hitler keineswegs Friedenswillen. Er versucht nur, den Rest der Welt in falscher Sicherheit zu wiegen, zu täuschen und zu betrügen. In Deutschland wird das ganz offen gehandelt. Einer der Flüchtlinge erzählte von den ungezogenen Knaben der Hitlerjugend, die fröhlich Lieder intonieren wie *Nach der Olympiade schlagen wir die Juden zu Marmelade.* Klingt das friedlich?

Ich bin sehr enttäuscht, Phipps, und Bernhard ist empört. Ich kann nur hoffen, dass Grietje in diesem Land wirklich sicher ist. Du weißt, dass sie in Berlin geboren ist, sie hat die deutsche Staatsbürgerschaft. Mich erfüllt das zusätzlich mit Angst. Pass bloß auf, dass die Kerle nicht noch darauf kommen, die vielversprechende junge Pianistin in ihrem Land behalten zu wollen! Zuzutrauen wäre es ihnen. Ich jedenfalls werde erst wieder ruhig schlafen können, wenn meine Tochter Deutschland wieder verlassen hat. Also lass sie bitte nicht aus den Augen!

Deine sehr verärgerte Nellie

Berlin, 2. August 1936

Liebste Mami,

ganz, ganz dicke Grüße aus Berlin! Wir sind vorgestern mit dem Schiff in Hamburg angekommen und gleich mit der Bahn hierher weitergereist. Die Überfahrt war schön, wenn auch ein bisschen stürmisch, den meisten Passagieren war andauernd schlecht. Das Schiff war unglaublich luxuriös, eine Art schwimmendes Hotel, ich muss es Dir unbedingt noch einmal genau schildern. Aber ich erlebe hier im Moment so viel, dass ich die Reise schon fast vergessen habe! Berlin jedenfalls ist ganz anders als damals, als wir hier wohnten. Die Stadt wirkt irgendwie frisch gewaschen und herausgeputzt für die Gäste aus aller Welt, die zu den Spielen erwartet werden. Überall hängen Girlanden und Fahnen –

leider meistens mit dem hässlichen Hakenkreuz. Die Deutschen sind ganz verrückt nach den Fähnchen und Liedern und Uniformen. Eine Olympiahymne haben sie auch geschrieben – ziemlich schwülstig. Papa findet sie schrecklich, aber Miss Molly vom NOC, die mich betreut, gefällt die Musik.

Papa und ich wohnen im Adlon, obwohl das eigentlich dem Internationalen Olympischen Komitee und anderen wichtigen Leuten vorbehalten ist. Ein paar Zimmer waren jedoch noch frei, und Papa hat eins ergattert, ebenso Mr. Glicksman. Mr. Glicksman war mit uns auf dem Schiff, und er ist ganz aufgeregt, weil sein Sohn Mickey in den Leichtathletikwettbewerben starten wird. Er ist Läufer in der 4-mal-100-Meter-Staffel. Papa hat sich während der Reise viel mit Mr. Glicksman unterhalten, er ist sehr nett und kann gut erzählen. Mr. Glicksmans Familie ist schon vor über fünfzig Jahren nach Amerika ausgewandert, sie besitzt dort Stahlwerke. Früher, meint Mr. Glicksman, hätten sie viele Geschäfte mit Deutschland gemacht, aber in den letzten Jahren, seit Hitler regiert, war er nur noch zweimal da. Zu seiner Empörung hat man ihn bei diesen Geschäftsreisen nicht im Adlon wohnen lassen, weil er Jude ist. Er hat auch viele Lokale und Geschäfte nicht betreten dürfen, er sagt, da hätten überall Schilder gehangen: *JUDEN UNERWÜNSCHT*.

Die sind jetzt weg. Zur Olympiade seien alle willkommen, sagt die Regierung, aber Mr. Glicksman meint, so ganz traue er dem Frieden nicht. Immerhin darf er diesmal in jedes Restaurant, und gestern Abend hat er seinen Sohn, der im Olympischen Dorf wohnt, ins Adlon eingeladen. Papa und mich hat er dazugebeten, und so hab ich Mickey kennengelernt.

Weißt du was, Mami? Ich glaub, ich hab mich ein bisschen verliebt! Jedenfalls schlägt mein Herz schneller als sonst, und in meinem Bauch grummelt es – aber nicht unangenehm, eher so wie vor großen Konzerten, wenn ich es gar nicht abwarten kann, endlich spielen zu dürfen. Mickey ist neunzehn, und er sieht umwerfend gut aus. Er hat dunkle Haare und ein total liebes Lächeln, ganz fröhliche braune Augen. Natürlich ist er athletisch gebaut, muss er ja als Sportler. Er ist groß, aber nicht zu groß, und er ist unheimlich höflich. Er studiert an der Syracuse University und fand es ganz aufregend, dass ich an der Juilliard bin und dass ich eigentlich in Berlin geboren wurde.

Wir haben uns alles erzählt – von unserer Familie und von meiner Musik und seinem Sport, und es wurde kein bisschen langweilig. Am Schluss hat er mir in die Augen geguckt und mir gesagt, wie schön er es mit mir fand, und ob ich nicht ins Stadion kommen wolle, wenn er läuft, und ich hab ihn für heute Abend eingeladen zur Siegerehrung des Kompositionswettbewerbs. Mickey hat sich bedankt und gesagt, das werde er sich um nichts in der Welt entgehen lassen. Ist das nicht süß, Mami?

Ich hatte ein bisschen das Gefühl zu schweben. Auf einer Wolke oder so. Und das, obwohl ich nur ein halbes Glas Champagner getrunken hatte. Kennst Du das, Mami?

Ich hoffe, Papa hat nichts gemerkt. Er sagt immer, er würde eifersüchtig, wenn ich mich eines Tages verliebe, und jetzt sieht es fast so aus.

Ich werde weiter berichten.

Solange viele Grüße von meiner Berliner Wolke

Deine Grit

Berlin, 3. August 1936

Liebste Mami,

gestern Abend war die Siegerehrung des Kompositionswettbewerbs, aber ehrlich gesagt, ich hatte es mir feierlicher vorgestellt. Sie fand im Stadion statt, gleich nach den Sportwettkämpfen, und die Leute, die da den ganzen Tag zugesehen hatten, wollten natürlich nach Hause. Der Erste, der das Feld geräumt hat, war Adolf Hitler. Die Führerloge wurde schon geputzt, als unsere Siegerehrung angekündigt wurde. Goebbels war auch schon weg oder gar nicht erst da. Immerhin waren die Juroren des Wettbewerbs anwesend, und der Chefjuror, Peter Raabe, hielt eine Rede. Man verstand leider nicht viel. Die Leute, die das Station verließen, machten zu viel Lärm. Außerdem waren mehrere Ehrenjungfrauen dabei, blonde Mädchen in ulkigen griechischen Gewändern, die uns –

oder jedenfalls den ersten Siegern – eine Art Lorbeerkranz auf den Kopf setzen sollten. Sie haben das schon den ganzen Tag gemacht, wie mir ein Mädchen verriet, das nicht etwa Olympia oder Eurydike oder wie auch immer hieß, sondern Waltraut. Jedenfalls wäre es zuerst ganz schön gewesen, weil die Sportler ja alle jung wären und gut aussähen, sagte sie. Aber so langsam würde es langweilig, und Paul Höffer – er hat die erste Goldmedaille gekriegt für seine Komposition *Olympischer Schwur* – wär ja nun auch kein Adonis. Die Ehrenjungfrauen haben also etwas lustlos geehrt, und das Eichenstämmchen, das die Erstplatzierten bekamen, haben sie gar nicht erst ausgepackt, sondern es den Siegern im Pappkarton gegeben. Herr Höffer wirkte ziemlich beleidigt.

Meine gute Laune war dagegen nicht zu trüben. Erst mal war Mickey wirklich gekommen. Er winkte mir vom Stadionrand aus zu und klatschte wie verrückt, als ich an der Reihe war. Wir hatten vorher noch rumgewitzelt, dass ich die Medaille ja eigentlich von einem Ehrenjungmann hätte kriegen müssen, aber dann war es doch nur Waltraut, die sie mir umgehängt hat. War aber eigentlich egal, die Medaille selbst ist fabelhaft! Echt Silber und richtig schwer, wenn auch ein bisschen kitschig. Die Vorderseite zeigt die Göttin des Sieges. Wie hieß die noch? Victoria? Ich werde die Medaille Vicky nennen.

Als alle ihre Preise hatten, war die Zeremonie schnell vorbei. Papa und ich haben die Glicksmans noch im Deutschen Haus zum Essen eingeladen. Diesmal hab ich ein ganzes Glas Champagner bekommen, und die Wolke hat sich rosa verfärbt. Mickey war genauso nett und aufmerksam wie am Abend zuvor, er hat ausgiebig meine Medaille bewundert.

Ich hab ihm versichert, dass er bald auch so eine bekäme, aber Mickey meinte, erst mal stünden die Vorentscheidungen an. Er musste bald zurück ins Olympische Dorf, vor den Wettbewerben ist sein Trainer nämlich streng. Mickey hat es nicht gewagt, auch nur einen einzigen Schluck Champagner zu trinken, damit der es ja nicht riecht und ihn womöglich noch aus der Mannschaft wirft.

Ich hab ihn ausgelacht und gemeint: »Das würde der nie wagen, du läufst doch bestimmt von allen am schnellsten!«

Mickey hat sich gefreut, dass ich ihm so viel zutraue, aber erklärt, er laufe am zweitschnellsten, der Beste sei sein Freund Sam Stoller.

»Morgen nicht!«, erklärte ich. »Morgen schaue ich zu, und du überholst sie alle.«

»Sagt das Mädchen, das auch nur Silber gewonnen hat«, neckte mich Mickey.

Man kann wunderbar mit ihm lachen. Jedenfalls hab ich ihn ganz streng angeguckt und gesagt: »Wahrscheinlich, weil ich ein Mädchen bin. Mädchen müssen immer doppelt so gut sein wie Jungs, damit sie überhaupt was kriegen.«

Und dann hat Mickey plötzlich ganz ernst geguckt und gesagt: »Das kenne ich. Ich bin Jude.«

Damit schien plötzlich ein Schatten auf unseren fröhlichen Abend zu fallen, aber wir haben doch gelacht, wenn auch etwas bedrückt.

»Ist aber nicht schwierig, besser zu sein als die anderen, oder?«, hab ich gesagt.

Daraufhin hat er gekichert, und alles war gut. Ich bin total gespannt auf morgen und wünsche Mickey und seinen Freunden ganz viel Glück.

Das waren die Neuigkeiten von der Wolke. Es ist so schön hier oben, ich könnte mich auf ewig hier einrichten.

Deine glückliche Grit

Berlin, 4. August 1936

Wir haben gewonnen, wir haben gewonnen, wir haben gewonnen!

Liebste Mami,

Papa und ich waren heute tatsächlich im Stadion und haben die Leichtathletikwettbewerbe gesehen. Mr. Glicksman hatte uns Karten besorgt. Es war spannender, als ich gedacht hatte, es ist unglaublich, wie schnell manche Leute rennen können! Und das Stadion war festlich mit Fahnen geschmückt, doch wirklich beeindruckend fand ich das olympische Feuer. Es kommt irgendwie aus Griechenland und wurde in einem gigantischen Staffellauf bis nach Berlin gebracht. Und nun brennt es die ganze Zeit hoch über dem Stadion in einer riesigen Schüssel. Es wird erst gelöscht, wenn die Spiele vorbei sind.

Richtig aufregend wurde es natürlich erst, als Mickey und seine Freunde ihren Wettbewerb hatten. Sam, Foy, Frank und Mickey sind ein richtig gutes Team, sie lachten miteinander, als sie aufliefen, und schienen gar nicht nervös zu sein. Wir saßen ganz vorn am Stadionrand. Mr. Glicksman muss ein Vermögen für die Karten ausgegeben haben, aber er meint, die weiter oben, näher an der Führerloge, wären noch viel teurer gewesen. Neben Adolf Hitler habe er allerdings nicht sitzen wollen, und wir natürlich auch nicht. So war es viel schöner, denn wir konnten die Athleten von Nahem sehen.

Wir hatten amerikanische Fähnchen, und als Mickey und seine Freunde vorbeikamen, haben wir sie geschwenkt – also ich ganz wild und Papa und Mr. Glicksman ein bisschen. Ich hab ganz laut gejohlt wie die Mädchen bei den Football-Spielen früher in der Schule. Ich glaube, Papa war das ein bisschen peinlich, aber Mickey hat es gehört und mir zugewinkt. Das war ein großartiges Gefühl! Als wäre ich etwas Besonderes, eine Prinzessin oder so. Ich hab natürlich zurückgewinkt, und wir haben alle das Siegzeichen gemacht.

Dann ging es an den Start, Sam Stoller lief als Erster. Er ist auch Jude, sagte uns Mr. Glicksman, und dass Mickey und Sam die Allerallerbesten sind, sonst hätte man sie nicht zur Olympiade geschickt. Sie sind die einzigen jüdischen Athleten in der ganzen amerikanischen Mannschaft. Weil der Trainer sich nicht hat beirren lassen von Hitlers verrückten Ideen ... Aber ich muss schnell weitererzählen, obwohl ich gar nicht so schnell schreiben kann, wie Sam gelaufen ist. Gleich danach ist Mickey gestartet, und ich hab mich ganz heiser gebrüllt, um ihn anzuspornen. Wir lagen schon gut in Führung, als Foy und Frank gestartet sind, und schließlich kam die Ansage, dass Amerika mit einer Zeit von 40,0 Sekunden ganz vorn lag. Damit haben unsere Jungs das Finale erreicht, das in zwei Tagen stattfinden soll, und sie haben sich umarmt und sind wild auf der Bahn herumgehopst und ich mit ihnen. Es war ganz wunderbar.

Ach ja, und Mickey hat mir wieder zugewinkt! Die Wolken haben Purzelbäume geschlagen!

Wir hätten den ersten Sieg gern mit Mickey gefeiert, aber er ließ uns ausrichten, er müsse an diesem Abend mit seinen Kameraden feiern, noch mal könne er nicht weg. Denk dir, Mami, er schrieb mir ein kleines Briefchen und bedankte sich fürs Anfeuern, und dass er gleich schneller hätte laufen können, als er meine Stimme hörte! (Eigentlich kann er sie gar nicht gehört haben, es war viel zu laut im Stadion, noch nicht mal ich hätte eine einzelne Stimme heraushören können.) Außerdem lud er mich ein. Morgen Abend soll im Hindenburghaus, das ist ein Veranstaltungshaus im Olympischen Dorf, ein völkischer Abend stattfinden. Die Deutschen laden alle ausländischen Olympioniken ein, ihre Kultur kennenzulernen, also deutsches Essen und Volkstanz und so was. Mickey fragte, ob ich nicht mit ihm hingehen wolle, und natürlich will ich!

Fragte sich nur, was Papa dazu sagen würde. Ich glaubte eigentlich nicht, dass er es erlauben würde, aber dann lachten Papa und Mr. Glicksman miteinander und kamen überein, dass sie eigentlich beide gern Bier trinken würden. Was das jetzt mit Mickey und mir zu tun hat, weiß ich nicht, jedenfalls bekam ich die Erlaubnis. Mein erstes Date mit einem Jungen! Was ziehe ich bloß an? Ich glaube, ich werde vor Aufregung kein Auge zumachen!

Morgen mehr.

Deine ganz aufgelöste glückliche Grit

Berlin, 6. August 1936

Liebste Mami,

bestimmt wartest Du schon ganz gespannt auf meinen Bericht von meinem Abend mit Mickey – Du bist doch nicht böse, weil Papa es mir erlaubt hat, oder? Papa meinte am Ende, Du hättest es wahrscheinlich nicht erlaubt, und er sei eben immer zu gutgläubig. Aber ich glaube, Du hättest mich gehen lassen. Und ich möchte den Abend auch trotz allem nicht missen. Am Anfang war es sogar unglaublich schön, und

Papa schien es sogar ganz lustig zu finden, dass ich zum ersten Mal mit einem Jungen ausgehen sollte. Als ich die dritte Frisur im Spiegel ausprobierte, rief er im Coiffeursalon des Adlon an und machte einen Termin für mich. Ich hab vorher schon das zartrosa Leinenkleid angezogen, das ich abends tragen wollte, ein schlichtes Kleid mit nur leicht ausgestelltem Rock. Am liebsten hätte ich das Abendkleid angezogen, das ich für meinen Auftritt beim Musikwettbewerb mitgebracht habe, aber das fand Papa übertrieben. Er meinte, unter einem völkischen Abend hätte ich mir eher Mädchen in Dirndln vorzustellen, zu schick solle ich mich da nicht machen.

Der Coiffeur fand, dass ich sehr schöne Haare hätte, mit denen man fast alles machen könne, und als ich ihm das Motto des Abends nannte, lachte er und kreierte mir eine Flechtfrisur. Er flocht zwei Zöpfe und legte sie wie einen Kranz um meinen Kopf, und damit es nicht streng aussah, zog er ein paar Strähnchen heraus, die beim Tanzen fliegen sollten und mein Gesicht umspielen. Es sah sehr hübsch aus, aber irgendwie fehlte noch etwas ... Die meisten Mädchen in Berlin tragen zu einem Kleid wie dem meinen eine kurze Strickjacke, oft mit einem Strukturmuster oder mit Blümchen bestickt. Das Geschäft neben dem Coiffeur hatte genauso eine im Fenster. In hellem Beige mit zarten Blumenmotiven bestickt, ohne Kragen, sodass der Hemdkragen meines Leinenkleides nicht gequetscht wurde, sondern richtig schön zum Ausdruck kam. Ich musste die Jacke einfach haben – und Du kennst ja Papa, er kann mir nichts abschlagen. Miss Molly, die vorbeikam, um zu sehen, ob bei uns alles klar ist – die anderen Musikwettbewerber sind ja nicht im Adlon untergebracht –, war ganz begeistert.

»Du siehst fast aus wie ein typisches deutsches Mädel«, neckte sie mich und schenkte mir einen pinkfarbenen Lippenstift, um mich abzugrenzen. Deutsche Frauen dürfen nämlich keine Lippenstifte tragen, keine Ahnung, warum.

Als es dann Zeit wurde, zum Olympischen Dorf aufzubrechen, war ich zunächst enttäuscht, weil Mickey mich nicht abholte und sich stattdessen Papa fertig machte, um mich zu begleiten. Auch Mr. Glicksman stieg mit ins Taxi. Ich hab ein wenig gemault, weil man doch kein Date haben kann mit Vätern im Schlepptau! Papa meinte aber, das Hindenburghaus sei groß, und das Olympische Dorf habe achtunddreißig Restaurants oder so. Da sollten wir es doch schaffen, uns aus dem Weg zu gehen. Die deutsche Musik wollte er sowieso nicht hören, sondern sich irgendwo mit Mr. Glicksman hinsetzen und einfach ein Bier trinken.

So ganz konnte ich das natürlich nicht glauben, aber ich vergaß Papa, als Mickey mich an der Tür zum Hindenburghaus erwartete. Er trug einen leichten, hellen Sommeranzug aus Leinen – also auch keine Abendgarderobe –, und als wir in den Saal kamen, waren dort tatsächlich etliche deutsche Jungen und Mädchen in Dirndln und Lederhosen unterwegs. Ein paar trugen auch die hässliche Uniform der Hitler-Jugend.

Mickey hatte einen Tisch für uns erobert, gemeinsam mit Sam, Foy und Fred. Ich war das einzige Mädchen, wie es überhaupt an Frauen ein bisschen gemangelt hat. Von den ausländischen Athleten haben nur wenige ihre Freundinnen oder Frauen mit nach Deutschland gebracht, und nur wenigen ausländischen Athletinnen war der Abend so wichtig, dass sie dafür den Weg von ihren eigenen Unterkünften auf sich nahmen. Im Olympischen Dorf sind nämlich nur Männer untergebracht.

Mickeys Freunde waren alle sehr nett zu mir, und wir hatten schon Spaß, bevor es richtig losging. Dann war es zunächst etwas langweilig, weil erst mal mehrere Leute in braunen Uniformen Reden halten mussten – alle auf Deutsch natürlich, was die Hälfte der Anwesenden nicht verstand. Ich übersetzte für die Jungen, aber oft fand ich nicht das richtige englische Wort für all die komischen Bezeichnungen wie »völkische Bräuche« und »Volkskörper« und »Sippenforschung«. Mickey sagte so was wie *soup research*, und wir lachten uns alle kaputt. Die Redner guckten dann natürlich böse.

Hinterher wurden ein paar Volkstänze vorgeführt, von den Mädchen und Jungen in den bayerischen Trachten, und meine Jungs haben miteinander gewetteifert, wer das Wort »Schuhplattler« am besten aussprechen konnte. Danach gab es deutsches Essen, was weitgehend eklig war. Foy und Frank probierten trotzdem Dinge wie Eisbein und Saumagen, aber ich esse ja allgemein kaum Fleisch, und Mickey wollte so was auch nicht essen. Wir probierten aber Sauerkraut und Rotkohl und Mickey Rindsrouladen. Die Füllung bestand aus Gurken und Zwiebeln, und weil er keine Zwiebeln mag, gab er sie mir. Es war irgendwie schön, hier und da ein bisschen vom Teller des anderen zu naschen, wir rückten dabei näher aneinander, es war fast ein bisschen romantisch. Leider fing dann die Musik an zu spielen, die laut war und scheußlich.

Ich weiß, Mami, Du wirst mich jetzt daran erinnern wollen, dass ich Blasmusik früher ganz famos fand und am liebsten eine Trompete gehabt hätte. Aber ich glaube, damals war mein Gehör noch nicht voll entwickelt. Der Krach war jedenfalls kaum auszuhalten, bis Mickey meinte, wir sollten doch einfach mitmachen. Er nahm meine Hand und führte mich auf die Tanzfläche, und dann übten wir eben Schuhplattler. Er ist genauso schwer zu tanzen wie auszusprechen. Mickey und ich hatten aber einen Mordsspaß, und Sam und Foy, die beide sehr witzig sind, tanzten in Ermangelung von Mädchen einfach miteinander.

Wir hüpften und lachten, und alles war großartig, bis ich irgendwann ins Bad musste. Ich sagte ganz geziert, ich müsse mir die Nase pudern, was bei den Jungen wieder Lachsalven auslöste. Ich denke, wir waren alle ein bisschen albern an diesem Abend.

Es waren noch zwei andere Mädchen im Bad, ungefähr so alt wie ich. Die eine in der komischen Uniform, die Haare zu Zöpfen geflochten wie in *Hänsel und Gretel* – Du weißt schon, die Oper von Humperdinck, wo die Sänger schon erwachsen sind, aber wie Kinder verkleidet. Die andere trug so ein Dirndl, Frisur so ähnlich wie meine, aber nicht so schick, sondern eher streng und ein Gesicht wie ein Kartoffelkloß. Ich hab mich gar nicht um die gekümmert, nur als ich meinen Lippenstift auftrug, sagte Gretel: »Deutsche Mädels schminken sich nicht.« Dabei sah sie mich vorwurfsvoll an.

Ich sagte: »Ich bin kein deutsches Mädel, ich bin Amerikanerin«, woraufhin Gretel sich kaputtlachte, während der Kartoffelkloß ganz giftig guckte und meinte: »Du willst deine Herkunft verleugnen?« Oder nein, eher so was wie: Du leugnest deine völkische Zugehörigkeit?

Jedenfalls irgend so einen Unsinn. Sie wollte mich provozieren, aber mir war das zu dumm, also ging ich raus. Vor den Toiletten lungerte ein Junge herum, in Lederhosen, er schien zu dem Kartoffelkloß zu gehören. Ich lief ihm natürlich direkt in die Arme, und er hörte, dass seine Freundin mir was nachrief. Sie kam auch gleich nach mir raus, und plötzlich guckte er mich auch so komisch an und fragte sie: »Was ist mit der?«

»Die will keine Deutsche sein«, sagte Gretel.

Und plötzlich standen sie alle vor mir, als wollten sie mir drohen, und ich bekam Angst und sagte, sie sollten mich durchlassen. Dann kam noch ein Junge dazu, ein bisschen älter, und ich glaubte, ihn im Stadion gesehen zu haben. Also einer der Athleten. Ich dachte, der würde mich jetzt verteidigen, aber er hat mich noch bösartiger angeguckt als die anderen und hat das Gesicht verzogen, und als er dann redete, war seine Stimme richtig hasserfüllt.

»Die schämt sich«, sagte er. »Mit Fug und Recht. Weil sie mit 'nem Judenbengel hier ist. Oder gleich mit zwei. Fickst du sie beide, du Schlampe? Den Glicksman und den Stoller?«

Ich wurde natürlich sofort rot, ich meine, wie konnte der so mit mir reden?

»Der sollte man die Schnauze polieren«, sagte der Kartoffelkloß.

Ich schrie, als sie mit der Hand nach mir ausholte. Aber sie hat nur damit über meinen Mund gewischt und den ganzen Lippenstift verschmiert. Das wollte sie wohl.

Und da tauchte plötzlich Mickey auf, packte den Jungen am Kragen, zog ihn rum und versetzte ihm einen gewaltigen Kinnhaken. Der Kartoffelkloß stürzte sich sofort auf ihn, und ich dachte, das wird jetzt eine richtige Schlägerei. Aber hinter Mickey waren auch Papa und Mr. Glicksman. Papa hat die Jungs angebrüllt, und Mr. Glicksman hat sich Mickey gepackt, bevor der auch noch den Kartoffelkloß verhauen konnte. Inzwischen waren weitere Leute da, Athleten und Männer in Uniformen, und alle redeten durcheinander, aber Papa führte mich energisch an allen vorbei und nach draußen. Wir saßen schneller im Taxi, als ich denken konnte, und irgendwie hab ich dann erst gemerkt, dass ich angefangen hatte zu weinen.

Papa hat gekocht vor Wut – aber nicht auf mich, ich glaub, er hat gehört, was der Junge zu mir gesagt hat. Als ich das dachte, musste ich noch mehr weinen, weil ich mich so schämte, doch kurz darauf waren wir wieder im Adlon, und da war alles ruhig und normal. Papa brachte mich in unsere Suite und ließ mir ein heißes Bad ein und machte mir Tee – damit ich mich beruhige, sagte er. Er rief sogar noch Miss Molly an, mitten in der Nacht, und beschwerte sich über das, was mir passiert war, und dass er eine Entschuldigung verlange, sonst würden wir abreisen. Und eine Stunde später, als es mir eigentlich schon wieder ganz gut ging, rief Mickey an. Er war unheimlich lieb und zerknirscht, weil er nicht gut genug auf mich aufgepasst und mich überhaupt mitgenommen hatte auf diese Veranstaltung. Dabei hatte er doch nun wirklich keine Schuld, im Gegenteil, er war der Held gewesen, und das sagte ich ihm natürlich auch. An sich war es sehr romantisch, dass er sich für mich geschlagen hat, oder? Mickey lachte und ... und er hauchte einen winzig kleinen Kuss durchs Telefon! Er meinte, den hätte er mir eigentlich richtig geben wollen. Als Gutenachtkuss, beim *goodbye*.

Ich war ganz gerührt und gleich wieder auf meiner Wolke, und ich flüsterte ihm zu, er dürfe ihn mir geben, wenn die Jungs die Staffel gewonnen hätten. Gegen diesen neidischen Mistkerl – der gehörte nämlich zur deutschen Mannschaft. Mickey versprach es mir, und dann ging ich ins Bett. Ganz glücklich. Und ich träumte ... Kannst Du Dir denken, von wem?

Ich lächle immer noch vor mich hin. Und Papa sagt, Du bräuchtest Dir wirklich keine Sorgen zu machen. Er lässt mich von jetzt an keinen Moment mehr aus den Augen. Fragt sich natürlich, wie wir das dann machen mit dem Kuss ...

Deine verliebte Grit

Liebste Mami,

Papa meint, ich sollte Dir heute auch einen Brief schreiben, am besten jeden Tag von jetzt an, damit Du Dir keine Sorgen um mich machst. Dabei ist heute gar nicht viel passiert. Mickey habe ich nicht gesehen, aber die Jungs müssen natürlich trainieren, morgen ist das Finale des Staffellaufs. Ich musste ebenfalls üben. Auf der Dietrich-Eckart-Bühne, einem riesigen Freilichttheater bei den Sportstätten, gab es eine Generalprobe. Vorher hatte ich noch eine Unterredung mit Miss Molly und einem Mann vom Olympischen Komitee, der alles darüber wissen wollte, was am gestrigen Abend vorgefallen war. Er sprach mir seine Entschuldigung aus. Die Mädchen seien in ihrem völkischen Eifer wohl übers Ziel hinausgeschossen, sagte er, und die Jungen würden bestraft werden. Ich glaube nicht, dass es das war, was Papa sich vorgestellt hat, aber um des lieben Friedens willen ließen wir die Sache auf sich beruhen.

Bei der Probe fühlte ich mich dann ganz verloren mit meinem Flügel auf der gewaltigen Bühne, und den anderen Solisten ging es genauso. Sie waren beide sehr nett, ein Niederländer, er ist Geiger, und ein junger Mann aus der Tschechoslowakei, der wie ich Klavier spielt. Er heißt František, der Holländer Marius. Alle beide sind großartige Musiker, und schließlich schlug Papa vor, wir können uns doch zusammentun und die einzelnen Stücke zu Kompositionen für zwei Pianos und einer Violine umschreiben. Es würde voller klingen, und keiner von uns müsste dann allein auf die riesige Bühne, meinte er. Das fanden wir alle grandios, und wir haben uns sofort an die Arbeit gemacht. Papa hat uns einen Raum im Adlon gemietet. Mit seiner Hilfe waren wir in wenigen Stunden fertig, und da die Begleitungen alle ganz leicht sind, mussten wir nicht lange üben. Dennoch waren wir den ganzen Nachmittag und Abend beschäftigt.

Morgen ist dann erst der Staffellauf am Nachmittag und abends das Konzert. Ich freue mich schon auf beides!

Ganz liebe Grüße

Deine glückliche Grit

Liebste Mami,

dies wird bestimmt ein kurioser Brief, ich bin immer noch durcheinander und kriege das vielleicht gar nicht so richtig erzählt, was gestern alles Schreckliches passiert ist. Ich bin jetzt im Adlon, und Papa hat alle Türen verriegelt und ist mit Mr. Glicksman unterwegs, um möglichst schnell eine Passage zurück in die Staaten zu bekommen. Im Flugzeug oder auf dem Schiff ist egal. Mr. Glicksman will Mickey auch unbedingt mitnehmen, obwohl Avery Brundage, der Vorsitzende des Nationalen Olympischen Komitees der Vereinigten Staaten, darauf besteht, dass er mit der Mannschaft zurückfährt. Es soll keinen Eklat geben, wir sollen außerdem nicht mit der Presse reden – Papa hat sich deswegen schon mit Miss Molly überworfen.

Aber ich muss von Anfang an erzählen. Papa sagt, ich sollte Dir die Geschichte in allen Einzelheiten schildern – schon, damit ihm das erspart bleibt. Er schämt sich schrecklich vor Dir, er sagt, Du hättest recht gehabt, wir hätten niemals herkommen dürfen, und er sei an allem schuld. Das ist er natürlich nicht. Niemand von uns ist schuld, nur dieser speichelleckende Opportunist Brundage und diese widerliche kleine Schlange Miss Molly. Das Erste hat Mr. Glicksman gesagt, das Zweite Papa. Ich soll mich ja nicht so ausdrücken.

Also: Es fing damit an, dass Mickey gestern Morgen völlig aufgelöst hier ankam, zusammen mit Sam Stoller. Sie sagten, man habe sie aus der Mannschaft geworfen. Angeblich, weil Mickey sich geprügelt hatte und weil sie beide mit ihren Leistungen hinter den Erwartungen zurückgeblieben wären. Doch das war gar nicht so, noch gestern im Training hatte die Staffel ihren Rekord von vierzig Sekunden unterboten. Auf Wunsch des Nationalen Olympischen Komitees ersetzte man sie durch Jesse Owens und noch einen anderen dunkelhäutigen Amerikaner. Dabei ging es ganz klar darum, Hitler nicht durch die Juden in der Mannschaft zu brüskieren. Die Schwarzen mag er zwar auch nicht, allerdings wohl immer noch lieber als die Juden. Dabei sei Jesse Owens sehr nett gewesen, meinte Mickey. Er habe sich ausdrücklich dafür ausgesprochen, ihn und Sam rennen zu lassen, aber der Trainer habe ihn regelrecht angefahren und ihm befohlen, den Anweisungen zu folgen.

Mr. Glicksman schäumte natürlich und versuchte zu intervenieren. Er hat das amerikanische Team durch große Geldspenden unterstützt. Nun wurde ihm, genau wie vorher Mickey und Sam, gesagt, man habe erfahren, die Deutschen hätten noch Weltklasseläufer in der Hinterhand und könnten die Amerikaner schlagen, wenn sie nicht die Allerbesten einsetzten. Das war selbstverständlich Unsinn. Man versteckt keine Weltklassesportler, ebenso wenig wie Weltklassemusiker.

Es war aber nichts zu machen, Mickey und Sam mussten zusehen, wie ihre Freunde und Teamkollegen unterstützt von den neuen Läufern die Goldmedaille holten. Ich durfte dabei sein und hielt Mickeys Hand. Aber diesmal schwebte ich nicht auf der Wolke, es war nicht romantisch. Es war nur traurig und ungerecht.

»Eigentlich hätten Foy und Fred aus Solidarität mit uns den Wettbewerb sabotieren müssen!«, sprach Sam aus, was Mickey und ich nur dachten. Und dann fasste ich einen Entschluss.

Ich war nach dem Sportwettbewerb noch mit František und Marius zu einer letzten Probe vor dem Konzert verabredet, und ich berichtete ihnen von der Sache mit Mickey und Sam.

»Wenn ich eine jüdische Pianistin kennen würde, würde ich sie bitten, meinen Part für mich zu übernehmen«, sagte ich. »Aber da ich keine kenne, muss ich mich wohl einfach zurückziehen. Die Medaille können sie von mir aus wiederhaben. Ich mache nicht mehr mit.«

Marius überlegte kurz und erklärte dann, er habe eine Menge jüdischer Freunde. Schon um ihnen noch in die Augen sehen zu können, wolle er den Wettbewerb ebenfalls sabotieren. František hätte die Gage wohl gut gebrauchen können, andererseits fand er unser Vorhaben richtig. Wir beschlossen also alle drei, am Abend nicht aufzutreten, und ich wollte auf die Bühne gehen, und allen erklären, welche Gründe wir dafür hatten.

Schließlich war alles geplant, und es wäre sicher zu einem richtig schönen Eklat gekommen, wenn ich es nicht dummerweise Miss Molly erzählt hätte. Papa, der meine Entscheidung für richtig hielt, war bereit, mich zu unterstützen, Miss Molly war jedoch entsetzt und argumentierte wild, wir könnten das nicht machen, wir würden unsere Gastgeber brüskieren, das Publikum ... Dabei war das Publikum im Grunde nicht der Rede wert. Am gleichen Abend veranstaltete der Reichspropagandaleiter Goebbels ein Fest mit den Ehrengästen der Olympiade auf irgendeiner Insel. Das Konzert war nicht mal zur Hälfte ausgebucht. Immerhin sollten einige Journalisten kommen, die über unsere Aktion berichten konnten – anscheinend etwas, das Miss Molly, beziehungsweise ihren Chefs vom Olympischen Komitee, die meiste Angst machte. Für Mickeys und Sams Ausschluss aus der Staffel hatte sich bisher niemand interessiert. Die Presse hatte es einfach hingenommen, dass zwei schwächere Läufer durch zwei stärkere ersetzt worden waren. Das sollte nach Miss Mollys Meinung so bleiben.

Ich ließ mich allerdings nicht beirren. Ich trug bereits mein elegantes blaues Abendkleid für meinen Auftritt, das Haar hatte mir wieder der Coiffeur aus dem Adlon gemacht, er hatte rechts und links des Gesichts Zöpfe geflochten, die dann wie ein Stirnband über meinem Kopf drapiert wurden. Ich wusste, dass ich großartig aussehen würde bei meinem Auftritt – meinem Auftritt für Mickey. Er saß im Zuschauerraum. Wir wollten uns hinterher gemeinsam den Fragen der Presse stellen.

Und dann machte Miss Molly mir doch einen Strich durch die Rechnung. Als ich aus meiner Garderobe in den Gang treten wollte, nachdem der Ruf auf die Bühne erklungen war, fand ich die Tür verschlossen. Ich rüttelte daran und rief um Hilfe, aber niemand kam. Später erfuhr ich, dass der ganze Trakt geräumt worden war, damit mir niemand zu Hilfe kommen konnte.

Natürlich hätten Marius oder František meinen Part übernehmen können, aber die beiden trauten sich nicht auf die Bühne, und sie sprechen ja auch kein Deutsch. Immerhin waren sie solidarisch genug, ebenfalls in den Garderoben zu bleiben und den Auftritt platzen zu lassen. Ihre Medaillen wurden ihnen später aberkannt, genau wie mir. An unserer Stelle kam der Moderator des Konzerts, ein Mann aus dem Kulturministerium, auf die Bühne und erklärte, die Preise für Solomusiker hätten leider nicht vergeben werden können. Es fehle den eingereichten Kompositionen am rechten olympischen Geist. Stattdessen spielte das Orchester irgendwelche Stücke von Strauß oder so, jedenfalls etwas, das alle im Repertoire hatten, es konnte also schnell eingeschoben werden. Ich wartete wütend ab, wurde allerdings erst befreit, als das Konzert beendet war. Auch Papa hatte man eingeschlossen, in seinem Fall auf der Herrentoilette, und angeblich war es ein Schaden am Türschloss. Ein Handwerker hat sich eine Stunde lang vergeblich bemüht, es aufzubekommen. Dass all das inszeniert worden ist, konnte man den Veranstaltern, dem NOC und unserer willfährigen Künstlerbetreuerin nicht nachweisen. Was mich anging, stand Aussage gegen Aussage. Der Veranstalter erklärte bedauernd, die Tür meiner Garderobe hätte schon immer etwas geklemmt. Wahrscheinlich hätte ich sie aus lauter Aufregung nicht aufbekommen und wäre darüber in Panik geraten. Abgeschlossen sei die Tür zu keiner Zeit gewesen, all das sei nur Ausdruck meiner überspannten Fantasie.

Mickey und sein Vater waren natürlich schon weg, als ich endlich frei war. Später schickte mir Mickey ein Briefchen, in dem er sehr kühl erklärte, wie enttäuscht er von mir sei. Natürlich versuchte ich, über seinen Vater, alles richtigzustellen, aber ich weiß nicht, ob er mir glaubt. Die ganze Geschichte klingt ja auch verrückt und unglaubwürdig. Das Nationale Olympische Komitee der Vereinigten Staaten lässt eine kleine Pianistin einsperren, um Hitler nicht zu brüskieren? Ich weiß selbst nicht, was ich denken soll, Papa dagegen glaubt mir, und das ist ja das Wichtigste. Wir kehren so bald wie möglich heim in die Staaten. Ich glaube, es ist noch nie jemand so schnell von einer Wolke gefallen wie ich.

Mit lieben Grüßen

Deine sehr traurige und verwirrte Grit

Liebe Nellie,

sei unbesorgt, ich habe eben gerade noch die letzten zwei Plätze im Zeppelin *Hindenburg* für Grit und mich buchen können. Das Luftschiff bringt uns in nur zwei Tagen direkt nach New York. Wir sollten also sicher und gesund zu Hause sein, noch bevor Dich dieser Brief erreicht. Ich hoffe, dass die neue Erfahrung des Fliegens Grit ein wenig von den Erlebnissen in Berlin ablenken wird.

Mir tut das alles sehr, sehr leid.

Dein zerknirschter Phipps

New York, 8. November 1936

Liebste Mami,

nun sind wir schon drei Monate wieder in New York, das neue Studienjahr hat angefangen, und ich darf in diesem Winter mehrere Konzerte in verschiedenen amerikanischen Städten spielen. Alles läuft in seinen gewohnten Bahnen, aber für mich hat die Welt ein bisschen an Farbe verloren. Von Mickey habe ich nach unserer Rückkehr nichts mehr gehört. Sein Vater war immerhin so nett, uns zu schreiben, dass Mickey meine Geschichte glaube und mir nichts übel nehme. Er wollte allerdings durch nichts mehr an die Geschehnisse in Berlin erinnert werden, weshalb er auch die Universität gewechselt habe. Wo er jetzt studiert, weiß ich nicht. Die ganze Angelegenheit habe Mickey sehr mitgenommen, schrieb sein Vater, auch weil sie seinem Ruf als Sportler außerordentlich geschadet habe. Nach seinem Rauswurf aus der Mannschaft gilt er als Versager, er muss mit Hänseleien und Häme fertig werden.

Was das nun mit mir zu tun hat, verstehe ich ehrlich gesagt nicht – es kann doch nicht sein, dass er mir meinen weiteren Erfolg neidet? Mir hat Berlin nicht geschadet. Wer in der internationalen Musikwelt interessiert sich schon für einen Wettbewerb, den eine ausschließlich deutsche Jury ausgerichtet hat und den ausnahmslos deutsche Komponisten gewonnen haben?

Bei Mickey sieht das anders aus. Ihm hat Berlin geschadet. Papa meint, ich solle ihn vergessen, es gebe noch andere nette Jungen. Das ist sicher richtig, aber man kann sich von Wolken doch nicht einfach abseilen, oder?

Ich bin immer noch bedrückt, aber vor allem bin ich wütend. Was fällt diesem Hitler und seinen Nazis ein, der ganzen Welt ihre wahnhaften Ideen aufzudrücken? Mein Kompositionslehrer meint, es gehe allen nur darum, Hitler ruhigzustellen, damit er bloß keinen Krieg anfängt. Papas Agent (und neuerdings auch meiner) meint dagegen, das würde nicht gelingen, das sei die falsche Strategie. Es wäre besser, ihn in seine Grenzen zu verweisen.

Was mich angeht, so kann der Krieg gern kommen. Ich kann es gar nicht erwarten, diese Leute zu bekämpfen.

Ich hasse, hasse, hasse sie!

SCHATTEN DES KRIEGES

Neuseeland – Auckland, Onehunga, New Lynn
1937 – 1941

KAPITEL 1

»Hatte Bernie keine Zeit?«

Wilhelmina Rawlings Stimme klang enttäuscht, als Nellie ihren alten Wagen an einem sonnigen Oktobertag auf den Hof von Baroness Stud fuhr und vor den Ställen parkte. Petey und Marty, inzwischen sieben und sechs Jahre alt, sprangen sofort heraus und stürzten sich auf einen Traktor, an dem Edward Rawlings mit Unterstützung seines Sohnes Alex herumschraubte.

Wilhelmina stand in sauberen Reithosen und hohen Stiefeln da, die ihre schlanken Beine und ihre immer noch hervorragende Figur betonten. Dazu trug sie eine aquamarinfarbene Bluse.

»Dr. Lemberger musste zu einer Kuh mit Gebärmuttervorfall«, erklärte Nellie. »Er bat mich, bei Ihnen vorbeizuschauen. Wo ist denn der Hengst?«

Sie sah sich suchend um, allerdings nicht nach dem Pferd, sondern eher nach ihren Jungen, die nach wie vor gern Unsinn machten. Jetzt schienen sie sich ausnahmsweise nützlich machen zu wollen. Petey kroch eben zu Edward Rawlings unter das Fahrzeug – Willies Mann hatte seine Krücken gegen einen Reifen des Treckers gelehnt und lag auf dem Rücken, um irgendetwas an dessen Unterseite zu reparieren –, und Marty schaute mit Alex sichtlich fasziniert unter die geöffnete Motorhaube.

Willie wirkte ungehalten. »Ich hätte ihn Bernie zu gern noch mal gezeigt«, meinte sie unentschlossen. Inzwischen streckte ein hübscher schokoladenfarbener Brauner den Kopf aus seiner Außenbox. »Wenn alles in Ordnung ist, soll er am Sonntag starten …«

Nellie nickte. »Dr. Lemberger meinte, die Wunde sei nur oberflächlich gewesen und müsste eigentlich gut verheilt sein«, erwiderte sie. »Holen Sie ihn doch mal raus, dann kann ich wahrscheinlich die Fäden ziehen, und der kleine Unfall ist bis Sonntag vergessen.«

Sie wandte sich dem Pferd zu, als Willie weiterhin keine Anstalten machte, zum Halfter zu greifen.

»Nun gib schon auf, Mom«, kam eine spöttische Stimme aus Richtung des Traktors. Alex Rawlings hatte seine Aufmerksamkeit vom Motorblock abgewandt und blickte mit schiefem Lächeln zu ihnen herüber. »Dein Lieblingstierarzt kann heute nicht – er zieht dir die Kuh sozusagen vor. Also lass schon endlich Dr. Nellie dran.«

Willie blitzte ihren Sohn an, legte dem Pferd nun jedoch rasch und geschickt ein Halfter an. Beloved Boy – in der letzten Saison überraschend erfolgreich und auf dem besten Weg dazu, die in ihn gesetzten Hoffnungen auch in diesem Jahr nicht zu enttäuschen, folgte ihr brav auf den Vorplatz.

»Entschuldigen Sie meinen ungeratenen Sohn«, bemerkte sie dabei. »Er nimmt es mir übel, dass ich ihn nicht an meine Pferde lasse …«

Nellie zuckte mit den Schultern. An Alex' Stelle hätte sie ihr das wahrscheinlich auch übel genommen. Der junge Mann war seit einigen Wochen aus Australien zurück. Er hatte ein abgeschlossenes Studium der Tiermedizin, ein paar Monate Praxis in einer Pferdeklinik in Sydney und schrieb nun an seiner Doktorarbeit – Vergleichende Studien zu Leistung und Gesundheit der Vertreter spezieller englischer Vollblutlinien in Neuseeland und Australien. Jedenfalls wäre er durchaus qualifiziert gewesen, die kleine Wunde zu verarzten, um die Bernhard sich in der Woche zuvor gekümmert hatte, und erst recht hätte er die Fäden ziehen können. Für Nellie lohnte sich diese Dienstleistung nicht – die Kosten fürs Benzin überstiegen beinahe schon ihr Honorar, vom Zeitaufwand ganz zu schweigen.

»Die Fäden hätten Sie auch eben selbst ziehen können«, bemerkte Nellie. Der Hengst war sehr brav, sie war in drei Minuten fertig. »Oder haben Sie noch andere Pferde, die ich mir ansehen sollte?«

»Ich wollte Bernie an sich noch ein paar Fohlen zeigen, deren Hufstellung mir nicht gefällt, aber …«

Willie brachte den Hengst wieder in die Box, nicht ohne ihn mit einer Möhre für sein Wohlverhalten zu belohnen.

»… aber das kann sich natürlich auch der Schmied ansehen«, mischte sich erneut Alex ein. »Wenn du Cedric dafür kommen lassen willst. Ansonsten schneide ich sie eben aus …«

Nellie begann die Sache auf die Nerven zu gehen. Eine erfahrene Züchterin wie Willie brauchte keinen Tierarzt, um die Entwicklung ihrer Jungpferde zu kontrollieren.

»Ich bin überzeugt davon, dass keine schwerwiegenden Probleme vorliegen«, sagte sie jetzt. »Die Jungpferde sind zweifellos gut gefüttert und entwurmt. Da sollten sich keine Aufzuchtschäden entwickeln. Aber ich werde Dr. Lemberger bitten, Ihnen beim nächsten Besuch noch ein spezielles Vitaminpräparat mitzubringen.«

Willie lächelte. Anscheinend hatte Nellie endlich das Richtige gesagt. »Er kann es gern nächste Woche vorbeibringen«, schnurrte sie.

Alex warf ihr einen eisigen Blick zu. Nellie hätte gern gesehen, wie Edward auf Willies Verhalten und die Sticheleien ihres Sohnes reagierte, aber der lag immer noch unter dem Traktor.

»Wenn es so eilig ist, bringe ich es Sonntag mit auf die Rennbahn«, erklärte Nellie und versuchte, endlich das Thema zu wechseln. »Ich habe Dienst. Der erste Renntag des Jahres … Sie sind gut aufgestellt, Willie?«

Willie nickte und wirkte hochzufrieden. »Ich bringe vier Pferde an den Start. Ist denn Overloading Happiness wieder genesen?«

Der Junghengst der von Gerstorfs, in der letzten Saison der schwerste Rivale von Beloved Boy, hatte den Winter über an einer hartnäckigen Atemwegsinfektion gelitten.

Nellie zuckte mit den Schultern. »Da müssen Sie Bernhard fragen. Ich hab ihn schon länger nicht mehr gesehen.«

Natürlich wusste sie in Wirklichkeit nur zu gut, dass Happy, wie alle den Hengst kurz nannten, zwar wieder fit war, Julius und Mia sich dennoch sorgten, ob er sofort wieder an die Vorjahrserfolge anknüpfen konnte. Sie würde aber ganz sicher keine Gestütsinterna ausplaudern. Stattdessen rief sie ihre Jungen, die sich widerstrebend vom Traktor lösten. Marty hielt Alex ein Eisenteil und eine Art Gummiring hin, den er irgendwie aus dem Motorraum des Traktors entfernt hatte, während der junge Tierarzt sich auf Nellie und seine Mutter konzentriert hatte.

»Was ist denn das?«, fragte er treuherzig.

Er war ein sehr hübscher Junge, nicht dunkelhaarig wie Walter und Petey, sondern blond. Seine Augen waren etwas heller als die seiner Mutter. Auf den ersten Blick war er unwiderstehlich.

Alex hatte dafür jedoch keinen Sinn, sondern schaute entsetzt auf die Maschinenteile in Martys Hand.

»Wo hast du das her?«, fragte er.

Willie trat näher und warf einen Blick auf die Teile. »Das ist ein Keilriemen«, erläuterte sie ihrem Sohn. »Und das dürfte eine Dichtung sein ... Verstehst du jetzt, warum ich dich nicht an meine Pferde lasse?«

Nellie beschloss, sich das nicht weiter anzuhören. Sie scheuchte ihre Söhne energisch ins Auto, entschuldigte sich bei Alex und verabschiedete sich von Willie. Auch Edward rief sie einen Gruß zu, doch der antwortete nicht. Sie empfand vages Mitleid. Und fragte sich wieder einmal, ob er Willie eigentlich liebte oder jemals geliebt hatte.

Dazu fiel ihr Bernhard ein. Es wäre interessant, ihn zu seinem Verhältnis zu Willie zu befragen. Was Alex da angedeutet hatte, war durchaus kompromittierend.

Die Jungen jubelten, als ihre Mutter nicht gleich zurück nach Auckland fuhr, sondern den Weg nach Epona Station einschlug. Bevor sie die Weiden erreichte, die den Zufahrtsweg säumten, musste sie ein Wäldchen durchqueren und bemerkte dort zu ihrer Verwunderung David. Der Junge saß auf einem abgestorbenen Baumstumpf und starrte konzentriert auf den Waldboden vor sich.

Nellie hielt an. »Hallo, David!«, rief sie ihm zu. »Was machst du denn da?«

David sah auf. Er hatte Marias dunkles Haar, ihr herzförmiges Gesicht und Bernhards sanfte blaue Augen.

»Ich beobachte eine Weta«, sagte er. »Eine Baumweta. Bei der Eiablage. Willst du's sehen? Sie setzt den Ovipositor ein, um Löcher zu bohren. Ich hab das vorher noch nie gesehen.«

»Ich auch nicht«, gab Nellie zu. Sie hatte allerdings auch nie das Bedürfnis danach verspürt.

»Ich will das sehen!«, verlangte Petey.

David legte instinktiv die Hände wie schützend über das Tier.

»Du kannst dir das in Marias Büchern anschauen«, beschied Nellie ihren Sohn. Es war sicher nicht angenehm für die Riesenheuschrecke, ihre Jungen auf sie loszulassen.

»Ich soll sie in die Schule mitbringen«, bemerkte David. »Meine Lehrerin Miss Ratcliffe sagt, wenn es jemandem gelingt, eine Weta zu fangen und der Klasse zu zeigen, bekommt er eine gute Note. Aber ich glaube, sie möchte hier nicht weg.«

Petey und Marty kicherten. Sie kamen gut mit Daphne aus, Davids Schwester. Mit deren eher zurückhaltendem Bruder wussten sie nichts anzufangen.

»Das glaube ich auch«, unterstützte ihn Nellie und dachte an Maria. Ob der Junge ihre Fähigkeit geerbt hatte, sich derart intensiv in Tiere einzufühlen, dass es fast wie außersinnliche Wahrnehmung wirkte? »Kannst du … die Weta berühren?«, fragte sie, wobei sie Marias Ausdruck für den Versuch gebrauchte, die Gefühle eines Tieres zu ergründen.

David runzelte die Stirn. »Sicher«, sagte er. »Nur … ich kann sie doch jetzt nicht stören.«

Nellie lächelte. »Lass sie einfach in Ruhe«, riet sie ihm. »Vielleicht kannst du sie ja später für Miss Ratcliffe zeichnen.«

David schüttelte den Kopf. »Besser nicht«, erklärte er. »Miss Ratcliffe ist ziemlich prüde, sagt Mama. Weil sie in die Schule musste, nachdem Daphne den Hengst und die Stute gemalt hat, wie sie ...«

Nellie musste lachen. Sie konnte sich die Reaktion der Dorfschullehrerin sehr gut vorstellen. Und das völlige Unverständnis ihrer Freundin Maria.

»Während des Deckaktes«, führte David unerschrocken weiter aus. »Dabei hat sie es gar nicht richtig gemacht. Der Hengst war viel zu hoch auf der Kruppe der Stute, so konnte es gar nicht zur Insemination kommen ...«

Maria dürfte das der Lehrerin in allen Einzelheiten erklärt haben. Nellie grinste noch, als sie den Jungen und sein Forschungsobjekt zurückließ, um zum Hof weiterzufahren.

Auch hier bot sich ihr ein interessantes Bild. Auf dem Reitplatz waren Hindernisse aufgebaut, und Daphne Lemberger schoss eben mit einem schneeweißen Ponyhengst über die Sprünge. Mia von Gerstorf beobachtete das und gab dem Mädchen Hinweise, wie es besser zu machen war.

»Tante Nellie!« Daphne verhielt den Hengst gekonnt, als Nellie ihr Auto parkte und ihr durch das geöffnete Fenster zuwinkte. Er scheute, als die Jungen heraussprangen und auf den Reitplatz zuliefen, aber Daphne saß den Hopser mühelos aus. »Petey, Marty! Habt ihr gesehen, wie ich gesprungen bin?«, rief sie den Jungen zu.

Nellie begrüßte Mia, die sich sichtlich über den Besuch freute. »Warst du bei den Rawlings?«, erkundigte sie sich. »Wie sieht es da aus?«

Nellie nickte. »Der Hof ist ein Kriegsschauplatz«, bemerkte sie.

Mia runzelte die Stirn. »Edward und Willie?«

Nellie verneinte. »Alex und Willie. Das ist durch seinen Aufenthalt in Australien nicht besser geworden. Dabei sollte sie sich freuen, einen Tierarzt in der Familie zu haben, der sich obendrein auf Pferde spezialisiert. Aber das hier sieht gut aus. Daphne reitet wie der Teufel!«

Mia lachte. »Hat dein Mann ihr beigebracht«, erklärte sie. »Wir planen am Sonntag zwischen den Rennen eine kleine Vorführung mit den Ponys. In diesen Zeiten kriegen wir die Kinderponys kaum verkauft, dabei sind sie besser ausgebildet als seit Jahren. Daphne macht es Spaß, und David macht bereitwillig mit. Und deine Jungs ... Wenn du willst, können sie mitreiten. Dann bringen wir vier Ponys mit nach Ellerslie.«

Petey und Marty johlten begeistert. Beide waren etwas stürmische, für ihr Alter jedoch gute Reiter, was Nellie glücklich machte. Hier war endlich ein Berührungspunkt zwischen den Jungen und Walter – wenn es nach Epona Station zum Reitunterricht ging, konnte Nellie die drei unbesorgt allein ziehen lassen. Ansonsten nahm Walter die Jungen ungern mit zur Arbeit. Er konnte sie dabei schließlich ebenso wenig permanent beaufsichtigen wie Nellie, aber die Patientenbesitzer sahen eher darüber hinweg, wenn die Jungen etwas anstellten, als die Anbieter der Aushilfstätigkeiten, mit denen Walter sich über Wasser hielt. Er nahm inzwischen so ziemlich jede Arbeit an, um überhaupt irgendwas zum Familieneinkommen beisteuern zu können, und wenn er auf dem Bau oder im Hafen arbeitete, konnte der Entdeckerdrang der Kinder gefährlich werden.

»Dann holt euch schnell jeder ein Pony – du nimmst Fairy, Petey, und du Creamy, Marty. Reitet eine Stunde mit«, forderte Mia die Jungen auf. »Aber gesittet in der Abteilung. Wir wollen uns am Sonntag doch nicht blamieren mit den Ponys von Epona Station.«

Nellie dankte ihr erleichtert. Wenn die von Gerstorfs Walter am Sonntag in Ellerslie beschäftigten, waren auch die Kinder unter Aufsicht, und sie konnte ihren Aufgaben als Rennbahntierärztin ungestört nachkommen.

»Ist Bernhard schon zurück?«, erkundigte sie sich jetzt. »Ich ... würde gern kurz mit ihm reden. Maria hält Sprechstunde?«

Auf dem Hof standen drei Autos, die Nellie nicht kannte. Wahrscheinlich Patientenbesitzer, deren Hunde und Katzen ihre Freundin gerade verarztete.

Mia nickte. »War wohl halb so schlimm mit der Kuh. Er ist im

Stall, hört gerade Happy noch mal ab. Ich bin mir nicht sicher, ob ich ihn am Sonntag schon starten lassen will. Julius ist dafür, schon damit er wieder in das Renngeschehen reinkommt. Er ist ja bekanntermaßen etwas schreckhaft, wie sein Vater. Cedric würde ihn reiten und einfach locker mitlaufen lassen, ohne unbedingt gewinnen zu wollen. Aber ich kann mir lebhaft vorstellen, was Willie dann anschließend wieder rumerzählt. Und wir wollen Happy doch nach der Saison als Zuchthengst verkaufen.«

»Willies Boy ist jedenfalls topfit«, meinte Nellie. »Ich geh dann mal zu Bernhard. Sieh zu, dass du meine Jungs ein bisschen müde machst. Die haben heute viel zu lange im Auto gesessen. Ach ja, und lass es nicht zu spät werden. Zur Abendsprechstunde muss ich wieder in New Lynn sein ...«

Mia nickte mit mitleidigem Blick. Nellie war seit Stunden unterwegs, und ein Ende ihres langen Tages war nicht abzusehen. Sie fragte sich, ob Walter zurzeit Arbeit hatte, mochte Nellie jedoch nicht fragen.

Nellie fand Bernhard in der Box des hübschen Rapphengstes. Overloading Happiness konnte seinen Vater nicht verleugnen, er war lediglich etwas kleiner als Erlkönig.

»Wie sieht es aus ... Bernie?«, fragte Nellie, als er das Stethoskop absetzte.

Bernhard schenkte ihr ein schiefes Lächeln. »Du warst bei den Rawlings?«, erkundigte er sich.

»Ja. Und Wilhelmina war schwer enttäuscht. Wie konntest du die komplizierte Operation der Entfernung dieser drei Fäden einer unqualifizierten Anfängerin wie mir überlassen? Wo sie das Pferd doch schon mit Zähnen und Klauen davor verteidigen musste, dass ihr hoffnungsloser Sohn es anfasste. Im Ernst, Bernhard, was ist da los? Du hast nichts mit Wilhelmina Rawlings, oder?« Nellie fixierte ihn ernst.

Bernhard schüttelte den Kopf. »Nein, natürlich nicht … sie ist nur … na ja, eine sehr gute Kundin …«

»Und deshalb erlaubst du ihr, dich Bernie zu nennen?«, fragte Nellie.

»Sie hat mich nicht um Erlaubnis gefragt«, meinte Bernhard. »Aber ja, ich gebe es zu, ich habe es mir auch nicht verbeten. Ganz ehrlich, ich wollte es nicht mit ihr verderben. Sie … sie amüsiert mich.«

»Sie tut was?« Nellie blitzte ihn an. »Was habe ich denn darunter zu verstehen?«

Bernhard biss sich auf die Lippen. »Komm schon, sie … sie ist unterhaltsam, klug …«

»Attraktiv …«, ergänzte Nellie giftig.

»Ja, attraktiv ebenfalls«, gab Bernhard zu. »Das ist aber nicht ausschlaggebend. Es ist mehr … Sie ist so lebendig …«

»Und Maria ist tot?«, fragte Nellie.

»Nein … nein … das hat gar nichts zu tun mit Maria. Ich liebe sie, das weißt du. Es ist nur … Du kennst Maria. Sie ist zufrieden, wenn jeder Tag gleich abläuft. Sie geht in ihre Praxis, schaut auch mal nach einem Pferd der von Gerstorfs, wenn ich gerade nicht da bin. Sobald die Kinder aus der Schule kommen, isst sie mit ihnen und mit Lene, unterhält sich mit ihnen, beaufsichtigt die Hausaufgaben, danach ist Nachmittagssprechstunde. Abends beschäftigt sie sich vielleicht noch etwas mit den Kindern und hilft Lene dabei, sie zu Bett zu bringen. Dann fährt sie fort, sich systematisch durch die Bibliothek des alten Gutermann zu lesen. Das ist … Wir tun nichts mehr zusammen, Nellie. Es gibt keinerlei Abwechslung. Insofern … Wenn mich eine Wilhelmina Rawlings auf einen Sekt in der Besitzerloge der Rennbahn einlädt oder mir nach der Behandlung ihrer Pferde noch ein Bier anbietet und fachsimpeln will, dann mag ich einfach nicht Nein sagen.« Bernhard strich über den glatten Hals des Hengstes, ohne Nellie dabei anzusehen.

»Maria war schon immer so«, wandte Nellie ein. »Schon bevor ihr geheiratet habt.«

Bernhard nickte. »Sicher. Aber das war in Berlin. Ein gewaltiges Kulturangebot, ich konnte sie immer wieder überreden, mal ins Theater mitzukommen, zu einer Kunstausstellung – auch von den Patientenbesitzern kamen Einladungen. Es war jedes Mal eine kleine Herausforderung, etwas mit Maria zu unternehmen, aber es lief ganz gut. In Onehunga dagegen ...«

»Auckland ist nicht weit«, bemerkte Nellie.

Bernhard blickte sie spöttisch an. »Ihr wohnt in der Stadt«, gab er zurück. »Und wann wart ihr das letzte Mal in einem Konzert? Auf einer Vernissage? Oder einfach mal nett essen? Wir könnten uns zu viert in Auckland treffen. Ein Wort von dir, und ich bekäme Maria bestimmt hinter dem Ofen hervor.«

Nellie seufzte. »Bei uns hat das wirtschaftliche Gründe«, gab sie zu. »Walter will nicht, dass ich ihn aushalte, wie er es nennt. Und wir müssen jedes Mal eine Betreuung für die Jungs finden, wenn wir ausgehen, was nicht einfach ist. Zudem ... Bernhard, wenn ich die Kinder zur Schule gebracht und abgeholt habe, zweimal Sprechstunde hinter mir habe, rausgefahren bin zu den Pferden und den Haushalt versorgt habe, bin ich fix und fertig. Nachts muss ich womöglich noch aufstehen, weil es einen Notfall gibt. Abgesehen davon ist dieses Mietshaus unglaublich laut. Ich will mich nicht beklagen, die Nachbarn haben auch stillgehalten, als Petey und Marty noch jede Nacht gekräht haben. Aber man kommt nicht zur Ruhe. Ich bin einfach ständig müde, Bernhard. Ich bin einfach nur müde.«

Der erste Renntag einer Saison war immer etwas Besonderes, und auch diesmal traf sich alles in Ellerslie, was in Auckland und Umgebung Rang und Namen hatte oder Abwechslung suchte. Das Wetter war strahlend schön, die Ränge waren voll, und die reicheren Leute feierten in der Besitzerloge die Siege ihrer Pferde. Nachdem Mia Petey und Marty spontan zu ihrer Ponyvorführung eingeladen hatte, war auch Walter mitgekommen, um seine Söhne reiten zu sehen. Eigentlich hatte er zu Hause bleiben wollen, etwas verärgert, weil er die kleine Ponyquadrille von Epona Station nicht selbst moderieren durfte, obwohl er den Kindern Reitunterricht gab. Die Organisation der Vorstellung auf der Rennbahn hatte jedoch April an sich gerissen. Die junge Frau ging gern mit Kindern um, und die Choreografie machte ihr Spaß. So sausten Daphne und ihr kleiner Hengst dann zu einem Maori-*haka* über die Hürden, und David führte mit ernstem Ausdruck die Abteilung an, in der Petey und Marty ihre Pferdchen zu einem fröhlichen Countrysong tanzen ließen.

Weder April noch Mia hatten irgendetwas böse gemeint oder auch nur daran gedacht, Walter könnte das übel nehmen. Nellie wusste das. Ihr Mann war jedoch in den letzten Monaten dünnhäutig geworden. Er hatte sich von der Ponyvorführung wohl neue Kunden für Reitunterricht und Beritt erhofft. Tatsächlich sahen sich viele, auch vermögende Besucher der Rennbahn die kleine Show an, die zwischen den Morgen- und den Nachmittagsrennen gezeigt wurde. Die Kinder strahlten und freuten sich über den gutmütigen Applaus, der aufbrandete, als Daphne und Petey sich nach der Vorführung auf die Rennbahn schmuggelten und ihre Ponys über die Hindernisse des am Nachmittag geplanten Hürdenrennens springen ließen. Die niedrigen Reisigsprünge waren für die Welsh-Ponys keine große Anforderung, und sie erreichten eine beachtliche Geschwindigkeit, bis Peteys Fairy mit einer Pferdelänge Vorsprung siegte, weil Daphne Hurricane nicht an der Stute vorbeizwingen konnte.

Das Publikum fand das Ponyrennen erheiternd. Walter und Bernhard dagegen erwarteten ihre Sprösslinge verärgert am Ziel. Bernhard verhängte eine Woche Stubenarrest für die Dadas – David hatte zwar keine Lust gehabt mitzureiten, sich aber insofern beteiligt, als dass er den Ordner, der Unbefugte eigentlich am Betreten der Rennbahn hindern sollte, erfolgreich abgelenkt hatte. Marty wäre gern mit auf die Bahn gegangen, den hatte April allerdings gerade noch abfangen können.

»Ihr hättet euch den Hals brechen können«, schimpfte Walter auf Petey ein, der ihn jedoch nur angrinste.

»Ich hab gewonnen, Dad!«, rief er strahlend. »Und ich kann auch ein großes Pferd reiten. Als Jockey verdient man bestimmt viel Geld.«

Nellie konnte nicht anders, sie musste lachen. Hausarrest kam für Petey und Marty ohnehin nicht infrage. Wer hätte sie denn beaufsichtigen sollen? Die Jungen kamen also wieder einmal mit einer Frechheit davon, während die Dadas unter der Aufsicht von Lene nach Hause verfrachtet wurden und den weiteren Rennen nicht zusehen durften.

»Nellie, du musst die Jungen konsequenter erziehen«, bemerkte denn auch Maria, die ebenfalls dabei war. Bernhard hatte sie überredet mitzukommen, um die Kinder reiten zu sehen. »Sie benehmen sich schlecht, weil es keine Konsequenzen für sie gibt.«

Maria hatte sich seit der Geburt der Zwillinge mit Erziehungswissenschaft beschäftigt und sich von Comenius über Rousseau bis Pestalozzi zu den Helden der Reformpädagogik durchgelesen. Praktisch orientierte sie sich allerdings auch an Anweisungen zur Ausbildung von Hunden und Pferden.

Nellie seufzte. »Ich weiß es ja«, gab sie der Freundin recht. »Aber sie wachsen mir über den Kopf. Ich kann mich nicht durchsetzen, und Walter hilft mir da nicht viel. Wenn ich ihn machen ließe, würde er den Jungs öfter mal den Hintern versohlen, und glaub nicht, dass wir das nicht versucht hätten! Petey wird daraufhin allerdings sofort panisch und macht nachts ins Bett. Und Marty hat ein dickes Fell, der schüttelt sich kurz und hat die Strafe vergessen. Was sie brauchen, ist weniger Strafe als sinnvolle Beschäftigung. Sie gehen natürlich zur Schule, aber Marty gibt den Klassenclown, und Petey lacht über den Stoff. Die Schule fordert sie nicht – sie saugen den Lehrstoff auf wie Schwämme und machen dann Unsinn, weil sie sich bei jeder Wiederholung langweilen. Ich müsste mich nachmittags mit ihnen hinsetzen, wie du mit deinen Dadas, und ihnen Aufgaben geben, die sie wirklich fordern. Ich hab bloß keine Zeit.«

»Hast du mal an eine Privatschule gedacht?«, fragte Maria. Sie selbst und später auch Grit hatten private Mädchenschulen besucht.

»Kein Geld«, antwortete Nellie, vergewisserte sich mit einem Blick über den Platz, dass die Jungen und Walter damit beschäftigt waren, die Ponys zu verladen, und wandte sich wieder Maria zu. »Lass uns einfach mal ein paar Stunden nicht drüber nachdenken. Im nächsten Rennen laufen Happy von Epona Station und Wilhelmina Rawlings' Boy. Das wird interessant. Und ich habe aus zuverlässiger Quelle erfahren, dass es in der Besitzerloge auch für Tierärzte Champagner gibt …«

Das Rennen der vierjährigen Hengste brachte tatsächlich eine Überraschung. Overloading Happiness vergaß beim Anblick der Rennbahn seine noch mangelnde Kondition. Es war ihm auch egal, dass sein Jockey Cedric deutlich mehr wog als der sehr leichte Reiter von Beloved Boy. Happy raste vom ersten Moment an über die Bahn und hatte auf der Zielgeraden so viel Vorsprung, dass Boy nicht mehr zu ihm aufschließen konnte. Willies Hengst wäre sicher schneller gewesen, aber sein Jockey hatte versäumt, ihn rechtzeitig aus dem Pulk der im mittleren Bereich mitlaufenden Pferde zu lösen und gehen zu lassen. Während er noch versuchte, sich wenigstens auf den zweiten Platz vorzukämpfen, galoppierte Happy ins Ziel. Mia umarmte den Hengst, Julius beglückwünschte Cedric. April begleitete beide zurück zu Happys Box – und wurde kurz darauf von Petey und Marty dabei beobachtet, wie sie Cedric küsste.

»Auf den Mund!«, verkündete Marty lauthals vor der versammelten Gesellschaft in der Besitzerloge.

Nun waren die meisten noch dabei, das unerwartete Ergebnis des Rennens zu kommentieren, aber Alex Rawlings hatte es gehört, und seine Miene verdüsterte sich. Nellie tat der junge Tierarzt leid. Er hatte immer für April geschwärmt, es war gut möglich, dass er nur auf die Farm seiner Eltern zurückgekommen war, um seine Chancen bei ihr noch einmal auszuloten. April musste inzwischen über sein Verhalten als Vorschulkind hinweg sein! Wie es jedoch aussah, hatte der junge Maori-Mann das Rennen gemacht. Nellie hoffte, dass Julius von Gerstorf den beiden keine Steine in den Weg legen würde. Gesellschaftlich gesehen war Cedric schließlich keine angemessene Partie für seine Tochter.

Alex stand bei seinem Vater, der seine Frau meist zu den Renntagen begleitete. Er mochte zu Hause nicht allzu viel zu sagen zu haben, aber er wahrte den Schein und bewies stets, dass er mitreden konnte, wenn es um Rennpferde und Pferde allgemein ging. Edward Rawlings war beliebt. Eben stieß er mit dem Besitzer des drittplatzierten Pferdes auf das erfolgreiche Rennen an.

»Man kann nicht immer gewinnen«, meinte er gelassen. »Und das Preisgeld für den zweiten Platz ist auch nicht zu verachten. Hallo, Dr. Nellie!« Nellie ging zu ihm, um ihn zu begrüßen. »Ich hoffe, meine Frau wird Ihre Technik, die Fäden bei minimalen Verletzungen zu ziehen, nicht für das unbefriedigende Abschneiden ihres Hengstes verantwortlich machen«, bemerkte er mit einem Lächeln.

Nellie gab es zurück. »Hätte ich gewusst, dass meine Handhabung des Skalpells sich derart auswirken wird, hätte ich natürlich meinen Kollegen geschickt«, sagte sie zwinkernd. »Ich weiß, dass Willie große Stücke auf Dr. Lemberger hält, aber in diesem Fall würde ich an ihrer Stelle eher den Jockey verantwortlich machen. Der hat sich einfach zu lange auf seinen Lorbeeren ausgeruht.«

Rawlings nickte. »Wobei wir wieder bei der traurigen Tatsache sind, dass Willie ihre Pferde nicht selbst reiten kann. Darf ich Ihnen einen Champagner anbieten, Dr. Nellie?«

Alex hatte bereits Gläser geholt und gab Nellie und Maria jeweils eines. Nellie beobachtete aus den Augenwinkeln, wie Petey und Marty sich am Buffet die Teller füllten. Solange sie aßen, würden sie wohl nichts anstellen.

»Vielleicht brauchen Sie einen kompetenten Trainer«, schlug Nellie vor, wobei sie an Walter dachte. »Mein Mann ist da durchaus erfahren ...«

»Und wahrscheinlich verbindlicher als meine Mutter«, bemerkte Alex ungehalten. »Die vergrault die guten Jockeys schneller, als sie sie anwerben kann. Außer natürlich damals diesen Hubertus ...«

Das Gesicht seines Vaters verdüsterte sich. »Alex, bitte!«, sagte er mit sanftem Tadel.

Nellie versuchte, sich zu erinnern. Sie hatte den Namen des Jockeys schon einmal gehört. Da war etwas vorgefallen, als sie noch in Hawke's Bay gelebt hatten. Maria hatte in ihrem eher trockenen Briefstil erwähnt, der Mann sei von Edward Rawlings entlassen worden und habe die Gegend verlassen, um zukünftig auf der Südinsel zu arbeiten. »Dabei hat er die Pferde von Baroness Stud sehr erfolgreich geritten«, hatte sie ihrer Verwunderung Ausdruck gegeben.

Nellie meinte nun zu erahnen, was Edward Rawlings veranlasst hatte, sich ausnahmsweise in die Gestütsführung einzumischen.

»Mein Mann ist verbindlich, doch nicht zu verbindlich«, erklärte sie, ohne eine Miene zu verziehen. »Er versteht es, Distanz zu wahren. Wenn Sie also Interesse hätten ... Ihre Frau hat unsere Telefonnummer.«

Während es zwischen Nellie und den Rawlings zu einem leicht

peinlichen Schweigen kam, wurde nicht weit von ihnen in der Besitzerloge umso lauter diskutiert. Hier ging es allerdings nicht um Pferde, sondern um Politik.

»Wirtschaftlich geht es ja durchaus aufwärts mit Deutschland«, bemerkte gerade Steve Fisher, einer der Honoratioren von Auckland. »Dieser Hitler ist mit der Wirtschaftskrise sehr viel schneller fertig geworden als wir.«

»Aber um welchen Preis …«, murmelte Mia von Gerstorf, wurde jedoch von Bill Roman, einem grobschlächtigen Geschäftsmann, unterbrochen.

»Ich wünschte mir nur, der Kerl würde seine Juden bei sich behalten«, erklärte er lauthals. »Wir haben ja wohl eigene genug!«

Mia, eigentlich ein zierliches Persönchen, aber jetzt glühend vor Zorn, baute sich vor ihm auf. »Ich wusste gar nicht, dass Ihnen oder sonst wem irgendwelche Juden gehören«, brauste sie auf. »Menschenhandel ist soweit ich weiß abgeschafft. Und was Hitler angeht: Durch seine Gesetzgebung werden Juden diskriminiert, enteignet und unter fadenscheinigsten Begründungen eingesperrt. Ist es da ein Wunder, dass sie lieber auswandern?«

Roman schnaubte und zündete sich gelassen eine gewaltige Zigarre an. »Ich denke, die meisten Neuseeländer werden mir zustimmen, dass wir hier längst genügend Ärzte und Zahnärzte haben. Vielleicht besteht da ja noch Bedarf im hintersten Afrika …«

Ein paar Leute lachten.

Mia antwortete sofort: »Wenn es diese rigide Visapflicht nicht gäbe, würden auch andere Leute kommen als Ärzte und Zahnärzte. Aber so ist es ja nur Vermögenden möglich …«

»Die anderen brauchen wir *auch* nicht«, kam Fischer Roman zu Hilfe. »Wir haben selbst viele Arbeitslose, Mrs. von Gerstorf. Wir können unsere eigenen Leute kaum durchfüttern.«

»Genau!«, fuhr Roman fort. »Der Hitler schafft sie sich vom Hals, und uns liegen sie auf der Tasche. Und hat sich eigentlich mal einer gefragt, warum die überhaupt niemand will?«

»Wo ist eigentlich Bernhard?«, fragte Nellie Maria. Marias Mann hätte Mia unterstützt.

Maria zuckte mit den Schultern. »Im Stall vielleicht«, erwiderte sie. »Ich könnte mir vorstellen, dass Mrs. Rawlings ihm noch mal ihren Hengst zeigen will. Der ist doch nicht so gut gelaufen wie geplant. Vielleicht befürchtet sie, ihm fehlt etwas.«

»Im Stall?«, fragte Nellie alarmiert. »Mit Willie? Und das beunruhigt dich so gar nicht? Los, da gehen wir jetzt hin. Petey? Marty? Jetzt lasst noch was zu essen übrig und kommt mit. Walter habe ich auch schon ewig nicht mehr gesehen …«

Darum sorgte sich Nellie allerdings weniger. Ihr Mann war wahrscheinlich damit beschäftigt, Kontakte zu den Trainern und Jockeys zu pflegen oder einfach nur Rennbahnluft zu schnuppern.

Maria folgte ihr ohne Eile. Ahnungen und Lesen zwischen den Zeilen waren ihr fremd. Sie hätte Willie niemals unlautere Absichten unterstellt.

Auf der Rennbahn lief gerade ein Hürdenrennen. Acht Pferde zogen in langen Sprüngen über die Bahn und überwanden dabei kleine Reisighindernisse. April und Cedric lehnten an der Bande und sahen zu. Nellie erkannte die Chance, sich ihrer Söhne eine Zeit lang zu entledigen. Sie zog an Renntagen ungern mit den beiden im Schlepptau herum. Schließlich wurde sie für den Dienst als Rennbahntierärztin bezahlt, und es war allgemein bekannt, dass sie ihrer Aufsichtspflicht gegenüber Pferden und Jockeys nur bedingt nachkommen konnte, wenn sie gleichzeitig ihre Jungen im Auge behalten musste.

April und Cedric übernahmen die zwei gern und begannen sofort, gespielt mit ihnen darüber zu fachsimpeln, ob die Pferde in der Bahn wohl so viel schneller waren als Fairy und Hurricane zuvor.

Die werden mal gute Eltern, dachte Nellie zufrieden und steuerte dann den Hengststall an. Das Hürdenrennen war das letzte des Tages, im Stall war also nicht mehr viel los. Vor Boys Box standen allerdings Willie und Bernhard – sowie zu Nellies Beruhigung auch Walter. Sie tranken Sekt.

»Ein zweiter Platz ist jedenfalls kein Grund, sich zu ärgern«, meinte Walter gerade. »Selbst Erlkönig ist manchmal Zweiter geworden. Meistens, weil er vor irgendetwas gescheut hat. Und Ihr Kleiner hier, Mrs. Rawlings, der ist einfach mehr ein Steher als ein Sprinter. Der muss von Anfang an verhältnismäßig weit vorn geritten werden. Dann legt er am Ende noch zu, wenn er die anderen kommen sieht. Im letzten Drittel zu überholen ist nicht sein Ding.«

»Weiß ich auch«, bemerkte Willie säuerlich. »Ich trainiere meine Pferde seit Jahren selbst. Mir erzählen Sie da nichts Neues. Die Jockeys hören nur nicht gern auf Frauen … Vielleicht sollten Sie beim nächsten Mal die Anweisungen geben, Dr. Bernie. Sie strahlen mehr Autorität aus …« Die letzte Bemerkung unterstrich sie durch ein Lächeln.

Nellie hätte beinahe gelacht. Bernhard war ein sanftmütiger Mann, Autorität wäre so ziemlich das Letzte gewesen, was ihr zu ihm eingefallen wäre. Jetzt wirkte er einfach nur überfallen.

»Ich … äh …«

Maria mischte sich ein. »Der Rennbahntierarzt«, dozierte sie in dem leicht leiernden Ton, in den sie immer verfiel, wenn sie Regeln zitierte, »hat sowohl kurative wie wettbewerbssichernde Aufgaben. Er hat sich Jockeys und Pferdebesitzern gegenüber neutral zu verhalten und ist den Rennreitern nur dahingehend weisungsbefugt, wo es um das gesundheitliche Wohl der Tiere geht …«

»Sie sehen, Willie«, unterbrach Nellie, »dass Bernhard, zumindest, wenn er im Auftrag der Rennleitung tätig ist, keineswegs ihre Jockeys bezüglich der Strategie im Rennen beraten darf. Außerdem hat er davon – nimm's mir nicht übel, Bernhard – überhaupt keine Ahnung. Warum bitten Sie also nicht Ihren Mann oder Ihren Sohn um Hilfe, wenn Sie bei den Jockeys nicht weiterkommen? Oder bemühen sich einfach um ein selbstbewussteres Auftreten?« Walter und Bernhard unterdrückten ein Grinsen, die Ironie schien diesmal selbst bei Maria anzukommen. »Schauen Sie, auf Maria und mich hören die Pferdebesitzer und Jockeys ja auch … Gehen Sie mal aus sich heraus, Willie! Und jetzt entschuldigen Sie Bernhard bitte einen Augenblick. Ich muss die Pferde nach dem Rennen noch begutachten, Bernhard, und wollte dich um etwas Unterstützung bitten. Die Kinder sind müde, wir sollten nach Hause …«

Bernhard schloss sich ihr sichtlich erleichtert an. Maria und Walter blieben mit der verblüfften Willie zurück.

»Walter arbeitet übrigens auch als Trainer«, regte Maria unbedarft an und wies auf ihren Bruder. »Wenn Sie also professionelle Unterstützung brauchen …«

»Beloved Boy wird das nächste Rennen gewinnen«, fauchte Willie. »Auch ohne Ihre Hilfe!« Damit stob sie davon.

»Was hat sie denn?«, fragte Maria und suchte in ihrer Rocktasche eine Möhre.

Sie war für den Renntag eigentlich festlich gekleidet, aber der Griff in den Möhrenkorb beim Verlassen von Epona Station erfolgte bei ihr wie von selbst. Beloved Boy nahm den Leckerbissen erfreut entgegen.

Walter lachte noch einmal, als er Nellie später im Auto von Willies Abgang berichtete. »Ich konnte den armen Bernhard gerade noch davor bewahren, mit Haut und Haaren von ihr gefressen zu werden. Als ich vorbeikam, war die Untersuchung des natürlich kerngesunden Pferdes gerade beendet, und die reizende Mrs. Rawlings beförderte eine Flasche Sekt zutage, die sie mit Bernhard zu trinken gedachte. Sie war bei ›Erzählen Sie doch ein bisschen was von sich, Bernie. Sie haben in Berlin studiert?‹ … Na ja, ich gesellte mich dann einfach zu der fröhlichen Runde …«

Nellie lachte ebenfalls. »Gut gemacht«, lobte sie.

»Dabei kann ich sie schon irgendwie verstehen«, räumte Walter ein. »Sie ist eine sehr attraktive Frau und auch noch relativ jung. Aber seit Jahren gefesselt an einen schwerstversehrten Mann …«

»Den sie obendrein nicht ernst nimmt«, bemerkte Nellie giftig.

»Na ja, das ganze Gestüt … alles lastet auf ihren Schultern … Sie muss sich manchmal überfordert fühlen.« Walter schien wirklich bereit, Willie zu bemitleiden, während ihm anscheinend völlig entging, welche Lasten Nellie jeden Tag bewältigte.

In Nellie begann es zu kochen. Aber wie so oft schluckte sie ihre Frustration herunter. Es war ein so schöner Tag gewesen, sie wollte nicht schon wieder streiten.

Das Jahr 1938 verlief für Nellie und ihre Familie nicht wesentlich anders als die Jahre zuvor. Walter arbeitete sporadisch auf der Rennbahn oder auf Epona Station, hatte jedoch nach wie vor keine Festanstellung in Aussicht.

Bernhard und die von Gerstorfs waren beunruhigt über die Entwicklungen in Europa. Der sogenannte Anschluss Österreichs an Deutschland war eben erfolgt, Julius und Mia befürchteten einen baldigen Kriegsausbruch. Zum ersten Mal sprachen sie über ihre Erfahrungen im Ersten Weltkrieg, und Walter hörte von Mias Inhaftierung auf Somes Island.

»Das kann wieder passieren«, bemerkte er beunruhigt Nellie gegenüber, die sich eigentlich mehr um ihre Jungen sorgte. Marty kam einigermaßen klar in der Schule. Petey hatte das Schuljahr nur knapp geschafft. Er machte weiterhin einfach nicht mit, war unkonzentriert und spielte lieber Streiche, als sich dem Lehrplan zu widmen. Mit der Zeit wurde das immer schlimmer. Die Schule langweilte ihn, und er schlug ständig über die Stränge.

Dafür hörte Nellie nur Gutes von Grit. Sie war im letzten Jahr häufig für Konzerte freigestellt worden, arbeitete jetzt allerdings auf ihren Abschluss an der Juilliard zu. Es stand außer Frage, dass sie das Studium glanzvoll beenden würde, und sie bestürmte Nellie, zum Abschlusskonzert nach New York zu kommen. Nellie hätte das gern getan, konnte sich jedoch weder die längere Abwesenheit noch die Schiffspassage leisten. Phipps hätte ihr diese natürlich gern bezahlt, aber sie war zu stolz, ihn darum zu bitten, und er wagte kein Angebot. Nach wie vor versicherte sie ihm schließlich in jedem Brief, es könnte ihr gar nicht besser gehen. Das einzig Beunruhigende in ihrem Leben sei die Lage in Europa.

Gegen Ende des Jahres – Hitler war vor Kurzem im Sudetenland einmarschiert, der erwartete Aufschrei der restlichen Welt dennoch weiter ausgeblieben – geschah dann endlich mal wieder etwas Interessantes in Nellies und Marias Berufsleben.

Es begann damit, dass Petey und Marty aufgeregt von der Schule nach Hause kamen.

»Ein Zirkus, Mom!«, rief Marty. Obwohl beide Kinder auch Deutsch sprachen, bevorzugten sie die englische Anrede Mom für ihre Mutter. Nellie war das ganz recht. Mami hätte sie zu sehr an Grietje erinnert. »In der Stadt ist ein Zirkus. Gehen wir hin, Mom? Bitteee! Vielleicht können wir auf einem Elefanten reiten …«

Walter hatte an diesem Tag Arbeit auf einem Bau in Auckland gehabt und berichtete nach der Heimkehr ebenfalls vom Eintreffen des Zirkus. »Es war schon ein großartiges Bild«, erzählte er. »Sie kamen vom Bahnhof – der Zirkus reist wohl mit dem Zug von Stadt zu Stadt. Elefanten und Pferde zogen die Tierkäfige und Wohnwagen. Ein oder zwei Kamele wurden geritten, Lamas geführt, es gehört sicher eine Tierschau dazu. Die Leute waren bunt gekleidet, sie nutzen den Weg vom Bahnhof zu ihrem Schauplatz anscheinend schon zur Werbung. Und kurz danach waren auch Kinder mit Plakaten unterwegs, die sie überall anklebten und verteilten.«

»Ich glaub, die gehen überhaupt nicht in die Schule«, mutmaßte Petey. »Können wir nicht mit dem Zirkus mitreisen? Ich könnte Kunstreiter werden!«

»Und ich werde Löwendompteur«, krähte Marty. »Wir gehen doch hin, ja?«

Nellie blickte ihren Mann fragend an. »Sehr gut geht es den Tieren ja oft nicht bei diesen Unternehmen. Wo kommen die überhaupt her?«

»Die Tiere?«, fragte Walter. »Wahrscheinlich aus Indien oder

Afrika. Der Zirkus kommt aus Australien. Im Laufe des Jahres und vielleicht noch des folgenden wollen sie Neuseeland bereisen.«

»Du hast mit ihnen gesprochen?«, wunderte sich Nellie.

Walter nickte. »Ich dachte, vielleicht brauchen sie ja jemanden für die Pferde ...«

Nellie blitzte ihn an. »Du denkst nicht wirklich daran, dich dem fahrenden Volk anzuschließen?«

Walter winkte ab. »Ich dachte, solange sie hier sind«, beschwichtigte er. »Könnte doch sein. Sie haben da zum Beispiel einen Hengst, den angeblich niemand reiten kann. Sie schreiben eine Belohnung aus ...«

Nellie tippte sich an die Stirn. »Das ist ein Trick, Walter! Das kenn ich aus Berlin, da haben sie es mit einem Esel gemacht, der alle abgeworfen hat. Mit dem war's noch halbwegs lustig, das war ja ein kleines Tier. Aber ein ausgewachsener Hengst ...«

»Ich war Kavallerist«, sagte Walter beleidigt. »So schnell buckelt mich kein Pferd runter.«

»Wir sind uns doch einig, dass man Pferde nicht mit Gewalt zähmt, sondern mit Ruhe und Geduld, oder?«, meinte Nellie. »Und dass ein Abbuckeln lassen zwecks Reitergewöhnung erstens gefährlich ist und zweitens Tierquälerei ...«

Walter nickte. »Trotzdem. Fragen kostet nichts. Wahrscheinlich brauchen sie ohnehin niemanden, sie haben ihre Leute. Also müssen wir nicht weiter darüber diskutieren. Hast du irgendetwas gekocht?«

Nellie hatte nichts gekocht und die Abendsprechstunde noch vor sich. Insofern hinterließ sie dem wenig begeisterten Walter die Kinder und die Sorge um deren Abendessen. Immerhin hatten ihre drei Männer jetzt ein gemeinsames Thema: den Zirkus und die Zähmung wilder Pferde. Sie sollten sich wohl beschäftigen, und wenn Walter wollte, konnte er ja mit den Kindern den Schauplatz besuchen. Der Aufbau des riesigen Zeltes war bestimmt interessant.

Nellie wunderte sich, als sie vor der Praxis nicht nur eine Dame mit ihrem Hund antraf, sondern einen großen dunkelhaarigen Mann mit riesigem Schnäuzer, der eine Art Fantasieuniform trug. Genau so hatte sie sich einen Zirkusdirektor immer vorgestellt.

»Womit kann ich Ihnen helfen?«, fragte sie den ungewöhnlichen Besucher, nachdem sie die Dame ins Wartezimmer und ihn ins Behandlungszimmer gebeten hatte.

Der Mann streckte ihr die Hand hin. »Gilbert Homer«, stellte er sich vor. »Einer der Direktoren von Homer Brother's Artist and Animal Show ...«

»Der Zirkus«, sagte Nellie.

»Genau«, bestätigte der Mann. »Und wir brauchen einen Tierarzt. Behandeln Sie Tiger?«

Nellie überlegte kurz. »Ich denke schon, letztlich sind das ja auch nur Katzen. Ich habe allerdings wenig Erfahrung mit so großen Exemplaren und mit Exoten überhaupt. Deshalb würde ich lieber eine Freundin hinzuziehen. Dr. Lemberger war Zootierärztin.«

Homer strahlte. »Das passt ja. Wir haben da einen Tigerwelpen. Der absolute Publikumsmagnet, jeder will den Kleinen sehen. Aber seit der Überfahrt tränen dem die Augen, die Nase läuft ... er schnieft ...«

»Katzenschnupfen«, wagte Nellie eine Ferndiagnose. »Nein, freuen Sie sich jetzt nicht, das klingt harmlos, ist dagegen ziemlich ernst. Andererseits nicht so akut lebensbedrohend, dass ich es mir heute noch ansehen muss. Wie wäre es, wenn ich meine Kollegin anrufe, und wir kommen morgen nach der Vormittagssprechstunde?«

Homer stimmte zu. »Bis dahin haben wir auch aufgebaut, da ist der Pfleger nicht anderweitig beschäftigt. Beim Zeltaufbau müssen alle mithelfen. Ich sehe Sie dann morgen. Und grüßen Sie Ihren Mann. Der war bei uns, hat nach Arbeit gefragt und Sie dabei erwähnt. Deshalb bin ich hier. Bis morgen also.«

»Komischer Kerl«, sagte Nellie kurz darauf am Telefon zu Maria. »Einerseits scheint ihm das Tigerkind wichtig zu sein, wenn er schon Geld für die Behandlung ausgeben will, andererseits soll's keine Mühe machen. Ich bin gespannt.«

»Ich auch«, meinte Maria. »Es ist wie damals in Berlin, nicht? Hoffentlich nicht wieder so traurig.«

In Berlin hatten sie und Maria viele Tiere von Schaustellern behandelt, unter anderem das Äffchen einer Schönheitstänzerin. Es war Marias Liebling gewesen – bis es auf tragische Weise zu Tode gekommen war.

»Na ja, der Kerl wird den Tiger sicher nicht im Drogenrausch im Schlaf erdrücken«, bemerkte Nellie. »Aber vielleicht bleibt die Riesenmieze ja nicht der einzige Patient. Würde mich nicht wundern, wenn da einiges im Argen läge.«

Der nächste Tag war ein Samstag, und Petey und Marty verlangten lautstark, mit in den Zirkus zu dürfen. Da Walter Arbeit hatte, konnte Nellie sie auch kaum zu Hause lassen, sie atmete jedoch auf, als die beiden ihr Vorhaben vergaßen, sobald sie auf Epona Station eintrafen. Sie wollten nun doch lieber reiten, und April versprach ihnen einen Ausritt. Dafür rutschten die Dadas auf den Rücksitz des alten Geländewagens, kaum dass Maria auf dem Beifahrersitz Platz genommen hatte.

»Ich muss einfach den Tiger sehen«, beharrte David. »Bitte, Tante Nellie, nimmst du uns mit?«, bat er. »Wir sind auch ganz brav.«

»Ihr werdet uns gar nicht bemerken«, versprach Daphne.

Beide Kinder trugen Reitzeug, sie hatten wohl mit April ausreiten wollen, aber jetzt die Chance genutzt, da Petey und Marty sich auf die Ponys stürzten.

»Ein Tiger kann bis zu zweihundertachtzig Kilo schwer werden«, erklärte David. »Eine so große Katze! Ich kann es mir gar nicht vorstellen.« Bislang gab es in Auckland noch keinen Zoo, die Kinder kannten Exoten nur von Bildern.

»Ob sie auch Affen haben, Mama?«, fragte Daphne. »Solche wie das Äffchen, das du in Berlin behandelt hast? Ich hätte auch gern ein Äffchen!«

»Wir könnten ihm Kunststücke beibringen«, fügte David hinzu.

Tierdressur war sein neuestes Steckenpferd, wobei er sich auf Nanu, Aprils schwarz-weiß-braunen Hund konzentrierte. Der kleine Terriermischling machte begeistert mit, sprang durch Reifen und auf Podeste und ritt sogar mit auf einem Pony. Die dicke Stallkatze zeigte sich weniger begeistert von der Idee, für ihr Essen zu arbeiten. Die Kinder hätten sich einen Wurf junger Katzen gewünscht, aber Maria hatte das Tier schon vor Jahren kastriert.

»Wir werden kein Äffchen haben, Daphne«, erwiderte Maria. »Affen sind keine …«

»Natürlich nehme ich euch mit«, erwiderte Nellie lächelnd. »Eure Mama kann euch auf der Fahrt alles über Affen erzählen, was ihr noch nicht wisst.«

Der Zirkus hatte seinen Standplatz etwas außerhalb von Auckland, nicht allzu weit von Nellies Wohnhaus entfernt. Auf dem Platz herrschte reges Treiben. Während Arbeiter noch mit der Bestuhlung des riesigen Zeltes beschäftigt waren, übten draußen Artisten ihre Nummern, Tiere wurden gewaschen oder herumgeführt. Aus einer Ecke des Schauplatzes erklangen Gebrüll und andere Tierlaute, dazu roch es streng. Hier waren die Tiere untergebracht. Während die Elefanten, Kamele und Pferde in Stallzelten standen, verblieben die gefährlicheren Tiere die ganze Zeit in ihren Käfigen. Ein gewaltiger Bär warf sich gegen sein Gitter, als Nellie und Maria vorbeigingen. Maria blieb stehen und fixierte ihn. Desgleichen die Dadas.

»Der ist aber traurig«, sagte Daphne bedrückt.

»Dem tut auch was weh«, meinte Maria. »Schau dir die Pfote an, Nellie.«

Die rechte Vorderpfote des Bären war auf das Doppelte ihrer normalen Größe angeschwollen und entzündet.

»Fremdkörper?«, fragte Nellie.

Maria zuckte mit den Schultern. »Wahrscheinlich«, sagte sie. »Das müssen wir uns nachher ansehen. Aber erst das Tigerbaby.«

Im nächsten Käfig lagen zwei männliche Löwen, sie wirkten apathisch. In einem etwas größeren befand sich ein Tiger. Ein Mann in Denim-Hosen und Holzfällerhemd – beides nicht sonderlich sauber – saß daneben und verspeiste eine Pastete, wahrscheinlich sein Mittagessen. Der Tiger fauchte immer mal wieder in seine Richtung.

»Ich glaube, der würde ihn gern fressen«, hauchte Daphne und ergriff die Hand ihres Bruders.

Nellie wandte sich an den Pfleger. »Wir sind die Tierärztinnen. Mr. Homer hatte uns gestern um einen Besuch gebeten.«

Der Mann erhob sich. »Nich' zu glauben«, bemerkte er. »Tatsächlich Weiber. Hab ich ja für'n Scherz gehalten. Und Sie woll'n mir an die Tiger?«

»Ich würde als Erstes gern Mr. Homer sprechen«, meinte Nellie.

Maria und die Kinder sahen sich derweil weiter um. Ein begeistertes Quietschen von Daphne bewies, dass sie den Tigerwelpen in einem dritten Käfig nebenan entdeckt hatten.

»Welchen?«, fragte der Pfleger kauend und schob den Rest seiner Teigtasche in den Mund. »Mr. Gilbert oder seinen Bruder Mr. Gerome?«

Auch Nellie sah jetzt den kleinen Tiger. Das Tierchen war vielleicht zwei Monate alt, lag eng an seine bedrohlich dreinblickende Mutter gekuschelt und wirkte erbarmungswürdig. Sein Fell war verklebt, die Augen so vereitert, dass es sie kaum noch öffnen konnte, und auch das Näschen schien zu laufen.

»Bei mir war ein Mr. Gilbert Homer«, antwortete Nellie, mittlerweile ziemlich ungeduldig. »Es wäre schön, wenn er uns das Tier aus dem Käfig holen würde. Wir können es nicht auf Entfernung behandeln, und die Mutter scheint nicht sehr kooperativ zu sein ...«

»Das hol ich Ihnen raus«, meinte der Mann, stand endlich auf, schob sein Hemd in die Hose und installierte, ohne die grollende Tigerin zu beachten, ein Trenngitter im Käfig.

Er ließ es ein Stückchen offen, genug, um den Tigerwelpen hindurchzubekommen. Dann stieß er mit einem mit Widerhaken versehenen Stock so lange durch das Gitter, bis die Tigerin aufstand und wild fauchend nach dem Stock schlug und biss. Der Mann führte derweil einen Besen unter dem Trenngitter her und fegte das Tigerbaby praktisch aus dem Käfig seiner Mutter in den Bereich hinter dem Trenngitter. Es maunzte kläglich, die Mutter brüllte und warf sich gegen die Stäbe.

»Halt die Klappe, Cheetah!«, fuhr der Pfleger die Tigerin an und stieß noch einmal mit dem Stock nach ihr.

»Ist ja gut, wir tun deinem Kleinen nichts …« Nellie sprach beruhigend auf die riesige Katze ein, während sie und Maria in den Käfig kletterten.

Maria tastete mit geübtem Griff die Lymphknoten des Tigerwelpen ab. »Definitiv Katzenschnupfen, ich vermute, feline Bordetella-Infektion mit Bindehautentzündung. Ist aber auch gleichgültig, was genau vorliegt, wir können sowieso nur die Symptome behandeln.« Maria streichelte das Tierchen und führte ein Fieberthermometer ein. Nellie suchte schon mal Augentropfen heraus und ein abschwellendes Mittel für die Schleimhäute. »Fieber hat sie auch, die Kleine«, konstatierte Maria. »Hat sie schon einen Namen?«

Der Pfleger blickte sie missmutig an, ohne zu antworten, aber jetzt näherte sich zum Glück ein Mann, der Gilbert Homer ziemlich ähnlich sah. Die Tiger reagierten verstört auf seinen Anblick. Sogar die Mutter des kranken Kätzchens zog sich eingeschüchtert zurück.

»Tag! Gerome Homer mein Name, das sind meine Tiger«, stellte er sich vor.

Nellie nickte ihm aus dem Käfig zu. »Dr. De Groot und Dr. Lemberger. Sie haben hier ein sehr krankes kleines Tier …«

»Und?«, fragte der Mann. Er wirkte weniger verbindlich als sein Bruder. »Kriegen Sie's wieder hin?«

Nellie zuckte mit den Schultern. »Wir tun unser Bestes. Katzenschnupfen ist meist heilbar, bei der Kleinen hier wurde die Krankheit leider schon längere Zeit verschleppt. Wir behandeln das Tierchen jetzt und müssen das in den nächsten Tagen fortführen, wenn es auch sehr belastend für den Welpen und die Mutter ist.«

»Dann setzen wir's eben ab«, meinte der Dompteur desinteressiert. »Im Moment frisst es ja nichts, aber vorher hat's schon ein bisschen Fleisch genascht. Das sollte also gehen.«

»Sie wollen es der Mutter wegnehmen?«, fragte Daphne empört. Ihr Bruder blitzte den Dompteur noch grimmiger an.

»Ja, sollen wir jeden Tag zweimal so ein Theater durchziehen?«, fragte Homer und wies auf die Tigerin, die grollend in einer Ecke des Käfigs hockte.

Nellie blickte hin- und hergerissen von der Tigerin zu dem alles andere als sauberen, kahlen Käfig. Die Tigerin und ihr Welpe hatten ohne Decke oder wenigstens Stroheinstreu auf dem Boden des Käfigwagens gelegen.

»Es müsste warm gehalten werden«, meinte sie. »Und am besten dreimal täglich versorgt. Man muss auf die Futteraufnahme achten ...«

»Was soll ich denn sonst noch alles machen?«, fragte der Pfleger unwillig.

Nellie blickte bedauernd auf die Tigermutter.

Maria hatte das Tierchen inzwischen verarztet und sah auf. »Hier wird es sterben«, sagte sie kurz.

Die Dadas stöhnten gemeinschaftlich auf.

»Können wir es nicht mitnehmen, Mama?«, fragte David ernst. »Wir würden es füttern. Bestimmt, Mama! Können wir es haben?«

»Also halt mal, haben können Sie das Tier nicht!«, fiel ihm Homer ins Wort. »Was meinen Sie, was so ein Tiger wert ist?«

»Wenn er tot ist, ist er gar nichts mehr wert«, erklärte Maria logisch. »Dann können Sie ihn höchstens noch ausstopfen lassen ...«

Nellie griff ein, bevor die Dadas in Tränen ausbrachen und der Dompteur explodierte.

»Meine Kollegin denkt natürlich nicht daran, Ihnen den Tiger abzukaufen«, stellte sie richtig. »Wir wollen ihn auch nicht geschenkt. Es geht allenfalls darum, das Tier in einer unserer Praxen einzustellen, bis es auf dem Wege der Besserung ist. Es käme sozusagen in stationäre Behandlung, und dazu würde ich in diesem Fall ausdrücklich raten. Sosehr es mir für Mutter und Kind leidtut, aber es braucht intensive Betreuung, und ich denke nicht, dass der Pfleger hier das leisten kann und will.«

Der Dompteur warf dem Mann einen bösen Blick zu, den der jedoch frech zurückgab.

»Wo sie recht hat, hat sie recht«, erklärte er kurz. »Allein kann ich die Alte nicht bändigen. Und Sie wissen, was passiert, wenn die Gitter nachgeben ...«

Diese Bemerkung schien den Dompteur zu überzeugen – während Nellie sofort das dringende Bedürfnis verspürte, den Käfig möglichst schnell zu verlassen.

»Na schön, dann nehmen Sie den Welpen mit«, gab Homer nach. »Wir sind zwei, drei Wochen hier, solange können Sie sich drum kümmern ...«

»Ich hol eine Decke«, bot sich David eifrig an. »Kann ich die Kleine halten, Mama?«

»Wir können sie gleich mit zum Auto nehmen«, meinte Nellie.

Maria schüttelte den Kopf. »Der Bär«, erinnerte sie ihre Freundin.

Nellie seufzte – und begann, Homer auseinanderzusetzen, dass es mindesten noch einen weiteren Patienten für sie in diesem Zirkus gab.

»Für den Bären ist mehr mein Bruder zuständig«, beschied Homer sie und wandte sich dann an den Raubtierpfleger. »Gehen Sie den mal holen, Bolton. Wird irgendwo im Zelt sein ...«

Gilbert Homer erwies sich tatsächlich als aufgeschlossener als sein Bruder. Nachdem er endlich am Bärenkäfig erschien, rügte er zunächst den Pfleger. Der Bär warf sich sofort wieder gegen die Gitter, beim Anblick von Bolton wurde er noch aggressiver. Wieder schob er hilflos seine Tatzen durch die Gitterstäbe.

»Was soll das heißen, Bolton, das hätten Sie nicht bemerkt? Die

Tatze ist geschwollen wie ein Fußball, und obendrein stinkt sie, die ist total vereitert. Wie lange sieht das schon so aus?«

Nellie und Maria blickten einander an. »Der Abszess hat sich geöffnet, eben war noch kein Eiter zu sehen«, erklärte Nellie, bevor der Pfleger antworten konnte. »Grundsätzlich ist das gut. Wie kriegen wir den denn jetzt betäubt, Maria?« Der Bär war ein eher kleineres Exemplar seiner Familie, ein Kragenbär. »Was schätzt du, was er wiegt?«

»Sie«, antwortete Maria. »Es muss ein Weibchen sein, Männchen sind größer. Ich geb ihr mal so viel Beruhigungsmittel wie einem Pony. Vielleicht kann sie ja einfach im Käfig bleiben, wir ziehen die Pfote zur Behandlung durch das Gitter.«

Die Direktoren und der inzwischen kleinlaute Pfleger sahen fasziniert zu, wie Maria ein Blasrohr auspackte, mit Pfeilen und dem Betäubungsmittel lud und der Bärin dann geschickt eins der Geschosse in die Schulter jagte.

»Wird ein bisschen dauern, bis sie schläft«, meinte sie gelassen. »Und ganz bewusstlos wird sie auch nicht sein. Insofern ist es besser, das Gitter bleibt zwischen uns.«

David hatte das Tigerkind derweil in eine Decke gewickelt und hielt es im Arm. Daphne, die einsah, dass er es so bald nicht abgeben würde, suchte sich derweil eine andere Beschäftigung. Sie schlenderte davon in Richtung Pferde und Elefanten.

Nellie und Maria öffneten den Abszess noch weiter, reinigten und spülten die Wunde. »Das müssen wir mindestens noch einmal machen«, erklärte Nellie. »Besser mehrmals. Melden Sie sich, wenn es weiter eitert.«

»Wird es hoffentlich nicht«, meldete Maria und zog einen rostigen Nagel aus der Wunde. »Hier ist der Verursacher der Infektion. Sie haben Glück, dass es noch keine Blutvergiftung gegeben hat. Wenn wir die Wunde jetzt reinigen und desinfizieren, haben wir gute Chancen, dass sie heilt.« Sie legte einen Verband an und befahl den Zirkusleuten, sie anzurufen, wenn er sich löste. »Sie müssen besser auf die Tiere aufpassen. So eine Verletzung darf nicht unbemerkt bleiben – eigentlich darf sie gar nicht erst passieren. Und die Erkrankung des Tigerkindes wird durch räumlich beengte Haltung, mangelhafte Belüftung und Aufregung begünstigt. Tiere brauchen Licht und Luft …«

»Und Liebe«, sagte David.

Die Männer lachten dröhnend.

»Zumindest eine gewisse Zuneigung gegenüber ihren Schutzbefohlenen sollten Sie und Ihre Tierpfleger empfinden«, verteidigte ihn Nellie. »Hier scheinen die Tiere sich vor allen Menschen zu fürchten. Das macht sie anfälliger für Erkrankungen. Können wir noch etwas für Sie tun? Sonst bringen wir den Tigerwelpen nach Epona Station.«

Zumindest nach Ansicht der Direktoren und des nichtsnutzigen Raubtierpflegers gab es keine weiteren Patienten für Nellie und Maria. Sie mussten sich allerdings noch auf die Suche nach Daphne begeben, bevor sie fahren konnten. Das Mädchen war nicht schwer zu finden. Es hatte sich einer Gruppe Zirkuskinder angeschlossen, die ganz offensichtlich ein bisschen angeben wollten. Daphne schaute zu, wie sie ein Pferd im Kreis herumtrieben und abwechselnd auf seinen ungesattelten Rücken sprangen, um dort zu knien oder zu stehen. Manchmal hüpften auch gleich zwei oder drei Jungen und Mädchen auf den ruhig galoppierenden Schimmel und bildeten dort Pyramiden oder stützten einander im Handstand.

Daphne war hingerissen. »Das will ich auch können!«, erklärte sie ihrem Bruder und ihrer Mutter. »Ob April mir wohl erlaubt, mit den Ponys zu üben?«

Nellies und Marias Blick fiel auf ein Pferd, das neben der improvisierten Manege stand, in der die Kinder den Schimmel longierten – einen sehr hübschen braunen Hengst, der spanische Ahnen haben mochte. Er schien allerdings schlecht gelaunt, biss immer wieder in die Luft oder galoppierte auf seinem Paddock hin und her und schlug dabei aus.

»Wild Bill«, stellte Gilbert Homer stolz vor. »Ein Mustang. Unzähmbar. Wenn Sie einen wissen, der den reitet – wir zahlen hundert Pfund.«

Nellie runzelte die Stirn. Die Geschichte hatte sie am Tag zuvor schon von ihrem Mann gehört. »Kein Wunder«, sagte sie. »Sehr kurzer Rücken und die Muskeln völlig verspannt. Was hat Spohr da noch empfohlen, Maria?«

Maria runzelte die Stirn. »Frag Walter, das ist mehr sein Gebiet. *Die Logik in der Reitkunst* war früher seine Bibel. Wickel mit warmem Wasser wären bestimmt gut, sicher auch Massagen …«

»Und Longieren nach vorwärts abwärts …«, fügte Nellie hinzu. »Mein Mann könnte den sicher reiten. Nur nicht von einem Tag auf den anderen.«

Die Brüder Homer blickten sich an.

»Wäre ja nicht schlecht, wenn den Preis mal einer gewinnt«, bemerkte Gilbert. »In Australien hieß es schon, es wär Schwindel.«

»Überlegen Sie es sich«, meinte Nellie. »Walter würde sicher gern kommen und mit dem Pferd arbeiten. Ob das innerhalb von zwei Wochen machbar ist, weiß ich nicht. Da müssten Sie ihn selbst fragen. Sie haben unsere Telefonnummer.«

Damit wandten sie und Maria sich nun wirklich zum Gehen. Das Tigerbaby greinte in Davids Armen.

»Wenn wir zu Hause sind, machen wir dir Milch warm«, versprach der Junge. »Und ein bisschen Schabefleisch. Du willst doch groß und stark werden … Wie wollen wir sie nennen, Daphne?«

Daphne warf einen Blick auf das Tierchen. »Saida«, sagte sie. »Hab ich gerade in einem Buch gelesen. Ein arabischer Name. Die Wachsende, die Glückliche.«

Es gehörte zu Daphnes und Aprils Lieblingsbeschäftigungen, sich Namen für die Fohlen der Pferde und Ponys auf Epona Station auszudenken.

David runzelte die Stirn. »Das kann bloß keiner aussprechen«, bemängelte er.

Daphne zuckte mit den Schultern. »Dann ruf sie halt Sally«, schlug sie vor.

Nellie wandte sich um. »Ihr wisst, dass ihr sie wieder abgeben müsst?«, mahnte sie. »Wenn sie überhaupt am Leben bleibt. Also gewöhnt euch nicht zu sehr an sie.«

Die Tatze des Bären verheilte gut, und das Tigerbaby Sally blieb am Leben. Die Dadas und April kümmerten sich rührend um die kleine Katze. Am Ende der zwei Wochen folgte sie David durch Marias Praxis und spielte mit Aprils kleinem Hund. Beide Kinder weinten, als sie das Tier wieder zum Zirkus zurückbringen mussten. David gab Sally ihre Decke mit in den Käfig und Daphne einen bunten Ball.

»Dann hat sie wenigstens ein bisschen was zum Spielen«, meinte Daphne.

Wie es aussah, sollte Sally ihren Käfig vorerst mit keinem anderen Tiger teilen. Sie maunzte schon hinter den Dadas her, als Maria ihre Kinder energisch zum Gehen mahnte.

»Der Zirkus kommt ja zurück«, tröstete Maria. »Dann könnt ihr sie bestimmt noch mal sehen.«

Tatsächlich planten die Homer Brothers, mindestens ein Jahr, wenn nicht länger, durch Neuseeland zu reisen und danach erst nach Australien zurückzukehren. Die Reise war wieder von Auckland aus gebucht. Sie würden dort also erneut Station machen.

»Dann können wir auch noch mal über den Hengst sprechen«, beschied Gerome Homer Walter, der diesmal mitgefahren war.

Er hatte den Zirkus tatsächlich noch einmal besucht, um sich Wild Bill anzusehen, und auch ein paarmal probeweise mit ihm gearbeitet. Walter hatte einen leichten Rennsattel ausgeliehen, den der Hengst duldete, sonst trug er einen schweren und obendrein nicht passenden Stocksattel. Walter wäre sogar bereit gewesen, einen Reitversuch in der Show zu starten, aber die Brüder waren einander uneins, ob es ihrem Geschäft zuträglich wäre oder eher schadete, wenn jemand den Preis gewann. Sie hatten beschlossen, die Entscheidung zu vertagen.

»Ihr könntet natürlich bleiben«, sagte Gilbert plötzlich überraschend zu den immer noch schniefenden Kindern. »Ich würde eurer Mutter gerne einen Job anbieten!«

Maria wandte sich verwundert um. »Bitte?«, fragte sie.

»Ja ...«, Gilbert Homer druckste ein wenig herum. »Mein Bruder ist ja nicht so ganz dieser Ansicht, aber ich meine, wir könnten einen mitreisenden Tierarzt brauchen. Spezialisten für unsere exotischen Tiere sind selten. Wenn Sie also Interesse hätten, Dr. Lemberger ...«

Maria schüttelte den Kopf, obwohl die Kinder sofort begannen, sie zu bestürmen. »Ich habe meine Praxis hier«, erklärte sie. »Und mein Mann die seine. Ich mag auch nicht reisen. Ich ... stehe nicht zur Verfügung ...«

Homer nickte. »Ich verstehe. Wir werden uns dann anderweitig umsehen. Vorerst vielen Dank, Dr. Lemberger.«

Bernhard kam eben zurück von den Rawlings, als Walter auf den Hof von Epona Station abbog, um Maria und die Kinder abzusetzen und Petey und Marty abzuholen. Die beiden waren wieder zum Reiten bei April geblieben. Die junge Frau exerzierte die kleinen Reiter auf dem Platz und wechselte gelegentlich verliebte Blicke mit Cedric, der nebenan Pferde beschlug. Es stand inzwischen fest, dass die zwei im kommenden Jahr heiraten würden. Cedric hatte sich vorgenommen, vorher noch einige Qualifikationen in Bezug auf Reiten und Pferdetraining zu erwerben. Ebenso wie Walter bemühte er sich um den Trainerschein für Rennpferde. Das kostete Geld, aber Walter war entschlossen, es irgendwie aufzubringen, um endlich etwas vorweisen zu können, wenn er sich um Arbeit mit Pferden bewarb.

Cedric ging es mehr darum, ausbildungsmäßig nicht hinter April zurückzustehen, die immerhin einen Collegeabschluss hatte. Julius hatte sich halbwegs damit abgefunden, dass die beiden Epona Station irgendwann übernehmen würden, und April arbeitete sich bereits ein. Jonathan war in Australien glücklich, er arbeitete in der Bank, hatte nebenbei aber noch ein Hochschulstudium in Mathematik und Physik begonnen. Die Forschung interessierte ihn mehr als das Geldverdienen.

»Vielleicht kriegt er ja eines Tages den Nobelpreis«, versuchte Mia ihren Mann zu trösten. »Man kann nun mal niemanden dazu zwingen, Pferde zu mögen. Schau dir Willie an, Alex schlägt ihrer Ansicht nach auch nicht ein.«

Hier lagen die Dinge jedoch anders, wie Julius sehr wohl wusste. Alex interessierte sich durchaus für Pferdezucht, bei ihm war es eher die schwierige Beziehung zu seiner Mutter, die ihn mit höchster Wahrscheinlichkeit davon abhalten würde, die Farm der Rawlings zu übernehmen. Edward Rawlings schmerzte das sehr, er hätte seinen Sohn gern auf der Farm behalten und ihn lieber als Pferdezüchter denn als Tierarzt gesehen. Als solcher hatte er in Onehunga schließlich keinerlei berufliche Chancen – mehr als drei Tierärzte brauchte man nicht in der Gegend. Im Grunde hätte Alex sich längst anderswo eine Arbeit suchen müssen. Es war kein Zustand, lustlos ein wenig auf der Farm herumzuwerkeln und sich mit seiner Mutter zu streiten. Der junge Mann kam jedoch nicht los von Onehunga und von April von Gerstorf. Er suchte nach wie vor den Kontakt zu der jungen Frau, in der letzten Zeit hatte er das über die Tigerin Sally getan, die ihn sehr interessierte.

Mit Zootieren hatte Alex während seines Studiums nie arbeiten können, und so hatte er das Angenehme mit dem Nützlichen verbunden, indem er während Marias Morgensprechstunde nach Epona Station gefahren oder geritten war. David und Daphne waren um diese Zeit in der Schule gewesen, und April hatte sich mit dem Tigerkind beschäftigt. Alex hatte sich nicht daran sattsehen können, wie sie die Großkatze streichelte oder neckte und zum spielerischen Kampf mit einem Stück Stoff herausforderte. Allerdings litt er stets wie ein Hund, wie Bernhard zu sagen pflegte, wenn sie mit Cedric schäkerte. Immerhin hatte sich bei der gemeinsamen Beschäftigung mit dem Tierkind sein Verhältnis zu April entspannt. Sie gingen mittlerweile zumindest freundschaftlich miteinander um. Alex schöpfte dadurch Hoffnung – von Aprils Verlobung mit Cedric wusste er noch nichts.

»Wie war's denn bei Willie und Edward?«, erkundigte sich Mia, als Bernhard seine Instrumente aus dem Wagen lud und in den Stall brachte. »Immer noch dicke Luft?«

Mias Frage erfolgte nicht ohne Häme. Die Rennsaison lief nicht gut an für ihre alte Feindin Wilhelmina, besonders Beloved Boy schien nicht an die Erfolge seiner ersten Rennsaison anschließen zu können. Dafür wuchs Mias Liebling Happy trotz überstandener Atemwegsinfektion geradezu über sich hinaus und galt als Favorit für den Auckland Cup im März 1939.

Bernhard warf ihr einen missbilligenden Blick zu. Er hatte zurzeit wenig Sinn für die kleinen Rivalitäten rund um Pferdezucht und Rennen. Die Geschehnisse im fernen Deutschland machten ihm weiter zu schaffen. Im November war es zu einem Pogrom gekommen, in dessen Verlauf jüdische Geschäfte und Synagogen zerstört worden waren. Es hatte sogar Todesopfer gefordert, und nun begriffen selbst die letzten jüdischen Bürger die Bedrohung. Immer mehr Menschen erhofften sich Rettung durch Auswanderung, aber die klassischen Auswanderungsländer erschwerten die Bedingungen für die Erstellung von Einreisevisa. Hitler erließ Kollektivstrafen und Sonderverordnungen gegen die Juden, und das restliche Europa unternahm nichts, um ihn in die Schranken zu weisen. Stattdessen kam es zur Unterzeichnung eines deutsch-französischen Nichtangriffspaktes, und über vergleichbare Übereinkommen mit Russland wurde verhandelt. Bernhard hatte nur wenige Verwandte in Deutschland, doch die flehten ihn nun brieflich an, ihnen irgendeinen Job in Neuseeland zu vermitteln und möglichst noch die Überfahrt zu bezahlen. Er kam aus einer kleinen Beamtenfamilie. Viel gespart hatten seine Leute nicht.

»Bei den Rawlings war's wie immer«, gab er dann doch Auskunft. »Willie und Alex zerfleischen sich, Edward schweigt. Er und Alex lassen mich nicht mit Willie allein, sie betrachten mich, als könnte ich jeden Moment über ihre Frau und Mutter herfallen. Und wie fast immer waren die Gründe, mich kommen zu lassen, läppisch. Aber wenn Mrs. Rawlings den Tierarzt sehen will, dann will sie den Tierarzt sehen, obwohl sie einen zu Hause hat ... Vielleicht sollte ich ihr ein Bild von mir schenken.«

»Der Zirkusdirektor hat mir einen Job angeboten«, sagte Maria unvermittelt.

Bernhard lachte spöttisch. »Du meinst, wir sollten uns dem fahrenden Volk anschließen, um Willie Rawlings zu entkommen? Das erscheint mir denn doch etwas übertrieben.«

Maria blickte ihn verwirrt an. Nach wie vor begriff sie nicht, was zwischen Wilhelmina und ihrem Mann vor sich ging.

Mia dagegen brachte ihre Verlautbarung auf einen Gedanken. »Wollten die speziell dich oder irgendeinen Tierarzt?«, fragte sie. »Vielleicht wäre das ja etwas für Alex.«

»Ich kann's ihm vorschlagen«, meinte Bernhard. »Ich muss morgen noch mal hin, ein paar Zähne raspeln.«

Mia überlegte kurz. »Dann ... nimm ihm doch gleich die Einladung zur Hochzeit mit. April wollte sie ihm eigentlich selbst geben, und es hat ja auch noch Zeit. Ehrlich gesagt sind wir uns noch nicht darüber einig, ob wir Willie und Edward einladen wollen oder nicht. Aber Alex soll auf jeden Fall kommen ...«

Alex Rawlings biss die Zähne zusammen, als er die Einladungskarte aus dem hübschen himmelblauen Umschlag zog, den April und Daphne gestaltet hatten. Er las sie, ohne eine Regung zu zeigen.

»Ich werde wohl nicht kommen können«, beschied er Bernhard. »Wo, sagten Sie, gastiert dieser Zirkus?«

Die Homer Brothers verließen Auckland nach einer großen Weihnachtsgala und zogen in Richtung Russell. Alex Rawlings reiste als Tierarzt mit. Vielleicht würde es ihm so ja endlich gelingen, April von Gerstorf zu vergessen.

April und Cedric feierten ihre Hochzeit im April, einen Monat nach dem Auckland Cup, den Happy überlegen gewonnen hatte. Beloved Boy war immerhin Zweiter geworden. Die von Gerstorfs hatten jeden eingeladen, der in der Rennpferde- und Jagdreiterszene rund um Auckland Rang und Namen hatte, und zähneknirschend auch Edward und Willie. Sie richteten das Fest im Restaurant der Rennbahn aus. Das Haus auf Epona Station wäre zu klein gewesen, um all die Leute zu fassen, und für ein Gartenfest war das Wetter im Herbst schon zu launisch.

April trug ein glänzendes Kleid aus cremefarbener Seide, bis über die Hüften anliegend, darunter fiel der Rock weit und lief in eine kleine Schleppe aus. Sie trug ihr Haar offen, kaum bedeckt von einem Schleier aus feinster Gaze. Cedric, ganz konservativ in schwarzem Anzug mit Zylinder, konnte sich kaum sattsehen an ihrem Anblick. Die beiden eröffneten formvollendet den Tanz – Walter hatte sich widerstrebend als Tanzlehrer betätigt, nicht ohne April augenzwinkernd daran zu erinnern, dass er ihr nun doch nicht vermittelt habe, wie man Charleston tanzt. April errötete umgehend.

»Ich glaube, ich war damals ein bisschen verschossen in dich«, gab sie zu.

Walter lächelte. »Im Ernst, April?«, neckte er sie. »Das habe ich gar nicht bemerkt.«

Das Hochzeitsessen war erlesen. Es wurden Reden gehalten und Toasts ausgesprochen, aber es wurde auch ein *haka* getanzt. Mia und Julius waren übereingekommen, zu Cedrics Maori-Herkunft nicht schamhaft zu schweigen, sondern stolz damit umzugehen, dass die künftigen Erben von Epona Station auf den Nachnamen Takona hören würden. Wenn trotzdem darüber getuschelt wurde, so zumindest nicht laut.

Wilhelmina Rawlings war in ihrem dunkelblauen Abendkleid so hübsch, dass sie der Braut fast die Schau stahl. Natürlich kam sie am Arm ihres Mannes, machte sich jedoch gleich nach Eröffnung des Tanzes auf die Suche nach Bernhard.

»Ihre Frau tanzt nicht, hörte ich?«, fragte sie und lächelte einladend. »Vielleicht … da es meinem Mann ja leider verwehrt ist …«

Bernhard blickte kühl auf sie herab. »Mir steht der Sinn nicht nach Tanzen, Mrs. Rawlings. Es liegt mir zwar fern, den jungen Leuten das Fest zu verderben, aber mir steht der Sinn auch nicht nach Feiern. Haben Sie von Hitlers Forderungen gegenüber Polen gehört? Es wird Krieg geben. Diesmal können sich die Franzosen und die Briten nicht heraushalten.«

Willie lächelte noch süßer. »Das sind zweifellos beängstigende Aussichten. Aber wie Sie schon sagten – kein Grund, sich selbst und anderen diesen wunderbaren Abend zu verderben. Gerade wenn es Krieg geben sollte. Wer weiß, wann wir dann wieder zum Tanzen kommen?«

Bernhard schüttelte den Kopf. »Vielleicht wird mir der Sinn nie wieder nach Tanzen stehen. Suchen Sie sich jemand anderen, Willie. Bitte. Ich will nicht unhöflich sein, aber ich …« Damit wandte er sich ab.

Nellie hatte sich inzwischen zu Edward gesetzt, der einen Brandy im Glas schwenkte und das Fest wie unbeteiligt beobachtete.

»Haben Sie mal was von Ihrem Sohn gehört?«, erkundigte sie sich. »Gefällt es ihm im Zirkus?«

Edward seufzte. »Ich fürchte nicht«, antwortete er. »Nicht dass er sich beklagt, es fällt ihm allerdings sehr schwer, sich da einzugliedern – und ich fürchte auch, es fehlt ihm an Qualifikation. Im letzten Brief gab er zu, dass er sich fürchterlich blamiert habe, weil er nicht wusste, dass Dromedare Wiederkäuer sind. Er ist wohl verlacht worden – wenngleich … Wer weiß denn so was?«

Nellie lachte. »Als Tierarzt sollte man es schon wissen, zumal wenn man mit einem Zirkus reist und Exoten behandeln will. Ich will trotzdem nicht angeben. Wenn Maria nicht über Lamas promoviert hätte, dann wüsste ich es vielleicht ebenfalls nicht. Wann hat man schließlich schon mal mit Kamelen zu tun? Aber Alex wird sich bestimmt einarbeiten. Er ist doch ein aufgeweckter junger Mann.«

»Die Art, wie die Zirkusleute mit den Tieren umgehen, gefällt ihm nicht«, sprach Edward weiter. »Ich denke nicht, dass er mit dem Zirkus zurück nach Australien geht.«

Nellie hob die Schultern. »Na, warten Sie's mal ab«, meinte sie. »Vielleicht verliebt er sich in eine schöne Seiltänzerin und überlegt sich alles noch mal. Es ist ja noch Zeit bis zum Ende des Jahres.«

»Eine gefährliche Zeit«, sinnierte Edward. »Eine schlimme Zeit. Der Gedanke an Krieg macht mir Angst … Seien Sie froh, dass Ihre Kinder noch klein sind.«

Nellie nickte. »Die würden sich sonst als Allererste freiwillig melden«, befürchtete sie. »Sich ungestraft prügeln zu dürfen ist für sie eine paradiesische Vorstellung. Aber Sie müssen doch auch nicht um Alex fürchten. Oder meinen Sie, es kommt zu einer allgemeinen Wehrpflicht in Neuseeland?«

Edward schüttelte den Kopf. »Sicher nicht. Die jungen Leute werden sich dennoch wieder in Scharen freiwillig melden … Ich war damals ganz verrückt darauf, in die Schlacht zu ziehen. Meinem Land zu dienen, Abenteuer zu erleben … Sie sehen, was es gebracht hat.« Er zeigte auf seine Beine.

»Alex ist vernünftig«, erklärte Nellie aufmunternd. »Machen Sie sich nicht zu viele Gedanken. Vielleicht kommt es gar nicht dazu.«

»Und was wäre die Alternative?« Mia von Gerstorf mischte sich ein. »Lassen wir die Nazis in ein Land nach dem anderen einfallen, bis ihnen die ganze Welt gehört?« Sie biss sich auf die Lippen. »Ich denke ... ich denke, wenn mein Sohn gehen wollte ... Ich ... ich ließe ihn ziehen.«

Der Winter verging ereignislos – Nellie hatte das Gefühl, dass die Welt sich in einer Art Wartestand befand. Hitler schloss einen Freundschaftspakt mit Italien und schien sich plötzlich sehr gut mit Stalin zu verstehen.

Grit De Groot debütierte als Konzertpianistin in der Carnegie Hall, sie erhielt Einladungen aus aller Welt, um in den größten Konzerthäusern zu spielen. Phipps platzte fast vor Stolz, äußerte jedoch in jedem Brief seine Besorgnis über die Weltlage. Vorerst würde er seine Tochter nicht auf Tournee schicken. Grit selbst schrieb in dieser Zeit sehr wenig und weitgehend Belangloses. Nellie begann schon, sich Sorgen zu machen. So ereignislos konnte das Leben ihrer Tochter doch eigentlich gar nicht sein.

Ende August vertraute April Maria an, dass sie schwanger war. Die junge Frau konnte sich vor Freude darüber kaum halten.

»Ich wusste, dass es gleich klappen würde«, jubelte sie. »Wir wollen viele Kinder. Ich hoffe, das erste wird ein Mädchen!«

Maria nahm die Ankündigung ohne sichtbare Regung hin, ebenso wie Bernhards früher am Tag erfolgten, aufgebrachten Bericht über den Hitler-Stalin-Pakt.

»Im Krieg ist es nicht immer einfach mit Kindern«, bemerkte sie lediglich. »In Berlin hatten wir am Ende kaum noch etwas zu essen.«

April lachte ihre Bedenken weg, ebenso wie die Bemerkungen ihrer Mutter, die auch nicht gerade von Optimismus zeugten.

»Ich weiß nicht, ob es so gut für ein Kind ist, im Krieg geboren zu werden«, meinte Mia. »So viel Aufregung, so viele schlechte Nachrichten ... Eine ungewisse Zukunft ... Ich freue mich natürlich für dich. Aber ...«

»Ach, wer spricht denn von Krieg?«, winkte April ab. »Im Frühling haben Großbritannien und Frankreich versichert, sie würden

Polen im Zweifelsfall beistehen. Und seitdem hält Deutschland ruhig. Dieser Hitler wird sich nicht gleich mit drei Ländern anlegen.«

Mia äußerte sich nicht dazu. Sie gönnte ihrer Tochter noch ein paar unbeschwerte Tage.

Am 1. September erfolgte dann der deutsche Überfall auf Polen, zwei Tage später erklärten Großbritannien und Frankreich Hitler den Krieg.

»Und was heißt das jetzt?«, fragte April, nun doch etwas beunruhigt. »Also für uns?«

»Es werden Rekrutierungsbüros öffnen«, erklärte ihr Vater. April und Cedric wohnten vorübergehend noch auf Epona Station. Sie dachten über den Bau eines eigenen kleinen Hauses nach, konnten sich über den Standort aber nicht einigen. »Um Freiwillige anzuwerben. Neuseeland wird an der Seite Großbritanniens in den Krieg ziehen. Der Premierminister dürfte dem Mutterland spätestens morgen unsere volle Unterstützung zusichern. Es werden sich auch Frauengruppen gründen, um die Soldaten zu unterstützen, es wird sehr viel patriotisches Geschrei geben. Ansonsten dürfte hier vor Ort nicht viel passieren. Wir sind zu weit weg vom Zentrum des Geschehens.«

»Bist du sicher?«, fragte April und strich über ihren noch flachen Bauch.

»Ziemlich«, beruhigte sie Julius. »Natürlich wird viel über eine mögliche Invasion gesprochen werden, es werden sich zweifellos wieder Bataillone gründen, die ausgeklügelte Verteidigungsmaßnahmen planen, aber das ist heiße Luft. Durch die Deutschen haben wir hier nichts zu befürchten. Allerdings wird auch keiner mehr Reitpferde kaufen, und ob das Renngeschehen so weitergeht wie bisher, ist mehr als unsicher. Wir könnten also wirtschaftliche Schwierigkeiten bekommen ...«

»Daran sind wir ja gewöhnt«, fügte Mia hinzu. »Und wir haben reichlich Rücklagen. Denk an das Geld, das Vater uns und April hinterlassen hat. Wir haben es bisher nicht angerührt. Also mach dir keine Sorgen um unsere Familie. Es reicht, dass wir uns um den Rest der Welt sorgen müssen. Denn diesmal wird die Welt in Flammen stehen ...«

Tatsächlich ging das Leben in Auckland und Onehunga vorerst weiter wie bisher. Die Schafe warfen ihre Lämmer, was für Bernhard immer eine arbeitsreiche Zeit war. Die ersten Fohlen kamen zur Welt, und die Rennbahn von Ellerslie bereitete sich auf den ersten Renntag der neuen Saison vor. Wie Julius vorausgesagt hatte, öffneten Rekrutierungsbüros, und tatsächlich strömten viele junge Neuseeländer zu den Waffen. Die Auswirkungen waren vorerst jedoch nicht negativ, im Gegenteil: Walter erhielt endlich eine Festanstellung auf der Rennbahn in Ellerslie. Nachdem der Assistent eines als reichlich cholerisch geltenden Trainers fluchtartig sein Heil in der Armee gesucht hatte, übernahm Walter die Betreuung von Jockeys und Pferden. Über die Eigenheiten seines Chefs machte er sich wenig Gedanken. Wer mit dem Kasernenhofton in deutschen Reitschulen aufgewachsen war, argumentierte er gegenüber Nellie, den brächte ein neuseeländischer Choleriker nicht aus der Ruhe.

Erst Anfang Oktober sollte der Krieg seine gierigen Hände auch nach Epona Station ausstrecken. Cedrics Ankündigung, er habe sich freiwillig zum Dienst im 28. Bataillon gemeldet, traf April wie aus heiterem Himmel.

»Was hast du gemacht?«, fragte sie entsetzt, als ihr Mann mit leuchtenden Augen berichtete. Seine neue Uniform hielt er bereits über dem Arm. »Du willst in den Krieg? Aber warum denn?«

»April, ich will nicht einfach in den Krieg«, erklärte Cedric. »Ich werde Offizier. Das 28. Bataillon wird nur aus Maori zusammengesetzt. Wir können beweisen, dass wir ernst zu nehmende, vertrauenswürdige Bürger des British Empire sind – und wir sind ein Kriegervolk! Wir werden die Welt beeindrucken.«

»Ich hab dich nie als Krieger gesehen«, erwiderte April verblüfft.

Cedric straffte sich. »Da hast du es! Die Gesellschaft der *pakeha* hat uns Maori zu einer Art Volkstanztruppe degradiert, deren Mitglieder halbnackt *haka* tanzen, Grimassen schneiden und mit altertümlichen Speeren wedeln. Ein bisschen Folklorismus und ansonsten gibt es ein paar schlecht bezahlte Jobs in Fabriken. Man hat uns unseren Stolz geraubt!«

April erkannte ihren Mann kaum wieder. Cedric war ein friedfertiger Mensch, er war nie auch nur in eine Schlägerei verwickelt gewesen. An Selbstbewusstsein hatte es ihm jedoch niemals gefehlt. Er war ganz selbstverständlich mit *pakeha*-Kindern – die Maori nannten die Weißen *pakeha* – zur Schule gegangen, hatte seinen Highschool-Abschluss und war als Hufschmied und als Reiter und Trainer allgemein anerkannt. Was meinte er jetzt beweisen zu müssen?

»Du kannst mich doch nicht allein lassen ...«, sagte sie schwach. Sie war immer noch zu überrascht, um zu streiten.

Cedric winkte ab. »Zunächst geht's ja nur nach Trentham im Süden der Nordinsel«, erklärte er. »Zur Ausbildung. Zur Offiziersausbildung, April! Ich werde nicht einfach Soldat sein, sondern eine höhere Laufbahn einschlagen. Wie dein Vater.«

April starrte ihn an. »Darauf zielt das?«, fragte sie ungläubig. »Du willst meinem Vater nacheifern? Julius ist vor dem Krieg geflohen! Er wollte nach Neuseeland, um nicht kämpfen zu müssen.«

»Er hat sich nichtsdestotrotz um das Land verdient gemacht«, erwiderte Cedric. »In diesem Remontendepot bei Upper Hutt. Da hat er doch den ganzen Krieg über gearbeitet ...«

April rieb sich die Stirn. »Ja, das hat er«, gab sie zu. »Aber das war etwas anderes. Er hat Pferde ausgebildet. Er hat nicht gekämpft. Er war nie in Lebensgefahr.«

Cedric zuckte mit den Schultern. »Ich weiß ja auch noch nicht, wo ich eingesetzt werde«, erklärte er wichtigtuerisch. »Womöglich kann ich meine bislang erworbenen Qualifikationen ebenfalls einbringen ...«

April blitzte ihn an. »Deine was? Cedric, wach auf! Dieser Krieg wird nicht mehr zu Pferde geführt. Es werden Panzer eingesetzt, Lastwagen, was weiß ich …«

»Ein paar Pferde wird man sicher noch brauchen«, wandte Cedric ein.

April nickte. »Ja. Und insofern auch ein paar Schmiede. Nur sicher nicht im Offiziersrang, Cedric. Und im Rennen trainiert werden müssen die Pferde genauso wenig. Du kannst mit Pferden arbeiten oder Offizier sein. Beides wird kaum gehen.«

Cedric winkte ab. »Ich mach das schon«, erklärte er optimistisch. »Du wirst sehen. Am Ende wirst du stolz auf mich sein!«

Cedric blieben nur noch wenige Tage auf Epona Station, in deren Verlauf April nichts unversucht ließ, ihn von seinem Vorhaben abzubringen. Dabei hielten ihr Vater, Bernhard und Walter ihr vor, dass dies ohnehin nichts mehr bringe, er hatte den Vertrag schließlich schon unterschrieben.

»Vielleicht bringt ihr ihn wenigstens von der Offizierssache ab«, flehte April Bernhard und Walter an, die beide im Ersten Weltkrieg gedient hatten. Dabei war Bernhard hauptsächlich als Tierarzt in einem Remontendepot eingesetzt gewesen, während Walter als Meldereiter ständig in Gefahr geschwebt hatte. »Als Schmied bliebe er sicher hinter den Linien.«

Walter zuckte mit den Schultern. »Ich kann's versuchen. Ich kann ihm schildern, wie es in den Schützengräben war. Er wird es nur nicht glauben. Niemand glaubt es, bevor er es erlebt hat – jedenfalls kein junger, abenteuerlustiger Mann. Ich bin selbst nicht begeistert in den Krieg gezogen. Bei mir war es wie bei Julius, ich habe die Militärkarriere gewählt, weil ich reiten wollte. An Kampf hatte ich nie gedacht. Insofern habe ich mir keine allzu falschen Vorstellungen gemacht. Aber so wie es dann tatsächlich war … das kann niemand beschreiben, niemand ermessen …«

Bernhard nickte. »Wir reden trotzdem mit ihm«, tröstete er April. »Und was ist mit deinem Vater? Was hat der dazu gesagt?«

»Gesagt?« April rieb sich die Schläfe. »Er ist explodiert. Wirklich, ich habe meinen Daddy nie so wütend gesehen. Und ich fürchte, er hat es nur schlimmer gemacht. Er hat Cedric gesagt, dass es ihm nie was ausgemacht hat, dass er Maori ist. Nicht mal, als wir dann heiraten wollten. Er hätte nie was dagegen gesagt. Und jetzt käme er mit solchen lächerlichen Stammesgeschichten. Ein Kriegervolk! So könnte ein zivilisierter Mensch einfach nicht argumentieren. Woraufhin Cedric ihn anbrüllte, er sähe also doch einen Wilden in ihm … Und er hätte das immer gewusst. Mami wollte schlichten, aber da ging nichts mehr.«

Walter und Bernhard sahen einander an. »Da wird für uns auch nicht viel gehen«, bemerkte Bernhard seufzend. »Aber wir werden unser Bestes tun.«

Cedric ließ sich natürlich auch von den Weltkriegsveteranen nicht umstimmen. Schon Mitte Oktober verließ er Epona Station und ging als Offiziersanwärter nach Trentham. Zwei Tage später weckte Mia Maria mitten in der Nacht.

»Verzeih, wenn ich störe, aber du … du musst kommen. April hat heftige Blutungen. Ich fürchte, sie verliert das Baby. Und ja, ich weiß, dass du da wahrscheinlich nichts machen kannst, dennoch weißt du mehr als ich.«

Maria fand April von Krämpfen geschüttelt und in Tränen aufgelöst. Sie blutete stark, doch Lebensgefahr bestand nicht.

»Es ist nicht viel mehr als eine starke Periode«, meinte sie tröstend. »Du solltest noch zum Arzt gehen, eventuell muss eine Ausschabung gemacht werden. Aber gewöhnlich verlaufen diese frühen Aborte ohne Komplikationen.«

»Ohne Komplikationen?«, wimmerte April. »Mein Baby ist tot, ich …«

»Dein Fötus ist ohne erkennbare Gründe abgegangen«, stellte Maria richtig. »Innerhalb der ersten drei Schwangerschaftsmonate. Das passiert immer wieder. Oft bevor die Frau überhaupt weiß, dass sie schwanger ist. Du kennst das doch von Pferden. Da wird der Fötus allerdings meistens resorbiert ...« Maria setzte zu einem Vortrag an.

»Ich bin kein Pferd«, rief April schluchzend.

»Aber du weißt, dass keine Trächtigkeit als sicher gilt, bevor die ersten drei Monate überstanden sind«, erklärte nun auch Mia. Auf dem Gebiet Pferdezucht fühlte sie sich deutlich sicherer als beim Thema Schwangerschaft. »Das ist einfach so.«

»Und gewöhnlich ist so ein Abgang kein Hinderungsgrund für eine weitere Verwendung zur Zucht«, dozierte Maria.

»Du kannst andere Kinder haben«, sagte Mia sanft und strich ihrer Tochter das Haar aus dem Gesicht. »Beim nächsten Mal wird es gut gehen.«

»Ich wollte dieses Kind«, flüsterte April. »Es war sicher ein Mädchen, ich ... ich hab's schon irgendwie gespürt. Und jetzt ist es weg. Ich will Cedric, Mami ... Ich brauche ihn jetzt. Wo ist er?«

Mia zog ihre erwachsene Tochter an sich und wiegte sie sanft, während Maria ihr Valium gab, um die Krämpfe zu lösen und sie zur Ruhe zu bringen. Schließlich schlief sie ein, und Maria und Mia saßen erschöpft an ihrem Bett.

»Sie wird andere Kinder haben«, wiederholte Maria Mias Worte von eben.

Mia nickte. »Wenn nur Cedric da wäre. Wenn er dieses unsinnige, gefährliche Abenteuer nicht eingegangen wäre ... Ich werde morgen versuchen, ihn zu erreichen. Vielleicht kann er ja wenigstens kurz kommen, um sie zu sehen.«

Cedric in Trentham zu erreichen war nicht schwierig, doch so kurze Zeit nach Beginn der Ausbildung erhielt er keinen Urlaub, und er weigerte sich rundheraus, sich unerlaubt von der Truppe zu entfernen.

»Das wäre Desertion!«, erklärte er empört, als Mia ihn eindringlich bat, alles zu versuchen. »Darauf steht die Todesstrafe!«

Mia biss sich auf die Lippen. »Himmel, Cedric, man wird dich schon nicht gleich erschießen! Aber April braucht dich jetzt!«

»Ich ... ich würde sie ja gern sehen ...« Ob des Tadels klang Cedrics Stimme erstickt. »Ich würde ja alles tun. Doch ... wenn ich erst mal in Übersee wäre, dann ginge es auch nicht ...«

April weinte tagelang – um ihr Kind, doch auch aus Enttäuschung über ihren Mann. Auf ihre Trauer folgten Ärger und Wut – als Cedric zwei Monate später Urlaub hätte haben können, bevor seine Ausbildungseinheit nach Schottland versetzt wurde, erklärte sie, ihn nicht sehen zu wollen.

»Er wird lange fortbleiben«, gab Mia vorsichtig zu bedenken.

April blitzte sie an. »Aber nicht in Gefahr sein«, sagte sie. »Er hat es mir lang und breit geschrieben: In Schottland geht die Ausbildung weiter. Die Maori sollen eine Pioniereinheit werden, das heißt, sie lernen Klettern und Bootfahren und Brückenbauen und all so was. Mehr Sport als Krieg. Die Jungs sind alle ganz begeistert. Angeblich ist die Ausbildungsanstalt einer schottischen Burg angeschlossen, und sie freuen sich schon darauf, die schottische Kultur kennenzulernen. Vor ein paar Wochen hat er noch behauptet, er müsse in den Krieg, weil er hier zum baströckchentragenden Tanzbär degradiert wird, und jetzt freut er sich auf Schottenröcke und Dudelsack! Mir reicht es.«

Mia zuckte mit den Schultern. »Du musst es wissen, April. Du könntest noch eine Nacht mit ihm zusammen sein ...«

April sah sie kühl an. »Sein Urlaub fällt nicht in meine fruchtbaren Tage«, sagte sie. »Und so ist es denn auch egal.«

Der Krieg weitete sich schnell aus. Im Zuge des neuseeländischen Winters 1940 besetzten die Deutschen Norwegen und Dänemark und marschierten schließlich in die Niederlande und Belgien ein.

»Genau wie damals«, sagte Nellie leise, als sie davon hörte.

Sie war erschöpft und deprimiert. Die Nachrichten aus Europa machten ihr Angst, sie dachte an ihre Familie in Belgien und beschloss, den Kontakt mit Eltern und ehemaligen Schwiegereltern wieder aufzunehmen. Erfahrungsgemäß würden die Lebensmittel in den von den Deutschen besetzten Gebieten bald knapp werden. Vielleicht konnte sie wenigstens mit Paketen helfen. Walter nickte. Auch er erinnerte sich nur zu genau an den Beginn des ersten großen Krieges. Die Deutschen waren noch siegessicher gewesen, und so zeigten sie sich auch diesmal, als sie kampflos Paris besetzten und begannen, London zu bombardieren.

»Wird es wohl genauso enden?«, fragte Nellie mutlos. »Und so lange dauern?«

Sie wusste, dass sie persönlich keinen Grund hatte zu klagen. Sie konnte arbeiten, hatte genug zu essen, und niemand Ernstzunehmendes befürchtete eine Invasion Neuseelands. Dennoch fühlte sie sich müde. Walter war nur selten zu Hause. Er bemühte sich anhaltend, es seinem cholerischen Chef recht zu machen, doch der ließ seine Launen weiterhin an seinen Leuten aus. Er zeigte sich auch Pferdebesitzern gegenüber unfreundlich und vergraulte damit seine besten Kunden. Insofern blieben Erfolge aus. Walter konnte sich noch so ausgeklügelte Trainingspläne ausdenken – die Pferde seines

Stalls hatten einfach nicht das Potenzial der Tiere von Epona Station oder Baroness Stud, und Walter konnte nicht aufhören, sich darüber zu beklagen, wenn er endlich nach Hause kam. Er fürchtete erneut, seinen Arbeitsplatz bald zu verlieren.

Nellie gab nicht zu, dass sie sich danach beinahe sehnte. Wenn Walter nicht mehr auf die Rennbahn müsste, hätte er zumindest keine Ausrede mehr, sie mit dem Haushalt und den Kindern allein zu lassen. Am besten waren weiterhin die Tage, wenn sie in der Gegend von Epona Station zu tun hatte. Dann lieferte sie Petey und Marty bei Lene ab und konnte damit sicher sein, dass die zwei nichts anstellten, sondern ordentlich ihre Hausaufgaben erledigten. Grits ehemalige Kinderfrau war erfahren und selbstbewusst genug, um mit den beiden fertig zu werden, und die Zeit dazu hatte sie auch. Marias Zwillinge beschäftigten sich gern allein und waren einander wie eh und je selbst genug. Daphne und David waren ein Herz und eine Seele. Das Schlimmste, was bei ihnen passieren konnte, war, dass David ein Versuch misslang oder Daphne ein Pferd durchging. Mit Peteys und Martys Streichen war das nicht zu vergleichen.

Die schwierigsten Tage für Nellie waren die, an denen sie von morgens bis abends unterwegs war und die Kinder somit allein waren, wenn sie aus der Schule kamen. Eigentlich waren sie alt genug, sich ihr Essen aufzuwärmen und sich ein paar Stunden zu beschäftigen, ohne die Wohnung auseinanderzunehmen. Sie pflegten die Zeit jedoch zu nutzen, um Nachbarn Streiche zu spielen oder eigentümliche Kochexperimente durchzuführen, einmal wäre die Küche beinahe abgebrannt. Mitunter empfingen sie auch Freunde zum Spielen, Nellie fand dann immer ein großes Chaos vor. Häufig brach sie vor lauter Müdigkeit und Überdruss in Tränen aus, wenn die Kinder endlich im Bett waren. Zeitweilig hatte sie dann nicht mal mehr die Energie aufzuräumen, was wiederum Walter rügte, wenn er heimkehrte. Nellie hatte das Gefühl, in einem Hamsterrad zu stecken. Wo waren ihre unerschütterliche gute Laune, ihre Fröhlichkeit, ihr

Kampfgeist geblieben? Sie hatte ihre Arbeit stets so sehr geliebt, und jetzt wurde ihr alles zu viel.

Die Hiobsbotschaften aus Europa, mit denen vor allem Bernhard sie konfrontierte, wenn sie auf Epona Station vorbeischaute oder ihre Arbeit mit ihm besprach, hatten ihr da gerade noch gefehlt. Sie wollte eigentlich gar nichts davon hören, als sie eines Nachmittags mit ihren Kindern auf den Hof fuhr. Die Jungen hofften, reiten zu können, aber draußen war niemand zu sehen, obwohl es sonnig war. Gewöhnlich erwartete April die Kinder, jetzt kam nur Mia aus dem Haus, und Nellie ahnte Schlimmes, als sie ihre verweinten Augen sah.

»Nellie, kannst du die beiden bitte mitnehmen? Wir können uns heute nicht um sie kümmern ...« Mia sah aus, als stünde sie kurz vor einem Zusammenbruch.

Nellie verließ ihren Wagen und herrschte ihre Söhne an, ihrerseits sitzen zu bleiben. Mia lehnte sich wie schutzsuchend an sie, als sie zu ihr kam. Nellie umarmte sie.

»Was ist denn passiert?«, fragte sie sanft. »Irgendwas mit den Pferden?«

Mia schüttelte den Kopf. »April«, sagte sie leise. »Oder besser Cedric. Er ist ... Cedric ist tot, Nellie ...«

»Was?« Nellie glaubte, sich verhört zu haben. »Aber er war doch nicht im Krieg! Ich dachte, er wäre immer noch in Schottland in diesem Ausbildungslager ...«

Mia rieb sich die Augen. »Man kann nicht nur im Krieg umkommen«, flüsterte sie. »Obwohl ... Sie schrieben: ... *in Ausübung seiner soldatischen Pflichten.* Der Feind war wohl dennoch nicht beteiligt.«

»Wer denn sonst?«, fragte Nellie ungeduldig. »Hat ihn einer aus den eigenen Reihen erschossen?«

Mia schüttelte den Kopf. »Ein Unfall«, sagte sie. »Eine Kletterübung. Cedric hat April geschrieben, dass der Ausbilder im Überlebenstraining ein Schinder sei, der es geradezu darauf anlege, seine

Leute bis an ihre Grenzen zu fordern. Diesmal ließ er die Männer eine Klippe erklimmen. Ohne Sicherungsseile, Freiklettern nennt man das. Cedric stürzte, als er fast oben war. Er fiel ins Meer. Dem Brief seines Majors zufolge herrschte schwere See. Nach dem Aufprall aufs Wasser wurde er gegen die Felsen geschleudert. Er hatte keine Chance. April ist … sie ist untröstlich.«

Mia schluchzte nun auch, und Nellie kamen ebenfalls die Tränen.

»O mein Gott, Mia – und sie sind nicht mal im Frieden auseinandergegangen …«

Mia suchte nach einem Taschentuch. »Na ja, sie hatten sich inzwischen schon wieder versöhnt. Aber April bereut natürlich, dass sie nicht nach Trentham gefahren ist, bevor er ausrücken musste. Sie ist außer sich, weint und schreit nach ihm und … und nach dem verlorenen Baby. Dazu hat sie Julius vorgeworfen, er habe Cedric mit seinen Vorwürfen aus dem Haus getrieben … Das ist natürlich Unsinn, sie meint es ja auch sicher nicht ernst. Es ist der Schmerz, der aus ihr spricht. Julius macht sich trotzdem Vorwürfe … Es ist eine Tragödie. Ich weiß nicht, wie es weitergehen soll.«

»Sie sollte erst mal etwas zur Beruhigung bekommen«, überlegte Nellie. »Hat Maria ihr nichts gegeben?«

Mia nickte. »Doch, Maria ist bei ihr. Sie wird ihr Valium geben, und dann wird sie schlafen. Aber morgen … morgen wird es nicht viel leichter sein.«

Nellie seufzte. »Nicht viel«, sagte sie leise, »vielleicht ein wenig. Sie wird Zeit brauchen, darüber hinwegzukommen. Zum Glück ist sie noch jung …«

»Sie sagt, sie könnte nie einen anderen lieben, sie würde nie wieder ein Baby haben … Es zerreißt mir das Herz, Nellie …« Mia schluchzte.

»Das sagt sie jetzt«, begütigte Nellie. »Aber irgendwann …«

Sie empfand es selbst als pietätlos, dennoch dachte sie an Alex. Der Zirkus würde zurück nach Auckland kommen …

»Enemy Alien? Was heißt das?«

Nellie hatte einen harten Arbeitstag hinter sich und war zu müde, um sich auf die Meldung in der Zeitung zu konzentrieren, die Walter mitgebracht hatte.

»Na, was wohl? Verfeindeter Ausländer«, übersetzte Walter ungehalten. Er war in letzter Zeit häufig gereizt, auf der Rennbahn war es erneut zu Unstimmigkeiten gekommen. »Sie betrachten alle deutschen Einwanderer der letzten zehn oder fünfzehn Jahre als feindliche Ausländer. Und behalten sich vor, sie während des Krieges auf Somes Island zu internieren.«

»O nein!« Nellie stöhnte auf. Wenn Walter deportiert wurde, würde sie mit den Kindern und ihrer Arbeit völlig auf sich allein gestellt sein. Und dabei hoffte sie inzwischen jeden Tag darauf, dass er sein unerträgliches Arbeitsverhältnis beendete und ihr in Zukunft beistand. »Kann man da keinen Einspruch erheben? Ich meine, sehr viele Neueinwanderer sind doch Flüchtlinge … Sie haben hier Schutz gesucht.«

»Sie führen eine Befragung durch«, sagte Walter. »Eine Art Gewissensprüfung. Jeder Einwanderer wird vorgeladen und hat zu seiner Einstellung zu Hitler und den Nationalsozialisten Auskunft zu geben. Die Tests sind schon angelaufen …«

»Ach so.« Nellie fiel ein Stein vom Herzen. »Dann kann dir ja nichts passieren. Und Bernhard auch nicht. Ich bin sicher, Julius wird ein gutes Wort für euch einlegen, immerhin hat er sich bei der Einreise für dich verbürgt. Puh, du kannst einem Angst einjagen, Walter! Ich bin richtig erschrocken.« Sie ließ sich auf das Sofa neben ihn fallen und schmiegte sich an ihn. »Uns passiert nichts …« Sie schloss die Augen.

»Mom, kann ich noch was zu trinken haben?« Martys Stimme riss sie aus dem Halbschlaf. »Ich bin gar nicht müde. Petey auch nicht. Können wir nicht noch was spielen?«

Nellie seufzte. »Nein, könnt ihr nicht«, beschied sie ihren Sohn. »Jetzt ist Schlafenszeit, morgen habt ihr Schule. Du kannst höchstens noch ein Glas heiße Milch mit Honig haben. Walter … könntest du … Mach ihm doch bitte etwas Milch warm, und bring ihn wieder ins Bett.«

Sie zog die Beine auf das Sofa und legte den Kopf auf ein Kissen, als Walter widerwillig aufstand. Kurze Zeit später – sie war fast eingeschlafen – hörte sie ärgerliche Stimmen aus dem Zimmer der Jungen. Walter schimpfte mit den Kindern, sicher nicht zu Unrecht. Trotzdem würde das nichts helfen. Der Streit machte sie nur wieder richtig wach. Es würde Stunden dauern, bis sie einschliefen. Nellie kämpfte ihre Erschöpfung nieder, ging in die Küche und setzte Milch auf. Dann begab sie sich ins Kinderzimmer, um zu schlichten.

»Mom, ich hab schlecht geträumt«, klagte Petey, während Marty seine Rugby-Karten um sich drapierte, als suchte er den Beistand der Nationalspieler.

Nellie nahm ihm die Karten weg, tröstete Petey, hastete zurück in die Küche und rührte Honig in die Milch.

»Und jetzt wird geschlafen …«, sagte sie, als sie zurück ins Kinderzimmer kam.

»Oder es setzt was«, fügte Walter drohend hinzu und floh aus dem Raum.

»Wir sind nebenan, Petey, du brauchst keine Angst zu haben. Wenn das Monster aus dem Traum kommt, jagt Dad es weg. Und wir hören es, Marty, wenn du deinen Bruder ärgerst! Jeder geht in sein Bett und macht die Augen zu.«

Nellie löschte entschlossen das Licht, nachdem die Kinder ihre Milch getrunken hatten, und folgte Walter ins Wohnzimmer. Er öffnete gerade eine Flasche Bier.

»Du auch?«, fragte er. »Oder lieber Wein?«

Nellie schüttelte den Kopf. »Wein haben wir nicht mehr. Ich muss einkaufen gehen. Vielleicht könntest du das morgen erledigen auf dem Rückweg von der Arbeit …«

Walter zuckte mit den Schultern. »Ich weiß nicht, wann ich da morgen wegkomme …« Er nahm einen Schluck Bier und blickte in Richtung Kinderzimmer, wo sich jetzt zum Glück nichts mehr rührte. »Wie hältst du das aus?«, fragte er. »Wenn ich sie den ganzen Tag um mich hätte ... Ich weiß wirklich nicht, wie du das aushältst ...«

Nellie war zu müde, um etwas zu erwidern. Die Antworten, die ihr auf der Zunge lagen, hätten auch nur zu neuem Streit geführt.

»Ich gehe ins Bett«, sagte sie. »Morgen habe ich in Onehunga zu tun. Da bringe ich sie nach Epona Station.«

Die Menschen auf Epona Station befanden sich in einer Art Schockstarre. April vergrub sich in ihrem Schlafzimmer, hatte Cedrics sämtliche Kleidungsstücke mit in ihr Bett genommen, schmiegte sich hinein und weinte. Sie aß fast nichts, wollte nicht aufstehen und wies jeden Versuch Mias, sie zu irgendetwas zu motivieren, wie etwa die Planung einer Trauerfeier für Cedric, entschlossen von sich.

»Wir können ihn ja doch nicht hier begraben«, brach es aus ihr hervor.

Cedric war gleich in Schottland beerdigt worden. Von Julius' Vorschlag, den Leichnam zu überführen, hatte sein Befehlshaber abgeraten.

»Das können wir nicht machen«, beschied ihn ein Major, der sehr vernünftig wirkte, am Telefon. »Wie soll das später werden, wenn die Leute im Krieg fallen? Außerdem ... er war kein schöner Anblick, Mr. von Gerstorf. Wir konnten ihn erst Stunden später bergen, als die See ruhiger wurde, und so lange wurde er immer wieder gegen die Klippen geschleudert. Ich würde seiner Frau das nicht zumuten – denn wenn Sie ihn wirklich überführen lassen wollten, würde sie ihn doch sehen wollen. Reisen Sie lieber einmal mit der jungen Frau her, wenn der Krieg vorüber ist. Sie werden sein Grab hier finden.«

Julius sah das ein. April tröstete die Aussicht, irgendwann einmal Cedrics Grab zu besuchen, allerdings auch nicht, ebenso wenig wie der Vorschlag ihrer nicht minder verzweifelten Schwiegermutter, einen Baum zu pflanzen, in dem seine Seele Wohnung nehmen könnte.

»Wie soll denn das gehen?«, fragte April aufgebracht. »Seine Seele, wenn es die überhaupt gibt, ist in Schottland. Und müsste sie nach Maori-Glauben nicht zurück in euer sagenhaftes Ursprungsland Hawaiki? Ich kann jedenfalls nur hoffen, dass sie bessere Geografiekenntnisse hat als ihr früherer Besitzer. Der wusste kaum, wo Schottland liegt ...«

Mrs. Takona fühlte sich zu Recht zurückgestoßen, und Mia musste wieder mal schlichten. Cedrics Eltern veranstalteten schließlich eine Trauerfeier im Maori-*marae*, doch April weigerte sich, sie zu besuchen.

»Ich will nichts zu tun haben mit den Maori«, sagte sie. »Wenn die nicht gewesen wären, wenn Cedric nicht plötzlich auf die Idee gekommen wäre, er müsste beweisen, dass er einem Kriegervolk entstammt, wäre das alles nicht passiert ...«

Ihr Vater gab ihr durchaus Recht, aber er besuchte trotzdem mit seiner Frau die Feier und entschuldigte seine Tochter bei Cedrics Eltern. »April fühlt sich einfach noch zu schwach, aber sie ist in Gedanken bei euch.«

Maria und vor allem Bernhard hatten andere Sorgen. Die Nachricht von der Einstufung aller deutschen Einwanderer als Enemy Aliens hatte Bernhard tief getroffen – und zudem hörte er sehr bald Genaueres über die Gewissensprüfung als das, was die Zeitungen schrieben.

»Sie schicken Dr. Seligmann nach Somes Island«, berichtete er Maria mit erstickter Stimme. »Und Johann Baumgarten ...«

Beide waren Bekannte der Lembergers und erst vor Kurzem auf der Flucht vor Hitlers Regime nach Neuseeland gekommen.

»Seligmann meint, er sei denunziert worden. Ein Zahnarzt, der ebenfalls in seiner Gegend praktiziert und ihm seine Patienten neidet. Bei der Prüfung habe man ihn provoziert, ihm Worte in den Mund gelegt, die er nie gesagt hat … er meint, er habe keine Chance gehabt. Und Johann – bei dem reichten einfach die Englischkenntnisse nicht. Aber er traute sich nicht, auf einem Übersetzer zu bestehen. Die Juden, die jetzt noch aus Deutschland kommen, sind derart eingeschüchtert …«

Johann Baumgarten hatte sich in seiner Verzweiflung an einen weit entfernten Verwandten in Wellington erinnert, der ihm tatsächlich eine Arbeit in seiner Firma angeboten und damit sein Visum gesichert hatte.

»Es ist aber nur eine Internierung, oder?«, fragte Maria. »Laut Definition bezeichnet das die Aussetzung der diplomatischen Rechte und nationalen Privilegien von Angehörigen eines Feindstaates. Sofern ein Land sich durch ihre Anwesenheit auf seinem Staatsgebiet bedroht sieht, ist es ihm erlaubt, sie ohne Anklage auf unbestimmte Zeit festzuhalten. Doch die Genfer Konvention verbietet ausdrücklich Angriffe auf Leib und Leben, Beeinträchtigung der persönlichen Würde und Verurteilungen und Hinrichtungen ohne vorhergehendes Urteil eines ordnungsmäßig bestellten Gerichtes, das …«

»Maria!« Bernhard fiel ihr ins Wort. »Johann und Herr Seligmann fürchten keine Angriffe der Aufseher auf ihr Leben und ihre Würde. Die denken mehr an ihre Mitgefangenen. Die weitaus meisten Leute, die man da einsperren wird, sind mehr oder weniger bekennende Nazis. Verärgerte Nazis, die nichts lieber tun würden, als ihre Wut an Juden auszulassen. Ob die neuseeländischen Wachen sie davon abhalten oder das als innerdeutsche Streitigkeiten werten, in die man sich besser nicht einmischt, bleibt abzuwarten.«

Maria schob ihren Stuhl näher an den seinen heran. Sie suchte selten körperliche Nähe, aber sie spürte, wann Bernhard sie brauchte. Sie saßen bei einem späten Frühstück und besprachen die Nachrichten. Die Kinder waren schon auf dem Weg zur Schule. Lene brachte sie neuerdings hin, sie hatte Autofahren gelernt und war sehr stolz auf ihre neue Selbstständigkeit. Sogar ihr Englisch machte

Fortschritte, die Dadas verbesserten sie mit der von Maria geerbten Beharrlichkeit.

»Du hast Angst?«, fragte Maria.

Bernhard nickte. »Ich hab mich nicht gerade beliebt gemacht in den letzten Jahren«, meinte er. »Indem ich immer wieder auf die Lage der Juden in Deutschland hingewiesen habe. Du weißt, was los war, als sich die Kuhns und die Hellers in Onehunga angesiedelt hatten ...«

Bernhard hatte den beiden jüdischen Familien geholfen, im Ort Fuß zu fassen. Die Hellers hatten ein Schuhgeschäft eröffnet, die Kuhns einen Gemischtwarenladen. Gegen beide Geschäftsgründungen hatte es Einwände von alteingesessenen Geschäftsleuten gegeben sowie von Bürgern, die Juden grundsätzlich ablehnten. Vielen war dadurch erst aufgegangen, dass ihr Tierarzt Dr. Lemberger Jude war, woraufhin er Drohbriefe erhalten hatte und Beschimpfungen ausgesetzt gewesen war. Beruflich hatte ihn das nicht betroffen, den Farmern war es völlig egal, wer ihre Schafe und Rinder behandelte. Doch Maria hatte ein paar Patienten verloren, und sicher gab es nach wie vor Leute in Onehunga, die ihrer Familie nichts Gutes wünschten.

»Du würdest den Test bestehen«, versuchte Maria, ihren Mann zu beruhigen. »Ist er nicht standardisiert? Werden nicht allen dieselben Fragen gestellt?«

Bernhard musste zugeben, dass er das nicht wusste. »Du hast recht, es ist viel zu früh, sich aufzuregen«, meinte er schließlich. »Ich bin ein angesehener Tierarzt, ich bin seit vielen Jahren hier ansässig, unsere Kinder sind in Neuseeland geboren ...«

Maria nickte. »Du bist sicher«, fasste sie zusammen.

Bernhard biss sich auf die Lippen. »Ich bin Jude«, sagte er. »Wir sind niemals sicher.«

Der Zirkus der Homer Brothers kehrte im Oktober nach Auckland zurück, kurz nachdem Walter seinen Job auf der Rennbahn gekündigt hatte. Er war nun zwangsläufig mit der Betreuung von Petey und Marty betraut und war sofort bereit, mit den beiden den Zirkus zu besuchen, als sie aufgeregt meldeten, der bunte Zug sei wieder durch die Stadt gezogen.

Auf dem Schaugelände war der Aufbau der Zelte noch in vollem Gange. Im eben eingerichteten Stallzelt für die Elefanten fand Walter Alex Rawlings.

»Alex! Wie geht's dir?«

Walter freute sich über die Wiederbegegnung mit dem jungen Tierarzt, der eben eine Wunde am Maul eines der Elefanten versorgte. Ein Pfleger hielt das Tier dazu mit einem Dreizack in Schach, was Alex verärgert rügte.

»Weathers, nun hören Sie doch auf, ständig vor seinen Augen herumzufuchteln. Sie machen dem Tier unnötig Angst. Und diese Wunde, die haben Sie ihm mit genau diesem Gerät zugefügt, leugnen Sie es nicht!«

»Ich kann auch abhauen«, gab der Pfleger zurück. »Dann können Sie sich allein mit dem Mistvieh amüsieren … Aber machen Sie nicht mich verantwortlich, wenn es Sie plattwalzt.«

Der Elefant machte eigentlich keinen aggressiven Eindruck.

»Kann ich helfen?«, fragte Walter.

Alex sah ihn dankbar an. »Sofern Sie sich nicht vor Dickhäutern fürchten, Leutnant Walter …«

Der junge Mann sprach Walter immer noch mit seinem militärischen Rang an, wie damals als sein Reitschüler.

Walter grinste. »Immer noch Oberleutnant«, rügte er scherzhaft. »Himmel, Alex, das ist ewig her. Nenn mich einfach Walter. Was soll ich machen?«

Der Elefantenpfleger zog sich mit missbilligendem Gesicht zurück, als Walter nähertrat.

»Das ist Lakshmi«, stellte Alex ihm seine Patientin vor. »Sie ist an sich gutmütig, aber jemand muss ihr die Anweisung geben, ihr Maul offen zu halten. Nimm den Dreizack oder eine Peitsche und gib ihr dieses Zeichen.«

Er machte die Geste mit Stock und Handbewegung vor, die Walter mühelos nachahmte.

»Der Dompteur steckt ihr dann den Kopf ins Maul, nicht?«, fragte Petey eifrig. »Kann ich auch mal?«

Walter befahl den Kindern energisch, Abstand zu wahren, und bemühte sich, sie im Auge zu behalten. Zum Glück war Alex schnell fertig. Er belohnte den Dickhäuter mit einem halben Brot, das er zufrieden kaute. Petey beobachtete die Elefantenkuh skeptisch. Er stellte sich wohl eben seinen Kopf zwischen ihren Zähnen vor.

»Sie fressen keine Menschen, oder?«, fragte Marty.

Alex lachte. »Nein, im Allgemeinen nicht«, antwortete er. »Ich muss sie jetzt zurück in den Stall bringen, aber wenn ihr wollt, könnt ihr sie reiten.«

Er wies die Elefantenkuh mit ein paar kurzen Bewegungen an, ein Kind nach dem anderen mit dem Rüssel um die Hüfte zu fassen und auf seinen Rücken zu setzen. Die Jungen quietschten begeistert.

»Donnerwetter!«, bemerkte Walter anerkennend, als Lakshmi Alex auf eine weitere Geste hin folgte. »Trittst du als Elefantendompteur auf?«

Alex schüttelte den Kopf. »Nein, ich hab mir nur ein bisschen was abgeguckt. Lakshmi ist ein indischer Arbeitselefant. Sie kam mit einer Völkerschau nach Australien, einer Truppe Inder – Männer,

Frauen und Kinder, dazu die passenden Nutztiere, die dem Publikum ihr Leben zeigten. Eine verrückte Idee, die Leute wurden vorgeführt wie Tiere im Zoo. Das war im letzten Jahrhundert in Europa ein Riesenerfolg. Lakshmis indischer Pfleger und Ausbilder blieb bei seinen Tieren, als die an den Zirkus verkauft wurden. Er wollte sie wohl auch vorführen, aber sie sollten noch mehr und andere Tricks lernen, als Bäume zu fällen und Lasten zu transportieren. Die Mittel, die dazu angewandt wurden, waren ziemlich brutal – Randi, der Pfleger, hatte irgendwann genug davon. Von Dunedin aus ging ein Schiff nach Indien, und er hat sich nach tränenreichem Abschied abgesetzt. Seitdem sind die Elefanten schwierig. Sie trauern, und sie lehnen sich auf. Nicht so sehr gegen mich zum Glück, ich war mit Randi befreundet, das wissen sie noch. Ihr Pfleger und ihr Dompteur dagegen leben seitdem gefährlich.«

»Die zwei scheinen dir nicht leidzutun«, bemerkte Walter.

Alex schüttelte heftig den Kopf. »Von mir aus könnten Lakshmi und Kali die beiden mit ihren Rüsseln erschlagen«, sagte er heftig. »Und die anderen Tierbändiger gleich mit. Das ist eine brutale Bande. Zum Teil machen sie sich vor Angst fast in die Hosen und schlagen deshalb lieber zu, bevor der Löwe womöglich beißt, zum Teil macht es ihnen einfach Spaß, die Tiere zu quälen. Der Schlimmste ist dieser Gerome Homer, der zweite Direktor. Erinnerst du dich an das Tigerkind, das Dr. Lemberger behandelt hat? Das war doch das reinste Kätzchen. Ich weiß noch, wie April es immer auf dem Arm herumtrug.« Walter registrierte, dass Alex' Augen bei der Erwähnung der jungen Frau immer noch aufleuchteten. »Inzwischen verkriecht es sich in der hintersten Ecke des Käfigs, wenn ein Mensch sich auch nur nähert. Und dann dieses Pferd ...«

Walter horchte auf. »Der Hengst?«, fragte er.

Alex zuckte mit den Schultern. »Die haben hier fast nur Hengste. Aber die meisten spuren – müssen sie ja, sonst kommen ganz ähnliche Dressurmethoden zum Einsatz wie bei den Raubtieren. Nur der eine ...«

»Wild Bill«, erinnerte sich Walter. »Ich kenne ihn, ich hab ein paarmal mit ihm gearbeitet.«

Alex grinste ihm zu. »Ich auch«, gestand er. »Nach deinen Lehren. Du hattest mir ja gezeigt, wie man mit Pferden arbeitet, deren Bau nicht optimal dafür geeignet ist, einen Reiter zu tragen …«

»Und hat's funktioniert?«, fragte Walter erwartungsvoll.

Alex zwinkerte ihm zu. »Klar. Ich hab allerdings nur ein- oder zweimal drauf gesessen. Der Zirkus wollte ja weiter Geld damit verdienen, dass er die Leute abbuckelt, und dazu mussten sie ihm nur diesen katastrophalen alten Stocksattel auflegen …«

»Du hast dir die hundert Dollar also nicht verdient?«, fragte Walter.

Alex verdrehte die Augen. »Du glaubst doch nicht, dass die das Geld an ihren angestellten Tierarzt ausgezahlt hätten! Nein, ich hab mich da schön zurückgehalten. Obwohl mir das Tier leidtut.«

»Ich könnte das Geld gut brauchen«, sagte Walter.

Es kostete ihn Überwindung, das seinem früheren Schüler gegenüber zuzugeben, aber wenn Alex jetzt hierblieb, würde er schnell merken, wie schlecht es den von Prednitzens finanziell ging.

Alex machte eine Handbewegung, als überreichte er Walter ein Geschenk. »Bitteschön«, sagte er gelassen. »Red nur mit dem Direktor oder dem Pferdeknecht, dass er einen anderen Sattel drauflegt. Der von Marinero passt, das ist ein Schimmelhengst, den stellt die Freundin von Homer in der Hohen Schule vor. Und mach dich ein bisschen mit Bill bekannt. Er ist an sich ein netter Kerl. Frisst sehr gern Möhren.« Alex lächelte. »Aber jetzt mal was ganz anderes«, meinte er und forderte die Elefantenkuh auf, stehen zu bleiben. Während des Gesprächs hatten sie mit dem Tier und seinen johlenden jungen Reitern das Stallzelt zweimal umrundet. Nun gab Alex Lakshmi die Anweisung, die Kinder wieder herunterzulassen. Walter hinderte Petey daran, sich über die Ohren runterzuhangeln, als der Elefant Marty durch die Luft hob. »Ich …« Alex schien es recht zu sein, dass er Walter bei der Frage nicht ansehen musste. »Wie …

geht es denn April? Und … und Cedric? Sie … haben geheiratet, nicht?«

Walter erschrak. »Du weißt es noch nicht?«, fragte er betroffen. »Oh, Alex, haben dir deine Eltern denn nicht geschrieben?«

»Was geschrieben?« Alex erbleichte. »Ist etwas mit April? Ist ihr etwas passiert?«

Die Kinder stoben davon, als Walter Alex von Cedrics Tod erzählte. Walter fand sie später im Stall von Wild Bill. Petey hangelte sich gerade über die Gitterstäbe des Verschlags auf den Rücken des Hengstes. Wild Bill legte die Ohren an, bockte aber nicht. Walter sperrte die Kinder aus und erneuerte seine Bekanntschaft mit dem braunen Hengst. In der Tasche seiner alten Jacke fand sich sogar ein Stück Möhre. Zwar ziemlich vertrocknet, da seit Tagen vergessen, doch Wild Bill war trotzdem hocherfreut und nahm ihm das gummiartig verschrumpelte Gemüse vorsichtig aus der Hand.

»Wir sehen uns bald wieder«, sagte Walter freundlich, bevor die Kinder erneut verschwinden und etwas anstellen konnten. »Ich spreche morgen mit Mr. Homer.«

Alex war aufgewühlt – auch noch am übernächsten Morgen, als er nichts mehr im Zirkus zu tun hatte und eigentlich hatte nach Hause fahren wollen. Oder doch erst nach Epona Station, um April zu sehen? Alles in ihm sehnte sich danach, die junge Frau zu besuchen, vielleicht zu trösten – selbst wenn Walter ihm da wenig Hoffnungen gemacht hatte. Zumindest konnte er ihr sein Beileid aussprechen. Das war gesellschaftlich gesehen eigentlich sogar seine Pflicht … Er überlegte, ob er Blumen kaufen sollte, als ihm die Wohnwagenkatze des Jongleurs und Messerwerfers Boris über den Weg lief. Tatjana war eine burmesische Schönheit mit seelenvollen blauen Augen. Ilonka, Boris' Frau, die in seiner Nummer als Assistentin auftrat, vergötterte sie. Einige Monate zuvor hatte die Edelkatzendame sich allerdings mit einem verwegenen rothaarigen Streuner eingelassen und drei entzückenden Katzenkindern das Leben geschenkt.

Alex brachte das auf eine Idee – die Kleinen mussten inzwischen alt genug sein, entwöhnt zu werden. Er machte sich auf den Weg zu Ilonkas und Boris' bunt bemaltem vierrädrigem Heim und klopfte. Kurz danach verließ er den Wagen mit einem Korb, in dem ein rot gestromtes Kätzchen protestierend maunzte.

Alex stellte sein Geschenk auf den Beifahrersitz des alten Ford, den er sich von seinen spärlichen Honoraren gekauft hatte, und ließ den Wagen an. Eine halbe Stunde später erreichte er Epona Station.

Julius von Gerstorf bewegte auf dem Reitplatz ein junges Pferd und begrüßte ihn freundlich.

»Na, Alex? Genug Zirkusluft geschnuppert? Oder bist du nur zu Besuch hier?«

Alex lächelte ihm zu. »Vorerst zu Besuch, aber ich werde im Zirkus kündigen. Muss nur sehen, was ich stattdessen anfange. Wie sieht es hier aus?«

Julius' Miene verdüsterte sich. Er hielt sein Pferd an der Bande vor Alex an und stieg ab. »Was willst du hören?«, fragte er. »Wie unsere Pferde laufen? Ganz gut, das Gestüt wird den Krieg wohl überstehen. Selbst wenn sie den Rennbetrieb in Ellerslie einstellen sollten. Oder geht es um April? Du hast davon gehört?«

Alex nickte. »Von Walter«, sagte er. »Und ich bin hier, weil … Ich möchte ihr mein Beileid aussprechen. Es ist furchtbar … ich meine … es muss furchtbar für sie sein so kurz nach der Hochzeit …«

Julius nickte. »Und nachdem sowohl April als auch ich Cedric unsere Missbilligung seiner Pläne ausgesprochen hatten, in den Krieg zu ziehen.« Er rieb sich die Stirn. »Ich bin ziemlich laut geworden. Dabei wollte ich das gar nicht … Es ist doch … Alex, hab ich ihn je herablassend behandelt? War ich je anders zu ihm als … als zu dir oder zu Jonathan?«

Alex hatte den Mann, den er einmal für seinen Vater gehalten hatte, nie so gequält gesehen.

»Ich fand, du hast ihn gut behandelt«, meinte er. »Eigentlich …

Also Jonathan und ich haben ihn immer ein bisschen beneidet. Weil er deine Pferde reiten durfte und gelobt wurde, während ich nur meine Shelley hatte, und Jonathan ... Na ja ...«

Julius fuhr sich durch sein volles blondes Haar. »Mia hat mir immer vorgeworfen, ich hätte Jonathan schlecht behandelt. Wahrscheinlich hab ich überhaupt alles falsch gemacht ...«

Alex wurde die Sache langsam peinlich. »Ich glaub nicht«, sagte er dann ehrlich. »Jonathan hat gekriegt, was er wollte. Er ist sehr glücklich in Australien. Ich hab ihn ein paarmal getroffen, als ich noch in Sydney studierte. Er war dort ganz anders als hier – viel ... selbstbewusster. Es war ganz sicher richtig, ihn dorthin zu schicken. Und Cedric ... Cedric hat auch bekommen, was er wollte. April, das Gestüt ... Er hätte das Gestüt bekommen, nicht?«

»April hätte es bekommen«, stellte Julius richtig.

Alex zuckte mit den Schultern. »Und er war ihr Mann. Wenn ihm das nicht gereicht hat ... wenn er unbedingt noch einen Offiziersrang haben wollte oder einen Orden oder was auch immer ... Was hatte das mit dir zu tun?«

»April meint, er wollte mir nacheifern. Ich hätte ihm den Eindruck vermittelt, ein militärischer Rang wäre mir wichtig.« Julius machte Anstalten, sein Pferd in Richtung Stall zu führen.

Alex lachte. »Dir?«, fragte er dann. »Onkel Julius, wir haben beide mal gedacht, du wärst mein Dad. Ein großzügiger Dad, du warst ein guter Vater. Du hast mir immer was mitgebracht, wenn du auf Reisen warst. Aber niemals ein Gewehr, niemals Zinnsoldaten, nicht mal Kavalleriereiter. Keine Spielzeugsäbel, keine Trommel – nichts. Das sieht nicht nach einem Mann aus, der von einer militärischen Karriere seines Sohnes oder seines Schwiegersohnes träumt.«

Julius wirkte, als hätte man eine Last von ihm genommen.

»Vielleicht kannst du das ja auch mal April sagen«, meinte er. »Falls sie mit dir redet ... Sehr viel redet sie nicht, seit ...«

Die beiden passierten Alex' Auto, in dem das Kätzchen nun lauthals protestierte. Julius' Pferd tänzelte nervös.

»Ich habe ihr ein Geschenk mitgebracht«, erklärte Alex etwas verlegen.

Julius lächelte. »Dann versuch mal dein Glück. Sie ist bei Maria in der Praxis. Nachdem sie die ersten Wochen nur im Bett lag und geweint hat, lässt sie sich jetzt immerhin überreden, während der Sprechstunde ein wenig zu helfen. Geritten ist sie noch nicht wieder. Als wollte sie sich selbst bestrafen ...«

»Ich geh hin«, meinte Alex, fast etwas erleichtert, dass er April nicht allein würde gegenübertreten müssen. Er glaubte, weniger befangen zu sein, wenn Maria dem ersten Treffen beiwohnte.

Das Wartezimmer war leer, und Alex setzte sich, den Katzenkorb auf dem Schoß. Er wartete, bis Maria eine Frau und ihren kleinen Hund entließ, stand auf, begrüßte sie und fragte nach April.

In ihrer etwas spröden Art versicherte ihm Maria, dass sie sich freue, ihn wiederzusehen. »Und was hast du da?«, fragte sie. »Einen Patienten? Du bist doch selbst Tierarzt. Du musst uns vom Zirkus erzählen, von den Tieren, die du behandelt hast.«

»Ich wollte erst April ...« Alex hörte, wie sich die Tür zum Sprechzimmer öffnete, wandte sich um und sah sich April gegenüber. Sie war schmaler geworden, wirkte ernster, auch durch das schwarze Kleid, das sie trug, und das streng aufgesteckte Haar. Dazu war sie blass, sie hatte ihre Haut lange nicht mehr der Sonne ausgesetzt. Nichtsdestotrotz fand er April wunderschön. Alex verschlang sie mit seinen Augen. Dann nahm er sich jedoch zusammen. »April, ich ... ich hab von deinem Verlust gehört«, sagte er förmlich. »Es ... es tut mir schrecklich leid ...« April nickte. Alex trat einen Schritt näher. »Als wir ... als wir uns das letzte Mal sahen, hattest du den kleinen Tiger. Und ... also ich ... Ich kann dir keinen Tiger bieten, aber ich dachte, die hier ... die hier bringt dich vielleicht ein bisschen auf andere Gedanken ...« Er öffnete den Korb und hob sanft das Kätzchen heraus. Es hatte ein flauschiges Fell, eine sattrote Farbe und leuchtend grüne Augen. Kurz fauchte es, dann begann es, kläglich zu maunzen. »Hier, sie ist ... ich glaube, Kroatin. Ich weiß nicht, wie gut sie Englisch spricht.« Er zwinkerte ihr zu. »Ilonka und Boris aus dem Zirkus haben sie Zora genannt. Aber das kannst du natürlich gern ändern …«

Alex beobachtete April unsicher. Als er ein Lächeln in ihrem Gesicht aufgehen sah, atmete er erleichtert auf.

»Ist die niedlich!«, entfuhr es April. Sie nahm ihm die Katze ab. Alex stellte den Katzenkorb auf den Boden. »Das ist sehr … sehr lieb von dir«, fügte April hinzu und sah ihn an. Das Kätzchen schmiegte sich an ihre Schulter. Sie streichelte es. »Kleine Zora …«, flüsterte sie.

»Dem … dem Tigerkind geht es auch gut«, meinte Alex. »Es … ist gewachsen …«

April lächelte nachsichtig. »Das war zu erwarten«, erklärte sie, es klang fast wie ein Necken. »Wirst du jetzt hierbleiben?«

Alex nickte. »Wahrscheinlich. Vielleicht nicht lange … aber ich gehe nicht nach Australien. Ich … Vielleicht kann ich ja bei meiner Mutter etwas helfen.«

»Das wäre schön«, sagte April. »Sie wird sich sicher freuen.«

Alex wagte das zwar zu bezweifeln, aber er fand Aprils Reaktion auf jeden Fall ermutigend.

»Ich würde Zora dann auch … gern mal besuchen«, versuchte er einen weiteren vorsichtigen Vorstoß. »Also wenn dir das recht wäre.«

April hatte ihr Gesicht in dem weichen Fell des Katzenkindes versteckt, hob nun jedoch leicht den Blick.

»Warum nicht?«, fragte sie. »Du musst vom Zirkus erzählen. Möchtest du … ein Glas Wasser oder so? Ich würde Zora gern ins Haus bringen. Du brauchst mich doch gerade nicht, Maria?«

Maria hatte dem verhaltenen Gespräch verständnislos gelauscht, aber die Sprechstunde war tatsächlich zu Ende. Sie selbst hätte Alex' Bericht über die Zeit im Zirkus zwar ebenso gern gehört, irgendetwas sagte ihr hingegen, dass es besser war, die jungen Leute allein zu lassen. Und außerdem musste sie aufräumen. Maria verließ die Praxis nie, ohne vorher geputzt und die Instrumente desinfiziert sowie nach Größe geordnet zu haben.

Walter sprach gleich am nächsten Tag im Zirkus vor, und erneut diskutierten die Direktoren tagelang darüber, ob sie eine Zähmung des wilden Pferdes nun zulassen wollten oder nicht. Immerhin hatten sie nichts dagegen, dass Walter den Hengst in dieser Zeit jeden Tag besuchte, und Walter nutzte sie, um dem Pferd näherzukommen und sich einen besonders spektakulären Auftritt mit ihm zu überlegen.

Als die Homer-Brüder ihm dann endlich die Erlaubnis gaben, saßen nicht nur Nellie und die Jungen im Zuschauerraum, sondern auch Maria und Bernhard mit den Dadas und zur allseitigen Überraschung Alex und April. Letztere zu überreden war nicht einfach gewesen, aber nachdem Alex ausgiebig vom Zirkus erzählt hatte, war sie begierig, all die Tiere und Menschen einmal persönlich zu sehen. April trug zwar immer noch ein schwarzes Kleid und ihre strenge Frisur, doch sie lächelte gelegentlich über die Scherze der Clowns und bewunderte die Schönheit der arabischen und spanischen Pferde. Die Leistungen der Dressurreiter fand sie enttäuschend, amüsierte sich jedoch ein wenig über Davids missbilligenden Kommentar, der nur zu sehr an Marias berüchtigte Vorträge erinnerte.

»Ich sehe hier keine korrekte Beizäumung«, bemerkte der Junge. »Das Pferd rundet zwar den Hals, tritt aber nicht ausreichend mit der Hinterhand unter den Schwerpunkt und wölbt den Rücken nicht auf ...«

»Schon gut, David«, bremste ihn Bernhard. »Hör auf. Die Leute gucken schon her!«

Schlimmer als die Reiter fanden sie alle die Raubtierdressuren. Die Tiger und Löwen wirkten verängstigt, allerdings auch gereizt. Ihr Dompteur führte einen Dreizack und eine Peitsche mit sich und scheute sich nicht, die Zwangsmittel zu gebrauchen. Wobei im Allgemeinen schon ihr Anblick genügte, um die Tiere erschrecken zu lassen. Sie übersprangen Hindernisse oder flüchteten sich auf Podeste, die ihnen wohl halbwegs sicher erschienen. Von dort aus fauchten sie und schlugen mit den Tatzen nach dem Tierbändiger, der das unterstützte, da es seine Leistung, die Raubtiere unter Kontrolle zu halten, noch spektakulärer wirken ließ.

»Das ist schrecklich«, urteilte David.

Alex verzichtete darauf, ihm zu berichten, dass im Training sogar oft glühende Eisenstäbe zum Einsatz kamen, um die Tiere zu ihren Kunststücken zu zwingen. Mit einer glühenden Platte brachte man auch Bären zum Tanzen, was David schon wusste und empört verlauten ließ, als sich die junge Kragenbärin, die Nellie und Maria beim ersten Besuch im Zirkus verarztet hatten, scheinbar zur Musik drehte. Dazu trug sie eine lebende Python um den Hals. Gemischte Tiernummern gefielen dem Publikum stets besonders, auch wenn der Affe, der gleich darauf einen Elefanten ritt, ebenso verängstigt wirkte wie vorher die Raubtiere. Die Elefantenkuh Lakshmi trug ihn ohne erkennbare Regung, aber Daphne rührten ihre traurigen Augen zu Tränen.

»Die Elefanten schauen alle so unglücklich aus«, stellte sie fest.

April nickte. »Ich hab mal gelesen, sie könnten weinen …«, sagte sie mit erstickter Stimme.

Petey und Marty beeindruckten die Raubtiernummern eher als die Dadas. Noch mehr begeisterten sie sich für die Seiltänzer und Trapezartisten.

»Untersteht euch, das nachzumachen!«, zischte Nellie, während die beiden schon Pläne dazu schmiedeten, woran man in ihrer Wohnung ein Trapez befestigen könnte.

Die Nummer mit Wild Bill war eine der letzten. Anschließend an die misslungene Zähmung des Wildpferdes durch einen Zuschauer sollte nur noch die Schlussparade kommen. Das Ganze verlief zunächst so, wie Nellie es von ihrem ersten Zirkusbesuch kannte.

Gilbert Homer kündigte das unzähmbare Pferd an und versprach die Belohnung, woraufhin sich sofort etliche mutige Reiter meldeten. Neuseeland steckte immer noch in den Ausläufern der Depression, und hundert Dollar waren ein gewaltiger Anreiz, vor allem für großspurige junge Farmarbeiter.

Alex beobachtete beunruhigt, dass Wild Bill erneut seinen Stocksattel trug. Hatte Walter seinen Ratschlag missachtet? Oder war dies ein Versehen? Er fürchtete, dass sein früherer Reitlehrer in diesem Fall fast so schnell aus dem Sattel kommen würde wie der junge Mann, den Homer jetzt auswählte und der stolzgeschwellt die Manege betrat.

»Jeffy Thompson mein Name«, stellte er sich vor. »Und bis jetzt hab ich noch jeden Gaul kirre gekriegt.«

In dem Rang, von dem er heruntergestiegen war, erhob sich Johlen und tosender Applaus.

»Ham Se denn auch sicher das Geld?«, fragte Thompson misstrauisch.

Homer zog mit großer Geste einen Hundertdollarschein aus der Tasche und hielt ihn hoch, sodass jeder ihn sehen konnte.

»Wir betrügen hier keinen!«, versicherte er Thompson und überreichte ihm die Zügel des Hengstes.

Der junge Mann griff sofort hart zu, ordnete die Zügel recht geschickt und setzte den Fuß korrekt in den Steigbügel. Wahrscheinlich hatte er nicht gelogen, sondern tatsächlich schon Pferde auf die harte Tour angeritten.

Wild Bill wartete routiniert, bis er sich im Sattel zurechtgesetzt hatte. Dann bockte er los. Thompson hielt sich über fünf Sprünge – durchaus eine reife Leistung. Auf Dauer saß jedoch niemand anhaltendes Bocken aus. Thompson landete im hohen Bogen im Sand und rappelte sich fluchend wieder hoch.

»Teufelsross!«, schimpfte er, bevor er zurück auf seinen Platz humpelte.

»Noch jemand?«, fragte Homer.

Die Meldungen waren jetzt bereits erheblich spärlicher, aber der Zirkusdirektor ließ den Hengst noch einen jungen Mann herunterbuckeln, bevor er schließlich Walter aufrief.

Nellies Mann hatte sich nicht zu seiner Familie gesetzt, sondern saß näher an der Manege, um möglichst nicht erkannt zu werden. Natürlich konnte es seinem Renommee als Bereiter nur nutzen, wenn er das Pferd zähmte, aber falls es doch schieflief, blieb er lieber inkognito.

Nun ging er gelassen in die Bahn und verzichtete darauf, sich vorzustellen – ein deutscher Name verbesserte das Ansehen eines Mannes zurzeit nicht gerade. Walter sagte also nur »Darf ich?« zu Homer und nahm dem Hengst zum allgemeinen Erstaunen den Sattel ab. Dann führte er Bill an den Rand der Manege. Von der erhöhten Umrandung aus ließ er sich vorsichtig auf Bills Rücken gleiten. Als er entspannt saß, wandte das Pferd ihm den Kopf zu. Walter streichelte den Hengst. Beim Üben hatte er ihm eine Möhre gegeben, jetzt sollte der Ritt jedoch spontan aussehen. Walter schnalzte dem Pferd kaum hörbar zu, woraufhin sich Bill in Bewegung setzte. Tosender Applaus wallte auf, als er im Schritt einmal die Manege umrundete. Danach stieg Walter ab.

»Ich glaube, Sie schulden mir einhundert Pfund«, sagte er mit tönender Reitlehrerstimme zu Homer, woraufhin die Menge sich noch mehr begeisterte.

Homer bemühte sich um einen unglücklichen Gesichtsausdruck, als er dem Pferdezähmer den Geldschein überreichte.

»In zehn Jahren haben wir das noch nie erlebt!«, verkündete er dann dem Publikum und schüttelte Walter gratulierend die Hand. »Eine große Leistung, die sich nahtlos anschließt an die Leistungen all unserer Artisten und Tierbändiger, die Sie hoffentlich heute Abend erfreut haben, meine Damen und Herren! Bleiben Sie noch zur Schlussparade, und erfreuen Sie sich dabei an unseren exotischen Tieren und den bunten Kostümen der Zirkusmitglieder!«

Walter war damit verabschiedet, und Wild Bill wurde über den Sattelgang hinausgeführt, wo bereits die Artisten auf Pferden und Elefanten warteten. Auch die beiden Kamele wurden geritten, die Lamas geführt. Zu Davids, Daphnes und Aprils Entsetzen führte der Tigerdompteur die kleine Sally an der Leine um die Runde. Sally folgte mit ängstlich gesenktem Kopf und nervös schlagendem Schwanz.

»Das ist gemein«, rief David aufgeregt. »Das darf man mit ihr nicht machen! Ich will zu ihr. Können wir sie besuchen, bitte, Mama?«

Alex schüttelte den Kopf. »Eure Mutter kann an einem anderen Tag mit euch hingehen. Jetzt nach der Vorstellung ist es ungünstig, da wollen die Artisten ihre Ruhe.«

»Dann könnten wir sie ja freilassen«, schlug Daphne vor. »Wenn gerade keiner da ist, meine ich.«

Ihr Vater bemühte sich, ihr zu erklären, warum das ausgeschlossen war. »Das wäre Diebstahl, Daphne. Und was sollten wir auch mit einem Tiger?«

Maria hingegen nickte selbstvergessen. »Ich fahre morgen sowieso hierher«, bemerkte sie, wieder einmal etwas unzusammenhängend. »Der Direktor will was von mir. Wahrscheinlich geht es um irgendeinen schwierigen Fall bei einem der Tiere, mit dem Alex nicht zurechtkommt. Oder was meinst du, Alex?«

»Ich bin immer bereit zu einem Konsil«, erklärte Alex, obwohl er sich bezüglich der Absichten des Direktors eher etwas anderes vorstellen konnte. »Besonders mit Ihnen, Dr. Lemberger. Ihre Kenntnisse über Exoten imponieren mir sehr – zumal ich selbst bei der Einschätzung der Erkrankungen mitunter ziemlich versagt habe.«

Maria nickte, ohne geschmeichelt zu lächeln. Sie wusste, dass sie sich mit exotischen Tieren besser auskannte als die meisten anderen Tierärzte.

»Dann kannst du uns ja fahren, Alex«, bat sie. »Ich soll um acht Uhr dort sein. Passt das?«

Der junge Mann nickte.

»Bernhard?« Maria hatte nicht damit gerechnet, ihren Mann nach ihrem Besuch im Zirkus am nächsten Tag zu Hause anzutreffen, doch sein Auto stand auf dem Hof von Epona Station, und als sie das Haus betrat, saß er am Küchentisch. Er wirkte wie paralysiert und drehte einen Brief in den Händen. Der Umschlag lag auf dem Tisch. *Enemy Alien Control Program, Auckland*, stand darauf. »Die Vorladung?«, fragte sie.

Bernhard nickte. »Ich soll mich Dienstag in drei Wochen auf dem Polizeirevier in Auckland einfinden. Einvernahme zum Zwecke der Prüfung der möglicherweise feindlichen Gesinnung gegenüber meinem Gastland. Gastland! Ich lebe hier! Ich bin längst eingebürgert!«

»Vielleicht sollten wir widersprechen?«, meinte Maria. »Es könnte doch ein Fehler sein.«

Bernhard schüttelte den Kopf. »Das macht uns wahrscheinlich erst recht verdächtig. Was wollte denn der Zirkus?«

Maria setzte sich. »Der Direktor möchte mich gern als Tierärztin anstellen. Alex will ja nicht mit nach Australien, er hat den Erwartungen zudem nicht immer entsprochen. Ich habe ihm natürlich gesagt, dass es nicht möglich ist. Deine und meine Praxis, die Kinder …« Sie wirkte gelassen. Wenn ihr die Absage schwergefallen war, ließ sie es sich zumindest nicht anmerken. »Und ich … ich reise ja auch nicht gern.«

Das war eine Untertreibung. Maria hasste und fürchtete jegliche Unterbrechung ihrer Alltagsroutine.

Bernhard spielte erneut mit dem Brief. »Und … wenn wir es doch machen würden?«, fragte er schließlich leise. »Im Zirkus wären wir sicher. Niemand wird das fahrende Volk nach seiner ursprünglichen Nationalität fragen. Man ist ja auch nirgendwo gemeldet. Wenn uns jemand fragt, könnten wir sagen, wir seien Schweizer.«

Maria runzelte die Stirn. »Die Kinder müssen zur Schule gehen«, erklärte sie in dem Tonfall, in dem sie feste Regeln von sich zu geben pflegte.

Bernhard zuckte mit den Schultern. »Sie sind doch noch klein. Sie sind erst gerade zehn geworden. Und sie lernen leicht. Wir könnten sie ein oder zwei Jahre lang selbst unterrichten. Ewig kann der Krieg ja nicht dauern.«

Tatsächlich war der Bücherwurm David seiner Klasse längst weit voraus, und Daphne gehörte immer zu den besten Schülerinnen.

»Und du? Deine Praxis?«, fragte Maria.

»Kann Nellie übernehmen«, meinte Bernhard. »Genau wie deine Kleintiere. Oder Alex. Der sucht ja verzweifelt eine Beschäftigung, und wenn er hier praktiziert, könnte er April jeden Tag sehen.«

Maria überlegte. So gesehen waren sie abkömmlich. Wenn da nur nicht ihre Angst vor dem Leben auf der Straße wäre. Sie hatte sich schwer von ihrer Wohnung in Berlin getrennt, von den Möbeln, die ihr von Kindheit an vertraut waren, und der Anordnung der Räume. Es hatte lange gedauert, bis sie sich in ihrer Wohnung auf Epona Station sicher gefühlt hatte. Und nun ein Wohnwagen? Alle paar Wochen eine andere Stadt?

»Du könntest die Zootiere behandeln, und ich könnte in jeder Stadt einen Aushang machen, dass ich mich um Pferde und um die Tiere der Landbevölkerung kümmere. Es gibt sicher auch in Australien noch viele Landstriche ohne tierärztliche Versorgung.« Bernhard begann sich immer mehr für die Idee zu erwärmen. »Für die Kinder wäre es eine großartige Erfahrung. Etwas ganz anderes. Mensch, wer träumt nicht davon, mal mit einem Zirkus zu reisen?«

Maria hatte nie von etwas dergleichen geträumt, aber das behielt sie für sich. Im gleichen Maße wie Bernhards Euphorie stieg ihre Angst, andererseits wusste sie nur zu gut, wie es ihm nach Empfang der Vorladung gehen musste. Es war ein grauenhaftes Gefühl, sich nicht sicher zu fühlen. Und Bernhard half es im Zweifelsfall nicht, sich in einem Schrank zu verstecken.

Maria zwang sich zu einem Lächeln. »In unserem Wohnwagen muss es einen Schrank geben«, sagte sie.

Bernhard erwiderte das Lächeln, dankbar und zärtlich. »Ich weiß, wie schwer es für dich ist«, erwiderte er. »Andererseits magst du exotische Tiere …«

Maria nickte. »Die Arbeit mag ich«, räumte sie ein.

Bernhard nahm sie in den Arm und zog sie an sich – vorsichtig wie immer, er musste sicher sein, dass Maria die Berührung in genau diesem Moment begrüßte. Sie schmiegte sich an ihn.

»Dann gehen wir doch mal raus und verkünden den Kindern die gute Nachricht!«, sagte Bernhard betont fröhlich.

Maria knüllte den Brief vom Ausländeramt zusammen und warf ihn in den Papierkorb.

»Tatsächlich? Wo? Und wirklich etwas mit Pferden?« Nellie strahlte, als Walter sie am selben Abend mit der begeisterten Ankündigung begrüßte, er habe endlich wieder eine feste Anstellung. »Wenn's einigermaßen annehmbar bezahlt ist, können wir vielleicht wieder eine Kinderfrau anstellen.«

Die Kinder teilten sich im Wohnzimmer eine riesige Portion Popcorn. Walter hatte sie damit ruhiggestellt, um mit Nellie reden zu können. Er brannte vor Tatendrang, wirkte jedoch auch nervös.

»Ich werde ganz gut bezahlt«, meinte Walter. »Es ist nur … es ist beim Zirkus.«

Nellie wusste nicht, ob Beifallheischen oder Trotz in seiner Stimme mitschwang.

»Beim Zirkus?«, fragte sie. »Aber dann ist es doch befristet. Wann wollen die nach Australien? In ein oder zwei Wochen? Und ob Arbeiter im Zirkus so gut bezahlt werden?«

Walter schüttelte den Kopf. »Ich würde nicht als Arbeiter mitreisen, sondern als Artist«, erklärte er stolz. »Diese Nummer, die ich da mit Wild Bill erarbeitet habe, hat die Homers rundum begeistert. Sie möchten sie in jeder Stadt zeigen.«

Nellie runzelte die Stirn. »Nummer?«, fragte sie. »Die Zähmung des angeblich so wilden Pferdes? Verstehe ich richtig, dass Wild Bill weiterhin jeden Tag ein oder zwei Leute abbuckeln und sich dann anschließend von dir einer Wunderheilung unterziehen lassen soll? Das ist keine Dressur, Walter, das ist Betrug!«

Walter schüttelte den Kopf. »Nun übertreib nicht! Es ist ein Teil der Show, genau wie alle anderen Zirkusnummern. Und was die Leute angeht … die machen das ja freiwillig.«

»Das Pferd macht es nicht freiwillig!«, erregte sich Nellie. »Das wird jedes Mal erschreckt und hat Schmerzen. Es bockt doch hauptsächlich, weil ihm der Sattel nicht passt. Walter, so was … passt gar nicht zu dir!«

»Das Pferd macht das schon jahrelang. Es ist dran gewöhnt. Mir gefällt das natürlich nicht wirklich. Aber wenn ich erst mal im Zirkus Fuß gefasst habe, kann ich sicher auch andere Nummern entwickeln. Ihr habt alle gesehen, wie schlecht die Dressurpferde geritten sind. Da könnte ich einiges verbessern.« Walter sprach im Brustton der Überzeugung.

Nellie lachte enttäuscht auf. »Und die werden gerade auf dich hören! Einen Neuling, der nie was mit dem Zirkus zu tun gehabt hat. Mensch, Walter, die machen das seit Generationen so. Die werden nicht plötzlich anfangen, ihre Pferde nach vorwärts-abwärts zu reiten und langsam aus der Dehnungshaltung die Versammlung zu entwickeln, um dann nach Jahren die ersten Lektionen der Hohen Schule zu erarbeiten. Wenn sie ihre Pferde auf eine heiße Platte stellen und vorne fest genug halten, piaffieren die auch. Und nicht erst nach Jahren. Denk an den Tanzbären!«

Walter sah sie beleidigt an. »Die junge Frau, die dort die Dressurpferde vorführt, machte nicht den Eindruck, als ob sie die Tiere absichtlich misshandeln würde.«

»Sie weiß wahrscheinlich gar nicht, was sie tut«, höhnte Nellie und senkte dann ihre Stimme. »Walter, bitte sag mir, dass du nicht ernstlich in Erwägung ziehst, diesen fragwürdigen Job anzunehmen!«, bat sie eindringlich. »Schon deshalb nicht, weil du mich hier nicht allein lassen kannst und willst. Mit der Praxis, der Pferdepraxis und den Kindern ...«

Walter hielt ihr einen Brief entgegen. »Wenn ich hier durchfalle, Nellie, dann lasse ich dich auch allein. Zwangsläufig. Und ohne dir Geld schicken zu können.«

Nellie überflog die Vorladung zu einem Verhör über seine politischen Ansichten. Beide hatten längst mit einem solchen Brief gerechnet, sich bislang jedoch keine großen Sorgen darüber gemacht. Nellie warf ihn achtlos wieder auf den Tisch.

»Wegen dieser Gewissensprüfung willst du nach Australien flüchten?«, fragte sie ungläubig. »Mach dich nicht verrückt, Walter, du bist doch kein Nazi! Du wirst ganz leicht bestehen, du musst einfach die Wahrheit sagen. Erklär ihnen, warum du Deutschland verlassen hast und dass wir hier längst Fuß gefasst haben als Bürger Neuseelands.«

Walter sah sie an, er wirkte erzürnt. »Ich soll ihnen also sagen, dass ich aus Deutschland weg bin, weil ich auf keinen Fall wieder in irgendeinen Krieg ziehen wollte?«, fragte er provokant. »Die Prüfer wären zweifellos begeistert. Jetzt, wo jeder aufgefordert ist, sich freiwillig zu den Truppen zu melden, zumal, wenn er weiß, wie man ein Gewehr abfeuert. Mit ein bisschen Pech wird man mir meine Weigerung als mangelnden Patriotismus auslegen, wenn nicht gleich als feindliche Haltung. Und dann sitze ich auf einer regnerischen Insel im Nirgendwo und kann nichts tun, um dir beizustehen.«

»Mom! Was sollen wir machen? Uns ist langweilig«, rief Petey.

Die Kinder hatten das Popcorn offenbar vertilgt, und Petey kam in die Küche, während Marty im Wohnzimmer am Radio herumdrehte. Diese Neuanschaffung ihrer Eltern begeisterte beide Jungen. Sie verdrehten leidenschaftlich die von Walter und Nellie mühsam eingestellten Sender. Nachdem ihnen irgendjemand scherzhaft erzählt hatte, die Sprecher und Musiker seien in dem Kasten eingesperrt, hatte Marty sich zur Mission gemacht, sie zu befreien. Walter ging rüber und entzog ihm energisch das Gerät, woraufhin er zu weinen begann.

Nellie erkannte, dass ein rasches Vorgehen notwendig war, um die Kinder zu beschäftigen. Sie konnte ihr Gespräch mit Walter jetzt nicht unterbrechen. Seufzend griff sie in ihre Arzttasche und holte ein Stethoskop heraus.

»Hier, damit dürft ihr heute mal spielen. Hört euch gegenseitig ab, und sagt mir dann, ob einer von euch krank ist.«

Die Jungen rissen sich das Instrument gleich gegenseitig aus den Händen und verschwanden in ihrem Zimmer. Nellie hoffte, dass von ihrem Instrument hinterher noch etwas übrig war. Jetzt wandte sie sich wieder ihrem Mann zu.

»Wir müssten uns einfach genau überlegen, was du den Prüfern erzählst«, erklärte sie aufmunternd. »Das kann doch nicht so schwer sein. Du könntest zum Beispiel sagen, du wärst im letzten Krieg verletzt worden oder du wärst verschüttet gewesen und danach warst du ein ... Wie heißt das noch? Kriegszitterer ...«

Viele Soldaten waren in den Schützengräben derart in Panik geraten, dass sie noch Jahre danach beim kleinsten Auslöser Angstzustände zeigten.

»Nellie!« Walter blickte sie beleidigt an. »Ich bin doch kein Weichling! Natürlich hat mich der Krieg mitgenommen, aber nicht so völlig aus der Bahn geworfen wie die Schüttler. Da müsste ich mich ja schämen.«

»Finde ich nicht«, sagte Nellie und verzog das Gesicht. »Bei Benno hattest du volles Verständnis ...«

»Benno war ein Hund«, argumentierte Walter.

»Na und? Also spätestens seit dem Erdbeben kann ich sehr gut nachvollziehen, wie sich die Kriegsneurotiker gefühlt haben. Ist auch egal, du kannst was anderes erzählen. Mir fällt schon was ein. Aber lass mich hier nicht mit den Kindern allein, nur weil du Spaß daran hast, ein paar Jahre in einem fremden Land herumzuziehen und dich zu amüsieren.« Nellie horchte in Richtung Kinderzimmer, wo die Stimmen der Jungen inzwischen verstummt waren. Wahrscheinlich spielten sie wirklich mal friedlich.

»Es geht nicht ums Amüsieren!«, erregte sich Walter. »Es geht um Arbeit. Die es hier nicht gibt. Ich versuche es schon so lange, Nellie. Auf der Rennbahn, als Bereiter, Reitlehrer ... die Zeiten sind einfach schlecht. Was soll ich also machen? Zu Hause bleiben und die Kinder hüten?«

»Und warum nicht?«, gab Nellie zurück. So langsam wurde sie ärgerlich. »Das klappt doch zurzeit ganz gut. Solange du keine Arbeit hast, können wir uns kein Kindermädchen leisten, und ich kann die Jungs nicht mit in die Praxis nehmen. Dr. Maitland sieht das nicht gern, und ich kann ihn verstehen. Die zwei nehmen das Inventar schneller auseinander, als ich gucken kann. Schlimm genug, dass sie nach der Schule Unsinn in den Pferdeställen machen, in denen ich die Tiere behandle. Ich weiß gar nicht, was für ein Problem du damit hast. Du kommst doch gut mit ihnen aus.«

»Nellie ...« Walter atmete tief durch. »Ich bin ein Mann. Dein Mann. Willst du wirklich, dass ich mit den Kindern spiele, bei den Hausaufgaben helfe und mir hinterher eine Schürze umbinde und für sie koche?«

»Ich find es ganz schön, nach dem Heimkommen was Warmes in den Bauch zu kriegen«, meinte Nellie. »Egal, ob von mir oder von dir zubereitet. Jedenfalls besser, als wenn du mit einem Zirkus herumfährst und faule Tricks abziehst, bei denen obendrein ein Pferd gequält wird. Sag das ab, Walter! Das geht einfach nicht.«

»Und wenn du mitkämst?«, fragte Walter. »Als Tierärztin? Alex will ja hierbleiben.«

Nellie versuchte, ruhig zu bleiben. »Maria wird den Job machen«, sagte sie. Sie hatte kurz vor ihrem Gespräch mit ihrer Freundin telefoniert. »Sie hat Angst davor, aber sie wird es für Bernhard tun. Der fürchtet sich nämlich wirklich vor der Gewissensprüfung und gibt es nicht nur vor.«

»Ich mache dir nichts vor!«, rief Walter. »Aber es ist interessant, dass Maria bereit ist, für ihren Mann das ein oder andere Opfer zu bringen, während du …«

Nellie beschloss, diesen Disput nicht weiterzuführen. Es war aussichtsreicher, ihr Stethoskop zu retten.

»Überleg es dir einfach, Walter«, sagte sie bedrückt. »Denk darüber nach, was du mir damit antust. Was du uns damit antust. Es wird nicht mehr wie früher sein, wenn du zurückkommst.«

Walter verlor kein Wort mehr über den Zirkus, aber an dem Abend, nachdem das Schiff der Homer-Brüder abgelegt hatte, fand Nellie die Kinder schlecht gelaunt allein zu Hause vor.

Petey überreichte ihr einen zerknitterten Zettel. »Hier. Den soll ich dir von Dad geben«, sagte er.

Es geht nicht anders, Nellie, las sie. *Solange dieser Krieg dauert, habe ich in Auckland keine Zukunft. Ich werde Euch Geld schicken, und ich komme zurück. Ich liebe Dich. Walter*

Nellie knüllte die Nachricht zusammen und warf sie in den Papierkorb.

Alex übernahm begeistert die Kleintierpraxis auf Epona Station und verständigte sich mit Nellie über die Aufteilung der Landpraxis.

Er bezog Bernhards und Marias Wohnung und gab Lene einen kleinen Betrag dafür, dass sie ihm den Haushalt führte. Die Kinderfrau hatte Maria, Bernhard und die Zwillinge nicht begleitet. Sie fürchtete sich kaum weniger vor dem Leben auf der Straße als Maria, und die Kinder brauchten auch keine Betreuung mehr, wenn sie den ganzen Tag mit ihrer Mutter und ihrem Vater zusammen waren.

Für Nellie hatte das den Vorteil, dass sie Petey und Marty nach wie vor auf Epona Station lassen konnte, wenn sie in der Gegend zu tun hatte. Natürlich hätte sie Lene am liebsten mit in ihre Wohnung nach Auckland genommen, aber das lehnte diese rigoros ab.

»Die Gegend ist schrecklich, Dr. Nellie! Sie merken das wahrscheinlich nicht so, weil Sie ja immer im Auto unterwegs sind. Aber ich wage mich da allein nicht auf die Straße. Das war sicher mal ein angesehenes Arbeiterviertel, aber jetzt haben so viele Männer keinen Job ... Es sind auch immer mehr Maori ...«

Lene fürchtete sich vor den Einheimischen Neuseelands, seit sie einmal eine Vorführung von Kriegstänzen gesehen hatte. David und Daphne hatten sich zudem einen Spaß daraus gemacht, ihrer Kinderfrau von Menschenfressern und abgeschnittenen und gepökelten Köpfen zu erzählen, die Maori-Krieger früher angeblich gesammelt hatten. Das gab es heute natürlich alles nicht mehr, aber Nellie musste Lene insofern recht geben, als dass die Maori in ihrem Wohnviertel entwurzelt und verbittert und dementsprechend aggressiv waren. Viele tranken – genau wie ihre weißen Nachbarn – und schlugen ihre Frauen und Kinder. Lene kannte dieses Milieu nur zu genau, sie war in einer solchen Familie groß geworden. Nie wieder wollte sie in eine Gegend zurück, in der entsprechende Verhältnisse herrschten. Immerhin unterstützte sie Nellie auf Epona Station, wo sie konnte.

Auch April nahm sich wieder der Jungen an. Sie schien ihre Trauer langsam zu überwinden und ritt täglich aus. Meistens zog sie allein durch die Wälder, doch mitunter konnte Alex sie zu einem gemeinsamen Ritt überreden. Mit ihm fachsimpelte sie auch erneut ein wenig über Zucht. Er dachte daran, seine Shelley von Erlkönig decken zu lassen.

»Sie ist noch nicht zu alt«, befand er. »Gerade mal fünfzehn und völlig gesund. Eigentlich dürfte nichts schiefgehen.«

»Außer dass sie dem Fohlen ihre ... äh ... Schwierigkeiten vererbt ...«

April mochte es nicht aussprechen, aber Shelley war nun einmal weder hübsch noch schnell.

»Das hoffe ich nicht«, hielt Alex dagegen. »Erlkönig ist ein Stempelhengst wie der Vater von Bukephalos. Mit etwas Glück wird das Fohlen seinem Vater gleichen wie ein Ei dem anderen – man sollte nur nicht unbedingt mit ihm weiterzüchten.«

»Deine Mutter wird aber nicht begeistert sein«, gab April zu bedenken.

Alex zuckte mit den Schultern. »Shelley gehört mir. Und wenn das Fohlen wirklich gut wird, überzeugt es sie vielleicht, mal von ihrer unsinnigen Idee der endlosen Linienzucht abzugehen. Sie hat ja durchaus schöne Stuten – und schnelle Pferde. Wenn sie die mal mit einem eurer Hengste zusammenbrächte ... Aber dafür ist sie zu stolz. Sie will nicht zugeben, dass deine Eltern mehr von Pferden verstehen als sie.«

Willie war natürlich nicht zu überzeugen. Sie war ohnehin verärgert darüber, dass Bernhard nach Australien gegangen war und nun auch noch ihr Sohn für ihn einsprang. Wenn sie einen Tierarzt brauchte, verlangte sie stets ausdrücklich Dr. Nellie. Nellie hoffte nur, dass es nicht irgendwann zu einem Notfall kam, bei dem nur Alex zur Verfügung stand.

Die Verbindung zwischen Shelley und Erlkönig brachte April und Alex einander weiter näher. April kümmerte sich um die Stute. Sie hielt sie, während Alex sie rektal untersuchte, um herauszufinden, wann ihr Eisprung stattfand, und schließlich standen sie gemeinsam am Weidezaun, als der Hengst der Stute zugeführt wurde, und die beiden ihr zärtliches Liebesspiel begannen.

»Er ist wirklich wunderschön«, meinte Alex andächtig. Er hätte das an diesem Tag auch über April gesagt. Die junge Frau trug wieder Reithosen – meist zwar immer noch kombiniert mit schwarzen Blusen oder Pullovern, doch sie wirkte der Welt wieder zugewandt. Die strenge Frisur, in die sie ihre roten Locken so lange gezwungen hatte, hielt der Bewegung im Freien auch nicht stand, immer wieder befreiten sich Strähnen und umspielten ihr Gesicht. April strich sie dann zurück hinters Ohr, eine Geste, die sehr typisch für sie war und die Alex liebte. Als er einmal auf einem Kirchenbasar in Onehunga eins der breiten bunten Stirnbänder fand, wie die Maori sie flochten, erstand er es und brachte es ihr mit.

»Ein schwarzes hatten sie nicht«, entschuldigte er sich. »Aber vielleicht magst du es trotzdem tragen. Es ist praktisch.«

Es war nicht nur praktisch, sondern stand April ganz ausgezeichnet. Mia zwinkerte Alex zu, als ihre Tochter es zum ersten Mal trug. Sie hatte den Jungen als Kind nicht gemocht, doch sie sah längst ein, dass Alex ihrer Tochter guttat. So drückte sie auch ein Auge zu und tat, als bemerkte sie es nicht, als April Alex unter dem Siegel der Verschwiegenheit erlaubte, Erlkönig zu reiten. Eigentlich hatten nur sie, Julius und vormals Walter dieses Privileg geteilt, doch nun, da Alex' Stute ein Fohlen von dem Hengst haben sollte, wollte er zu gern wissen, wie der Rappe ging. April nahm sich ein ähnlich schnelles Pferd, und die beiden lieferten sich ein Rennen in den Hügeln der Waitakere Ranges.

Das Jahr 1940 neigte sich derweil dem Ende zu, der Krieg schien jedoch gerade erst zu beginnen. Das mit Deutschland verbündete Italien hatte Griechenland angegriffen. Die Deutschen bombardierten Großbritannien und verwandelten Coventry in eine Flammenhölle. Die Briten konterten mit ebenso verheerenden Angriffen auf deutsche Städte – auch um die Bevölkerung zu zermürben.

Die USA blieben weiterhin neutral, was Nellie beruhigte. Phipps und Grit waren in Sicherheit, obwohl die Karriere ihrer Tochter wohl vorerst stockte. Nellie hatte länger nichts von Grit gehört, und ihr Vater schrieb nur kurze, nichtssagende Briefe. Nellie verriet ihm nicht, dass Walter sie verlassen hatte. Sie war selbst noch kaum bereit, sich damit abzufinden. Walter seinerseits meldete sich vorerst nicht – anscheinend plagte ihn sein schlechtes Gewissen.

Maria teilte Nellie jedoch mit, dass der Zirkus gut in Australien angekommen war, und beklagte sich über die Hitze in dem neuen Land. Nellie hätte ihr gern geantwortet, doch sie wusste nicht, wohin sie ihre Briefe senden sollte. Außerdem kam sie ohnehin nicht zum Schreiben. Seit Bernhards Abreise hatte sie noch mehr Arbeit, und obendrein waren Schulferien, die Kinder mussten also beschäftigt werden. Nellie lebte in ständiger Angst. Mitunter waren die Jungen irgendwo unterwegs, wenn sie nach Hause kam. Es war ein herrlicher Sommer, und die zwei gingen gern zum Spielen auf die Straße. Um Nellies Verbote kümmerten sie sich nicht. Ihr ging es finanziell etwas besser, seit sie sich Bernhards Landpraxis mit Alex teilte, aber nervlich stand sie vor dem Ruin. Wann nahm das alles endlich ein Ende? Wann konnte sie endlich wieder die Nellie sein, die sie einmal war?

Alex genoss seine Arbeit und das Zusammensein mit April. Sie öffnete sich dem Leben von Woche zu Woche mehr, ließ sich oft überreden, mit ihm über Land zu fahren, um seine Patienten zu besuchen, und entspannte sichtlich, während sie über Gott und die Welt sprachen. An Renntagen fuhren sie gemeinsam nach Ellerslie und sahen entweder Willies oder die Pferde von Epona Station siegen.

Nellie fragte sich, was Willie von der sich anbahnenden Beziehung zwischen ihrem Sohn und Mias Tochter hielt. Edward Rawlings schien sie zu befürworten.

»Vielleicht kommt da ja doch noch mal alles zusammen«, bemerkte er Nellie gegenüber, mit der er sich in der Besitzerloge gern unterhielt. »Es wäre so schön, wenn Epona Station und Baroness Stud in der nächsten Generation zusammenarbeiten würden. Diese dauernde Rivalität ist unerträglich.«

Nellie lächelte. »Alex' Stute ist schon mal tragend von Erlkönig. Der Anfang wäre damit gemacht.«

Tatsächlich erwartete Shelley ein Fohlen, und Alex fand, dies sei ein Grund zu feiern. Er lud April zu einem Picknick in den Waitakere Ranges ein und füllte seine Satteltaschen mit Leckereien und einer Flasche Wein. Dann führte er die junge Frau zu einem der hübschesten Flecken der Gegend, einem verträumten See, der von einem Wasserfall gespeist wurde. Das Wetter war wieder einmal traumhaft wie so oft in diesem Sommer. Der See lud zum Schwimmen ein, und Alex' Herz schlug höher, als er feststellte, dass April tatsächlich Badekleidung mitgebracht hatte. Bis zuletzt hatte er gefürchtet, sie würde zu befangen sein, um sich vor ihm zu entblößen, prüde war April hingegen nie gewesen. Sie tauchte in einem hübschen grünen Badeanzug in das glasklare, aber eisig kalte Wasser, und Alex bewunderte ihre schlanke Figur und ihre anmutigen Bewegungen. Schließlich lagen beide auf ihren Decken am Rand des Sees, aßen Sandwiches und tranken Wein. April schien völlig entspannt, ja glücklich – und Alex fragte sich, ob die Zeit nun nicht gekommen war, sich ihr weiter anzunähern. Eigentlich hatte er warten wollen, ihr mindestens ein Jahr lang Zeit lassen … aber dies war der perfekte Tag. Der Wein hatte April schläfrig gemacht – und sie sah einfach zu schön aus, wie sie da auf ihrer Decke lag, das Haar gelöst, die Augen geschlossen, die Lippen halb geöffnet.

Alex setzte sich auf und betrachtete sie. Er konnte sich nicht sattsehen an ihrem zierlichen, wohlgeformten Körper, beobachtete, wie ihr Brustkorb sich beim Atmen hob und senkte, wie sich ihre kleinen, festen Brüste unter dem Stoff des Badeanzugs abzeichneten. Er konnte nicht an sich halten, musste sie berühren. Unendlich vorsichtig strich er ihr eine feuchte Locke aus der Stirn. April seufzte wohlig. Alex legte seine Hand an ihre Wange, woraufhin sie die Augen öffnete. Sie wirkte verwirrt.

»April …«, flüsterte er. »Du … du bist so wunderschön …« April richtete sich auf, schien etwas sagen zu wollen, aber Alex sprach schon weiter. »April, ich liebe dich. Ich habe dich schon immer geliebt, du … du bist so … ich würde dich gern küssen. Bitte, lass mich dich küssen …«

April reagierte nicht, starrte ihn nur an. Sie war wie paralysiert, als er sich ihr näherte und seine Lippen auf die ihren drückte …

Ihre Ohrfeige erfolgte so blitzschnell und präzise wie der Gerteneinsatz bei einem ungestümen Junghengst.

»Alex, wie kannst du nur!« April stand auf und zog ihre Reithose über den feuchten Badeanzug, während er sich noch die Wange hielt. »Ich hab dir vertraut. Ich dachte, wir wären Freunde! Und jetzt … Cedric …«

»Cedric ist tot, April«, sagte Alex leise.

»Cedric ist noch kein halbes Jahr lang tot«, schleuderte sie ihm entgegen. »Glaubst du wirklich, da küsse ich schon einen anderen?«

Alex senkte den Kopf. »Ich … ich verstehe. Bitte verzeih mir. Es war zu früh.« Dann konnte er sich jedoch nicht beherrschen und sah noch einmal zu ihr auf. »Aber wenn ich … wenn ich in einem halben oder einem Jahr noch einmal frage. Wenn ich dir Zeit gebe zu vergessen …«

April blitzte ihn an. »Frag mich nie wieder!«, rief sie. »Wie kannst du glauben, ich könnte Cedric vergessen? Einfach austauschen gegen den nächstbesten, der mir über den Weg läuft? Bleib mir in Zukunft vom Leib, Alex Rawlings! Ich will dich nie wiedersehen!«

Damit stürmte sie davon, stolperte in Richtung ihres Pferdes und zog im Gehen ihre Bluse über.

Alex wollte zu ihr gehen, während sie hastig den Sattel auf ihr Pferd warf, aber ein Blick von ihr hielt ihn zurück.

»Komm mir nie wieder zu nahe, Alex!«, wiederholte sie, als sie ihre erstaunte Stute aus dem Stand in den Trab trieb und gleich darauf angaloppierte.

Alex blieb zurück, völlig geschlagen.

Ein paar Stunden später meldete Alex sich im Rekrutierungsbüro in Auckland. Er kehrte weder in die Praxis auf Epona Station noch auf den Hof seines Vaters zurück. Edward und Willie erfuhren durch einen kurzen Brief von seiner Meldung zu den Truppen.

Als Edward in Auckland eintraf, war Alex bereits unterwegs. Am Tag nach seiner Meldung hatte ein Schiff mit Freiwilligen abgelegt. Das Ziel war Griechenland.

HELDENTUM

Neuseeland – Auckland, Onehunga, New Lynn
Griechenland – Kreta
1941

Nellie ertrank in Arbeit, seit Alex fort war. Sie überlegte, bei Dr. Maitland zu kündigen und Marias und Bernhards Praxis zu übernehmen, was den großen Vorteil hätte, mit den Jungen auf Epona Station leben zu können. Dr. Maitland ließ jedoch keinen Zweifel daran, dass er die Praxis in diesem Fall verkaufen oder schließen wollte. Er gedachte, sich jetzt endgültig in der Bay of Islands zur Ruhe zu setzen. Nellie würde also ohne Arbeit sein, falls Maria und Bernhard in absehbarer Zeit zurückkehren würden – was sie für möglich hielt. Maria war seit Wochen verstummt, das Einzige, was man aus dem Zirkus hörte, stammte aus den begeisterten Briefen, die David und Daphne an Lene und April richteten. Die Zwillinge gingen im Zirkusleben auf. Daphne durfte inzwischen schon mit den Zirkuskindern auftreten und halsbrecherische Turnübungen auf galoppierenden Ponys ausführen. David hatte sich wieder mit Sally, der Tigerin, angefreundet und fühlte sich mehr zu den Raubtieren hingezogen. Die Methoden der Domptcure gefielen ihm nicht, doch zu den Großkatzen hatte er einen Draht.

Bernhard schrieb nicht, aber das erwartete Nellie auch nicht. Maria war stets die fleißige Briefschreiberin gewesen. Sie hatte ihre Tages- und Wochenpläne, und eine Stunde war fest für einen Brief an Nellie reserviert gewesen. Es war ein schlechtes Zeichen, wenn sie jetzt von dieser Routine abließ.

Von Walter hatte Nellie erst einmal etwas gehört. Er hatte einen Zeitungsausschnitt aus Sydney gesandt, in dem von seiner Zähmung des Hengstes Wild Bill berichtet wurde.

Die ausgeschriebene Prämie von 100 Pfund holte sich Walter von Prednitz, ein ehemaliger Kavallerist, der seiner deutschen Heimat aus verständlichen Gründen den Rücken gekehrt hat. Mit dem Geld will er nun hier in der Freiheit neu anfangen.

Nellie wusste nicht, was sie dazu sagen sollte. Sie warf letztlich auch dieses Lebenszeichen ihres Gatten einfach weg.

Zu beschäftigt, um eine Entscheidung zu treffen, führte sie ihr Leben zwischen Dr. Maitlands Praxis und Bernhards Landpraxis vorerst fort. Marias beziehungsweise Alex' Arbeitsräume schloss sie und verwies die Patienten auf ihre Sprechstunde in New Lynn.

Irgendwie musste sie weitermachen, doch es fiel ihr jeden Tag schwerer. An einem heißen Februartag des Jahres 1941 war sie am Ende ihrer Kräfte, als sie nach der Abendsprechstunde vor dem Mietshaus in Auckland hielt. Sie betete nur noch, dass kein Anruf kommen würde, der einen nächtlichen Notfall ankündigte – und natürlich dafür, dass die Kinder nichts angestellt hatten. Ihr fiel ein glänzendes neues Auto auf, das vor dem Haus stand. Ein dunkelblaues Cadillac Coupé, das sicher keinem der Hausbewohner gehörte. Nellie vergaß es in dem Moment, in dem sie den schmutzigen, dunklen Hausflur betrat.

Ihre Wohnung lag im ersten Stock. Sie ging an den anderen Wohnungen vorbei, aus denen Stimmen oder Radiomusik drangen – und hörte Peteys Lachen schon im Treppenhaus. Als sie aufschloss, vernahm sie zudem eine Männerstimme. Und das Geräusch einer Trommel, auf die jemand einhämmerte.

»Mom!« Marty stürzte auf sie zu. »Mom, Petey will mir die Trommel nicht geben! Und das Xillo … das Xilloding ist langweilig …«

Verblüfft trat Nellie ein – und sah sich nicht nur Petey gegenüber, der eifrig und ohne jedes Rhythmusgefühl auf eine Trommel einschlug, sondern auch einem Mann, der auf dem Sofa saß und sich die Ohren zuhielt. Nellie blickte in ein ovales Gesicht unter lockigem braunem Haar und in ruhige blaugraue Augen, die ungläubig auf das trommelnde Kind gerichtet waren. Philipp De Groot schien der Krach regelrecht körperliche Schmerzen zu bereiten. Er wirkte erleichtert, als er Nellie erblickte.

»Da bist du ja!«, sagte er strahlend und sprang auf, um sie zu umarmen.

Nellie war zu überrascht, um die Begrüßung zu erwidern. »Wo ... kommst du denn her?«, fragte sie schließlich.

Phipps lächelte. »Verzeih, dass ich dich so überfalle. Ich dachte mir, dass du noch nicht da sein würdest, und wollte eigentlich vor dem Haus warten, aber dann hab ich mal versuchsweise geklingelt, und die zwei Racker hier haben mir aufgemacht.«

Nellie seufzte. »Sie würden auch einem Landstreicher oder durchgedrehten Killer öffnen. Dabei ist es ihnen streng verboten. Phipps, ich ... ich weiß nicht, was ich sagen soll.«

»Das ist Onkel Philipp«, meldete sich stattdessen Petey zu Wort. »Er kommt aus Amerika. Und er hat uns was mitgebracht. Guck mal!« Er schaute sich nach der Trommel um, die inzwischen allerdings Marty erobert hatte. Also hämmerte er stattdessen auf ein hölzernes, wohlklingendes Xylofon ein. »Da mussten wir ihm doch aufmachen.«

»Dann ist das dein Auto da unten?«, fragte Nellie. »Du hast Glück, dass es noch da ist. Über Nacht würde es todsicher geklaut. Was ... was machst du hier? Warum hast du nicht geschrieben? Und wo ist Grietje?«

»Ich hab geschrieben«, rechtfertigte sich Phipps. »Wahrscheinlich gibt es im Moment Probleme mit der Post. Die Schiffe werden ja alle zu Militärtransportern umgerüstet. Allerdings hab ich mich ziemlich spontan entschlossen herzukommen. Ich habe Konzertangebote für Neuseeland und Australien. Meine Agentur hat eine Tournee für mich zusammengestellt. Eigentlich startet die erst in zwei Monaten. Aber ich hörte, Amerika stünde vor dem Kriegseintritt. Da bin ich lieber gleich abgereist, solange es problemlos möglich war. Wenn du mich fragst, legt man zurzeit besser so viele Meilen wie nur möglich zwischen sich und alle kriegführenden Staaten.

Kann man ... die Kinder irgendwie zur Ruhe bringen?« Die Kakofonie aus Xylofon und Trommelklang machte die Unterhaltung fast unmöglich.

»Schwerlich«, antwortete Nellie und entzog Marty wenigstens die Trommel. Er begann sofort zu schreien. Nellie übertönte ihn mühsam mit ihrer nächsten Frage. »Wo ist Grietje?«, wiederholte sie.

»Grit hat dir auch geschrieben, bevor sie abfuhr«, antwortete Phipps. »Sie ist auf Kreta, sie ...«

»Sie ist was?« Nellie fuhr auf, entriss nun Petey sein Instrument und spedierte die heulenden Kinder ins Nebenzimmer. »Ihr verschwindet jetzt mal kurz nach nebenan und lasst uns in Ruhe miteinander reden. Das meine ich ernst!«, erklärte sie bestimmt und schloss die Tür. Sie schien es wirklich geschafft zu haben, die Jungen einzuschüchtern – zumindest für ein paar Minuten. Dann nahm sie sich ihren ehemaligen Gatten vor. »Phipps, das kann nicht dein Ernst sein! Du hast sie nach Europa gelassen? Mitten im Krieg? Während du dich selbst in Sicherheit gebracht hast? Eben hast du noch gesagt, du ... Und was um Himmels willen macht sie in Griechenland?«

Phipps hob die Hände. »Nun fall nicht gleich über mich her«, bemühte er sich, sie zu beruhigen. »Mir passt es ja auch nicht. Aber sie ist erwachsen, Nellie. Und wenn sie meint, sie müsste ihren Patriotismus beweisen, indem sie in der Truppenbetreuung arbeitet ...«

Nellie blitzte ihn an. »Jetzt noch mal langsam, damit ich es wirklich verstehe. Unsere Tochter tourt mit einer Truppe zur Soldatenbelustigung an der Front herum? Seid ihr von allen guten Geistern verlassen?«

»Wie gesagt, ich konnte sie nicht hindern«, wiederholte Phipps. »Sie war in London, als der Krieg ausbrach, ein Konzert in der Royal Albert Hall. Ich hatte sie ausnahmsweise mal nicht begleitet. Und sie war sehr aufgeregt. Sie hat diese Geschichte mit den Nazis ja die ganze Zeit verfolgt, du erinnerst dich an diese Sache in Berlin. Jedenfalls wollte sie unbedingt ihren Beitrag leisten, um Deutschland zu bekämpfen – und da können wir noch froh sein, dass sie sich für die Truppenbetreuung entschieden hat. Sie hatte eigentlich vor, sich als Spionin zu bewerben – weil sie doch fließend Deutsch spricht.« Phipps sah Nellie beschwörend an. Es lag ihm erkennbar viel daran, sich zu rechtfertigen. »Und ich denke nicht, dass sie in Gefahr ist. Kreta ist eine Insel, sie ist fest in britischer Hand. Griechenland kämpft wohl auch nicht direkt mit den Deutschen, sondern eher mit Italien. Selbst wenn das im Moment wohl so ziemlich das Gleiche ist.«

»Eben«, sagte Nellie. »Eine Insel. Da kann man nicht einfach so weg. Wenn die Deutschen, die Italiener oder sonst wer angreifen, sitzt sie fest. Aber das erklärt, warum sie meine letzten Briefe nicht beantwortet hat. Ich hatte gedacht, ihr seid beide nach wie vor in den Staaten. Gib mir ihre Adresse, ich werde ihr den Kopf waschen!«

»Du wirst genauso wenig Erfolg haben wie ich«, meinte Phipps. »Und jetzt mal was anderes: Was machst du hier? Warum lässt du deine Kinder allein in der Wohnung, in einer Gegend, in der die Leute Autos stehlen? Wir reden gar nicht von dem Krach hier und dem verdreckten Haus. Wo ist Walter?«

Nellie seufzte. »Im Krachmachen sind wir selbst auch nicht schlecht, in ruhigeren Wohngegenden würden wir auffallen. Und Walter ... Nun, er hat einen Job, weswegen er ein paar Monate weg ist ...«

»Dann sollte ja genug Geld da sein, um eine Kinderfrau zu bezahlen«, bemerkte Phipps. »Nellie, was ist hier los? Du siehst aus, als hättest du drei Tage nicht geschlafen und eine Woche nichts gegessen, die ...«

»Danke für das Kompliment«, schoss Nellie zurück.

»... die Kinder sind völlig außer Rand und Band und, lass mich raten, deine Speisekammer ist leer ...«

»Du rätst nicht, du hast reingeguckt«, sagte ihm Nellie auf den Kopf zu. »Erzähl mir nicht, du hättest die Gelegenheit zu schnüffeln nicht genutzt ... Ich kenne dich ...« Sie sah seinen schuldbewussten Blick und musste lachen. »Ach, Phipps ...«, sagte sie dann. »Ich lasse die Kinder nicht hungern, ich wollte gleich noch einkaufen gehen. Nur vorher schnell nachsehen, ob sie noch da sind ... Sie sind manchmal ...«

»Ich seh's«, bemerkte Phipps. »Jetzt pack sie ein, wir gehen irgendwo was essen. Und du erzählst mir, was hier gerade so grundlegend schiefläuft. Am besten buchen wir euch in meinem Hotel ein Zimmer für die Nacht. Dann können wir in Ruhe reden, wenn die zwei schlafen.«

Nellie schüttelte den Kopf. »Ich kann nicht, Phipps. Ich habe Notdienst. Wenn irgendjemand ein krankes Tier hat, ruft er hier an.«

»Tausch den Notdienst mit einem Kollegen ...« Phipps stand auf.

Nellie biss sich auf die Lippen. »Es gibt keinen Kollegen«, gestand sie. »Ich ... ich habe immer Notdienst.«

Phipps griff sich an die Stirn. »Das ist ja noch schlimmer, als ich gedacht habe. Aber für zwei Stunden kannst du wohl noch weg, oder? Du musst was Ordentliches in den Magen bekommen. Keine Widerrede! Wenn du jetzt einen Notfall hättest, wärst du auch nicht am Telefon.«

»Petey kann es aufschreiben«, behauptete Nellie.

Phipps sah sie strafend an. »Belüg mich nicht, Cornelia ehemalige De Groot. Ich kenne dich ...« Er lächelte.

Nellie brach in Tränen aus.

Die Kinder stürmten herein, während Phipps noch schwankte, ob er Nellie in die Arme nehmen sollte.

»Mom weint!«, verkündete Marty und kuschelte sich gleich an Nellie, um zu trösten.

»Was hast du gemacht, dass Mom weint?« Petey baute sich drohend vor Phipps auf.

»Nicht weinen, Mom, wir sind jetzt auch ganz brav!« Marty glaubte das Versprechen wohl selbst nicht, wischte aber liebevoll mit seinem nicht sehr sauberen Hemdsärmel über Nellies Wangen.

»Hat Onkel Philipp dich geärgert?«, fragte Petey argwöhnisch.

»Ich hab gar nichts gemacht«, verteidigte sich Phipps verblüfft.

Nellie richtete sich auf und zog beide Kinder in die Arme. »Onkel Phipps hat keine Schuld. Ich war nur … plötzlich ein bisschen traurig, weil ich so viel Arbeit hab und weil Dad nicht da ist … Es ist nicht schlimm … Nein, Marty, wein du jetzt nicht auch noch!«

Nellie brauchte ein paar Minuten, um sich zu fassen und die Kinder zur Ruhe zu bringen. Phipps beobachtete die Szene wortlos. Erst als sie den Jungen in Aussicht stellte, dass sie jetzt alle zusammen in ein Restaurant zum Essen gehen würden und sich die Aufregung zu Begeisterung wandelte, meldete er sich wieder zu Wort.

»Gibt's hier irgendwo Hamburger? Ich würde dich ja gern ins Grand Hotel ausführen, Nellie, aber ich weiß nicht, ob die zwei dafür schon zivilisiert genug sind …«

Nellie wollte auffahren und ihre Kinder verteidigen, dann wurde ihr klar, dass Phipps die Situation durchaus richtig einschätzte. Sie besuchten schließlich ein kinderfreundliches Restaurant in der Innenstadt, in dem sich die Jungen mit Hacksteaks und frittierten Süßkartoffeln vollstopften. Phipps gab sich alle Mühe, dabei ein Gespräch mit der ganzen Familie zu führen, bestellte noch Eis für alle und verabschiedete sich dann kurz, um sein Auto zum Hotel zu bringen.

»Wir nehmen hinterher ein Taxi zu euch nach Hause«, erklärte er und war wirklich bald wieder da.

Das Taxi wartete vor dem Restaurant, und Phipps winkte Nellie augenzwinkernd mit einem Korb, den er sich wohl im Grand Hotel in der Princes Street, wo er abgestiegen war, hatte packen lassen.

Als Nellie die Kinder glücklich im Bett hatte, fanden sich im Wohnzimmer bereits eine geöffnete Flasche Wein, Pickles, Nüsse und ein paar andere kleine Köstlichkeiten.

»Mach es dir gemütlich«, sagte Phipps und wies auf einen der verschlissenen Sessel. »Und dann erzähl!«

In den vergangenen Jahren hatte Nellie stets genau überlegt, was sie Phipps schreiben wollte und was sie lieber für sich behielt. Jetzt jedoch, da er leibhaftig vor ihr saß, konnte sie nicht den verschmähten Liebhaber in ihm sehen, der immer noch zürnte, weil er sie an Walter verloren hatte, sondern nur noch den Jugendfreund, vor dem sie niemals Geheimnisse gehabt hatte. Sie berichtete von ihren beruflichen Erfolgen und von Walters Scheitern. Davon, wie sie in ihren ersten Jahren in Neuseeland vom Pech verfolgt gewesen waren, und davon, wie das Erdbeben alles verändert hatte. Letztlich gestand sie Phipps, wie schwer es ihr fiel, mit den Kindern fertig zu werden.

»Es sind eigentlich liebe Jungs«, meinte sie. »Hast du ja gesehen. Sie wollen keine solchen Katastrophenkinder sein, aber irgendwie scheint alles kaputt zu gehen, was sie anfassen. Sie sind ständig zu schnell unterwegs, immer zu laut. Sie können niemals innehalten, schlafen schlecht … Sie scheinen nie darüber nachzudenken, was sie tun. Dabei wird Petey schon bald elf, er sollte langsam vernünftig werden ... Vielleicht liegt es ja an mir, ich sollte mich mehr um sie kümmern. Aber auf Grietje musste ich doch auch nicht ständig aufpassen ...«

Phipps überlegte. »Hast du mal von Psychoanalyse gehört?«, fragte er. »In Amerika macht man das jetzt oft. Die Seelenärzte gehen davon aus, dass in vielen Menschen ein tiefer Schmerz schlummert, ausgelöst durch Erlebnisse, an die sie sich manchmal gar nicht mehr erinnern. Das äußert sich dann in Ängsten, Nervosität ...«

Nellie nickte. »Sigmund Freud, ja?«, fiel ihr ein. »In Berlin haben sie seine Bücher verbrannt ...«

Phipps zuckte mit den Schultern. »Wer weiß, was er bei diesem Hitler zutage gefördert hätte. Ich denke ... es könnte doch sein, dass die Jungs irgendwas zurückbehalten haben von diesem Erdbeben ...«

Nellie blickte skeptisch. »Marty war noch gar nicht geboren«, bemerkte sie. »Aber ich war danach natürlich auch nicht mehr ich selbst. Es hat lange gedauert, bis ich drüber weg war – und manchmal träume ich immer noch schlecht. Vielleicht war ich für Marty keine gute Mutter.«

Phipps schüttelte den Kopf. »Nun hör endlich auf, dir an allem die Schuld zu geben«, sagte er unmissverständlich. »Du hast das Erdbeben nicht ausgelöst. Und du bist eine gute Mutter, die beiden lieben dich. Trotzdem könnte man sicher einiges besser machen. Lass mich dir helfen, Nellie! Du musst etwas zur Ruhe kommen, du musst aus dieser Wohnung raus, aus dieser Gegend – und du brauchst Hilfe bei den Kindern. Wo ist denn überhaupt Lene? Doch nicht mit Maria im Zirkus?«

Nellie berichtete, dass Lene nach wie vor auf Epona Station lebte und da versuchte, sich ein bisschen nützlich zu machen. Langfristig wollte sie sich eine neue Arbeit suchen, nur bislang war sie zu schüchtern und fand ihr Englisch zu schlecht, um sich irgendwo als Kinderfrau oder Hauswirtschafterin zu verdingen. Außerdem bahnte sich eine Beziehung zwischen ihr und dem Stallmeister der von Gerstorfs, Hans Willermann, an. Er war zwar um einige Jahre älter als sie, doch die beiden schienen seelenverwandt.

»Schön«, meinte Phipps. »Sie würde also durchaus für dich arbeiten, nur nicht in dieser Gegend, wofür ich volles Verständnis aufbringe. Das werden wir morgen angehen. Jetzt musst du erst mal schlafen, dir fallen ja schon die Augen zu. Ich nehme mir ein Taxi zurück ins Hotel – hast du die Nummer von einem Taxiunternehmen? Hier einfach auf die Straße gehen, um eins anzuhalten, wird wohl nicht klappen. Und morgen treffen wir uns in deiner Praxis in New Lynn. Mach dir keine Sorgen mehr, Nellie. Es wird alles gut.«

Phipps' Auto stand schon vor dem hübschen Stadthaus in der Totara Avenue, als Nellie eintraf. Die Kinder hatte sie in die Schule gebracht. Als sie die Praxis aufschloss, hörte sie bereits die Stimmen von Dr. Maitland und Phipps. Anscheinend führte der Arzt ihren Exgatten durchs Haus.

»Hier sind also die Praxisräume. Alles gut in Schuss, wenn auch die Einrichtung nicht die modernste ist. Es gibt inzwischen bessere Operationslampen und Tische, neumodische Apparate zur Diagnostik – aber das wird Dr. Nellie Ihnen besser erklären können. Ich bin für das alles zu alt. Sie sehen, dass genug Platz vorhanden ist, man kann Tiere über Nacht einstellen, es gibt zwei Behandlungsräume, das Wartezimmer ist gemütlich. Und die Praxis hat einen alteingesessenen Kundenstamm, zu dem in den letzten Jahren immer mehr Patienten aus Auckland kommen. New Lynn ist ja nur ein paar Meilen von der Innenstadt entfernt, das ist für die meisten Leute heutzutage kein Problem. Und es wird so viel gebaut, alles wächst zusammen.« Dr. Maitland entdeckte Nellie und begrüßte sie. »Möchten Sie mitkommen und sich den Rest des Hauses ansehen?«, lud er sie ein und wandte sich dann wieder an Phipps. »Ihre ... äh ... ehemalige Gattin war natürlich schon mehrmals in den Wohnräumen, allerdings hat sie sich das Haus wohl noch nie unter der Überlegung angesehen, es zu erwerben ...«

»Du willst das Haus kaufen?«, fragte Nellie verblüfft.

Phipps nickte. »Es erscheint mir ganz logisch, den Wohntrakt mitzuerwerben, wenn man die Praxisräume übernimmt.«

»Und Sie könnten gleich einziehen«, erklärte Dr. Maitland. »Ich würde Ihnen den größten Teil der Möblierung überlassen, nur ein paar Erinnerungsstücke mitnehmen – und die Katzen natürlich. Meine ... äh ... Freundin hat ja ein voll eingerichtetes Haus ...«

Nellie hatte sich bislang nie für Dr. Maitlands persönliche Verhältnisse interessiert, doch jetzt verriet der langjährige Witwer, dass er bei einem Ferienaufenthalt in Russell, ganz im Norden der Nordinsel, eine Dame in seinem Alter kennengelernt hatte. Auch sie war seit Langem verwitwet, bewohnte ein hübsches Haus am Meer und betrieb dort eine kleine Pension, die sie allerdings gern aufgeben wollte. Die beiden hatten sich gleich zueinander hingezogen gefühlt, sie besaß ebenfalls zwei Katzen. Dr. Maitland hatte seine Marygold mehrmals besucht, und nun wünschten sich beide nichts sehnlicher, als ihren Lebensabend gemeinsam in Russell zu verbringen.

»Ich kann in wenigen Tagen umziehen«, bot er Nellie nun an.

»Das ist ... das ist unglaublich ...«, murmelte Nellie.

Das Haus lag in einer guten Wohngegend. Lene würde nichts dagegen haben, ihr hier den Haushalt zu führen – es war auch nicht weit nach Epona Station. Dazu kam die Zeitersparnis, wenn sie im selben Haus wohnte und arbeitete.

»Es ist eine gute Investition«, erklärte Phipps. »Du kannst mir ja Miete zahlen, wenn es läuft. Also komm, schauen wir es uns an, bevor du die Sprechstunde eröffnen musst.«

Das Haus war wunderschön und zweckmäßig möbliert. Dr. Maitland hatte zum Glück nicht viele Antiquitäten, auf denen Petey und Marty Spuren hinterlassen konnten. Das hübsche Gobelinsofa würde man allerdings abdecken müssen.

»Ach was, die zwei werden gar keine Zeit haben, hier zerstörerisch tätig zu sein«, wehrte Phipps ab. »Wenn es dir recht ist, hole ich sie von der Schule ab. Du kannst dann in aller Ruhe deine Landarztrunde machen. Ich behalte sie beschäftigt, bis du abends nach Hause kommst.«

Nellie hoffte, dass er das nicht sehr schnell bereuen würde, machte sich jetzt jedoch erst mal erleichtert an die Arbeit.

Am Abend traf sie Phipps mit zwei zufriedenen Kindern vor, die riesige Sandwiches aus dem nächsten Schnellrestaurant verspeisten und sich gleich auf sie stürzten, um von ihren Erlebnissen zu erzählen.

»Wir haben Rugby gespielt in der neuen Schule!«, berichtete Petey. »Die ist schön, Mom, aber streng. Der Trainer war noch viel strenger als Dad beim Reiten ...«

Nellie blickte ihren Ex-Mann verständnislos an.

»Ich hab mir erlaubt, mir mit den beiden zwei Privatschulen anzusehen, King's College und Dilworth School. Es sind anglikanisch geführte Schulen – das King's College erscheint mir spirituell orientierter, die Dilworth etwas weltoffener. Dort überzeugt auch das Sportprogramm. Die Jungs durften beim Rugby gleich mittrainieren ...«

»In die Dilworth School haben Maria und Bernhard auch David geschickt«, meinte Nellie. »Aber wir können uns das nicht leisten, wir ...«

»Du hast ab jetzt eine eigene Kleintierpraxis, Nellie. Und die Landpraxis, die Rennbahn ... Natürlich kannst du dir eine ordentliche Schule für die Jungs leisten! Jetzt lass dir erst mal von den beiden was erzählen – nimm dir ein Sandwich, es sind genug da. Danach bringst du sie ins Bett, und wir unterhalten uns über die Einzelheiten. Möchtest du gleich ein Glas Wein oder später?«

Nellie fühlte sich immer noch überfahren von den Ereignissen. Sie lauschte nur mit halbem Ohr Peteys und Martys begeisterten Berichten.

»Und die Schule ist ganz nah an Onehunga!«, erklärte Petey. »Können wir dann nicht bei April wohnen?«

»Sie könnten auch in der Schule wohnen«, meinte Phipps, »Es ist wahlweise eine Tagesschule oder ein Internat. Du musst es dir überlegen ... Von New Lynn aus ist es etwas weiter, mit dem Auto vielleicht zwanzig Minuten ... Du sagtest, Lene fährt jetzt tatsächlich Auto?«

Solange die Kinder noch wach waren, sprachen sie über Lene und über Epona Station, später über Nellies weitere Pläne.

»Wenn ich die Praxis in New Lynn nicht übernehmen würde, sondern Marias auf Epona Station, wäre alles einfacher«, überlegte Nellie. Die neuen Regelungen würden viele Erleichterungen bringen, das Problem mit ihrer Arbeitsüberlastung jedoch nicht lösen.

»Aber du sagst selbst, das sei keine Dauerlösung«, meinte Phipps. »Nein, das müssen wir anders machen. Das Beste ... das Beste wäre ein zweiter Tierarzt.«

»Dann verdiene ich doch wieder weniger«, wandte Nellie ein.

Phipps schüttelte den Kopf. »Nicht wenn du den Tierarzt oder die Tierärztin einstellst. Von den Erträgen, die du in New Lynn erarbeitet hast, hat Dr. Maitland sicher das meiste bekommen, oder?«

Nellie nickte. »Es gibt hier allerdings nicht allzu viele Tierärzte«, gab sie zu bedenken. »Sonst hätte Dr. Maitland schon längst verkauft. Ich war damals jedenfalls die einzige Bewerberin auf die Stelle, und in Hawke's Bay war es genauso.«

»Hier vielleicht nicht«, meinte Phipps. »In Europa gib es reichlich. Und ein großer Teil davon würde sich nichts mehr wünschen, als diesen Kontinent möglichst schnell zu verlassen. Wie hieß noch diese jüdische Flüchtlingsorganisation, für die Bernhard gearbeitet hat? Du hast mir mal davon geschrieben ...«

Nellie konnte es kaum fassen, wie schnell sich ihr Leben änderte. Kaum eine Woche nach Phipps' Auftauchen bezog sie die Wohnung über der Tierarztpraxis in New Lynn. Lene half beim Umzug, und die Kinder wurden in der Dilworth School aufgenommen. In den ersten Tagen murrten sie ein wenig, denn so leicht, wie sie Schule bislang genommen hatten, ging es dort nicht weiter. Die Lehrer achteten auf Disziplin, bei einigen von ihnen saß der Rohrstock locker, wenn jemand ernsthaft aus der Reihe tanzte. Davon abgesehen waren sie jedoch engagierte Pädagogen, die einen umfangreichen Lehrstoff vermitteln wollten und konnten.

Petey und Marty waren zum ersten Mal in ihrem Leben wirklich gefordert. Sie mussten aufpassen, um die Hausaufgaben korrekt erledigen zu können, und es kam immer heraus, wenn sie die Arbeiten einfach nicht machten. Sehr bald begannen die wissenschaftlichen Fächer vor allem Petey Spaß zu machen. Er entwickelte Ehrgeiz, Dinge nicht mehr nur auseinanderzunehmen, sondern auch wieder zusammenzusetzen. Die Welt der Physik und Chemie zog ihn ganz in ihren Bann.

Marty ging eher im Sport auf. Er liebte Rugby und Schwimmen und war ein ebenso guter und furchtloser Sportler wie sein Vater. Außerdem erwies er sich als sprachbegabt. Nellie hatte sich immer gewundert, wie gut er Deutsch sprach, obwohl er die Sprache nur bei ihr und Walter und auf Epona Station gelegentlich gehört hatte. Nun sog er Französisch, Griechisch und Latein in sich auf wie ein Schwamm. Die Brüder wirkten zufrieden, waren am Ende des Tages rechtschaffen müde und schliefen gut. Nellie war dadurch wie von einem Albdruck befreit.

Hinzu kam, dass Lene sofort mit umgezogen war – sie bewohnte ein hübsches Zimmer unter dem Dach – und die Leitung des Haushalts übernommen hatte. Nellie wunderte sich darüber, wie sehr sich die einstmals schüchterne und ängstliche junge Frau, gezeichnet durch Armut und Gewalt in ihrer Jugend, in den Jahren in Amerika verändert hatte. Sie war als Grits Kinderfrau in die Staaten gekommen, und ihr Englisch war nach wie vor nicht perfekt, doch sie war mit Grit viel gereist, hatte Phipps' Haushalt oft allein geführt, wenn er auf Tournee war, und dabei gelernt, sich durchzusetzen. Nun hielt sie die Jungen dazu an, ihre Hausaufgaben zu machen und sich gut zu benehmen, erledigte die Einkäufe, kochte und putzte das Haus. Nellie konnte sich endlich ungestört von Zusatzaufgaben ihrer Arbeit widmen, was auch die Besitzer ihrer vierbeinigen Patienten zu schätzen wussten.

Sechs Wochen später traf dann Justynka Mazur ein, eine polnische Tierärztin, vermittelt durch die jüdische Fluchtorganisation. Justynka war madonnenhaft schön, hatte langes goldbraunes Haar, das sie in ihrer Freizeit offen trug – wohl um es beim Kontakt mit anderen Menschen als Schutzvorhang vor ihr Gesicht fallen lassen zu können. Ihr Gesicht war schmal und zart, der Teint weiß wie Porzellan und die Augen riesig und beinahe schwarz, allerdings fast immer etwas umflort, als hätten sie schon mehr gesehen, als Justynka ertragen konnte. Sie war völlig eingeschüchtert, abgemagert und ausgezehrt, als sie sich vorstellte – auf den ersten Blick meinte Nellie, ein höchstens vierzehnjähriges junges Mädchen vor sich zu haben. Tatsächlich war sie fünfundzwanzig Jahre alt, hatte ein Tiermedizinstudium mit hervorragenden Noten an der Universität Warschau abgeschlossen und zwei Jahre bei einem Tierarzt in der Stadt gearbeitet.

»Wie ist sie aus dem Ghetto herausgekommen?«, hatte Nellie den Vertreter der Fluchtorganisation gefragt, als der sie um ein Arbeitsvisum für die junge Frau gebeten hatte.

»Gar nicht«, hatte der Mann geantwortet. »Sie hat ihre Eltern in einer Kleinstadt in Ostpolen besucht, bevor das Ghetto geschlossen wurde. Während ihres Aufenthalts wurden alle Juden des Ortes zusammengetrieben und erschossen. Justynka konnte sich entziehen. Da sie eigentlich in Warschau lebte, stand sie nicht auf der Liste. Sie ist den Deutschen und ihren Opfern in den Wald gefolgt und hat alles mit angesehen. Danach ist sie geflohen. Erst in die Slowakei, dann versteckt in einem Güterzug in die Schweiz. Sie redet nicht darüber ... Jetzt ist sie in Zürich, aber sie kann da nicht bleiben.«

Mehr hatte Nellie vor Justynkas Ankunft nicht über sie gewusst, und sie sollte auch lange nichts erfahren. Die junge Polin sprach wenig – und natürlich noch kein Wort Englisch. Zum Glück war ihr Französisch sehr gut, Nellie und Phipps konnten sich mühelos mit ihr verständigen. Lene und die Kinder fanden durch Zufall heraus, dass sie auch sehr gut Deutsch verstand und vermutlich sprach. Sie war allerdings nicht bereit, auch nur ein Wort in der Sprache ihrer Peiniger von sich zu geben.

Nellie brachte sie erst mal in ihrer Wohnung in New Lynn unter – es war ausgeschlossen, sie allein die Praxis auf Epona Station übernehmen zu lassen, solange sie noch kein Englisch sprach. Als Veterinärin erwies sie sich als sehr kompetent und äußerst liebevoll im Umgang mit den Tieren. Ihre Augen leuchteten auf, wenn sie einen Hund oder eine Katze berührte, ihre sonst spröde Stimme wurde sanft, und sie redete während der gesamten Behandlung wie hypnotisierend auf die vierbeinigen Patienten ein. Tatsächlich lernte Justynka sehr schnell Englisch – und sie war so überschäumend dankbar für alles und devot in ihrem Verhalten, dass es Nellie fast schon peinlich war. Ihr erstes Gehalt wollte sie nicht annehmen, schließlich habe Phipps ihre Überfahrt bezahlt, sagte sie, und sie wolle das abarbeiten.

Nellie lehnte den Vorschlag entschieden ab. »Sie sind bei mir angestellt, Justynka, nicht bei Mr. De Groot. Und der hat die Passage gern für Sie bezahlt. Wenn Sie es später zurückzahlen wollen, können Sie das sicher tun, aber erst mal nehmen Sie Ihr Geld und kaufen sich etwas Neues zum Anziehen.« Justynka besaß nur wenige, völlig verschlissene Kleider. »Möglichst nicht nur was Schwarzes«, fügte Nellie hinzu. Ihre neue Kollegin pflegte sich wie eine Krähe zu kleiden.

Justynka senkte den Blick und schüttelte den Kopf. »Ich werde nie wieder etwas Buntes anziehen«, sagte sie leise.

Nellie brauchte schließlich ihre ganze Energie, um sie bei einem gemeinsamen Einkaufsausflug zu zwei hellen Blusen zu überreden, die sie zu schwarzen Röcken tragen konnte.

Nach ein paar Wochen nahm sie Justynka mit nach Epona Station und zeigte ihr Marias und Bernhards Wohnung und die verwaiste Praxis.

»Der Plan ist, dass Sie zweimal täglich die Kleintiersprechstunde öffnen und mir in der Landpraxis ein bisschen helfen, wenn es Notfälle gibt – oder Routinefälle, Sie haben mit Großtieren ja noch nicht so viel Erfahrung. Am Anfang werde ich Sie nach der Sprechstunde abholen, und wir fahren gemeinsam zu den Höfen. Dann lernen Sie die Patientenbesitzer kennen und bekommen ein bisschen Übung. Die Bauern sind allgemein nicht schwierig im Umgang, da werden Sie sich schnell einarbeiten. Die Pferdebesitzer sind anspruchsvoller. Aber zumindest ein Teil von ihnen sollte Französischkenntnisse haben.«

Zu ihrer Überraschung gefiel es Justynka gleich sehr gut auf der Farm – zumal Mia sie herzlich aufnahm. Auch sie war ja Jüdin, und obwohl beide nicht religiös erzogen waren, schien Justynka sich bei Mia sicherer zu fühlen. Noch verwunderlicher für Nellie war es zu sehen, wie schnell sich Justynka und April anfreundeten. Die jungen Frauen waren fast im gleichen Alter. Beide hatten Verluste erlitten, und sie schienen sich auf Anhieb sympathisch zu sein.

»Ich helfe Justynka in der Praxis«, erbot sich April denn auch sofort. »Das habe ich ja schon für Maria und Alex gemacht. Ich denke, ich kann den Leuten das meiste erklären, solange es bei Justynka noch hakt mit der Sprache.«

April sprach im Gegensatz zu Mia praktisch kein Französisch, redete aber allgemein viel und gern. Justynkas Englischkenntnisse würden sprunghaft Fortschritte machen.

Justynka zog also nach Epona Station, schien sich dort wohlzufühlen und leistete sehr gute Arbeit. Nellie war zum ersten Mal seit langer Zeit weitgehend sorgenfrei und glücklich – wenn sie davon absah, dass sie Walter und Maria vermisste und sich Sorgen um sie machte. Nach wie vor gab es kein Lebenszeichen außer den Briefen der Kinder. Dafür schrieb Grit an ihre Eltern. Es schien ihr gut zu gehen, Kreta war ein Traum, und es gab sogar wieder Männer in ihrem Leben. Seit der kleinen Liebelei mit Mickey während der Olympischen Spiele hatte sie sich keinem jungen Mann mehr näher zugewandt, nun warben gleich zwei um ihre Gunst.

»Feiern wir das Lebenszeichen mit einem Dinner im Grand Hotel?«, fragte Phipps, nachdem sie ihre Briefe verglichen und sich über Grits lebhafte Schilderungen von Land und Leuten auf Kreta gefreut hatten.

Nellie nickte. Sie genoss es, wieder einmal etwas zu unternehmen – ohne die Kinder. Phipps bemühte sich zwar erkennbar um Peteys und Martys Gunst und lud oft die ganze Familie zum Pferderennen oder auf den Jahrmarkt ein, doch er ging auch mit Nellie allein ins Theater oder ins Kino. Dabei trat er ihr nie zu nahe, obwohl sie natürlich spürte, dass sein Begehren nach ihr wieder aufflammte – sofern es denn jemals erloschen war. Jetzt näherte er sich ihr nur als Freund, und sie war glücklich, ihn zu haben. Seine Agentur vermittelte ihm ein paar Auftritte in Auckland, und Nellie ging mit und lauschte endlich einmal wieder seiner Musik. Mia und Julius schlossen sich ebenfalls an, waren begeistert – und Nellie war plötzlich wieder stolz auf Phipps, fast wie damals als kleines Mädchen, als er sich das Geigespielen allein beigebracht hatte.

»Wir sollten versuchen, ihn mit Justynka zu verkuppeln«, meinte Mia nach einem Konzert. »Sie spielt wundervoll Klavier. Du weißt ja, wir haben das Instrument zwecks Aprils standesgemäßer Mädchenerziehung angeschafft.« Sie lachte. April hatte sich als wenig musikalisch und völlig desinteressiert erwiesen. »Als Justynka es gesehen hat, leuchteten ihre Augen auf, aber sie brauchte drei Tage, bis sie wagte, mich zu fragen, ob sie wohl spielen darf. Ich hab das Ding dann erst mal stimmen lassen. Jetzt spielt sie oft. Zum Weinen schön. Und dein Philipp braucht doch mal irgendwann eine Frau ...«

Nellie biss sich auf die Lippen. Phipps und Justynka? Sie wusste nicht, was sie denken sollte.

Mia lächelte. »Oder nicht?«, fragte sie scheinbar harmlos, beobachtete ihre Freundin aber aufmerksam. »Natürlich hat da jemand die älteren Rechte …«

Nellie bemühte sich um einen gelassenen Gesichtsausdruck. Sie antwortete nicht.

Grit De Groot fühlte sich fast schuldig, weil sie glücklich war. Eigentlich sollte ihre Meldung zum Kriegsdienst ein Opfer sein, eine Anstrengung, um die freie Welt von den verhassten Nazis zu befreien. Aber statt strapaziöse und gefährliche Reisen zu unternehmen, um den Soldaten an der Front etwas Abwechslung zu gönnen, hatte es sie auf eine wunderschöne Insel verschlagen, auf der selbst im März schon meistens die Sonne schien, das Meer blau leuchtete und die Ebenen mit einem Meer von gelben Frühlingsblumen bedeckt waren. In den Städten standen weiß gestrichene, malerische kleine Häuser, durch die engen Straßen wehte der Duft von Gewürzen. Der Hafen von Heraklion, der Stadt, in der das britische Heer seinen Verwaltungssitz hatte, wurde beherrscht von einer antiken Festung. Schon jetzt im Frühjahr spielte sich das Leben größtenteils auf der Straße ab, vor Restaurants und Tavernen waren Tische und Stühle aufgebaut, an denen Einheimische, aber auch britische Soldaten saßen und ihren Wein tranken.

Grit reiste gemeinsam mit einer jungen britischen Sängerin an, mit der sie sich gleich auf dem Schiff anfreundete. Mary Jane Locks hatte ein Konservatorium besucht und während des Studiums als Hauptfach Oper belegt, doch sie war sich nicht ganz sicher, ob es sie wirklich auf klassische Bühnen zog. Die Welt der Musik, so erklärte sie Grit, sei so vielseitig. Es gab Jazz, es gab Blues, Ragtime ...

»Und in Großbritannien bin ich auf eine wunderbare Sammlung gestoßen – Child-Balladen. Hast du davon mal gehört? Eine Art Volkslieder, die ein Musikwissenschaftler gesammelt und zusammengestellt hat. Sie sind so schön, damit möchte ich gerne auftreten. Vielleicht kannst du da was arrangieren. Die Soldaten hören das sicher lieber als irgendwelche verstaubten Klavierkonzerte.«

Mary Jane warf ihre blonden Locken zurück und strahlte Grit an. Der Truppenbetreuung hatte sie sich vor allem angeschlossen, um ein bisschen was von der Welt zu sehen. Sie war noch nicht oft aus London herausgekommen, und ganz sicher hatte sie keine internationale Karriere auf Eis gelegt, um dabei zu helfen, den Krieg zu gewinnen.

Grit war ihre lockere Lebenseinstellung fremd – sie selbst hatte schließlich sehr ernsthaft studiert und von den Orten, in denen sie Konzerte gegeben hatte, kaum mehr als die Konzerthallen gesehen. Als Mary Jane in ihrem gemeinsamen Zimmer in einer kleinen, einfachen Pension jedoch als Erstes eine Flasche Wein entkorkte, fiel all die Spannung von ihr ab. Hier brauchte sie kein anspruchsvolles Musikpublikum zu überzeugen, sie musste nicht den halben Tag üben, um ihr künstlerisches und technisches Niveau zu halten. Es ging um Zerstreuung, um Unterhaltung – nichts sprach dagegen, einfach Mary Janes Lieblingslieder zu spielen.

Grit streckte sich auf ihrem Bett aus, warf einen Blick durch das kleine Fenster, das neben der Aussicht auf die Dächer der Nachbarshäuser vor allem blauen Himmel bot, und trank genüsslich von dem Wein.

»Werden wir wohl hier stationiert bleiben und immer im selben Theater spielen, oder werden wir herumreisen?«, fragte sie Mary Jane. »An die ... an die Front?«

»Na ja, sooo viele Orte gibt's ja hier gar nicht.« Ihre neue Freundin lachte. »Gerade mal drei Luftlandeplätze für die Royal Air Force. Maleme, Chania und Heraklion. Anderswo liegen wohl gar keine britischen Truppen. Es sollen sogenannte Expeditionsstreitkräfte hierher verlegt worden sein, nachdem die meisten Griechen abgezogen sind, zum Teil Leute aus Australien und Neuseeland. Sie sollen die Insel halten, weil sie wichtig ist für die Verteidigung Ägyptens und Maltas.«

»Woher weißt du das alles?«, wunderte sich Grit.

Mary Jane zuckte mit den Schultern. »Mein Dad arbeitet im Verteidigungsministerium. Und mein Bruder bei der Airforce. Den hab ich gerade in Ägypten noch getroffen, und er hat mir lange Vorträge darüber gehalten, welche wichtigen Aufgaben ich hier erfülle, indem ich für die Männer ein paar Lieder trällere.«

»Es gibt also gar keine Front?«, erkundigte sich Grit.

Mary Jane schüttelte den Kopf. »Zurzeit zum Glück noch nicht. Aktuell wird auf der Insel nicht gekämpft. Deshalb zieht jetzt auch die griechische Regierung mit König und Präsident nach Chania – der Rest von Griechenland ist inzwischen leider in deutscher Hand.«

»Werden die Deutschen dann nicht auch hier einfallen?«, fragte Grit beunruhigt.

Mary Jane zuckte mit den Schultern. »Kann sein, muss aber nicht. Churchill scheint nicht damit zu rechnen. Die meisten britischen Streitkräfte wurden aus Griechenland nach Ägypten verlegt. Hier sind nur dieses Expeditionskorps und so etwa tausend Griechen. Sollen wir jetzt mal rausgehen? Ein bisschen die Stadt angucken? Wo werden wir eigentlich spielen?«

Grit und Mary Jane gaben einige Konzerte in Heraklion, wobei sie ein Repertoire erarbeiteten. Tatsächlich kamen Mary Janes Jazz- und Bluesdarbietungen weitaus besser an als die Klassik. Die junge Sängerin zu begleiten fiel Grit nicht schwer, schließlich hatte auch ihr Vater immer mit den verschiedensten Musikrichtungen experimentiert. Wenn sie zwischendurch allein spielte, bevorzugte sie weiterhin Klassik, beschränkte sich jedoch auf bekannte Melodien, die ihre Hörer an Konzerte erinnern mochten, die sie zu Hause mit ihren Eltern oder ihren Frauen besucht hatten. Insgesamt kamen die Darbietungen sehr gut an, und die Zuhörer betonten immer wieder, wie hübsch die zwei dabei aussahen. Sie trugen moderne, eher kurze Kleider, wenn sie auftraten, und trugen ihr Haar modisch gestylt. Grit hatte sich ihre rotblonden Locken extra schneiden lassen, bevor sie die Reise antrat. Nun umspielten sie weich ihr Gesicht, und sie fühlte sich frei und ein bisschen mondän.

Nach wenigen Tagen ging es weiter nach Chania, eine Stadt, in die Grit sich sofort verliebte. Sie und Mary Jane bezogen eine Pension in einem der historischen Stadtpaläste, nah an dem weitläufigen Hafenbecken aus venezianischer Zeit. Sogar ein Leuchtturm war noch erhalten. An der Strandpromenade gab es Tavernen und Kaffeehäuser, im Zentrum Kirchen und Moscheen, jahrhundertealte Häuser und weitläufige Markthallen. Chania war für Lederwaren berühmt, Mary Jane deckte sich schon beim ersten Spaziergang mit Mitbringseln ein.

»Man möchte meinen, du wärst hier in Urlaub«, meinte Grit missbilligend, woraufhin sich die Freundin bei ihr einhakte.

»Na und?«, fragte sie. »Ganz ehrlich, ich fühl mich auch so. Das Wetter ist wunderbar, das Meer ist blau, und es gibt frischen Fisch, serviert draußen mit Blick auf den Hafen. Soll ich da so tun, als würde ich Schwerstarbeit leisten? Mensch, Grit, genieß es! Der Krieg mag noch lange dauern, womöglich schicken sie uns demnächst nach Russland. Und jetzt werden wir hier an der Strandpromenade ein Glas Wein trinken. Obwohl wir nachher noch auftreten müssen. Du kannst die paar Stücke doch im Schlaf, da würdest du dich auch volltrunken nicht verspielen. Die Jungs würden's zudem gar nicht bemerken, die freuen sich vor allem an deinem hübschen Anblick am Klavier.«

Grit gab schließlich nach und fühlte sich tatsächlich nicht schuldig, sondern wunderbar beschwingt, als sie das weitläufige Gebäude betraten, in dem der Vortragssaal liegen sollte. Sie war schon nicht mehr überrascht, als sie den Flügel nicht auf einem Podium, sondern mitten im Saal vorfand, drumherum Tische und Stühle, die auf das Publikum warteten, das sich an einer Bar mit Getränken versorgen konnte.

Die Atmosphäre passte nicht zu einem klassischen Konzert, und

Mary Jane eröffnete den Abend denn auch mit Songs von Glen Miller. Grit spielte *The Band Played on* und ein populäres Lied von Judy Garland. Das Publikum erwies sich als begeistert, und als die Frauen Pause machten, fand sich gleich ein glutäugiger junger Mann, der Mary Jane zu einem Drink einlud.

Grit setzte sich bald wieder an den Flügel, wechselte zur Klassik und träumte dabei vor sich hin. Zunächst bemerkte sie den jungen Mann gar nicht, der sich dem Instrument näherte, bis er es schließlich wagte, sich daran zu lehnen und ihr beim Spielen zuzusehen.

»Das war von Mozart, nicht?«, fragte er schüchtern, als sie geendet hatte.

Grit nickte. »Die *Sonate Nr. 8 in D-Dur*«, präzisierte sie.

Der Mann sah sie bewundernd an. »So genau weiß ich das nicht«, gab er zu. »Ich hab … so was schon lange nicht mehr gehört.«

Grit lächelte und nahm ihn jetzt näher in Augenschein. Ihr Zuhörer musste etwa Mitte Zwanzig sein. Er war blond, hatte ein schmales Gesicht und weiche, freundliche Züge. Seine Augen waren von klarem Blau, umrahmt von langen Wimpern. Grit fragte sich, ob ihre Musik oder ihr Anblick ihr Leuchten bewirkt hatte.

»Wenn Sie den Komponisten erkannt haben, ist das schon gut«, sagte sie aufmunternd. »Zumal wenn Sie selten Gelegenheit haben, Konzerte zu besuchen. Jetzt im Krieg …«

»Ich habe vorher auch noch nie ein Konzert besucht«, gestand der junge Mann. »Aber ich will Sie nicht aufhalten … Sie müssen spielen …«

Grit lächelte erneut. »Was möchten Sie hören?«, fragte sie.

Er zuckte mit den Schultern. »Ich weiß von keinem Stück mehr, wie es hieß«, sagte er bedauernd. »Ich war erst fünf, als ich das letzte Mal klassische Musik hörte.«

»Fünf?« Nun war Grits Interesse geweckt. »Du lieber Himmel! Na, dann spiel ich jetzt noch etwas von Mozart und versuche, Ihre Erinnerung aufzufrischen. Und wenn ich fertig bin, erzählen Sie mir, weshalb sie zwanzig Jahre lang keine Musik gehört haben.«

»Fast einundzwanzig Jahre«, sagte er. »Mein Name ist übrigens Alexander. Alexander Rawlings.«

Grit nickte. »Dann spiele ich jetzt für Sie, Alexander ...«

Sie spielte *Eine kleine Nachtmusik* und sah direkt an seinem Ausdruck, dass sie das Richtige getroffen hatte. Wahrscheinlich hatte die Schallplatte, die er damals gehört hatte, dieses populäre Stück enthalten.

»Das war wunderschön«, sagte Alex andächtig. »Wenn Sie es spielen, klingt es noch viel schöner als auf dem Grammofon.«

»Klar!«, bestätigte Grit. »Und noch schöner klingt es, wenn der Flügel perfekt gestimmt ist. Sie sollten es in einem der großen Konzerthäuser hören ... Aber jetzt zu Ihrer Geschichte.«

Alex spielte mit einem Notenblatt, das Mary Jane auf dem Flügel hatte liegen lassen.

»Es ist eigentlich keine Geschichte, die man sich vor dem dritten Date erzählt«, sagte er.

Grit musste lachen. »Auch eine Art, ein Mädchen einzuladen ... Also schön. Wann haben wir das erste?«

Schon als sie die Worte aussprach, konnte sie kaum glauben, wie forsch sie reagierte. Eigentlich war sie sehr viel zurückhaltender ... War es nun das freundliche Lächeln des jungen Mannes oder tatsächlich das Glas Wein vor dem Auftritt, das ihre Schüchternheit gebrochen hatte?

»Wie wär's mit ... gleich nach dem Konzert?«, fragte Alexander zurück. »Ich meine, es ist Krieg ... Wir haben keine Zeit zu verlieren ...«

Grit zog die Augenbrauen hoch. »Seltsam, dass ich gar kein Geschützfeuer höre. Aber ja, gern, gleich nach dem Konzert. Auf ein Glas Wein ...«

Mary Jane hatte ebenfalls eine Verabredung, und schließlich landeten sie zu viert in einer Taverne am Hafen. Es wurde ein sehr netter Abend, und am Ende ließ sich Mary Jane von ihrem Verehrer küssen. Grit und Alex waren zurückhaltender.

»Es war sehr schön mit Ihnen und … Ihren Freunden«, sagte Alexander. »Wäre … wäre es vermessen, wenn ich bei unserer zweiten Verabredung trotzdem gern mit Ihnen allein wäre?« Grit schüttelte den Kopf. Sie fühlte genauso. »Darf ich Sie dann morgen nach dem Konzert zum Essen ausführen? Mögen Sie griechisches Essen?«

Alex hatte es selbst noch gar nicht probiert, er war erst drei Tage zuvor eingetroffen und im Truppenquartier von britischen Köchen verpflegt worden. Bislang wusste er auch noch nicht so recht, was er auf Kreta tun sollte. Einen Posten als Truppenveterinär gab es jedenfalls nicht. Die Einheimischen hatten zwar alle Esel, Schafe und Ziegen, die teilweise durchaus tierärztliche Betreuung gebraucht hätten, aber die britischen Truppen waren durchweg motorisiert. Alex war also als einfacher Soldat einer Einheit zugeteilt worden, er und seine Leute wurden von ihrem Leutnant mit Körperertüchtigung und Schießübungen beschäftigt. Alex fiel schnell durch seine ruhige Hand auf und wurde zu einer weiteren Schulung als Sprengmeister vorgeschlagen. Bis die begann, hatte er nicht viel zu tun. Er konnte den ganzen nächsten Tag damit zubringen, ein geeignetes Restaurant für das zweite Date mit der hübschen Pianistin zu suchen.

»Ich mag fast jedes Essen, nur nicht so gern Fleisch«, antwortete Grit jetzt. »Bei meiner Mutter gab es keins. In ihrem Haushalt waren wir alle Vegetarier. Später hab ich mich dran gewöhnt, aber Käse und manchmal Fisch ziehe ich vor.«

»Dann sehen wir uns morgen«, sagte Alex, griff spontan nach ihrer Hand und hauchte einen Kuss darauf. »Ich freue mich darauf!«

Grit verwandte am nächsten Abend viel Zeit auf die Auswahl ihrer Kleidung und ihrer Frisur. Sie schminkte sich und fühlte sich schließlich sehr hübsch in ihrem halb langen, schlicht und gerade geschnittenen rauchblauen Kleid, zu dem sie Perlenschmuck trug. Mary Jane kleidete sich auffälliger, sie war im Laufe des Tages einkaufen gegangen und mit einem geblümten Strandkleid zurückgekehrt. Das kombinierte sie nun mit einer leichten roten Jacke, die sie im Soldatenheim bald ablegte. Wieder entschieden sich die Musikerinnen für Jazz und Swing. Nur wenn Mary Jane pausierte, spielte Grit erneut ein bisschen Klassik für Alex. Er fand sich dazu wieder neben ihrem Flügel ein, und seine Blicke wanderten zwischen ihren flinken Händen auf den Tasten und ihrem verträumt lächelnden Gesicht hin und her.

»Sie spielen richtig gern«, sagte er, als sie das Klavier schloss.

Grit nickte. »Ja, schon immer. Ich musste nie zum Üben getrieben werden, das Klavier war schon als Kind mein Lieblingsspielzeug. Ich spiele auch recht gut Geige, ein bisschen Gitarre und sehr gern Querflöte. Nicht bis zur Konzertreife, aber das Flötenspiel macht mir großen Spaß. Was machen Sie in Ihrer Freizeit?«

Alex zuckte mit den Schultern. »Ich weiß nicht ... Reiten ... Viel Freizeit hatte ich eigentlich nie.«

Er führte Grit zu einer kleinen Taverne, wo der Besitzer schon mit zwei großen Platten kalter und warmer Gerichte auf sie wartete.

»Voilà, Mademoiselle: Griechenland vegetarisch. Schauen Sie her: Yemista, mit Reis und Gewürzen gefüllte Tomaten. Tsatsiki: eine Art Knoblauchsoße. Spanakopita, Spinatkuchen. Saganaki, ein Käsegericht mit Honig und Sesam. Kolokithokeftedes, Zucchinibällchen gefüllt mit Fetakäse und frischer Minze. Fava, eine Creme aus gelben Erbsen ...«

Grit lachte. »Können Sie Griechisch, sind Sie Koch, oder haben Sie das alles für heute Abend auswendig gelernt?«

Alex zwinkerte ihr zu. »Letzteres, muss ich gestehen, auch wenn ich in der Schule etwas Griechisch gelernt habe. Es ist allerdings nicht viel hängen geblieben. Kommen Sie, setzen Sie sich, und wir probieren das alles durch!«

Grit und Alex schwelgten in griechischen Köstlichkeiten, tranken Wein, und Grit erzählte von ihrem Musikstudium, den Anfängen ihrer Karriere – und den traumatischen Erlebnissen in Deutschland, die sie dazu bewogen hatten, auf ihre Art in den Krieg zu ziehen.

»Ich bin in Deutschland geboren, ich fühle mich dennoch mehr als Amerikanerin«, erklärte sie. »Sie sind … Australier?«

Alex schüttelte den Kopf. »Neuseeländer. Und ich dachte mal, ich wäre halber Deutscher«, gestand er und machte Anstalten, ihr seine Geschichte nun doch schon beim zweiten Date zu erzählen. »Meine Mutter behauptete, ich sei der Sohn eines deutschen Auswanderers, eines Gestütsbesitzers, obendrein adlig. Sie lebte während des Krieges mit ihm zusammen. Ich fühlte mich wie ein Prinz, und ich fürchte, ich benahm mich auch so. Ich war fürchterlich verwöhnt, soll ein ganz schreckliches Kind gewesen sein …«

Grit runzelte die Stirn. »Kann ich mir gar nicht vorstellen«, erklärte sie.

Alex lächelte etwas wehmütig. »In der Gegend, aus der ich komme, kann man sich noch sehr gut daran erinnern«, sagte er etwas traurig und dachte an April. »Na ja, nach dem Krieg flog der Schwindel auf. Mein leiblicher Vater kam zurück und verlangte Aufklärung, außerdem gab es einen Zeugen dafür, dass es völlig unmöglich war, dass Julius von Gerstorf mich gezeugt hatte. Es hätte ein ziemlicher Skandal werden können, aber schließlich einigten sich alle darauf, die Geschichte kleinzuhalten. Meine Mutter wurde praktisch genötigt, meinen leiblichen Vater zu heiraten, und erhielt zum Ausgleich für ihre Arbeit auf dem Gestüt – während des Krieges hatte sie es praktisch allein geleitet – ein paar Pferde. Und ich lebte plötzlich auf einem Bauernhof statt in einem Herrenhaus und war Alex Rawlings statt Alexander von Gerstorf. Allerdings war ich nicht unglücklich«, fügte er hinzu, bevor Grit etwas erwidern konnte. »Sie müssen nicht glauben, dass ich Ihnen hier etwas vorjammern will. Mein leiblicher Vater war sehr nett. Er hatte nicht so viel Geld, aber viel mehr Zeit für mich als mein vermeintlicher Erzeuger. Dazu hatte ich sehr liebevolle Großeltern. Meine neue Welt war alles andere als schlimm. Ich war natürlich irritiert. Alles war anders. Auf Epona Station hatten mein vermeintlicher Vater und meine Mutter abends meist Musik gehört. Auf Miss Mias Grammofon – Miss Mia war Julius von Gerstorfs Ehefrau. Bei den Rawlings gab es das nicht. Musik spielte nur in der Kirche – in die ich vorher nie gegangen war. Oder wenn im Dorf Jahrmarkt war.«

»Und Ihre Mutter?«, fragte Grit. »Für die muss das doch … irgendwie beschämend gewesen sein. Nachdem ihre … Schummelei aufgeflogen war und sie mehr oder weniger zur Heirat gezwungen wurde?«

Alex zuckte mit den Schultern. »Meine Mutter ist nicht empfindlich. Nur verlor sie an mir weitgehend das Interesse, ich war ihr ja nicht mehr nützlich. Nicht dass sie mich schlecht behandelte, aber sie kümmerte sich nicht mehr viel um mich – sie war viel zu beschäftigt damit, ihr Gestüt aufzubauen, um den von Gerstorfs möglichst bald Konkurrenz zu machen. Und sonst: Wilhelmina hat ein dickes Fell. Ich will nichts gegen sie sagen, sie hat sich von ganz unten hochgearbeitet und stand dann ziemlich allein da mit dem Betrieb – mein Vater ist Kriegsinvalide. Aber sie ist nicht sehr herzlich. Eigentlich liebt sie vor allem Pferde.«

Grit lachte. »Das ist bei meiner Mutter ähnlich. Die liebt nicht nur Pferde, sondern Tiere allgemein. Deshalb wollte sie auch meinen Vater nicht heiraten. Sie ist Tierärztin und lebt im Übrigen in Neuseeland.«

Alex lachte. »Tatsächlich? Ich bin auch Tierarzt. Und ich kenne zwei Tierärztinnen in Neuseeland, die zwischen den Kriegen aus Deutschland geflohen sind. Wie heißt denn Ihre Mutter? Vielleicht ist sie ja eine davon. So viele Tierärztinnen dürfte es in Neuseeland eigentlich nicht geben.«

Grit rieb sich die Stirn. »Seltsam. Und ich kenne die Namen von Gerstorf und Epona Station. Mein Stiefvater hat dort gearbeitet. Meine Mutter arbeitet in New Lynn bei Auckland. Cornelia von Prednitz.«

Alex strahlte. »Dr. Nellie! Die Welt ist so klein! Sie müssen ihr Grüße von mir bestellen, wenn Sie ihr schreiben.«

Grit lächelte. »Mache ich gern … und natürlich werde ich sie nach Ihnen ausfragen. Vielleicht kennt sie ja die schrecklichen Seiten an Ihnen und kann mich rechtzeitig warnen, bevor …« Sie biss sich auf die Lippen.

»Bevor Sie sich in mich verlieben?«, fragte Alex. »Wollen Sie damit wirklich so lange warten, bis zwei Briefe den Weg nach Neuseeland und von dort zurück nach Kreta gemacht haben? Lernen Sie mich lieber selbst kennen! Wie wär's, wenn wir das nächste Mal tanzen gingen? Irgendwohin, wo griechische Musik gespielt wird. Wie nennt man diese Gitarren, für die das Land so berühmt ist …?«

»Bouzoukis«, antwortete Grit. »Ja. Ich würde das sehr gern einmal hören.« Sie lächelte. »Und dazu tanzen. Ich bin sehr gespannt …«

Alex begleitete sie zu ihrem Quartier, und diesmal beließen sie es nicht bei einem Handkuss. Alex legte den Arm um sie, und ihre Lippen fanden sich zu einem zunächst tastenden, dann immer leidenschaftlicheren Kuss.

Grit tanzte an diesem Abend in ihr Bett – und Alex dachte zum ersten Mal seit unendlich langer Zeit nicht an April von Gerstorf. Auch er meinte zu schweben. Wie einfach mit Grit alles war, wie leicht es ihm fiel zu flirten, zu scherzen – während ihm bei April oft einfach die Worte gefehlt hatten. Es war richtig gewesen, Neuseeland zu verlassen. Hier begann ein neues Leben.

Griechischer Tanz gestaltete sich gänzlich anders, als Alex und Grit es gedacht hätten. Man tanzte nicht paarweise, sondern im Reigen, meist stellte man sich dazu in Kreisform auf und bewegte sich in Drehungen und Sprüngen. Mitunter führten die jungen Griechen regelrecht artistische Bewegungen aus. Grit und Alex tanzten ausgelassen, die Einheimischen nahmen sie gern in ihre Reihen auf. Letztlich setzte sich allerdings die Musikerin in Grit durch. Sie musste die ihr unbekannten Instrumente erforschen und gesellte sich dazu zu den Männern, die auf einer improvisierten Bühne aufspielten.

»Spricht einer von euch Englisch?«, fragte sie.

Die Musiker schoben sofort einen schwarzhaarigen jungen Mann nach vorn, der eben noch die Bouzouki gespielt hatte.

»Ich bin Leonidas Fotakis«, sagte er mit weicher Stimme. »Ich mag die Sprache … Sie scheint sich den Liedern anzuschmiegen, wenn man in ihr singt. Bei anderen Sprachen meine ich oft, die Worte zwingen zu müssen, um den Melodien zu folgen.«

Grit lächelte und registrierte sein kantiges Gesicht und seine ausdrucksvollen tiefschwarzen Augen. Sie wirkten ein bisschen wie glühende Kohlen, doch sie verbrannten nicht, sondern zeigten ein warmes Leuchten. Sein Haar war länger als das jedes Mannes, den sie bisher kennengelernt hatte. Es fiel über seine Schultern wie bei einem Mädchen. Sein dichter Schnauzbart ließ allerdings keinen Zweifel an seiner Männlichkeit.

»Singen Sie?«, fragte er.

Grit schüttelte den Kopf. »Nein, ich bin Pianistin – und Geigerin. Ihr … Ihr Instrument interessiert mich. Eine Bouzouki, nicht wahr? Wie ist sie gestimmt? D, eingestrichenes D, AA und noch mal D, eingestrichenes D?« Die Bouzouki war mit drei Doppelsaiten bespannt.

Leonidas sah sie bewundernd an. »Fast«, erklärte er. »D, eingestrichenes D, AA und die untersten beide eingestrichenes D. Das ist die geläufigste Stimmung, es gibt aber noch andere.«

»Ich könnte mir bei den oberen Saiten auch G vorstellen«, meinte Grit.

Leonidas strahlte. »Genau!«, sagte er. »G, eingestrichenes G. Sie sind sehr musikalisch. Hier, wollen Sie einmal spielen?«

Er reichte ihr sein Instrument, und Grit schlug tatsächlich eine Tonfolge an, die einigermaßen harmonisch klang.

»Ich würde es gern lernen«, sagte sie.

Alex hatte der Unterhaltung bislang geduldig gelauscht, doch jetzt wurden ihm Leonidas' Blicke ein bisschen zu fordernd.

»Kommst du, Grit?«, fragte er.

Leonidas lächelte der jungen Frau zu. »Ich bin jeden zweiten Abend hier«, bemerkte er wie beiläufig. »Oft schon nachmittags. Kommen Sie doch mal vorbei …«

Grit nickte und folgte Alex dann wieder auf die Tanzfläche.

»Du willst den Mann doch nicht wirklich treffen?«, fragte er.

Grit lachte. »Du bist eifersüchtig!«, konstatierte sie. »Dabei interessiert mich wirklich nur das Instrument. Vielleicht … sollten wir beim nächsten Mal in einem britischen Klub tanzen gehen. Wo du mich ganz für dich allein hast …«

Alex griff für den nächsten Rundtanz demonstrativ nach ihrer Hand. Er glaubte ihr, aber dem jungen Mann unterstellte er andere Absichten.

Liebste Mami,

inzwischen muss Papa in Neuseeland eingetroffen sein, und sicher hat er Dir von meinem Engagement in der Truppenbetreuung erzählt. Ich wette, Du bist sehr böse geworden, und es tut mir sehr leid, dass ich Dir Sorgen bereite. Sie sind tatsächlich gänzlich unbegründet. Ganz im Gegenteil, das Leben hier ist nicht gefährlich, sondern einfach unglaublich schön! Du hast sicher noch nie etwas so Wundervolles gesehen wie die Ägäis – das Meer ist so blau, der Himmel so voller Sterne … Es ist fast wie auf einer kitschigen Postkarte, doch es ist die Wirklichkeit. Chania ist die zweitgrößte Stadt auf der Insel, aber verglichen mit Boston oder gar Berlin ist sie kaum mehr als ein Dorf. Sie hat allerdings eine große Vergangenheit als Handelsplatz, erinnert in vieler Hinsicht an Italien, Venezien. Meine neue Freundin Mary Jane Locks und ich sind in einem richtigen kleinen Palast untergebracht, und wir spielen in einem Saal, der früher sicher irgendwelchen Adligen als Tanzsaal diente. Jetzt ist er zum Soldatenheim umfunktioniert, und wenn getanzt wird, dann zu modernen amerikanischen Rhythmen.

Ich selbst war schon zweimal tanzen, was Dich sicher wundern wird. Es ist so schön hier, die Stadt atmet Lebensfreude – und ich bin wieder verliebt! Nun wirst Du Dich gleich wieder sorgen, aber Du glaubst es nicht, Du kennst meinen Freund. Er hat Tiermedizin studiert wie Du. Ihr habt sogar eine Zeit lang zusammengearbeitet, bevor er sich zur Armee meldete. Kommst Du drauf, wer es ist? Ja, Alex Rawlings! Dr. Alexander Rawlings. Hier ist er leider nur einfacher Soldat und macht jetzt gerade eine Ausbildung zum Spezialisten für Sprengstoffe. Ich sehe ihn deshalb nicht so oft, wie ich es gern würde, und ich sorge mich natürlich auch etwas um ihn, weil das sicher gefährlich ist. Alex dagegen meint, die britische Armee hätte kein Interesse daran, ihre Männer selbst in die Luft zu sprengen, und er hat mir versprochen, vorsichtig zu sein.

Solange Alex beschäftigt ist, vertreibe ich mir die Zeit mit dem Studium der Bouzouki, dem klassischen griechischen Saiteninstrument.

Ich habe einen ganz großartigen Lehrer gefunden, Leonidas. Leonidas sieht umwerfend gut aus, aber mich interessiert sein Äußeres natürlich gar nicht, ich habe ja Alex. Man schaut ihm allerdings gern zu, wenn er sein Instrument spielt und dazu singt. Ich komme schon ganz gut mit der Bouzouki zurecht, Leonidas ist ein guter Lehrer – und er will nicht einmal Geld für den Unterricht. Im Gegenteil, er bietet mir immer wieder an, mir auch andere Aspekte der Kultur seines Volkes nahezubringen. Wir waren schon auf dem Schiavo-Hügel, einem Aussichtspunkt, auf dem die Briten jetzt leider Geschütze stationiert haben, und in den Markthallen. Du glaubst nicht, was es dort alles zu kaufen gibt ... Gewürze, Käse, eine unglaubliche Vielfalt an frischem Obst, Oliven ... Ich liebe Oliven! Demnächst möchte Leonidas mich auf einen mehrtägigen Ausflug mitnehmen. Er würde mir gern sein Dorf zeigen. Es soll sehr malerisch in den Weißen Bergen liegen, und er meint, seine Mutter mache den besten Käse auf ganz Kreta.

Alex grummelt natürlich ein bisschen. Wenn, dann würde er gern mit auf diese Wanderung gehen. Dabei hat er wirklich keinen Grund, eifersüchtig zu sein.

Ich muss jetzt Schluss machen, Mary Jane und ich wollen etwas früher ins Soldatenheim, ein paar neue Lieder einstudieren. Mary Jane ist eine großartige Sängerin. Für die Oper reicht es vielleicht nicht, aber Jazz und Soul interpretiert sie so schön, dass man meint, die Worte schmiegten sich an die Melodien. So hat das jedenfalls Leonidas ausgedrückt. Ich glaube, in jedem Griechen steckt so ein kleiner Poet.

Ich werde weiter berichten. Vorerst sorge Dich nicht, sondern freu Dich für mich und mit mir. Und gib ganz liebe Grüße an Papa weiter, falls dieser Brief früher eintrifft, als der, den ich an ihn schreiben will. Ihr dürft die Briefe auch gern austauschen, es stehen keine Geheimnisse drin – nur dass Papa sich wahrscheinlich mehr für die Bouzouki und die Herkunft des Rembetiko, das ist ein griechischer Musikstil, interessieren wird als für meine Herzensangelegenheiten.

Es liebt Euch beide

Eure glückliche Grit

»Willst du wirklich mitkommen in die Berge?«, fragte Grit zwischen dem *Minutenwalzer* und *Für Elise*. Alex stand mal wieder am Flügel, während sie für das Soldatenpublikum spielte. Er konnte nicht genug davon bekommen, und auch er fand poetische Worte. Wenn sie spielte, sei es für ihn, als hörte er ihre Seele singen, hatte er neulich gesagt. Grit sonnte sich in diesen Komplimenten, doch jetzt musste ihr Ausflug mit Leonidas besprochen werden. Sie und der junge Grieche gedachten am folgenden Tag, einem Montag, aufzubrechen, die Nacht in Leonidas' Dorf zu verbringen und am Dienstag zurückzuwandern. Montags gab es keine Konzerte, sie würde ihre Pflicht also nicht vernachlässigen und plante, pünktlich am Dienstag zum Unterhaltungsabend zurück zu sein. »Leonidas sagt, er hätte nichts dagegen.« Begeistert hatte Leonidas sich zwar nicht gezeigt, aber das musste sie Alex ja nicht verraten.

Alex schüttelte den Kopf. »Ich kann nicht. Strikte Urlaubs- und Ausgangssperre. Es heißt, es gebe Geheimdienstinformationen. Ein Invasionsversuch der Deutschen stünde kurz bevor. Ihr solltet auch nicht gehen. Wenn sie wirklich angreifen, ist hier die Hölle los.«

Grit runzelte die Stirn. »In den Bergen werden sie schon nicht angreifen«, meinte sie. »Wie sollten sie auch? Da kann ja kein Schiff anlegen, und Landebahnen für Flugzeuge gibt es auch nicht. Gib's zu, Alex, du hast dir das ausgedacht. Du bist eifersüchtig.« Sie lachte nachsichtig.

Alex senkte den Kopf. »Vielleicht ein bisschen«, gab er zu. »Obwohl ...«

Grit stand rasch auf und küsste ihn kurz auf die Wange. Ein paar der anderen Soldaten hatten es gesehen und applaudierten johlend.

»Musst du nicht!«, sagte sie und warf wie nebenbei noch ein paar Kusshände in die Runde. Was den Umgang mit ihrem soldatischen Publikum anging, hatte sie Mary Jane inzwischen einiges abgeguckt. »Ich mag Leonidas ganz gern, aber ich möchte nicht mein restliches Leben auf einem Bauernhof in den Bergen verbringen.«

»Unsere Farm in Neuseeland liegt auch nicht im Zentrum der Welt«, bemerkte Alex. »Davon ganz abgesehen ... die Invasion ...«

Grit unterbrach ihn lächelnd. »Sind wir uns nicht einig darüber, dass sich das Zentrum der Welt immer genau da befindet, wo du und ich gerade sind?«, neckte sie ihn. »Mach dir keine Sorgen, Liebster. Dienstagabend bin ich wieder da.«

Alex gab es auf, weiter auf sie einzureden. Mary Jane kam nun auch aus ihrer Pause zurück, und Grit begann mit dem Vorspiel zu einem Song.

Am nächsten Morgen wurde die gesamte neuseeländische Division nach Maleme verlegt. Der Hauptbefehlshaber der alliierten Truppen ging von einem Luft-See-Angriff aus und verteilte seine Truppen hauptsächlich an der Nordküste.

Alex hatte keine Zeit mehr, sich von Grit zu verabschieden. Leonidas holte sie schon früh ab – mit einem geliehenen Jeep. Er öffnete den Ladebereich, damit sie ihren extra für den Ausflug erstandenen Rucksack dort hinlegen konnte.

»Planst du, ein Gemischtwarengeschäft zu eröffnen?«, fragte sie, als sie sah, was alles auf den Transport nach Imbros, seinem Heimatdorf, wartete. Leonidas hatte Töpfe geladen, Zigaretten, Nähzeug und Stricknadeln, Messer und Streichhölzer, ein Waschbrett – und zu Grits Erschrecken zwei Gewehre. »Und wollten wir nicht überhaupt wandern?«

Leonidas lachte. »Es sind fünfzig Kilometer von Chania nach Imbros. Da müssten wir lange wandern. Nein, wir lassen den Wagen in

Vamos, bis dahin sind die Wege gut befahrbar. Erst danach wird gewandert. Und das wird noch schwierig genug werden. Glaub's mir.«

Grit rutschte also auf den Sitz neben ihn und registrierte seine Bouzouki auf der Rückbank. »Du willst Musik machen?«, fragte sie.

Er lachte wieder. »Natürlich. Wir werden feiern! Und keine Feier in den Weißen Bergen ohne Musik!«

»Es ist aber ... kein besonderer Tag, oder? Ich habe für deine Mutter etwas Schokolade gekauft und für deinen Vater eine Flasche Raki. Ist das okay?« Grit fühlte sich nun doch etwas befangen.

»Das ist ganz in Ordnung, die zwei werden sich bestimmt freuen«, erwiderte Leonidas gelassen. »Aber es wäre nicht nötig gewesen. Wir Sfakioten sind sehr gastfreundlich – nachdem wir uns davon überzeugt haben, dass der Besucher uns nichts Böses will. Mein Volk ist von jeher wehrhaft.«

»Sfakioten?«, fragte Grit.

»So nennen wir uns. Nach der Region Sfakia, zu der die Weißen Berge gehören. Unsere Männer sind stolz, unsere Frauen schön – und wir verstehen, Feste zu feiern.« Er zwinkerte ihr zu.

»Was ist mit den ... Gewehren im Kofferraum?«

»Jagdflinten. Für meine Onkel. Imbros ist ... ein bisschen abgelegen, du wirst es ja sehen. Man kommt nicht so schnell in die nächste Stadt, um etwas zu kaufen. Die zwei haben mich deshalb gebeten, Flinten für sie zu besorgen. Die Töpfe sind für meine Mutter und die anderen Frauen, desgleichen die Nadeln, das Waschbrett ... Ich bin immer beladen wie ein Packesel, wenn ich nach Imbros fahre.« Er lächelte aufmunternd. »Du musst dir keine Sorgen machen.«

Grit versuchte, sich zu entspannen, während sie Chania hinter sich ließen und zwischen Olivenhainen hindurch ins Inland fuhren. Nach einem relativ regenreichen Winter war die Insel voller Farben. Zwischen Oliven- und Johannisbrotbäumen wuchs vielfältiges Buschwerk, oft führte die Straße zwischen wahren Blütenteppichen in Gelb und Rot und Lila hindurch.

»Das ist wunderschön!«, begeisterte sich Grit.

Leonidas nickte. »Kreta hat eine vielfältige Flora«, erklärte er. »Auch in den Bergen. Vielleicht finden wir ja Orchideen auf dem Weg nach Imbros. Es gibt etliche Sorten, die nur hier auf der Insel wachsen. Und jetzt im Frühling ist die schönste Jahreszeit. Im Sommer trocknet die Sonne vieles aus. Wenn du nachher noch nicht zu müde bist, kann meine Mutter dir Gewürzpflanzen zeigen. Thymian, Oregano, Rosmarin ... das wächst hier alles wild. Bist du eine gute Köchin?«

Grit runzelte die Stirn. »Ich hab noch nie gekocht«, gab sie zu. »Ich meine ... ich kann natürlich ein Spiegelei braten oder so. Aber eine richtige Mahlzeit zubereiten ...« In ihrer Kindheit hatte Lene für sie alle gesorgt, und ihr Vater hatte eine Haushälterin, die sich um die Küche kümmerte.

»Meine Mutter ist eine großartige Köchin«, meinte Leonidas. »Sie könnte es dir beibringen.«

Grit schüttelte den Kopf. »Leon, ich bin Konzertpianistin. Hier lasse ich die Kunst ein wenig schleifen, aber gewöhnlich muss ich viel üben. Ich hätte gar keine Zeit zu kochen.«

Besondere Lust dazu hatte sie auch nie verspürt, das sagte sie jetzt jedoch besser nicht, um ihn nicht zu enttäuschen.

Nach etwa einer Stunde Fahrt erreichten sie einen kleinen Ort, und Leonidas hielt vor einer Taverne, der einzigen in Vamos. Er begrüßte den Wirt herzlich, auch die Wirtin wurde umarmt und mit einem Wortschwall auf Griechisch bedacht. Sie brachte Wein heraus, Fladenbrot, eine Knoblauchwurst und Käse und nötigte sie beide, sich zu setzen und zu stärken. Gleich darauf strömten noch weitere Bewohner des Örtchens zusammen, Leonidas schien hier gut bekannt zu sein.

Grit fühlte sich ein wenig außen vor – die Leute waren freundlich zu ihr, sprachen jedoch kein Wort Englisch. Außerdem fühlte sie sich taxiert. Wahrscheinlich hatte Leonidas noch nie ein Mädchen mit hergebracht, vielleicht war es ein Fehler gewesen, allein mit ihm auf diesen Ausflug zu gehen. Es brachte die Leute auf falsche Gedanken. Es wäre besser gewesen zu warten, bis sich auch Alex hätte freinehmen können.

Nun war es zu spät. Grit trank einen Schluck Wein und knabberte lustlos an einem Stück Käse. Dann rief Leonidas zum Aufbruch.

»Wir haben noch einen ganz schönen Weg vor uns«, erklärte er ihr. »Fast dreißig Kilometer, und es geht stetig bergauf. Die Wege sind zudem nicht die besten.«

Grit holte ihren Rucksack aus dem Wagen, und Leonidas machte Anstalten, sich mit all den Dingen zu beladen, die er in Chania für seine Familie gekauft hatte. Seine griechischen Freunde wollten sich darüber kaputtlachen, das erkannte Grit, auch ohne die Sprache zu verstehen. All das Zeug durch die Berge zu schleppen war ein Ding der Unmöglichkeit. Nach kurzer, lebhafter Diskussion verschwand schließlich der Wirt. Nach wenigen Minuten war er mit einem kleinen grauen Esel wieder da. Das Tier hatte die Größe eines gut gewachsenen Shetlandponys und war mit einem Tragsattel ausgestattet. Leonidas' Freunde begannen, all seine Einkäufe in die Körbe zu verstauen, die links und rechts des Eselsrückens hingen. Der Esel schien nicht sehr erbaut davon. Er legte die langen Ohren an, schlug mit dem Schwanz und versuchte zu schnappen.

»Besonders nett ist er ja nicht«, bemerkte Grit, als Leonidas die Führzügel des Tieres ergriff, nachdem er sich wortreich bei seinen Freunden bedankt und von ihnen verabschiedet hatte.

»Sie«, sagte Leonidas. »Sie heißt Mali. Und sie wird sich schon an uns gewöhnen. Sie wird zu schätzen wissen, dass wir nicht auch noch reiten wollen.«

»Reiten?«, fragte Grit entsetzt. »So ein kleines Tier?«

Leonidas lachte. »Esel sind ganz schön stark. Und glaub mir, du wirst dir noch ein Reittier wünschen.«

Grit fiel es noch nicht schwer, ihm und dem Esel aus dem Ort hinaus zu folgen. Die Pfade wurden jedoch immer schmaler und steiniger, es ging tatsächlich stetig bergauf, und die Vegetation wurde karger, obwohl auch hier alles grünte und blühte. Die Berge vor ihnen schimmerten wirklich fast weiß. Die Sonne stand schon recht hoch am Himmel, und das Panorama war atemberaubend schön. Es duftete nach Blüten und nach Gewürzen. Das Eselchen konnte den Pflanzen nicht widerstehen und naschte links und rechts des Weges, während es Leonidas ergeben folgte. Nach einer Stunde ging es an Abgründen entlang, die Grit schaudern ließen, und sie hatten keine menschliche Ansiedlung mehr gesehen, seit sie Vamos verlassen hatten. Als Leonidas auf einer Anhöhe, die einen besonders schönen Ausblick auf die Berge bot, zur mittäglichen Rast anhielt, atmete sie auf. Die Wirtin in Vamos hatte ihnen eine Wegzehrung eingepackt, und diesmal schmeckten Grit Brot und Käse. Den Wein verdünnte Leonidas mit viel Wasser. Sicher wollte er nicht berauscht zu Hause ankommen.

»Wie bist du eigentlich aus deinem Dorf herausgekommen?«, fragte Grit, während sie aßen und die Aussicht auf sich wirken ließen.

Sie hatte das Gefühl, dass Leonidas sie ans Ende der Welt führte, und konnte sich kaum vorstellen, dass es in einem Ort wie Vamos auch nur eine Schule gab. Imbros war noch weiter entfernt von jeglicher Infrastruktur. Trotzdem sprach Leonidas perfekt Englisch und schien gebildet.

»Zu Fuß.« Er lachte wie so oft. »Das heißt, nein, ich durfte reiten, Herr Demetrios hatte sich ebenfalls einen Esel geliehen. Ich war aber noch ein Winzling von gerade mal sechs Jahren …«

»Deine Eltern haben dich weggegeben?«, fragte Grit schockiert.

Leonidas hob die Schultern. »Ja und nein – also nicht so, wie du es dir jetzt vorstellst. Es war durchaus in meinem Sinne. Herr Demetrios kam aus Athen, er war Musikwissenschaftler. Leider kann ich ihn dir nicht mehr vorstellen, er ist vor zwei Jahren gestorben, und seine Frau ist dann nach Athen zurückgekehrt. Sie liebte Kreta nicht so sehr, wie er es tat … Jedenfalls war er Professor an der Musikakademie in Athen, und als er emeritiert war, zog er nach Kreta.

Er hatte den Ehrgeiz, die Musik der Insel zu sammeln und aufzu-
zeichnen ...«

»Wie Child in Großbritannien?«, fragte Grit.

Leonidas nickte. »Deshalb besuchte er die abgelegensten Dörfer.
In Imbros fiel ich ihm auf. Ich war noch ganz klein, aber ich spielte
schon die Bouzouki und trommelte – ich hab immer für die Musik
gelebt ...«

»Ich auch«, sagte Grit.

Er lächelte ihr zu. »Deshalb verstehen wir uns ja so gut ...«

Er wollte nach ihrer Hand greifen, doch Grit zog sie weg. »Ich
habe einen Freund«, sagte sie bestimmt.

Er nickte und murmelte eine Entschuldigung. »Herr Demetrios
fand mich reizend und mein Talent äußerst vielversprechend. Aber
ich war eins von zehn Kindern, ich sollte die Schafe hüten wie meine
Geschwister. Es war nicht vorgesehen, dass ich Lesen und Schreiben
lernte. Meine Mutter und mein Vater können es beide nicht. Das
heißt natürlich nichts, sie verstehen sich auf andere Dinge ...«

»Sicher«, erwiderte Grit, obwohl sie sich Eltern, die nicht lesen
und schreiben konnten, schlicht nicht vorstellen konnte.

»Herr Demetrios blieb ein paar Tage im Dorf, unterhielt sich viel
mit mir, brachte mir die ersten Noten bei und die ersten Buchsta-
ben. Ich fand das alles wunderbar, so viel besser als die Schafe.« Er
lachte. »Und als Herr Demetrios mich fragte, ob ich nicht mit ihm
nach Chania kommen wolle, war ich Feuer und Flamme. Er sprach
dann mit meinem Vater. Wie er ihn überzeugt hat, weiß ich nicht,
vielleicht ist etwas Geld geflossen. Wir sind alle sehr arm in Imbros.
Ich durfte jedenfalls gehen, nachdem Herr Demetrios meinen Eltern
versprochen hatte, mich meinen Wurzeln nicht zu entfremden. Und
das tat er auch nicht. Er schickte mich zur Schule und ließ mir Musikstunden geben, seine Frau umsorgte mich, und ich lernte die An-
nehmlichkeiten von Bädern, Wasserklosetts und weichen Matratzen
kennen. Die Ferien verbrachte ich in Imbros, hütete Schafe, ging mit
meinen Brüdern auf die Jagd ... was die Kinder der Sfakioten so tun.

Das Dorf blieb also meine Heimat. Ich liebe meine Familie, ich habe nur gute Erinnerungen an meine Kindheit, und ich komme immer wieder gern hierher, obwohl ich es vorziehe, in Chania zu leben. Gehen wir weiter?« Leonidas stand auf, und der Esel verabschiedete sich widerwillig von den Kräutern, an denen er geknabbert hatte. Leonidas bot Grit den Führstrick an. »Möchtest du sie mal führen?«, fragte er. »Sie ist doch ganz niedlich, findest du nicht?« Grit blickte skeptisch in das lange Gesicht der Eselin. Es war ziemlich behaart, und mit ihren großen dunklen Augen und puschligen langen Ohren wirkte Mali tatsächlich ein wenig wie ein Stofftier. Sie hatte auch aufgehört, die Zähne zu fletschen, und schaute ganz freundlich in die Welt. »Um diese Jahreszeit riechen sie nach Kräutern«, erklärte Leonidas und vergrub kurz sein Gesicht in Malis Fell.

Grit zog sich zurück. »Sie ist hübsch«, gab sie zu. »Aber ich … also ich hab nicht viel Erfahrung mit Tieren. Als kleines Mädchen hatte ich mal eine Katze, und meine Mutter hatte einen großen Hund. Seit ich allerdings bei meinem Vater lebe … Es ist nicht so, dass wir Tiere nicht mögen, aber wir haben keine Zeit, uns um sie zu kümmern.«

Leonidas nahm den Zügel selbst auf und machte sich wieder auf den Weg. »Eigentlich schade. In Imbros bin ich mit Tieren aufgewachsen, und meine Pflegemutter liebte Katzen. Die Hälfte der Streuner aus Chania kam zu ihr, um sich füttern zu lassen.«

»Ich hab nichts vermisst«, sagte Grit.

Es ging jetzt noch steiler bergauf, und ihre Unterhaltung erstarb. Sie brauchten nun all ihren Atem für den Aufstieg. Doch dann auf einmal ging es leicht bergab, und sie sahen das Dorf zwischen grünen Hügeln liegen. Die Häuser waren rund und aus großen Steinen errichtet.

»*Mitata*«, erklärte Leonidas. »Sie werden aus Natursteinen gebaut, ohne Mörtel. Das Dach besteht aus Steinen, die einander überlappen. Das begrenzt die Größe, man muss also immer neue Behausungen bauen, wenn die Familie wächst.«

Grit zählte um die fünfzig dieser Rundbauten, verstreut auf einer Anhöhe. Viele davon mochten Ställe sein. Leonidas hatte nicht übertrieben: Sein Heimatdorf war winzig klein und lag in der Mitte des Nirgendwo.

Die Bewohner waren allerdings umso lauter und lebhafter. Die Hunde schlugen an, als sie Grit, Leonidas und Mali bemerkten, und sofort strömten die Leute aus den Häusern, Ställen und Gärten und begrüßten die Ankömmlinge mit großem Hallo. Leonidas wurde umarmt, geherzt und geküsst. Eine kleine Frau, die wohl seine Mutter war, juchzte vor Freude. Grit hielt sich mit der Eselin im Hintergrund, bis sich die erste Aufregung gelegt hatte. Sie lächelte, als Leonidas sie vorstellte, war aber peinlich berührt, als seine Mutter sie daraufhin ebenfalls umarmen wollte. Die Dorfkinder schienen sich an ihr nicht sattsehen zu können.

»Sie haben noch nie eine Frau in Hosen gesehen«, übersetzte Leonidas ihren Wortschwall. »Und mit so kurzem Haar. Sie möchten wissen, ob du wirklich ein Mädchen bist oder vielleicht doch ein verkleideter Junge.«

Grit lachte nervös. Schon während der ganzen Wanderung hatte sie ein seltsames Gefühl verfolgt, fast als begäbe sie sich mit jedem Schritt, den sie sich von der Zivilisation entfernte, weiter in Gefahr. Alles erschien ihr fremd und eigenartig, die Unwissenheit der Kinder verunsicherte sie. Am Morgen noch hatte sie es für selbstverständlich gehalten, sich praktisch anzuziehen, und ihr langes Haar hatte sie sich vor der Reise nach Kreta abschneiden lassen. Sie trug ihre Locken jetzt halblang, etwas kürzer als Leonidas die seinen. Hier schien sie damit anzuecken. In welchem Jahrhundert war sie gelandet?

»Ich hab keinen Bart, oder?«, antwortete sie endlich und wies auf Leonidas' Schnäuzer.

Die Kinder wollten sich ausschütten vor Lachen. Ein vorwitziger kleiner Junge sagte etwas, und Leonidas übersetzte.

»Vielleicht wächst dir ja noch ein Bart, wenn du immer Hosen trägst.«

Grit lachte etwas gezwungen mit. Sie hatte wenig Lust, diese Diskussion fortzuführen. Stattdessen musterte sie nun ihrerseits die Dorfbewohner. Niemand außer ihr und Leonidas trug Hosen. Die Frauen kombinierten lange Röcke mit weitärmligen Blusen und Schürzen, die Männer weiße Faltenröcke, die bis zu den Knien reichten, mit Hemden und Schafwoll- oder Lederwesten. An keiner Taille eines Mannes fehlte ein Gurt mit Messer und Pistole. Das Haar trugen die meisten Frauen unter Tüchern verborgen, die Männer lang wie Leonidas. Manche hatten es zum Knoten zusammengesteckt. Der Schnauzbart schien obligatorisch zu sein – und vielleicht etwas über die Stellung des Mannes in dieser Gesellschaft auszusagen. Die Bärte der älteren Einwohner von Imbros waren voluminöser und breiter als die der jüngeren.

Grit meinte, nun auch Leonidas' Vater Theophanis ausmachen zu können, einen großen, schweren Mann mit kantigem Gesicht und gewaltigem Bart, der als Jüngling sicher sehr gut ausgesehen hatte, jetzt allerdings fast etwas bedrohlich wirkte. Um ihn und seine Frau scharten sich Leonidas' Geschwister. Der jüngste Bruder mochte um die zehn Jahre alt sein. Anscheinend hatte die Familie Fotakis nach Leonidas noch weitere Kinder bekommen. Leonidas nannte Grit ihre Namen, aber es gelang ihr nicht, auch nur einen davon zu behalten.

Inzwischen hatte einer der Männer eine Flasche Anisschnaps herausgebracht und eine Frau Gläser. Die Dorfbewohner schenkten sich ein und tranken einander zu. Grit erhielt ein Wasserglas halb voll Raki. Sie nippte daran und schüttelte sich ob der Schärfe.

Zum Glück hatte die Aufmerksamkeit sich jetzt wieder etwas von ihr abgewandt, Leonidas verteilte seine Mitbringsel, und die beiden Onkel freuten sich derart über die Flinten, dass sie gleich unter Anteilnahme der anderen Männer geladen und abgefeuert werden mussten. Grit schreckte zusammen. Es war das erste Mal, dass sie Geschützfeuer hörte.

Gleich darauf wurde sie von den Frauen vereinnahmt.

Leonidas' Mutter zeigte auf sich und sagte: »*Mitéra* Eleni.« Mutter Eleni. Anscheinend wollte sie so genannt werden. Danach wies sie auf Grit. »Margarita.«

Grit lächelte zustimmend, nickte und erhielt dann eine Dorfführung. Die Frauen zeigten ihr ihre Gemüse- und Kräutergärten und stellten ihr die Pflanzen vor. Grit erkannte Rosmarin und versuchte sich das Wort *dendrolívano* zu merken, und Thymian, *thymári*. Danach wurden ihr die Schafe vorgestellt – jede Frau schien ein paar zu besitzen. Grit fand die Lämmchen sehr niedlich, konnte sonst aber kaum etwas mit den wolligen Vierbeinern anfangen. Eleni wies auf sie und machte die Bewegung des Melkens.

»Ob ich melken kann?«, fragte Grit entsetzt. »Nein, natürlich nicht. Und nein, ich möchte es auch nicht versuchen!«

Elenis Käserei fand sie interessant, schon weil die Frauen ihr mit lebhaften Gesten anboten, etwas von den unterschiedlichen hausgemachten Käsesorten zu kosten. Grit beschloss, am nächsten Tag etwas für Alex und Mary Jane mitzunehmen. Bestimmt würde Eleni ihr Käse verkaufen.

Von all den lauten Stimmen und der fremden Sprache ganz benommen, war sie froh, als sie schließlich Leonidas wiederfand. Er trennte sich bei ihrem Anblick von den Männern und fragte, ob sie noch Lust auf einen Spaziergang durch die Imbros-Schlucht hätte.

»Sie ist sehr berühmt. Bevor die Straße gebaut wurde, war sie der Verbindungsweg zwischen Chania und Sfakia, also Nord- und Südküste. Als die Osmanen hier herrschten, haben meine Leute sich dorthin zurückgezogen – leider nicht immer erfolgreich. Ich kann dir eine Höhle zeigen, in der 1867 ein paar Dutzend Verfolgte ermordet wurden.«

»So was wollte ich schon immer mal sehen«, bemerkte Grit sarkastisch. »Aber davon abgesehen – gegen einen weiteren Spaziergang hätte ich nichts …«

Eigentlich wollte sie vor allem weg vom Dorf, in dem sie sich aus ihr selbst unklaren Gründen unwohl fühlte. Dann fand sie zunehmend Gefallen an der Wanderung – schon weil es ausnahmsweise bergab ging. Die Schlucht glich zunächst einem ausgedehnten Tal, später verengte sie sich. Es gab spektakuläre Felsformationen, Bäume und Buschwerk. Auch hier blühten die verschiedenen Pflanzen, was den Anblick der Felswände weniger bedrohlich machte. Leonidas führte Grit bis zu einer Schutzhütte, die für Wanderer und Jäger gebaut worden war.

»Hier können wir ein bisschen rasten«, schlug er vor und holte die Wasserflasche heraus, die wieder mit verdünntem Wein aufgefüllt war. Grit trank durstig.

»Und? Gefällt es dir?«, fragte er.

Sie lächelte. »Natürlich. Die Landschaft ist spektakulär – und deine Mutter macht wirklich einen großartigen Käse. Ob sie mir welchen verkauft? Ich würde Alex gern etwas mitbringen, wenn er schon nicht mitkommen konnte.«

Leonidas wandte sich ihr zu. »Liebst du deinen Alex?«

Grit nickte verwundert. »Sicher«, antwortete sie. »Er ist mein Freund, wir ...«

»Liebst du ihn wirklich? Für alle Zeit?« Leonidas' Tonfall war sehr ernst.

Grit lachte nervös. »Leonidas, ich ... ich kenne ihn gerade erst ein paar Wochen. Wie soll ich da wissen, ob es ewig hält? Wir mögen uns sehr, aber unsere Herkunft und unsere Geschichten sind sehr verschieden. Man muss sehen ...«

»Nicht so verschieden wie die unseren«, sagte Leonidas. »Trotzdem ... Ich glaube, ich weiß, dass ich dich liebe und immer lieben werde. In unserem Dorf, da gibt es keine Liebeleien. Wenn man jemandem etwas verspricht ...«

Grit rückte von ihm ab. »Ich habe Alex nichts versprochen«, stellte sie richtig. »Vielleicht werde ich das einmal, aber ich weiß es noch nicht. Ich weiß allerdings, dass ich dir niemals etwas versprechen werde. Ich mag dich gern, Leon, aber ich bin nicht in dich verliebt.«

Leonidas nickte. »Ich will auch nicht, dass du verliebt bist. Das ist nichts als Tändelei. Ich will Liebe, wahre, ewige Liebe … Liebe, die nie verraten wird, niemals endet …«

Grit fuhr durch den Kopf, dass es den Frauen in Imbros auch schwerfallen würde, ihre Männer zu verlassen. Wie es aussah, verließen sie ihr Dorf selten, vielleicht sogar nie, und eine Affäre mit einem anderen Dörfler würde der kleinen, engen Gemeinschaft niemals verborgen bleiben.

Jetzt stand sie auf. »Du wirst sie woanders suchen müssen«, sagte sie mit fester Stimme. »Ich liebe dich nicht, Leon, und ich könnte mir niemals vorstellen, mit dir womöglich in diesem Dorf zu leben …«

Leonidas wollte den Arm um sie legen. »Das würde ich doch nie verlangen. Wir könnten …«

»Wir könnten jetzt zurück ins Dorf gehen, und morgen früh brechen wir auf und leben beide unser Leben weiter. Wie gehabt. Bitte, Leonidas, bedräng mich nicht!«

Damit wandte sie sich zum Gehen, und Leonidas folgte ihr ohne ein weiteres Wort. Schweigend wanderten sie zurück nach Imbros, wo sie bereits erwartet wurden. Die Männer hatten ein Feuer auf dem Dorfplatz entzündet, über dem sie ein Lamm brieten. Grit wurde allein bei dem Anblick übel, aber es gab zum Glück auch Käse und Brot, gebackene Bohnen und mit Reis gefüllte, in Öl eingelegte Weinblätter. Grit beschloss, nicht weiter über Leonidas' Antrag nachzugrübeln, sondern den Abend einfach zu genießen. Sie trank verdünnten Rotwein und freute sich, als Leonidas und andere Männer des Dorfes begannen, zum Tanz aufzuspielen. Die Reigentänze der Kreter hatten nichts von der Intimität der Paartänze, die sie gewohnt war, und so hüpfte sie schließlich ausgelassen mit anderen jungen Mädchen im Kreis herum. Männer und Frauen tanzten hier getrennt, und sie saßen auch getrennt am Feuer. Leonidas' Mutter und Schwestern suchten Grits Nähe, reichten ihr Leckerbissen und bewunderten das Kleid, das sie gegen die Hose getauscht hatte.

Sie war entspannt und halbwegs zufrieden, als sie spät abends auf die Matte fiel, die man ihr anstelle eines Bettes angeboten hatte. Sie teilte ein *mitato* mit drei von Leonidas' Schwestern, die alle genauso müde waren wie sie und nicht weiter störten. Grit dachte noch darüber nach, wie sie diesen Tag ihrer Mutter schildern würde, dann schlief sie über den Überlegungen ein.

Als sie am nächsten Morgen erwachte, war der Krieg über Kreta hereingebrochen.

Die zweite neuseeländische Division traf am Morgen des 19. Mai in Maleme ein. Alex hatte das Fischerdorf, das direkt am Meer lag, schon während seiner Ausbildung zum Sprengmeister flüchtig kennengelernt. Für die Armee war vor allem der Flugplatz interessant, die Royal Air Force unterhielt hier das größte Flugfeld der Insel. Zu seiner Verteidigung waren dreitausendfünfhundert Griechen vor Ort stationiert. Mit den Neuseeländern zusammen befehligte der britische General Freyberg nun mehr als elftausend Mann, darunter allerdings viele Freiwillige mit schlechter und unvollständiger Ausbildung. Freyberg schien damit denn auch nicht zufrieden zu sein. Er erwartete hauptsächlich Luftangriffe der Deutschen und einen Versuch der Wehrmacht, den Flughafen an sich zu reißen. Um das auf jeden Fall zu vermeiden, befahl er, die Flugfelder so weit zu beschädigen, dass sie unbenutzbar wurden.

Alex sowie ein paar andere Soldaten, die sich mit Sprengladungen auskannten, wurden mit einer ausreichenden Menge Dynamit auf den Flugplatz geschickt, dann aber im letzten Moment zurückgerufen. Archibald Wavell, der Oberbefehlshaber Nahost, hatte Freyberg die Zerstörung der Flugfelder untersagt.

»Bleiben Sie trotzdem gleich hier, der Flugplatz muss ja verteidigt werden«, meinte Lieutenant Bingham, der Alex' Einheit befehligte. Alex runzelte die Stirn. »Sollen wir nicht trotzdem Sprengladungen anbringen, Sir? Wir könnten sie aus der Entfernung zünden, falls die Deutschen den Flugplatz tatsächlich erobern. Vielleicht auch ihre Maschinen zerstören, wenn sie hier landen.«

Bingham, ein kleiner Mann, der sich viel auf seine aristokratische Abkunft einbildete, der er seine Stellung als Offizier verdankte, baute sich vor ihm auf.

»Wollen Sie das besser wissen als der Generalmajor, Private?«, höhnte er. »Und überhaupt, habe ich hier das Wort ›erobern‹ gehört? Sie ziehen es nicht wirklich in Betracht, dass die Deutschen diese Schlacht gewinnen? Das grenzt an Defätismus, Private! Und jetzt tun Sie, was Ihnen gesagt wurde. Verschanzen Sie sich da in diesem Hangar, und bauen Sie eine Verteidigungsstellung auf. Hurtig!«

Alex und die anderen Männer sahen einander an.

»Und was machen wir mit dem Dynamit?«, fragte ein junger Soldat schüchtern. »Das können wir doch nicht hier liegen lassen.«

»Mitnehmen sollten wir es besser auch nicht«, meinte ein älterer Mann, der sich sehr gut mit Sprengstoffen auskannte. Er war schon im Zivilleben als Sprengmeister tätig gewesen. »Wenn es zu Schusswechseln kommt, und die Deutschen treffen es … dann fliegt der Hangar in die Luft und wir mit.«

Alex seufzte. »Bringen wir es ins Hauptgebäude, und versuchen wir jemanden zu finden, der zuständig ist. Ansonsten lagern wir es vor dem Offizierskasino.«

Die Männer lachten, zwei von ihnen machten sich mit dem Sprengstoff auf den Weg zum Hauptgebäude. Die anderen suchten sich Plätze im Hangar, wo bereits weitere Garnisonen darüber nachsannen, wie der Aufbau einer Verteidigungsstellung wohl auszusehen hatte. Auf dem Flugfeld bewegten sich eher ziellos zwei leichte Panzer hin und her. An den Rändern installierten Soldaten Scheinwerfer und Flakgeschütze.

»Viele sind das ja nicht«, wandte sich der junge Soldat, Private Frazor, an Alex.

»Ich hab gehört, es gibt nur fünfzig Flakgeschütze auf der ganzen Insel«, bemerkte ein anderer.

Alex betrachtete den Hangar. Die Männer traten sich darin fast auf die Füße, aber alle hatten nur relativ leichte Gewehre, von denen es obendrein hieß, sie seien veraltet. Viele kamen aus deutscher oder österreichischer Produktion und waren im Rahmen des Versailler Vertrags beschlagnahmt worden.

»Wir sollten darüber nachdenken, wie wir hier rauskommen, falls sich die Deutschen wirklich als überlegen erweisen«, meinte Alex. »Gehen wir und suchen uns einen Gefechtsstand zwischen dem Flugplatz und dem Ort. Da können wir im Zweifelsfall mehr erreichen.«

»Und Bingham?«, fragte Frazor nervös.

Joe Ashley, der Sprengmeister, hatte sein Gewehr schon umgehängt und war fertig zum Abmarsch. Auch er war Neuseeländer und sah sich in der Tradition der Rough Riders. Brave Befehlsempfänger waren die Kiwis, wie alle die Neuseeländer nannten, nie gewesen.

»Du glaubst nicht wirklich, der wirft sich hier ins Getümmel«, antwortete Alex. »Dem war's doch schon auf dem Schießstand zu laut. Wenn es hier knallt, gräbt er sich wahrscheinlich ein.«

Der Sprengmeister lachte, und sie machten sich zu dritt auf den Weg. Kurze Zeit später lagen sie im Schutz einer Baumgruppe und nahmen den Flugplatz ins Visier. Sie konnten die wenigen Stationen zur Flugabwehr gut erkennen. Die Flakgeschütze waren drohend in den Himmel gerichtet.

»Glaubt ihr wirklich, die Deutschen kommen?«, fragte Frazor.

Alex zuckte mit den Schultern. »Ich hoffe, nicht heute und nicht morgen. Meine Freundin ist im Gebirge – ein Ausflug mit einem griechischen Freund …«

»Da ist sie auf jeden Fall sicher«, tröstete Joe ihn. »Wenn sie angreifen, konzentrieren sie sich auf Maleme, Chania, Rethymno und Heraklion. Die Dörfer im Inland heben sie sich für später auf, um die Herrschaft zu festigen.«

»Du bist ja äußerst optimistisch«, versuchte ihn Alex zu necken. Joe hob nur die Schultern. »Du denkst nicht wirklich, wir gewinnen eine Schlacht mit Offizieren wie Bingham? Und einem Generalmajor, der vor dem Oberbefehlshaber kuscht? Wir haben doch kaum erfahrene Soldaten – im Grunde haben die hier alles gesammelt, was sie woanders nicht brauchen konnten. Wahrscheinlich, weil irgendjemand im Oberkommando meint, bei der Verteidigung einer Insel könnte nichts schiefgehen. Und wir sind ja auch ganz klar in der besseren Position. Es wird also darauf ankommen, wie wichtig die Insel den Deutschen ist, also wie viele Verluste sie einkalkulieren. Die Idee, die Flugfelder zu zerstören, war nicht die schlechteste. Ohne die Flugplätze ist Kreta nicht halb so interessant.«

Alex und seine zwei Mitstreiter verbrachten eine relativ ruhige Nacht in ihrem Wäldchen und wollten sich schon entspannen, als der Morgen anbrach. Im Schutz der Dunkelheit hatten die Deutschen die Konfrontation jedenfalls nicht gesucht.

Dann jedoch, es war kurz nach sieben Uhr, zeigten sich die ersten Flugzeuge. Eine Flotte von Bombern zog über die Westküste hinweg und entleerte ihre tödliche Fracht über dem Dorf und dem Flugplatz.

»Schießt doch!«, brüllte Frazor den Männern an den Flakgeschützen zu, obwohl sie ihn in dem infernalischen Lärm der anfliegenden Junkers Ju-52 und der explodierenden Bomben nicht hätten hören können.

Schließlich wurde tatsächlich ein Flakgeschütz gezündet, es traf hingegen nicht. Die Männer hatten offenbar Probleme mit der Justierung, zeigten sich dennoch tapfer und gingen nicht in Deckung, obwohl ihre Stellungen praktisch auf dem Präsentierteller lagen. Die Neuseeländer mussten hilflos zusehen, wie sie letztlich im Bombenhagel zerbarsten. Westlich des Flugplatzes gingen inzwischen größere Flugzeuge nieder, Lastensegler, die Fußtruppen absetzten. Die Briten bekämpften sie mit Granatwerfern und erzielten auch Erfolge. Etliche der Flugzeuge legten Bruchlandungen hin – spien aber trotzdem Landetruppen aus. Die Männer bewegten sich sofort in Richtung Flugplatz, wobei sie jede Deckung nutzten. Sie waren ganz offensichtlich nicht zum ersten Mal in ein Gefecht verwickelt, während die Verteidiger praktisch keine Fronterfahrung aufweisen konnten.

Nichtsdestotrotz feuerten Alex und seine Kameraden kaltblütig aus der Deckung, und andere Kleingruppen machten es ihnen nach. Die Männer aus den Hangars schwärmten aus und verteidigten das Flugfeld. Die Deutschen hatten begonnen, Fallschirmspringer abzusetzen. Alex blickte ungläubig in den Himmel, der mit den weißen Schirmen übersät war.

»Das sind Tausende«, sagte er irritiert.

»Dann schieß sie ab!«, meinte Joe.

Die Verteidiger des Flugfeldes waren dazu zwar zu weit entfernt, doch die Briten veranstalteten vom Dorf sowie von einem Hügel nahe des Flugfelds aus ein regelrechtes Zielschießen.

Obwohl er um sein Leben kämpfte, empfand Alex vages Mitleid für die Männer, die sich da todesmutig vom Himmel stürzten und bis zur Landung völlig hilflos dem Beschuss der Feinde ausgesetzt waren. Er begriff jetzt, was Joe Ashley gemeint hatte. Diese Männer und ihre Befehlshaber waren zu allem entschlossen.

Als sich nach einem scheinbar endlos langen Tag die Sonne senkte, war der Flugplatz immer noch in der Hand der Alliierten. Nachdem die deutsche Angriffswelle vorerst verebbt war, sammelten sich die Neuseeländer in einem Hangar. Sie hatten nur wenige Verluste zu verzeichnen. Bingham und andere Offiziere sprachen Belobigungen aus.

»Die werden bloß morgen wiederkommen ...« Joe seufzte, während sich die Männer todmüde zum Schlafen ausstreckten. »So schnell geben die nicht auf.«

Grit erwachte von einem Donnern und Grollen, das sie erst für ein fernes Gewitter hielt. Ihre Zimmergenossinnen schienen das jedoch besser zu wissen, sie waren bereits hellwach, plapperten aufgeregt in ihrer Sprache durcheinander und machten Anstalten, ihre langen Nachthemden durch Röcke und Blusen zu ersetzen. Grit schlüpfte wieder in ihre Wanderkleidung. Nach dem Frühstück sollte es schließlich gleich losgehen, sofern es ein Frühstück gab. In der Küche war niemand zu sehen, und Leonidas' Schwestern stürmten auch gleich aus dem Haus, wo sich die Männer und anderen Frauen schon sammelten und aufgeregt durcheinanderredeten. Grit begriff, dass der Lärm aus Richtung Maleme kam, aber erkennen konnte man nichts, weil Berge die Sicht versperrten. Die Dorfbewohner strebten dem Gipfel des Hügels zu, an den das Dorf sich schmiegte. Grit bemerkte verstört, dass die Männer dabei nicht nur auf die Waffen an ihren Gürteln vertrauten, sondern zusätzlich zu Gewehren griffen. Es sah aus, als zögen sie in eine Schlacht.

Grit atmete auf, als sie Leonidas unter ihnen entdeckte.

»Was ist das?«, fragte sie ängstlich.

Der junge Mann sah sie nur flüchtig an, während er den Hügel hinauflief. »Geschützlärm«, sagte er. »Sieht aus, als würde die Küste angegriffen ...«

Vom Hügel aus konnte man das Meer zwar nicht sehen, aber der Rauch über Maleme und Chania war deutlich erkennbar, ebenso wie die Flugzeuge, die mit immer neuer Bombenfracht die Insel anflogen. Grit meinte, Flammen über den Orten zu erkennen. Und dort irgendwo musste Alex sein … womöglich mitten in diesem Feuersturm. Grit empfand geradezu körperliche Übelkeit und den dringenden Wunsch, ihrem geliebten Freund zu Hilfe zu eilen. Auch Mary Jane musste in Gefahr sein.

»Was tun wir?«, fragte sie Leonidas. »Gehen wir nicht zurück?«

Leonidas wandte sich zu ihr um. »Bist du verrückt?«, fragte er. »Soll ich mich mit der Jagdflinte ins Getümmel stürzen? Nein, den Sfakioten obliegt jetzt die Sicherung des Hinterlandes …«

Die Männer schienen sich dafür bereits einzustimmen. Sie stießen Kampfrufe aus und hoben ihre Gewehre gen Himmel.

Grit fragte sich, was sie konkret planten, doch dann sah sie, dass die Flugzeuge weiter ins Inland vordrangen und einige Dörfer in den Weißen Bergen überflogen. Die Männer aus Imbros schrien ihnen Kampfrufe entgegen und feuerten mit ihren Gewehren, doch die JU-52-Bomber flogen zu hoch.

Schließlich sahen auch die Menschen im Inland die Fallschirmspringer niedergehen. Die meisten verließen die Flugzeuge nahe der Küste, doch etliche Bergdörfer waren nicht weit weg. Ein Flugzeug legte so kurze Entfernungen in wenigen Minuten zurück. Während die Bomber über die Insel flogen, sprangen immer mehr Fallschirmspringer ab. Auch Lastenfallschirme wurden abgeworfen, zweifellos mit Waffen.

Leonidas' Vater rief den Männern von Imbros etwas zu, die daraufhin applaudierten und sich den Hügel hinunter in Marsch setzten.

»Was hat er gesagt?«, fragte Grit.

Leonidas hängte sich ein Gewehr über die Schulter. »Na, was wohl?«, fragte er zurück. »Da sind Deutsche in unseren Bergen. Holen wir uns die Kerle!«

»Und ich?« Grit wusste, dass sie sich dumm anstellte, doch sie fühlte sich völlig hilflos und verloren in dieser fremden Welt, in die er sie da geführt hatte.

»Du bleibst im Dorf bei den Frauen. Versteckt euch. Wir lassen ein paar Gewehre da, damit ihr euch verteidigen könnt, falls sie kommen, aber das ist nicht wahrscheinlich.«

Leonidas setzte sich in Trab, um mit den anderen Männern Schritt halten zu können. Einige hatten das Dorf schon wieder erreicht und befreiten Jagdhunde von den Leinen. Alle schienen vor Kampfeswut nur so zu platzen.

Die Frauen blieben vorerst auf ihrem Ausguck. Sie hatten es nicht eilig, zurück ins Dorf zu kommen. Fassungslos sah Grit mehr und mehr Flugzeuge über den Küstenorten und Hunderte von Fallschirmen, die über der gesamten Insel niedergingen. Schließlich folgte sie Eleni und den anderen Frauen in ihre Häuser, hielt es dort jedoch nicht aus. Dem Dorf gegenüber lag ein anderer Hügel, von dem aus man noch eine bessere Sicht haben mochte. Da sich niemand um sie kümmerte, ging sie den Aufstieg an und fand dort oben dichtes Buschwerk, in das sie sich kauerte. Auf dem anderen Hügel hatte es keinerlei Deckung gegeben – hier fühlte sie sich entschieden sicherer. Sie hielt den Atem an, als sich zwei der Bomber den Bergen nun wieder bedrohlich näherten. Einer von ihnen warf vier oder fünf Fallschirme ab – die Männer mussten in unmittelbarer Nähe von Imbros landen.

Grit geriet in Panik. Sollte sie bleiben und sich versteckt halten oder die Frauen im Dorf warnen? Schließlich entschied sie sich für Letzteres und eilte den Hügel hinunter.

Die Frauen von Imbros hatten die Fallschirme ebenfalls niedergehen sehen. Ein paar jüngere bewaffneten sich mit Gewehren und machten sich genauso beherzt auf die Suche nach dem Feind wie ihre Männer.

Grit empfand eine seltsame Faszination, als sie ihnen folgte. Sie hatte die Deutschen immer bekämpfen wollen, aber sie war nie auf den Gedanken gekommen, dass dabei tatsächlich Blut vergossen werden könnte. Die Dorfmädchen hatten da keinerlei Hemmungen. Sie handhabten ihre Gewehre routiniert, und Grit meinte, sich vielleicht doch getäuscht zu haben, was die Unterdrückung der Sfakiotinnen anging. Sie kleideten sich wie die Frauen im vergangenen Jahrhundert, aber auf die Jagd schienen sie sich zu verstehen.

Auf zwei der deutschen Fallschirmjäger stießen sie drei Hügel weiter. Die Männer öffneten gerade einen der Lastbehälter und teilten Maschinengewehre und Pistolen unter sich auf. Erschrocken blickten sie auf, als sie die Frauen im Gebüsch hörten.

»Schau einer an ... Mädchen!«, rief einer von ihnen.

Leonidas' vielleicht achtzehnjährige Schwester schoss ihm ins Gesicht. Grit sah Blut aufspritzen, während die anderen Frauen bereits auf den zweiten Mann feuerten. Sie war entsetzt, als die Mädchen sich gleich zu den Leichen begeben wollten, um ihre Waffen an sich zu nehmen, dann jedoch von einer älteren Frau zurückgerufen wurden. In schnellem Griechisch gab sie Anweisungen, woraufhin sie alle in Deckung gingen. Tatsächlich mussten sie nicht lange warten. Ein dritter Fallschirmjäger hatte die Schüsse gehört und schlich sich nun an den Ort des Geschehens. Die Frauen entdeckten ihn schnell. Eine weitere Gewehrsalve machte ihn nieder.

Grit überfiel Übelkeit – allerdings fühlte sie sich nicht mehr schutzlos. Gemeinsam mit den Dörflerinnen wartete sie noch etwas, doch noch ein Deutscher ging ihnen nicht ins Netz. Die Befehlshaberin von eben gab Anweisungen, den Schauplatz zu sichern, und näherte sich mit allen anderen den Leichen, um die Waffen zu bergen. Auch Grit luden sie ein Maschinengewehr auf sowie den Rucksack eines der Toten, der Handgranaten enthielt. Er war blutdurchtränkt, und Grit wollte ihn erst nicht aufsetzen, doch die Frauen riefen sie energisch zur Ordnung. Sie spürte die Feuchtigkeit durch ihre dünne Bluse auf der Haut, als sie den schwer beladenen Frauen zurück ins Dorf folgte.

Die Zurückgebliebenen begrüßten sie gespannt und jubelten, als sie lebhaft erzählten und ihre Beute vorzeigten. Unter großem Beifall verstauten sie die Waffen in einem Schuppen, um dann wieder zur Tagesordnung überzugehen.

Eleni gab den Frauen ihres Haushalts Anweisungen, und kurz

darauf war Grit dabei, Gemüse zu putzen. Wenn die Männer zurückkamen, sollte ein gutes Essen auf sie warten. Grit wurde noch einmal übel, als Leonidas' Mutter routiniert einem Lamm die Kehle durchschnitt, es häutete und zerteilte. Töten schien hier zum Alltag zu gehören. Grit erledigte schweigend die Aufträge, die man ihr gab, und lernte dabei ein paar griechische Wörter.

Gegen Abend kehrten einige der Männer zurück, ebenso schwer beladen wie die Frauen zuvor – und mit zum Teil blutgetränkter Kleidung.

»Habt ihr ... die Deutschen mit dem Messer niedergemacht?«, fragte Grit den aufgekratzten Leonidas.

Die Männer ließen schon wieder die Schnapsflaschen kreisen.

»Ging nicht anders«, meinte der junge Musiker, den sie als so sanft und friedfertig kennengelernt hatte. »Da hockten drei zusammen, und zwei waren mit einer Kiste beschäftigt. Weil wir keine Schießerei provozieren wollten, ging's nur schnell aus dem Hinterhalt ...«

Grit fragte nicht, was gegen eine Schießerei gesprochen hätte. Es reichte zu wissen, dass die Männer tatsächlich alle Soldaten aus nächster Nähe getötet und ihre Waffen an sich genommen hatten.

»Hättet ihr sie nicht einfach gefangen nehmen können?«, erkundigte sie sich.

Die Dörfler waren entschieden in der Übermacht gewesen.

Leonidas schnaubte. »Und wo sollten wir sie einsperren? Wir machen hier oben keine Gefangenen. Wir töten unsere Feinde.«

Grit verstand die Argumente, fühlte sich aber dennoch davon abgestoßen. Nichts in ihrem bisherigen Leben hatte sie auf diese archaische Sicht der Dinge vorbereitet.

Am Abend feierten die Dörfler – wenn auch nicht so laut und ausgelassen wie am Tag zuvor, schließlich mussten sie damit rechnen, dass es noch Deutsche in den Bergen gab. Ein Teil der Männer war nicht mit zurückgekommen, sondern hielt Wache auf den umliegenden Hügeln. Grit wusch ihre blutgetränkte Bluse im Brunnen des Dorfes. Sie ekelte sich davor, aber sie war entschlossen, ebenso tapfer zu sein wie die Frauen von Imbros.

Die Männer hatten es nicht für nötig befunden, sich zu reinigen. Sie lachten und tranken und ließen ihre Frauen hochleben. Grit bat um Weißwein – den blutroten Mandilari mochte sie an diesem Abend nicht trinken.

Alex hatte auf dem harten Boden des Hangars geschlafen wie tot, doch schon mit dem allerersten Tageslicht erwachten die Männer von erneutem Fluglärm. Die Deutschen flogen Bombenangriffe – und sie landeten. Westlich des Flugplatzes war eine provisorische Landebahn, die am Vortag schon von feindlichen Transportflugzeugen genutzt worden war. Jetzt wurde sie von JU-52-Maschinen angeflogen, als kehrten Bienen in ihren Stock zurück. Eines der kleinen, wendigen Flugzeuge nach dem anderen kam herunter, obwohl die Landebahn unter britischem Beschuss lag. Die Briten hatten Granatwerfer, Geschütze und Maschinengewehre sowie leichte und schwere Flak auf einem Hügel neben der Bahn stationiert und holten die Flugzeuge fast so schnell vom Himmel, wie neue auftauchen konnten. Die Verluste der Deutschen mussten in die Tausende gehen, doch sie ließen sich nicht beirren. Der Hügel, von dem aus die Briten schossen, wurde bombardiert, und die Männer, die die Landung überlebt hatten, schwärmten direkt aus, um sowohl ihn als auch die zum eigentlichen Flugplatz gehörenden Pisten zu erobern. Als der Hügel gegen siebzehn Uhr in ihrer Hand war, rückten sie in konzertierter Aktion gegen die Einheiten vor, die den Flugplatz hielten. Alex und die anderen Neuseeländer wehrten sich verzweifelt, doch nun wurden weitere Fallschirmjäger abgesetzt. Die Alliierten waren zahlenmäßig bald in der Minderzahl.

»Ich weiß ja nicht, wie's euch geht, aber ich denke, es ist Zeit, von hier abzuhauen«, bemerkte Joe, nachdem er unter dem Feuerschutz der anderen nachgeladen hatte. »Die Munition geht langsam aus, und es ist sicher nur eine Frage der Zeit, bis sie hier auch Bomben abwerfen.«

Alex, Joe und Frazor hatten sich mit einem Maschinengewehr im selben Wäldchen verschanzt, von dem aus sie am Vortag gekämpft hatten. Bislang schienen die Deutschen hier keine Bedrohung zu vermuten, sie griffen allein vom Westen her an. Der Hangar, in dem die Männer in dieser Nacht geschlafen hatten, war bereits bombardiert worden. Der Flugplatz würde unweigerlich in deutsche Hand fallen.

»Desertieren?«, fragte Frazor ängstlich.

»Ach was. Geordneter Rückzug.«

Alex machte sich daran, das Maschinengewehr abzubauen. Die meisten anderen neuseeländischen Einheiten schienen das ähnlich zu sehen. Die Männer zogen sich kämpfend zurück, aber sie überließen den Deutschen das Feld.

General Freyberg sammelte seine verbliebenen Truppen zwischen Maleme und Chania. Die erschöpften Männer erhofften sich eine Feldküche und irgendeinen Rückzugsort für die Nacht, die Briten waren allerdings entschlossen, nicht aufzugeben.

»Heute Nacht Gegenangriff!«, schnarrte der General.

Joe stöhnte. »Desertieren war vielleicht gar keine schlechte Idee«, murmelte er. »Die glauben doch nicht wirklich, die Krauts räumen noch mal das Feld.«

»Nachts können sie jedenfalls nicht fliegen«, merkte Alex an. »Vielleicht greift dann ja endlich die viel beschworene britische Seehoheit.«

Südlich von Kreta operierten etliche alliierte Schiffsverbände. Bisher war immer davon ausgegangen worden, dass vor allem sie eine deutsche Invasion verhindern könnten.

»Vielleicht bringen die Schiffe Verstärkung«, hoffte Frazor.

»Sie sollten uns hier besser abholen«, kommentierte Joe und schulterte das Maschinengewehr. »Kommt Leute, nicht dass uns einer von diesem Schätzchen hier trennt.« Er beklopfte die Waffe wie ein braves Pferd. »Wir gehen wieder in unser Wäldchen und decken den Rückzug.«

Lieutenant Bingham hatte andere Vorstellungen. Er sammelte seine Einheit und schwor sie auf Angriff ein. Im Dunkel der Nacht näherten sich einige Tausend Briten, Neuseeländer und Australier dem Flugplatz.

»Ich will ja nicht rechthaberisch sein, aber wenn wir jetzt die Sprengladungen installiert hätten, wie ich vorgestern vorgeschlagen habe, könnten wir zumindest Verwirrung stiften, bevor wir angreifen«, sagte Alex seufzend.

Auch im Schutz der Nacht hielt er einen Frontalangriff nicht für sinnvoll. Das Geschützfeuer musste ihre Stellungen unweigerlich verraten – und die Deutschen hatten sehr schnell Blendgranaten geworfen, als die ersten Schüsse gefallen waren. Binnen kürzester Zeit herrschte allgemeines Chaos. Joe zog Alex und Frazor energisch in Richtung des Wäldchens. Sie deckten von dort aus tatsächlich den Rückzug und die Bergung von Verwundeten und Toten.

Gegen Morgen, als mit dem ersten Tageslicht wieder die ersten deutschen Flugzeuge am Himmel auftauchten, gaben die Briten auf. In der Nacht hatten sie den Deutschen keine nennenswerten Verluste zugefügt – und natürlich keine Handbreit Boden zurückerobert.

Die Alliierten zogen sich nach Chania zurück, während die Deutschen triumphierend das Flugfeld von Maleme zur ersten Operationsbasis ausbauten. Ständig landeten neue Maschinen, die Nachschub und Männer brachten. Sie tankten kurz auf und hoben wieder ab. Die Bomber konzentrierten sich auf die britischen Schiffe.

Im Grunde war jetzt schon klar, dass Kreta verloren war.

Alex und seine Freunde verschliefen einen Tag und eine Nacht in Chania, dann registrierten sie traurig die Zerstörungen in der Stadt, die bislang durch die Bombardierungen angerichtet worden waren. Die Briten bereiteten den Ort inzwischen auf seine Verteidigung vor.

»Wir brauchen jeden Mann«, verkündete Lieutenant Bingham und lehnte Alex' Versuch, sich in eines der Lazarette versetzen zu lassen, in denen massiver Mangel an Ärzten und Pflegekräften herrschte, entschlossen ab. »Und Chania wird nicht so schnell aufgeben wie Maleme.«

Chania war entschieden leichter zu verteidigen, als die lang gestreckte Ortschaft Maleme – und Alex war überrascht von der Entschlossenheit, mit der sich die Kreter selbst in den Kampf warfen. Die Schlacht um den Flugplatz der Royal Air Force hatten die Einheimischen weitgehend den Briten überlassen, aber jetzt bewaffneten sich die Bürger von Chania und später auch Rethymno und Heraklion, um die Deutschen mit allen Mitteln zu bekämpfen. Selbst Frauen und Kinder meldeten sich zu den Waffen. Die Kleinen wirkten als Meldegänger und luden die veralteten Gewehre ihrer Eltern nach. Dennoch rückten die Eroberer vor – zu Lande, zu Wasser und in der Luft. Vier Tage lang hatten Alex und die anderen Kämpfer kaum eine Stunde Ruhe, immer wieder fielen Bomben, griffen Flugzeuge im Tiefflug an und stellten sich weitere Truppen zum Nahkampf.

»Heute, spätestens morgen fällt die Stadt«, sagte Joe am Morgen des 27. Mai. »Fragt sich, wann wir kapitulieren.«

»Es sind bestimmt noch zehntausend alliierte Soldaten hier«, schätzte Alex. »Sollen wir alle in Gefangenschaft gehen?«

Ihm graute es vor dem Weiterkämpfen, aber vor einem deutschen Gefangenenlager fürchtete er sich erst recht. Man hörte so viel von Arbeitslagern aus dem Deutschen Reich. Gerüchten zufolge wurde dort mehr gestorben als gearbeitet.

»Wir nicht Gefangenschaft. Wir Berge. Weiterkämpfen.«

Spiros, ein junger Grieche, mit dem Alex sich in den letzten Tagen angefreundet hatte, teilte einen Laib Brot mit den Neuseeländern. Der Nachschub an Verpflegung war seit Tagen knapp, aber Spiros' Familie schien vorgesorgt zu haben. Der junge Mann sprach ein paar Worte Englisch, und Alex erinnerte sich an das klassische Griechisch, das er in der Highschool gelernt hatte. Es hatte ihn interessiert. Die griechischen Götter und Heldensagen hatten ihn damals sehr in ihren Bann gezogen, und so hatte er wenigstens ein paar Vokabeln behalten. Auf jeden Fall konnten sich die beiden verständigen.

»Partisanenkampf?«, fragte Joe. »Rückzug in weniger umkämpfte Gebiete wäre nicht schlecht.«

»Ich euch zeigen Weg. Durch Imbros-Schlucht. Aber müssen gehen bald.«

Spiros wollte den Kampf um die Stadt anscheinend ebenfalls aufgeben, aber in genau diesem Moment warfen die Deutschen wieder Handgranaten, und es kam zu massivem Beschuss auf den Teil der Verteidigungslinie, den die Männer halten sollten. Ein paar weitere Stunden wehrten sie die deutschen Fußtruppen verzweifelt ab, wobei sie immer weiter in die Stadt zurückgedrängt wurden. Es lief wohl auf einen Häuserkampf hinaus.

Dann kam einer der kleinen Meldeläufer und redete aufgeregt auf Spiros ein. Der wandte sich daraufhin an Alex, der meinte, schon verstanden zu haben.

»Wir ziehen ab?«, fragte er.

»Briten räumen Insel«, sagte Spiros. »Schicken Schiffe.«

»Wohin?«, fragte Joe. »Hierher?«

Der Hafen von Chania lag seit Tagen unter deutschem Beschuss. Garantiert würde kein alliiertes Schiff in der Stadt anlegen können.

»Nein, Sfakia. Andere Seite von Insel. Strand. Müssen hingehen. Bester Weg Schlucht.« Spiros schulterte sein Gewehr. »Ich euch zeigen. Gehen bei Nacht.«

Alex entnahm der Karte von Kreta, die er im Rucksack bei sich trug, dass es zwei Möglichkeiten gab, den gut sechzig Kilometer entfernten Strand von Chora Sfakion im Süden der Insel zu erreichen. Man konnte über die Weißen Berge gehen und auf einem großen Teil des Weges befestigte Straßen nutzen, oder man wählte den weniger bekannten Weg durch die Schlucht. Möglicherweise würden die Deutschen sie auf beiden Strecken verfolgen, aber Alex befand, dass

Spiros recht hatte. Die Schlucht war aus der Luft schlechter einzusehen und zu beschießen. Wahrscheinlich lauerten dort auch keine deutschen Fallschirmspringer, von denen in den Bergen sicherlich einige überlebt hatten.

»Wir gehen mit«, beschied er Spiros. »Oder wie siehst du das, Joe?«

Ihr junger Mitstreiter Frazor war am Tag zuvor verwundet worden und lag im Lazarett. Um seinen Transport und eine mögliche Evakuierung würde sich die Heeresleitung kümmern müssen.

Joe Ashley grinste. »Wo du hingehst, da will auch ich hingehen«, scherzte er. »Also: Wann geht's los?«

Der Beschuss ebbte am Abend ab. Die Männer konnten sich unbemerkt zurückziehen und folgten Spiros zunächst zum Haus seiner Eltern im Zentrum von Chania. Seine Mutter verabschiedete sich tränenreich und wehklagend von ihrem Sohn, füllte seinen Tornister mit Wegzehrung und versorgte alle mit ausreichend Wasser für den Marsch sowie Wein, den sie traditionell in einen Schlauch aus Leder füllte.

»Müssten wir uns nicht eigentlich noch bei Bingham melden?«, fragte Alex, im letzten Moment doch etwas unsicher, was ihren Alleingang anging. »Streng genommen haben wir keinen Marschbefehl nach Sfakia.«

Joe winkte ab. »Der Idiot kommt noch auf die Idee, die Stadt im Alleingang zu verteidigen«, meinte er. »Oder uns in Dreierreihen singend in Richtung Sfakia marschieren zu lassen. Wir sehen zu, dass wir da hinkommen, ein Schiff kriegen – und wenn wir dann in Alexandria sind, oder wohin auch immer sie uns bringen, melden wir uns brav wieder zu den Fahnen und hoffen auf kompetentere Offiziere. Jetzt hauen wir erst mal ab.«

Sie waren nicht die Einzigen, die im Alleingang nach Chora Sfakion aufbrachen. Auf dem ersten Teil ihres Weges in die Wildnis wurden sie von Jeeps überholt und überholten ihrerseits Gruppen von britischen Soldaten, die versuchten, verletzte Kameraden auf Esels- oder Handkarren nach Süden zu schaffen. Spiros verließ allerdings sehr bald die befestigten Wege – Alex wunderte sich, wie sicher er die von Schafen und Eseln ausgetretenen schmalen Pfade trotz der einbrechenden Dunkelheit fand. Natürlich war die Wanderung eine Strapaze. Die Männer stolperten über Wurzeln und Steine, schlepp- ten sich Hügel hinauf und wieder hinunter. Alex rutschte auf dem Weg in die Schlucht aus und wäre beinahe abgestürzt. Inzwischen war es stockdunkel, doch Spiros riet ihnen, ihre Taschenlampen nicht anzuschalten.

»Nicht wissen, wo ist Feind«, behauptete er.

Sie stießen tatsächlich nicht auf deutsche Patrouillen, sondern lediglich auf andere Gruppen von vor Erschöpfung taumelnden bri- tischen Soldaten. Die meisten von ihnen hatten ebenfalls griechische Führer, einige verließen sich auf ihren Kompass. Wer sich immer südlich hielt, konnte Sfakia kaum verfehlen. In die Bergdörfer wag- ten die Männer sich nicht – deutsche Fallschirmjäger hatten sie wo- möglich schon eingenommen.

In den frühen Morgenstunden wollte Alex sich nur noch fallen- lassen und schlafen. Dabei ging es ihnen noch relativ gut, immerhin hatten sie Verpflegung und Wasser. Die meisten Männer hatten sich auf den Weg gemacht, ohne für Proviant zu sorgen.

»Man hat den Eindruck, als wäre dies ein Wettlauf«, sagte Alex stöhnend, als sie endlich Rast machten, während andere Gruppen wie im Halbschlaf weiter voranhasteten.

»Kann durchaus einer werden«, meinte Joe. »Sobald die Deut- schen sich an der Nordküste einigermaßen eingerichtet haben, ge- hen sie auf die Jagd. Nach uns, nach den Schiffen … wir sollten schnell machen – aber bei Gott, ich kann nicht mehr. Ich breche gleich zusammen. Wir müssen schlafen.«

»Schlafen, wenn Tag ist«, erklärte Spiros und trieb die Männer weiter.

Erst als die Sonne aufging, suchten sich die drei einen kaum einsehbaren Platz hinter einem Felsen. Inmitten stachliger Büsche ließen sie sich endlich fallen. Spiros ließ noch einmal den Weinschlauch kreisen, dann verließen alle endgültig die Kräfte.

Alex schlief tief, bis Geschützfeuer ihn weckte. Es war erneut dämmrig, sie mussten den ganzen Tag geschlafen haben, doch jetzt waren alle gleich hellwach. Vor ihnen in der Schlucht wurde geschossen. Die Männer schoben sich wachsam vor, die Gewehre im Anschlag. Sie atmeten auf, als sie englische Sprachbrocken hörten.

»Was ist da los?«, fragte Joe.

Jemand schrie »Runter!«, und gleich darauf explodierte wenige Meter von den Männern entfernt eine Handgranate.

Spiros, Alex und Joe robbten auf dem Bauch weiter voran und trafen auf vier Australier, die sich ein Gefecht mit einem Trupp deutscher Fallschirmspringer lieferten.

»Sie haben Pistolen und Handgranaten«, wisperte einer von ihnen Alex zu. »Keine Maschinengewehre, Gott sei Dank. Die haben sie an Lastfallschirmen abgeworfen, und die Kerle scheinen sie nicht gefunden zu haben. Aber sie versperren den Weg durch die Schlucht ...«

»Wie viele sind es denn?«, fragte Joe.

Die Australier wussten es nicht. »Können nicht viele sein. Nur reichen ja zwei oder drei, um uns aufzuhalten.«

»Warten bis dunkel«, meinte Spiros. »Ihr nicht Nahkampf?«

Die Männer schüttelten den Kopf. Keiner von ihnen hatte eine spezielle Nahkampfausbildung. »Nicht Messer?«

Alex hatte ein Messer, konnte sich jedoch nicht vorstellen, damit zu kämpfen. Wie die anderen hielt er den Atem an, als Spiros eine Stunde später im Schutz der Dunkelheit mit den Wänden der Schlucht zu verschmelzen schien. Sie feuerten in Richtung der Deutschen, um sie abzulenken, und stellten fest, dass deren Schüsse aus zwei Richtungen kamen. Sie nahmen den Weg von rechts und links unter Beschuss. Und dann feuerte plötzlich nur noch der Mann von rechts.

Einer der Australier, noch sehr jung und todesmutig, robbte nach links und schickte sich an, Spiros zu folgen. Die anderen hielten das letzte Nest der Deutschen unter Feuer, obwohl ihre Sicht gleich null war. Alex hoffte nur, nicht versehentlich Spiros oder den jungen Australier zu treffen. Doch dann verebbte auch der Beschuss von links.

»*Victory!*«, johlte der kleine Australier.

»Alle tot«, meldete Spiros weniger euphorisch. »Nehmen Waffen, gehen weiter.«

Alex suchte die Leiche des ersten Deutschen und stellte fest, dass man ihm nach allen Regeln der Kunst die Kehle durchgeschnitten hatte. In einer Lache aus Blut tastete er nach seiner Pistole und den verbliebenen Handgranaten.

Mit neuem Respekt, aber auch ein wenig Angst, setzte er den Weg an Spiros' Seite fort.

»Wo hast du das gelernt?«, fragte er irgendwann bei einer Rast und machte die Handbewegung des Halsabschneidens.

Spiros lachte. »*Patéras* – Vater. Sein Schlachter«, sagte er. »Schaf schwieriger als Kraut. Mehr Wolle.«

Das Gefecht mit den Deutschen war gut ausgegangen, es hatte dennoch Zeit gekostet. Alex hatte das Gefühl, die meisten Briten müssten ihnen voraus sein, als sie die Schlucht endlich verließen und durch felsiges Gelände weiter in Richtung Süden vordrangen. Es wurde hell, bevor sie den Strand sahen, doch Spiros versicherte ihnen, es sei nicht mehr weit.

»Ich jetzt zurück«, sagte er, als die Männer sich erneut in Deckung begaben und wenigstens auf ein bisschen Schlaf hofften. Die Einschiffung würde auch bei Nacht erfolgen, es brachte nichts, sich auf den letzten Kilometern in Gefahr zu bringen. »Ihr weitergehen nach Süden. Viele Höhlen, viel Deckung. Wenn erreichen Strand, geschafft.«

»Und du?«, fragte Alex. »Du könntest mitkommen. Die Deutschen anderswo bekämpfen ...«

Spiros schüttelte entschieden den Kopf. »Ich Grieche, ich Kreter. Ich kämpfen für Kreta. Suchen andere Griechen, andere Kämpfer, werden wir kämpfen zusammen. Und schmeißen Krauts raus aus Kreta!«

Alex reichte ihm die Hand. »Dann können wir dir nur Glück wünschen. Vielen Dank, mein Freund!«

Die Männer teilten den letzten Wein, bevor sie sich trennten. Die Australier tranken gierig. Sie hatten kein Wasser mit auf die Flucht genommen und ihren Durst nur zwischendurch an Wasserstellen für Schafe stillen können.

Als sie sich nach dem Dunkelwerden wieder auf den Weg machten, entdeckten sie den Pfad zum Strand tatsächlich gleich, aber dort ein Versteck zu finden war nicht so einfach. Hinter jedem Felsen und in jeder Höhle verbargen sich Soldaten, die auf Schiffe warteten. Nah am Strand, im Schutz der größten Höhle, unterhielten Ärzte eine Sanitätsstation, in der sie Verwundete auf den Abtransport vorbereiteten.

»Die haben Vorrang«, erklärte ein Soldat den Neuankömmlingen. »Und die Offiziere, die ihre Truppen zusammengehalten haben, nehmen sie auch zuerst auf. Wer sich auf eigene Faust durchgeschlagen hat, kommt als Letzter dran … Nicht gerade fair, ich weiß.«

Alex und Joe sahen einander an.

»Ich hätte nicht gedacht, dass ich diesen Bingham irgendwann mal vermisse«, bemerkte Joe.

Das nächste Schiff, das im Schutz der Dunkelheit kurz vor dem Strand ankerte, war nicht sehr groß, ein leichter Kreuzer. Die Männer begannen sofort, Boote zu Wasser zu lassen, um die Verwundeten an Bord zu bringen.

»Warum schicken sie keine größeren Schiffe?«, fragte Alex.

Am Strand formierten sich jetzt geordnete Einheiten, die auf Anweisung ihrer Offiziere Anstalten machten, das Schiff schwimmend zu erreichen.

»Die sind wahrscheinlich nicht wendig genug«, mutmaßte ihr Nachbar, der nach eigenen Angaben schon seit der letzten Nacht auf seine Einschiffung wartete. »Die fahren doch unter ständigem Beschuss. Sehr mutig. Hörst du's nicht?« Tatsächlich hörte man Geschützdonner auf dem Meer. »Jetzt sind es nur deutsche Schiffe, aber tagsüber auch Flugzeuge. Also glaub nicht, dass du's geschafft hast, wenn du an Bord kommst. Da wird sicher noch das eine oder andere Schiff versenkt.« Mit dieser tröstenden Bemerkung stand er auf und begann, zum Strand hinunterzuklettern. »Ich versuch jetzt mal mein Glück und tu so, als gehörte ich zu einer dieser Einheiten«, verabschiedete er sich.

Alex verlor ihn schnell aus den Augen. Immerhin wurde sein Versteck frei. Alex zwängte sich mit Joe gemeinsam in den Felsspalt.

Im Laufe der Nacht trafen noch drei weitere Schiffe ein, doch auch noch mehr Verwundete. Eine der letzten Gruppen von Sanitätern, die Tragen über die Berge geschleppt und Verwundete gestützt hatten, wurde von einigen Frauen begleitet.

Alex stockte der Atem, als er Mary Jane Locks' blonden Schopf erkannte.

»Das sind ... das sind die Leute von der Truppenbetreuung«, rief er aufgeregt. »Meine Freundin, Grit, sie muss auch dabei sein. Ich muss da hin, ich werde ...«

Alex kletterte den Hang hinunter und lief zum Strand, wurde jedoch von Wachen aufgehalten.

»Immer mit der Ruhe, junger Mann! Verwundete zuerst, Truppenverbände zuerst ... Ihr kommt auch noch dran, aber wartet euren Turn ab!«

Mit brennenden Augen schaute Alex sich nach Grit um. Er konnte sie nicht erkennen. Trotzdem war er ein wenig beruhigt. Irgendjemand hatte sich darum gekümmert, die Musiker herauszubringen. Grit musste in Sicherheit sein.

In den ersten Tagen nach dem deutschen Angriff bekam Grit Leonidas kaum zu Gesicht. Die Männer von Imbros hatten sich zu Kämpfertrupps zusammengeschlossen und durchkämmten gezielt die Berge auf der Suche nach deutschen Fallschirmspringern. Wenn überhaupt, so kamen sie nur am Abend ins Dorf und erzählten von ihren Heldentaten. Grit entnahm ihrer ausladenden Gestik, mit der sie ihre Erzählungen begleiteten, dass sie nicht zimperlich mit den Feinden umgingen, wenn sie ihrer habhaft werden konnten. Sie hoffte, dass Leonidas sich nicht an solchen Gräueltaten beteiligte. Die Kreter selbst erlitten bei ihren Aktionen nur selten Verletzungen, und zu Tode kam keiner von ihnen. Diese Männer kannten das Land, in dem sie kämpften. Sie hüteten dort seit Jahrhunderten ihr Vieh, jagten das Wild – und trugen ihre Fehden aus. Der Partisanenkrieg mochte tatsächlich die beste Möglichkeit sein, die Deutschen zu bekämpfen.

Im Dorf selbst kam es zu keinen neuen Angriffen. Imbros lag versteckt, die Deutschen würden sich kaum die Mühe machen, die Siedlung auszumachen und zu bombardieren. Geschützlärm hörte man höchstens mal aus der Ferne.

Grit fühlte sich zur Untätigkeit verdammt, auch wenn die Frauen sie bei den Verrichtungen des täglichen Lebens selbstverständlich mit einbezogen. Sie holte Wasser, schnitt Gemüse und hütete Schafe. Von Tag zu Tag lernte sie mehr Griechisch. Sie war immer sprachbegabt gewesen, auch für die Grammatik einer Sprache entwickelte sie schnell ein Gefühl. Sie beherrschte Deutsch, Flämisch und Englisch, Französisch und etwas Italienisch, was ihr half. Die Frauen waren eifrige Lehrerinnen. Eleni redete ständig auf sie ein, ebenso Leonidas' Schwestern. Andere Frauen entwickelten regelrecht pädagogischen Ehrgeiz, bildeten einfache Sätze und ermunterten Grit, sie zu wiederholen. Es dauerte nicht lange, bis sie sich verständigen konnte. Dennoch hatte sie das Gefühl, in einer unwirklichen Zwischenwelt zu leben. Sie sorgte sich um Alex, aber sie konnte sich nicht wirklich vorstellen, was in den Ortschaften vor sich ging. Es war Krieg, und sie war nahe daran – und trotzdem folgten die Frauen hier ihrem archaischen Lebensrhythmus, als wäre nichts geschehen.

Am 1. Juni kam Leonidas wieder einmal vorbei und berichtete, dass die Briten ihre Truppen evakuiert hatten.

»Dann haben die Deutschen gewonnen?«, fragte Grit entsetzt.

Leonidas nickte. »Der Rest der Briten kapituliert oder schlägt sich in die Berge wie unsere Leute. Wir geben ja nicht auf. Wir werden die Kerle weiter bekämpfen. Bis aufs Blut!«

Grit rieb sich die Stirn. »Aber was ist mit mir?«, fragte sie. »Ich … ich müsste doch auch evakuiert werden … Wo muss ich denn da hin, Leon? Von wo aus holen sie uns ab?«

Leonidas zuckte mit den Schultern. »Vom Strand von Sfakia, glaub ich. Aber es ist sowieso vorbei. In der Nacht ging das letzte Schiff. Sie kommen einfach nicht mehr durch. Die Deutschen kontrollieren den Seeweg zwischen hier und Alexandria. Du kannst froh sein, dass du nicht mitgekommen bist nach Ägypten, da wird so manches Schiff versenkt.«

»Froh sein?« Grit wurde laut. »Ich sitze hier fest! Hast du das gewusst? Ich hätte leicht nach Sfakia gehen können, ich …«

Leonidas hob beschwichtigend die Hände. »Nein, ich habe es nicht gewusst. Ich war in den Weißen Bergen, da gibt's kein Telefon. Hab nur gestern ein paar versprengte Briten getroffen und denen den Weg gewiesen. So hab ich's erfahren …«

»Und du bist nicht gleich zurückgekommen?«, fragte Grit fassungslos. »Vielleicht hätte ich es noch schaffen können …«

»Ich hatte eine Mission, Grit. Wir waren ein paar Deutschen auf den Fersen, nur mein Onkel und ich. Die konnten wir nicht einfach laufen lassen ...«

»Aber mich konntest du hier einsperren!«, schleuderte ihm Grit entgegen. »Was soll ich denn jetzt machen?«

Leonidas sah sie ernst an. »Du wirst hierbleiben müssen. Tut mir leid, Grit, es gibt keine andere Möglichkeit. Hier bist du sicher. Du kannst in Ruhe abwarten, bis der Krieg vorbei ist. Wir werden ihn gewinnen, Grit! Vertrau mir.«

Grit blitzte ihn an. »Dir vertrauen?«, wütete sie. »Ich hätte Alex vertrauen sollen. Der hat den Angriff vorausgesagt. Ich hätte niemals mit dir herkommen dürfen.«

Leonidas seufzte. »Tut mir leid, dass du es so siehst«, meinte er. »Ich kann dir nur versichern, dass ich keine bösen Absichten hatte. Ich wollte dich nicht entführen. Es ... es ist einfach passiert.«

»Ich möchte nach Sfakia!«, sagte Grit. »Ich will mich selbst davon überzeugen, dass es keine Schiffe mehr gibt. Ich ...«

Leonidas hob erneut die Hände. »Ich kann gern mit dir hingehen«, sagte er beschwichtigend. »Aber nur unter allen erdenklichen Vorsichtsmaßnahmen. Es sollen noch Tausende von Briten in der Gegend sein, und die Deutschen werden sie einsammeln, darauf kannst du dich verlassen. Also bitte: Lass uns nachts gehen, und folg mir auf dem Fuße. Keine Kontaktaufnahme, falls wir Briten treffen, keine Fragen ...«

»Mit wem ich Kontakt aufnehme, musst du mir schon selbst überlassen«, schleuderte ihm Grit entgegen. »Wenn es irgendeine Möglichkeit gibt, hier wegzukommen ...«

Leonidas seufzte. »Die Briten, die jetzt noch da sind, sind selbst hier gestrandet. Es wird dich keiner auf seinen Rücken setzen und schwimmen, Mädchen ... Lass mich jetzt was essen und ein bisschen schlafen, wenn ich in der Nacht schon wieder los soll ...«

Grit schlief keinen Augenblick in dieser Nacht, die früh endete. Leonidas wollte um zwei Uhr morgens aufbrechen, um bei Tagesanbruch den Strand zu erreichen. Wieder hatte er Rucksäcke und Wegzehrung vorbereitet, aber über seiner Schulter hing auch ein Gewehr.

»Hast du schon mal geschossen?«, fragte er Grit. Sie schüttelte den Kopf. »Nimm trotzdem eine Pistole.« Er zeigte ihr, wie man die Waffe entsicherte. »Erst das, dann schießen … Möglichst von Nahem, damit du sicher triffst.«

»Du glaubst doch nicht, dass ich so nah an einen Deutschen rankomme«, sagte Grit.

Leonidas seufzte wie so oft. »Wenn du ihnen in die Hände fällst, werden sie dir sehr nahe kommen, verlass dich drauf. Also pass auf und bleib bei mir. Ich achte auf dich.«

Eigentlich wäre es gar nicht nötig gewesen, bis zum Strand vorzudringen. Schon auf dem Weg dorthin – zuerst ein Stück durch die Schlucht und dann über felsiges, schwieriges Gelände – trafen sie auf britische Soldaten, die wie in Trance den gleichen Weg zurücktaumelten, den sie ein paar Tage zuvor gegangen waren. Sie bestätigten ihnen, dass die Evakuierungsmaßnahmen eingestellt worden waren.

»Sind aber noch viele am Strand …«, murmelte ein Australier. »Hoffen wohl auf ein Wunder …«

Leonidas führte Grit nicht hinunter ans Meer, sondern in eine Berghöhle, von der aus sie einen guten Überblick darauf hatten, was am Strand vor sich ging.

»Wenn da wirklich noch ein britisches Schiff einfährt, bringe ich dich rechtzeitig runter«, versprach er. »Und dich werden sie bevorzugt mitnehmen. Doch wenn die Deutschen kommen, werden sie uns hier nicht finden.«

Er packte seine Wegzehrung aus, und Grit ließ sich überreden, etwas Käse und Brot zu essen. Inzwischen ging die Sonne auf und tauchte den Strand in ein rötliches, unwirkliches Licht. Es hätte romantisch sein können, doch Grit hielt demonstrativ Abstand von Leonidas – und gleich darauf wurde die Idylle auch durch die Schatten der deutschen Flugzeuge gestört, die vom Festland aus den Strand überflogen. Vereinzelt beschossen sie die Felsen, wenn die Besatzung alliierte Soldaten in ihren Verstecken bemerkte – bis die Männer vormals weiße Wäschestücke an Stöcken als weiße Fahnen hissten. Vom Meer aus näherte sich daraufhin ein Schiff und spie deutsche Soldaten aus. Briten kletterten die Klippen hinunter und hoben die Hände, sobald sie den Strand erreichten. Die Deutschen entwaffneten die Männer, sammelten sie und begannen, sie truppweise abzuführen. Es waren tatsächlich Tausende, die Gefangennahme zog sich den gesamten Tag über hin.

»Hast du genug gesehen?«, fragte Leonidas Grit schließlich. »Dann könnten wir uns langsam auf den Heimweg machen.«

Grit weinte. Sie war geschlagen, aber sie weigerte sich, vollständig aufzugeben.

»Ich kann unmöglich den ganzen weiteren Krieg in diesem abgelegenen Dorf verbringen«, erklärte sie und stand auf. »Wenn ich schon nicht von Kreta wegkomme, dann … dann will ich wenigstens irgendwo leben, wo etwas mehr los ist.«

Leonidas seufzte. »Ob das wünschenswert ist?«, fragte er.

Grit nickte entschieden. »Das ist es«, sagte sie. »Vielleicht kann ich im Widerstand arbeiten. Ich könnte sicher schießen lernen.«

Leonidas lachte. »Wir werden sehen«, meinte er. »Ich kann mir dich als Flintenweib zwar kaum vorstellen, aber womöglich wirst du mich ja überraschen. Wir warten noch einen Tag, bis es ruhiger ist, dann gehen wir nach Vamos. Ein bisschen näher an die Zivilisation, wie du sagen würdest. Wir müssen sowieso einen Überblick darüber bekommen, wie sich der Widerstand formiert. Und wenn ich mit einem Esel und einer Frau über die Berge gehe, wird mich keiner verdächtigen.«

Grit verzog den Mund. Sie war dennoch fest entschlossen. Sie würde das Kriegsende nicht in Imbros abwarten und für Eleni Schafe hüten.

KAPITEL 10

In einer beispiellosen Aktion hatten die Alliierten es wirklich geschafft, in drei Tagen beinahe siebzehntausend Mann aus Kreta zu evakuieren. In der vierten Nacht mussten sie jedoch aufgeben. Die Deutschen kontrollierten den Fluchtweg nach Alexandria, selbst die wendigsten Kreuzer kamen nicht mehr durch. General Wavell ermächtigte deshalb die restlichen fünftausend Mann zur Kapitulation. Unter ihnen befanden sich auch Alex Rawlings und sein Kamerad Joe Ashley. Sie hockten immer noch in ihrem Felsennest, als sich in der Nacht auf den 1. Juni die Nachricht verbreitete, das eben ablegende Schiff sei das letzte. Die Szenen, die sich daraufhin am Strand abspielten, waren entsetzlich. Männer flehten, baten, weinten, versuchten, sich mit Gewalt an Bord zu kämpfen. Die Ordnertruppe hielt sie auf.

»Was machen wir jetzt?«, fragte Joe mutlos. »Schwimmen?« Sie verspürten beide keine Lust, zum Strand hinunterzuklettern und sich den verzweifelten Männern beim Versuch anzuschließen, das Schiff zu entern.

»Wir könnten versuchen, uns zu Spiros durchzuschlagen. Zu den Partisanen«, meinte Alex.

Eigentlich fühlte er sich unendlich müde, aber sich den Deutschen einfach zu ergeben, schmeckte ihm auch nicht.

»Wie finden wir die?«, erkundigte sich Joe.

Alex zuckte mit den Schultern. »Wir gehen dorthin zurück, wo wir uns von Spiros getrennt haben, folgen dem Weg, den er genommen hat, und hoffen, dass sie uns finden. Jedenfalls besser, als hier zu warten, bis die Deutschen uns zusammentreiben und in irgendein Lager bringen.«

Die Männer rafften sich also auf. Im Morgengrauen sahen sie allerdings weitere Fallschirme über der Insel – die Deutschen schienen sich jetzt auch des Inlands annehmen zu wollen.

»Warten wir wieder die Nacht ab?«, fragte Alex unschlüssig. »Wir könnten auch einfach weitergehen und in Deckung, wenn wir ein Flugzeug hören.«

Sie tappten schließlich weiter, schleppten sich durch die Morgen- und die Mittagssonne über einen Weg, der immer bergauf führte und letztlich in eine Gegend, in der es keinerlei Vegetation mehr gab, sondern nur graugelbe Kalksteinfelsen. Auch Wasser fand sich hier nicht – Alex erinnerte sich, irgendwann die Bezeichnung Bergwüste gehört zu haben. Hier waren ganz sicher keine Ansiedlungen. So taumelten sie weiter, bis es wieder etwas bergab ging, durch Buschland und letztlich einen Wald. Sie waren völlig erschöpft, und sicher war der Fehler, den sie kurz darauf machten, auch auf ihre Übermüdung, ihren Durst und ihren Hunger zurückzuführen.

Es begann damit, dass sie Männerstimmen hörten – sie erkannten weder Deutsch noch Englisch. Die Männer lachten, schienen Rast zu machen und sich sehr sicher zu fühlen.

»Bleib in Deckung, ich gehe nachschauen«, schlug Joe vor. Alex ging es nicht gut. Während der langen Märsche hatte sich eine große Blase an seinem linken Fuß gebildet, sich schließlich geöffnet und entzündet. Jeder Schritt schmerzte. Joe machte das Siegzeichen, als er zurückkehrte. »Alle schwarze Haare, zum Teil Schnäuzer und sprechen genauso einen Singsang wie unsere Griechen. Sie haben allerdings Krads dabei, und sie sehen aus wie … naja, wie Kradfahrer eben aussehen. Lederjacken, Stiefel. Bei Partisanen hätte ich eher Esel erwartet. Und diese traditionellen Röckchen.«

»Auch die Partisanen werden mit der Zeit gehen«, hoffte Alex. »Also schön, geben wir uns zu erkennen. Vielleicht sind es ja reguläre griechische Truppen, die sich jetzt den Partisanen anschließen wollen. Gehen wir einfach mal hin. Aber vorher ansprechen und Hände hoch. Nicht dass sie uns noch für Deutsche halten und erschießen.«

Alex erkannte sofort, dass sie die falsche Entscheidung getroffen hatten, als er die Uniform eines der Männer sah. In der Wärme des griechischen Nachmittags hatten sie zum Teil die Lederjacken abgestreift, und darunter trugen sie Hosen und Jacken in gelblichem Grün – die Afrikauniformen des italienischen Heeres.

»Wir … Freunde«, tönte dagegen Joe optimistisch.

Die Italiener, sie waren zu viert, starrten sie zunächst völlig perplex an – zwei abgerissen wirkende Männer in britischen Uniformen, die mit erhobenen Armen vor ihnen standen. Dann richteten sie ihre Gewehre auf sie. Alex gab den Gedanken auf, sich einen Fluchtweg freikämpfen zu können. Als die Männer begriffen, brachen sie in Gelächter aus.

»Ihr … britisch«, sagte einer grinsend.

»Neuseeland«, stellte Alex richtig.

Joe blickte ihn verwirrt an. »Sind das keine Griechen?«, fragte er.

Alex seufzte. »Nein, mein Freund. Sieht aus, als hätten wir uns gerade in italienische Kriegsgefangenschaft begeben …«

Italien unter seinem Diktator Mussolini war mit Deutschland verbündet. Anscheinend hatte man italienische Truppen zur Verstärkung angefordert, und nun durchkämmten nicht nur deutsche, sondern auch italienische Fallschirmjäger und Kradfahrer das Hochland.

Immerhin schienen die Männer nicht bösartig zu sein, sondern sich eher über ihre Gefangenen zu amüsieren. Natürlich sprachen sie kein Wort Englisch und vermutlich auch kein Deutsch, aber nachdem sie Alex und Joe entwaffnet hatten, gaben sie ihnen Wasser und teilten ihren Proviant mit ihnen. Als Alex seinen Stiefel auszog, um seinen entzündeten Fuß zu inspizieren, halfen sie mit einem Desinfektionsmittel und Verbandszeug. Bei all dem diskutierten sie wortreich miteinander in ihrer schnellen, singenden Sprache, was sie mit ihrer Beute anstellen sollten.

Einer der Italiener wandte sich an Alex und Joe: »*Campo di prigionia*: Galatas«, erklärte er. Galatas war ein Ort bei Chania. »*Vi porteremo li.*«

»Was meint er?«, fragte Joe.

Alex hob die Schultern. »Ich glaube, die Deutschen eröffnen ein Lager in Galatas, und sie wollen uns hinbringen. Verdammt, wir hätten gleich in Chania bleiben können. Jetzt müssen wir noch mal über die Berge.«

Zunächst gestaltete sich der Gefangenentransport durch die Italiener jedoch recht bequem. Sie fesselten Alex und Joe die Hände und ließen sie dann hinter einem der Ihren auf dem Krad Platz nehmen. Die anderen eskortierten sie, um Fluchtversuche zu verhindern. Natürlich war es schwierig, mit gefesselten Händen das Gleichgewicht zu halten, zumal es über Stock und Stein ging. Als Alex jedoch erst mal heraushatte, wie es ging, empfand er die Fahrt als erträglich, nur die Aussicht war deprimierend. Der größte Teil der britischen Truppen war nicht durch die Imbros-Schlucht nach Sfakia gelangt, sondern über Land, und den Weg säumten weggeworfene Ausrüstungsgegenstände, liegen gebliebene und ausgebrannte Jeeps und Motorräder. Auch Leichen lagen entlang der Strecke.

Der Weg über die Berge musste noch viel beschwerlicher gewesen sein als der durch die Schlucht. Alex' und Joes Glück, ihn motorisiert zurücklegen zu können, hielt nicht lange an. Nach nur einer knappen Stunde Fahrt trafen die Italiener auf den letzten Gefangenentreck. Eskortiert von schwer bewaffneten deutschen Einheiten schleppten sich Briten, Neuseeländer und Australier in Richtung Norden, und natürlich nutzten die Italiener die Möglichkeit, ihre Gefangenen an einen deutschen Leutnant zu übergeben. Mutlos und erschöpft reihten sie sich in die Gruppe ein. Die Gefangenen waren in Hundertschaften eingeteilt, um die Anzahl überblicken zu können. Flucht war unmöglich, selbst wenn jemand noch die Energie dazu aufgebracht hätte.

Immerhin rastete der Treck noch bei Nacht, und Alex und Joe

brachen zusammen, kaum dass der Befehl zum Halten gegeben worden war. Sie wussten nicht, ob die Deutschen noch Essen verteilt hatten, sie spürten den Hunger gar nicht mehr. Alex wollte nur noch schlafen, und er lag wie im Koma, bis die Deutschen sie bei Tagesanbruch weitertrieben. Zu essen gab es nichts, aber nach einer Stunde Marsch erreichten sie eine Viehtränke, und die Gefangenen wurden angewiesen, ihren Durst zu stillen. Gleich darauf ging es weiter durch Schluchten, an Steilhängen entlang, die viele der Flüchtlinge in den Tagen davor das Leben gekostet hatten. In abgestürzten Autos verwesten Leichen – der Gestank war kaum auszuhalten.

Nach mehr als zehn Stunden Marsch erreichten sie endlich das Lager, das die Deutschen bei Galatas rasch errichtet hatten. Im Grunde hatten sie dazu lediglich ein Stück Strand abgesperrt, eine der Grenzen bildete das Meer. Der Grund war weitgehend sandig, nur an wenigen Stellen hielten sich ein paar Grasbüschel. Die Zelte, in denen die Gefangenen unterkommen sollten, waren längst belegt – Alex und Joe gehörten schließlich zur letzten Gruppe der Ankömmlinge. Sie beschlossen einvernehmlich, ihr Lager lieber unter freiem Himmel aufzuschlagen. Im Schatten eines der Zelte breiteten sie ihre Decken aus, versuchten vorher aber wenigstens noch, ihren Durst zu stillen. Ein Brite wies sie zum einzigen Brunnen. Das Wasser war trübe.

»Und hier sollen wir den Rest des Krieges verbringen?«, fragte Alex einen Australier, der eben versuchte, es mittels eines Fetzens seines Hemdes zu filtern.

»Nee, Kamerad. Das denn doch nicht. Sie wollen uns so schnell wie möglich aufs Festland bringen. Dies hier ist nur provisorisch«, antwortete der Mann.

Alex und Joe blickten einander wortlos an. Ob die Lager auf dem Festland wesentlich besser waren?

»Schlimmer kann's jedenfalls kaum kommen«, befand Joe, als sie die sanitären Anlagen des Lagers kurz in Augenschein genommen hatten. Sie bestanden aus einem langen Graben auf der Landseite des Lagers, etwas außerhalb des Bereiches, in dem die Zelte standen. Waschmöglichkeiten gab es nicht, die Gefangenen wurden auf das Meer verwiesen. »Schauen wir uns noch die Küche an?«

Das Essen für die Gefangenen wurde in großen Kübeln gebracht. Es schien sich um eine Art Eintopf zu handeln – schon der Geruch war ekelerregend.

»Wenn das da drin Fleisch ist, ist es schon lange tot«, befand Alex, zwang sich dann jedoch trotzdem, die Suppe zu löffeln – sie brauchten Nahrung, um wieder zu Kräften zu kommen.

Zwei Tage später litt praktisch die gesamte Belegung des Lagers an Durchfall. Alex begann, sich die Einzäunung und die Bewachung des Camps näher anzusehen.

»Eigentlich ist es nicht schwierig, hier rauszukommen«, berichtete er Joe. »Wir sollten darüber nachdenken.«

KAPITEL 11

Leonidas hielt Wort. Gleich am Tag nach ihrem deprimierenden Ausflug nach Sfakia machte er sich mit Grit und dem Eselchen Mali auf den Weg, entschied sich allerdings nicht für Vamos, sondern führte sie in ein größeres Dorf im Westen der Insel, nach Kandanos. Sowohl Leonidas als auch Grit waren traditionell gekleidet, sie hatten vereinbart, sich dumm zu stellen, wenn sie auf deutsche Kommandos trafen. Leonidas bewies allerdings auch diesmal seine exzellente Kenntnis der Geografie seiner Heimat. Sie sahen zwar Flugzeuge am Himmel, aber keines ging in den Tiefflug, um sie zu beschießen, und auch Patrouillen trafen sie nicht.

»Warum gerade Kandanos?«, fragte Grit während der Wanderung. Leonidas führte sie diesmal durch die Imbros-Schlucht nach Norden.

»Na ja, du wolltest an einen Ort, wo mehr los ist«, meinte Leonidas. »Und mich interessiert das Dorf, weil sich da mit Sicherheit Widerstand formiert. Die Männer von Kandanos haben die Deutschen zwei Tage lang aufgehalten, als sie das Küstendorf Paleochora angingen – und sie haben den Abzug der Briten gedeckt. Es wird interessant sein zu sehen, wie es dort aussieht, jetzt, wo die Deutschen die Herrschaft über die Küste übernommen haben.«

»Kennst du da jemanden?«, fragte Grit.

Leonidas nickte. »Ich hab dort einen Cousin ...«

Die Familie Fotakis schien überall auf Kreta Verwandte zu haben, aber bei so einer kleinen Insel und einer alten, großen Familie war das wohl normal.

Das Dorf Kandanos wirkte nicht halb so primitiv wie Imbros. Zumindest waren die meisten Häuser größer. Den Mittelpunkt bildete eine kleine Kirche, und laut Leonidas gingen die Kinder auch zur Schule.

Leonidas Vetter Leandros war ein kleiner, agiler Mann mit wachen Augen und gewaltigem Schnäuzer. Er besaß eine Schafzucht am Rande des Dorfes und ein hübsches Haus auf einem Hügel. Ein Holztisch und Stühle vor dem Haus luden zum Sitzen und Genießen der Aussicht ein. Leandros ließ sich dort mit den Besuchern nieder und bot Wein an. Seine Frau Sofia war für die Käserei zuständig und servierte gleich ihren besten Myzithra, einen Molkekäse. Die älteste Tochter brachte selbst gebackenes Brot, und Grit musste sich anstrengen, sich die Namen der vier lebhaften Kinder zu merken, die um die Gäste herumwuselten.

Leandros berichtete stolz über die Schlacht, die die Dörfler einem deutschen Pionierzug geliefert hatten. »Sogar unser Pfarrer war mit dabei. Und fast alle Frauen. Dabei waren uns die Deutschen eigentlich haushoch überlegen. Aber ich glaube, sie haben einfach nicht damit gerechnet, dass wir uns wehren.« Vergnügt schenkte er allen noch einmal nach.

»Und seither?«, fragte Leonidas besorgt. »Wie war die Reaktion?«

Leandros hob die Schultern. »Was für eine Reaktion? Wir haben letztlich natürlich verloren, wurden überrannt und sind geflohen. Und dann geschah weiter nichts. Die Deutschen haben ihre Toten genommen und sind verschwunden. Es gab ja noch ein paar Orte zu erobern. Aber von dem Kampf werden wir noch unseren Kindern und Kindeskindern erzählen! Kandanos hat seinen Namen endgültig eingetragen in die Geschichte Kretas!«

»Wie viele Tote gab es?«, fragte Grit.

»Bei uns? Keine!« Leandros strahlte. »Bei denen fünfundzwanzig. Da haben sie mal gemerkt, wie teuer wir Kreter unsere Haut verkaufen! Können sich die Festlandgriechen mal ein Beispiel dran nehmen.« Das sonstige Griechenland hatte sich ohne große Gegenwehr den deutschen und italienischen Truppen ergeben. »Auf Kreta!«, rief Leandros und hob den Becher. »Auf Kandanos!«

Sie hörten den Lärm sich nähernder Fahrzeuge, noch während sie tranken. Es musste ein ganzer Konvoi schwerer Wagen oder gar Panzer sein.

Leonidas sprang auf. »Wir müssen hier weg, Grit!«

Grit sah ihn verwirrt an, desgleichen ihre Gastgeber.

Gleich darauf sahen sie Tankfahrzeuge, Lastwagen, Krads mit Beiwagen, die von schwer bewaffneten Männern gefahren wurden, den Hügel hochfahren.

»Die kommen nicht zum Kaffeetrinken! Leandros, Sofia … wo können wir uns verstecken?«

Leandros setzte betreten, aber nicht in Panik, sein Glas ab. »Nun macht mal langsam, wahrscheinlich wollen sie nur ein paar Schafe requirieren … Ich geh auf den Dorfplatz und schaue, was sie wollen. Ihr könnt hier einfach warten …«

»Wir sind doch nicht verrückt!« Leonidas sah sich prüfend um. Es gab ein kleines Waldstück am Fuße des Hügels, dem Dorf abgewandt. Allerdings war es ein lichter Wald – Deckung fand man dort nicht. Das Gebüsch davor erschien ihm jedoch ziemlich undurchdringbar. Zwischen niedrigen Granatapfelbäumen erkannte er stachligen Pflanzen. Sehr stachlige Pflanzen … »Holt euch Decken!«, rief er, befreite das Eselchen rasch von seinem Packsattel und warf Grit die mehrfach gefaltete Decke, die darunter gelegen hatte, zu.

Sofia stand da wie paralysiert, aber ihre älteste Tochter, die vierzehnjährige Aliki, handelte. Sie lief ins Haus, kam mit einem Schwung Decken und Handschuhen heraus und verteilte sie an ihre Geschwister. Leonidas und Grit waren bereits zum Gebüsch gelaufen und versuchten, einen Weg hineinzufinden. Die Dornen rissen ihre Hände auf und zerfetzten ihre Kleidung, sofern sie nicht von der Decke geschützt war. Grit folgte Leonidas halb blind, kroch aber ohne zu murren hinter ihm her, tiefer und tiefer in das Wirrwarr von Grün, von Stacheln und Ranken, tief hängenden Ästen, unter denen kaum ein Durchkommen war – die Angst verlieh ihnen übermenschliche Kräfte. Hinter sich hörten sie Schmerzensschreie, als die Kinder ebenfalls versuchten, sich unter den Büschen zu verstecken. Die älteste Schwester trieb sie voran.

Grit kam neben einem Granatapfelbaum zu liegen. Hier gab es zumindest einen kleinen stachelfreien Hohlraum. Sie nahm die Decke von ihrem Kopf und sah, dass Leonidas' Gesicht blutverschmiert war, nahm wahr, dass ihre Hände und Arme ebenfalls zerkratzt waren. Die Kinder hockten sich neben sie und begannen zu weinen.

»Ist eure Mutter auch hier?«, raunte Leonidas Aliki zu.

»Ich glaube, sie geht mit *patéras* ...«, wisperte die Vierzehnjährige.

Leonidas murmelte einen Fluch. Neben Aliki tauchte plötzlich ein struppiger Hund auf. Er winselte nach dem Weg durch die Dornen, die Kinder schienen sich durch ihn jedoch getröstet zu fühlen.

»Dornen und Flöhe ...« Grit seufzte und rückte etwas von dem Tier ab. »Was das wirklich nötig?«

»Ich hoffe nicht«, antwortete Leonidas. »Ich hoffe, es war falscher Alarm. Aber ich glaube es nicht.«

Als er kaum ausgesprochen hatte, hörte man die ersten Schreie vom Dorfplatz, gefolgt von vielen weiteren. Zu sehen war nichts, die Laute wurden dadurch allerdings nur noch unheimlicher.

Wenn Grit sich später an Kandanos erinnerte, so waren es vor allem Gerüche, die sich immer wieder in ihre Albträume stahlen. Der süße Duft der Granatapfelbäume, der sich im Laufe des Abends immer mehr mit dem Gestank von Rauch und brennendem Fleisch vermischte, von Pulverdampf und Angstschweiß.

In die Schreie mischte sich das Geräusch lodernder Flammen und abgefeuerter Gewehre – doch aus der Ferne, es musste sich im Bereich der Kirche abspielen. Irgendwann näherten sich dann die Laute. In das Wehklagen von Menschen mischten sich die Schreie von Tieren ...

»Jemand schlachtet Schafe«, flüsterte Aliki.

In den letzten Stunden hatte sie kein Wort gesagt, sondern ohne sich zu rühren dagelegen, doch jetzt zitterte sie. Der Hund winselte wieder, die Kinder begannen zu weinen.

»Haltet den Mund! Alle!«, befahl Leonidas. »Hört ihr nicht, dass sie näher kommen?«

Der Geruch nach Feuer wurde zumindest stärker, das Blöken der Tiere lauter.

»Unsere Schafe«, wimmerte Aliki.

Dann hörten sie Schritte. Grit klammerte sich an Leonidas, aber die Männer gingen zügig an dem Dornengestrüpp vorbei. Es waren viele Männer – sie vernahmen leichte Schritte von weichen Lederschuhen und schwere von Armeestiefeln. Dazu auffordernde Stimmen auf Deutsch. Gelegentlich ein Laut wie Schluchzen. Die meisten der Menschen, die ganz nah an ihnen vorbei von deutschen Soldaten in den Wald getrieben wurden, schwiegen allerdings stoisch. Eine Stunde lang hörte man dann Geräusche, als würde ein Graben ausgehoben, unterbrochen von gelegentlichem Stöhnen und erneuten Befehlslauten.

»Was sagen sie?«, flüsterte Leonidas.

»Sie treiben sie an. Sie sollten schneller graben, sie hätten nicht ewig Zeit. Leon, ich glaube … ich glaube, sie wollen sie erschießen …«

Grits Stimme klang heiser. Sie sprach Englisch. Die Kinder mussten das nicht verstehen.

»Was sonst?«, fragte Leonidas voller Hass.

Die ersten Maschinengewehrsalven ließen alle zusammenfahren. Die Deutschen schossen, dann wurde es wieder still.

»Zuschaufeln!«, befahl einer der Männer. »Ja, wird's bald?«

Eine weitere halbe Stunde lang hörte man Erde auf etwas herabprasseln, unterbrochen von Schluchzen. Schließlich erneut Schüsse.

»Das waren wohl die Letzten«, meinte Leonidas. »O mein Gott, sie scheinen alle erschossen zu haben …«

Aliki weinte nun auch. Lautlos wie ihre Geschwister. Selbst der Hund war verstummt.

Die Deutschen waren allerdings noch nicht fertig. Nachdem sie ihre blutige Arbeit im Wald verrichtet hatten, begaben sie sich zurück zum Dorf. Grit hörte herabfallende Steine, Panzerketten, die etwas zermahlten. Sie mussten die Häuser und Ställe zerstören. Es dauerte weitere Stunden, das Dorf Kandanos dem Erdboden gleichzumachen.

Irgendwann hatte Grit das Gefühl, dass der Albtraum schon ewig dauerte und nie ein Ende finden würde. Die beiden Jüngsten der Kinder waren eingeschlafen, und dann senkte sich wirklich Dunkelheit über sie. Kurz darauf hörte man Rufe – viel klarer als zuvor. Da konnte kein Gebäude mehr sein, das den Schall schluckte.

»Aufsitzen, Abzug!«, befahl der Kommandeur der Schlächter.

Kurze Zeit darauf heulten sämtliche Motoren wieder auf – und verloren sich nach wenige Augenblicken in der Ferne.

»Gehen wir raus?«, fragte Grit. »Oder ist das eine Falle?«

»Wir warten«, sagte Leonidas.

Sie verharrten im Gestrüpp, bis der Morgen graute. Als sich bis dahin nichts gerührt hatte, suchten sie einen Rückweg. Leonidas versuchte, ihn mit seinem Messer freizuschneiden, doch die Stacheln und Ranken wehrten sich – letztlich waren sie noch blutiger zerkratzt als nach ihrem Rückzug in das Buschwerk.

Kurz darauf blickten sie fassungslos auf das, was vom Dorf Kandanos übrig geblieben war: ein Feld voller Geröll – die Trümmer der verbrannten und abgerissenen Häuser und Ställe. Die Tierkadaver und menschlichen Opfer hatten die Deutschen einfach untergepflügt.

Leonidas grub eine der zerschmetterten Leichen aus. »Eine Frau«, sagte er.

Aliki wankte zur Kirche. Hier hatte ein Feuer gewütet. Sie schluchzte auf, als sie verbrannte Körper entdeckte.

»Sag, dass es nicht wahr ist«, flüsterte Grit. »Sie ... sie haben die Leute nicht in die Kirche getrieben und das Gebäude angezündet ...«

Leonidas nickte grimmig. »Und auf die Flüchtenden geschossen. Aber ... wie es aussieht nur ... nur auf die Frauen und Kinder ... Sie müssen es vor den Augen der Männer getan haben. Und die haben sie später ...«

»... im Wald erschossen«, ergänzte Grit. »Da ... da stehen Schilder ...«

Sie wies auf den Kirchplatz. Jemand hatte gleich drei Schilder an Pfählen befestigt und diese dort in den Boden gerammt. Sie waren auf Deutsch und Griechisch beschriftet:

Für die Bestiale Ermordung Deutscher Fallschirmjägern, Gebirgsjägern und Pionieren von Männern, Frauen, Kindern zusammen mit dem Pfarrer, sowie weil sie gegen der Grossdeutschen Reich Widerstand geleistet haben, wurde am 3. 6. 41 Kandanos vom Grunde zerstört um niemals wieder aufgebaut zu werden.

Fehlerhafte Grammatik und Kommasetzung, schoss es Grit durch den Kopf. Sie verstand nicht, wie sie jetzt daran denken konnte.

Zur Vergeltung der bestialischen Ermordung eines Fallschirmjägerzuges und eines Pionierhalbzuges durch bewaffnete Männer und Frauen aus dem Hinterhalte wurde Kandanos zerstört.

Hier stand KANDANOS. Es wurde zerstört als Sühne für die Ermordung von 25 deutschen Soldaten.

»Warum drei?«, murmelte Leonidas, ebenso verstört wie Grit. Er sah zu Aliki, die ihre Geschwister um sich geschart, sich mit ihnen auf den Boden gehockt hatte, weinte und betete. »Wir sollten hier weg«, sagte er schließlich. »Hier können wir niemandem mehr helfen. Wir müssen zurück nach Imbros. Da werden wir halbwegs sicher sein.« Er wandte sich an Grit. »Verstehst du jetzt, warum ich möchte, dass du dort bleibst?«

Grit nickte und ergab sich in ihr Schicksal.

Kapitel 12

Alex und Joe überlegten, ob sie die Flucht übers Meer wagen sollten. Vor der Küste patrouillierten zwar deutsche Schiffe, doch nicht so nah, um zwei Schwimmer zu erkennen. Die Wachen, die rund um das Lager aufgestellt waren, kontrollierten den Strand fast nie. Sie patrouillierten auch selten entlang der Zäune. Hier wäre eine Flucht ebenso leicht möglich.

»Wenn wir über den Zaun klettern, landen wir auf der Straße zwischen Galatas und Chania«, gab Alex zu bedenken. »Da fangen sie uns blitzschnell wieder ein.«

»Wollen wir nicht in die Berge?«, fragte Joe. »Da müssen wir doch eigentlich den Weg nehmen, den wir gekommen sind.«

Alex blickte ihn an und verzog den Mund. »Und wohin hat uns das beim letzten Mal geführt?«, spottete er. »Wir finden die Partisanennester nicht. Das ist ja der Sinn der Sache, die machen sich erfolgreich unsichtbar. Wir würden der nächsten deutschen Patrouille in die Arme laufen.«

»Und für das Meer gilt das nicht?«, erkundigte sich Joe. »Wo meinst du, verstecken sich da Partisanen? In U-Booten?«

Alex lachte. »Nein, eher nicht. Was ich denke, ist mehr … Wir brauchen Hilfe, Joe. Ohne einheimische Führer finden wir die Widerständler nicht. Wir müssen Leute auskundschaften, die uns unterstützen. Kreter. Und ich dachte an Fischer. Wenn wir parallel zur Küste schwimmen, eine ganze Nacht hindurch, und uns dann vielleicht tagsüber am Strand verstecken und in der nächsten Nacht weiterschwimmen, finden wir irgendwann einen Fischerhafen. Möglichst einen kleinen, der für die Deutschen nicht so interessant ist.«

»Das wäre aber ganz schön gefährlich«, überlegte Joe.

Alex nickte. »Ganz ungefährlich ist es nie, aus einem Gefangenenlager zu fliehen«, bemerkte er ironisch. »Wir haben allerdings den großen Vorteil, dass keiner uns suchen wird.«

Alex' und Joes italienisches Abenteuer hatte eine interessante Auswirkung. Auch die Deutschen mussten müde und unkonzentriert gewesen sein, als sie die Gefangenen der Italiener in ihren Zug aufgenommen hatten. Der zuständige Offizier hatte vergessen, ihre Personalien aufzunehmen, und im Lager waren sie ebenfalls nicht registriert worden. Zunächst war ihnen das gar nicht aufgefallen, doch dann war es zum ersten Lagerappell gekommen, bei dem sie nicht aufgerufen worden waren. Kurz darauf wurden die ersten Briten aufs Festland verschickt, ein neuer Appell erfolgte – aber Alexander Rawlings und Joe Ashley wurden nicht als Gefangene geführt.

»Meine Frau wird denken, ich wäre tot«, hatte Joe gemeint. Die Namen der Kriegsgefangenen wurden gewöhnlich dem Roten Kreuz gemeldet, das die Angehörigen informierte. »Vielleicht sollten wir uns melden …«

Alex lehnte das vehement ab. Es tat ihm zwar leid, dass seine Familie im Glauben gelassen wurde, er sei vermisst, doch dies war ihre Chance, sich folgenlos abzuseilen.

In einer mondlosen Nacht Mitte Juni setzten Alex und Joe schließlich alles auf eine Karte. Mitnehmen konnten sie nichts auf die Flucht, aber Proviant war ohnehin nicht verfügbar, und ihre verschlissenen Uniformen würden ihnen auch nichts nützen. Sie hängten sich also lediglich ihre Stiefel an den Schnürsenkeln zusammengebunden um den Hals und wateten nur mit ihren Unterhosen bekleidet ins Meer.

»Das wird ein verdammt kaltes Unternehmen«, murmelte Joe.

Alex fröstelte. Tagsüber war das Baden im Meer zwar durchaus schon ein Vergnügen, nachts dagegen kühlte es sich doch noch ab.

»Mit ein bisschen Glück ein kurzes«, versuchte er seinem Freund Mut zu machen und tauchte entschlossen in die Fluten. Gleich darauf schwammen sie ein Stück hinaus und hielten sich dann nach Westen, immer der Küstenlinie entlang. Die Männer umrundeten eine Landspitze und nach einigen Stunden erkannten sie ein winziges Dorf auf einem Felsen – ihm vorgelagert war eine kleine Insel. Den Hafen hätte Alex unter normalen Umständen vielleicht malerisch gefunden. Die Boote darin waren eher klein, Ruderboote oder einmastige Fischkutter. An den Seiten hingen Netze.

Die erschöpften Männer zogen sich an einem der Boote hoch und ließen sich auf die Netze fallen. Es stank nach Fisch, aber es war das weichste Lager, das sie seit Wochen gehabt hatten.

»Gehen wir ins Dorf?«, fragte Joe, streckte sich jedoch erst einmal aus.

»Gleich«, sagte Alex – und war auch schon eingeschlafen.

Sie erwachten erst, als sich ein paar verdutzte Griechen über sie beugten.

Joe sah zu ihnen auf und versuchte ein schiefes Lächeln.

»Spricht hier vielleicht jemand Englisch?«, fragte er.

Lediglich einer der Männer konnte ein paar Worte Englisch, aber die Fischer reimten sich natürlich schnell zusammen, woher ihre leicht bekleideten Besucher kamen.

Alex versuchte sein Griechisch an ihnen, was zur allgemeinen Erheiterung führte. Nach kurzer Diskussion nahm ein Fischer die Geflüchteten mit nach Hause, wo seine Frau ihnen Kleider heraussuchte und ihnen Essen und ein Lager anbot. Er selbst ging zurück zu seinem Boot, um seiner Arbeit nachzugehen.

Alex erfuhr, dass sie in Platanias gelandet waren, einem Fischerort ein paar Kilometer westlich vom Gefangenenlager entfernt. Bisher waren die Deutschen hier noch nicht eingefallen. Die Fischer hatten sich kampflos ergeben oder sich den Verteidigern Chanias angeschlossen. Der Gestik ihrer Gastgeberin war leicht zu entnehmen, dass die Bewohner von Platanias die Besatzer hassten. Alex und Joe mussten sicher nicht befürchten, von ihnen verraten zu werden.

Gegen Mittag waren die Männer wieder da, versammelten sich und versuchten radebrechend, sich mit ihnen über ihre weiteren Pläne zu verständigen.

»Alexandria?«, fragte einer.

Alex und Joe sahen sich an. An eine Flucht von der Insel hatten sie gar nicht mehr gedacht.

»Wäre das denn möglich?«, fragte Alex.

Die Männer diskutierten und gestikulierten, sie waren sich anscheinend nicht einig.

»Gefährlich«, sagte der Sprachkundige. »Weit. Viel Deutsche. Viel Kontroll.«

Einer der Männer machte eine Geste für Bezahlen. Ganz ohne einen Obolus waren die Fischer nicht bereit, die gefährliche Reise auf sich zu nehmen.

Alex schüttelte den Kopf. »Kein Geld«, erwiderte er so gut es ging auf Griechisch. »Was mit … Berge? Partisanen?«

»Das einfach«, erklärte ihr Übersetzer. »Das heute Nacht.«

Einfach war der Weg in die Berge nicht – und er war auch nicht ungefährlich. Alex und Joe waren sich klar darüber, dass die beiden halbwüchsigen Jungen, die sie schließlich führten, ein großes Risiko eingingen. Sie schienen sich allerdings nicht zu fürchten, sondern das Ganze eher als Abenteuer zu sehen.

Alex und Joe bewegten sich wieder einmal durch die Gebirgslandschaften Kretas und erneut auf beschwerlichen Pfaden. Immerhin verfügten sie über reichlich Proviant, über Decken und über ein klares Ziel. Sie wanderten bei Nacht und schliefen bei Tage. Im Morgengrauen erreichten sie ein Dorf, dessen Bewohner ihre kleinen runden Häuser mit Buschwerk getarnt hatten, sodass sie aus der Luft nicht so schnell zu erkennen waren. Es lag im Schatten eines äußerst schroffen und sicher nicht leicht zu besteigenden Bergmassivs. Alex fragte sich, warum Leute hier siedelten, aber es war natürlich ein idealer Ausgangsort für den Partisanenkampf. Zurzeit waren hauptsächlich Frauen und Kinder anwesend, die Männer suchten nach Fallschirmjägern und Kradfahrern in den Bergen.

Zu Alex' Überraschung sprach eine der Frauen etwas Englisch. Sie hatte vor dem Angriff der Deutschen im Hauptquartier der Briten in Chania gearbeitet, war jedoch gleich, als sich die erste Warnung vor einer Invasion herumgesprochen hatte, in ihr Heimatdorf in die Berge geflohen.

Sie war sehr freundlich, lehnte das Ansinnen der Neuseeländer, sich ihrer Partisanengruppe anzuschließen, allerdings rundweg ab.

»Hier Kreter«, erklärte sie. »Briten in Chora Sfakion. In Felsen.«

»Aber am Strand dort sind keine Soldaten mehr«, wandte Alex ein. »Die Deutschen haben sie alle verhaftet.«

Die junge Frau schüttelte den Kopf. »Nein. Nicht in Felsen … Wie sagt man? In Höhle.«

Strahlend über das erinnerte richtige Wort, zeichnete sie eine Küstenlinie in den Sand und erklärte den Männern ungefähr, wo sie ihre Landsleute zu vermuten hatten.

»Viele?«, fragte Joe.

Die Frau zuckte mit den Schultern. »Fünfzig? Hundert?«, mutmaßte sie. »Holen Verpflegung von Dörfer. Kaufen. Oder wir geben so. Kämpfen wir alle gegen Deutsche. Werden wir alle zusammen siegen!«

Alex wäre eigentlich ganz gern in diesem Dorf geblieben. Es erschien ihm sicher, und die Kreter kannten ihr Land. Sie wussten, wo sie Anschläge machen und wie sie den Eroberern schaden konnten, ohne sich selbst allzu sehr zu gefährden. Bei seinen Landsleuten war er sich da nicht so sicher. Die junge Frau war jedoch fest entschlossen, die britischen Streitkräfte wieder zusammenzuführen.

»Ich euch bringen«, erklärte sie. »Heute Nacht.«

Sophia, wie ihre entschlossene Führerin hieß, berichtete ihnen auf dem nächsten Nachtmarsch, dass die Kreter häufig Frauen einsetzten, um gesuchten Männern über die Berge zu helfen. »Wir aussehen harmlos«, bemerkte sie und ließ die Männer gleichzeitig den Pistolengürtel sehen, den sie unter ihrer weiten Jacke trug. Er war mit Messern und zwei Feuerwaffen bestückt. »Sie nicht glauben, wir schießen.«

Der Weg war erneut mühsam, langsam hatte Alex wirklich genug von Bergwanderungen. Zudem führte er in die gleiche Gegend, in der sich die Briten schon zur Zeit der Evakuierung aufgehalten hatten. Höhlen hatte Alex da keine gesehen. Ihre Führerin wusste jedoch Bescheid. Über Pfade, die Alex und Joe niemals als solche erkannt hätten, brachte sie die Männer zu einem versteckten Höhleneingang.

»Hier Hauptquartier«, erklärte sie und machte Anstalten umzukehren. »Ich nach Hause. Briten mögen nicht Frauen in Lager. Bringt Soldaten durcheinander, sagen sie.«

Alex und Joe verabschiedeten sich herzlich, erhielten noch einen Rucksack voller Käse und Brot und traten dann durch den Eingang, wo sie sofort ein Leutnant in Empfang nahm.

»Lieutenant Rose, Australien, 19. Brigade, zuletzt stationiert in Rethymno«, stellte er sich zackig vor. »Wer sind Sie, und woher kommen Sie?«

»Alexander Rawlings und Joseph Ashley, zweite Neuseelanddivision«, machte Alex ebenso förmlich Meldung. »Sprengmeister, Abteilung Bingham. Letzter Einsatz: Verteidigung von Chania. Geflohen aus dem Kriegsgefangenenlager Galatas. Melden uns zum Dienst, Sir!«

Über das Gesicht des Leutnants flog ein Grinsen. »Bingham? Na, der wird sich freuen, wenn er wieder jemanden zum Rumkommandieren hat. Gehen Sie durch in die Offiziersmesse. Wenn er gerade da ist, können Sie sich gleich melden. Anschließend zeige ich Ihnen den Weg zu den Mannschaftsunterkünften. Wir halten mehrere Höhlen besetzt.«

Alex und Joe blickten einander ungläubig an. Aber dann folgten sie den Anweisungen des Mannes und tasteten sich durch die mit Gaslichtern notdürftig erhellte Höhle. Sie war mittels Vorhängen in verschiedene Räume aufgeteilt, Offiziere hantierten wichtig mit Papieren. Schließlich erreichten sie einen Raum, in dem ein Barkeeper hinter einem improvisierten Tresen stand. Davor saßen zwei Offiziere und tranken Wein. Die Szenerie hätte nicht unwirklicher sein können.

Lieutenant Bingham, einer der beiden Männer, stürzte sich auf Alex und Joe, noch bevor sie Meldung machen konnten.

»Wo sind Sie gewesen?«, brüllte er sie an. »Wo ist diese gesamte verdammte Abteilung gewesen?«

»Ich weiß es nicht«, erwiderte Alex.

»Sie haben nur Abteilungen auf die Schiffe gelassen. Das heißt, Ihretwegen bin ich jetzt hier gestrandet! Diese verdammten undisziplinierten Kiwis!«

»Die ganze Abteilung hat gekämpft, Sir«, verteidigte sich Alex. »Und dann versucht, sich nach Sfakia durchzuschlagen. Sie hätten uns ja sammeln können …«

»Jetzt werden Sie nicht auch noch frech!«, erregte sich Bingham. »Verschwinden Sie lieber, und melden Sie sich bei Stabsoffizier Holder. Gleich links, wenn Sie hier rauskommen. In den nächsten Tagen werden wir die Abteilungen neu ordnen. Und mit gezielten Angriffen gegen die Deutschen vorgehen. Nadelstichtaktik, meine Herren. Kreta ist nicht verloren – wir werden die Stellung halten!«

Alex und Joe blickten einander an und ergaben sich in ihr Schicksal.

Aus Liebe

Neuseeland – New Lynn, Auckland, Wellington
Australien – Charleville

1941 – 1942

»Sie möchten sich bitte sofort bei Ihrem Mann melden«, sagte Justynka, als Nellie nach einem Patientenbesuch auf Wilhelminas Gestüt in Marias ehemaliger Praxis auf Epona Station vorbeischaute. Die junge Polin kam schon recht gut mit der Kleintiersprechstunde zurecht, ihr Englisch wurde täglich besser.

»Meinem geschiedenen Mann«, korrigierte Nellie beiläufig.

Sie fuhr nicht mehr gleich ärgerlich auf, wenn jemand von Phipps als ihrem Mann sprach. Sie waren in der letzten Zeit so oft zusammen unterwegs, dass die Annahme der Leute, sie wären ein Paar, verständlich wurde. Phipps zeigte sein Interesse an ihr auch unverhohlen, obwohl er niemals übergriffig wurde. Er war einfach nur höflich, zuvorkommend und großzügig, charmant und unterhaltsam. Nellie war gern mit ihm zusammen – während sie sich über Walter mehr und mehr ärgerte.

Inzwischen trafen gelegentlich Briefe von ihm ein, meist mit etwas Geld, das man allerdings kaum als ernsthaften Beitrag zur Haushaltsführung werten konnte. Seine Briefe waren nichtssagend. Er schrieb, dass es ihm gut ging, ebenso seiner Schwester und ihrer Familie, aber genauere Schilderungen seines Lebens im Zirkus lieferte er nicht. Nellie hatte den Verdacht, dass sich seine großen Erwartungen bezüglich des Artistenlebens nicht erfüllt hatten. Wahrscheinlich würde er lieber heute als morgen zu ihr zurückkehren, aber das gäbe er niemals zu. Nellie empfand das als Vertrauensbruch, es machte sie wütend – ebenso wie es sie wütend machte, dass er keine Adresse angab, an die sie ihm schreiben konnte. Es musste irgendeine Möglichkeit geben, Zirkusartisten zu erreichen, sicher konnte man Briefe postlagernd schicken, wenn man über einen Tourneeplan verfügte. Phipps jedenfalls war auf seinen Auslandsreisen immer erreichbar gewesen, und auch mit Grit hatte sie stets Kontakt halten können.

»Ihrem geschiedenen Mann, entschuldigen Sie«, verbesserte sich Justynka devot. Sie lebte immer noch ständig in der Angst, etwas falsch zu machen und dafür bestraft zu werden. »Sie möchten bei ihm vorbeikommen«, sprach Justynka weiter. »Oder ihn anrufen. Er hat sehr schnell Englisch gesprochen, ich glaube, ich habe nicht alles mitbekommen.«

Nellie runzelte die Stirn. Gewöhnlich sprach Phipps Französisch mit Justynka. Er beherrschte die Sprache genauso gut wie sie selbst, und für die junge Frau war das viel einfacher.

»Er schien sehr aufgeregt zu sein«, fügte Justynka noch hinzu, wobei sie den Kopf scheu senkte, als stünde ihr die Meinungsäußerung nicht wirklich zu.

Nellie zuckte mit den Schultern. »Tja, da wird er sich wohl bis nach meiner Sprechstunde gedulden müssen«, erwiderte sie. »Ich bin spät dran. Ich musste drei Fohlen behandeln, und das sind ein paar kleine Wildfänge, die Willie da hat! Bis wir die mal eingefangen hatten … Sonst alles in Ordnung?«

Justynka nickte, und da jetzt April kam, um ihr während der Sprechstunde zu assistieren, verabschiedete Nellie sich rasch.

In New Lynn ging sie gleich in die Praxis, zog ihren Kittel über und öffnete die Tür für die Sprechstunde – aber sie hatte kaum den ersten Hund behandelt, als sie Phipps im Wartezimmer sah.

»Phipps, was machst du denn …« Nellie hielt mit ihrer Frage inne, als sie sein kreidebleiches Gesicht sah. »Was ist los?«, erkundigte sie sich – mit schlechtem Gewissen, denn es warteten noch zwei Frauen mit ihren Tieren, die eigentlich zuerst herangenommen werden mussten.

Sie rief ihnen eine kurze Entschuldigung zu und wollte Phipps ins Sprechzimmer bitten, doch er sprach bereits.

»Nellie … du … ich … ich hab auf Epona Station angerufen und bei Lene, aber du …« Er stand auf. Nellie hatte ihn noch nie so außer sich erlebt. »Nellie … Grit …«

Nellie durchfuhr ein eisiger Schauer. Vor ihren Augen zog ein schwarzer Schleier auf, sie hatte das dringende Gefühl, sich setzen zu müssen.

»Ist sie … ist sie tot?«, fragte sie tonlos.

»Sie ist vermisst«, sagte Phipps. »Die Deutschen haben die Insel angegriffen. Und eingenommen. Und … die Briten haben die Leute von der Truppenbetreuung evakuiert. Grit ist nicht darunter. Sie … Keiner weiß, wo sie ist.«

Nellie suchte Halt an einem Türsturz. Sie versuchte, ruhig zu atmen. »Aber sie muss doch … Woher … woher weißt du das überhaupt? Ich war gerade bei den Rawlings, Willie hat nichts gesagt …«

Phipps rieb sich die Stirn. »Willst du … willst du nicht die Leute wegschicken?«, fragte er mit Blick auf die beiden Frauen, die über ihre Katzenkörbe hinweg der auf Niederländisch geführten Unterhaltung lauschten und ganz offensichtlich versuchten herauszufinden, worum es ging.

Nellie nickte. Sie rang nach Worten, fand schließlich eine Entschuldigung. »Ich habe … ich habe gerade erfahren, dass meine Tochter in einem Kriegsgebiet vermisst wird«, erklärte sie leise. »Und ich … ich glaube, ich bin jetzt nicht fähig … Wenn Sie vielleicht morgen …«

Die Frauen zeigten sich betroffen und sehr verständnisvoll. Mit allen möglichen guten Wünschen verabschiedeten sie sich.

Phipps hängte das Schild GESCHLOSSEN außen an die Tür.

Nellie blickte ihn an. »Du hast gesagt, ihr könne nichts geschehen …«, sagte sie schwach.

»Vielleicht ist sie ja inzwischen schon wieder aufgetaucht«, meinte Phipps. »Aber die Organisation für Truppenbetreuung hat unsere Agentur angerufen. Auch um zu fragen, ob wir vielleicht etwas von ihr gehört hätten. Ihre Freundin, diese Sängerin, ist mit einem der letzten Schiffe evakuiert worden. Und sie sagte, Grit sei am Tag des Angriffs in den Bergen gewesen. Ein Ausflug …«

»Mit Alex Rawlings?«, fragte Nellie.

Phipps schüttelte den Kopf. »Nein, die Soldaten hatten Ausgangssperre. Mit diesem griechischen Freund. Dem Musiker. Eine Wanderung …«

»Warum macht sie eine Wanderung mit einem anderen jungen Mann, wenn sie doch in Willies Sohn verliebt ist?«, fragte Nellie. Eigentlich war das völlig gleichgültig, es erschien ihr dennoch seltsam. Vielleicht stimmte es gar nicht …

Phipps zuckte mit den Schultern. »Wahrscheinlich ging es um Musik. Wie ich sie kenne, will sie so viel über die Musik der Insel herausfinden wie nur möglich. Wenn er also zum Beispiel einen Instrumentenbauer besuchen wollte …«

»Sitzen die da in den Bergen? Was können wir denn tun, Phipps? Gibt es … gibt es nichts, was wir tun können?«

Nellie begann zu zittern, und Phipps legte vorsichtig die Arme um sie. Eine tröstliche Geste. Sie ließ es sich gefallen.

»Vorerst nicht, fürchte ich«, sagte er leise. »In den nächsten Tagen werden wir vielleicht mehr erfahren, jetzt geht da noch alles drunter und drüber. Sie legen Gefallenenlisten an – und das Rote Kreuz wird versuchen, die Namen der Leute zu ermitteln, die gefangen genommen wurden …«

Nellie löste sich aus der Umarmung. »Gefangen?«, fragte sie entsetzt. »Um Himmels willen, was werden sie mit einer jungen Frau machen, die ihnen als Gefangene in die Hände fällt? Sie ist doch kein Mitglied der regulären Truppen. Die Genfer Konvention dürfte für sie kaum greifen, sofern sich die Deutschen überhaupt um die Genfer Konvention scheren …«

Phipps schluckte. »Nellie … Nellie, ich … ich bin genauso hilflos wie du.«

Er befürchtete, dass sie erneut Vorwürfe gegen ihn äußern und ihn vielleicht sogar beschimpfen würde, aber sie begann nur still zu weinen.

»Ich ... ich will jetzt hoch in meine Wohnung«, sagte sie schließlich. »Zu meinen Jungs ...«

Phipps schluckte. »Kann ich ... kann ich mitgehen?«

Er schlief in dieser Nacht auf dem Sofa in Nellies Wohnzimmer – sie teilten ihre Ängste und ihre Trauer in den nächsten Tagen der Ungewissheit. Schließlich traf die Nachricht ein, dass Grit De Groot auf keiner der Gefangenenlisten stand. Auch von ihrem Tod hatte niemand etwas gehört.

»Sie ist wie vom Erdboden verschluckt«, erklärte Phipps' Agent. »Aber die Leute von der Truppenbetreuung sagen, dass man von der Gefangennahme einer international bekannten Pianistin etwas gehört hätte ...«

»Also ist sie tot«, flüsterte Nellie.

»Oder sie hält sich irgendwo versteckt«, meinte Phipps. »Vielleicht sollten wir nicht gleich das Schlimmste annehmen ...«

Nellie weinte wieder. »Wenn es nur irgendetwas gäbe, was wir tun könnten«, sagte sie schluchzend. »Das ... das Warten, diese Ungewissheit ... das macht mich wahnsinnig ...«

Wilhelmina Rawlings erhielt erst Tage später Nachricht über ihren Sohn.

»Vermisst auf Kreta?«, fragte sie irritiert. Edward hatte die Depesche entgegengenommen und sie aus den Ställen hereinrufen lassen. Er saß in einem Lehnstuhl, ein Glas Whiskey in seinen zitternden Händen. »Was heißt das?«

»Das heißt, dass niemand weiß, wo er ist. Es gibt keine Gefallenenmeldung, und er befindet sich in keinem deutschen Kriegsgefangenenlager. Unter den Männern, die evakuiert wurden, ist er ebenfalls nicht.« Edward nahm einen Schluck. »Willst du ...?« Er hielt ihr die Flasche hin.

Willie schüttelte den Kopf. »Das heißt, er wird irgendwann ... wiederauftauchen?«, fragte sie.

Edward hob die Schultern. »Das kann sein. Wenn ein Mann zum Beispiel sein Regiment verloren hat, könnte es sein, dass er sich irgendwo anders meldet und das im Eifer des Gefechts nicht sofort weitergegeben wird. Wenn er seine Erkennungsmarke verloren hat und ist dann verwundet worden und kann noch nicht sprechen, wird er auch erst mal nirgends registriert. Er kann sich dann nur später selbst melden, wenn er überlebt ... Aber es ... Ich sage dir gleich, dass das nicht häufig vorkommt. Oft hört man von Männern, die gefallen sind, nie wieder etwas. Im ... im ersten Krieg kam es häufig vor, dass Menschen einfach verschwanden. Sie waren im Schlamm vergraben ... von Geschützen zerfetzt ... Wenn andere es gesehen hatten und melden konnten, wurden sie als gefallen gemeldet. Aber wenn nicht ...« Er trank noch einmal.

»Was können wir denn da tun?«, fragte Willie. »Wenn er noch am Leben ist, müssen wir ihn finden. Und ich will es auch wissen, sollte er tot sein ...«

Sie weinte nicht. Willie war eine Frau der Tat, sie ergab sich nicht so leicht in ein Schicksal. Unruhig wanderte sie im Zimmer umher. Edward dagegen kämpfte gegen die Tränen.

»Wir können überhaupt nichts tun«, sagte er leise. »Wir haben ihn verloren, Willie ... wir ... haben ihn aus dem Haus getrieben ...«

»Wir?«, fuhr seine Frau ihn an. »Du willst sagen, *ich* hätte ihn aus dem Haus getrieben. Nein! Den Schuh ziehe ich mir nicht an, Edward. Das war eher diese kleine Hexe April, in die er ganz vernarrt war. Da muss irgendwas vorgefallen sein ... Sie hat seine Stute übrigens nicht zurückgebracht ... Egal. Wir müssen irgendetwas machen. Jemand muss da hin und nach ihm suchen. Wo liegt noch diese Insel?«

Edward hätte fast gelächelt. »Du willst nach Europa? Kreta liegt im Mittelmeer. Zwischen dem griechischen Festland und Ägypten. Wie stellst du dir das vor? Die Insel ist von den Deutschen besetzt ...«

Willie hob die Schultern und setzte sich. »Dann muss da eben ein Deutscher hin. Lass mich überlegen. Wen kennen wir da?«

Edward rieb sich die Stirn. »Willie ... du machst dir doch keine Hoffnungen, dass Julius von Gerstorf sich für dich in den Krieg stürzt! Oder willst du seinen Stallmeister Hans schicken? Das ist lächerlich ...«

Willie hörte ihm gar nicht zu. Sie dachte intensiv nach. »Was ist mit den Tierärzten? Die kommen doch aus Berlin ...«

Edward schnaubte. »Und du hattest immer ein Faible für Dr. Bernhard. Wo ist der überhaupt? Seit ein paar Monaten kommt nur noch Dr. Nellie, oder? Sind die Lembergers nicht weggezogen?«

Willie blitzte ihn an. »Vielleicht habe ich den ja auch aus dem Haus getrieben«, höhnte sie.

Edward verzog das Gesicht. »Er wird jedenfalls nicht für dich springen. Soll er nicht sogar Jude sein? Er wäre verrückt, wenn er sich in die Höhle des Löwen begäbe.«

»Muss ja kein Mann sein ...«, überlegte Willie. »Dr. Bernhards verhuschte Frau käme allerdings auch nicht infrage ... Was ist mit Dr. Nellie? Die erscheint mir ganz brauchbar. Und ihr Mann, dieser Reitlehrer ... Alex hielt ja große Stücke auf ihn, und auf der Rennbahn hat er sich durchaus nützlich gemacht. War nur ein bisschen vom Pech verfolgt ... Genau! Der war bei der Armee. Im Ersten Weltkrieg. Er hat Alex davon erzählt. War er nicht sogar Offizier? Arbeitet er noch auf der Rennbahn? Dr. Nellie taucht ja neuerdings immer mit diesem Geiger auf ... Wenn die sich womöglich getrennt haben ...«

»Auf der Rennbahn ist er nicht mehr«, sagte Edward. »Er kam da ja auf keinen grünen Zweig. Keine Ahnung, was er jetzt macht. Dr. Nellie hat mir nur erzählt, er arbeite zurzeit in Australien. Aber er war, wenn ich mich richtig erinnere, tatsächlich Offizier. Allerdings aufseiten der Deutschen.«

»Umso besser«, meinte Willie. »Dann weiß er, wie er die zu nehmen hat. Ich werde mich nach ihm umhören. Dr. Nellie hat eine Kleintierpraxis in New Lynn, nicht? Ich fahre da morgen mal hin.«

Nellie hatte die Praxis wieder geöffnet, aber sie ging ihrer Arbeit wie in Trance nach. Phipps, der sie nicht allein lassen wollte, assistierte ihr. Sie fand, dass er in den letzten Jahrzehnten gar nicht so viel vergessen hatte.

»Einmal Tierarzt, immer Tierarzt«, meinte er. »Und vergiss nicht, ich musste als Junge schon meinem Vater assistieren.«

»Und jetzt mir ...«, murmelte Nellie. »Das Leben ist verrückt ...«

Beide waren nicht wenig erstaunt, als Wilhelmina Rawlings an einem Morgen, zwei Wochen nachdem sie Nachricht über Grits Verschwinden erhalten hatten, in ihrem Wartezimmer saß. Es war zum Glück nichts los. Nellie rang sich ein Lächeln ab.

»Was kann ich für Sie tun, Willie? Brauchen Sie noch mehr von dieser Augensalbe?«

Willie schüttelte den Kopf. »Nein«, sagte sie, und blickte irritiert auf das schwarze Kleid, das Nellie unter ihrem Kittel trug.

»Es ... geht um meinen Sohn.«

Nellie blickte sie verwundert an. Und wurde erneut von einem Eishauch erfasst. »War er ... war er doch mit Grietje zusammen?«, fragte sie mühsam. »Sind sie ...?«

»Mit wem?«, fragte Willie. Von Alex' und Grits Beziehung hatte sie offenbar noch nichts gehört. »Das ist nicht verwunderlich«, sagte sie seufzend, als Nellie und Phipps ihr von der jungen Liebe berichtet hatten. »Ich gehöre nicht gerade zu seinen engsten Vertrauten ... Aber egal, was er von mir hält. Er ist mein Sohn. Und ich werde alles tun, um ihn zu finden.«

Phipps und Nellie lauschten gespannt ihren diesbezüglichen Vorstellungen, Nellie mit zunehmender Hoffnung.

»Das ... das wäre ... das wäre ein Wunder ...«, sagte sie leise, als Willie geendet hatte.

Willie hielt sich mit Wunderglauben nicht auf. »Meinen Sie denn, Ihr Mann würde es versuchen?«, fragte sie. »Ich würde ihn gut bezahlen. Und vielleicht macht er es zudem aus persönlichen Gründen. Es geht ja um seine Stieftochter.«

»Ich denke, er würde es für Grietje tun«, erwiderte Nellie. »Und er ... er sollte es für mich tun ... Wenn er ... mich noch liebt ...«

Die letzten Worte sprach sie ganz leise.

Phipps runzelte die Stirn. »Eine lebensgefährliche Unternehmung als Liebesbeweis?«, fragte er spöttisch. »Was soll das sein, eine romantische Oper? Ihr könnt das nicht ernstlich von Walter verlangen. Und zudem wäre es völlig aussichtslos. Wo sollte er denn anfangen zu suchen? Von Nord nach Süd jeden Stein umdrehen? Ich verstehe ja, dass du dich an jede Hoffnung klammerst, Nellie, und Sie, Mrs. ...«

»Rawlings«, vervollständigte Willie mechanisch. »Und Steine umdrehen müsste er nicht, wir suchen ja kein Insekt. Es geht lediglich darum, sich auf einem begrenzten Gebiet nach zwei vermissten Personen umzuschauen. Für mich klingt das machbar. Mein Deutsch ist nur zu schlecht, um dort nicht aufzufallen. Von meinem Griechisch gar nicht zu sprechen.«

»Und was soll passieren, wenn Walter sie wirklich findet?«, fragte Phipps. »Falls er da überhaupt ankommt. Wie stellt ihr euch das vor? Soll er paddeln? Und sie dann im Alleingang aus den Klauen der Deutschen retten? Wenn sie gefangen genommen wurden, hat man sie vielleicht längst von Kreta weggeschafft.«

»Wir waren uns doch einig, dass wir von Grietjes Gefangennahme gehört hätten«, bemerkte Nellie.

»Alex steht nicht auf den Listen der Kriegsgefangenen«, fügte Willie hinzu. »Und was das Hinkommen anbelangt: per Schiff oder per Flugzeug, da fällt mir schon was ein. Wie man sie rettet, wenn er sie gefunden hat, muss sich dann ergeben. Ihr Mann ist ja hoffentlich nicht ganz dumm.« Mit den letzten Worten wandte sie sich an Nellie.

Nellie zuckte mit den Schultern. »Er hat schon einen Krieg überlebt«, sagte sie. »Und eigentlich ist er klug. Aber ich weiß gar nicht, wo er sich zurzeit aufhält. Er tourt mit einem Zirkus durch Australien.«

Willie winkte ab. »Den finden wir schon«, bemerkte sie.

Bernhard hörte ärgerliche Stimmen aus dem Wohnwagen eines der Zirkusdirektoren – Gerome und Gilbert Homer residierten im Zentrum der Wagenburg, die allnächtlich von den Artisten und ihren Helfern aufgebaut wurde. Ihre aufwendigen bunten Wagen waren ein Blickfang – und äußerst komfortabel verglichen mit der winzigen Behausung, die man der Zirkustierärztin gestellt hatte. Bernhard hatte umgehend einen größeren Wagen angeschafft, der Maria wenigstens etwas mehr Raum gab, doch inzwischen bereute er das. Die Zukunft seiner Familie bei der Show der Homer Brothers erschien ihm längst als fraglich.

An diesem Tag zum Beispiel hätte er die Truppe am liebsten sofort verlassen. Er war wütend, verletzt und gedemütigt. Der sonst so geduldige Tierarzt stand vor dem Platzen – mochte Maria aber andererseits nicht wieder mit seinen Klagen behelligen. Sie war am Tag zuvor ohnehin ziemlich aufgebracht gewesen, nachdem sie wieder einmal Brandwunden an den Pfoten des Bären hatte behandeln müssen. Sein Dompteur hatte ihm das »Tanzen« mittels einer glutheißen Platte beigebracht, und mitunter musste er diese »Dressur« wiederholen, damit das Tier nicht »träge« wurde. Maria litt unter diesen brutalen Behandlungen ihrer Schutzbefohlenen – und Bernhard und den Zwillingen gingen sie genauso an die Nieren. Aber irgendjemandem musste er jetzt sein Leid klagen, und als er die Stimme eines der streitenden Männer als Walters erkannte, blieb er stehen und wartete auf seinen Schwager.

Worum es bei der Auseinandersetzung ging, konnte er sich gut vorstellen. Die Nummer mit dem Hengst Wild Bill klappte nicht mehr so recht. Das Pferd begann, sich zu verweigern. Es hatte in den letzten Tagen auch Walter mehrmals abgebuckelt, nachdem es sich vorher etwas noch viel Schlimmeres geleistet hatte: Einer der Reiter aus dem Publikum war nicht abgeworfen worden. Der junge Mann war sehr ruhig und freundlich mit dem Tier umgegangen und hatte einen leichten, flexiblen Sitz gehabt. Dies in Kombination mit der rückenentspannenden Arbeit, die Walter nach wie vor mit Wild Bill durchführte, hatte das Pferd über den schlecht sitzenden Sattel hinwegsehen lassen. Wild Bill war brav mit seinem neuen Reiter durch die Manege getappt – und natürlich hatte der anschließend sein Geld gefordert.

Die Homers hatten gezahlt – wollten die hundert Pfund dann aber von Walter zurück. Zudem untersagten sie ihm weitere Bemühungen, das Pferd zu lockern, sie waren sogar so weit gegangen, mit einem Stein unter dem Sattel zu drohen, sollte sich so etwas noch einmal wiederholen. Walter hatte das rundheraus abgelehnt, vermutete jedoch irgendwelche Manipulationen, nachdem Wild Bill sich nun auch seiner selbst allabendlich schwungvoll entledigte. Bei der Diskussion im Direktorenwagen ging es jetzt anscheinend um sein Gehalt. Die Homers erklärten, er werde fürs Reiten bezahlt, nicht fürs Runterfallen …

»Das können Sie nicht mit mir machen!«, rief Walter den Brüdern noch zu, als er die Wohnwagentreppe herunterkam, zweifellos ebenso geladen wie Bernhard.

Nichtsdestotrotz lächelte der seinem Schwager zu, als er ihn vor dem Wagen warten sah. »Gehen wir auf ein Bier?«, fragte Bernhard. »Du siehst aus, als könntest du's brauchen.«

»Und du riechst, als kämst du aus einem Schweinestall«, gab Walter zurück. »Hattest du Auswärtskunden?«

Bernhard hatte sein Vorhaben wahrgemacht und verteilte bei jedem etwas längeren Verweilen des Zirkus an einem Standplatz Flugblätter, mittels derer er tierärztliche Dienste anbot. Um niemanden zu vergrämen, pflegte er sich vorher zu erkundigen, ob es einen Landtierarzt oder Kleintierexperten im Umkreis gab, aber in Charleville, einer Kleinstadt in Queensland, in der sie gerade gastierten, gab es keine tierärztliche Versorgung. Dementsprechend viele Landwirte hatten sich im Zirkus gemeldet.

Bernhard verzog das Gesicht. »Das kann man so sagen«, erklärte er. »Ich hab die halbe Nacht in einem Schweinestall zugebracht. Zwölf prächtige Ferkel, lediglich eins verloren, das lag schon länger quer, als ich dazukam, und war längst tot.«

»Aber?«, fragte Walter, der an seinem Ausdruck erkannte, dass zumindest bei ihm die Freude über die erfolgreiche Arbeit kurz gewesen war.

Sie hatten sich inzwischen auf den Weg gemacht, den Zirkusplatz zu verlassen. Ein paar Straßen weiter gab es einen Pub.

»Der Kerl hat nicht bezahlt«, ärgerte sich Bernhard. »Jedenfalls hat er keine Rechnungstellung abgewartet. Hat mir nur großzügig eine Fünfpfundnote in die Hand gedrückt und für die Hilfestellung gedankt. ›Ihr Zigeuner habt's voll drauf!‹, hat er zu mir gesagt. ›Bisschen Zauberpulver, und das Ferkel flutscht …‹

Die Männer erreichten den Pub, den sie jetzt, am Vormittag, noch fast für sich allein hatten, und bestellten Bier.

»Zauberpulver?«, fragte Walter belustigt.

»Als ich ihm daraufhin vorhielt, ich sei kein Zigeuner, sondern Veterinärmediziner, und was ich seiner Sau gegeben hätte, wär keine Magie, sondern ein wehenförderndes Mittel, das allein schon mehr kostete als seine fünf Pfund, wurde er ausfällig. Wir Zirkusleute wären doch alle Gauner, und überhaupt, ein Ferkel wär ja auch gestorben, was einem echten Tierarzt nie passiert wär. Am Ende drohte er, seinen Hund auf mich zu hetzen …« Bernhard blickte trübsinnig in sein Bier und nahm schließlich einen langen Schluck. »Und der Kerl ist kein Einzelfall, allein in der letzten Woche ist mir so was dreimal passiert. Verdammt, bin ich wirklich aus Deutschland weg, um mich nicht mehr als Jude, dafür als Zigeuner beschimpfen zu lassen?«

Walter trank ihm mitfühlend zu und begann nun seinerseits mit der Schilderung seiner Probleme. »Ich hab den Homers eben auf den Kopf zugesagt, dass sie ein Stück Wongan Cactus unter den Sattel Wild Bills haben legen lassen. Das Zeug klebte noch an der Decke, als ich ihn gestern abgesattelt hab. Wenn die Dinger ihn pieken, sobald Gewicht auf den Sattel kommt, bockt er natürlich wie verrückt. Und wenn er erst mal so wütend und verspannt ist, macht er es bei mir eben auch. Das kann ich so nicht akzeptieren. Abgesehen von dem Betrug und der Tierquälerei ist es ja obendrein gefährlich. Ich will mir hier doch nicht den Hals brechen.«

»Was war denn mit der Dressurreiterei?«, fragte Bernhard. »Wolltest du das mit dem zu zähmenden Hengst nicht nur vorübergehend machen?«

Walter schnaubte. »Die schöne Natasha scheint da etwas missverstanden zu haben ...« Die sonstigen Pferdenummern standen unter der Ägide von Gilbert Homer und seiner Freundin Natasha, einem schwarzhaarigen Vollblutweib, das dafür bekannt war, nicht nur vierbeinige »Hengste« zu schätzen. »All der Honig, den sie mir anfänglich um den Bart geschmiert hat, diente vorrangig als Gleitmittel, wenn du verstehst, was ich meine.«

Bernhard lachte. »Erinnert mich an eine gewisse Wilhelmina«, bemerkte er.

»Die liebe Willie war sanft und zurückhaltend im Vergleich mit unserer Natasha.« Walter seufzte. »Jedenfalls war sie nicht begeistert darüber, dass ich gern darauf verzichtet hab, mich im Stallzelt verführen zu lassen. Und das war schon mal das Aus für meine Artistenkarriere. Ganz abgesehen davon, dass Nellie völlig recht hatte. Das, was die hier unter Dressur verstehen, hat mit reeller Pferdeausbildung nach klassischen Vorbildern nicht das Geringste zu tun. Die Hengste werden gefesselt und geknebelt, bis sie steigen und auf der Stelle trippeln – was dann als Levade und Piaffe verkauft wird.«

Bernhard nickte. »Die Tierdressuren sind grauenhaft«, stimmte er zu. »Die Dadas regen sich hauptsächlich über die Tiger auf – dieses Tigerbaby Sally hatten sie ja beide in ihr Herz geschlossen. David hat sich jetzt ein Buch von einem Carl Hagenbeck besorgt, er ist Tierhändler und Zirkusdompteur aus Hamburg. Der dressiert angeblich ohne Gewalt. David probt nun mit einem Wurf Kätzchen …«

»Aber sonst sind die Kinder doch ganz glücklich hier, oder?«, fragte Walter.

Bernhard rieb sich die Stirn. »Daphne hat ihren Spaß. Hast du gesehen, wie sie voltigiert? Beim Herumturnen auf dem Pony stellt sie die Zirkuskinder bald in den Schatten. Und Seiltanzen übt sie auch schon. Sie ist ein Naturtalent. Intellektuell ist sie hier natürlich nicht ausreichend gefordert, und das gilt für David noch mehr … Sie vermissen beide die Schule.«

»Was ist denn mit der Idee einer Zirkusschule? Wollte Maria die Kinder nicht unterrichten?« Walter hatte diesem Plan von Anfang an skeptisch gegenübergestanden, und Bernhards Gesichtsausdruck bestätigte seine Ahnungen.

»Maria ist damit überfordert, sich mehr als einem Menschen gleichzeitig zu widmen«, sprach Bernhard aus, was Walter längst wusste. »Gut, die Dadas zählen da nicht, die verschmelzen ja auf magische Weise miteinander, wenn sie zusammen sind. Aber die anderen Kinder …«

Die Kinder der Artisten wurden praktisch nicht erzogen. Ihre Eltern erwarteten von ihnen lediglich, dass sie eines Tages in ihre Fußstapfen traten und die Familientradition als Trapezkünstler, Raubtierdompteur oder Jongleur und Messerwerfer fortführten. Die nötigen Fertigkeiten übten sie von Kindheit an, aber darüber hinaus erhielten sie keinerlei systematische Ausbildung. Einige von ihnen lernten Lesen und Schreiben, indem sie Erwachsene, die über diese Fertigkeiten verfügten, um Anleitung baten. Die gaben dem meist nach, aber regelmäßigen Unterricht erteilten sie nicht – es hing also sehr von den Kindern selbst ab, ob sie sich in den Kulturtechniken übten oder nicht. Die Mehrzahl erwarb sich höchstens rudimentäre Rechenkenntnisse. Geld war schließlich wichtig, ihre Honorare wollten sie überprüfen können.

Maria unterrichtete also lediglich die Zwillinge, und da sie keinen Lehrplan hatte, vermittelte sie weitgehend das, was die Kinder interessierte. Das konnten sich David und Daphne allerdings auch schon selbst aneignen – die beiden hatten schnell heraus, wie sie sich in jeder neuen Stadt einen Bibliotheksausweis erschleichen konnten. Manchmal gaben sie die Bücher zurück, manchmal nicht. Maria und Bernhard sorgten sich deshalb zudem um ihre moralische Entwicklung.

»Daphne quasselt mittlerweile übrigens in drei oder vier Sprachen. Die Zirkuskinder, mit denen sie spielt, kommen ja aus aller Herren Länder. Und David hat sowieso Marias unheimliche Begabung geerbt, sich alles merken zu können, was er mal gelesen oder gehört hat. Aber auf die Dauer …«

»Auf die Dauer wollt ihr sie doch bestimmt aufs College schicken, oder?«, meinte Walter.

Bernhard nickte. »Wenn wir es uns leisten können … So viel verdient Maria hier nicht. Und ich … wie gesagt … Wenn nur dieser vermaledeite Krieg einmal zu Ende wäre! Wir würden sofort nach Epona Station zurückkehren.«

Walter seufzte. Er hätte zurückgehen können. Nur dann wäre er ein weiteres Mal gescheitert …

Als sie eben ein zweites Bier bestellten, betrat ein Herr die Wirtschaft, der für diese Gaststätte und die Gegend – der Zirkus gastierte am Stadtrand, wo hauptsächlich Arbeiter lebten – zu gediegen gekleidet war. Er trug einen dezenten dunkelblauen Anzug, einen Hut mit Band und zweifarbige Schuhe.

Nachdem er sich kurz im Lokal umgesehen hatte, wandte er sich Bernhard und Walter an der Theke zu.

»Entschuldigen Sie, ist einer von Ihnen Walter von Prednitz?«, erkundigte er sich mit britischem Akzent. »Man sagte mir auf dem Schauplatz, ich könne Sie hier möglicherweise finden.«

Walter wunderte das nicht, der Pub war bei den Zirkusleuten bekannt, mehrere Artisten hatten ihn und Bernhard in diese Richtung gehen sehen. Er gab sich auch gleich zu erkennen, woraufhin der Mann ihm förmlich die Hand reichte.

»William Ruster, von der Detektei Ruster and Phenix. Ich wurde von einer Mrs. Wilhelmina Rawlings beauftragt, Sie zu finden ...«

Walter runzelte die Stirn. »Sind Sie sicher, dass die nicht eher hinter meinem Schwager Bernhard Lemberger her ist?«, fragte er grinsend und wies auf Bernhard. Der verzog das Gesicht.

»Natürlich bin ich mir sicher«, erklärte Ruster humorlos. »Es geht um Sie, Mr. von Prednitz. Könnten wir irgendwo unter vier Augen sprechen?«

»Sie können offen reden, ich habe vor meinem Schwager keine Geheimnisse.« Walter hatte nicht das Herz, den gespannt lauschenden Bernhard auszuschließen. Dies hier musste etwas sehr Spezielles sein – oder ... Er erschrak. Aber wenn Nellie oder den Kindern etwas zugestoßen wäre, hätten ihn eher die von Gerstorfs kontaktiert. »Ist irgendwas ... mit meiner Frau?«, fragte er dennoch.

Mr. Ruster warf einen Blick in eine Akte. »Cornelia von Prednitz?«, fragte er zurück. Walter bejahte. »Nun, Ihre Frau unterstützt das Anliegen, das ich im Auftrag von Mrs. Rawlings vorbringen soll, in jeder Beziehung«, sagte Ruster, »während ...«, er schaute nochmals in die Akte. »Mr. De Groot, der zurzeit an der Seite Ihrer Gattin weilt, wie Mrs. Rawlings mich bat zu erwähnen, der Unternehmung eher skeptisch gegenübersteht.«

Walter runzelte die Stirn. »Moment mal. Mrs. Rawlings möchte mir mitteilen, dass sich der Ex-Mann meiner Gattin möglicherweise etwas zu sehr um Nellie bemüht?«

Ruster blickte indigniert. »Natürlich nicht. Das stünde weder ihr noch mir zu«, erklärte er beleidigt. »Es geht hier wohl eher darum, dass Mr. De Groot Ihrer Gattin Stütze in einer sehr schweren Zeit bietet. Ich werde Ihnen gern alles genauer erklären. Können wir uns setzen?«

Die Männer nahmen an einem der Tische Platz, den Mr. Ruster mit einem weißen Tuch, das er aus seiner Hosentasche zog, sorglich sauber wischte, bevor er seine Akte darauf deponierte. Walter und Bernhard hatten ihre Biergläser mitgenommen, Ruster bestellte Tee. Dann erläuterte er umständlich die Geschehnisse auf Kreta und Willies und Nellies Anliegen. Walter und Bernhard lauschten angespannt.

»Wären Sie grundsätzlich bereit, eine solche geheime Mission im Auftrag von Mrs. Rawlings und selbstverständlich ebenfalls im Sinne Ihrer Gattin zu übernehmen?«, fragte der Detektiv. »In dem Fall würde ich Sie bitten, möglichst umgehend nach Neuseeland zurückzukehren, und natürlich bin ich befugt, Ihnen die nötigen Mittel dazu zur Verfügung zu stellen. Sie könnten von Brisbane aus fliegen – den Damen ist es gelungen, eine Mitfluggelegenheit in einer Militärmaschine für Sie zu organisieren. In Wellington würden Sie dann über Einzelheiten informiert.«

Walter dachte kurz nach. Er wusste nicht, ob er sich zu geheimdienstlicher Tätigkeit eignete, aber er wusste, dass er Nellie liebte. Er wollte zu ihr zurückkehren, sie vielleicht zurückerobern, wenn er Willies Andeutung bezüglich Philipp richtig verstanden hatte. Und diese Mission ermöglichte es ihm, sein Zirkusabenteuer ohne Gesichtsverlust zu beenden.

»Ich mache es«, sagte er schließlich. »Ich weiß zwar nicht, wie das praktisch funktionieren soll, ich will es trotzdem versuchen. Wann und wie komme ich nach Brisbane?«

Erstaunlicherweise war es Phipps, der den entscheidenden Hinweis dazu gab, wie sich Walters Reise nach Kreta organisieren ließ.

Nellie hielt nicht viel von Willies Idee, Walter irgendwie auf die Insel zu schaffen. »Irgendwie« gelangte man nicht in ein Kriegsgebiet, und noch weniger schaffte man es, dort planlos und ohne gute Geschichte zu überleben.

»Wir brauchen die Hilfe der Armee«, meinte Nellie.

Phipps verzog das Gesicht zu einem nachsichtigen Lächeln. »Die hat schon kapituliert«, bemerkte er. »Auf Kreta operiert höchstens noch der Geheimdienst.«

Nellie dachte nach. »Du meinst, Walter müsste sich als Geheimagent verdingen? Das ... klingt irgendwie nach schlechtem Roman ... Mata Hari ... hat man die nicht erschossen?«

»Liebe Nellie, Geheimagenten werden traditionell erschossen, wenn man sie erwischt«, erklärte Phipps in herablassendem Tonfall. »Aber man nennt sie nicht so. Man nennt sie eher Special Forces oder Special Agents, und die zuständige Organisation in Großbritannien ist die SOE. Das steht für Special Operation Executive.«

»Woher weißt du das?«, fragte Nellie, ohne sich darum zu kümmern, dass er sie offensichtlich nicht ernst nahm.

Phipps hob die Hände. »Ich erzählte dir doch schon bei meiner Ankunft, dass ich Grit nur mühsam daran hindern konnte, sich der SOE als Agentin zur Verfügung zu stellen. Es gibt da eine Vera Atkins, die sich hauptsächlich um Rekrutierung und Führung weiblicher Agenten kümmert. Grit war Feuer und Flamme. Im Verhältnis dazu fand ich das Vorhaben der Truppenbetreuung noch harmlos. Es tut mir so leid. Ich hätte sie vielleicht fesseln und knebeln sollen, um sie in Amerika festzuhalten.«

»Es hätte wahrscheinlich schon gereicht, ihren Pass zu verstecken«, bemerkte Nellie. »Bis sie einen neuen beantragt hätte, wäre sie vielleicht zur Vernunft gekommen. Aber das ist jetzt Schnee von gestern. Ich werde gleich Willie anrufen, und dann schauen wir mal, ob es ein Rekrutierungsbüro der SOE in Neuseeland gibt.«

Sie ließ Phipps verärgert auf sich selbst zurück, um zunächst mit Willie zu telefonieren, und fand dann umgehend heraus, dass sie gleich in Auckland mit einem Beauftragten der SOE sprechen konnte.

»Miss Potter wird sich sehr gern mit Ihnen unterhalten«, erklärte ein Lieutenant Wilks, der ihren Anruf annahm. »Sie muss dazu allerdings aus Wellington anreisen. Wie wäre es übermorgen Nachmittag?«

Nellie kleidete sich betont seriös. Das dunkle Kostüm mit engem Rock und gut sitzender Jacke betonte ihre schlanke Figur und ihr rotblondes Haar. Sie trug es jetzt wieder etwas länger, seitlich hochgebürstet und mit Kämmchen festgesteckt. Darauf thronte ein schlichter kleiner Hut.

Nervös lief sie vor einem Büro der SOE hin und her, bis Miss Potter sie hereinrief. Auf den Gängen herrschte Geschäftigkeit – uniformierte junge Männer mit Aktenmappen in den Händen liefen hin und her. Nellie hätte sich jetzt fast doch gewünscht, dass Willie sie begleitet hätte, obwohl sie das vorher abgelehnt hatte. Willie war zu forsch, zu fordernd. Sie selbst dagegen setzte auf Diplomatie, um die SOE von ihrem Anliegen zu überzeugen.

Miss Potter erwies sich als erstaunlich jung. Nellie schätzte sie auf höchstens Ende zwanzig, doch sie wirkte sehr kompetent und war sehr herzlich. Sie trug Uniform, ein khakifarbenes Kostüm, das sehr gut saß und ihr hervorragend stand. Ihr braunes Haar hatte sie mittels einer Innenrolle gebändigt, ihre wachen blauen Augen blickten Nellie durch eine Brille an.

»Sie wollen sich also für Geheimdienstoperationen zur Verfügung stellen, Mrs. von Prednitz?«, fragte sie. Sie brauchte den Namen nicht abzulesen, sondern schien sich bereits mit Nellies Antrag beschäftigt zu haben. »Ich muss Ihnen nicht sagen, wie dankbar unser Land – um nicht zu sagen, die gesamte freie Welt – einem jedem ist, der eine so schwere Aufgabe auf sich nimmt. Ich muss Sie aber auch darauf hinweisen, welche enormen persönlichen Risiken Sie damit auf sich nehmen. Würden Sie mir die Gründe für Ihre Bewerbung erläutern?«

Nellie schüttelte den Kopf. »Ich fürchte, hier liegt ein Missverständnis vor«, bemerkte sie. »Ich möchte mich nicht selbst zur Verfügung stellen, sondern bin hier, um über meinen Mann zu sprechen. Er ist, im Gegensatz zu mir, gebürtiger Deutscher, könnte sich also überall einschleichen, ohne Misstrauen zu erregen. Und die Gründe für diese Bewerbung – sofern es eine ist, bisher ist ja alles nur ein grober Plan – sind persönliche.«

Miss Potter hörte aufmerksam zu, während Nellie erzählte.

»Kreta ...«, sagte sie schließlich und dachte nach. »Hm ... Ich weiß, dass geplant ist, Agenten nach Kreta einzuschleusen. Hauptsächlich geht es um Führungsoffiziere für die Partisanen – auf Kreta formiert sich ein massiver Widerstand. Die Einheimischen sollen kämpferisch und entschlossen sein – und etliche Briten und Neuseeländer haben sich nach dem Überfall der Deutschen in die Berge geflüchtet. Sie sind bisher wenig aktiv, wahrscheinlich brauchen sie Anleitung.«

»Sind es viele?«, fragte Nellie hoffnungsvoll.

Miss Potter nickte. »Einige Hundert, schätzen wir. Teilweise sammeln sie sich im Hauptquartier an der Südküste der Insel, teilweise bilden sie kleinere Zellen. Sie könnten Sabotageanschläge durchführen, aber wir würden das gern koordinieren.« Sie spielte mit einem Füller, mit dem sie sich eben Notizen gemacht hatte, und sprach zögernd weiter. »Sehen Sie ... die Verteidigung der Insel, sie war aus unserer Sicht nicht überzeugend organisiert. Natürlich wurde todesmutig gekämpft, man muss da vor allem die Verteidigung des Flugfelds in Chania durch die neuseeländischen Truppen hervorheben. Aber die Führungspersönlichkeiten waren oft etwas ... hm ... unentschlossen. Und jetzt scheinen sie es sich in einer Höhle bei Chora Sfakion gemütlich zu machen und eine Art Verwaltung aufzubauen. Während die Kreter die Deutschen aus den Bergen heraushalten – und dafür mit brutalen Zerstörungsaktionen abgestraft werden. Jedenfalls möchten wir hier Verbindungen schaffen und die Partisanenangriffe koordinieren. Dazu werden die Agenten in irgendeiner verlassenen Bucht abgesetzt, von Einheimischen in Empfang genommen und direkt um die deutschen Stellungen herum in die Berge geschleust. Unsere Agenten brauchen dazu gar kein Deutsch zu können, besser wäre es, sie sprächen Griechisch ... Aber diese Praxis ließe sich ja ändern. Ein perfekt deutschsprachiger Agent, der zum Beispiel als Inspekteur der dort stationierten deutschen und italienischen Truppen aufträte, könnte bei der Planung größerer Aktionen durchaus hilfreich sein. Ich werde das ans Hauptquartier der SOE weitergeben und eine Empfehlung aussprechen. Wir müssten Ihren Mann natürlich verhören, bevor wir ihn einsetzen – was unangenehm sein kann. Es werden durchaus intime Fragen gestellt. Wir müssen uns einfach sicher sein, dass wir ihm trauen können. Und dann durchlaufen unsere Agenten selbstverständlich eine Ausbildung in Großbritannien ...« Miss Potter kramte nach einem Formular.

»Könnte man sich die nicht sparen?«, fragte Nellie. Sie sah die Hoffnung schwinden, sich schnell auf die Suche nach ihrer Tochter machen zu können. »Mein Mann war im Krieg, wie gesagt, er kennt sich aus mit dem System. Mit Waffen ... Einheiten ... Er war Meldereiter und wurde auch mit Geheimnissen betraut. Und er war Funker ...«

»Letzteres vereinfacht die Sache wirklich«, erwiderte Miss Potter erfreut. »Ansonsten: Der Erste Weltkrieg ist über zwanzig Jahre her. Was meinen Sie, was sich da inzwischen in Bezug auf Waffen- und Kommunikationstechnik getan hat! Ihr Mann wird das sicher nicht verfolgt haben. Und was das Heer angeht … Er kannte sich mit dem Heer des Kaisers aus, den Diensträngen und der Mentalität der Monarchisten. Jetzt gibt es die Wehrmacht, die Armee Adolf Hitlers. Da haben wir es nicht nur mit mehr oder weniger patriotischen Offizieren zu tun, sondern außerdem mit SA und SS. Ihr Mann wird vorgeben müssen, ein glühender Anhänger des Führers zu sein – denn wenn nicht, hätte er es nie zum Truppeninspekteur gebracht. Von Armeebeamten erwartet man Linientreue. Waren Sie nach Hitlers Machtübernahme schon mal wieder in Deutschland?«

Nellie schüttelte den Kopf. »Nein«, gab sie zu. »Ich bin trotzdem davon überzeugt, dass Walter den Aufgaben gewachsen wäre. Sie müssen ihn kennenlernen …«

Sie versuchte, Sicherheit in ihre Stimme zu legen, und konnte nur hoffen, dass ihr Mann sich auf all das einlassen würde. An die gewaltigen Ansprüche in Bezug auf Schauspiel- und Improvisationsfähigkeit, die mit der Suche nach Grit und Alex verbunden sein würden, hatte sie bislang nicht gedacht.

Miss Potter reichte ihr die Hand. »Das würde ich sehr gern, Mrs. von Prednitz. Und ich würde mich sehr freuen, wenn sich Ihre und unsere Interessen zum Wohle der gesamten freien Welt miteinander verbinden ließen. Lassen Sie mich wissen, wenn ich noch etwas für Sie tun kann.«

Nellie überlegte kurz, Walters augenblicklichen Aufenthalt in Australien nicht anzusprechen, entschloss sich dann jedoch für die Wahrheit.

»Das könnten Sie vielleicht tatsächlich …«, sagte sie zögernd. »Mein Mann ist … er ist zurzeit in Australien, aber wenn er von meiner Tochter hört, wird er zweifellos sofort zurückkehren wollen. Er müsste sich zurzeit in der Region von Brisbane aufhalten. Bestünde die Möglichkeit, dass ihn das Militär nach Hause bringt?«

Eine Woche später hatte die Detektei, die Willie beauftragt hatte, Walter gefunden, wenige Tage darauf ergab sich ein Flug nach Wellington. Er sollte sich gleich da beim Verteidigungsministerium melden, in dem die SOE ein Büro unterhielt.

Willie buchte kurzerhand Zugfahrkarten für Nellie und für sich. »Ich will auf jeden Fall mit Ihrem Mann reden, bevor er sich bei der Army vorstellt«, sagte sie. »Nicht dass sie ihn gleich dabehalten, bevor wir die Sache mit ihm besprechen können.«

»Und Phipps?«, fragte Nellie. »Er wird dabei sein wollen ... Grietje ist auch seine Tochter ...«

»Dann sollte er vielleicht selbst nach Kreta gehen«, erwiderte Willie scharf. »Also nichts gegen Ihren Geiger, Dr. Nellie, aber er ist ein Weichling. Genau wie mein Edward. Der schreit immer noch Zeter und Mordio, weil ich bereit bin, das Leben eines Unbeteiligten zu gefährden, statt abzuwarten, ob vielleicht ein Wunder geschieht. Walter von Prednitz schätze ich nicht so ein. Ich hab ihn reiten sehen. Und das zumindest kann er. Dem tanzen die Pferde nicht auf der Nase herum ...«

Die Kinder schon, dachte Nellie. Sie selbst trug ihm immer noch nach, dass er sich seiner Verantwortung für die Erziehung seiner Söhne einfach so entzogen hatte. Aber vielleicht wertete Willie das ja sogar als Zeichen seiner Männlichkeit ...

Die Frauen trafen einen Tag vor Walter in Wellington ein und beschäftigten sich damit, ziellos durch die Einkaufsstraßen der Hauptstadt zu laufen. Schließlich gingen sie zum Hafen und blickten mit einem Gefühl des Schauderns nach Somes Island hinüber.

»Nicht auszudenken, dass Mia von Gerstorf den ganzen Weg von der Insel zur Stadt geschwommen ist«, meinte Nellie. »Ganz allein und bei Nacht ...«

Willie zuckte mit den Schultern. »Tja, unsere Miss Mia ist nicht so leicht unterzukriegen«, bemerkte sie. »Aber wir beide sind das auch nicht. Ich zumindest habe fast immer bekommen, was ich wollte, und das ist bei Ihnen nicht anders. Oder täusche ich mich da?«

Nellie hatte nicht vor, eine Lebensbeichte vor Willie abzulegen, aber sie musste zugeben, dass ihre Begleiterin sie richtig einschätzte. Sie war kein Mensch, der zu schnell aufgab. Auch wenn sie sich jetzt etwas vor der Begegnung mit Walter fürchtete. Die Zeit mit Phipps war ruhig gewesen, ohne Gefühlsaufwallungen, ohne Auseinandersetzungen. Sie hatte sich davon einlullen lassen, wäre beinahe bereit gewesen, Phipps' anhaltender Werbung nachzugeben, sich in die Sicherheit seines Reichtums, seiner Freundschaft und seines ausgeglichenen Wesens fallen zu lassen. Doch allein bei der Erwähnung von Walters Namen hatte ihr Herz begonnen, schneller zu schlagen – und es raste, seit sie wusste, dass er bereit war, für sie nach Kreta zu gehen. Sie war nervös und konnte es kaum abwarten, ihn wiederzusehen.

Walter sollte Willie und Nellie in einem Hotel in Wellington treffen, die Adresse hatte Nellie Miss Potter genannt. Als Walter eintraf, hatte er sein erstes Verhör beim Geheimdienst schon hinter sich. Die SOE hatte keine Minute verstreichen lassen, um sich den Mann genauer anzusehen, in den sie immerhin schon Transportkosten investiert hatte. Walter meinte, dabei einen guten Eindruck gemacht zu haben. Er sollte am nächsten Morgen zu weiteren Gesprächen und Tests – unter anderem erwartete ihn eine ärztliche Untersuchung – in einem Rekrutierungszentrum antreten. Nun fürchtete er sich ein wenig vor der Begegnung mit Nellie. Sicher würde sie ihm Vorwürfe machen. Andererseits konnte er es kaum erwarten, sie endlich wieder in die Arme zu schließen.

Zu seiner Enttäuschung erwartete ihn nur Willie im Restaurant des Hotels. Die Gestütsbesitzerin saß in einer Nische, nippte an einem Glas Wein und stand auf, als er eintrat.

»Mr. von Prednitz …«, sagte sie mit fester Stimme, als sie ihm die Hand reichte.

»Mrs. Rawlings ...« Er erwiderte den Handschlag. »Ich freue mich, Sie zu sehen. Aber ich ... ich dachte, meine Frau ...«

»Die Freude ist ganz auf meiner Seite«, erklärte Willie. »Freude, Erleichterung und Hoffnung. Was Ihre Frau angeht – keine Sorge, sie ist in Wellington. Aber sie wurde vor einer Stunde von ihrem ehemaligen Gatten, Mr. De Groot, abgeholt. Mr. De Groot war sehr aufgebracht, weil wir nach Wellington gefahren sind, ohne ihn davon in Kenntnis zu setzen. Er scheint sich da gewisse Rechte anzumaßen ... Sie sollten ihn im Auge behalten. Dr. Nellie ist jetzt erst mal mit ihm etwas trinken gegangen. Schon, damit er hier keine Szene macht oder warum auch immer er gekommen ist. Reden Sie später mit ihr darüber. Vorerst ... vorerst passt es ganz gut, dass wir allein miteinander reden. Über Ihre Aufgabe und über die Vergütung.«

Walter winkte ab. »Mrs. Rawlings, ich erwarte dafür keine Vergütung. Ich werde auf der Soldliste der SOE stehen, insofern verdiene ich etwas Geld. Ich mache das für Nellie. Für Grietje. Bevor Philipp De Groot wiederauftauchte, war ich so etwas wie ein Vater für sie. Wenn es also eben möglich ist, werde ich sie retten. Und Ihren Sohn natürlich auch. Ich mag Alex sehr gern. Er ist ein netter Kerl und sicher ein guter Tierarzt. Ich weiß nicht, was zwischen ihm und Ihnen war, aber irgendetwas müssen Sie richtig gemacht haben bei seiner Erziehung.«

»Danke«, meinte Willie kühl. »Wenngleich sich das Lob wohl eher mein Mann auf die Fahnen schreiben kann. Er hat ihn mir ziemlich entfremdet ... Ich wollte einen Gentleman erziehen, und nun habe ich ...« Walter meinte, Tränen in ihren Augen zu sehen, doch dann straffte sie sich. »Nun, vorerst habe ich gar nichts«, sagte sie. »Ich kann nur hoffen, dass Sie mir meinen Sohn zurückbringen. Vielleicht lässt sich ja einiges nachholen. Also reden wir über die Bedingungen.«

Walter zuckte mit den Schultern. »Genaue Pläne werden wir nicht machen können, bevor sich die SOE für die Art meines Einsatzes entschieden hat. Und das wird noch dauern. Ich muss erst diese Vorbereitung ...«

»Reden wir über die Vergütung«, korrigierte sich Willie. »Oder die Belohnung, wenn Ihnen das lieber ist. Nein, sagen Sie nichts, ich weiß, dass Sie kein Geld wollen. Ich kann Ihnen stattdessen anbieten, als Trainer für mich zu arbeiten. Wir können in Ellerslie Ställe anmieten, und ich bringe Ihnen ein paar vielversprechende Pferde, mit denen Sie dann arbeiten. Ohne dass ich Ihnen reinrede ...«

»Sie haben Ihre Pferde immer selber trainiert ...«, wunderte sich Walter.

Willie nickte. »Und mein Mann und mein Sohn haben mir mehrmals erläutert, warum ich das lieber lassen sollte. Also, Mr. von Prednitz, würden Sie die Stelle annehmen? Natürlich unter der Voraussetzung, dass alles gut geht und Sie gesund aus der Sache herauskommen ...«

»Und dass ich Alex finde?«, fragte Walter.

Willie sah ihn kühl an. »Sie können ihn nicht wieder lebendig machen, sollte er tot sein, und wenn es kein Grab gibt, weil ... weil einfach nichts mehr von ihm übrig ist, wie es mir mein Mann sehr plastisch geschildert hat, können Sie auch nichts tun. Ich möchte nur, dass Sie es versuchen. Dass Sie Ihr Bestes geben.«

Walter hielt ihr die Hand hin. »Das werde ich«, sagte er ernst.

Willie schlug ein. Im gleichen Moment öffnete sich die Tür, und Nellie betrat das Restaurant. Ohne Philipp, sie musste sich draußen von ihm verabschiedet haben. Ihre Blicke schweiften durch den Gastraum. Als sie die Nische entdeckte, in der Willie und Walter saßen, leuchteten ihre Augen auf.

»Walter ...«, sagte sie leise und suchte seinen Blick.

Walter erhob sich. Er sah ihre große, schmale Gestalt, ihr kluges Gesicht, die warmen braunen Augen und das locker aufgesteckte Haar, das Anstalten machte, sich von den Kämmchen zu befreien, mit denen es zurückgesteckt war, und meinte, nie eine schönere Frau gesehen zu haben. Das war ihm bei Nellies Anblick immer so gegangen – egal, ob sie nach der Arbeit verschmutzt und blutbesudelt war oder ein Ballkleid trug.

»Nellie!« Walter lief auf sie zu und zog sie in die Arme. Nellie schmiegte sich in die Umarmung, als wäre er nie fort gewesen, und dann hob sie ihm das Gesicht entgegen und öffnete die Lippen. Er küsste sie – nicht fordernd, nicht wild, sondern genüsslich und liebevoll. Es war wie ein Nachhausekommen. »Ich liebe dich«, flüsterte er.

Vor dem Haus stand Philipp De Groot und sah ihre miteinander verschmelzenden Schatten durch die Milchglastür. Er unterdrückte den Wunsch, durchs Fenster zu sehen, und wandte sich zum Gehen. Vielleicht würde ein Wunder geschehen, und Walter würde seine Tochter wiederfinden. Doch Nellie, das wusste er jetzt, hatte er endgültig verloren.

Kapitel 4

»Ich weiß, dass ich Fehler gemacht habe«, bekannte Walter. »Ich …
ich wollte einfach raus, mir war alles zu eng geworden, mir wuchs
unser ganzes Leben über den Kopf. Und ich hatte wirklich gehofft,
mir im Zirkus eine neue Existenz aufbauen zu können, einen Platz
unter den gut verdienenden Artisten zu finden. Aber du hattest natürlich recht, ich hatte von Anfang an keine Chance. Und ich hätte
dich nicht alleinlassen dürfen.« Nellie, Walter und Willie hatten sich
in eins der Hotelzimmer zurückgezogen, um in Ruhe reden zu können. Nach der stürmischen Begrüßung hatte sich Nellie aus Walters
Umarmung befreit, und er hatte begriffen, dass sie eine Entschuldigung erwartete – das war ihr gutes Recht. »Das heißt aber nicht, dass
ich dich nicht liebe«, sprach er weiter, nachdem er einen Herzschlag
lang geschwiegen hatte. »Ich habe dich immer geliebt …«

»Du hattest mitunter eine sehr seltsame Art, es mir zu zeigen«,
bemerkte Nellie kühl. »Wenn Phipps nicht gewesen wäre … ich
weiß nicht, wie es geendet wäre mit mir und den Kindern. Ich war
völlig überarbeitet, ich …«

»Ich weiß, dass ich ihm dafür dankbar sein müsste«, erwiderte
Walter kleinlaut. »Obwohl ich glaube, dass es durchaus eigennüt-
zige Gründe dafür gab.«

»Hast du darüber zu richten?«, fragte Nellie scharf. »Wenn hier
jemand selbstsüchtig gehandelt hat, dann ja wohl du.«

Walter nickte. »Ich weiß«, wiederholte er. »Es war falsch. Aber
ich werde versuchen, es wiedergutzumachen. Ich bringe dir Grietje
zurück. Wenn ich es eben kann. Ich werde dir beweisen, dass ich

dich liebe. Genug liebe, um … um Berge zu versetzen. Ich werde auf dieser unseligen Insel das Unterste zuoberst kehren, um deine Tochter zu finden. Du musst mir nur versprechen, dass du … dass du nichts mit Philipp anfängst, solange ich auf Kreta bin …«

»Und wenn Sie nicht wiederkommen?«, fragte Willie, die sich bisher im Hintergrund gehalten hatte. »Ich meine … es geht mich natürlich nichts an, aber Sie gehen ein gewisses Risiko ein, erschossen zu werden. Soll Ihre Frau in Ehren verhungern, während sie Ihrem Andenken treu bleibt?«

Walter biss sich auf die Lippen, und Nellie erbleichte.

»Ich lasse mich nicht erschießen!«, sagte Walter dann entschieden. »Die Kerle haben das im letzten Krieg nicht geschafft, und diesmal schaffen sie es auch nicht. Du weißt, Nellie, im Zweifelsfall reite ich, als wäre der Teufel hinter mir her. Ich werde sehr bald zurück sein.« Er griff nach ihren Händen. Sie waren eiskalt.

»Reiten werden Sie ja eher nicht«, bemerkte Willie. »Höchstens auf Eseln …«

»Diesmal wirst du eher lügen müssen wie gedruckt«, erklärte Nellie. »Aber das wird dir alles Miss Potter erklären. Und wir werden viel Geduld brauchen, Mrs. Rawlings.«

»Willie«, sagte Wilhelmina. »Da wir nun denselben Prinzen zu einem Abenteuer aussenden, sollten wir uns vielleicht duzen. Was ist nun mit dem Treueversprechen?«

Nellie seufzte. »Um mit meiner Freundin Maria zu sprechen: ›Auf ewig‹ gilt gar nichts. Aber ich liebe dich auch, Walter. Trotz allem. Ich gehe davon aus, dass du zurückkommst.«

Wilhelmina nickte. »Ich verschwinde dann mal und lasse euch in Ruhe. Sie gehen morgen zur SOE, Walter? Und bleiben da?«

Walter nickte. »Ich werde keine Minute verlieren.«

Nellie und Walter genossen ihre erste Nacht nach der Trennung – die gleichzeitig eine neue Zeit ohne einander einleitete. Er liebte sie mit aller Zärtlichkeit, und sie dachte an jene andere Nacht so viele

Jahre zuvor in Kortrijk, die ihre allererste gewesen war – und in der sie sich entschieden hatte, ihn nie wiederzusehen. Damals hatte sie ihr Leben mit Phipps wieder aufnehmen wollen – während sie jetzt endgültig von ihrem Jugendfreund Abschied nahm. Phipps musste aus ihrem Leben fort, aber sie würde alles dafür gegeben, dass sie wenigstens ihre Tochter zurückerhielten.

Nachdem er alle Untersuchungen und Befragungen bestanden hatte – das Verhör vor der Aufnahme in den Geheimdienst war sehr viel strenger als die Gewissensprüfung vor der er nach Australien geflohen war –, brachte man Walter über Indien nach Großbritannien. Er durchlief in London weitere Befragungen, bis man ihn unter strengster Geheimhaltung – er wurde in einem geschlossenen Wagen befördert und bekam zusätzlich die Augen verbunden – in ein Ausbildungszentrum der SOE auf dem Land schaffte. Dort traf er mit weiteren angehenden Agenten zusammen, die er durchweg für ziemlich finstere Gestalten hielt. Freundschaften schließen würde er hier sicher nicht. Das Ausbildungsprogramm empfand er nicht als anspruchsvoll. Die Männer betrieben Sport, wurden in Chiffrierungs- und Dechiffrierungstechniken eingewiesen, und wer Deutsch sprach, erhielt eine genaue Einweisung in die Dienstgrade der Armee und die Gepflogenheiten in Hitler-Deutschland.

Nach ein paar Wochen schmetterte Walter sein »Heil Hitler!«, als hätte er nie anders gegrüßt, sprach selbstverständlich vom Endsieg und von völkischen oder germanischen Tugenden. Er wusste, wie man als Wehrmachtsangehöriger salutierte, und konnte die wichtigsten Lieder der Nazis mitsingen. Manchmal war es ihm selbst unheimlich, wie selbstverständlich ihm die Maskerade wurde – allerdings nur so lange, bis sich die Ausbilder entschlossen, ihren Schülern den Ernst der Lage vor Augen zu führen, indem sie eine Gefangennahme inszenierten, ein Verhör durchführten und den Männern die Folterkammer zeigten. Walter wurde beim Anblick der Instrumente programmgemäß übel – allerdings ging es ihm noch wesentlich schlechter, als ein Grundkurs Fallschirmspringen auf dem Programm stand. Tatsächlich hatte ihm schon der Flug von Brisbane nach Wellington ziemlich zugesetzt, und der Gedanke, sich jetzt auch noch aus einem solchen Flugzeug zu stürzen, dann im richtigen Moment einen Fallschirm zu öffnen und unten lebendig anzukommen, verursachte ihm regelrechte Panikanfälle.

Leider erwiesen sich die Ausbilder als unerbittlich.

»Ich denke, Sie wollen nach Kreta«, erkundigte sich der Chefausbilder, ein geläuterter Nazi, der den Männern Deutschunterricht sowie Unterricht im angepassten Verhalten unter deutschen Soldaten erteilte. »Da werden doch fast alle mit Fallschirmen abgesetzt.«

»Von den Deutschen«, argumentierte Walter. »Das heißt, die Partisanen veranstalten auf jeden ein Zielschießen, der da herunterschwebt. Mir wurde versichert, ich würde per Boot auf die Insel gebracht.«

Der Mann schüttelte den Kopf. Er war gebürtiger Deutscher, hatte sich allerdings noch vor dem Krieg nach Großbritannien abgesetzt und die britische Staatsangehörigkeit angenommen, was ihm zu seiner Position bei der SOE verholfen hatte.

»Machen Sie erst mal das Falltraining mit«, bestimmte er. »Dann sehen wir mal.«

Walter brillierte im Falltraining – schließlich war er schon unzählige Male von Pferden abgeworfen worden, ohne sich jemals ernstlich wehgetan zu haben. Dennoch konnte er sich nicht überwinden zu springen, nachdem ihn der Ausbilder und die anderen Kursteilnehmer genötigt hatten, ins Flugzeug zu steigen.

»Na los!«, brüllte der Ausbilder. »Jeder ruft den Namen seiner Liebsten, wenn er springt!«

Walter seufzte. Er kannte den Spruch vom Springreiten und wusste, was er Nellie schuldig war. Also schloss er die Augen und sprang. Wenige Minuten später landete er unversehrt auf einer Wiese. Danach hatte er das Gefühl, dass es schlimmer nicht kommen könnte.

Weit mehr Freude fand er in der Auffrischung seiner Funkerkenntnisse, und auch die Entwicklung der Waffentechnik war interessant. Er hatte sich zwar nie allzu sehr dafür interessiert, aber im Krieg war es lebenswichtig gewesen, sein Gewehr zu beherrschen, und nun staunte er über die deutlich weitere Reichweite und Zielgenauigkeit der neuen Waffen.

»Es sind allerdings noch reichlich uralte im Umlauf«, dämpfte der Schießausbilder seine Begeisterung. »Gerade bei zivilen Widerständlern. Kann sein, dass Sie sich auf Kreta vorkommen werden wie vor dreißig Jahren.«

Walter erwartete wie Nellie und Wilhelmina in Neuseeland ungeduldig das Ende der Ausbildung. Es wurde jedoch Januar 1942, bevor er und die anderen künftigen Agenten wieder unter strengster Geheimhaltung nach London zurückgebracht wurden. Inzwischen hatten sie herausgefunden, dass sie in einem Dorf bei Leeds unterrichtet worden waren.

»Sonst wären wir als Geheimagenten ja auch völlig ungeeignet«, bemerkte einer seiner Mitschüler Walter gegenüber.

Die SOE schien entschlossen, das zu ignorieren. Ihre Führungsoffiziere unterzogen alle Männer noch einmal strengen Verhören und teilten Walter dann mit, dass seine Verschickung nach Kreta für Anfang April geplant war.

»Nicht früher?«, fragte Walter enttäuscht. »Ich dachte, es ginge gleich los.«

Sein künftiger Führungsoffizier zog die Augenbrauen hoch. »Zu lange am anderen Ende der Welt gelebt, ja? Mensch, von Prednitz, schauen Sie mal aus dem Fenster! In Europa herrscht tiefster Winter, und glauben Sie bloß nicht, das wäre in Griechenland anders, nur weil es weiter im Süden liegt. In den Bergen da ist es saukalt. Und das Meer ist im Winter extrem unruhig. Die kleinen Schiffe, mit denen wir Sie befördern, könnten in Seenot kommen. Und Sie wollen doch sicher nicht all das auf sich genommen haben, um im Mittelmeer zu ertrinken!«

Walter befand widerstrebend, dass die militärische Führung recht hatte. Er nahm die Stellung an, die man ihm für die Zwischenzeit bot, und dechiffrierte und übersetzte im SOE-Hauptquartier deutsche Texte. Gelegentlich telefonierte er mit Nellie.

Von Alex und Grit gab es weiterhin keine Spur.

Von Tieren und Menschen

Neuseeland – Onehunga
Australien – Bunbury City, Perth
1942

Nellie arbeitete, um nicht den Verstand zu verlieren. Sie stürzte sich in jede Sprechstunde, machte selbst bei Kleintieren Hausbesuche und führte jede Untersuchung mit größter Sorgfalt durch, nur um nicht zu Hause grübeln zu müssen. Phipps war aus ihrem Haus in New Lynn ausgezogen und hatte sich ein eigenes Apartment gemietet. Einen Grund dafür nannte er ihr nicht, aber Nellie war froh darüber, dass sie auf diese Weise wieder mehr Abstand zueinander schaffen konnten. Sie musste allerdings zugeben, dass Phipps ihr in dieser Zeit der Trauer und Angst schmerzlich fehlte. Sie hatte ihre brennende Sorge um Grit mit ihm teilen können, zu der jetzt noch die um Walter kam. Willie hatte ihr nur zu deutlich vor Augen geführt, welche Konsequenzen es für ihn haben konnte, wenn er sich für sie ins Abenteuer stürzte. Nun war sie damit allein – allenfalls konnte sie mit Lene reden.

Nellie traf sie und ihre Söhne beim gemeinsamen Abendessen, und abgesehen von Walters Abwesenheit war es genau das Familienleben, das sie sich immer erträumt hatte. Petey und Marty erzählten eifrig von der Schule und ihren Freunden, und das Essen stellte Lene auf den Tisch, ohne dass sie sich darum Gedanken machen musste. Nun jedoch ertappte sie sich dabei, den Kindern nur mit halbem Ohr zuzuhören, und schob das Essen auf dem Teller hin und her. An den Wochenenden bestand Lene darauf, dass sie mit den Jungen zum Schwimmen an den Strand oder zum Reiten nach Epona Station fuhr. Sie pflegte dann ein Picknick vorzubereiten und alles dafür zu tun, dass sie Spaß miteinander hatten. Ihre freien Tage verbrachte sie immer öfter mit Hans Willermann, dem Stallmeister der von Gerstorfs. Nellie versuchte bei den Unternehmungen nach Kräften, mit den Kindern zu lachen und zu scherzen, aber es verlangte ihr fast übermenschliche Anstrengung ab, und oft lag sie am Abend im Bett und weinte – aus Scham darüber, einen schönen Tag mit Petey und Marty verbracht zu haben, während Grit vielleicht in einem deutschen Kerker gequält wurde.

Eines Tages – sie waren auf Epona Station, und die Jungen hatten Reitunterricht bei April – setzte sich Mia neben sie an den Reitplatzrand.

»Es gibt nichts Neues von Walter?«, fragte sie.

Nellie schüttelte den Kopf. »Nichts von Walter, nichts von Grietje – nicht mal von Phipps. Seit Walter zurückgekommen ist, meldet er sich kaum mehr bei mir. Er geht jetzt ja auch wieder auf Tournee. Ich glaube, er schämt sich ein bisschen dafür, aber damit, dass er hier herumsitzt und nichts tut, ist Grietje auch nicht geholfen ...«

Mia legte den Arm um sie. »Ebenso wenig wie damit, dass du immer dünner und blasser wirst. Du bist nur noch ein Schatten deiner selbst, Nellie. Das kann so nicht weitergehen. Du arbeitest außerdem zu viel.«

»Die Arbeit lenkt mich wenigstens ab«, meinte Nellie.

Mia zog sie enger an sich. »Justynka sagt, du übernimmst sämtliche Nachtdienste. Auch ihre. Das ist krank, Nellie. Du machst dich kaputt. Du musst auf andere Gedanken kommen.«

Nellie lachte bitter. »Das sagt sich so leicht. Ich kann meine Angst ja nicht abstellen. Immer wieder sehe ich Grietje vor mir – manchmal tot, manchmal gefoltert oder vergewaltigt ... Man hört so vieles davon, wie grausam die Deutschen sind.«

»Und wenn du wegfährst, Nellie? Es ist tatsächlich keine schlechte Idee von Philipp, seine Tournee anzugehen. Du solltest auch mal raus.« Mia strich sanft über ihren Rücken.

»Wo soll ich denn hin?«, fragte Nellie. Nach einer Reise stand ihr nun wirklich nicht der Sinn. »Wenn du meinst, ich sollte mich Phipps anschließen …«

»Nein, nein, natürlich nicht!« Mia schüttelte den Kopf. »Ich dachte eher an … Maria. Warum versuchst du nicht herauszufinden, wo dieser Zirkus gerade ist, und besuchst Familie Lemberger? Um Maria mache ich mir nämlich auch Sorgen. Dieses Wanderleben … und was Walter vom Zirkus erzählt hat, war ja nicht sehr schön.«

Nellie biss auf ihre Lippe. »Und wenn wir dann was hören … dann …«

»Du könntest uns jeden Tag anrufen«, meinte Mia. »Es ist doch heute so einfach, in Verbindung zu bleiben.«

»Ich weiß nicht mal, wo sie momentan sind …«

Nellie suchte nach Einwänden, doch im Grunde musste sie sich eingestehen, dass Mias Idee nicht die schlechteste war. Auch sie sorgte sich seit Monaten um ihre Freundin – und hier konnte sie etwas tun. Im Gegensatz zu Grit und Alex war Maria nicht wirklich verschollen.

»Du brauchst nur die Detektei anzusprechen, die Willie wegen Walter beauftragt hat. Die hatte den Reiseplan der Homer Brothers.« Mia hatte bereits an alles gedacht. »Du kannst ein Schiff nehmen. Eine Seereise ist immer entspannend …«

Nellie musste lächeln. Die letzten Seereisen, die Mia gemacht hatte, waren alles andere als entspannend gewesen, aber sie hätte wohl alles gesagt, um Nellie die Fahrt schmackhaft zu machen.

»Also schön«, erwiderte Nellie widerstrebend. »Ich schau mir das mal an.«

Mia lächelte. »Und du bringst Maria mit, wenn es ihr nicht gut geht, ja? Bernhard und die Kinder natürlich auch. April vermisst die Dadas. Es ist wirklich ein Jammer, dass sie noch keine Kinder hat, sie mag sie so sehr.«

Willies Detektei konnte Nellie sofort Auskunft geben. Die Homer Brothers bereisten zurzeit die Westküste Australiens.

»Die nächstgrößere Stadt ist Perth«, berichtete Nellie Mia. »Aber vorher gastieren sie noch in ein paar kleineren Orten. Wenn ich Glück habe, erwische ich sie in Bunbury City, sonst in Mandurah City. Wie ich da hinkommen soll …«

»Nimm ein Schiff nach Perth, dann kannst du vielleicht ein Taxi nehmen«, riet Mia. »Oder du mietest einen Wagen. Eine Zugverbindung müsste es auch geben. Das schaffst du!«

Nellie musste beinahe lachen. Nach all dem, was sie in ihrem Leben schon geschafft hatte, würde es ihr ein Leichtes sein, von Perth nach Bunbury City zu kommen.

Tatsächlich ließ sich Nellies Reise leicht organisieren. Ein Schiff ging von Auckland, und Justynka war gern bereit, die Praxis in New Lynn für einige Zeit zu übernehmen. Die Praxis auf Epona Station wurde solange geschlossen. Leichten Widerstand gab es nur von Phipps, als sie von ihren Plänen berichtete. Er gedachte, seine Tournee zwei Wochen später anzutreten, und machte sich nun Sorgen, dass Nellie bis dahin nicht zurück sein würde, um in Auckland die Stellung zu halten, wie er sagte. Nellie erwiderte, dass sowohl Lene als auch Justynka in ihrer Wohnung erreichbar sein würden, und dass sie selbstverständlich Kontakt hielte. Besonderes Verständnis brachte er trotzdem nicht auf.

»Dass dir diese Maria so wichtig ist … Ich fand sie immer nur seltsam. Und mitunter penetrant.«

Nellie winkte ab. »Nur weil sie dir mal widersprochen hat, als es um Musiktheorie ging? Ich freue mich, sie wiederzusehen.«

Auch die Jungen waren nicht begeistert davon, dass ihre Mutter ohne sie verreisen wollte – noch dazu in den Zirkus und zu den Dadas. Die Sommerferien waren jedoch seit Anfang Februar vorbei, und Nellie kannte kein Pardon. Immerhin durften die beiden sie zum Schiff begleiten und winken, bis der Dampfer außer Sicht war. Sorgen machte sie sich nicht um sie. Lene würde sich gut um sie kümmern.

Nellie erreichte Bunbury City, einen kleinen Ort am Meer nach einer mehrtägigen ruhigen Seereise und einer zweistündigen Taxifahrt. Sie machte vorher einen Preis mit dem Fahrer aus, sodass sie erschwinglich war. Den Platz, an dem der Zirkus gastierte, fanden sie schnell. Allerdings war der Fahrer nicht begeistert von ihrem Ziel.

»Und hier soll ich Sie allein lassen, Madam? Dieses fahrende Volk besteht doch nur aus Zigeunern und Dieben. Wer weiß, was Ihnen hier passieren kann!«

Nellie winkte lachend ab. »Damit werde ich schon fertig«, meinte sie. »Aber wenn Sie mir einen Gefallen tun wollen ... Ich möchte Freunde besuchen, allerdings konnte ich mich nicht ankündigen. Insofern bin ich nicht hundertprozentig sicher, dass sie noch für diesen Zirkus arbeiten. Wenn Sie also irgendwo einen Kaffee trinken und warten würden, bis ich sicher weiß, dass ich keine Rückfahrt brauche, dann wäre das nett.«

Mit dieser Versicherung im Rücken fühlte Nellie sich viel wohler, als sie mit ihrer Reisetasche in der Hand den Zirkusplatz betrat. Nachmittags und abends fanden wohl schon Vorstellungen statt. Das Manegenzelt und die Stallzelte waren bereits aufgebaut, der Zirkus musste mindestens seit dem Vortag da sein. Jetzt, zur Mittagszeit, herrschte auf dem Platz reges Treiben. Ein Messerwerfer und eine Jongleuse trainierten, in einem Pferch standen ein Lama und zwei Ziegen, die gerade mit Heu gefüttert wurden, und in einer Behelfsmanege trabte ein Pferd im Kreis, auf dessen Rücken Jugendliche herumturnten. Nellie sah sich nach Daphne um, die in ihren Briefen eifrig davon berichtet hatte, dass auch sie als Kunstreiterin auftrat. Unter den voltigierenden Jugendlichen war Marias Tochter jedoch nicht. Erst als Nellie einen Elefanten erblickte, der eben gebadet wurde, entdeckte sie ein zierliches dunkelhaariges Mädchen, das auf seinem Rücken herumkletterte und ihn abschrubbte. Der Elefant genoss die Behandlung, und das Mädchen quietschte vor Lachen, als er seinerseits den Rüssel in einen Eimer tauchte und einen Schwall Wasser über seine Reiterin spritzte.

»Lakshmi, du bist schrecklich«, rügte das Mädchen. »Findest du das komisch? Wenn du dich nicht benehmen kannst, lasse ich dich wieder von diesem grässlichen Pfleger waschen, und der piekst dich mit dem Dreizack!«

Nellie näherte sich dem Tier und dem Mädchen und erkannte Marias und Bernhards Tochter jetzt eindeutig. Sie war im letzten Jahr natürlich gewachsen, aber sonst hatte sie sich kaum verändert.

»Daphne!«, rief sie. »Zähmst du jetzt Elefanten?«

Daphne blickte sie kurz an, runzelte einen Moment lang die Stirn und strahlte dann über das ganze Gesicht. »Tante Nellie!«, jubelte sie und rutschte kurzerhand an dem nassen Elefanten herunter, wobei sie sich an seinem riesigen Ohr festhielt.

Lakshmi kam ihr mit ihrem Rüssel zu Hilfe. Ihr war anscheinend daran gelegen, ihre kleine Freundin sicher auf den Boden zu bringen.

Nellie umarmte Daphne, und auch der Elefant schien sich an der freudigen Begrüßung beteiligen zu wollen. Er schloss seinen Rüssel um sie beide.

Während Nellie sich sanft von ihm befreite, ertönte eine schneidende Stimme aus dem Stallzelt. »Vorsicht, Madam! Halten Sie Abstand, das Tier ist tückisch!«

Ein dunkelblonder Mann näherte sich mit drohend erhobenem Dreizack dem Elefanten, der sich daraufhin sofort zurückzog und nervös seinen Kopf von links nach rechts führte. Der Mann stieß trotzdem mit dem Dreizack nach dem Tier, und es wich ängstlich aus.

»So gefährlich kann es ja nicht sein, wenn Sie ein Kind mit ihm spielen lassen«, bemerkte Nellie ärgerlich.

Der Blonde maß sie mit einem kurzen Blick, stellte wohl fest, dass sie nichts mit dem Zirkus zu tun hatte, und zuckte mit den Schultern.

»Das Kind ist eine indische Prinzessin«, behauptete er. »Aufgezogen in einem Hindutempel und von Mönchen unterrichtet in der Sprache der Dickhäuter. Es ist seine Bestimmung, ihnen zu dienen ...«

Daphne kicherte, und Nellie konnte das Lachen nicht zurückhalten.

»Die erste indische Prinzessin, die auf den Nachnamen Lemberger hört«, bemerkte sie. »Erzählen Sie mir keinen Unsinn, und machen Sie dem Elefanten keine Angst. Dann tut der auch nichts, er scheint ja ein freundliches Tier zu sein.«

»Lakshmi ist die indische Göttin der Liebe«, erklärte Daphne vergnügt. »Sagt jedenfalls David, der hat's nämlich nachgeschlagen. Und außer ihr gibt's noch Kali. Ebenfalls ein weibliches Tier. Beide sind meine Freundinnen!«

Nellie runzelte die Stirn. »Was sagt denn deine Mutter dazu, dass du mit Dickhäutern befreundet bist?«, erkundigte sie sich und schöpfte direkt ein bisschen Hoffnung für Maria und ihre Familie. Daphne zumindest wirkte glücklich.

»Sie sagt, ich bin gut für die Elefanten«, gab Daphne bereitwillig Auskunft. »Die waren so unglücklich, weil ihr Pfleger Rani weggegangen ist, und dann hat sich Onkel Walter um sie gekümmert und ist schließlich auch weg. Also bin ich eingesprungen. Ich mache sie glücklich. Und ich habe ihnen versprochen, sie nie zu verlassen.«

»Ob du das halten kannst?«, fragte Nellie. »Sie leben sehr lange, weißt du ... Aber egal, ich bin erst mal froh, euch gefunden zu haben. Seid ihr alle wohlauf? Wie geht's Mama?«

Daphnes Züge verdüsterten sich. »Ich glaube, nicht so gut«, sagte sie. »Sie ist ... sie ist dauernd im Schrank. Das soll ich eigentlich keinem erzählen, weil die Leute ... sie reden schon darüber, dass sie seltsam ist. David will Mama immer rausholen, aber Papa meint, wir sollen sie lassen. Sie braucht das.«

Nellie seufzte. »Wo ist sie denn jetzt, Daphne?«, fragte sie. »Und wo ist Papa?«

»Beide bei den Pferden, glaub ich«, meinte Daphne. »Einer von den Hengsten ist sehr schwierig, da muss er helfen. Und David ist bestimmt bei den Tigern.«

Die Stallzelte der Pferde, das wusste Nellie noch aus Auckland, befanden sich auf der anderen Seite des Manegenzeltes. Auf dem Weg dorthin hörte sie Raubtiere brüllen und beschloss, eine Stippvisite bei der kleinen Tigerin zu machen, die sie mit Maria als Welpe versorgt hatte. Sie fürchtete allerdings, Sally gar nicht mehr zu erkennen, sie musste inzwischen fast ausgewachsen sein. Als sie an den Löwenkäfigen vorbeikam, sah sie, dass Männer dabei waren, die Käfige zu reinigen, wobei sie die Bewohner mit Peitschen und angespitzten Stöcken in Schach hielten. Die Großkatzen fauchten und schlugen mit den Tatzen nach ihnen.

Bei den Tigern war es dagegen ruhig. Das Tier, das Nellie für Sally hielt, lag entspannt in seinem Käfig und ließ die Vorderpfoten zwischen den Gitterstäben hervorschauen. Es schien sich auf etwas außerhalb des Käfigs zu konzentrieren, und nun hörte Nellie auch eine Jungenstimme.

»Die Zeiten der Gewaltdressur sind jetzt vorbei, schon deshalb, weil man mit Gewalt nicht den hundertsten Teil dessen erreichen kann, was sich mit Güte erzielen lässt …«

David Lemberger hatte es sich auf einem Strohballen gemütlich gemacht und las vor, wobei nicht nur die Tigerin zu seinem Publikum gehörte, sondern zudem vier Katzen – eine dreifarbige, eine graue, eine rote und eine rot-weiße, die sich an ihn geschmiegt hatten. Die Szene wirkte sehr harmonisch.

»Hallo, David!«, grüßte Nellie.

Der Junge fuhr zusammen, desgleichen die Miezen. Sie sprangen auf und machen sich irgendwo in der Umgebung unsichtbar. David brauchte einen Herzschlag lang, um Nellie zu erkennen, dann strahlte auch er und sprang auf, um sie zu begrüßen.

»Tante Nellie! Willst du Sally besuchen?«

Nellie lachte. »Eigentlich wollte ich eher eure Mutter besuchen. Und euch natürlich. Ich wüsste gern, wie es euch allen geht.«

David runzelte die Stirn. Dann listete er auf. »Daphne geht es gut. Sie führt die Elefanten vor. Als indische Prinzessin. Blöd, aber die Homers finden, dass das ein fantastischer Einfall ist. Sie schminken sie dunkler und malen ihr einen roten Punkt auf die Stirn. Sehr seltsam.« David bekräftigte seine Meinung mit einem entsprechenden Gesichtsausdruck. »Mir geht es ziemlich gut. Obwohl ... Ich darf die Tiger nicht vorführen, nicht mal Sally. Sie sagen, das sei gefährlich, aber das ist es nur, weil sie ihnen Angst machen. Dabei gibt es inzwischen viel sanftere Methoden.« Er hob das Buch, das er eben gelesen hatte. Carl Hagenbeck: *Von Tieren und Menschen*. »Ich habe die Katzen danach dressiert. Willst du es sehen? Ich zeig es dir gleich.« Er streichelte eines der Kätzchen, das sich eben wieder hervorgewagt hatte. »Papa geht es nicht gut«, sprach er dann weiter. »Er hat keine Arbeit als Tierarzt, er kann nur manchmal Mama helfen. Meistens baut er mit auf und reinigt Ställe. Dafür ist er überqualifiziert. Es macht ihm keinen Spaß. Und Mama ... Mama mag die Tiere, nur die Menschen hier mag sie nicht. Die mag ich auch nicht. Manche sind gemein, und manche sind böse. Papa sagt, man könne das nicht ändern. Und Mama ... Mama bringt es durcheinander.«

Nellie verstand, was der Junge auszudrücken versuchte. Maria war von jeher außerstande gewesen, Bosheit und Grausamkeit, Verlogenheit und Willkür zu verstehen. Sie konnte sich nicht darauf einstellen, dass manche Menschen es besser, andere schlechter mit ihr meinten. Es kam immer wieder überraschend für sie, wenn jemand intrigierte oder sie belog und betrog. Selbst harmlose Schwindeleien konnten sie aus der Fassung bringen. Dazu gehörte sicher auch Daphnes Ernennung zur indischen Prinzessin.

»Ich geh sie mal suchen«, sagte Nellie.

David wies auf das Pferdezelt. »Die Leute da sind besonders gemein«, führte er kurz aus. »Onkel Walter hat sich immer geärgert. Also geh besser nicht rein. Willst du nicht erst meine Katzen sehen?«

Nellie stimmte zu, um dem Jungen eine Freude zu machen, und wurde mit einer außergewöhnlichen Show belohnt. Sie hatte im Varieté in Berlin bereits einmal eine Katzendressur gesehen, aber so bereitwillig, wie Davids Miezen sich auf Zuruf näherten und auf Nennung ihrer Namen kleine Befehle ausführten, hatten die Langhaarkatzen ihrer damaligen Kundin nicht mitgespielt. David orientierte sich bei der Dressur an der Tigershow im Zirkus, sicherlich, um dem Raubtierdompteur zu beweisen, dass es auch anders ging als mit Geschrei und Gewalt. Die Katzen nahmen auf kleinen Podesten Platz, sprangen durch Reifen, balancierten über Stangen und konnten sogar auf Kommando fauchen und sich gefährlich geben wie die Tiger, die damit das Publikum beeindruckten. David belohnte sie mit Streicheln und kleinen Stücken Trockenfleisch.

Sally in ihrem Käfig wurde unruhig, als die Katzen mit ihrer Show begannen, und David bezog sie schließlich ein, indem er auch ihr Kommandos gab wie Sitz und Platz. Sie rieb sich schnurrend an den Gitterstäben.

»Das war beeindruckend«, lobte Nellie, und sie meinte es ehrlich. »Du bist der geborene Tierlehrer. Dabei sind Katzen so schwer zu erziehen. Darfst du damit auftreten?«

David schüttelte den Kopf. »Nee. Katzen machen zu wenig her. Daphne meint, ich soll mich als ägyptischer Prinz schminken oder gleich als Mumie verkleiden, dann ginge es vielleicht. Aber das ist doch nur blöd. Mama meint das auch. Mumien sind außerdem tot. Die können keine Katzen mehr vorführen.«

Nellie konnte sich das Schmunzeln nicht verkneifen, als sie sich jetzt von ihm verabschiedete, um endlich nach Maria und Bernhard zu suchen. Die Raubtierpfleger hatten inzwischen mit der Reinigung der Tigerkäfige begonnen, und sofort war es aus mit der Ruhe dort. Die Tiere wurden angeschrien und geschlagen. Nellie war sicher, dass David sich mit seinen Miezen zurückziehen würde. Daphne hätte sich vielleicht auseinandergesetzt, aber David war ebenso wenig konfliktfähig wie seine Mutter. Er hatte demonstriert, dass gewaltlose Dressur möglich war. Dass sich im Zirkus niemand ein Beispiel daran nahm, konnte er nicht nachvollziehen.

Als Nellie sich den Pferdeställen näherte, hörte sie bereits ärgerliche Stimmen.

»Wollen Sie mir im Ernst erklären, wie ich meine Pferde dressieren soll?«, fragte eine Frau.

»Ja«, antwortete eine andere. »Das will ich sehr gern tun, wenn Sie mir zuhören würden.« Maria. Rhetorische Fragen hatte sie nie als solche verstanden.

»Das ist eine Unverschämtheit!«, erregte sich die andere Frau. »Behandeln Sie lieber endlich diese Lahmheit! Der Hengst ist seit zwei Wochen nicht einsetzbar. Er kostet mich nur Geld, und bis ich den Junghengst so weit habe, dass er ihn ersetzt ... Also machen Sie ihm gefälligst Umschläge oder sonst was, damit die Knochen heilen.«

»Umschläge bewirken nichts bei Knochenbrüchen, man müsste den Knochen richten und schienen«, führte Maria aus. »Aber Santiago hat keine gebrochenen Knochen. Er hat gar nichts an den Beinen. Die Lahmheit kommt vom Rücken. Und das liegt daran, dass Sie ihn nicht ordentlich reiten. Was Sie da machen, ist keine Piaffe, sondern ein Trippeln auf der Stelle mit hoher Kruppe und durchgedrücktem Rücken. Und die Levade ist bestenfalls ein Steigen ...«

Nellie linste durch einen Spalt in der Zeltbahn und sah einen wunderschönen Schimmel, der ziemlich aufgeregt wirkte. Er war ihr in Auckland bereits aufgefallen.

»Ich habe genug davon, mich beleidigen zu lassen«, sagte die Frau in scharfem Ton. »Gucken Sie sich die Maulwinkel beim Junghengst noch mal an, die sind schon wieder wund, und dann denken Sie gefälligst drüber nach, wie wir Santiago schnell wieder einsatzfähig kriegen. Es gibt doch Schmerzmittel ...«

Nellie schnappte nach Luft. Die Frau schreckte wirklich vor nichts zurück. Sie rauschte nun aus dem Stallzelt, das stark geschminkte Gesicht wütend verzogen. Ihr offenes schwarzes Haar wehte wie eine Fahne hinter ihr her.

»Was für eine Furie!« Nellie betrat das Stallzelt, wo ein Pfleger gerade den Hengst in einen Ständer führte.

Maria und Bernhard sahen ihm betreten dabei zu. Sie wandten sich um, als sie ihre Stimme hörten.

Bernhard war der Erste, der sich wieder fasste. »Nellie! Was machst du denn hier?« Er zog sie spontan in die Arme. »Wir haben von Grietje gehört. Gibt es irgendetwas Neues?«

»Nichts Neues«, sagte sie. »Und das Warten macht mich verrückt. Deshalb meinte Mia, ich solle mich ablenken. Am besten, indem ich euch besuche. Freut ihr euch?«

Bernhard strahlte sie an. »Natürlich freuen wir uns. Oder, Maria?«

Nellie schaute Maria an, die wirkte, als hätte man sie geschlagen. »Kannst du das in Ordnung bringen, Nellie?«, fragte sie, als ob sie sich ein paar Minuten zuvor noch gesprochen hätten. »Kannst du das verstehen?«

Nellie trat zu ihr und versuchte eine ganz vorsichtige Umarmung. »Ich weiß nicht, Maria«, erwiderte sie. »Aber ich denke, du musst den Zirkus so ähnlich sehen wie die Rennbahn. Den Menschen sind die Tiere nicht wichtig, sie interessieren sich nur für den Profit ...«

»Es ist nicht wie im Zoo«, sagte Maria. »Und nicht wie in Berlin ...«

In Berlin hatten viele Varietékünstler mit ihren Tieren zu Nellies und Marias Kunden gehört. Die meisten von ihnen hatten ihre Tiere gut behandelt, einige waren zu Freunden geworden.

Nellie schüttelte den Kopf. »Nein. Hast du das geglaubt?«

»Gehofft«, antwortete Bernhard für sie. »Ich denke, wir haben das beide gehofft. Wir waren ziemlich naiv. Soll ich ... euch mal allein lassen? Ich kann den Junghengst ohne dich verarzten, Maria, und die anderen Tiere auch, die noch auf der Liste stehen.«

Maria nickte. »Ich kann einen Tee machen«, bot sie an.

Nellie fiel auf einmal siedend heiß ihr Taxifahrer wieder ein. Sie bat Bernhard, dem Mann Bescheid zu geben und ihn zu bezahlen. Als Bernhard sie nur unglücklich ansah, suchte sie nach Geld in ihrer Tasche.

»An Geld fehlt es euch auch?«, fragte sie ihre Freundin, als sie ihr zu einem der bunten Wohnwagen folgte. Sie sah sofort, dass er winzig war. Dabei hatte Maria früher nicht mal mit einer Person einen normal großen Raum teilen können. Nun lebte sie mit der ganzen Familie in einer Behausung von der Größe einer Pferdebox. »Kannst du hier schlafen?«, fragte sie direkt. »Denken die anderen nicht zu laut?«

Maria biss sich auf die Lippen. »Die Dadas denken jetzt manchmal sehr laut«, sagte sie leise. »Als sie klein waren, da haben sie leise gedacht. Mehr wie … wie Tiere. Jetzt werden sie groß. Sie haben kleine Sorgen. Und Bernhard … Bernhard macht sich große Sorgen. Es ist schwierig.« Maria war extrem harmoniebedürftig. Sie nahm jede negative Schwingung sofort auf. Ein Raum voller Menschen, die sich sorgten, musste höllisch für sie sein. »Und die Tiere … sie sind auch unglücklich«, fuhr sie fort. »Die meisten werden misshandelt. Wenn ich sie berühre, spüre ich ihre Angst und ihre Trauer.« Marias Ausdruck spiegelte ihre Gefühle wider. Sie wirkte verhärmt und war bleich.

»Du musst hier weg, Maria, du wirst sonst krank.«

Nellie schloss die Tür des Wohnwagens hinter sich. Das Innere bewirkte bei ihr ebenfalls Klaustrophobie. Er enthielt ein Etagenbett für die Kinder, eine Miniaturküche und eine Sitzgarnitur, die nachts zum Elternbett umgebaut wurde.

»Du siehst auch nicht gut aus«, sagte Maria, die ihre Freundin jetzt erst richtig ansah. »Du bist dünner geworden.«

Nellie lachte traurig. »Du genauso. Es ist wohl nicht die beste Zeit in unserem Leben.«

»Es ist nichts in Ordnung«, klagte Maria. »Man kann nichts planen. Man weiß nie, wann man irgendwo ankommt, wie es da ist. Es gibt keine Ruhe. Alle sind … immer aufgeregt … vor den Vorstellungen oder weil sie sich mit jemandem streiten. Und vor der Show ist der Platz voller Leute … Es ist laut. Ich … ich wusste das natürlich vorher. Ich hab gedacht, ich schaffe es. Für Bernhard. Aber es ist zu viel. Es macht mir Angst.« Sie zitterte.

Nellie nickte. Sie kannte Marias Panikanfälle. Im Extremfall wurde sie dadurch völlig handlungsunfähig.

»Das ist der Schrank?«, fragte sie und wies auf ein schmales Gelass, in dem nur wenige Kleider Platz fanden. Für sie selbst wäre es ein Albtraum gewesen, sich da hineinzuzwängen. Seit dem Erdbeben verabscheute sie Enge. Maria nickte verschämt. Nellie strich über ihre Hand. »Dann darfst du auch nicht zunehmen, sonst passt du nicht mehr rein«, versuchte sie zu scherzen. »Aber im Ernst, Maria ... Warum setzt ihr euch nicht ab?«

Maria schüttelte den Kopf. »Das können wir nicht. Wir haben einen Vertrag. Und die Tiere ... es muss sich doch jemand um die Tiere kümmern ...«

»Hast du auch irgendeinem Elefanten versprochen, ihn nie zu verlassen?«, fragte Nellie. »Den Dadas wird es sehr schwerfallen, sich von den Tieren zu trennen.«

Maria nickte. »Wir können nicht einfach weg. Wir haben kein Geld. Wir haben den Wohnwagen gekauft ...«

»Ihr habt ihn gekauft?«, fragte Nellie entsetzt. »Dieses winzige Ding? Hieß es nicht, sie würden euch einen stellen?«

»Der war noch kleiner«, meinte Maria. »Und Bernhard brauchte ein Auto. Er wollte ja als reisender Landtierarzt arbeiten ...«

»Von dem Desaster hat mir Walter schon erzählt«, seufzte Nellie. »Die Leute haben ihn als Zigeuner beschimpft.«

»Ja. Sie nennen uns alle Gipsys«, bestätigte Maria. »Mir ist das egal. Aber Bernhard ... der hatte sich gerade daran gewöhnt, nicht mehr als Jude beschimpft zu werden. Mit dem Auto haben sie ihn auch betrogen. Es war ganz schnell kaputt. Jetzt zahlen wir an dem Wohnwagen noch ab. Und hier kann man nicht richtig kochen. Es gibt eine Kantine, nur da muss man für das Essen bezahlen. Wir haben keine Rücklagen, Nellie, wir können eine Rückfahrt nach Neuseeland nicht selbst finanzieren.«

»Und wie gedenkt ihr, nach Hause zu kommen, wenn der Vertrag ausläuft?«, erkundigte sich Nellie.

»Dann zahlen die Homers«, gab Maria Auskunft. »Aber das ist noch ein Jahr hin. Wie lange kannst du bleiben? Es tut mir gut, dass du da bist.«

Nellie nickte. »Ich reise mit euch nach Perth«, erklärte sie. »Ich suche mir ein Hotelzimmer. Ihr könnt hier auf keinen Fall noch jemanden unterbringen.«

»Ich sollte dich trösten«, sagte Maria.

Nellie drückte ihre Hand. »Das kannst du morgen tun«, erwiderte sie.

Bevor sie nach Perth kamen, bereisten die Homer Brothers noch zwei weitere Städte im Inland, sodass Nellie einen sehr guten Eindruck davon bekam, wie es war, beim Zirkus zu leben. Sie verbrachte den ersten Abend mit Maria, Bernhard und den Dadas und berichtete von ihren Söhnen und von Epona Station. Über Grit und über die Situation der Lembergers sprachen sie nicht. Die Kinder bekamen schon genug davon mit, dass es ihren Eltern nicht gut ging, sie wollten sie nicht weiter beunruhigen.

»Ihr würdet euch wundern, wie viel Spaß Petey und Marty in ihrer neuen Schule haben«, erzählte Nellie David und Daphne. »Ich glaube, David würde sich jetzt gut mit Petey verstehen. Er baut ständig Modelle von Häusern und Maschinen – Technik und Mathematik interessieren ihn. Und Marty redet nur noch vom Reisen. Er möchte alle Länder der Welt besuchen und ihre Sprachen sprechen können. Mal sehen, was aus ihm wird.«

»Er kann ja Tierfänger werden für Davids Zoo«, sagte Daphne. »David will einen Zoo bauen, wenn er groß ist.«

David spielte verlegen mit dem Buch von Carl Hagenbeck, das er immer mit sich herumzuschleppen schien.

»Einen Tierpark«, korrigierte er. »Einen Zoo ohne Gitter wie Hagenbeck in Hamburg. Ich will ihre natürliche Lebensumgebung nachbauen lassen. Eine Savanne für Gazellen und Elefanten und Giraffen und Zebras, Felsformationen und Grotten für Löwen und Tiger.«

»Ohne Zäune?«, fragte Nellie skeptisch.

»Ohne sichtbare Begrenzung«, schränkte David ein. »Statt Gitter Wassergräben zum Beispiel.«

»Das klingt gut …« Nellie nickte. »Aber wolltest du nicht eigentlich Dompteur werden?«

Über Davids Gesicht flog ein Schatten. »Nein«, sagte er. »Mit Dompteuren will ich nichts mehr zu tun haben.«

Am nächsten Tag wurden die Zelte abgebaut und die Wohnwagen und Raubtierkäfige zum Bahnhof gebracht. Bernhard musste helfen – Nellie fiel auf, dass er sehr schwer arbeitete und dabei ebenso herablassend behandelt wurde wie die anderen Hilfsarbeiter. Von Maria erwartete man, das Verladen der Pferde und anderen Tiere in die Zugwaggons zu überwachen. Nellie begleitete sie zum Bahnhof und war einerseits fasziniert von der generalsstabsmäßigen Präzision, in der das Abbauen und Verladen dieser halben Stadt auf Rädern verlief, andererseits störten auch sie der Lärm und die Aufregung. Alles musste schnell gehen, die Tierpfleger waren nicht zimperlich, wenn die Elefanten, Kamele und Pferde nicht gleich spurten. Das galt ebenso für die Artisten, sofern sie beim Verladen ihrer Tiere halfen wie die Kunstreiterin Natasha. Sie schwang die Peitsche und schimpfte auf ihre Pferde ein, dabei waren Santiago und Primo, der Junghengst, eigentlich sehr brav. Sie setzten ihre Hufe nur langsam und vorsichtig auf die regennasse Rampe.

Während Gerome Homer den Abbau der Zelte im Auge behielt, verlud sein Bruder acht wunderschöne Araberhengste und den unwilligen Wild Bill, der immer noch allabendlich Möchtegernreiter abbuckelte. Die Raubtierkäfige mussten im Zug fixiert werden, was für die Pfleger keine ganz ungefährliche Aufgabe darstellte, da die Löwen und Tiger durch die Gitter nach ihnen schlugen.

»Sallys Mutter hätte vor ein paar Wochen einem Mann beinahe den Arm abgerissen«, berichtete Maria. »Den Tieren gefällt das Reisen nicht, sie sind immer gereizt.«

»Wo ist denn der Bär?«, fragte Nellie, die in Auckland an der Kragenbärin mit der verletzten Pfote Gefallen gefunden hatte.

Marias Gesicht verdüsterte sich. »Wir mussten sie erschießen. Sie hatte alle vier Pfoten verbrannt – der Dompteur hat vergessen, das Feuer unter ihrem Trainingskäfig zu löschen. Irgendwann konnte sie nicht mehr tanzen …«

Marias Stimme klang erstickt. Nellie hatte das Gefühl, sich übergeben zu müssen. Das hier war viel schlimmer als die Geschichte des Äffchens in Berlin.

Im selben Wagen wie die Raubtiere reisten die Schimpansen, was diese in Panik versetzte. Sie schrien wie am Spieß und verkrochen sich letztlich im hintersten Winkel ihres Käfigs.

Nellie wollte mit ihnen schäkern – sie hatte auch das Kapuzineräffchen in Berlin sehr gern gehabt –, aber Maria schüttelte den Kopf.

»Man kann sie nicht berühren«, sagte sie und ließ offen, ob sie körperlichen oder geistigen Kontakt meinte. »Sie sind völlig außer sich, wenn sie Menschen sehen. Ihr Dompteur ist einer der brutalsten Männer hier. Wenn jemand ohne Stock und Peitsche kommt, greifen sie ihn an. Es sind sehr gefährliche Tiere, es sind schon Leute von Schimpansen getötet worden.«

Nellie stießen bereits diese ersten Erfahrungen mit den Zirkustieren ab, doch sie sollte am nächsten Tag noch viel mehr erleben. Die Nacht verbrachten die Artisten und Arbeiter der Show größtenteils im Zug, für ihr letztes Gastspiel hatten sie sich noch einmal weit von Perth entfernt. Für die Stars der Truppe gab es luxuriöse Schlafwagen, für die anderen nur Liegewagen, in denen Etagenbetten zur Verfügung standen. Daphne räumte ihres bereitwillig für Nellie. Sie hatte viele Freundinnen unter den Zirkuskindern und vertraute Nellie an, dass sie mit ihnen bei den Ponys im Heu zu schlafen gedenke. Wahrscheinlich hatte sie es da bequemer als ihre Eltern auf den harten Pritschen ohne jeden Komfort, von denen jeder Waggon um die vierzig enthielt. Bernhard hatte vor sein und Marias Abteil einen Vorhang gezogen, um wenigstens ein bisschen Privatsphäre zu schaffen, aber natürlich hörte man das Schnarchen und alle anderen Schlafgeräusche der Mitreisenden. Nellie fühlte sich wie gerädert, als sie vor Morgengrauen die nächste Stadt erreichten und dort sofort mit dem Ausladen begannen. Die Zelte wurden zuerst transportiert, wofür Kraftwagen zur Verfügung standen. Später wurden die Wohnwagen und Stallkäfige geholt – von Elefanten und Kamelen gezogen. Die Zirkusleute ließen den bunten Zug am liebsten morgens durch die Stadt ziehen, wenn die Kinder zur Schule und ihre Eltern zur Arbeit gingen. Sie erregten damit gleich das Interesse der Bevölkerung an einem Besuch der Show.

Es dauerte fast den ganzen Tag, bis alle Zelte aufgebaut waren, die Tiere hatten vor der abendlichen Vorstellung kaum Zeit, zur Ruhe zu kommen. Es wäre sicher besser gewesen, noch einen Tag zu pausieren, und Maria erzählte, dass man es früher auch so gehandhabt habe. Jetzt aber waren die Homer Brothers in Geldnot. Der Krieg war nicht gut für das Geschäft. Es erschien den Leuten wohl als frivol, sich zu amüsieren, während so viele Männer in Europa kämpften. Insofern war das Zirkuszelt bei der ersten Vorstellung nicht mal zur Hälfte gefüllt, die teuren Plätze ganz vorn blieben völlig leer. Im Stillen gab Nellie denen ganz recht, die auf den Besuch des Zirkus verzichteten.

Und sie verpassten nicht viel. Die Dressurnummern waren so schlecht, dass es den Artisten eigentlich hätte peinlich sein müssen. Die Raubtiere fauchten, bissen und schlugen in Richtung ihrer Dompteure. Nellie, die vom Artisteneingang aus zusah – die Homer-Brüder hatten sich sofort an sie erinnert und sie als Besucherin der Lembergers willkommen geheißen –, sah das blutige Fell der Tiger, als sie nach etlichen Stößen mit einem angespitzten Stab endlich Platz auf ihren Podesten genommen hatten. Gerome Homer ließ sie dann über diverse Hindernisse springen, die im Kreis standen. Er jagte sie mit Peitsche und Stock darüber.

Die Löwen erwiesen sich als schon alt und müde. Sie legten sich sofort in die Mitte der Manege und mochten nicht mehr aufstehen.

Auch ihnen machte Gerome mit Gewalt Beine. Die Elefantennummer, ebenfalls vorgeführt von Gilbert Homer, sah ziemlich traurig aus. Die riesigen Tiere taten zwar, was von ihnen gefordert wurde – meist alberne Dinge wie Handstand und Polonaise –, aber sie wirkten dabei, als brächen sie gleich in Tränen aus. Nellie erinnerte sich an Walters Erzählungen. Sie könnten weinen, hatte er gesagt ...

Lediglich Daphnes Ritt auf Lakshmi war ein schöner Anblick. In der Schlussparade wirkte die Elefantenkuh fröhlich und majestätisch und stellte sich auf eine leichte Hilfe der »indischen Prinzessin« bereitwillig auf die Hinterbeine, während Daphne auf ihrem Nacken saß und winkte.

»Die mag dich wirklich«, bemerkte Nellie, als sie das Mädchen und seine riesige Freundin am Ausgang in Empfang nahm.

Daphne nickte. »Ich könnte die Elefanten allein vorführen. Mit mir machen sie alles besser. Aber auch manchmal Unsinn. Einmal hat Kali einem Besucher seinen Hut vom Kopf genommen ...« Sie kicherte. »Und ein anderes Mal hätte sie beinahe die Perücke von einer Frau erwischt. Das war so komisch, die Frau hielt sie fest und schrie, und Kali zupfte immer mehr Löckchen raus ... Eine Besucherin rief: ›Hilfe, er skalpiert sie!‹ Ich hab so gelacht. Jetzt darf ich sie nicht mehr vorführen. Das macht der Direktor, und bei dem wird nicht gelacht.«

Am nächsten Morgen waren Trainingsstunden anberaumt, um die Tiere möglichst schnell wieder zu Höchstleistungen zu bringen. Dazu setzten die Dompteure noch ganz andere Zwangsmittel ein als den Stock. Sie trieben die Löwen und Tiger mit glühend heiß gemachten Eisendreizacks auf ihre Plätze, die Schimpansen bekamen die Peitsche zu spüren, wenn sie sich balgten, statt Fahrrad zu fahren oder Trapezkunststücke vorzuführen.

»Dabei sollte ihnen das eigentlich Spaß machen«, bemerkte Nellie, die sich daran erinnerte, wie sie in Berlin das Kapuzineräffchen jagen musste, das sich an den Kronleuchtern der Varietétheater entlanghangelte, wenn es seiner Besitzerin mal wieder entwischt war. »Im Urwald schwingen sie sich bestimmt auch von Ast zu Ast.«

Hier im Zirkus wurde den Affen die Bewegung verleidet. Sie wollten nur noch zurück in ihren Käfig, wo sie eng umschlungen in einer Ecke saßen und auf die nächste Vorstellung warteten.

Nellie war schon nach ein paar Tagen im Zirkus angewidert. Auch die Atmosphäre in der Gemeinschaft behagte ihr nicht. Die Homer Brothers brachten es nicht fertig, unter ihren Artisten für Ruhe und Ordnung zu sorgen. Die Stimmung war geprägt von Neid und Missgunst. Alle wetteiferten miteinander um den besten Auftrittstermin, mehr Trainingszeiten – und Privilegien wie etwa einen Platz im Schlafwagen bei der Weiterreise. Die Hierarchie war klar: Zuerst kamen die Direktoren, dann die Stars unter den Artisten, die anderen Schausteller und zuletzt das Hilfspersonal, zu dem man offensichtlich auch Maria und Bernhard zählte. Jeder meinte, die Tierärztin herumkommandieren und kritisieren zu dürfen, und Bernhard galt ohnehin nur als Hilfskraft beim Auf- und Abbau des Platzes.

Nellie war froh, als der Zirkuszug sich in Richtung Perth in Bewegung setzte. Wenn die Homer Brothers von dort aus weiterzogen, würde sie das nächste Schiff zurück nach Neuseeland nehmen. Von Walter und somit auch von Grit und Alex gab es keine Nachrichten. Ebenso wenig rührte sich Phipps. Immerhin hatte der Besuch bei Maria sie tatsächlich auf andere Gedanken gebracht. Leider nicht auf schönere.

Perth war die Hauptstadt des Bundesstaates Western Australia und entsprechend bedeutend. Die anderen Orte, in denen der Zirkus in den letzten Tagen gastiert hatte, waren kaum größer als Dörfer gewesen, Perth jedoch hatte einen Hafen, ein Bankenviertel und eine lebendige Innenstadt. Der Zirkus durfte seine Zelte im Kings Park aufbauen, was die Homer Brothers freute, da die Anlage zentral gelegen war. Die Brüder hofften, hier endlich einmal einen ordentlichen Profit erzielen zu können, die erste Vorstellung war tatsächlich gut besucht. Natasha war dennoch unzufrieden. Santiago war nach wie vor nicht einsetzbar, und der junge Primo patzte sehr häufig, er beherrschte die spektakulären Dressurlektionen einfach noch nicht. Die Kunstreiterin befürchtete, auf Dauer ihren Starstatus zu verlieren, wenn es so weiterging. Bislang wurde sie von den Zirkusdirektoren hofiert, und es hieß, sie teile zumindest mit Gilbert häufig den Schlafwagen. Unter den Artisten wurden allerdings schon Stimmen laut, dass ihre Dressurnummer nur noch drittklassig war – sie sollte bei der nächsten Weiterfahrt in den Liegewagen nächtigen wie die Schausteller, die nicht zu den Publikumsmagneten gehörten. Die nächste größere Stadt war Adelaide, zwischen den Orten lagen mehr als zweitausendfünfhundert Kilometer Bahnfahrt.

Am zweiten Vormittag in Perth drängte Natasha Maria, sich Santiago noch einmal anzuschauen, und die bat diesmal Nellie dazu, da die mit Pferden mehr Erfahrung hatte. Nellie nahm die Konsultation ernst, sie schaute nicht nur bei der Vorstellung noch einmal genau hin, sondern ebenso beim Training. Dabei sollte Primo, der junge Schimmel, endlich die Levade lernen. Mit Hilfslonge und Peitsche versuchten Natashas Helfer, ihn zum Steigen zu bringen. In Nellie erwachte ein sehr spezieller Verdacht.

Sie tastete die Beine Santiagos gar nicht erst ab, bevor sie Natasha bat, ihn vortraben zu lassen. Auch Maria hatte das Problem ja schon lokalisiert, und Nellie war sich sicher, dass sie sich nicht damit irrte, dass er Schmerzen im Rücken hatte.

Sie verfolgte die Bewegungen des Hengstes mit grimmigem Gesichtsausdruck. Das Pferd zeigte schwankende, unsichere Bewegungen. Besonders bei den Wendungen fiel das auf.

»Wie ich mir gedacht hatte. Er ist ataktisch«, meinte Nellie.

Maria biss sich auf die Lippen. Sie musste das auch schon vermutet haben, aber im Gegensatz zu ihrer sonstigen Art hatte sie es Natasha gegenüber nicht ausgesprochen.

»Was soll das denn jetzt wieder heißen?«, fragte Natasha ungeduldig. »Kommt's doch nicht vom Rücken? Ich wusste gleich ...«

»Es kommt zweifellos vom Rücken«, beschied Nellie sie knapp.
»Und es ist mehr als nur eine Verspannung. Ich habe Sie vorhin
beim Training gesehen – das Steigen auf der Hinterhand, das Sie
trainieren ...«

»Levade!«, korrigierte Natasha hochmütig. »Wir wollen uns
doch um die Fachbegriffe bemühen.«

»Eine Levade ist definiert als ein Sicherheben des Pferdes auf die
Hinterhand, wobei starke Hankenbeugung erwartet wird. Das Pferd
soll seinen Rumpf in einem Winkel von weniger als fünfundvierzig
Grad zum Boden heben und die Vorderbeine möglichst stark anwin-
keln ...« Maria konnte sich nicht beherrschen. Sie verfiel mal wieder
ins Dozieren.

Nellie unterbrach den Vortrag, indem sie sich erneut an die Zir-
kusreiterin wandte. »Bei Ihrer ›Levade‹«, betonte sie sarkastisch, »ist
Santiago nicht zufällig schon mal gestürzt?«

Natasha nickte gelassen. »Ist er. Woher wissen Sie das? Als wir
ihm die Levade beigebracht haben, ist er öfter gefallen. Das passiert
doch immer wieder mal ...« Nellie rieb sich die Stirn. Natürlich war
es nicht üblich, dass ein Pferd bei der Erarbeitung schwerer Dressurlektionen das Gleichgewicht verlor. Bevor sich ein seriöser Reiter an
die Schulen über der Erde wagte, hatte er sein Pferd jahrelang gym-
nastiziert. »Und hinterher hat er nie gelahmt«, behauptete Natasha.

Nellie seufzte. »Dennoch ist es offensichtlich, dass der Sturz
einmal oder mehrmals zu einer Kompression des Rückenmarks geführt hat. Das verursacht dann gleich danach oder zeitversetzt einen
unkoordinierten Bewegungsablauf. Man nennt das Spinale Ataxie.
Gelegentlich tritt sie auch nach schweren Virusinfektionen auf, aber
das kann man hier wohl ausschließen. Eine Ataxie kann sich im
Laufe der Zeit bessern, kann aber auch schlimmer werden. Bei Ihrem Pferd, Miss Natasha, glaube ich eher an Letzteres. Eine Heilung
ist sehr unwahrscheinlich, und es würde nichts bringen, dem Pferd

vor der Show Schmerzmittel zu geben. Ihm tut ja nicht direkt etwas weh, es ist nicht akut krank oder verletzt, es ist sozusagen körperbehindert. Ich habe immer mal wieder Leute kennengelernt, die einen leichten Ataktiker geritten haben, und dabei glücklich waren. Für höhere Dressurlektionen sind diese Pferde aber nicht mehr geeignet. Das wäre auch gefährlich. Wenn Santiago steigt und mit Ihnen auf dem Rücken fällt, können Sie sich selbst schwer verletzen.«

Natasha starrte Nellie an. In ihren Augen stand blanke Wut. »Was soll ich also machen?«, fragte sie mit schriller Stimme. »Soll ich ihn in die Wurst schicken?«

Nellie hob die Schultern. »Sie können ihm das zweifellos verdiente Gnadenbrot geben«, meinte sie. »Und vor allem sollten Sie den Fehler bei Ihrem Jungpferd nicht noch einmal machen, sondern es schonender ausbilden. Es ist nicht im Sinne der klassischen Reitkunst, dass Pferde im Training fallen. Für Santiago ist es leider zu spät.«

Nellie streichelte die Stirn des schönen weißen Hengstes.

»Das ... das ... ist ... impertinent!«, schimpfte Natasha. »Was nehmen Sie sich überhaupt heraus, mich hier zu maßregeln! Was wissen Sie von der Reitkunst? Sie ... Sie ... gehören ja nicht mal hierher!«

Nellie nickte. »Das stimmt. Trotzdem wollte ich helfen«, sagte sie. »Und nun wissen Sie wenigstens, was mit ihm los ist. Wenn Sie ihn behalten wollen, kann Maria Ihnen etliche Tipps dazu geben, was Sie ihm noch zumuten können und was nicht. Ich würde ihn irgendwo auf die Weide stellen, das Herumreisen tut ihm sicher nicht so gut. Und wenn es kalt ist, würde ich ihn eindecken, Pferde mit diesem Problem sind oft ein bisschen wetterfühlig ...«

Natasha hörte nicht zu, sondern suchte in ihrer Tasche nach einer Packung Zigaretten. Fahrig nahm sie eine davon heraus und steckte sie sich an.

»Ach, scheren Sie sich doch zum Teufel!«, brüllte sie und wandte sich ab.

Maria und Nellie blieben mit dem Pferd zurück, während sie herausrauschte. Sie steuerte den anderen Stallgang an, wahrscheinlich, um Gilbert Homer, der die Araberhengste eben trainiert hatte und wahrscheinlich noch im Stall war, ihre Nöte zu schildern.

»Binden wir den Hengst wieder an?«, fragte Maria unglücklich.

Nellie schüttelte den Kopf. »Wenn sich ein Auslauf findet, bringen wir ihn raus«, sagte sie. »Sehr oft wird er die Sonne sicher nicht mehr sehen. Wetten, dass sie ihn erschießen lässt?«

Es war ein schöner sonniger Tag in Perth, und viele Tiere standen nicht in ihren Stallzelten, sondern unter freiem Himmel. Die Elefanten waren angekettet, die Ponys drängten sich in einem eigentlich zu kleinen improvisierten Paddock. Auf diesem Zirkusplatz, das war Nellie gestern schon aufgefallen, war alles etwas eng, die Wohnwagen standen sehr dicht beieinander und die Raubtierkäfige entschieden zu nah an den Stallzelten der Pferde und Kamele, die wiederum direkt an das große Manegenzelt grenzten. Die größere Nähe zur City hatte ihren Preis, die Veranstaltungsfläche im Stadtpark war nicht sehr ausgedehnt.

Nellie und Maria zogen sich in Marias Wohnwagen zurück, um einen Tee zu trinken. Nellie plante, am nächsten oder übernächsten Tag nach Neuseeland zurückzukehren, und so nutzten sie die letzten Stunden des Zusammenseins, um noch einmal zu reden. Lösungen für Maria und Bernhards Schwierigkeiten fielen ihnen nicht ein, aber Nellie gehörte zu den wenigen Menschen, deren Anwesenheit Maria als beruhigend und tröstlich empfand.

»Wo ist denn Bernhard?«, fragte Nellie, während sie Tassen aus einem der winzigen Schränke des Wohnwagens holte.

Maria verzog zwar nicht das Gesicht, Nellie erkannte trotzdem an ihrem Augenausdruck, dass sie etwas missbilligte.

»Er schneidet den Pferden die Hufe aus. Das kann er ja ...«

Die Tierärzte hatten es alle gelernt, überließen es aber im Allgemeinen einem Schmied, mit dem sie zusammenarbeiteten.

»Und damit sparen sich die Homer Brothers den Hufschmied«, verstand Nellie.

Maria nickte. »Bernhard kriegt dafür nichts extra. Und es ist eine unangenehme Arbeit. Die Ponys sind zum Teil sehr klein, man bekommt Rückenschmerzen, wenn man ihre Hufe bearbeitet. Und Wild Bill schlägt und beißt.«

Nellie seufzte. »Das ist kein Zustand hier. Ihr müsst hier weg – und wenn Bernhard sich zehnmal vor dieser dämlichen Gewissensprüfung in Neuseeland fürchtet. Es ist besser, als sich hier demütigen und beschimpfen zu lassen ...«

Plötzlich wurden draußen Rufe und schließlich Schreie laut.

»Hilfe! Wir brauchen die Feuerwehr! Kommt alle helfen! Es brennt!«

Das Feuer war im Stallzelt der Pferde ausgebrochen – tatsächlich hatte eine nicht richtig ausgedrückte Zigarettenkippe das Stroh entzündet. Natasha, die Verursacherin, war sofort in Panik geraten und hatte gar nicht erst versucht, die Glut auszutreten. Immerhin war sie so geistesgegenwärtig gewesen, die Pferde zu befreien – ihren Primo und die acht Araber der Homers. Als sie sich selbst schreiend ins Freie rettete, stand das Stallzelt schon in Flammen, und das Feuer griff auf das Manegenzelt über. In Australien war es heiß, es hatte wochenlang nicht geregnet, und die ausgetrockneten Zeltplanen brannten wie Zunder. Auf Natashas Hilfeschreie reagierten die Zirkusleute sofort. Von allen Seiten stürmten Artisten und Tierpfleger auf den Brandherd zu und bildeten in Rekordzeit Eimerketten, um zu löschen. Selbst die Kinder reihten sich blitzschnell ein. Jedes Mitglied der Zirkusfamilie wusste, dass selbst das kleinste Feuer sehr schnell zur Katastrophe werden konnte.

Nellie zog Maria aus dem Wohnwagen, sobald sie das Wort Feuer hörte, und sie starrten beide ungläubig auf die hoch auflodernden Flammen. Maria zitterte. Eine derart gewaltige, gefährliche Abweichung vom Normalen nahm ihr jegliche Reaktionsfähigkeit. Hinzu kam der Lärm. Maria hielt sich die Hände an die Ohren und duckte sich.

»Maria, du kannst jetzt in keinen Schrank«, rief Nellie energisch.

»… muss hier weg …«, wimmerte Maria.

Nellie legte ihr den Arm um die Schulter und führte sie vom

Feuer fort, in Richtung des Pferchs mit den Ponys. Hier begrenzte ein Parkweg den Zirkusplatz, auf dem sich schon Schaulustige eingefunden hatten, die fasziniert ins Feuer blickten. Die Ponys blieben zum Glück relativ ruhig.

»Maria, wir gehen jetzt da in den Wald«, bestimmte Nellie. Auf der anderen Seite des Parkwegs befand sich ein Eukalyptushain.

Jetzt waren auch Feuerwehrsirenen zu hören, und Nellie atmete auf. Wenn professionelle Hilfe nahte, brauchte sie sich wenigstens nicht dafür schuldig zu fühlen, dass sie Maria beistand, statt zu helfen. Sie suchte nach einem Platz zwischen den voluminösen Wurzeln eines der Bäume. Maria kauerte sich hinein und begann, ihren Körper hin und her zu wiegen. Nellie schirmte sie ab. Sie wusste, dass sie jetzt nur noch warten konnten, bis Maria wieder zur Ruhe kam, und hoffte, dass Bernhard und die Kinder in Sicherheit waren.

David, der wieder einmal in ein Buch vertieft neben Sallys Käfig gesessen und seine Katzen gekrault hatte, sah auf, verwundert darüber, dass die Tiger unruhig wurden und die Löwen ängstlich brüllten. Dann entdeckte er den Grund dafür. Hinter den Raubtierkäfigen loderten Flammen hoch auf. Im nächsten Augenblick sprangen die Tiger und Löwen panisch gegen die Gitter ihrer Käfige. Im Stallzelt nebenan brannte es noch nicht. Dort lebten die Schimpansen, die Kamele, Ziegen und das Lama. David hörte die Affen schreien – und erkannte, dass es nur eine Frage von Minuten sein würde, bis das Feuer auf die weiteren Zelte übergriff. Er dachte nicht ans Löschen, er wollte nur noch die Tiere retten … Noch während er diesen Gedanken fasste, sah er die Kamele, das Lama und die Ziegen in Panik aus dem Stallzelt stürmen. Ihnen folgte seine Schwester.

»David, die Schlüssel!«, keuchte Daphne. »Ich hab die Tiere aus den Verschlägen rausgelassen, aber die Käfige sind verschlossen. Ich kann sie nicht aufstemmen … Und die Elefanten sind angekettet. Sie werden im Feuer umkommen!«

»Du willst sie alle freilassen?«, fragte David.

Daphne nickte mit wildem Blick. »Was sollen wir denn sonst machen? Willst du sie verbrennen lassen?«

David wusste, wo die Pfleger die Schlüssel der Käfige aufbewahrten. Er hatte genug Zeit bei den Raubkatzen verbracht. So schnell er konnte, rannte er los und kam mit zwei Schlüsselbunden zurück.

»Hilf mir!«, rief Daphne.

Die Zwillinge liefen hustend zurück ins Stallzelt, es hatte sich bereits mit Rauch gefüllt. Dort, wo es an das Manegenzelt grenzte, sah man die ersten Flammen. Die Schimpansen schrien vor Angst. Daphne probierte verzweifelt einen der Schlüssel nach dem anderen und schluchzte vor Erleichterung auf, als einer sich im Schloss drehte. Sie riss die Tür auf – und duckte sich, als die beiden Affen herausstürmten.

»Jetzt die Elefanten!«

Die Dickhäuter trompeteten bereits. Sie standen neben dem Manegenzelt, das lichterloh brannte, und waren dem Funkenflug schutzlos ausgesetzt. Daphne beruhigte sie, und David kämpfte mit den eisernen Ketten und Spangen, während schwelende Zeltleinwand auf sie herabregnete. Die Funken versengten ihre Kleider und ihr Haar, sie achteten nicht darauf. Als es ihnen endlich gelang, die Fußfesseln zu lösen, setzten sich Kali und Lakshmi in Trab.

»Wo ... wo gehen sie wohl hin?«, fragte David, dem langsam die Tragweite der Befreiungsaktion klar wurde.

»Weiß ich nicht«, beschied ihn Daphne, als sie den Tieren nachblickte.

Dann fiel ihr Blick auf die Raubtierkäfige. »Es brennt bei den Tigern!«, schrie sie.

Neben den Holzkäfigen war Stroh gestapelt, und sie waren mit Stroh eingestreut. Die Raubtiere würden jämmerlich verbrennen.

David rannte los. Während Daphne den Wasserschlauch, der zum Reinigen der Käfige diente, auf das brennende Stroh richtete, schloss er einen nach dem anderen auf und ließ die Tiere raus. Schließlich sahen sie beide wie erstarrt zu, wie die leeren Käfige Feuer fingen.

Als das Stroh in einer Feuerwolke aufging, erwachten sie aus ihrer Trance und retteten sich aus dem Inferno.

Auf dem Wohnwagenplatz hatten die ersten Wagen Feuer gefangen. Die Feuerwehr versuchte, die restlichen vor den Flammen zu schützen. Die Manege und die Stallzelte hatten die Männer für verloren gegeben.

»Die Ponys?«, fragte David.

Daphne winkte ab. »Die waren draußen. Auf der anderen Seite der Wohnwagen. Und den Paddockzaun kriegen sie auch leicht kaputtgetrampelt, wenn sie wirklich rauswollen. Was ist mit deinen … Katzen?«

»Die müssen sich selbst helfen«, meinte David. »Aber Tatjana, die Katze von Boris und Ilonka …«

Die Frau des Messerwerfers und Jongleurs hielt ihre Edelkatze meistens in ihrem Wohnwagen. Sicher war sie auch jetzt noch eingesperrt.

Die Zwillinge rannten auf den Standplatz zu und vorbei an zwei Feuerwehrmännern, die ihn gerade absperren wollten.

»He, langsam, bleibt, wo ihr seid!«

Einer der Männer stellte sich David in den Weg, doch die flinke Daphne steuerte schon auf den Wagen der Artisten zu, während er noch erklärte. Sie riss die Tür auf, die zum Glück nicht verschlossen war – und die Katze schoss hinaus in die Freiheit.

»Nun lauft zu euren Eltern!«, mahnte der Feuerwehrmann, der die Rettungsaktion verfolgt hatte. »Schnell!«

Die Dadas sahen einander an.

»Wir müssen Mama und Papa erst mal suchen …« Bis jetzt hatte Daphne keinen Gedanken daran verschwendet, dass auch Menschen in Gefahr sein könnten, jetzt blickte sie ihren Bruder ängstlich an. »Glaubst du … glaubst du, es sind Menschen verbrannt?«

»Nein«, erwiderte David gelassen. »Die waren ja nicht eingesperrt.«

Aus einiger Entfernung beobachteten die Zwillinge fasziniert die

Arbeit der Feuerwehr. Mit etlichen Schaulustigen standen sie auf einem der breiten Parkwege, die den Veranstaltungsplatz begrenzten und jetzt wie Feuerschneisen wirkten. Zum Glück ging kaum Wind, sodass die Flammen nicht weiter angefacht wurden. Irgendwann zeigten die Löschanstrengungen Wirkung, und das Tosen, das die Luft erfüllt hatte, ebbte ab. Von den zerstörten Zelten stieg beißender Rauch auf. Die Feuerwehrmänner rannten nun zu den Tierkäfigen. Sie näherten sich den vergitterten Wagen mit dicken Schläuchen.

»Die sind ja alle offen«, wunderte sich einer von ihnen.

»Mr. Homer?« Er rief nach einem der Brüder, der in der Nähe stand, und gleich auf ihn zuhastete. Er war rußverschmiert, seine elegante Uniform war nass und angesengt – Gerome Homer machte den Eindruck eines geschlagenen Mannes. Das änderte sich jedoch gleich, als er die zerstörten leeren Käfige sah. »Da waren keine Tiere drin«, konstatierte der Feuerwehrmann. »Kann sie irgendjemand von Ihren Leuten befreit haben?«

»Befreit?« Gerome Homer schüttelte energisch den Kopf. »Wo denken Sie hin? Das sind wilde Tiere! Löwen, Tiger … Die befreit man nicht einfach so!«

»Aber wir konnten sie doch nicht verbrennen lassen.« Daphne kam hinter einem der verkohlten Wagen hervor, David folgte ihr. Auch sie waren rußgeschwärzt.

»Ihr wart das?«, fragte der Feuerwehrmann verblüfft. »Ihr habt die Tiere da rausgeholt?«

Gerome Homer schien seine Lebensgeister wiederzufinden. »Was zum Teufel habt ihr euch dabei gedacht?«, brüllte er. David und Daphne duckten sich unter seinem Geschrei. »Ist euch klar, was hier los sein wird, wenn die Biester irgendwelche Menschen umbringen? Ein Tiger hätte seinen eigenen Pfleger schon zweimal beinahe umgebracht!« Der Zirkusdirektor schlug mit einer imaginären Peitsche in die Luft.

»Weil er gemein zu ihnen war«, führte David aus. »Er hat sie wütend gemacht. Da ist es kein Wunder …«

»Wenn wir sie nicht rausgelassen hätten, wären sie umgekommen«, wiederholte Daphne. »Wir konnten sie doch nicht verbrennen lassen.«

»Das wäre billiger gewesen, als das, was jetzt vielleicht auf uns zukommt. Und ob verbrannt oder erschossen, das macht keinen Unterschied! Verdammter Mist, ich muss die Polizei alarmieren, eventuell die Army ... Die Raubtiere müssen abgeschossen werden, bevor sie etwas anstellen können.«

In diesem Moment hörte man Sirenen, und ein Polizeiwagen hielt auf dem Parkweg. Ein junger Beamter stieg aus, er lief zielstrebig auf den Zirkusdirektor zu.

»Sir, sind Sie hier zuständig?«, fragte er höflich. »Auf der Main Street ist nämlich ein Tiger gesichtet worden. Und hier um die Ecke grast ein Lama. Die Leute sagen, es spuckt. Der Bürgermeister hat Ausgangssperre verhängt, und meine Kollegen beobachten das Tier, also den Tiger natürlich, das Lama wird ja niemanden fressen. Wenn Sie also kommen wollen, und ihn einfangen? Es gehört doch zu Ihnen, oder?«

Gerome Homer sah aus, als würde er seine Tiger am liebsten verleugnen. »Wie ... wie soll ich den denn einfangen?«, fragte er dümmlich.

Der Polizist hob die Schultern. Woher sollte er das wissen? Tigerfang gehörte nicht zum Ausbildungsplan an Polizeischulen.

»Ich komme mit«, bot David sich an.

»Ich auch«, echote Daphne.

Der Polizist musterte die Kinder unwillig. »Ihr? Wie alt seid ihr? Höchstens zwölf, dreizehn, oder?«

»Elfeinhalb«, gab David zu. »Beide. Wir sind Zwillinge. Aber ich kenne die Tiger. Vor mir und Daphne haben sie keine Angst.«

»Es ist eigentlich mehr so, dass die Bevölkerung Angst vor den Tigern hat, nicht umgekehrt«, bemerkte der Polizist.

David schüttelte den Kopf. »Ich wette, es ist nicht so«, erklärte er. »Tiger sind sehr scheu.«

»Es haben wahrscheinlich alle Angst voreinander«, analysierte Daphne. »Und wenn Tiger Angst haben, dann beißen die schon mal zu ...«

»Officer?« Ein zweiter Polizist, der bislang im Wagen gesessen hatte, betrat das Zirkusgelände. »Auf der Queen Street sind zwei Elefanten gesichtet worden ... Kam grad über Funk.«

»Die hole ich!«, rief Daphne. »Tun Sie ihnen bloß nichts, sie sind ganz zahm.«

»Die Tiger tun eigentlich auch nichts«, fügte David hinzu. »Wenn man sie nicht reizt.«

Während der Polizist die Zwillinge noch unschlüssig ansah, kam Bernhard aus Richtung der rauchenden Zelte. Man sah ihm seine Erleichterung an, als er sie erblickte.

»Da seid ihr ja!«, rief er vorwurfsvoll. »Wo habt ihr gesteckt? Die anderen Kinder haben alle beim Löschen geholfen. Ich hab mir schon Sorgen gemacht ...«

»Mit Fug und Recht«, fauchte Gerome Homer. »Ihre feinen Sprösslinge haben die Löwen und Tiger auf die Stadtbevölkerung gehetzt ...«

»Weil sie sonst verbrannt wären«, wiederholte Daphne.

»Und wir haben sie nicht gehetzt«, stellte David richtig. »Sie sind von allein gegangen.«

»Dann sollten wir uns vielleicht auf den Weg machen, sie wieder einzufangen«, meinte Bernhard gelassen. »Bevor sie womöglich erschossen werden.«

Der Polizist schaute ihn beeindruckt an, auf einmal wirkte er optimistischer.

»Darf ich fragen, wer Sie sind, Sir?«, erkundigte er sich.

»Der Tierarzt«, erklärte Bernhard. »Meine Frau und ich betreuen die Zirkustiere. Wir werden zur Verfügung stehen. Ein paar Männer, die uns helfen, können wir sicher auch auftreiben ...«

»Und wir dürfen mit, ja?«, bettelte Daphne. »Bitte, Papa, Lakshmi und Kali hören am besten auf mich. Und die Tiger auf David.«

Daphne und David beharrten auf ihrer Qualifikation.

Bernhard nickte, was den Polizisten wieder zu irritieren schien. »Lauft jetzt aber erst mal los und sucht Mama und Nellie. Sie sind nicht bei den anderen und auch nicht im Wohnwagen. Ich nehme an, sie ... Also ich wäre mit Maria zu den Ponys gegangen, da war es noch am ruhigsten. Geht sie da mal suchen, und sagt ihnen, sie sollen die Notfalltasche und das Betäubungsgewehr holen und herkommen.«

Er wandte sich wieder an die Polizisten, als die Zwillinge sich in Trab gesetzt hatten. »Es stellt sich allerdings die Frage, was wir mit den Tieren machen, wenn wir sie eingefangen haben. Wohin mit zwei Elefanten, drei Tigern und zwei Löwen? Und all den Pferden und Ponys, Ziegen und Katzen und Hunden? Ach ja, zwei Affen sind auch unterwegs, Schimpansen. Die müssen wir am dringendsten finden. Wahrscheinlich jagen sie den Menschen die wenigste Angst ein, aber wenn man sich ihnen fahrlässig nähert, sind sie gefährlicher als die Tiger oder die alten Löwen.«

Die Polizisten blickten zu Gerome Homer. »Haben Sie irgendwelche Ausweichkäfige?«

Der Direktor schüttelte den Kopf. Seine Wut schien Resignation zu weichen. »Es ist alles verbrannt«, sagte er. »Am besten, Sie erschießen das Viehzeug ... Wir sind sowieso ruiniert ... Der Zirkus wird schließen müssen.«

Die Polizisten blickten Gerome Homer ungläubig an, dann wandte sich einer von ihnen an Bernhard. »Wir können sie doch nicht einfach erschießen ...«, meinte er.

»Da müssten Sie auch erst mal an David und Daphne vorbei«, bemerkte Bernhard, fast etwas belustigt.

Der andere Polizist hatte einen Geistesblitz. »Warum fragen wir nicht im Zoo?«, schlug er vor. »Die sollten doch Käfige haben ...«

Maria erschrak zu Tode, als sie sich aus ihrer Wurzelnische aufrichtete und die Augen öffnete. Sie blickte direkt in das Gesicht ihres Lieblingstieres. Das Lama sah sie interessiert an.

»Was machst du denn hier, Lametta?«, fragte sie mit erstickter Stimme – und unendlich erleichtert, das Tier am Leben zu sehen. Dafür vermisste sie ihre Freundin. »Nellie?«

»Ich bin hier mit den zwei Kamelen«, antwortete Nellie und führte die Tiere gleich in Marias Blickfeld. Sie hielt je eines von ihnen am Halfter, Stricke hatte sie nicht.

Maria löste den Gürtel ihres Wickelkleides und legte ihn Lametta um den Hals. Die Lamastute ließ es sich gefallen und schien bereit, sich daran führen zu lassen.

»Die Ziegen streunen auch irgendwo hier rum«, meinte Nellie. »Was machen wir mit den Viechern?«

Maria war noch benommen, fing sich jedoch langsam. »Zurück zum Zirkus?«, fragte sie.

Nellie führte die Tiere erst mal auf den Parkweg und stieß dort auf das Interesse der letzten Schaulustigen, die wohl auf dem Heimweg waren.

»Der Zoo ist gar nicht so weit weg«, erklärte ein Mann. »Vielleicht können die Tiere da unterkommen.«

»Wie weit ist ›nicht so weit‹?«, fragte Nellie vorsichtig.

Der Mann zuckte mit den Schultern. »Zu Fuß? Vielleicht eine halbe Stunde ...«

»Mama!«, hörten sie plötzlich Daphne rufen. Ihre Stimme überschlug sich fast. Außer Atem stürzte sie auf Maria zu. »Mama, wir haben die ganzen Tiere befreit! Die Kamele und das Lama und die Elefanten und die Löwen ...«

»Soll heißen, hier laufen wilde Tiere frei rum?«, rief die Frau des hilfsbereiten Mannes panisch.

Maria blickte sich suchend um. »Hier nicht«, sagte sie.

»Dann wären die Kamele auch nicht so entspannt«, fügte Nellie beruhigend hinzu.

Die Frau erleichterte das nicht. »Rudyard, das ist entsetzlich! Wir müssen hier weg! Schnell!«

»Laufen sollten Sie besser nicht, wenn Sie ein Raubtier sehen«, bemerkte David, der seiner Schwester gefolgt war. »Das könnte seinen Jagdinstinkt wecken. Am besten ...«

»Ich glaube, so genau wollen die Leute hier das gar nicht wissen«, unterbrach ihn Nellie. Die Passanten hatten denn auch nicht zugehört, sondern schleunigst das Weite gesucht. »Sind die Tiger wirklich los? Dann müssen wir sie einfangen?«

Die Dadas erklärten aufgeregt, was geschehen war. Inzwischen kam der Pferch der Ponys in Sicht. Er stand noch.

»Wir können die Kamele und das Lama erst mal hierlassen«, bestimmte Nellie. »Die Pferde werden sie ja kennen und keine Angst haben. Und wir sagen im Zirkus Bescheid, dass der Zoo möglicherweise ein Ausweichquartier bietet. Irgendjemand soll die verbliebenen Tiere hinbringen. Ihr habt ein Betäubungsgewehr, Maria?«

Maria nickte. Sie wirkte immer noch verstört, schien aber wieder handlungsfähig, wenn jemand ihr klare Anweisungen gab.

»Und mein Blasrohr.«

Maria verließ sich beim Betäuben von Wildtieren lieber auf das Blasrohr, mit dem sie vor Jahren in Berlin gearbeitet hatte und das sie bei den Zirkustieren auch schon des Öfteren hatte anwenden müssen.

Nellie und sie statteten sich mit allen verfügbaren Betäubungswaffen aus, nachdem sie die Kamele provisorisch untergebracht hatten. Unter den Zirkusleuten hatte sich inzwischen herumgesprochen, dass die Tiere frei waren, und etliche beherzte Pfleger und Artisten machten sich bereits auf die Suche nach den Pferden und Ziegen.

Von den Direktoren behielt Gilbert Homer eher die Nerven als Gerome. Er machte sich vor allem Sorgen um die Araberhengste. Was die Tiger und Affen anging, war auch er dafür, sie einfach zu erschießen. Natürlich waren sie wertvoll, man konnte sie an andere zirzensische Unternehmen verkaufen, wenn der Zirkus wirklich aufgelöst wurde. Aber die Tiere waren nicht versichert. Wenn sie jemanden verletzten, waren die Brüder völlig ruiniert.

Der Dompteur der Affen war absolut nicht bereit, sich an der Jagd auf seine Schützlinge zu beteiligen. Er hätte sich zwar zugetraut, die Tiere wieder in ihre Käfige zu treiben, wenn denn welche da gewesen wären. Eine Alternative dazu sah er hingegen nicht.

»Die Schimpansen sind stärker, als Sie glauben«, warnte er die Polizisten. »Die reißen Ihnen glatt einen Arm aus.«

Die Dadas fanden es sehr aufregend, in einem Polizeiwagen mitfahren zu dürfen. Bernhard, Maria und Nellie folgten den Polizisten in einem der Zirkusfahrzeuge. Auf der Main Street erwartete sie eine rettende Überraschung. Gleichzeitig mit dem Polizeiwagen traf ein mit Käfigen beladener Lastwagen ein. Die zugehörigen kräftigen Männer begrüßten sie selbstbewusst.

»Man hat uns darüber benachrichtigt, dass Sie Hilfe brauchen – wir sind für die Tiere zuständig, die neu in den Zoo kommen und akklimatisiert werden müssen«, erklärte einer von ihnen. »Da sind oft Wildfänge dabei. So schnell macht uns ein Tiger keine Angst.«

»Machen Sie vor allem dem Tiger keine Angst«, mahnte Bernhard. »Auch dann nicht, wenn er meinem Sohn hinterherläuft. Wie sieht er denn aus?«

»Das Tier ist nicht sehr groß, wahrscheinlich noch jung«, meinte der Polizist, der den Tiger verfolgt hatte. »Es ist da in dem Lebensmittelladen. Laut Besitzer hat das Geschäft keinen Hinterausgang.«

»Konnte das Sally sein, David? Vergewissere dich erst, bevor du ein Risiko eingehst. Es ist kein Problem, sie zu betäuben.«

David strahlte. »Es muss Sally sein«, sagte er. »Ich ruf sie mal.«

Er ging auf das Geschäft zu, vor dem der Eigentümer mit einem weiteren Polizisten darüber diskutierte, wer den Schaden zu zahlen hätte, wenn der Tiger einen solchen anrichtete.

»Hast du was zum Locken, David?«, fragte Bernhard.

David zog ein in Wachstuch eingewickeltes Paket aus der Tasche, das Fleischstücke enthielt. Daphne reichte ihm einen Stock, auf den er sie aufspießen konnte.

»Brauche ich aber gleich wieder, für die Elefanten«, merkte sie an. »Sie darf nicht drauf rumkauen.«

»Die kleine Tigerin, Sally, ist im Zirkus geboren«, erklärte Bernhard den Zoowärtern und Polizeibeamten, während David im Laden verschwand. »Und sie war als Welpe schwer krank. Meine Frau hatte sie eine Zeit lang in unserer Tierarztpraxis zur Pflege, sie war wie ein Kätzchen. Das hat sich durch die brutale Dressur im Zirkus leider etwas verändert, aber wenn man sie nicht reizt, wird sie nichts tun. Und David liebt sie.«

Der Junge bewies das gleich. Die Tigerin folgte ihm auf dem Fuße, und als er ihr ein Stück Fleisch hineinwarf, bestieg sie brav einen Käfig. Die Männer hoben ihn auf den Wagen, etwas besorgt, da Sally nicht betäubt war. Die junge Tigerin verzichtete allerdings darauf, durch die Gitter nach ihnen zu schlagen. Mit David in ihrer Nähe war sie ganz friedlich.

»Das war ja unkompliziert«, konstatierte Nellie. »Und wo sind jetzt die anderen?«

Maria, Nellie und Bernhard machten sich auf Tigerjagd, Daphne bestand darauf, als Nächstes die Elefanten einzufangen. Die von ihrem Bruder ausreichend beeindruckten Polizisten fuhren sie bereitwillig zum Hafen, wo die Tiere gesichtet worden waren. Seeleute und Passanten bestaunten die riesigen Dickhäuter, die ziellos umherirrten.

Beim Anblick von Daphne trompeteten sie erleichtert. Lakshmi hob das Mädchen sofort auf ihren Rücken.

»Ich kann sie zum Zoo reiten, Kali wird uns folgen«, erklärte Daphne. »Wenn Sie mir den Weg zeigen.«

»Du kannst das allein?«, fragte der Polizist ehrfürchtig.

Daphne lachte und schwang ihr Stöckchen. »Klar. Ich bin eine indische Prinzessin. Ich spreche die Sprache der Elefanten ...«

David blickte den Polizisten an und fasste sich an die Stirn. »Sie lügt«, sagte er.

Die Raubtierfänger stießen als Nächstes auf die beiden Löwen. Ein Streifenwagen, der die Innenstadt abfuhr und Passanten in ihre Häuser verwies, hatte sie auf der Murray Street ausgemacht, wo sie sich im Schatten eines Baumes niedergelegt hatten. Sie wirkten völlig erschöpft.

»Wenn wir sie betäuben und die Dosis nicht ganz genau einschätzen, droht Herzstillstand«, sorgte sich Maria. »Sie sind uralt.«

»Und deshalb wahrscheinlich froh, wenn sie wieder in einem Käfig sind«, überlegte Bernhard und wandte sich an die Pfleger. »Helfen Sie mir doch gerade mal, einen Käfig vom Wagen zu holen und in die Nähe der Tiere zu bringen. Vielleicht haben wir Glück, und sie gehen von selbst hinein.«

Die Löwen machten zumindest keine Anstalten, die Männer anzugreifen, die den Käfig in ihre Nähe schoben. Als Bernhard die restlichen Fleischstücke hineinwarf, mit denen David Sally gelockt hatte, erhob sich der Jüngere von ihnen interessiert und folgte dem verlockenden Duft. Die Pfleger verschlossen blitzschnell den Käfig, als ihm der zweite gefolgt war.

Bernhard machte das Siegzeichen. Ein Mann, der eben seinen Wagen neben dem der Tierpfleger parkte, lächelte ihm anerkennend zu.

»Gute Arbeit!«, sagte er und streckte Bernhard die Hand entgegen. »Die gehorchen ja wirklich aufs Wort. Sind Sie der Dompteur? Shapcott mein Name, ich leite kommissarisch den Zoo. Meine Leute nehmen Ihre Tiere da schon entgegen. Aber ich wollte mir die Raubtierhatz doch nicht entgehen lassen.«

Mr. Shapcott war ein schlanker, kleiner Mann mit lebhaften braunen Augen. Er trug einen eleganten Dreiteiler. Sein Gesicht war durchzogen von Lachfalten und wurde von kräftigen Brauen und einem ausladenden Schnauzbart beherrscht. Er reichte jetzt auch den Frauen die Hand, aber bevor sich alle weiter vorstellen konnten, meldete der Polizist, der im Streifenwagen am Funkgerät saß, einen weiteren Notruf.

»In einem Vorgarten am Colin Grove sind Tiger gesichtet worden. Sind gar nicht so weit gelaufen, die lieben Tierchen.«

Colin Grove war eine ruhige Straße in der Nähe des Kings Park.

»Dann mal los!«, meinte Mr. Shapcott fröhlich.

Er zumindest schien sich nicht vor Raubkatzen zu fürchten, sah aber auch nicht so aus, als hätte er täglich mit ihnen zu tun.

Die Besitzer der hübschen Villa, in deren Vorgarten die Tiger umherstreunten, waren einem Nervenzusammenbruch nahe, seit sie nichts Böses ahnend ihr Haus verlassen und im Rosenbeet eine Raubkatze entdeckt hatten. Sallys Mutter, die auf Menschen von jeher nicht gut zu sprechen gewesen war, hatte sie böse angefaucht, woraufhin sie sich im Haus verschanzt und die Polizei alarmiert hatten. Die Tierärzte entdeckten jetzt auch den männlichen Tiger im Garten.

»Die kommen nicht auf Zuruf«, bemerkte Bernhard, als die imponierenden Tiere in Richtung der Neuankömmlinge grollten.

Maria bereitete ihr Blasrohr vor. »Ich bleibe hinter der Hecke und nähere mich ihnen von dort«, sagte sie. »Da sehen sie mich vielleicht nicht. Und wenn doch, werden sie schon nicht angreifen. Ich denke, sie laufen eher weg.«

Sie duckte sich hinter eine Zierhecke und schlich sich in ihrem Schatten näher an die Tiere heran. Die Tiger hatten eben einen Springbrunnen entdeckt und hätten wohl gern getrunken, waren von der Wasserkaskade jedoch irritiert. Sie hatten genug mit der Erkundung ihrer möglichen Tränke zu tun. Maria bemerkten sie nicht.

Atemlos beobachteten die Zuschauer, wie sie sich etwas aufrichtete, zielte und schoss. Der Pfeil drang wie geplant in den Hinterschenkel der Tigerin ein. Sie fauchte kurz, blickte sich um und schüttelte den Pfeil ab. Dann kümmerte sie sich nicht weiter darum. Maria lud ihre Waffe erneut, nahm den männlichen Tiger ins Visier und platzierte den Pfeil genauso souverän in seiner Schulter.

»Donnerwetter! Die junge Frau schießt wie ein Großwildjäger«, bemerkte Mr. Shapcott. »Oder wie ein Pygmäenkrieger. Das sind doch die mit den Blasrohren, nicht? Hat sie Safarierfahrung? Oder ist sie Kunstschützin wie Annie Oaklay?«

Bernhard lächelte. »Ach was! Wir sind beide keine Artisten, sondern nur die Zirkustierärzte. Meine Frau und ich haben zusammen in Berlin studiert, und Maria hat in allen Semesterferien beim Zootierarzt geholfen. Sie hat sogar im Zoo promoviert. Vergleichende Studien zu Wiederkäuern.«

»Im Ernst?« Mr. Shapcott wirkte plötzlich hochinteressiert. »Vielleicht würde sie sich ja unsere Lamas mal angucken. So richtig auf der Höhe erscheinen die mir nicht …«

Bernhard nickte. »Lamas sind ihre Lieblingstiere«, bemerkte er.

Maria gesellte sich wieder zu ihnen.

»Gut getroffen«, lobte Nellie sie. »Wenn du jetzt noch richtig dosiert hast …«

»Habe ich«, sagte Maria ernst. »Ich musste die zwei schon mehrmals betäuben. Verbrennungen, Stichwunden … Und einmal, weil der männliche Tiger den Arm seines Pflegers zwischen den Zähnen hatte. Ich war schneller mit dem Blasrohr als der Direktor mit dem Gewehr, sonst wäre Barney nicht mehr am Leben. Siehst du, er taumelt jetzt schon. Und Cheetah auch.«

Die Tiger verloren langsam das Bewusstsein. Nach zehn Minuten schliefen sie fest genug, um sie in ihre Käfige zu hieven.

»Sie wachen hoffentlich erst im Zoo wieder auf«, meinte Bernhard.

Mr. Shapcott wandte sich Maria zu. »Das war sehr beeindruckend«, sagte er anerkennend. »Ich nehme an, Sie möchten die Tiere gern in den Zoo begleiten. Dürfte ich Sie in meinem Wagen mitnehmen?«

Der Geländewagen des Zooleiters trug die Aufschrift ZOOLOGI-CAL GARDENS BOARD, gesäumt von den Bildern einer Giraffe und eines Zebras.

Der Polizeifunker meldete sich noch einmal, bevor Maria antworten konnte. Ein beherzter Hundehalter und seine zwei Schäferhunde hatten die völlig verängstigten Schimpansen in einen Hundezwinger getrieben. Dort könnten sie jetzt abgeholt werden. Die Pfleger machten sich direkt auf den Weg. Außerdem hatte sich der Zirkus gemeldet.

»Sie sollen zurück in den Kings Park kommen, ein Pferd ist verletzt«, wandte sich der Funker an die Tierärzte. »Die Besitzerin scheint recht erbost darüber zu sein, dass Sie hier Tiger jagen, statt ihr zur Verfügung zu stehen.«

Nellie seufzte. »Ich tippe auf Natasha«, sagte sie zu Maria und Bernhard. »Die hat Nerven. Erst zündet sie den Zirkus an, und jetzt will sie schon wieder herumkommandieren.« Sie begann, Marias Notfalltasche wieder zu packen. »Fahrt ihr ruhig mit Mr. Shapcott. Das Pferd und die Besitzerin übernehme ich.«

Sie winkte den anderen zu und ging zu dem Wagen, den Bernhard genommen hatte. Selbstbewusst ließ sie ihn an.

»Eine Freundin«, erklärte Bernhard. »Pferdetierärztin in Auckland. Sie ist nur zu Besuch da, früher hatten wir eine Gemeinschaftspraxis.«

Mr. Shapcott nickte. »Darüber würde ich gern mehr hören. Aber nun sehen Sie sich erst mal unseren Zoo an. Es ist eine sehr schöne Anlage, geplant von Albert Le Souef, einem berühmten Landschaftsarchitekten. Sein Sohn wurde der erste Direktor, und er war sehr beliebt. Während der Depression geriet der Zoo in schwere finanzielle Schwierigkeiten, und letztlich konnten die Le Souefs ihn nicht mehr halten. Der State Gardens Board sprang ein. Jetzt ist es der Zoological Gardens Board, der mich zum kommissarischen Leiter ernannte. Mein eigentlicher Titel ist Superintendent.«

»Das ist sehr interessant«, bemerkte Bernhard höflich.

»Und Sie fragen sich wahrscheinlich, warum ich Ihnen das alles erzähle …«, hob Shapcott an, runzelte jedoch irritiert die Stirn, als er in den Zufahrtsweg zum Zoo abbog. Hier stauten sich bereits Zirkusleute, die Pferde und Ponys brachten, ein dunkelhaariges Mädchen ließ Besucherkinder auf zwei Elefanten reiten.

»Daphne …« Bernhard stöhnte. »Ich fürchte, sie hat eine neue Einnahmequelle entdeckt.«

Auch die Ponys wurden mit Kindern auf dem Rücken umhergeführt, aber für Mr. Baker, ihren Besitzer, war das nichts Ungewöhnliches. Er betrieb die dem Zirkus angeschlossene Tierschau, zu der auch die Ziegen und das Lama gehörten. Die Kinder der Besucher konnten die Ponys für einen kleinen Betrag ein paar Runden reiten oder die Ziegen und das Lama streicheln. Mr. Baker machte dann Fotos. Die Elefanten gehörten allerdings nicht zum Service.

»Unsere Tochter«, stellte Maria vor. »Das Mädchen mit den Elefanten.«

Superintendent Shapcott wirkte nur noch geringfügig überrascht.

»Und unser Sohn«, fügte Bernhard hinzu und wies auf David. »Den beiden verdanken Sie die Tierinvasion in Ihrem Zoo. Als das Feuer ausbrach, haben sie sämtliche Zirkustiere befreit.«

»Weil sie sonst verbrannt wären«, verteidigte Maria ihre Kinder.

Shapcott lächelte. »Zwillinge?«, fragte er.

Maria nickte. »David und Daphne.«

David nahm gerade einen großen Korb aus den Händen einer drahtigen schwarzhaarigen Frau entgegen, es war Ilonka. Die typischen Lautäußerungen empörter Katzen waren zu vernehmen. Ilonka drückte eine hübsche, verängstigt wirkende Langhaarkatze an sich.

David wirkte glücklich und bedankte sich höflich. Ilonka wehrte ab. »Ich hab zu danken! Unser Wohnwagen ist völlig ausgebrannt.

Wenn ihr Tatjana nicht gerettet hättet … Ein Feuerwehrmann sagte mir, du wärst geradewegs ins Feuer reingerannt, während Daphne ihn ablenkt hätte.«

Bernhard und Maria sahen einander entsetzt an.

»Das ist übertrieben«, sagte David und entdeckte nun auch seine Eltern.

»Mama, Papa! Ilonka hat meine Katzen eingefangen! War das nicht nett? Ob ich sie hier irgendwo in einem Käfig unterbringen kann? Bis wir … bis wir wissen, wo wir jetzt wohnen werden?«

Bernhard verwies ihn an Mr. Shapcott, den gerade Mr. Baker in Beschlag genommen hatte..

»Ich dachte, ich könnte die Ponys hier vielleicht unterstellen, bis ich ein neues Engagement gefunden habe«, bat er. »Oder einen Platz für meinen Ponyverleih. Mit den Homer-Brüdern wird das nichts mehr, der Zirkus löst sich auf. Wahrscheinlich bringen die nie wieder das Geld zusammen für ein Zelt und neue Käfige.«

»Das ist auch besser so«, bemerkte Maria.

Mr. Shapcott nickte. »Bis Sie was Neues haben, können Sie gern hierbleiben«, beschied er Baker. »Wir haben ein paar dressierte Tiere, die Kunststücke vorführen. Die Zoobesucher mögen das. Ponyreiten bieten wir noch nicht an, es wäre sicher ein gutes Geschäft. Kann hier vielleicht auch jemand eine Raubtiernummer zeigen?«

Bernhard schüttelte den Kopf. »Die Löwen und Tiger hat Gerome Homer dressiert – und es war nicht schön anzusehen. Er musste sie zu jedem Kunststück zwingen –, ein Wunder, dass sie nicht längst über ihn hergefallen sind. Bei einem besonders brutalen Pfleger haben sie es schon versucht.«

»Ich kann Sally vorführen«, meldete sich David. »Und meine Katzen.«

Bernhard lächelte. »Den Tiger lässt du schön in Ruhe! Aber die Katzen sollten Sie sich wirklich mal ansehen, Mr. Shapcott. Die sind großartig.«

»Und meine Elefanten«, mischte sich Daphne ein. Die Tierpfleger hatten Kali und Lakshmi inzwischen übernommen und brachten sie in den Park, Zoobedienstete versuchten, ein sicheres Gehege für sie zu finden. »Die sind auch großartig!«

»Es sind nur nicht deine, sie sind nach wie vor im Besitz der Gebrüder Homer«, dämpfte Bernhard ihre Begeisterung. »Und nein, wir können sie nicht kaufen. Wir müssen wahrscheinlich nach Neuseeland zurückgehen, und wir nehmen keine Elefanten mit nach Epona Station.«

»Lassen Sie uns über all das doch später noch mal reden«, meinte Mr. Shapcott. »Jetzt warten wir erst mal auf die Schimpansen und bringen die Raubtiere in ihre Käfige. Bis die Pfleger da sind, können Sie ja schon mal einen ersten Blick auf den Zoo werfen.« Er wandte sich an die Kinder. »Wollt ihr mitfahren?«

David und Daphne nickten und setzten sich zu ihrer Mutter auf den Rücksitz.

»Ihr riecht nach Rauch!«, sagte Maria. »Ihr müsst euch waschen. Wir werden uns ein Hotel suchen müssen, Bernhard. Oder ist der Wohnwagen noch zu retten?«

Maria hasste es, in Hotels zu übernachten. Lieber hätte sie in ihrem gewohnten, wenn auch viel zu engen Wagen genächtigt.

»Der stinkt bestimmt noch mehr nach Rauch als wir«, bemerkte Daphne.

»Aber verbrannt ist er nicht«, meinte Bernhard. »Vielleicht können wir ihn ein paar Tage hier abstellen ...«

Shapcott winkte ab. »Lassen Sie uns auch darüber später reden«, sagte er. »Schauen Sie erst mal. Da sind unsere Gorillas. Sehen Sie, die Gehege sind sehr harmonisch in eine Parklandschaft integriert. Die Tiere haben Auslauf. Man versucht immer häufiger, Tiere aus anderen Klimazonen in Zoologischen Gärten heimisch zu machen, ohne sie in festen Häusern mit Heizungen oder Kühlung einzusperren ...«

»Ja, das schreibt Carl Hagenbeck«, meldete sich David. »Er hat umfangreiche Versuche dazu durchgeführt. Und er zeigt die Tiere zum

Teil in gemischten Gruppen, je nach der Gegend, aus der sie kommen. Er hat eine Savanne nachgebaut und eine Alpenlandschaft ...«

Shapcott nickte. »Das war wohl auch hier der Ansatz. Tiere, die nicht in tristen Käfigen sitzen, sondern zufrieden sind und sich so verhalten wie in freier Natur. Soweit das möglich ist, natürlich. Ich glaube nicht, dass die Leute zuschauen wollen, wie ein Löwe ein Zebra reißt.«

Er fuhr weiter und zeigte Bernhard, Maria und den Kindern Robben, die sich auf nachgebauten Eisbergen sonnten oder in einem geräumigen Wasserbecken tummelten, und ein gewaltiges Walross, das ihnen Gesellschaft leistete.

»Und das sind unsere Lamas.« Shapcott hielt den Wagen direkt neben einem Gehege, in dem eine Herde zierlicher brauner Geschöpfe mit langen Hälsen und großen Augen stand. »Die wollte ich Ihnen zeigen. Mögen Sie aussteigen und sie sich ansehen? Sie gefallen mir irgendwie nicht ... Leider sind sie nicht zahm, leicht einfangen lassen sie sich nicht ...«

Maria ließ den Blick über die Tiere und den Auslauf schweifen. »Ihre Vikunjas sind verwurmt«, sagte sie dann kurz. Was mit den Neuweltkameliden nicht stimmte, erkannte sie auf den ersten Blick und trotz der inzwischen hereinbrechenden Dämmerung. »Das Fell sieht katastrophal aus ... Was füttern Sie denen? Alfalfa? Besser wäre Heu ... Sehen Sie, dass sie alle Durchfall haben?«

Mr. Shapcott zuckte mit den Schultern. »Wir haben sie noch nicht so lange. Sie kommen aus Chile ... müssen sich hier erst akklimatisieren. Und man hat uns gesagt, Lamas fressen alles, was Pferde auch fressen.«

»Das sind wie gesagt Vikunjas, keine Lamas«, belehrte ihn Maria. »Vikunjas sind die Wildform. Lamas sind stark domestiziert, meistens umgänglicher. Sie sind größer und kräftiger. Alfalfa ist sehr eiweißreich. Das ist auch für Pferde nicht optimal.«

Bernhard erkannte, dass seine Frau kurz davor stand, ins Dozieren zu geraten. Er wandte sich schnell an Mr. Shapcott.

»Hören Sie, wie wäre es, wenn Maria und ich morgen noch mal kommen und uns all die Tiere in Ruhe ansehen? Wie meine Frau schon sagte, brauchen wir für heute Nacht noch ein Hotel, möglichst nicht allzu teuer ... Die Kinder müssen etwas essen, und ...«

Shapcott lächelte ihm zu. »Nehmen Sie das Direktionsgebäude. Zurzeit bewohne ich da nur zwei Räume, und die Gästezimmer sind eingerichtet. Ich sage dem Hausmeister Bescheid, dass er noch mal nachsieht, ob Sie auch Wasser und Strom haben. Und es wäre mir eine Ehre, Sie heute Abend ins Zoorestaurant einladen zu dürfen. Ich würde gern einiges mit Ihnen besprechen.«

Maria ließ es sich nicht nehmen, noch einmal bei den Tigern vorbeizuschauen, als die Pfleger mit den Tieren endlich eintrafen.

Barney und Cheetah wachten langsam auf, Sally erkundete eifrig einen Käfig, der dreimal so groß war wie ihr Wagen im Zirkus. Die Löwen schliefen schon wieder, und die Schimpansen klammerten sich in der äußersten Ecke eines großen, mit Schaukeln und Spielzeugen eingerichteten Käfigs aneinander. Sie linsten allerdings schon in Richtung eines Korbes mit frischen Früchten, den die Pfleger in die Mitte des Raumes gestellt hatten.

»Wie in jedem guten Hotel erwartet die Gäste auch bei uns ein Obstkorb«, witzelte ihr neuer Pfleger. »Aber die Kerlchen sind ja in einem erbärmlichen Zustand. Völlig verängstigt. Ich glaube, die machen sich erst über das Futter her, wenn wir alle weg sind.« Er lächelte den Kindern zu. »Was habt ihr denn gemacht?«, fragte er die zwei. »Das Feuer ganz allein gelöscht?«

Maria sah sich ihre Kinder jetzt erst näher an und stellte fest, dass ihre Kleidung völlig verschmutzt und angesengt war.

»Die Sachen müssen wir wegwerfen ...«, sagte sie hilflos zu ihrem Mann. »Wo bekommen wir nur neue her?«

Der freundliche Pfleger ging zu einem Schrank, schaute sich kurz darin um und nahm einen Stapel Hosen, Hemden und Overalls heraus.

»Hier«, sagte er. »Dann seid ihr für den Zoo gleich passend angezogen. Als Gegenleistung erwarte ich euch morgen zum Misten.«

Mr. Shapcott lachte. »Da hätte ich auch mal dran denken können«, meinte er. »Vielen Dank, Raymond. Dies ist die Familie Lemberger aus Neuseeland. Die Eltern sind Tierärzte, die Kinder Dompteure. Ich hoffe, sie bleiben uns alle etwas länger erhalten. Und das ist Raymond, unser leitender Pfleger. Dem so ein Fauxpas, wie Lamas mit Vikunjas zu verwechseln, sicher nicht passiert wäre.«

Bernhard reichte dem Pfleger die Hand. »Bernhard«, stellte er sich vor. »Und Maria. Wir freuen uns, wenn Sie uns morgen all Ihre Tiere zeigen.«

Das Direktionsgebäude war eine kleine Villa, sehr hübsch in einem abgeschlossenen Garten gelegen. Der Architekt der Anlage hatte sie für seinen Sohn konstruiert. Schon die große, runde Terrasse wirkte einladend. Die Gästezimmer waren einfach, verfügten aber über modernsten Komfort. Der Hausmeister hatte Seife, Zahnbürsten, Handtücher und alles Mögliche andere bereitgelegt, was in einem Bad gebraucht wurde. Maria gönnte sich ein Schaumbad, nachdem sich die Kinder in der Wanne abgeschrubbt hatten. Sie rochen hinterher kaum noch nach Rauch. In den viel zu großen Overalls sahen sie lustig aus, auch Maria versank in einem grünen Arbeitsdress, nachdem sie der Wanne entstiegen war und ihr Kleid als unrettbar schmutzig und zerrissen befunden hatte.

»Du bist trotzdem wunderschön«, sagte Bernhard sanft, als sie mit offenem Haar vor ihm stand. »Es tut mir leid, dass ich dir kein besseres Leben bieten kann. Wir werden noch einmal von vorn anfangen müssen. Oder gehen wir zurück nach Epona Station? Vielleicht kann Nellie uns das Geld vorstrecken.«

»Ich kann heute nicht darüber reden«, erwiderte Maria. »Ich ... ich möchte eigentlich auch gar nicht essen gehen. Am liebsten ...«

»... gingest du in deinen Schrank?«, fragte Bernhard. »Ach, Liebes ...«

»Bekommen wir wohl Fish and Chips?«, fragte Daphne. Die Zwillinge hatten den Garten erkundet, während ihre Eltern gebadet hatten, und erschienen jetzt wieder. Bärenhungrig. »Oder ist das so ein edles Restaurant, wo man mit dem Besteck aufpassen muss wie bei Miss Mia?«

Sie kannten feine Umgangsformen von ihren Besuchen bei Mia und Julius. In Auckland gab es nur wenige gute Restaurants, und wenn überhaupt, waren Maria und Bernhard ohne die Kinder essen gegangen.

»Lasst euch überraschen«, sagte Bernhard.

»Mr. Shapcott ist nett, nicht?«, plauderte Daphne weiter. »Aber Raymond mag ich noch lieber, der ist lustig …«

David hatte seine Katzen in einem der leeren Räume im Haus freigelassen, nachdem Raymond ihn mit Futter, einer Schlafdecke und einem Katzenklo ausgestattet hatte.

»Ich glaube, er mag Katzen«, bemerkte der Junge.

Gemeinsam machten die vier sich auf den Weg zum Restaurant.

Das Zoorestaurant hatte einige interessante Gerichte auf der Karte, aber auch Fish and Chips für die Kinder. David und Daphne machten sich hungrig darüber her, während die Erwachsenen Konversation betrieben. Superintendent Shapcott hatte unzählige Fragen zu Marias und Bernhards Werdegang, ihrem Studium und ihrer Berufserfahrung. Meistens antwortete Bernhard. Er berichtete davon, dass Maria die erste Frau gewesen war, die in Berlin zum Studium der Tiermedizin zugelassen worden war, von ihrer Arbeit im Zoo und mit den Tieren der Kleinkünstler der Varietés. Er selbst war zu Beginn des Ersten Weltkriegs eingezogen worden und hatte in einem Remontendepot als Tierarzt gearbeitet, bevor man ihn ganz am Ende des Krieges doch noch an die Front versetzt hatte.

»Ich wollte nie wieder einen Krieg erleben«, sagte er schlicht, »und später in Neuseeland hatte ich Angst vor der Deportation. Enemy Alien Programm – vielleicht haben Sie davon gehört. Ich bin

Jude und wollte auf keinen Fall mit lauter Nazis nach Somes Island. Deshalb haben wir das Angebot des Zirkus angenommen, mit nach Australien zu gehen. Das heißt, meine Frau hat es angenommen. Sie ist die Expertin für Exoten. Ich war nur ihr Anhängsel.« Er lächelte etwas unglücklich.

Mr. Shapcott rieb sich die Stirn. »Ich hoffe, Sie werden sich hier nicht auch als solches betrachten«, meinte er. »Denn ich überlege, Ihrer Frau einen Job in diesem Zoo anzubieten. Sehen Sie, ich mag Tiere, deshalb habe ich zugestimmt, als der Gardens Board mich hierher versetzen wollte, um die Umstrukturierung des Tierparks vorzunehmen. Aber ich bin alles andere als ein Experte. Ich verstehe mich auf Verwaltung, Führung des Personals und so weiter, wenn's allerdings darum geht, die Erfahrung eines Bewerbers zum Tierpfleger einzuschätzen, gelange ich an meine Grenzen. Und wenn mir solche Peinlichkeiten wie mit den Vikunjas mit Fachleuten passieren, anderen Zoodirektoren zum Beispiel, die vorbeikommen, um sich die Anlage anzuschauen … Das wäre unverzeihlich. Nun gehörte es von Anfang an zu meinen Aufgaben, mich nach einer neuen, qualifizierten Zooleitung umzusehen, aber bisher habe ich niemanden gefunden, dem ich die Stelle anbieten konnte. Bis jetzt …«

»Ich kann … keinen Zoo leiten«, sagte Maria leise. »Ich kann gut mit Tieren umgehen … mit Menschen dagegen nicht. Ich kann niemandem sagen, was er tun soll, und den Überblick behalten. Ich kann immer nur eine Sache auf einmal machen. Schon mein Vater sagte, ich könnte keine Praxis haben, weil ich … seltsam bin.«

Bernhard legte sanft seine Hand auf die ihre.

»Meine Frau ist etwas introvertiert«, bemerkte er. »Aber sie ist eine wundervolle Tierärztin und …«

Shapcott lachte. »… und eine hervorragende Schützin«, fügte er hinzu. »Und ich stimme Ihnen da durchaus zu, Dr. Lemberger: Wer besser schießt als redet, dem gibt man besser keine leitende Position …«

Maria sah ihn betroffen an. »Ich schieße nie auf Menschen«, erklärte sie.

»Das war ein Scherz, Maria«, begütigte Bernhard.

Shapcott behielt sein Lächeln bei. »Deshalb habe ich mir auch überlegt, den Posten des Zoodirektors Ihrem Mann anzubieten«, wandte er sich noch einmal direkt an Maria und sah dann Bernhard an. »Also Ihnen, Herr Dr. Lemberger. Ihrer Frau biete ich die Stellung der Zootierärztin an. Ich hoffe, Sie nehmen mir das nicht übel, da der Direktorenposten doch mehr mit Verwaltung zu tun hat als mit direktem Umgang mit Tieren. Aber in Europa wird er sehr häufig mit Tierärzten besetzt. Und Sie können Ihrer Frau ja auch jederzeit zur Hand gehen, wenn Sie Stallluft schnuppern wollen.«

Bernhard und Maria sahen ihn ungläubig an.

»Ich ... ich bin überwältigt ...«, sagte Bernhard schließlich. »Ich ... wir nehmen natürlich an ... Oder, Maria?«

Daphne stieß ihn an. »Heißt das, dass wir hierbleiben dürfen?«, fragte sie.

Bernhard nickte. »Wenn Mama einverstanden ist.«

»Aber dann ...« Daphne setzte zu einer Bemerkung an, wurde jedoch von ihrem Bruder unterbrochen.

»Dann kommen jetzt die Gehaltsverhandlungen, nicht?«, fragte David altklug. »Das hat Miss Mia gesagt. Wenn sie eine neue Köchin anstellt, muss über das Gehalt verhandelt werden. Und über die Bedingungen.«

Bernhard schämte sich sichtlich ob seines vorlauten Sohnes, Maria dagegen nickte.

»Ja«, stimmte sie zu. »Das wird so gemacht.«

»Wir sind selbstverständlich mit allen Bedingungen einverstanden«, beeilte sich Bernhard Mr. Shapcott zu versichern. »Für uns ist das ...«

Shapcott lächelte erneut. Er hatte schon einen Narren an den Zwillingen gefressen und nahm David sein Verhalten offenbar nicht übel.

»Nun lassen Sie die beiden ihre Bedingungen doch erst mal nennen«, bemerkte er launig. »Es betrifft sie ja schließlich auch. Was habt ihr denn nun für Gehaltsvorstellungen?«, wandte er sich an die Kinder. »Über das Stellen von Arbeitskleidung hinaus.« Er wies auf die Overalls.

Daphne schenkte ihm ein hinreißendes Lächeln. »Ein Gehalt wollen wir nicht«, sagte sie ernst. »Aber Sie müssten zwei Elefanten kaufen.«

David nickte. »Und mindestens einen Tiger.«

SCHULD UND SÜHNE

Griechenland – Kreta
1942

Die Ankunft der Italiener und die vermehrten Anstrengungen der Deutschen, auch das Innere der Insel Kreta unter ihre Kontrolle zu bringen, hatte Auswirkungen auf die Bewohner von Imbros. Die Männer schlossen sich mit anderen Bergbewohnern zu Milizen zusammen, die nicht mehr nur einzelne versprengte Fallschirmjäger bekämpften, sondern sich regelrechte Schlachten mit deutschen Kampfgruppen lieferten. Es gab nun immer mehr Verletzte und Tote. Die Frauen richteten eine Art Feldlazarett ein und behandelten die Männer mit Hausmitteln. Außerdem machten sie sich daran, ihre Häuser und Ställe mit Buschwerk zu tarnen. Sehr schwierig war das nicht. Die kleinen *mitata* verschwanden rasch unter Zweigen und Ranken und waren von der Luft aus sicher nicht mehr als Behausungen zu erkennen. Aus dem Dorf war längst ein Partisanenlager geworden. Hätten die Deutschen es entdeckt, hätte es das Schicksal von Kandanos, Skines und Kydonia geteilt – Dörfer, die im Rahmen von Vergeltungsmaßnahmen mehr oder weniger dem Erdboden gleichgemacht worden waren.

Inzwischen nahmen die Kreter die Zerstörungen und Erschießungen von Geiseln aber nicht mehr hin, sondern versuchten, die Menschen zu retten, wenn sie früh genug von den Plänen der Deutschen erfuhren. Leonidas spezialisierte sich geradezu darauf, Vergeltungsaktionen zu stören, und Grit nahm aktiv an den Überfällen teil. Schon seit einiger Zeit haderte sie nicht mehr mit ihrem Schicksal. Sie hatte die Deutschen bekämpfen wollen – und nun tat sie das, sehr viel wirkungsvoller, als sie es in der Truppenbetreuung hätte leisten können. Schießen hatte sie längst gelernt, obwohl Leonidas es ungern sah, wenn sie sich den direkt kämpfenden Gruppen anschloss. Während die Männer die Wachposten ablenkten, setzte er die Frauen und Mädchen dazu ein, Gefangene zu befreien, oder Dörfer im Vorfeld zu warnen, die Freischärler versteckten. Sie wurden dann über die Berge oder durch die Imbros-Schlucht in Sicherheit gebracht. Dabei handelte es sich oft um Briten, Australier oder Neuseeländer, die nach der deutschen Invasion bei Griechen untergekommen waren. Grit wies ihnen den Weg nach Sfakia, wo jetzt das britische Hauptquartier liegen sollte, und befragte sie nach Alex. Allerdings hatte keiner von ihnen von ihm gehört.

»Ist wahrscheinlich längst wieder zu Hause«, meinte einer von ihnen tröstend. »Die weitaus meisten Leute haben sie ja nach Alexandria evakuiert.«

Grit und andere Frauen beförderten auch Schmuggelware, Waffen und Lebensmittel von einem Lager der *Andarten* – wie sich die griechischen Freischärler nannten – zum nächsten. Aliki, mit der sie das Massaker in Kandanos überlebt hatte, war Grit zu einer Freundin geworden. Das junge Mädchen ließ sich nicht nehmen, ebenfalls zu schmuggeln und zu kämpfen. Aliki hasste die Deutschen von ganzem Herzen, der Widerstand half ihr, mit dem Verlust ihrer Eltern fertig zu werden.

Leonidas und die anderen *Andarten* brachten dem Einsatz der Frauen großen Respekt entgegen. Grit und Aliki brauchten sich vor Übergriffen nicht zu fürchten, auch wenn sie in Männergruppen unterwegs waren. Natürlich formierten sich Paare in den Lagern – die Männer wechselten oft von einem Landesteil in den anderen, und es kam häufig vor, dass sich ein junger Mann und ein junges Mädchen verliebten, die sich ohne den Krieg nie kennengelernt hätten. Während der Einsätze ging es jedoch nur um den gemeinsamen Kampf.

Leonidas umwarb Grit weiterhin – manchmal hatte sie sogar das Gefühl, dass er sie vor den gefährlichsten Aufgaben zu bewahren versuchte. Das ärgerte sie, rührte sie jedoch auch in gewisser Weise. Sie hatte den jungen Mann längst schätzen gelernt. Er war nicht mehr der leichtsinnige, fröhliche Musikant, den sie damals in Chania kennengelernt hatte, sondern ein versierter militärischer Führer, umsichtig und tapfer. Grit bewunderte ihn und sorgte sich um ihn, wenn er unterwegs war und länger ausblieb als geplant. Wenn die *Andarten* tanzten und sangen – auch das kam vor, mitunter wurden Siege ausgelassen gefeiert –, machten sie gemeinsam Musik. Grit besaß inzwischen eine eigene Bouzouki, die Leonidas ihr von einem seiner Einsätze mitgebracht hatte. Wenn ihre Melodien sich zu einer verbanden, fühlte sie sich ihm nahe – während Alex' Bild in ihrer Erinnerung langsam verblasste. Dennoch dachte sie nicht über eine Beziehung zu Leonidas nach. Solange Krieg war, konzentrierte sie sich auf den Kampf. Sie verstand nicht, dass sich andere Paare gerade jetzt fast fiebrig zusammenfanden. Grit hatte dem Tod noch nicht wirklich ins Auge geblickt. Das Gefühl, im Jetzt leben zu müssen, weil es vielleicht keine Zukunft gab, war ihr noch fremd.

Wenn Grit und Aliki nicht halfen, die Besatzer zu bekämpfen, gingen sie den üblichen Beschäftigungen nach, die Frauen in Imbros oblagen. So half Grit Eleni in der Käserei, als Leonidas an einem Tag im März 1942 nach Hause kam und nach ihr suchte.

»In Myriokefala hat es eine Razzia gegeben«, erklärte er, nachdem er die Frauen kurz begrüßt hatte. »Die Deutschen haben zehn Frauen als Geiseln genommen. Wenn ihnen die Männer nicht bis morgen die Leute ausliefern, die sie angeblich verstecken, werden sie bei Tagesanbruch hingerichtet.«

»Woher weißt du das?«, fragte Grit.

Leonidas antwortete sofort. »Von George und Willard. Sie haben einen Funkspruch der Deutschen aufgefangen.«

George und Willard, zwei britische Funker, waren erst vor Kurzem von Grit und Aliki aus einem Dorf im Norden herbegleitet worden. Sie hatten bei der Evakuierung von Heraklion ein kleines

Funkgerät und ein Radio in Sicherheit gebracht und ihre sich daraus ergebenden Informationen mit den Dörflern geteilt, die ihnen dafür ein Versteck boten. Als das beinahe aufgeflogen wäre, hatte Grit sie nach Sfakia schicken wollen, doch die beiden hatten keine Lust darauf, sich irgendeinem Hauptquartier anzuschließen. »Wir haben für die großen Tiere in Chania gearbeitet«, hatte George gemeint, »und die Sache mit dem Flugfeld mitgekriegt, das Freyberg zerstören wollte, was ihm Wavell verbot. Es ging dreimal hin und her – die Entscheidung war eindeutig falsch. Und dann die Sache mit der Evakuierung, bei der letztlich jeder auf sich allein gestellt war. Befehl: Begeben Sie sich irgendwie nach Sfakia. Wir sind wegen der Clowns schon zweimal fast übern Jordan gegangen, denen liefern wir uns doch nicht noch mal aus!« Also hatten sich die beiden in einem Schafstall in der Nähe von Imbros einquartiert und versorgten jetzt die dortigen *Andarten* mit Informationen.

Grit nahm ihre Schürze ab und griff nach ihrem Gewehr, das neben der Tür hing. »Können wir das schaffen bis zum Morgengrauen?«, fragte sie Leonidas.

Myriokefala lag gute fünfundzwanzig Kilometer östlich von Imbros, ein beschwerlicher Weg über die Berge.

»Die Entfernung ist das Geringste. Aber wir haben kaum Leute. Ein paar Männer sind mit Dimitrios in Heraklion, ein bisschen Nachschub erwerben … Und die Patrouille aus der Schlucht ist noch nicht zurück.«

Die *Andarten* unternahmen regelmäßig Raubzüge in deutsche Lagerhäuser. Außerdem kontrollierten sie ihre Rückzugswege auf Fallen deutscher Kommandos.

»Aliki ist hier«, sagte Grit. »Und die Jungen … Hermes …«, Hermes war Leonidas' jüngerer Bruder, »… und Aristides. Alle anderen kommen nicht infrage.«

»Also sind wir nur fünf – davon zwei junge Frauen und zwei halbwüchsige Jungen … Ich weiß nicht, ob wir das wagen sollten.« Leonidas fuhr sich unschlüssig durchs Haar.

»Aber wir müssen!«, rief Grit. »Zehn Frauen. Völlig unschuldig! Wir können doch nicht zulassen, dass sie erschossen werden. Was sagen denn George und Willard über die Mannschaftsstärke der Deutschen?«

»Ein Zug Gebirgsjäger. Also mindestens ein Dutzend Mann ...« Leonidas biss sich auf die Lippen.

»Wir haben hoffentlich das Überraschungsmoment auf unserer Seite«, erwiderte Grit. »Wir müssen es auf jeden Fall versuchen, Leon! Ich denke immer noch an die Frauen in Kandanos. Aliki wird es auch wollen.«

Aliki war für den Einsatz Feuer und Flamme, ebenso die beiden Jungen, fünfzehn und siebzehn Jahre alt. Alle waren in wenigen Minuten einsatzbereit, und Leonidas führte sie zwei Stunden vor Sonnenuntergang nach Osten.

»Wir schauen uns die Sache an«, erklärte er, bevor sie aufbrachen. »Und wenn es irgend möglich ist, die Geiseln zu befreien, dann tun wir's. Aber wenn es sich als zu gefährlich herausstellt, ziehen wir wieder ab. Denkt immer daran: Wir können die Geiseln nicht retten, indem wir uns opfern. Durch unseren Tod wäre niemandem gedient. Also passt auf euch auf!«

Die fünf jungen Leute wanderten weitgehend schweigend. Sie alle waren an lange Märsche über schweres Terrain gewöhnt, und schließlich erreichten sie Myriokefala kurz nach Mitternacht.

In den Häusern brannten noch Lichter. Niemand schlief in dieser Nacht. Der Schafpferch, in dem die Geiseln gefangen gehalten wurden, war besonders hell erleuchtet. Hermes, der sich zur Erkundung der Lage heranrobbte, berichtete, dass er von acht Männern bewacht wurde. Sie standen rings um den ovalen Pferch, in dem die Frauen auf dem Boden hockten, sich umarmt hielten und weinten.

»Der Geräuschpegel ist relativ hoch«, meinte Hermes. »Wir könnten uns sicher unbemerkt nähern. Aber ...«

»Wir müssten sie möglichst alle zur selben Zeit ausschalten«, sagte Leonidas. »Und den Winkel so wählen, dass wir keine Geiseln treffen. Wenn wir zwei Gruppen bilden – eine nähert sich von Süden, eine von Norden – und dann praktisch gleichzeitig schießen, sind die Chancen groß. Wir machen es so: Grit und ich kommen von Süden, ihr drei von Norden. Die Jungen nehmen die Wachen ins Visier, und Aliki robbt an den Pferch heran und öffnet das Tor für die Frauen. Möglichst gleich nach den Schüssen. Das werden ja nicht die einzigen Deutschen sein, die im Ort sind. Die anderen werden kommen, sobald sie die Schüsse hören, dann sollten wir idealerweise schon weg sein. Wenn das nicht klappt, ziehen wir uns schießend zurück. Ich hoffe, die Frauen sind einigermaßen aufgeweckt und rennen, wenn sich das Tor für sie öffnet. Auch dafür bist du verantwortlich, Aliki. Sporn sie an – aber pass auf, dass du nicht gesehen wirst.«

Aliki hatte sicher eine schwierige Aufgabe, denn der Pferch war rundum hell erleuchtet.

Grit spürte ihr Herz wie verrückt klopfen. Dies war mit Abstand die gefährlichste Aktion, an der sie bislang beteiligt gewesen war. Aber sie musste gelingen. Aus ihrer Deckung hinter einem Felsen robbten sie und Leonidas auf ein Gebüsch zu, das ihnen Deckung und gleichzeitig ein gutes Schussfeld bieten sollte. Leonidas hielt sich neben ihr, zum Glück war die Nacht stockfinster. Es war den ganzen Tag bedeckt gewesen, dazu Neumond. Niemand würde sehen, wie sie sich anschlichen. Die Deutschen vor dem hell erleuchteten Pferch boten leichte Ziele.

Grit legte an und nahm den ersten Mann ins Visier.

»Warte noch, die Jungen können noch nicht an ihrem Platz sein«, wisperte Leonidas.

Jetzt hörten auch sie das Weinen und Wehklagen aus dem Pferch. Leonidas legte ebenfalls an – und dann durchschnitt eine harte Stimme die Nacht.

»Waffen runter, Hände hoch! Aufstehen!«

Grit und Leonidas fuhren herum und wurden gleichzeitig von

einem Lichtstrahl erfasst. Mindestens vier deutsche Gewehre waren auf sie gerichtet. Grit und Leonidas ließen die Waffen fallen und hörten Rufe und Schüsse aus der anderen Ecke des Lagers.

»Die Jungen …«, murmelte Grit tonlos.

»Aufstehen!«, wiederholte der Deutsche. »Hoch!«

Leonidas half der zitternden Grit auf die Beine.

Ihre Häscher betrachteten sie grinsend. »Hab ich mir doch gedacht, dass mir heute ein paar Partisanen ins Netz gehen«, spottete der Anführer lachend. »So ein schöner Köder … Zehn unschuldige Frauen … das konntet ihr euch nicht entgehen lassen. Und ihr müsst uns für ganz schön dumm halten! Wie viele wart ihr? Fünf, sechs Männer? Fast eine Beleidigung …«

Der Mann sprach Deutsch, und Leonidas konnte ihn nicht verstehen. Grit beschloss, sich nicht als deutschsprachig zu erkennen zu geben.

»Hauptmann, der eine ist, glaub ich, eine Frau«, sagte ein anderer.

Zwei Männer näherten sich, um Grits und Leonidas' Gewehre an sich zu nehmen, und lachten, als sie Grit auf versteckte Waffen hin abtasteten.

»Die anderen hatten auch ein Mädchen dabei«, meldete jetzt ein Mann, der vom Pferch aus hinzukam. »Hat's leider nicht überlebt …« Grit schrie auf. »Die Kleine hat das Feuer eröffnet, obwohl sie gesehen haben muss, dass wir die Gewehre auf sie gerichtet haben. Brenner ist leicht verwundet. Tut mir leid, Hauptmann, ich weiß, wir sollten sie lebend kriegen, aber wir haben nur die Jungs gesehen, und als wir sie anriefen, hat das Mädchen aus dem Unterholz geschossen. Die Jungs auch …«

»Sind sie … sind sie alle tot?« Grit war fassungslos. Leonidas musste sie stützen.

»Schau einer an, die kleine Räuberbraut spricht Deutsch«, freute sich der Hauptmann. »Und wie 'ne leibhaftige Berlinerin. Das wird ein Spaß werden, die morgen zu verhören … Und wir brauchen sie dazu gar nicht nach Chania zu schaffen. Geht ja ohne Übersetzer ...«

»Ich sage nichts!«, schleuderte ihm Grit entgegen und erntete erneutes Gelächter.

»Oh, doch, Mädchen, du redest«, sagte der Hauptmann mit Gemütsruhe. »Glaub mir, alle reden. Euch beide lassen wir erst mal zuschauen, wie wir die Geiseln erschießen ... und dann setzen wir uns ganz freundlich zusammen ... vielleicht rund um ein Feuer, in dem man ein paar Zangen erhitzen kann ... Bestimmt haben sie welche im Dorf. Es wird ein nettes Grillfest. Dein Freund darf natürlich dabei sein. Du kannst übersetzen, wenn er etwas erzählen möchte. Ihr könnt selbstverständlich auch gleich reden. Wo ihr herkommt, interessiert mich zum Beispiel. Welche weiteren Partisanennester ihr kennt ... Das Oberkommando in Chania wird überaus erfreut sein.«

»Und anschließend exekutieren wir sie hier?«, fragte ein weiterer Soldat eifrig.

Der Hauptmann zuckte mit den Schultern. »Mal sehen, was von ihnen übrig ist ... Vielleicht reden sie ja gleich, dann brächten wir sie noch nach Chania.« Er sah Grit und Leonidas an. »Ihr könntet ein bisschen länger leben ... Also denkt drüber nach.« Grinsend wies er seine Männer an, sie in den Pferch zu den anderen zu bringen. »Und haltet weiterhin die Augen offen! Ich glaub zwar nicht, dass da noch was kommt, aber die Nacht ist lang ...«

Grit und Leonidas fanden sich in einer Ecke des Pferches wieder. Die Frauen machten ihnen respektvoll Platz.

»Danke, dass ihr es versucht habt«, sagte eine von ihnen. »Und ... und es tut uns leid um die jungen Leute.«

Die Leichen von Aliki, Hermes und Aristides hatten die Deutschen neben den Pferch geworfen. Grit weinte erneut, als sie die blutüberströmten Körper sah.

»Komm«, sagte Leonidas sanft. »Schau nicht hin. Sie haben es immerhin hinter sich. Wir hätten es nicht wagen sollen. Aber nun ...«

Er zog sie an sich, und Grit wehrte sich nicht. Sie schluchzte an seiner Schulter.

»Ich werde ganz sicher nichts sagen, egal, was sie mit mir tun«, flüsterte sie.

Leonidas schüttelte den Kopf. »Grit, Liebste, alle reden. Wir haben nur eine Chance – wir ... wir können dem selbst ein Ende machen.« Er tastete nach dem Schaft seines Stiefels und zog ein winziges Messer heraus. »Wir könnten es jetzt gleich tun. Ich ... ich helfe dir, wenn du es nicht schaffst.«

Grit sah furchtsam zu ihm auf. »Wir sollen uns die Pulsadern aufschneiden?«, fragte sie tonlos.

»Das könnten wir. Und langsam zusammen sterben. Du in meinem Arm. Niemand würde etwas merken.« Leonidas strich über ihr Haar.

Grit schüttelte den Kopf. »Nein! Nein, so einfach mache ich es ihnen nicht! Wenn, dann machen wir es im letzten Moment. Während sie die Frauen erschießen. Wenn es ... wenn es keine Chance mehr gibt ...«

»Es gibt jetzt schon keine Chance mehr, meine Schöne ... Aber wenn du noch Hoffnung hast ... warten wir. Es ... es muss dann allerdings schnell gehen ...«

Leonidas sah sie ernst an. Er würde ihr in diesem Fall die Kehle durchschneiden müssen, und sie wusste es.

»Ich hab keine Angst«, behauptete sie.

»Ich werde dir nicht wehtun«, versprach er.

Er zog sie erneut an seine Schulter, legte den Arm um sie und wiegte sie. Er summte ihre Lieblingslieder, und sie versuchte, sich von diesem Ort fort und an ihren Flügel zu träumen, meinte, die Tasten unter ihren Fingern zu spüren – und fühlte doch nur die Kälte der Nacht und die Wärme des Mannes, der sie umfasst hielt.

Sterben, sie würde sterben. So früh, sie war nicht mal dreiundzwanzig Jahre alt. Und es gab so vieles, was sie in ihrem Leben noch nie getan hatte. Dies hier war eines davon – die Nacht in den Armen eines Mannes zu verbringen, der sie liebte. Plötzlich verstand sie, warum die Mädchen und Jungen im Dorf nicht warteten, bis ihre Liebe reifte. Es konnte jeden Tag vorbei sein, und für sie schlug die Stunde am nächsten Morgen.

»Glaubst du, es kommt danach etwas?«, fragte sie leise. »Glaubst du an einen Himmel? Ein göttliches Gericht oder so?«

»Wir würden glanzvoll davor bestehen«, sagte Leonidas. »Wir haben das Richtige getan. Wir haben getan, was wir konnten. Vor einem himmlischen Richter brauchst du dich nicht zu fürchten.«

»Ewiger Friede ...«, flüsterte Grit. »*Es schließt der Himmel seine Pforten auf, und unser Sehnen schwingt sich empor zum Licht der Ewigkeit ...*«

»*Aida*, nicht wahr? Ich habe die Oper nie gesehen ... Es gibt so viele Dinge, die ich nie getan habe.« Leonidas küsste ihr Haar. »Vielleicht gibt es ja ein weiteres Leben ...«

»Wir werden's sehr bald wissen. Denk jetzt nicht daran. Denk an Musik ... An *Aida* ... die Nilarie. Das war immer meine liebste ...«

Sie summte die Arie vor sich hin. Leonidas blickte nach Osten. Die Sonne würde bald aufgehen.

Die Deutschen ließen sich Zeit mit der Vorbereitung der Exekution. Sie ließen die Männer von Myriokefala Gräber ausheben, danach versammelten sie sämtliche Einwohner auf dem Dorfplatz, ließen ihren Zug aufmarschieren und holten schließlich die Geiseln aus dem Pferch. Auch Grit und Leonidas, die eng aneinandergeschmiegt und mit geschlossenen Augen an ihren Liedern von Liebe und Abschied festhielten, zerrten sie auf die Füße. Dann jedoch geschah etwas, womit Leonidas nicht gerechnet hatte. Die Männer fesselten sie.

Grit sah Leonidas fassungslos an. Mit gefesselten Händen konnte er nicht nach seinem Messer greifen. Ihr letzter Ausweg, ihr schneller Tod ... er würde ihnen nicht vergönnt sein.

Die Soldaten zerrten sie an den Rand der Reihe der zu exekutierenden Frauen. Der Hauptmann baute sich neben seinen Männern auf.

»Legt an!«, befahl er.

Doch er schaffte es nicht, die Worte zu Ende zu sprechen. Sein Befehl wurde von einem Schuss durchschnitten, der Mann griff sich an den Hals, und dann brach die Hölle los.

Grit und Leonidas ließen sich instinktiv zu Boden fallen. Ihr Bewacher schoss in die Menge der Dörfler. Frauen und Kinder versuchten zu fliehen, in den Händen der Männer tauchten Messer und Pistolen auf. Die Deutschen feuerten aus allen Rohren, wusste jedoch nicht, wo genau sich die Angreifer befanden. Das Feuer wurde aus der Kirche erwidert, ebenso aus dem Haus des Pfarrers und einem der weiteren, den Dorfplatz direkt säumenden Gebäude. Ein paar der Männer von Myriokefala eilten zu ihren Frauen, andere warfen sich den Deutschen im Nahkampf entgegen. Insgesamt standen sich etwa dreißig deutsche Soldaten, die Bevölkerung von Myriokefala – und die Besten der Partisanen aus Imbros gegenüber. Leonidas keuchte, als er die Stimmen seiner Onkel erkannte. Die Patrouille. Die Männer mussten bei Nacht ins Dorf zurückgekehrt sein und waren gleich weiter nach Myriokefala gezogen, als sie von ihrem riskanten Unternehmen gehört hatten. Sie schienen die Waffenkammer von Imbros geplündert zu haben, um die Dörfler zu bewaffnen, denen die Deutschen am Vortag bei der Razzia sicher alle Gewehre und Pistolen abgenommen hatten.

Letztendlich hatten die Gebirgsjäger keine Chance.

Als die Waffen endlich schwiegen, hob Leonidas den Kopf. Er blickte auf ein Schlachtfeld, doch die Geiseln waren frei.

»Sie haben sich ihre Gräber selbst ausgehoben«, meinte sein Onkel Mitos grinsend, kniete neben seinem Neffen und Grit nieder und löste ihre Fesseln.

Leonidas blickte in Grits kreidebleiches Gesicht. »Wir leben«, flüsterte er.

Grit richtete sich auf. »Es ist wie ein Traum ...«

Mitos reichte ihnen einen Schlauch Wein. »Hier, trinkt. Und dann erklärt mir, was das für ein verrückter Plan war! Ihr hättet auf uns warten sollen.«

Grit schüttelte den Kopf. »Sie hätten euch auch gefasst. Es war ein Hinterhalt. Wir konnten es nicht schaffen – erst jetzt, da sie sich sicher fühlten, war ein Angriff möglich.«

Leonidas trank und reichte ihr den Weinschlauch.

»Es ist gut, dass die Kinder nicht sinnlos gestorben sind«, sagte er.

Grit trank ebenfalls. »Wenn du in all dem hier einen Sinn erkennst«, meinte sie dann, »bist du klüger als ich. Was ist sinnvoll an einem Krieg? Was ist sinnvoll an all dem Sterben?«

»Vielleicht lernen wir dadurch, das Leben mehr zu schätzen«, flüsterte Leonidas und schloss sie fest in seine Arme.

Grit wusste, dass er sie später küssen würde – und sie würde sich nicht dagegen wehren.

Gemeinsam mit den Frauen des Dorfes begruben sie die Toten. Auch Aliki und die Jungen fanden ihre letzte Ruhestätte auf dem Friedhof von Myriokefala. Die Menschen versicherten ihnen, die Gräber immer in Ehren zu halten.

»Wir werden noch unseren Kindern und Kindeskindern von ihnen erzählen«, beteuerte eine alte Frau. »In unserer Erinnerung bleiben sie unsterblich.«

Schließlich wanderten die Partisanen durch strahlenden Sonnenschein zurück nach Imbros. Grit hielt Leonidas' Hand, klammerte sich an ihn, als könnte nur er ihr helfen, mit den schrecklichen Ereignissen fertig zu werden. In der folgenden Nacht konnte sie nicht schlafen. Sie schlich sich aus ihrer Behausung und ging hinüber zum Haus der Fotakis, wo Eleni und ihre Familie um den jungen Hermes trauerten. Das Weinen der Frauen drang zu ihr nach draußen, und sie wollte sich schon wieder zurückziehen, als sie Leonidas aus dem Rundbau kommen sah. Er schien ihr Kommen erahnt zu haben. Wortlos zog er sie in seine Arme und küsste sie.

Dann trotzten sie der Märzkälte und liebten einander unter den Sternen.

Walter von Prednitz verließ das kleine Boot, einen Fischkutter, nach einer stürmischen Fahrt durch die Nacht. Die zweihundert Kilometer von Alexandria in den Süden Kretas waren ihm länger erschienen als im Jahr zuvor die Reise von Neuseeland nach Europa. Der Ritt mit dieser Nussschale über die Wellen des Mittelmeers hatte ihn mehr erschüttert als alle Bocksprünge von Wild Bill. Walter begriff nun, warum es nicht ratsam gewesen war, früher im Jahr zu reisen. Schon jetzt, Ende April, war es ein Wagnis – bis zuletzt befürchtete er, das Bötchen könnte an den Klippen zerschellen, die den Strand von Sfakia säumten. Hinzu kam die Furcht vor Luftangriffen. Britannien rühmte sich, die Seehoheit im Mittelmeer zu besitzen, aber die Deutschen und Italiener verfügten über die Lufthoheit, und die erwies sich als weitaus wertvoller.

Nun machte sich zum Glück niemand die Mühe, einen Fischkutter in der Nähe der Küste zu beschießen. Der mittlere Abschnitt der Überfahrt war jedoch brenzlig gewesen. Walter atmete auf, als er ein paar Stunden vor Morgengrauen an Land watete. Aus der Deckung der Felsen lösten sich sofort zwei in verschlissene Uniformen gehüllte Männer, um ihn willkommen zu heißen. Gemeinsam mit ihm ging ein Major Dozen an Land, der die Angriffe koordinieren sollte, deren Ziele Walter ausspionieren würde – sofern alles glattging. Vorerst schien es nicht schwierig zu sein. Die Männer eskortierten Walter und den Major durch eine von Höhlen durchzogene Landschaft und führten sie schließlich ins jetzige Hauptquartier der britischen Streitkräfte Kreta in Sfakia.

»Sie werden sich bestimmt zuerst stärken wollen«, bot ein Steward an, was Walter nicht abgelehnt hätte. Die Aussicht, etwas zu essen und dann zu schlafen, erschien ihm himmlisch, doch Major Dozen war unerbittlich.

»Ich denke, wir können direkt ein Briefing durchführen. Zumindest gleich bei Tagesanbruch. Gegen ein kleines Frühstück hätten wir nichts, aber bitte lassen Sie die Hauptbefehlshaber dieses … äh … Stützpunktes spätestens um acht antreten.«

Der Steward schluckte erkennbar. So früh begannen die Herren gewöhnlich wohl nicht mit dem Dienst. Wozu auch? Die Briten hatten hier kaum etwas zu tun. Walter widmete sich dem sehr schmackhaften Frühstück, das der Soldat schließlich servierte. Anscheinend fehlte es den Truppen an nichts.

»Die Einheimischen beliefern uns, Sir«, gab der Mann bereitwillig Auskunft. »Wofür wir sie natürlich fair bezahlen. Sie gehen ja ein ziemliches Risiko ein. Wir könnten sie nicht schützen, wenn die Deutschen ihnen auf die Schliche kämen …«

»Den Deutschen ist es wahrscheinlich lieber, die Kreter beliefern Ihre Kantine als die Stützpunkte der Partisanen«, bemerkte Dozen süffisant. »Sie glauben doch nicht, dass denen unbekannt ist, dass Sie in der Gegend von Sfakia sitzen. Sie gehen nur nicht gegen Sie vor, weil von Ihnen wenig Gefahr ausgeht. Aber das werden wir jetzt ändern. Wer hat denn hier überhaupt den Oberbefehl?«

Der kleine Trupp Führungsoffiziere, der sich schließlich zur ersten Einsatzbesprechung einfand, stand unter dem Vorsitz eines Major Warron.

»Kein Ranghöherer hier?«, erkundigte sich Dozen.

»Die Ranghöchsten sind alle evakuiert worden«, erklärte Warren. »Als Erste. Außerdem wurden ganze noch bestehende Einheiten bevorzugt herausgebracht. Wir haben hier hauptsächlich Versprengte – Offiziere und Mannschaften, die sich zum Teil unter Lebensgefahr allein oder in Kleingruppen nach Sfakia durchgekämpft haben. Die

Männer wurden gesammelt und den Offizieren zu neuen Kampf-gruppen unterstellt. Wenn ich vorstellen darf: Captain Pace, er organisiert unseren Wachdienst, Lieutenant Wallace, zuständig für Nachschub und Verpflegung, Lieutenant Pentecost, Waffenkammer und weitere Ausbildung der Leute an der Waffe, Lieutenant Bingham – er befehligt eine kleine Gruppe Sprengstoffspezialisten sowie andere Männer mit Sonderausbildungen wie Nahkampf.«

Dozen fixierte Bingham, der mit seinem blonden Lockenkopf und der immer noch adrett wirkenden Uniform ein bisschen wie ein kleiner Junge im Matrosenanzug wirkte – allerdings einem, der sich sehr wichtig nahm.

»Meine Leute stehen zu Ihrer Verfügung«, schnarrte er jetzt, da er die Augen des Spezialagenten auf sich gerichtet sah.

Dozen nickte. »Das hätte ich nicht anders erwartet«, sagte er knapp. »Also, meine Herren, ich werde Ihnen die Lage kurz umrei-ßen. Wir erleben in diesem Frühjahr, dass die auf Kreta stationierten Einheiten der deutschen Luftwaffe immer größere strategische Be-deutung gewinnen. Sie sichern den Nachschub für Rommels Afrika-korps im Nildelta, und sie kontrollieren den Schiffsverkehr in der südöstlichen Mittelmeerregion, sprich, sie spähen unsere Schiffs-bewegungen aus, bombardieren unsere Kreuzer und begleiten und schützen ihren eigenen Schiffsverkehr. Unser Ziel ist, dies zu unter-binden oder doch mindestens zu begrenzen, indem wir Anschläge auf ihre wichtigsten Flugfelder auf Kreta unternehmen. Wir werden dabei mit griechischen Partisanen zusammenarbeiten und dahinge-hend vorgehen, dass Special Agent von Prednitz«, er wies auf Walter, »eine ausgiebige Erkundung der Flugfelder, ihrer Bewachung und Auslastung vornimmt, wozu wir ihn bei den Deutschen als angeb-lichen Vertreter des Truppenversorgungsamtes, beauftragt mit der Inspektion des Kampfmaterials, einschleusen werden. Nach seiner Rückkehr werden wir die Feinplanung der Aktionen vornehmen. Es sind mindestens drei, eventuell vier in einer Nacht vorgesehen. Also überprüfen Sie schon mal Ihre Sprengstoffvorräte. Mit den infrage kommenden Männern für die Einsätze werde ich in den nächsten Tagen reden. Wir werden ja ausreichend Zeit haben, solange Agent von Prednitz unterwegs ist.«

Die Offiziere schwiegen beeindruckt.

»Und wie kommt Agent von Pred… von Prednitsch nach Chania?«, fragte Warren.

Major Dozen seufzte. »An sich sollte es Ihnen nach einem knappen Jahr konspirativer Aktionen auf dieser Insel ein Leichtes sein, seine Weiterreise zu organisieren. Da Sie allerdings wenig Geländeerkundung betrieben haben …«

»Es fehlte uns da an speziell ausgebildetem Personal. Leider versteht sich hier niemand auf Kartografie …«, entschuldigte sich Captain Pace.

Dozen warf ihm einen eisigen Blick zu. »Kartenmaterial, Captain, existiert bereits. Von Ihnen hätte ich eher die Beobachtung deutscher Truppenbewegungen auf der Insel erwartet sowie schlichtes Auskundschaften geeigneter Wege, die konspirative Bewegungen ermöglichen. Aber vergessen Sie es, die Partisanen werden morgen jemanden schicken, der Agent von Prednitz in den Hafen von Heraklion bringt. Dort wird er den Eindruck erwecken, mit einem deutschen Versorgungsschiff vom Festland aus eingetroffen zu sein. Sobald er aufgebrochen ist, treffen wir uns zu einer erneuten Lagebesprechung. Sie werden mich dabei über die Anzahl und Qualifikationen Ihrer Männer unterrichten. Vorschläge bezüglich der Teilnahme an den Operationen nehme ich auch ab morgen entgegen. Jetzt werde ich mich etwas ausruhen und anschließend meinerseits eine Geländeerkundung vornehmen. Sie verfügen hier wohl über ein ausgedehnten Höhlensystem, vielleicht könnte man es für spätere Aktionen noch effizienter nutzen. Ach, Lieutenant Bingham, zeigen Sie mir doch gleich mal Ihre Sprengstoffvorräte …«

Major Dozen verschwand mit dem eifrigen, wenn auch wenig vorbereiteten Bingham in Richtung der Höhle, in der die Briten ihre Waffen lagerten. Warren entschuldigte sich.

Walter nutzte derweil die Gelegenheit, sich bei den verbliebenen Offizieren nach Alex Rawlings und Grit De Groot zu erkundigen. Das Ergebnis war nicht ermutigend.

»Was für ein Dienstgrad? Lance Corporal? Gott, davon haben wir hier etliche«, meinte Pace. »Aber unter meinen Leuten ist er nicht, das wüsste ich.«

»In meinen Einheiten gibt's auch keinen Rawlings«, fügte Lieutenant Wallace hinzu. »Aber Sie müssen sich da unter den Leuten selbst umhören – und mit Warren sprechen. Der führt, soweit ich weiß, Buch über die Männer, die sich hier mal gemeldet haben.«

»Ich bin mir nicht sicher mit dem Dienstgrad«, gab Walter zu. »Lance Corporal war nur der Grad, mit dem er einen letzten Brief an seine Eltern unterschrieb. Er kann inzwischen befördert worden sein. Im Krieg geht das ja mitunter schnell.«

»Dann wäre er Unteroffizier«, bemerkte Pentecost. »Da müsste man ganz andere Akten durchsuchen.«

»Sind Sie sicher, dass er nicht gefangen genommen worden ist?«, fragte Wallace.

Walter merkte, dass es in ihm zu brodeln begann. »Nein«, sagte er. »Das will ich ja gerade herausfinden. Aber lassen Sie mal, ich sehe mich zunächst in den Gefangenenlagern um und spreche nach meiner Rückkehr mit Warren. Was ist mit der jungen Pianistin? Haben Sie da etwas gehört?«

Wallace grinste. »Doch, die haben wir gehört. In Chania. Hübsches Mädchen, spielt gut Klavier. Die Truppenbetreuung wurde doch evakuiert. Sie sollte in Ägypten angekommen sein.«

Walter ballte die Hand zur Faust. »Grit De Groot gilt, ebenso wie Lance Corporal Rawlings, als vermisst«, wiederholte er. »Ich bin, neben meinen anderen Aufgaben, mit der Suche nach den beiden betraut. Aber wie gesagt, lassen wir das vorerst. Ich werde sehen, was ich bei den Deutschen herausfinde.«

Der Stewart wies Walter einen Schlafplatz in der Offiziersunterkunft zu, wie er eine geräumige, mit primitiv gezimmerten Möbeln versehene Höhle bezeichnete, die zumindest trocken war.

Er teilte einen Raum mit Major Dozen, der eine Stunde später zu ihm stieß und aufgebracht vermeldete, Lieutenant Bingham sei ein Idiot und die anderen Offiziere stünden ihm an Unfähigkeit kaum nach.

»Das sind alles Etappenhengste. Haben durchweg in der Verwaltung in Heraklion gearbeitet – deshalb hatten sie auch keine eigenen Einheiten, mit denen gemeinsam sie evakuiert werden konnten. Warren war der Verbindungsoffizier zum griechischen Königshaus im Exil – irgendwie muss er die Ausschiffung des Königs verpasst haben. Die Kampferfahrung der Führungsriege ist jedenfalls gleich null. Ich beneide Sie nicht um Ihren Job, Agent von Prednitz, aber meiner wird ebenfalls nicht einfach. Immerhin können Sie sich darauf verlassen, dass hier eine schlagkräftige Truppe warten wird, wenn Sie mit Ihren Informationen zurück sind. Sagen Sie das bitte auch den griechischen Widerstandskämpfern, wenn Sie mit ihnen in Kontakt kommen – die müssen bisher ja einen fabelhaften Eindruck von ihren ehemaligen Schutztruppen bekommen haben! Ich beginne jedenfalls morgen mit der Ausbildung. Und keine Sorge, ich höre mich nach Ihrem Lance Corporal Rawlings um. Kann sein, dass der unter Bingham gedient hat. Er sagte, er hätte etliche Neuseeländer in seinem Zug gehabt.«

Der Mann, der Walter am nächsten Morgen nach Chania geleiten sollte, hörte auf den Kampfnamen Black Man und schien zu den aktivsten Partisanen auf Kreta zu gehören. Seine Aktionseinheit hielt zumindest regen Kontakt mit den Briten in Alexandria. Sie besaß ein gut funktionierendes, starkes Funkgerät und einen Mann, der es zu bedienen verstand. Nun hatten sie sich mit den Briten auf ein gemeinsames Vorgehen in der Operation Albumen geeinigt, und Black Man erschien persönlich, um sich ein Bild von den beteiligten Agenten zu machen.

Mit Walter wechselte er auf dem gemeinsamen Weg nach Norden durch Berge und Schluchten kaum mehr als zehn Worte, zeigte sich aber angetan davon, dass Walter nicht klagte und der beschwerlichen Wanderung, die obendrein in hohem Tempo vorgenommen wurde, ohne Weiteres gewachsen war. Walter erkundigte sich auch bei ihm nach Alex, aber Black Man brummte nur, dass er bislang nie etwas mit den auf Kreta verbliebenen Briten zu tun gehabt hatte. Den Namen Grit De Groot hatte er ebenfalls noch nie gehört.

»Es gibt Frauen bei den *Andarten*«, erklärte er in ziemlich schlechtem Englisch. »Theodora in Anopolis, Margarita in Imbros ... Sie sprechen alle Englisch und führen oft Briten über Berge. Frauen fallen nicht so auf. Was ist ›Klavier‹?«

Walter gab es auf. Er folgte dem Partisanen schweigend bis zu einem Fischerdorf an der Küste. Dort entledigte er sich seiner dunklen, zivilen Wanderkleidung und schlüpfte in die Uniform eines deutschen Oberleutnants. Sein Ausweis wies ihn als Oberinspektor des Reichstruppenversorgungsamtes im Rang eines Oberleutnants aus. Sein Seesack enthielt neben Wäsche und Hemden zum Wechseln ein kleines Funkgerät. Wahrscheinlich würde er es eher nicht brauchen, aber es bot immerhin eine kleine Hoffnung auf Hilfe, falls er in Gefahr geraten würde, entdeckt zu werden.

Erneut mittels eines Fischkutters gelangte er schließlich in den Hafen von Chania, wo es einfach war, sich unter das deutsche Militär zu mischen. Es wimmelte dort vor Uniformierten – neu hinzugekommene Truppen, Stabsoffiziere, Verwundete und Vertreter der Luftwaffe oder der Feldjäger in Lederstiefeln und Bomberjacken. Man hörte Deutsch und Italienisch – die Kreter ließen sich wohl so wenig wie möglich sehen. Natürlich bedienten sie in den Tavernen, und es fuhren auch Fischer aufs Meer hinaus, doch sie hielten sich zurück und bedachten ihre Besatzer mit finsteren Blicken, wenn es nicht anders ging, als ihren Weg zu kreuzen.

Walter erprobte seine neue Identität bei einem Besuch in einer Taverne, unterhielt sich ein wenig mit verschiedenen Wehrmachtsangehörigen und stellte erfreut fest, dass er nicht auffiel. Dann fragte er nach dem Hauptquartier der deutschen Militärkommandantur und ließ sich bei Alexander Andrae, dem Festungskommandanten, melden. Der Mann empfing den vermeintlichen Truppeninspekteur nach kurzer Wartezeit.

Walter grüßte mit einem schmissigen »Heil Hitler«, wobei er den Arm hochriss, als wollte er vor Eifer nach dem Mond greifen. »Festungskommandant! Oberleutnant Walter von Prednitz, Oberinspektor des Reichstruppenversorgungsamtes, direkt unterstellt dem Befehlshaber Südgriechenland, meldet sich zum Dienst. Ich darf Ihnen kollegiale Grüße von General Felmy ausrichten.«

»Sie haben ihn gesprochen?«, fragte Andrae. Er war ein kantiger, kräftig gebauter Mann mit auffällig abstehenden Ohren.

»Selbstverständlich, Herr Kommandant. Ich wurde von ihm persönlich entsandt ... zwecks Inspektion der Versorgungslage der Besatzungstruppen und Kriegsgefangenenlager.«

»Was haben wir denn angestellt?«, fragte Andrae mit schiefem Lächeln. »Ich wüsste nicht, dass hier gegen irgendwelche Auflagen verstoßen wurde. Wir führen sehr sorgfältig Buch über den Umgang mit unseren Ressourcen. Und wir bemühen uns darum, örtliche Ressourcen zu nutzen. Ich müsste mich über die genauen Zahlen informieren, aber was die Verpflegung angeht, requirieren wir einen Großteil unseres Bedarfs im Rahmen von Strafmaßnahmen gegen aufmüpfige Teile der Bevölkerung. Und was die Kriegsgefangenenlager angeht ...«

Walter setzte ein freundliches Lächeln auf und gebot ihm mit einer Handbewegung Schweigen.

»Bitte ... bitte, Herr Kommandant ... Sie müssen sich doch hier nicht rechtfertigen! Selbstverständlich liegen keinerlei Klagen gegen Sie vor. Ich habe lediglich den Auftrag, Ihre Ausrüstung zu inspizieren. Sie wissen, Kreta gilt als wichtige Basis der Luftwaffe, speziell für den Nachschub von General Rommel. Das Wehrmachtfürsorge- und -versorgungsamt will sicherstellen, dass Sie mit den nötigen Mitteln ausgestattet sind, um die Insel unter allen Umständen zu halten und Partisanenangriffe abzuwehren. Bitte sehen Sie meine Entsendung nicht als eine Kritik an Ihrer Kommandoführung an. Im Gegenteil, wir wollen Ihnen nur größtmögliche Unterstützung bieten.«

Andrae blickte ihn verwundert an. »Es sollen Gelder in den Ausbau unserer Verteidigungsanlagen gesteckt werden?«, fragte er vorsichtig.

Walter nickte. »Unter anderem. Es ist auch angedacht, Ihnen weitere Truppen zur Verfügung zu stellen. Der Führer«, er nahm Haltung an, »hat sich persönlich nach Ihrem Fortkommen hier erkundigt.«

Über Andraes Gesicht flog ein Lächeln. Er fühlte sich sichtlich geschmeichelt. »So ist der Käse also angekommen?«, fragte er.

Walter blickte irritiert. »Der ... äh ... Käse?«

»Die Insel ist berühmt für ihre Schafskäseproduktion«, führte Andrae aus. »Und als ich mein Amt hier übernahm, habe ich mir erlaubt, dem Führerhauptquartier eine Sendung ausgesuchter Käsesorten zukommen zu lassen.«

»Ach so ...« Walter lächelte. »Davon weiß ich nichts. Aber zweifellos eine schöne Geste ... Kann ich denn nun mit Ihrer Unterstützung rechnen? Ich soll mir in erster Linie die Flughäfen ansehen und den Einsatz der Kriegsgefangenen bei Baumaßnahmen. Sie wissen, dass man da besondere Vorsichtsmaßnahmen bezüglich eventueller Spionagetätigkeit zu treffen hat. Und die Kriegsgefangenenlager – wobei das eigentlich nicht in meine Zuständigkeit fällt. Aber wie Sie wissen, müssen diese Lager gelegentlich inspiziert werden. Da schlagen wir nun einfach zwei Fliegen mit einer Klappe ...«

Andrae strahlte jetzt nur so vor Beflissenheit. »Sie können selbstverständlich mit meiner vollen Unterstützung rechnen. Ich werde Ihnen einen Wagen und einen deutschsprachigen Fahrer stellen, der für Sie übersetzen kann, falls Kontaktaufnahme mit Einheimischen notwendig wird. Natürlich erhalten Sie Passierscheine für alle Bereiche der Festung Kreta und Zugang zu sämtlichen Anlagen der Wehrmacht. Haben Sie bereits eine Unterkunft? Ich lasse Ihnen etwas in einer unserer Offiziersunterkünfte anweisen, wir haben diverse Stadtpaläste requiriert. Sie werden begeistert sein. Bevorzugen Sie einheimische oder deutsche Küche? Es gibt hervorragende Restaurants …«

Walter wehrte mit herzlichem Lächeln ab. »Aber, aber, das ist zu viel der Ehre – wenngleich ich natürlich zu gern einmal die Käsespezialitäten probieren würde, von denen Sie sprachen. Die mediterrane Küche soll ja sehr gesund sein. Olivenöl …«

»Die Olivenölproduktion der Insel ist ebenfalls berühmt«, erklärte Andrae. »Überhaupt ein Paradies für Feinschmecker … Vielleicht dürfte ich Sie einmal in der Kommandantur zum Essen begrüßen. Heute Abend?«

Walter lächelte. »Erst die Arbeit, Herr Kommandant, dann das Vergnügen. Ich denke, ich werde mich heute erst mal in mein Quartier zurückziehen und weitere Akten studieren. Ich möchte so bald wie möglich mit den Inspektionen beginnen.«

Andrae nickte. »Melden Sie sich morgen früh um acht. Ihr Fahrer sowie sämtliche Berechtigungsscheine und Ausweise werden zu Ihrer Verfügung stehen. Ihre … Papiere haben Sie meinem Adjutanten bereits ausgehändigt? Also, nicht dass ich Ihnen misstraue …«

»Es muss selbstverständlich alles seine Ordnung haben«, sagte Walter. »Da bin ich ganz Ihrer Meinung. Wir sehen uns morgen, Herr Kommandant. Heil Hitler!« Walters Arm flog wieder gen Himmel, genau wie der des Kommandanten.

Er atmete auf, als er seine gefälschten Papiere wieder an sich genommen hatte und hinaus in die Frühlingssonne trat. Der Anfang war gemacht. Nun hieß es abwarten, ob der Kommandant ihm tatsächlich traute oder ob er womöglich doch das Oberkommando anrief und sich nach seiner Entsendung erkundigte. Dann konnte er nur darauf hoffen, von eventuell in der Kommandantur vorhandenen Spitzeln gewarnt zu werden.

Die Nacht verlief ruhig, Walter begab sich pünktlich in den pompösen Festungsbau, der die Kommandantur beherbergte. Er schöpfte Hoffnung, als er davor einen großen Wagen stehen sah, an dem ein junger Grieche lehnte, der ihn angrinste. Womöglich sein Fahrer. Walter bemühte sich, ihn vorerst nicht zu beachten. Sein freundlicher Ausdruck machte ihm etwas Sorgen. Der Mann musste im Dienst der Deutschen stehen und schien die Funktion gern auszufüllen. Womöglich würde er dem Kommandanten über alles Meldung machen, was er unternahm. Walter wappnete sich für eine weitere Besprechung mit Andrae, aber es war an diesem Tag nur sein Adjutant, der ihn mit zackigem Salutieren und lautem Hitler-Gruß willkommen hieß. Er händigte ihm einen Stapel Papiere und Ausweise aus, erklärte ihm, wofür sie im Einzelnen dienten, und verabschiedete ihn dann freundlich.

»Ihr Fahrer wartet draußen, er heißt Christos. Zögern Sie nicht nachzufragen, wenn es irgendwelche Probleme gibt. Sie haben die Telefonnummer der Kommandantur. Der Kommandant hat mich beauftragt, mich persönlich um Ihre Angelegenheiten zu kümmern. Und die Einladung zu einem festlichen Diner nach Erledigung Ihres Auftrages steht natürlich noch, soll ich Ihnen bestellen.«

Nach einem erneuten Austauschen des Hitler-Grußes stand Walter wieder an der Straße und wandte sich seinem Fahrer zu.

»Heil ... äh ... Hitler«, grüßte er den jungen Griechen, der daraufhin noch breiter grinste. »Christos?«

»Oberleutnant von Prednitz?«, fragte der junge Mann zurück. »Ich bin Christos Panadeukis, Ihnen als Fahrer und Übersetzer zugeteilt. »Wollen Sie gleich einsteigen?« Er hielt die Tür zum Rücksitz der Limousine auf.

Walter nickte. »Ich denke, wir ... beginnen mit dem Flugfeld Maleme«, sagte er. »Hier ist die Zugangsberechtigung.« Er reichte einen Zettel nach vorn.

»Das sind nur ein paar Kilometer«, erklärte Christos. »Wir sollten in wenigen Minuten da sein.«

»Woher sprechen Sie so gut Deutsch?«, erkundigte sich Walter, um mit dem Mann ins Gespräch zu kommen.

Eigentlich fand er Christos auf den ersten Blick sympathisch. Der junge Grieche hatte blitzende braune Augen, einen wilden Schopf schwarzer Haare und einen olivfarbenen Teint. Zwei Grübchen rechts und links der Lippen ließen vermuten, dass er gern und häufig lachte.

»Meine Großmutter ist Deutsche«, verriet Christos. »Eine große Verehrerin von Heinrich Schliemann und als junge Frau fest entschlossen, das Geheimnis des Minotaurus zu lüften. In meinem Großvater, damals Archäologiestudent in Athen, fand sie einen begeisterten Mitstreiter. Die zwei arbeiteten bis 1908 mit Evans zusammen – dem britischen Archäologen, der den minoischen Palast in Knossos ausgegraben hat. Und als der zurück nach England ging, konnten sie nicht genug bekommen und blieben, um auf eigene Kosten weiterzubuddeln. Dabei ging ihr gesamtes Vermögen drauf. Mit dem letzten Rest gründeten sie einen Buchladen in Heraklion. Da wuchs mein Vater auf, und auch ich verbrachte meine halbe Kindheit zwischen deutschen und englischen und griechischen Schmökern. Meine Mutter ist früh gestorben, meine Großeltern haben mich praktisch großgezogen. Deutsch ist also sozusagen meine Großmuttersprache.«

»Und Sie … fühlen sich dem deutschen Volk verbunden?«, fragte Walter etwas umständlich.

Er musste herausfinden, ob er diesem Jungen trauen konnte.

Christos grinste erneut. »In gewisser Weise«, bemerkte er. »Mit seiner Geschichte, seinen Märchen … Haben Sie zum Beispiel schon mal die Geschichte von Albumen gehört?«

Walter horchte auf. Albumen – das Codewort, der Name der geplanten Operation gegen die Deutschen. Christos betrachtete ihn im Rückspiegel. Walter setzte ein betont gelangweiltes Gesicht auf.

»Albumen? Der Held, der Feuer auf die Drachen des Feindes regnen ließ?«, fragte er.

Christos lachte. »Exakt, Herr Oberleutnant. Ich denke, wir werden uns gut verstehen.«

In den nächsten Wochen inspizierten Walter und Christos in den von Deutschen dominierten Gebieten jeden Winkel. Sie besuchten die Flugfelder in Kastelli, Heraklion, Tympaki und Maleme, zeichneten Pläne und befragten Bodenpersonal und Flugoffiziere genauestens nach Art und Menge der dort stationierten Maschinen, An- und Abflugzeiten sowie Wachmannschaften und Wachwechsel. Erst danach nahm Walter die Suche nach Alex und Grit in Angriff. Christos pfiff durch die Zähne, als er ihm von seiner zweiten inoffiziellen Mission berichtete.

»Ach, deshalb die Sache mit den Gefangenenlagern, die Sie inspizieren sollen«, meinte er. »Das erschien uns nämlich komisch. Schließlich ist keine Befreiungsaktion geplant.«

»Wie viele Lager gibt es denn eigentlich?«, fragte Walter. »Tatsächlich nur eines?«

Christos nickte. »Ja, bei Galatas. Können wir gleich morgen hinfahren. Allerdings werden in verschiedenen Landesteilen Kriegsgefangene im Straßenbau und zu anderen Zwangsarbeiten eingesetzt. Keine Briten, glaube ich, dafür haben sie Leute aus Osteuropa hergeholt. Aber wir können diese Trupps natürlich auch inspizieren. Ist ja möglich, dass Ihr Mann da irgendeine spezielle Aufgabe hat, weil er ... was weiß ich, Wasserbautechniker ist oder so.«

Walter schüttelte den Kopf. »Unwahrscheinlich, er ist Tierarzt. Kann er da irgendwie gebraucht worden sein? Haben die Besatzungsoffiziere vielleicht Pferde?« Er dachte an Nellies Einsatz im Ersten Weltkrieg.

Christos lachte. »Nein. Wie sollten sie die denn herbekommen haben? Die können ja nicht mit dem Fallschirm abspringen. Und was wir hier an Reittieren haben, ist nicht der Rede wert. Also wenn der Mann noch lebt, kann er nur in den Höhlen bei Chora Sfakion sein – da verstecken sich die meisten Briten – oder er ist aus dem Gefangenenlager ausgebrochen. Da wäre er nicht der Einzige. Sie werden sehen, wie schlecht das Lager bewacht wird. Die Bevölkerung ist immer bereit, Ausbrechern zu helfen. Sie bringen die Männer in die Berge, ein paar werden in Klöstern und Privathäusern versteckt. Die meisten von denen haben die Briten allerdings in hochgeheimer Mission schon im letzten Herbst wieder eingesammelt. Auf dringendsten Wunsch der Bevölkerung. Sie pflegten sich nämlich zu betrinken und dann lauthals Trinklieder zu grölen. Das fiel auf.«

Walter zog die Augenbrauen hoch. Major Dozen hatte schon recht: Elitetruppen waren zur Verteidigung Kretas nicht eingesetzt worden.

»Ich höre mich jedenfalls um«, versprach Christos. »Wenn sich irgendwo ein Tierarzt versteckt, müsste sich das rumgesprochen haben. Auch griechisches Viehzeug wird krank, und bei der Hungersnot, unter der die Zivilbevölkerung in den Städten leidet, sind die Bauern besorgt um ihre Tiere.«

»Und … Grit?«, fragte Walter schließlich nach seiner Stieftochter. »Grit De Groot? Eine junge Frau, die in der Truppenbetreuung tätig war? Amerikanerin?«

Christos runzelte die Stirn. »Nicht dass ich wusste. Wenn man sie gefangen genommen hat, wurde sie wahrscheinlich aufs Festland gebracht.«

»Ich habe gehört, dass viele Frauen umgekommen sind …«, äußerte Walter seine größten Befürchtungen.

Christos nickte traurig. »Getötet, vergewaltigt … Die Deutschen haben hier gewütet wie … wie …« Er ballte die Hände zur Faust. »Aber eine Amerikanerin? Das kann ich mir nicht vorstellen. Hat das Konsulat sich da nicht erkundigt? Ich meine, als die Deutschen hier einfielen, lag Amerika doch noch nicht mit ihnen im Krieg …«

»Angeblich haben die Deutschen hier nie etwas von einer Grit De Groot gehört«, meinte Walter resigniert. »Die Amerikaner haben natürlich nach ihr gefragt.«

Christos zuckte mit den Schultern. »Da kann ich Ihnen nicht helfen. Es ist Krieg, Menschen gehen verloren ... Ich werde ein bisschen herumfragen. Man weiß ja nie. Womöglich hält sich einer der deutschen Übermenschen eine Lustsklavin. Etliche griechische Mädchen sind schon in ihren persönlichen Harems verschwunden.«

Walter graute es vor einem solchen Schicksal für Grit, aber nun stand erst einmal das Kriegsgefangenenlager auf dem Programm. Der Lagerleiter zeigte ihm, dem vorgeblichen Inspizienten, bereitwillig die Anlage und war auch gern bereit, die Aufzeichnungen zurate zu ziehen, als er nach Alex fragte.

»Der Junge ist über sieben Ecken mit meiner Frau verwandt«, behauptete Walter. »Die Familie ist vor Jahrzehnten nach Neuseeland ausgewandert, aber jetzt, da ihr Sohn vermisst wird, erinnerte sich eine Großcousine an die deutsche Verwandtschaft. Kann man ja verstehen, auch diese Leute ...«, er wies auf die Gefangenen, die auf dem Gelände des Lagers ihren Alltagsbeschäftigungen nachgingen, »... haben besorgte Mütter.«

»Dafür gibt's eigentlich das Rote Kreuz«, gab der Lagerleiter, ein Hauptfeldwebel, zu bedenken. »Wir melden die Namen der Gefangenen zuverlässig weiter. Wir sind ja keine Unmenschen!«

Walter versicherte ihm, dass er das niemals angenommen habe. »Trotzdem kann ja mal jemand vergessen worden sein«, meinte er. »Was ist denn mit Ausbrüchen?«

Der Mann zuckte mit den Schultern. »Wenig ... zumindest in der letzten Zeit. Das hier ist ja eine Insel, weg können sie also sowieso nicht.«

Walter registrierte zufrieden, dass die Geheimoperation der SOE zur Rettung der Bevölkerung vor lästig gewordenen Briten anscheinend unbemerkt geblieben war. Rasch überflog er die Listen, die ihm der Lagerleiter vorlegte. Alex' Name war nicht zu finden.

»Was ist eigentlich mit Frauen?«, fragte er wie nebenbei, nachdem er die Bücher wieder geschlossen hatte. »Irgendwelche weiblichen Häftlinge?«

Der Mann lachte. »Nee, Herr Oberleutnant, da muss ich Sie enttäuschen. Die Briten hatten ein paar Mädels hier, aber die haben sie natürlich als Erste ausgeflogen, als sie aufgegeben haben. Hätten wir ja auch so gemacht.«

Walter warf ihm einen strengen Blick zu. »Der Deutsche gibt nicht auf, Hauptfeldwebel! Was ist das für eine Einstellung? Der Deutsche kämpft bis zum letzten Mann!«

Erschrocken nahm der Hauptfeldwebel Haltung an. Walter sah aus den Augenwinkeln, dass Christos mit dem Lachen kämpfte.

»Selbstverständlich, Herr Oberleutnant«, schnarrte der Lagerführer. »Für Führer, Volk und Vaterland.«

»Genau«, erwiderte Walter. »Gut, dann wären wir hier fertig. Sehr ordentlich geführt, die Anlage. Nichts zu beanstanden. Ich werde Sie beim Festungskommandanten lobend erwähnen.«

Christos brach endgültig in Gelächter aus, als sie im Auto saßen. »Ich werde Sie vermissen, Herr Oberleutnant«, brach es aus ihm heraus. »Die Vorstellung war sehenswert.«

»Nur leider nicht erfolgreich«, sagte Walter. »Es sieht nicht gut aus für Alex' Mutter und meine Frau. Dabei hätte ich ihnen ihre Kinder so gern zurückgebracht ...«

Christos zuckte mit den Schultern. »Der junge Mann kann immer noch bei den Briten sein«, tröstete er. »Oder zu einer kleineren britischen Zelle gehören. Es verbergen sich noch etliche in den Bergen. Und dann besteht natürlich noch die Möglichkeit, dass er irgendwie den Italienern ins Netz gegangen ist – theoretisch trifft das auch auf das Mädchen zu. Sie wissen, dass ein Bereich der Insel von Italien kontrolliert wird, nicht? Für die SOE ist das nicht so interessant – die Italiener stellen nicht viel an, die sind einfach da und freuen sich, dass keiner auf sie schießt. Jedenfalls zerstören sie keine

Dörfer, bringen keine Zivilisten um und unterhalten keine Luftwaffe. Zumindest nicht hier.«

Walter horchte auf. »Besteht die Möglichkeit, die italienische Zone ebenfalls zu inspizieren?«, fragte er.

Christos schüttelte den Kopf. »Nein. Da müssten Sie schon als Italiener auftreten. Auf jeden Fall ist die Hoffnung erst völlig verloren, wenn der Krieg vorüber ist. Vielleicht tröstet das die Mütter der jungen Leute.«

Walter glaubte das eher nicht – er schätzte, dass zumindest Willie sofort die Entsendung eines weiteren Spions in die italienische Zone planen würde. Er selbst kehrte jetzt erst mal nach Chania zurück und versicherte den Festungskommandanten seiner vollständigen Zufriedenheit mit dem Zustand der Anlagen.

»Soweit das mit den Ihnen gegebenen Mitteln möglich ist«, erklärte er. »Die Sicherheit und der Aktionsradius Ihrer Männer könnten sich bestimmt noch erhöhen, wenn Ihnen mehr Material und mehr Streitkräfte zur Verfügung stünden. Ich werde dem Versorgungsamt ein paar Vorschläge unterbreiten.«

Der begeisterte Kommandant wiederholte seine Einladung zum Diner, und Walter nahm mit schlechtem Gewissen an. Er wusste von Christos, dass die kretische Bevölkerung hungerte. Besonders in den Städten kamen Lebensmittellieferungen nur den Deutschen zugute, die Bauern auf dem Land wurden gnadenlos ausgeplündert. Insofern konnte er den erstklassigen Käse, den Fisch und den Lammbraten, den Andrae in seinem hochherrschaftlichen Haus in Halepa, das eigentlich der griechischen Familie Venizelos gehörte, servieren ließ, nicht wirklich genießen. Allerdings sprachen die anderen Offiziere bei Tisch fleißig dem Wein zu, sodass er es wagte, sich vorsichtig nach Frauen in deutschem »Besitz« zu erkundigen, als der Abend fortschritt. Die Männer nahmen kein Blatt vor den Mund. Sie schwärmten von ihren griechischen Gespielinnen. Von irgendwelchen englischsprachigen Mädchen wussten sie nichts.

»W... wer will denn och so 'ne fri... frijide britische Ziege, wenner so 'ne schicke, rassije Griechin haben kann?«, berlinerte ein Major.

Schweren Herzens gab Walter die Suche nach Nellies Tochter als verloren.

Als er zwei Tage später, nach einem erneuten beschwerlichen Marsch durch die Weißen Berge im britischen Hauptquartier in Sfakia eintraf, erwartete ihn dafür eine freudige Überraschung. Major Dozen befragte ihn zunächst ausgiebig nach dem Erfolg seiner Mission, zückte dann eine Cognacflasche und schenkte ihnen ein.

»Trinken wir auf Ihre großartige Leistung – und auf eine Entdeckung meinerseits, die Sie freuen dürfte: Ich habe Ihren Lance Corporal Rawlings gefunden. Sie werden ihn morgen bei der Einsatzbesprechung treffen. Er diente tatsächlich unter diesem hoffnungslosen Bingham …«

Walter konnte sein Glück kaum fassen, als Dozen jetzt berichtete, dass er sich unter den Männern nach Sprengmeistern umgesehen hatte, woraufhin sich tatsächlich zwei Spezialisten meldeten. Alex Rawlings und Joe Ashley waren bei Bingham allerdings in Ungnade gefallen, da sie sich angeblich bei der Verteidigung von Chania von seinem Zug entfernt und damit seine Evakuierung nach Alexandria vereitelt hatten.

»Völliger Unsinn natürlich. Sein Zug wurde im Verlauf der Kämpfe aufgerieben. Die Männer haben erst das Flugfeld von Maleme verteidigt und sich dann kämpfend immer weiter zurückgezogen. Von Bingham haben sie dabei kaum was gesehen. Ein Kreter hat ihnen schließlich den Weg durch die Imbros-Schlucht nach Sfakia gewiesen, und sie sind so schnell hergekommen wie möglich – wobei sie noch Rückzugsgefechte auszustehen hatten. Bingham haben sie erst wiedergefunden, als die Evakuierungsaktion vorbei war. Wie auch immer: Ihr Alex Rawlings ist am Leben, und ich hoffe, er bleibt es. Er wird sich nämlich unserer Operation Albumen anschließen. Ich denke, ich werde ihn in Kastelli einsetzen. Er kennt das Flugfeld, und Sie haben die Sicherheitsvorkehrungen der Deutschen ja genau dokumentiert. Zurzeit befindet er sich gemeinsam mit Lance Corporal Ashley am Strand und führt Übungen mit anderen Einsatzkräften durch. Die beiden werden die Sprengkörper vorbereiten, die anderen müssen lernen, wie man sie verlegt.« Dozen nahm genüsslich einen Schluck von seinem Cognac. »Wenn Ihr Mann da lebendig rauskommt, können Sie ihn meinetwegen mitnehmen. Anderswo kann er nützlicher sein als hier. Also, wollen Sie den Erfolg der Operation abwarten, oder sollen wir gleich einen Transport für Sie organisieren?«

Walter wollte natürlich auf Kreta bleiben. Er konnte es kaum erwarten, sich selbst davon zu überzeugen, dass er zumindest Alex gefunden hatte. Sie fielen einander in die Arme, als Willies Sohn am Abend zurück ins Quartier kam. Dem jungen Mann folgte ein struppiger kleiner Hund.

Walter lachte, als er sich eifersüchtig zwischen sie drängte. »Deiner?«, fragte er. »Sieht aus wie ein griechischer Teppich.«

Alex nickte. »Deshalb heißt er auch Flokati. Ich wollte ihn eigentlich Polyphem nennen, weil wir ihn halb verhungert in einer Höhle fanden, die er bereit war, mit seinem Leben zu verteidigen. Aber dann hätten wir ihn bald Poly gerufen, und er ist ja ein Rüde. Ein sehr netter Kerl.«

Walter lächelte. Eigentlich hatte es nie ein Tier gegeben, das Alex nicht gemocht hatte.

»Ich hoffe, du kannst ihn mitnehmen, wenn wir von hier verschwinden«, bemerkte er und begann, seine Geschichte zu erzählen.

»Meine Mutter hat dich geschickt, mich zu suchen? Meine Mutter?« Alex konnte es kaum fassen.

»Deine Mutter ist äußerst besorgt um dich«, erklärte Walter. »Sie hat Himmel und Hölle in Bewegung gesetzt, um dich zu finden.«

»Aber sie … sie macht sich doch gar nicht aus mir«, brach es aus Alex heraus.

Walter schüttelte den Kopf. »Alex, sie liebt dich. Sie hat nur manchmal eine etwas seltsame Art, das zu zeigen. Sie wollte auch unbedingt deine Stute zurück. Sie hat sich regelrecht mit April um das Tier gestritten.«

»April wollte Shelley behalten?«, fragte Alex ungläubig.

Walter nickte. »Ja. Sie wollte, dass sie ihr Fohlen auf Epona Station zur Welt bringt. April war sehr betroffen, als sie davon hörte, dass du vermisst wirst. Auch was sie angeht, würde ich nicht sagen, dass sie sich nichts aus dir macht.«

Alex senkte den Kopf. »Ich hatte ein anderes Mädchen«, gab er zu. »Ein wundervolles Mädchen, ein Traum ... sie ... ich ... wir gehören zusammen ... Wenn ich nun heimkomme, und sie mich noch will ...«

Walter nickte. »Ich weiß. Also, lass uns von Grietje De Groot sprechen. Du weißt vermutlich, dass auch sie vermisst wird. Wo war sie am Tag der deutschen Invasion?«

Alex erblasste. »Sie wird vermisst? Aber ich hab ihre Freundin Mary Jane getroffen. Sie haben die Truppenbetreuer evakuiert ... Sie ... O mein Gott, dann muss sie bei der Überfahrt umgekommen sein! Wir haben gehört, dass etliche der Evakuierungsschiffe es nicht geschafft haben.«

Walter legte ihm die Hand auf den Arm. »Das nicht, Alex. Grietjes Freundin ist gut in Alexandria angekommen. Sie sagte aus, Grietje sei auf einer Wanderung gewesen. Wohin kann die geführt haben? Ist es möglich, dass sie nicht zurück nach Chania gekommen ist? Dass sie sich noch irgendwo versteckt?«

Alex biss sich auf die Lippen. »Bei den *Andarten*, meinst du? Ich weiß nicht. Dieser ... dieser Leonidas, mit dem sie in die Berge gewandert ist, war kein Kämpfer. Der war Musiker. Hat diese griechische Laute gespielt ...«

Walter schöpfte Hoffnung. »Du wirst jetzt erst mal deinen Einsatz erledigen, Alex«, sagte er. »Mach es gut, und komm gesund zurück. Und ich erkundige mich solange nach einem Leonidas, der die Laute spielt, oder wie man die Instrumente hier nennt. Womöglich ist sie ja noch mit ihm zusammen.«

»Sie hat ihn nicht geliebt«, erklärte Alex.

Walter nickte mit leichtem Lächeln. »So was kann sich ändern«, murmelte er.

»Leonidas, ich sagte dir schon, das war eine einmalige Sache. Es wird sich nicht wiederholen, und ich werde dich auch nicht heiraten. Sieh es bitte ein, Leon, ich liebe dich nicht!«

Grit führte diese Diskussion jetzt seit vier Wochen – seit jener Nacht im März, vor der sie dem Tod so knapp entronnen waren. Damals war sie wie in Trance gewesen, voller Hunger nach Leben, voller Angst, diese Welt verlassen zu müssen, ohne die körperliche Liebe kennengelernt zu haben. Sie hatte nicht nachgedacht, hatte sich Leonidas' Umarmung einfach überlassen – zunächst im Angesicht des Todes und dann in der unendlichen Erleichterung, davongekommen zu sein.

Schon am Tag danach, bei der Trauerfeier für Aliki, Hermes und Aristides, war ihr jedoch klar geworden, dass dies ein Fehler gewesen war. Leonidas ging dagegen fest davon aus, dass sie nun ein Paar waren, und zeigte das dem ganzen Dorf, indem er ständig den Arm um sie legte und versuchte, sie zu küssen. Grit wollte Leonidas nicht, und sie wollte ihr Leben nicht auf Kreta verbringen. Ihr Hunger nach Leben umfasste nicht nur ein paar Umarmungen. Sie wollte die ganze Welt. Leonidas war allerdings nicht bereit, das zu akzeptieren. Natürlich versicherte er ihr, sie niemals in Imbros festhalten zu wollen. Sie könnten ebenso gut in einer der größeren Städte leben, sagte er immer wieder, eventuell sogar auf dem Festland. Selbst eine Auswanderung wollte er in Erwägung ziehen, wenn sie nur Ja sagte. Grit wusste es jedoch besser. Sie hatte seine Verwandlung von einem fröhlichen, musizierenden Lebenskünstler zu einem gnadenlosen Kämpfer miterlebt. Leonidas war Sfakiote durch und durch. Ein Mann aus den Bergen. Er genoss es, mit ihr zu musizieren – würde hingegen niemals der Mann an der Seite einer erfolgreichen Künstlerin sein, niemals die zweite Geige spielen wollen. Und er liebte seine Heimat. Dauerhaft würde er Kreta nicht verlassen.

Wieder träumte Grit davon, aus Imbros zu fliehen. Sie hatte genug vom Kampf, sie wollte zurück in ihre eigene Welt, die Tasten ihres Klaviers wieder unter ihren Fingern spüren, die Klänge von Mozart, Bach und Beethoven erneut zum Leben erwecken, statt die Saiten der Bouzouki zu schlagen, während die Männer von Kampf und Freiheit sangen.

Grit schöpfte Hoffnung, als sie von einer eventuell geplanten gemeinsamen Aktion mit britischen Streitkräften hörte. Es hieß, es würden Führungsoffiziere aus Großbritannien nach Kreta gebracht, um die Operation zu leiten. Vielleicht würde es ihr gelingen, mit einem von ihnen in Kontakt zu treten. Sie war bereit, sich auch dem primitivsten Seefahrzeug anzuvertrauen, wenn sie nur die Insel verlassen könnte.

Vorerst waren dies jedoch nichts als Träume. Grits Alltag bestand aus nie enden wollenden Diskussionen mit Leonidas und den Anspielungen seiner Schwestern und seiner Mutter, die natürlich die Annäherung des jungen Mannes mitbekamen und nun auf eine Fortsetzung der Beziehung hofften. Zudem fühlte Grit sich nicht besonders wohl. Alikis Tod hatte sie tief getroffen, sie war traurig und antriebslos. Mitunter erfasste sie geradezu körperliche Übelkeit, wenn sie Eleni in der Käserei half und sich erinnerte, wie sie bei genau dieser Tätigkeit mit dem jungen Mädchen gelacht und geplaudert hatte. Sie war schlecht gelaunt, litt unter Ängsten und fühlte sich angespannt.

So war sie nahe daran zu explodieren, als Leonidas' Mutter sie sechs Wochen nach der Geiselbefreiung beiseitenahm, um mit ihr zu reden. Eleni strahlte dabei über das ganze Gesicht – zum ersten

Mal seit dem Tod ihres Sohnes. Grit brachte es nicht übers Herz, sich einfach mit ein paar unfreundlichen Worten abzusetzen. Stattdessen setzte sie sich folgsam mit der älteren Frau an den Küchentisch, wo Eleni sofort ihre Hände nahm.

»Tochter, wann wollt ihr es uns denn jetzt endlich sagen?«, fragte Eleni mit verschmitztem Lächeln in beinahe verschwörerischem Ton. »Es ist dir vielleicht peinlich, aber es gibt doch keinen Grund, es hinauszuzögern. Im Gegenteil. In diesen Zeiten macht sich keiner was draus, wenn das Kind ein paar Wochen früher kommt, als es eigentlich sein sollte.«

»Kind?«, fragte Grit.

Leonidas' Mutter ist nicht ganz bei Trost, dachte sie.

Eleni lachte keckernd. »Mir könnt ihr das nicht verheimlichen, Tochter. Ich hab zehn Kinder geboren und jedes im Bauch seiner Mutter wachsen sehen, das in Imbros je das Licht der Welt erblickt hat, seit ich denken kann. Ich seh's, wenn eine Frau gesegneten Leibes ist. Ich erkenn's an deinen Brüsten, deiner Haut … Sag nicht, du hast es noch nicht gewusst, Margarita.«

Grit starrte sie fassungslos an und begann hektisch nachzurechnen. Sie zitterte, als sie zu einem Ergebnis kam. Ihre Periode hätte bereits vor Wochen einsetzen müssen. Eigentlich wäre in diesen Tagen schon die zweite nach dem Vorfall in Myriokefala fällig gewesen. Sie ballte die Hände zu Fäusten.

Eleni streichelte ihre Schulter. »Aber, aber, Tochter, das ist doch kein Grund, sich zu fürchten. Im Gegenteil, das ist eine Freude. Ein neuer, kleiner Mensch will auf die Welt! Um dich und deinen Gatten glücklich zu machen. Vielleicht gar ein kleiner Junge. Was würde sich Theophanis freuen! Sein erster Enkel …« Etliche Brüder und Schwestern Leonidas' waren bereits verheiratet und hatten natürlich sofort Kinder in die Welt gesetzt. Zum Leidwesen der Großeltern und vielleicht auch der Eltern waren es bisher jedoch durchweg Mädchen.

»Ich … ich will kein Kind«, stammelte Grit.

Eleni winkte ab. »Aber natürlich willst du! Jede Frau wünscht sich ein Baby. Wir müssen nun sehr bald eure Hochzeit planen. Du sollst ja nicht mit dickem Bauch vor den Priester treten. Wir werden dir eine schöne Hochzeit ausrichten, Tochter. Auch wenn deine Eltern nicht dabei sein können. Du sollst alles haben. Und nun musst du dich freuen. Lach einmal, Margarita! Zeig deinem versprochenen Gatten ein freundliches Gesicht.«

Grit floh an ihren Lieblingsplatz, dem Aussichtspunkt auf dem nächsten Hügel, von dem aus sie das Dorf überblicken konnte. Hier kam selten jemand vorbei. Sie war allein und hatte Zeit, ihre Möglichkeiten zu überdenken. Wenn sie nur von der Insel herunterkommen könnte! Eine Möglichkeit, das Kind loszuwerden, würde sich dann schon finden. In ihrer Zeit an der Juilliard hatte sie von zwei Balletttänzerinnen gehört, die schwanger geworden waren. Nach einem Besuch bei einem diskreten Arzt hatten sie das Tanztraining schnell wieder aufnehmen können.

Theoretisch konnte es solche Möglichkeiten auch in Chania oder Heraklion geben. Gerade jetzt, während der Besatzungszeit, wurden sicher viele Frauen ungewollt schwanger. Aber wenn sie sich in eine der Städte begab, ging sie in die Höhle der Löwen. Sie konnte sich mühelos als Deutsche ausgeben, als Griechin dagegen nicht. Weder sah sie so aus noch sprach sie die Sprache perfekt und akzentfrei. Die Gefahren waren immens – und Leonidas würde es ihr auch gar nicht erlauben. Sie konnte es sehen, wie sie wollte: Sobald alle wussten, dass sie von ihm schwanger war, hatte er Macht über sie. Das ganze Dorf würde ihn dabei unterstützen, seine Frau vor »Dummheiten« zu bewahren. Grit fühlte sich einem ungeliebten Mann ausgeliefert und von ihrem eigenen Körper verraten. Schließlich weinte sie, verzweifelt und hoffnungslos. Sie konnte auch nicht damit aufhören, als sie Leonidas den Hügel hinaufkommen sah, und drehte sich schluchzend weg, als er sich neben sie setzte.

»Margarita, meine geliebte Margarita … ich habe dich gesucht, ich habe mir Sorgen gemacht ...« Er versuchte, den Arm um sie zu legen, doch sie schüttelte ihn ab.

»Deine Mutter hat es dir brühwarm erzählt, ja?«, fragte Grit erbost. »Sie konnte nicht mal abwarten, bis ich es selbst fertigbringe ...« Sie weinte heftiger.

»Nun ja, meine *mitéra* hat sich eben gefreut«, verteidigte Leonidas seine Mutter. »Es ist ja eine gute Nachricht. Komm, Margarita, nimm es als Fügung. Es ist unser Schicksal, zusammen zu sein. Ich liebe dich, und ...«

»Aber ich liebe dich nicht!«, schleuderte Grit ihm entgegen. »Und ich heiße Grit, ich bin Grit De Groot, eine Pianistin. Ich habe nicht die Absicht, hier mein Leben lang Schafe zu hüten.«

»Das musst du doch auch nicht«, sagte Leonidas besänftigend. »Ich verspreche dir, dass wir nicht hierbleiben werden. Du weißt, ich spreche Englisch, meine Liebste, und ich mache Musik. Mir steht die Welt ebenso offen wie dir – wenn die Welt denn wieder frei sein wird. Wenn du willst, können wir nach Amerika gehen ...«

Grit sah ihn provozierend an. »Und ich könnte leben wie zuvor? Herumreisen, auftreten ... Würdest du auf das Kind aufpassen? Ich hatte eine Karriere, Leon. Ich war dabei, berühmt zu werden. Und ich will das immer noch!«

Leonidas lachte. »Komm, Margarita! Berühmt werden ... Das sind doch unreife Träume. Gerade für eine Frau. Du hast es nicht nötig zu arbeiten. Ich werde für uns sorgen. Für dich und unsere Kinder. Denn es soll ja nicht bei einem einzigen bleiben, oder? Wir werden eine richtige Familie haben. Du wirst glücklich sein. Ich werde dich glücklich machen.«

Grit versuchte, mit dem Weinen aufzuhören und vernünftig mit Leonidas zu reden. Aber alle Argumente, die für sie und gegen ein Leben mit ihm sprachen, hatte sie schon unendlich oft vorgebracht. Er hatte sie niemals hören wollen, und nun hatte sich die Situation zu seinen Gunsten verändert.

»Ich muss dich nicht heiraten, um das Kind zu bekommen«,

sagte sie in einer letzten Aufwallung von Verzweiflung. »Ich kann es allein aufziehen ... Schließlich brauche ich niemandem zu sagen, wer es gezeugt hat.«

Leonidas schüttelte den Kopf. Nicht böse, sondern nachlässig, als spräche er mit einem unwissenden Kind. »Margarita, so etwas geht vielleicht in Boston. Oder in New York, vielleicht sogar in Athen. Aber wir sind in Imbros. Hier gibt es Traditionen – hier gibt es feste Vorstellungen davon, was richtig und was falsch ist, und was man tun kann und was nicht. Du kannst hier kein Kind haben ohne Vater. Du ... du würdest als Hure verschrien, vielleicht würde man dich sogar des Dorfes verweisen. Grit, wenn du die Tochter eines der Männer aus den Bergen wärst und hättest ein Kind ohne Vater, man würde dich töten. Und denkst du dabei auch mal an mich? Wie würde ich dastehen, wenn die Frau, von der alle wissen, dass ich sie liebe, nun behauptet, sie hätte mich betrogen ...«

Grit rieb sich die Stirn. Ihre Augen brannten, doch sie weinte nicht mehr. Sie verstand, was vorging. Leonidas mochte ihr das Blaue vom Himmel versprechen, und vielleicht würde er Imbros wirklich mit ihr verlassen. Aber in seinem Kopf würde das Dorf bleiben – er würde immer noch denken wie ein Mann aus den Bergen von Kreta. Sie glaubte nicht, dass sie die Kraft haben würde, ihn zu ändern, wenn das überhaupt möglich war. Sie war nur noch verzweifelt und müde.

»Komm mit, wir gehen ins Dorf«, sagte Leonidas. »Und wir erzählen allen, dass wir ein Paar sind. Du wirst sehen, wie sehr sie sich mit uns freuen. Jeder hier freut sich über ein Kind.«

Grit folgte ihm apathisch. Sie hatte das Gefühl, in Ketten gelegt worden zu sein, und verfluchte sich selbst für diese Nacht der Schwäche, für die sie jetzt vielleicht ihr Leben lang bezahlen musste.

Leonidas legte ihr den Arm um die Schultern. »Sei nicht so traurig«, flüsterte er. »Du wirst dich noch freuen. Ganz sicher. Wir werden ein ganz wundervolles Kind haben.«

Grit blieb nicht viel anderes übrig, als sich an den Gedanken an eine Hochzeit zu gewöhnen. Tatsächlich hatte sich das Wissen um ihre Schwangerschaft innerhalb eines Tages im Dorf herumgesprochen. Für intime Geheimnisse hatte man hier nicht viel übrig, alle nahmen lebhaft teil am Leben der Nachbarn. Grit erntete insofern Glück- und Segenswünsche, wohin sie auch kam. Alle älteren Frauen wollten an ihrem Gang, ihrem Haar, ihrer Haut erkennen, dass sie zweifelsfrei einen Jungen erwartete. Die Männer tranken mit Leonidas auf seinen zu erwartenden Sohn. Mädchen, so lernte Grit, waren zwar auch willkommen, doch nur so etwas wie ein Trostpreis. Richtig glücklich war eine Frau, die ihrem Mann einen Sohn schenkte.

Sie selbst konnte sich zwar eher eine Tochter vorstellen, wenn sie schon ein Baby haben musste, aber sie widersprach den Dörflern nicht. In der nächsten Zeit widersprach sie sowieso selten, sie hoffte nur noch, die gemeinsame Operation der Partisanen mit den Briten könnte so früh erfolgen, dass sie noch unverheiratet und ihre Schwangerschaft nicht zu weit fortgeschritten war. Dann bestand vielleicht eine winzige Chance, dass die Briten sie mitnahmen und dass sie rechtzeitig einen Ort erreichte, an dem sie sich des Kindes entledigen konnte.

Andererseits wuchsen ihre Skrupel gegenüber einer Abtreibung mit jedem Tag der Schwangerschaft. Nun, da sie die Veränderungen in ihrem Körper bewusst erlebte, keimte die Einsicht, dass da etwas Lebendiges in ihr wuchs, vielleicht ein kleines Wesen, das ihre Liebe zur Musik teilte, dem sie Noten beibringen konnte. Sie erinnerte sich noch an die Freude ihres Vaters, als sie ihre ersten Töne auf der Geige versucht hatte. Es wäre schön, so etwas auch erleben zu können.

Nach langem Palaver legten Leonidas' Eltern den Tag der Hochzeit schließlich auf den 7. Juni fest. Die Zahl 7 galt als glücksverheißend. Auf Leonidas Anfrage hin erklärte sich der Priester der Kirche von Vamos bereit, nach Imbros zu kommen und dort gleich drei junge Paare zu trauen. In Imbros selbst gab es nur einen Diakon, der sich nun redlich Mühe gab, Grit in die Riten und Gebete der Apostolischen Kirche einzuweisen.

Eleni stellte eine Hochzeitstracht für Grit zusammen, die der Tradition von Imbros entsprechen sollte. Sie bestand aus einem bestickten Faltenkleid, einem Seidenhemd und einem bestickten Überwurf, alles in bunten Farben gehalten. Jetzt, in Kriegszeiten, war es unmöglich, eine neue Tracht aufzutreiben, also sammelte Eleni die Bestandteile bei verschiedenen Frauen der Familie zusammen. Grit musste die diversen Kombinationsmöglichkeiten immer wieder anprobieren. Sie bewegte sich wie in Trance auf den Tag ihrer Eheschließung zu, hatte kaum noch das Gefühl, sie selbst zu sein. Dieses Mädchen in Tracht, einen weißen Schleier auf dem längst wieder auf Schulterlänge gewachsenen Haar, dem man Schmuck aus alten goldenen Münzen anlegte, war nicht Grit De Groot. Es war irgendeine Margarita aus dem letzten Winkel Kretas, der nun dem ganzen Dorf das Gefühl vermitteln wollte, einmal im Leben wichtig zu sein. Grit und die anderen beiden Bräute wurden ständig angesprochen und mit Neckereien und Glückwünschen überhäuft. Der Krieg, die Angst, als Partisanennest entdeckt zu werden – all das trat in den Hintergrund vor dem großen Fest, das Imbros plante.

Dann jedoch kam Black Man, einer der Partisanen, ins Dorf, und die Männer zogen sich zu einer langen Besprechung zurück. Grit verspürte wieder mal Zorn: Die Frauen auf Kreta trugen alle Risiken mit und kämpften oft an vorderster Front, doch die Entscheidungen trafen die Männer.

Leonidas wirkte einerseits aufgeregt, andererseits aber nicht sehr glücklich, als er sie nach der Beratung über die Ergebnisse in Kenntnis setzte.

»Wir machen einen Anschlag, gemeinsam mit den Briten. Genau genommen machen wir vier Anschläge, das Unternehmen zielt darauf, sämtliche Flugfelder der Deutschen mit allen darauf befindlichen Maschinen und Benzinvorräten zu zerstören. Kastelli, Heraklion, Tympaki und Maleme. Wir werden in Kastelli zuschlagen – in der Nacht auf den 7. Juni.«

»Das ist der Tag unserer Hochzeit«, wunderte sich Grit. »Wir werden sie verschieben müssen.«

Sie wusste nicht, ob sie sich darüber freute, oder ob sie sich einfach nur wünschte, die Sache hinter sich zu bringen.

Leonidas schüttelte den Kopf. »Nein. Wir werden rechtzeitig zurück sein. Wir müssen nicht die ganze Strecke laufen. Der Widerstand in Chania hat einen Lastwagen organisiert. Einen deutschen. Wir wollen schnell zuschlagen und schnell wieder weg sein. Das geht nur motorisiert. Aus Sfakia schicken sie uns zwei Briten, Sprengmeister, die bringen die nötigen Bomben mit. Von uns gehen drei Männer mit, dazu kommt der Fahrer, der uns in Vamos erwartet. Wenn alles gut geht, sind wir spätestens gegen Mittag zurück.« Er lachte. »Und dann werden wir feiern, wie Imbros noch nie gefeiert hat!«

»Nur zwei Briten?«, fragte Grit.

Im Stillen hatte sie mit einer ganzen Delegation gerechnet, von der ein Teil in Imbros bleiben würde. Sie hatte sie auf ihre Fluchtpläne ansprechen wollen, während die Männer die Operation durchführten. Aber so kurz vor der Hochzeit war es ohnehin zu spät. Sie konnte sich nicht an ihrem Hochzeitstag absetzen. Die aufgeregten Brautjungfern, Eleni und das restliche Dorf würden sie keinen Moment aus den Augen lassen.

Leonidas winkte ab. »Wenn du mich fragst, bräuchten wir die Briten gar nicht. Wir könnten das sehr gut allein hinbekommen. Aber ihr Dynamit geben sie nicht raus. Angeblich braucht man Spezialkenntnisse, um damit umzugehen. Dabei siehts eigentlich ganz leicht aus. Lunte zünden und ... Bum!«

Grit dachte an Alex, der die korrekte Planung von Sprengungen erlernt hatte. Er hatte es eigentlich als recht kompliziert und vor allem nicht ungefährlich dargestellt. Ihr Herz tat immer noch weh, wenn sie an das Zusammensein mit dem jungen Neuseeländer dachte – daran, wie unkompliziert und lustig es gewesen war, und wie Alex ihre Kunst bewundert hatte.

»Wann … kommen die Briten?«, fragte sie.

»In der Nacht zum 5. Juni«, antwortete Leonidas. »Einer von Black Mans Leuten wird sie bringen. Am 6. gehen wir dann los.«

Grit hatte plötzlich ein ungutes Gefühl. »Du wirst doch vorsichtig sein, ja?«, fragte sie. »Es wird keine Toten geben?«

Leonidas lachte. »An meinem Hochzeitstag? Was denkst du nur?«

Er küsste sie. »Aber schön, dass du dich sorgst. Du wirst mich schon noch lieben lernen, Margarita. Du wirst gar nicht anders können …«

Alex und der zweite Brite, der mit ihm die Aktion in Kastelli leiten sollte, brachen vor Sonnenuntergang auf zu ihrem beschwerlichen Weg in die Berge. Alex war enttäuscht, dass er nicht mit Joe Ashley zusammenarbeiten konnte, aber der junge William Brewster war ihm durchaus sympathisch. Ein ernsthafter dreiundzwanzigjähriger Australier, der den Umgang mit Sprengstoff schnell erlernt hatte und dem Dynamit den notwendigen Respekt entgegenbrachte. Er hatte in seiner Heimat schon Sprengungen erlebt, und man konnte ihm sicher glauben, dass er nicht erschrocken Fersengeld gab, wenn die Ladung detonierte. Ausprobieren hatte man das nicht können, Detonationen am Strand von Chora Sfakion wären aufgefallen.

Alex war erfreut, dass es wieder Teresa war, die Partisanin aus dem Dorf, in das er sich mit Joe verlaufen hatte, die ihn und William über die Berge führte. Sie berichtete ihnen vergnügt, dass in Imbros, wo sie sich mit den Griechen treffen sollten, am Tag nach dem Anschlag eine Hochzeit geplant war.

»Sie laden euch sicher ein«, meinte sie. »Da seht ihr mal, wie wir auf Kreta Feste feiern.« Eine der drei Bräute, berichtete Teresa, sei eine entfernte Cousine von ihr. Deshalb hatte sie gebeten, die Männer nach Imbros begleiten zu dürfen. Nun stapfte sie mit überzeugender Sicherheit wie schon beim letzten Mal mit ihnen über die Weißen Berge. Vor Entdeckung fürchtete sie sich nicht, und auch in Imbros schien man nicht beunruhigt zu sein. Die Männer erkannten schon von Weitem, dass dort Feuer brannten, an denen große Fleischstücke gebraten wurden. Die Leute saßen darum herum und feierten anscheinend jetzt schon. »Das machen sie euch zu Ehren«, erklärte Teresa. »Wir sind sehr gastfreundlich hier in den Bergen.«

Alex war das recht. Er war nach dem fast vierstündigen, beschwerlichen Marsch hungrig wie ein Wolf und hätte auch einen Becher Wein nicht abgelehnt. Zunächst mussten sie jedoch die Männer kennenlernen, mit denen sie am nächsten Tag ihren gefährlichen Auftrag ausführen wollten.

Teresa stellte ihnen einen Dimos vor und einen Kaikias. »Und das ist Leonidas«, sagte sie, als sich ein weiterer schwarzhaariger Mann in hellen Leinenhosen und weitem Hemd näherte. Er hielt eine Flasche Anisschnaps in der Hand und hätte sie beinahe fallen lassen, als er Alex erkannte.

Alex erkannte ihn ebenfalls. Er hatte ihm die Hand reichen wollen, doch nun ließ er sie kraftlos sinken.

»Wir … kennen uns …«, sagte er heiser.

»Ja?« Teresa blickte verwundert von einem zum anderen. »Leon spricht übrigens Englisch …«

Leonidas und Alex starrten einander immer noch an.

»Wo ist sie?«, fragte Alex heiser. Er wusste nicht, ob er den anderen Mann umarmen oder schlagen sollte.

»Wo ist wer?«, fragte Leonidas kalt zurück.

In Alex stieg Wut auf. »Grit«, sagte er kurz. »Das Mädchen, mit dem du unterwegs warst, als die Deutschen kamen. Was ist mit ihr passiert?«

Leonidas lachte. »Ach, du meinst Margarita! Oh, der ist nichts passiert. Ich verstehe durchaus, auf meine Frau aufzupassen … Sie ist …«

Alex blitzte ihn an. »Sie ist nicht deine Frau. Sie war meine Freundin. Mit dir verband sie gar nichts. Hältst du sie hier versteckt? Womöglich gar gefangen?«

Leonidas griff sich an die Stirn. »Nun übertreib mal nicht. Natürlich halten wir uns hier versteckt. Wir sind im Krieg, falls du es noch nicht bemerkt hast. Ich konnte Margarita kaum nach Chania zurückschicken. Ihr habt es ja nicht geschafft, die Stadt zu verteidigen. Aber sie ist selbstverständlich freiwillig hier.«

»Ich will sie sehen!«, verlangte Alex.

»Das wirst du. Unweigerlich. Sie spielt am Feuer die Bouzouki. Aber ob sie dich noch sehen will ... Sie ist verlobt, Brite! Sie wird mich morgen heiraten.«

Leonidas wandte sich ab und machte sich auf den Weg zu den Feuern. Alex blieb zurück, als hätte er ihn geschlagen.

Grit war hier ... er hatte sie wiedergefunden – und gleich verloren? Alles in ihm weigerte sich, das zu glauben. Wie in Trance folgte er Leonidas an die Feuer – er hörte gar nicht, dass Teresa nach ihm rief.

Der Klang der Bouzouki und das Prasseln des Feuers, der würzige Geruch nach Essen, die Stimmen der Menschen, die miteinander redeten – das alles verband sich zu einer unwirklichen Szenerie. Alex meinte zu träumen, bis er sah, wie sich Leonidas neben einer Frau niederließ, die virtuos die Bouzouki spielte. Er hatte das eigentlich recht simple Instrument nie so klingen hören. Jetzt hob die Frau, die traditionelle Kleidung trug und ihr rotblondes Haar mit einem Schal bedeckte, das Gesicht – und Alex erkannte sie. Er flüsterte ihren Namen, und er sah Verwirrung und Fassungslosigkeit in ihren Zügen. Sie schien aufspringen zu wollen, beherrschte sich dann jedoch. Ihre Augen suchten seinen Blick. Alex wusste nicht, was er darin erkannte, Gleichgültigkeit war es sicher nicht.

Er zwang sich, langsam zum Feuer zu gehen und sie höflich anzusprechen. »Grit? Grit, bist du es?«

Grit lächelte. Ein beiläufiges, höfliches, gezwungenes Lächeln. »Ich ... ich hab eben von Leon gehört, dass du hier bist. Ich ... ich dachte, du wärst in Alexandria.«

Alex bemühte sich um einen ähnlich unverbindlichen Ausdruck. »Das dachte ich auch von dir«, entgegnete er.

Grit behielt das Lächeln bei. »Tja, ich ... ich bin hier gestrandet … Wir sahen die Angriffe auf die Küste, und dann … eines der zerstörten Dörfer. Hier war es sicher …«

Leonidas füllte einen Becher Wein und reichte ihn Alex. »Hier«, sagte er gelassen. »Trink auf den Schreck! Und du, Liebste … willst du uns noch ein Lied spielen? Vielleicht habt ihr ja nach der Trauung noch ein bisschen Zeit, miteinander zu reden.«

Alex wollte etwas sagen, doch er schwieg, als sich Teresa neben ihn setzte. »Ich weiß nicht, was zwischen euch war, aber denk daran, dass ihr morgen zusammen eine sehr heikle und gefährliche Aufgabe angeht«, warnte sie ihn.

Alex nickte. »Ich weiß«, erwiderte er. »Aber ich … Grit und ich … wir sind … wir waren … zusammen. Und jetzt will sie Leonidas heiraten. Ich muss wissen, ob es ihr wirklich gut geht. Ob sie tatsächlich aus freien Stücken hier ist.«

»Soweit ich weiß, wurde Margarita hier vom Krieg überrascht«, sagte Teresa. »Und sie hat an Leonidas' Seite gegen die Deutschen gekämpft. Aber wenn du meinst …«

»Du musst mit ihr reden!« Der junge William Brewster mischte sich ein. Seine Stimme klang eifrig, so als wäre eine tragische Liebesgeschichte das Tüpfelchen auf dem i dieses Abenteuers. »Ich werde ihn ablenken. Dann musst du sie nur noch …«

Teresa seufzte. »Ich werde ihr sagen, sie soll dich hinter dem Haus da treffen. Unter dem Carob. Macht nur nicht zu lange, klärt schnell alles ab, und stellt vor allem nichts an! Die Aktion ist wichtig. Für ganz Kreta. Sie soll den Grundstock für britische und kretische Zusammenarbeit legen. Wenn es da gleich zu Rivalitäten kommt …«

Alex hörte schon gar nicht mehr hin. Er stand langsam auf, plauderte mit diesem oder jenem, als ob er es nicht eilig hätte, und erreichte ungesehen den ausladenden Johannisbrotbaum, der hier im Sommer Schatten bot und das Geschehen vor dem Haus selbst von einem Flugzeug aus nicht erkennen ließ. Er musste einige Zeit warten, bevor er Schritte hörte – dann war Grit da, und sie flog in seine Arme.

»Alex, o mein Gott, Alex!« Grit lachte und weinte gleichzeitig, während sie die Arme um ihn schlang. »Ich bin so froh, dich zu sehen!«

Alex erwiderte die Umarmung verblüfft. »Grit … ich freue mich auch. Aber … was ist los? Was machst du hier? Sie sagen, du wirst Leonidas heiraten. Und nun … Was ist passiert, Grit? Hat er dich entführt? Hält er dich gefangen?«

Grit schüttelte den Kopf. »Nein, nein natürlich nicht«, sagte sie heftig. »Leonidas ist … Er liebt mich, er war immer gut zu mir. Nur dass ich … Alex, ich hasse diesen Ort! Aber ich kann hier auch nicht weg. Ich …« Sie begann zu weinen. »Ich bin schwanger, Alex. Von Leonidas. Ich weiß, dass ich dir versprochen hatte, treu zu sein …«

»Ach, vergiss das doch«, meinte Alex, »das mit der Treue, meine ich. Wir sind im Krieg, diese Dinge passieren …«

»Es war auch nur ein einziges Mal. Es war … wie im Rausch. Und deshalb muss ich Leon jetzt heiraten.« Grit schluchzte an Alex' Schulter. »Er sagt, er würde mit mir fortgehen, wenn der Krieg aus ist. Aber ich hab Angst. Ich hab Angst, dass ich nun immer hierbleiben muss, zumindest nie wegkomme von Kreta, von … von diesem Leben wie im vorigen Jahrhundert …«

Alex strich über ihr Haar. »Dann solltest du ihn nicht heiraten«, sagte er sanft. »Du kannst mit mir nach Alexandria kommen. Wenn dieser Auftrag erledigt ist, können wir weg von hier. Walter von Prednitz ist in Chora Slakion. Im Auftrag von deiner und meiner Mutter. Willie konnte schon immer Berge versetzen …«

Grit lächelte schwach. »Dr. Nellie auch«, sagte sie.

»Jedenfalls kannst du nach Hause. Du brauchst dein Leben nicht wegzuwerfen. Das Kind bekommen wir schon groß.«

»Wir?«, fragte Grit leise.

»Natürlich wir. Wir lieben uns doch. Oder gilt das nicht mehr?« Grit blickte verwirrt zu ihm auf. Wenn sie ehrlich sein sollte, wusste sie es nicht. Aber ganz sicher konnte sie Alex eher lieben als Leonidas. »Wir können in Neuseeland leben oder in Amerika, wie du willst«, fuhr Alex fort. »Du gibst deine Konzerte, und ich kümmere mich um unser Kind. Ich kann mich auch sonst nützlich machen … Hotels buchen … Konzerte organisieren … Ich könnte dein … Manager sein oder … oder dein Bodyguard. Ich halte lästige Fans von dir fern.« In diesem Moment wäre er bereit gewesen, sein ganzes eigenes Leben für sie aufzugeben.

Grit biss sich auf die Lippen. Es klang unendlich verlockend. Und so gänzlich anders als alles, was Leonidas ihr versprochen hatte … »Ich würde so unendlich gern wieder Klavier spielen«, sagte sie leise.

»Das sollst du auch«, erklärte Alex.

Grit entzog sich ihm. »Aber wäre es nicht … so etwas wie Verrat, wenn ich jetzt wegliefe?«, flüsterte sie. »Leonidas gegenüber? Am Tag unserer Hochzeit?«

Alex zuckte mit den Schultern. »Hast du ihm jemals gesagt, dass du ihn liebst?«, fragte er.

Grit schüttelte den Kopf. »Ich habe immer versucht, ihn nicht zu belügen. Trotzdem habe ihm mein Versprechen gegeben.«

Alex zog sie an sich. »Grit … er mag dein Versprechen haben, dein Herz hat er nicht. Und deine Seele sehnt sich danach, wieder Klavier zu spielen. Denk darüber nach, was wichtiger ist. Du hast ja noch Zeit bis übermorgen.«

»Ich habe Angst«, sagte Grit. »Dieser Anschlag … du könntest sterben …« Sie hatte die Worte noch nicht ganz ausgesprochen, als sie an Leonidas dachte. »Oder Leonidas«, fügte sie schuldbewusst hinzu. »Wirst du auf ihn aufpassen?«

Alex lachte. »Das ist mal ein seltsamer Wunsch«, bemerkte er. »Aber ja, ich werde es versuchen. Ich komme zurück, Grit. Bestimmt. Wenn du mir nur Glück wünschst.«

Grit antwortete nicht. Sie erwiderte nur seinen Kuss.

»Ich muss jetzt gehen«, verabschiedete sie sich dann.

Alex nickte. »Wir sehen uns übermorgen früh«, sagte er. »Denk an mich.«

»Wo bist du gewesen?«, fragte Leonidas. Er kam ihr entgegen, als sie sich dem Feuer näherte.

Grit ärgerte sein anklagender Tonfall. »Hinter dem Haus ...«, sagte sie ausweichend.

Leonidas hätte das stehen lassen können. Er blickte sie jedoch forschend an.

»Also ein menschliches Bedürfnis?«, fragte er spöttisch. »Und dieser Brite war nicht zufällig bei dir?«

Grit biss sich auf die Lippen. Sie überlegte, ob sie lügen sollte, entschied sich dann aber für die Wahrheit.

»Er war bei mir, und nicht zufällig«, gab sie zu. »Leon, du weißt, wie wir zueinander standen, als die Deutschen kamen. Wir mussten reden ...«

»Und nun?«, fragte Leonidas. »Wie stehst du jetzt zu ihm? Hat er dich gefragt, ob du mit ihm weggehen willst?«

Grit rieb sich die Stirn. Es war nicht gut, wenn sie Leonidas jetzt aufbrachte. Vor den Männern lag ein gefährliches Unternehmen, sie durften nicht abgelenkt sein. Und Leonidas war impulsiv. Sie wusste nicht, ob er mit Alex zusammenarbeiten konnte, wenn er ihn als Rivalen sah. Andererseits wollte sie nicht lügen.

»Ja«, erklärte sie. »Aber ich ... ich hab ihm gesagt, dass ich dir versprochen bin.«

»Und wird er das akzeptieren?«, hakte Leonidas nach.

»Er wird mich nicht zwingen, mit ihm zu gehen«, sagte Grit.

Leonidas sah sie hitzig an. »Das wird er auch nicht müssen, oder? Du tust es ganz freiwillig ...«

»Ich habe mich noch nicht entschieden«, behauptete Grit.

Leonidas schnaubte. »Das glaube ich dir nicht«, erklärte er. »Da ist etwas in deinen Augen ...«

Grit seufzte. »Und wenn es so wäre?«, fragte sie. »Wenn ich ... dich bitten würde, mich freizugeben? Könntest du heute Nacht trotzdem mit Alex kämpfen? Es mag sein, dass ihr aufeinander angewiesen seid ...«

»Und nun hast du Angst, dass ich ihm keinen Feuerschutz gebe? Oder ihm gar selbst eine Kugel in den Rücken jage?« Er lachte bitter auf. »Grit, ich liebe dich. Aber noch mehr liebe ich mein Land. Und ich hasse die Deutschen – weit mehr als deinen Briten ...«

»Er ist Neuseeländer«, sagte Grit.

»Wo auch immer er herkommt – ich kann ihn nicht dafür hassen, dass er dich liebt. Wer könnte dich nicht lieben?« Er blickte sie an, und in seinen Augen standen alle Liebe und alle Enttäuschung der Welt. Doch dann blitzten sie erneut auf. »Mein Vater und mein Großvater ...«, sprach er schließlich weiter, »... würden ihn natürlich erschießen. Und dich ebenfalls, wenn du mit ihm gingest. Für deinen Verrat ... Wir Sfakioten lassen unsere Frauen nicht einfach so gehen ...« Unschlüssig griff er nach der Waffe an seinem Gürtel.

Grit blickte furchtlos zu ihm auf. »Das würdest du nicht tun. So bist du nicht. Und du würdest damit ja auch dein Kind töten.«

»Was wird denn überhaupt mit unserem Kind?«, fragte er heiser. »Wenn du dich für deinen ... Neuseeländer entscheidest?«

»Das nehme ich mit«, flüsterte Grit. »Es geht ja nicht anders. Aber ich werde ihm von dir erzählen. Wir werden dich besuchen ... Es wird ... es wird alles gut.«

Leonidas schüttelte den Kopf. »Nichts wird gut«, sagte er. »Aber jetzt müssen wir als Erstes kämpfen, und danach musst du dich entscheiden. Wirst du mir wenigstens Glück wünschen?«

»Euch allen«, versicherte ihm Grit. »Es ist auch mein Kampf, vergiss das nicht. Und ... wirst du mir etwas versprechen, Leon?«

Leonidas wollte den Arm um sie legen, ihre abweisende Haltung ließ ihn jedoch zurückweichen.

»Alles«, sagte er. »Ich liebe dich.«

»Dann pass auf Alex auf«, verlangte Grit. »Ich weiß, ich sollte dich nicht darum bitten. Aber ich würde mich wohler fühlen ...«

Grit sah zu ihm auf und zwang sich, die Hände um sein Gesicht zu legen. Vielleicht würde er sie gleich küssen, und sie würde den Kuss erwidern.

Leonidas verzog das Gesicht. »Ihm wird nichts geschehen«, versprach er.

Er küsste sie auf die Stirn, bevor er sie stehen ließ.

Grit ging ins Haus. Sie fühlte sich nur noch müde.

Die Männer brachen am nächsten Morgen auf, und Grit küsste Leonidas zum Abschied, wie es von ihr erwartet wurde. Sie hatte zunächst tief und fest geschlafen, seit dem Morgengrauen jedoch gegrübelt. Leonidas hatte recht, es war Verrat, wenn sie ihn mit Alex verließ. Wenn sie ihm sein Kind nahm und seine Träume – und, was vielleicht noch wichtiger war, sein Ansehen in der archaischen Gesellschaft, in der er zumindest bis zum Kriegsende würde leben müssen. *Wir Sfakioten lassen unsere Frauen nicht so einfach gehen ...*

Das war mehr als nur eine leicht dahingesprochene Bemerkung. Es besagte, dass man Leonidas einen Hahnrei nennen würde, wenn sie ihn verließ. Er würde die Achtung seines stolzen Vaters verlieren und die seiner Onkel und Cousins.

Andererseits schrie alles in ihr nach Freiheit. Grit wusste nicht, ob sie ihr Leben lieber mit Alex oder mit Leonidas teilen wollte – vorerst wollte sie nur ihr altes Leben zurück. Sie sehnte sich nach dem hellen Licht der Konzerthallen anstelle der stinkenden Ölfunzeln, mit denen sie in Imbros für etwas Beleuchtung sorgten, nach raschelnden Seidenkleidern statt grober Stoffe, nach leichten Schuhen statt Stiefeln. Und mehr als nach allem anderen sehnte sie sich nach ihrem Vater und seinem anerkennenden Lächeln, wenn sie Klavier spielte, nach den warmen Elfenbeintasten unter ihren Fingern. Sie konnte Leonidas nicht ihr Leben opfern – auch wenn sich diese Erkenntnis seltsam anfühlte, nachdem sie ihr Leben im Kampf schon so oft füreinander riskiert hatten. Doch dabei war ihr Einsatz der Tod gewesen – ein Leben in Imbros wäre schlimmer für sie.

Während Grit grübelte, zogen die Männer nach Norden. Leonidas führte sie über den gleichen Weg, den er mit Grit gegangen war, als sie aus Chania nach Imbros gekommen waren. Von Vamos aus ging es mit einem Lastkraftwagen weiter, gefahren von einem jungen Mann namens Christos, der sich sofort nach Walter von Prednitz erkundigte. Er berichtete, dass er dem Spion bei der Suche nach einem Alex Rawlings und einer Grit De Groot geholfen hatte, und war äußerst erfreut, als Alex sich als der Gesuchte zu erkennen gab.

»Jetzt müsst ihr nur noch das Mädchen finden«, sagte er vergnügt, schwieg jedoch, als er Alex' und Leonidas' grimmige Blicke sah.

Nach ein paar Stunden Ruhe in Vamos machten es sich die Männer bei Einbruch der Dunkelheit im Laderaum des Lastwagens bequem. Eine Plane entzog sie den Blicken Neugieriger, eine Ladung Bauholz wartete darauf, dass sie sich darunter versteckten.

»Falls wir in eine Kontrolle geraten«, meinte Christos. »Ab und zu halten die Deutschen einen an. Aber mich kennen die meisten. Ich fahre für die Kommandantur. Ich glaube nicht, dass sie den Wagen durchsuchen, wenn ich sage, die Ladung sei für den Kommandanten.«

Tatsächlich gelangten die Männer ungehindert in die Nähe des Flugfeldes von Kastelli. Es lag außerhalb des Ortes im Dunkeln und war von dem für den Mittelmeerraum typischen steinigen, mit Büschen und stachligen Pflanzen bewachsenen Gelände umgeben. In den Verwaltungsgebäuden brannte allerdings Licht, Walter hatte auch von regelmäßigen Kontrollgängen der Mannschaft berichtet.

»Zu jeder vollen Stunde«, erinnerte Christos. »Wir warten, bis die Mitternachtspatrouille durch ist, dann geht ihr rein. Ich halte den Wagen bereit.«

»Wär's nicht besser, bis um drei Uhr zu warten?«, fragte Alex.

Zwar hätte er am liebsten gleich losgeschlagen, aber er hatte gelernt – und bei nächtlichen Notfällen erfahren –, dass diese Zeit der tote Punkt für alle Nachtarbeiter war. Wenn jemand einschlief oder zumindest aus Müdigkeit unachtsam wurde, so geschah es meistens um diese Zeit.

»Nein!«, bestimmte Leonidas. »Ich habe Margarita versprochen, morgen um die Mittagszeit zurück zu sein. Das schaffen wir nicht, wenn wir erst um vier aufbrechen.«

»Aber es wäre sicherer«, meinte auch Christos.

Leonidas blitzte ihn an. »Ich leite dieses Kommando«, behauptete er. »Und ich sage, wir gehen um zwölf.«

Alex zuckte mit den Schultern. Dann begann er, die Rucksäcke mit den Bomben noch einmal zu kontrollieren und den Einsatz mit William ein weiteres Mal durchzugehen. Sie wussten von diversen, hier zur Wartung befindlichen Flugzeugen sowie von Treibstofftanks. Außerdem rechneten sie mit mehreren Maschinen, die hier nur über Nacht geparkt waren. Auch dafür war ausreichend Sprengstoff im Gepäck. In der Vorbesprechung hatten sie ihre Aufgaben unter sich aufgeteilt, wobei Alex die heikleren übernahm.

»Ihr braucht wirklich keinen von uns?«, fragte Leonidas.

Alex schüttelte den Kopf. »Nein, das würde das Risiko nur vergrößern. Wir machen es so wie geplant. Ihr beobachtet die Wachtürme, gebt uns gegebenenfalls Feuerschutz und sichert den Rückzug. Idealerweise fällt hier kein Schuss, und es explodiert keine Bombe, bevor wir das Flugfeld wieder verlassen haben. Also macht einfach alles wie besprochen.«

»Die Briten würden am liebsten alles allein machen«, maulte einer der jungen Kreter, die mit Leonidas den Lastwagen verließen, nachdem Alex und William ausgestiegen waren.

Es war halb zwölf, und alle begaben sich im Schutz der Vegetation in die Nähe des mit Stacheldraht und einem Elektrozaun gesicherten Flugfeldes. Verborgen unter Buschwerk warteten sie, bis die deutsche Kontrollmannschaft vorbei war. Leonidas wollte danach sofort aufstehen, aber William hinderte ihn.

»Wenn ich den Elektrozaun gleich durchschneide, gibt es einen Kurzschluss«, erklärte er. »Es kann sein, dass das mit einem Geräusch verbunden ist. Warten wir also, bis sie sicher wieder in den Verwaltungsgebäuden sind.«

Grummelnd hielten die Kreter eine weitere Viertelstunde still. Während sie das Gelände im Auge behielten, gab Leonidas endgültig das Zeichen zum Angriff, und Alex und William robbten auf den Zaun zu. William durchtrennte ihn mit einer Spezialzange, und sie schoben den Stacheldraht vorsichtig beiseite, um einen sicheren Zugang für alle zu schaffen. Die Kreter folgten ihnen, als sie nun das Flugfeld betraten und sich orientierten.

Die flugfähigen, intakten Maschinen standen auf dem Rollfeld, die zu wartenden näher an den Gebäuden. Die Treibstofftanks befanden sich dazwischen.

Alex und William begannen sofort, ihre Sprengsätze anzubringen. Sie arbeiteten schnell im Schatten der Flugzeuge, brachten Zünder an und installierten die Zündschnüre. Den Kretern wurde die Wartezeit jedoch lang.

»Ich könnte die Maschinen da drüben schon mal in Angriff nehmen«, schlug der junge Dimos vor. »Die sind vollgetankt. Die lassen sich auch ohne Bomben in Brand setzen.«

»Aber nicht unbemerkt«, warnte Leonidas.

»Ach komm, 'n Brandsatz kann man genauso mit 'ner Zündschnur verbinden. Das krieg ich hin ...«

Ohne sich weiter abzusprechen, robbte Dimos in Richtung der parkenden Maschinen.

Leonidas und Kaikias hielten weiterhin die Stellung und verfolgten die Arbeit von Alex und William. Die beiden waren inzwischen fast fertig. William machte das Siegzeichen und rollte die zu einem Strang gebündelten Zündschnüre zum Ausgang hin ab. In wenigen Minuten hätten sie das Gelände verlassen können, doch in diesem Moment brach auf dem Flugfeld die Hölle los. Die erste der dort parkenden Maschinen explodierte in einem Feuerball – und fast zeitgleich gingen die Außenlichter der Verwaltungsgebäude an sowie weitere, auf dem Flugplatz installierte elektrische Lichter.

Plötzlich war alles in Licht gehüllt, Leonidas sah Dimos auf sich zustürzen.

»Mist, zu früh!«, rief er, ließ sich fallen und legte das Gewehr an.

Aus Richtung der Gebäude fielen jetzt die ersten Schüsse. Alex rollte weiter die Schnur ab, die Kreter gaben ihm Feuerschutz. Das Gefecht war voll im Gange, als Alex und William das Loch im Zaun erreichten und langsam wieder ins Dunkel eintauchten. Alex hockte neben der Zündschnur, bereit, sie in Brand zu setzen, als auch Kaikias und Dimos durch das Loch hechteten.

»Wo ist Leonidas?«, schrie Alex sie an.

»Getroffen!«, rief Dimos und ging in Deckung. »Vielleicht fünf Meter vor dem Loch im Zaun.

Alex suchte Williams Blick. »Ich gehe zurück und versuche, ihn zu holen. Gebt mir Feuerschutz. Und du … zünde die Bomben …«

Er robbte zurück zum Zaun, sah das Licht an der Zündschnur entlangwandern und hoffte, dass die Deutschen es nicht erblickten. Die schossen immer noch, einige von ihnen hatten sich auch schon zum Flugfeld begeben und mit dem Löschen der Flugzeuge begonnen. Walter fand Leonidas, als auf dem Parkplatz der zu wartenden Maschinen das Inferno losbrach. Er lag stöhnend auf dem Rücken und hustete, als Alex ihm aufhelfen wollte.

»Lungenschuss«, murmelte er und fluchte.

Gehen konnte Leonidas so nicht. Alex hoffte auf die Irritation der Deutschen und den Feuerschutz der Griechen. Er stand auf, warf sich Leonidas' Körper über die Schulter und rannte. Die anderen Männer fingen ihn auf, nahmen ihm den Verletzten ab, und alle flohen Richtung Wagen.

Christos hatte den Lastwagen schon angelassen, als sie kamen. Sie warfen Leonidas in den Frachtraum, kletterten hinterher und lagen keuchend auf dem Holz, als Christos anfuhr. Der Wagen entfernte sich schnell vom Schauplatz des Geschehens, wo inzwischen Sirenen heulten.

»Alles erledigt?«, fragte Christos nach hinten.

»Ein Schwerverletzter«, antwortete William.

Alex rang noch nach Luft. Als sein Atem sich endlich beruhigte, brüllte er die jungen Griechen an.

»Wer war das mit den Flugzeugen? Zum Teufel noch mal, es war alles ruhig, es war alles bestens. Wir hätten die Bomben in aller Ruhe überall anbringen können – und dann setzt ihr Idioten die Flugzeuge in Brand! Ihr ...«

»Ich wollte doch nur helfen«, behauptete Dimos.

»Ach was, du hast einfach die Geduld verloren«, warf ihm Kaikias vor. »Und du wolltest einen Anteil vom Ruhm.«

Der Lastwagen fuhr ohne Licht über halbwegs ebene Straßen, und Alex beugte sich über Leonidas. Er griff nach dem Verbandskasten – der recht gut sortiert war. Alex war gut genug vertraut mit der menschlichen Anatomie, um besser helfen zu können als ein Nichtmediziner. Hier jedoch brauchte man kein Arzt zu sein, um zu erkennen, dass jede Hilfe zu spät kam.

Leonidas hustete Blut, das Blasen warf. »Schlimm?«, fragte er mit letzter Kraft.

»Nein«, log Alex. »Wir bringen dich nach Hause.«

Leonidas versuchte ein schwaches Grinsen. »Lüg nicht«, brachte er mit letzter Kraft hervor. »Und ... und sag Margarita, ein Sfakiote hält seine Versprechen ...«

Er hustete erneut, und diesmal quoll ein Schwall frischen Blutes aus seinem Mund. Leonidas zuckte noch einmal kurz, dann schloss er die Augen, und sein Kopf fiel zur Seite.

»Es tut mir leid«, sagte Alex hilflos. »Es tut mir wirklich leid.«

Christos sprach sich dafür aus, Leonidas' Leiche in Vamos zu lassen und ihn dort zu bestatten, doch die Männer aus Imbros bestanden ebenso wie Alex darauf, sie über die Berge zu tragen. Die Frauen des Ortes Vamos, den sie in den frühen Morgenstunden erreichten, brachen in Weinen und Schreien aus, als Dimos und Kaikias den Leichnam auf einer aus Brettern improvisierten Trage aus dem Wagen hoben. Leonidas' Kleidung war blutdurchtränkt, auf seinem Gesicht und seiner Brust trocknete das Blut. Alex sprach sich dafür aus, dass die Frauen ihn wuschen und sauber ankleideten, bevor sie nach Imbros aufbrachen. Er selbst sah nicht viel besser aus. Während die Frauen sich um den Leichnam bemühten, wusch er sich notdürftig am Brunnen. Er war innerlich wie erstarrt, wenn er an Grit dachte. Würde sie ihm etwas vorwerfen? Würde sie Leonidas betrauern?

Dann jedoch merkte er, wie die Wut in ihm hochkroch. Warum hatten die Kreter einen so undisziplinierten Mann wie Dimos für diese Mission ausgewählt? Warum hatte Leonidas ihn nicht daran gehindert, eigenmächtig zu handeln und die Maschinen in Brand zu setzen? Alex fragte sich, ob man den jungen Mann für sein Verhalten zur Rechenschaft ziehen würde. Bei der britischen Armee wäre das zweifellos der Fall, aber hier? Er wünschte sich nur noch, endlich von Kreta wegzukommen – und am besten gleich raus aus dem Krieg.

Leonidas sah ernst und sehr schön aus, nachdem ihn die Frauen hergerichtet hatten. Sie hatten seinen Leichnam zugedeckt und mit Binden auf der Trage fixiert, die jemand mit Griffen versehen hatte. Es war also nicht allzu schwer, ihn zu tragen. Die Männer wechselten sich dabei ab. Der Weg über die Berge schien sich endlos hinzuziehen. Sie waren übermüdet und erschöpft – und ihnen allen graute es davor, den Menschen von Imbros von ihrem Verlust zu erzählen. Die jungen Kreter mochten an Leonidas' Eltern denken. Alex dachte nur an Grit.

Sie erreichten das Dorf schließlich später als geplant, es ging auf zwei Uhr zu. Die Trauungen sollten um drei Uhr stattfinden.

Grit trug bereits ihr Hochzeitskleid, als die Männer eintrafen, was Alex einen Stich versetzte, aber sie hatte sich natürlich nicht dagegen wehren können, von ihren Brautjungfern und der künftigen Schwiegermutter angekleidet zu werden. Er würde nun nie erfahren, ob sie vor dem Priester Nein gesagt hätte oder nicht.

Dimos und Kaikias setzten die Trage in der Mitte des Dorfplatzes ab, wo bereits ein Podest und ein blumengeschmückter Altar auf die Hochzeitspaare wartete. Der Priester würde nun eine andere, traurigere Aufgabe übernehmen müssen.

Auch die Frauen von Imbros begannen sofort, zu weinen und zu klagen, als die ersten Menschen auf den Platz kamen und den Toten erkannten. Leonidas' Mutter und Schwestern warfen sich auf den Leichnam, sein Vater, seine Brüder, Onkel und Cousins versammelten sich wort- und fassungslos. Der Priester erschien und begann zu beten.

Erst als eine der letzten kam Grit. Sie sah wunderschön aus in ihrer Tracht, einen Kranz aus Blumen im Haar … Alex hatte das Gefühl, als bräche sein Herz. Grit warf nur einen Blick auf den Toten, dann sah sie ihm in die Augen.

»Ich konnte nichts tun, Grit«, sagte er hilflos. »Es war ein Lungendurchschuss. Niemand hätte ihn retten können, er starb sehr schnell. Ich habe versucht, ihm zu helfen, ich …«

Grits Blick wanderte zurück zu Leonidas' Leichnam. »Hat er … etwas gesagt?«, fragte sie ins Leere.

»Er bat mich, dir zu sagen, er hätte sein Versprechen gehalten«, erwiderte Alex. »Jedenfalls sinngemäß, ich weiß den Wortlaut nicht mehr.«

»Hat er dich gerettet?«, fragte Grit.

Alex runzelte die Stirn. »Wieso? Ja, in gewisser Weise. Er gab mir Feuerschutz …«

Aus Grits Gesicht wich die letzte Farbe. »Dann ist es meine Schuld«, sagte sie leise.

Alex wollte Grit nicht drängen, und so blieben er und William noch zwei Tage in Imbros, solange die Frauen Totenwache hielten und der Priester Messen für den Verstorbenen las. Grit wachte stoisch an Leonidas' Bahre. Sie sprach nicht, weinte nicht, betete nicht. Die anderen Frauen trauerten dafür umso lauter.

Alex und William erfuhren von George und Willard, den britischen Funkern, wie die anderen Aktionen der Operation Albumen verlaufen waren.

»Ihr wart die Besten«, erklärte George. »Den Deutschen zufolge habt ihr fünf Flugzeuge zerstört und neunundzwanzig zum Teil schwer beschädigt. Dazu habt ihr etliche Militärfahrzeuge in Brand gesetzt und zweihundert Tonnen Flugbenzin abgefackelt. Alle Achtung!«

»Es war hart bezahlt«, murmelte Alex, aber George sprach bereits weiter.

»Von der Gruppe, die Heraklion angehen sollte, hat man noch gar nichts gehört – es heißt allerdings aus Kreisen des Widerstands, sie wären am falschen Strand gelandet und jetzt noch zu Fuß unterwegs. In Tympaki haben sie das Flugfeld nicht gefunden. Angeblich ist es verlegt worden.«

»Was?« Alex meinte, seinen Ohren nicht zu trauen. »Und Maleme?«

»Da haben sie gar nicht erst angegriffen. Das Flugfeld sei zu streng bewacht gewesen und mit einem Elektrozaun gesichert«, sagte Willard.

»Aber das wussten sie doch!«, rief William.

Der Funker zuckte mit den Schultern. »Jedenfalls hatten sie keine Isolierzange oder wie man das nennt. Also haben sie sich zurückgezogen.«

»Ich fasse es nicht!« Alex stöhnte auf.

Er dachte über die Fährnisse des Schicksals nach. Ein Dimos in der Gruppe in Maleme hätte zweifellos eine Möglichkeit gefunden, den Zaun niederzumachen.

Das Ganze bestätigte ihn jedoch in der Ansicht, dass der Widerstand hier auch von Vollblutsoldaten wie Major Dozen nicht zu organisieren war. Draufgängerische Kreter, hasenfüßige Briten, mangelnde Navigationsfähigkeit und vergessene Isolierzangen … Alex fragte sich, was Walter dazu sagen würde.

»In Heraklion ist mein Freund Joe dabei«, meinte er. »Von Nautik versteht er nichts, aber wenn er irgendwie auf diesen Flugplatz gelangt, dann sprengt er ihn auch in die Luft.«

»Jedenfalls macht es nichts, wenn ihr noch ein paar Tage länger bleibt«, erwiderte George. »Die Teams aus Tympaki und Maleme sind zurück, auf die Leute aus Heraklion warten sie wie gesagt noch. Also gebt dem Mädchen Zeit, ihren Liebsten zu betrauern. Sie waren ein so schönes Paar, die kleine Margarita und ihr Leonidas …«

Am dritten Tag nach Leonidas' Tod kam Teresa zu Alex, der Grits stoische Trauer weiterhin hilflos verfolgte. Etwas befangen setzte sie sich zu ihm.

»Alex, es geht mich ja nichts an …«, sagte sie leise – ganz offensichtlich wollte sie von niemandem gehört werden, der womöglich ein paar Worte Englisch sprach, »… aber ich denke, es wäre unfair, dir nichts zu sagen, da du weder unsere Sprache verstehst noch die Bräuche in diesen Bergdörfern. Eleni, Leonidas' Mutter, hat mit ihren anderen Söhnen gesprochen, und Andreas, der nur zwei Jahre jünger ist als Leonidas, hat sich bereit erklärt, Margarita anstelle seines Bruders zu heiraten.«

»Was?« Alex fuhr auf.

»Eine Frau mit einem Kind kann hier nicht unverheiratet bleiben«, erklärte Teresa ruhig. »Sie muss versorgt werden. Und je enger die Verwandtschaft ihres Mannes mit dem Verstorbenen, desto besser.«

»Hat sie Grit das schon gesagt?«, fragte Alex entsetzt. »Sie muss doch ...«

»Das ist es ja«, unterbrach ihn Teresa. »Sie hat nichts dazu gesagt. Saß mit gesenktem Kopf dabei und schwieg. Du musst sie hier wegbringen, Alex. Bevor sie in ihrem ... Zustand ... eine Dummheit macht. Sie ist doch zurzeit nicht sie selbst!«

Alex nickte. »Ich erkenne sie kaum wieder«, bestätigte er.

»Sie scheint sich die Schuld an Leonidas' Tod zu geben, aber das ist Unsinn. Wenn jemand Schuld hat, dann dieser Dummkopf Dimos.«

Teresa seufzte. »Ich denke, sie wollte Leonidas verlassen. Du hast sie doch vor die Wahl gestellt, oder? Und nun hat sie das Gefühl, einen Sterbenden betrogen zu haben. Oder sich seinen Tod gewünscht zu haben. Sie hat sicher Angst gehabt, es ihm zu sagen.«

»Ich rede mit ihr«, sagte Alex. »Sag du bitte William Bescheid, dass wir heute Abend gehen. Sofern du uns führst, natürlich.«

Teresa lächelte. »Margarita könnte euch auch führen«, meinte sie. »Aber ich stehe natürlich zur Verfügung. Bring sie nur zur Vernunft. Denn eines Tages würde sie es bereuen, wenn sie jetzt einer Ehe mit Andreas zustimmt. Zumal der nicht ist wie Leonidas. Andreas ist ein Sfakiote reinsten Schlages. Sollte sie irgendwann auf den Gedanken kommen, ihn zu verlassen, würde er sie töten.«

Alex wartete, bis Grit das Rundhaus verließ, in dem Leonidas aufgebahrt war. Er wusste nicht, wo sie hinwollte, doch er hielt sie auf.

»Grit, heute Abend gehen wir nach Chora Sfakion«, sagte er. »Halte dich bei Dunkelwerden bereit. Und zieh dir etwas Praktisches an, nimm warme Sachen mit. In der Nacht auf dem Meer kann es kalt werden.«

Grit blickte zu ihm auf, schien jedoch durch ihn hindurchzusehen. »Ich kann jetzt nicht fort«, flüsterte sie.

Alex ergriff ihre Oberarme und schüttelte sie. »Du kannst, und du wirst«, erklärte er sanft, aber bestimmt.

»Ich war seine Frau …« Ihre Stimme war tonlos. »Ich trage sein Kind … Und jetzt … *Mitéra* Eleni sagt, sie sind jetzt meine Familie. Ich gehöre jetzt zu ihnen …«

»Du stehst unter Schock«, erkannte Alex. »Das alles war zu viel für dich. Die Kämpfe, das Kind, die geplante Hochzeit und jetzt Leonidas' Tod … Ich weiß von ein paar Männern in Chania und von meinem Vater, dass einen das im Innersten erschüttern kann. Er hat oft aus dem Krieg erzählt. Es ist ganz normal, wenn jemand …«

»… seinen Verstand verliert?«, fragte Grit mit schwachem Lächeln.

»Sein Urteilsvermögen«, korrigierte Alex. »Du musst dich jetzt zusammennehmen. Du bist kein griechisches Bauernmädchen. Du bist Grit De Groot. Du gehörst nicht dieser Familie und diesem Dorf, du gehörst der ganzen Welt. Wenn du hierbleibst, machst du niemanden glücklich. Aber deine Musik, die wird Hunderte, Tausende glücklich machen. Und du hast bereits eine Familie. Dein Vater sehnt sich nach dir, deine Mutter kann es nicht erwarten, dich wiederzusehen. Du – bist – Grit – De Groot! Sag es mir einmal nach, Grietje …«

Alex wusste nicht, welcher Eingebung er es verdankte, dass ihm gerade jetzt der Name einfiel, den Walter von Prednitz benutzte, wenn er von der jungen Frau sprach. Doch als sie ihn hörte, regte sich etwas in Grits starrem Blick.

»Du bringst mich zurück zu Mami?«, fragte sie leise. Ihre Stimme klang wie die eines Kindes. »Ich kann zurück zu meiner Mutter?«

Alex nickte. »Ich bringe dich, wohin immer du willst. Nur weg von dieser Insel.«

Grit verließ das Dorf, ohne irgendjemandem etwas zu sagen. Sie schlich sich im letzten Licht des Tages hinaus, nahm die Wanderkleidung mit, in der sie mehr als ein Jahr zuvor nach Imbros gekommen war, und traf Teresa, Alex und William wie verabredet hinter dem nächsten Hügel.

Alex wurde fast übel vor Erleichterung, als er sie kommen sah. Grit zeigte keine Regung. Sie folgte Teresa schweigend, ihr Gesicht war so leer wie in den vergangenen Tagen.

»Sie weiß nicht, ob sie das Richtige tut«, bemerkte Teresa Alex gegenüber. »Lass ihr Zeit. Die Hauptsache ist jetzt, sie so rasch wie möglich auf ein Schiff zu bringen, bevor Andreas Fotakis sie zurückfordert. Es wird zweifellos Ärger geben. Die Leute in eurem Hauptquartier sind nicht zu beneiden.«

Teresa verließ Alex, William und Grit kurz vor den Höhlen der Briten in Sfakia, die sie gegen Mitternacht erreichten. Zum Abschied umarmte sie Grit.

»Es tut mir leid, was dir hier geschehen ist«, sagte sie sanft. »Es ist der Krieg. Vielleicht kommst du einmal mit deinem Kind, wenn er vorbei ist, und zeigst ihm seine Heimat.«

Grit antwortete nicht und erwiderte die Umarmung auch nur halbherzig, dann folgte sie Alex zu den Höhlen. Sie fuhr zusammen, als etwas Kleines, Struppiges herausschoss und quiekend an ihnen hochsprang.

»Flokati!« Alex begrüßte den Hund ebenso begeistert wie dieser ihn. »Ist das schön, dich wiederzusehen. Guck mal, ich hab dir wen mitgebracht. Das ist Grit.«

Der kleine Hund schien sofort bereit zu sein, auch Grit auf die Liste seiner bevorzugten Personen zu setzen. Er sprang mit jubelndem Jaulen an ihr hoch, setzte sich jedoch verblüfft auf sein Hinterteil, als sie ängstlich zurückwich. Wie um ein Friedensangebot zu machen, hob er die Pfote.

Alex musste lachen. »Er ist ganz freundlich, Grit, du musst keine Angst haben. Du kannst ihn streicheln.«

Grit schüttelte den Kopf. »Hunde haben Flöhe«, sagte sie. Immerhin war es das erste Mal, seit sie losgegangen waren, dass sie das Wort an Alex richtete.

»Der nicht«, versicherte ihr Alex fast etwas beleidigt. »Ich bin schließlich Tierarzt. Wenn ich meinen Hund schon nicht flohfrei halte ...«

Während er noch versuchte, Grit mit Flokati zu versöhnen, kam Walter von Prednitz in Begleitung von Major Dozen auf sie zu.

»Alex, wie gut, dass du sicher zurück bist! Wir haben schon alles gehört – auch von dem unglücklichen Todesfall. Aber den Auftrag habt ihr erfüllt! London ist des Lobes voll!«

Walter umarmte Alex – und erblickte Grit über dessen Schulter.

»Alex, du ... du hast sie gefunden? O mein Gott, Grietje! Grietje!« Walter blickte seine Stieftochter ungläubig an und verstummte, als er ihren leeren Blick sah.

»Was ist ihr passiert, Alex?«, fragte er alarmiert.

»Ich erzähl es dir gleich«, sagte Alex leise. Durch Grits Körper war ein Zittern gegangen, als Walter die Männer beglückwünscht und Leonidas' Tod als eine Art unerheblichen Kollateralschaden abgetan hatte. »Sie sollte sich jetzt irgendwo ausruhen können. Vielleicht in einer Höhle, in der sie allein sein kann ... aber mit einem Wächter davor. Wir müssen sie so schnell wie möglich hier wegbringen.«

»Weg vom Hauptquartier?«, fragte Walter irritiert.

»Weg von Kreta«, antwortete Alex. »Können wir irgendwo reden?«

Walter brachte Grit in seinem eigenen Quartier unter und veranlasste, dass ein Funkspruch nach Alexandria abgesetzt wurde, um seine umgehende Abholung zu organisieren. Auch der private Teil seiner Mission, ließ er vermitteln, sei zur vollständigen Zufriedenheit erfüllt.

»Ich dachte, Sie bleiben noch, bis wir wissen, was in Heraklion passiert ist«, merkte Major Dozen tadelnd an. »Wir erwarten die

Männer zurück«, wandte er sich an Alex und William. »Es hat Explosionen gegeben, aber was genau geschehen ist, blieb bislang unklar.«

Noch während Alex von ihrer Mission erzählte, trafen Joe Ashley und ein junger Grieche, der allerdings nicht zu den Partisanen, sondern zum regulären griechischen Heer gehört und seit der Invasion im britischen Hauptquartier gedient hatte, in den Höhlen ein. Sie hatten den Weg von Heraklion durch die Berge allein gefunden, gehetzt von deutschen Einheiten.

»Ich hoffe, wir haben sie jetzt nicht hergeführt«, meinte Joe. Er wirkte völlig erschöpft und abgerissen. »Aber ich glaube, am letzten Tag haben wir sie abgehängt. Oder sie sind von Partisanen entdeckt und aufgerieben worden ... Ich weiß es nicht ...«

Alex begrüßte seinen Freund erleichtert. »Mission also erfüllt?«, fragte er.

Joe nickte. »Aber mit Hindernissen. Erst war's der falsche Strand, und wir brauchten zwei Nächte, bis wir Heraklion überhaupt erreichten. Und dann hat uns irgend so ein Schwein verraten ... Muss einer von den Griechen gewesen sein, die den Transport organisiert haben. Wir hatten nur Glück, dass die Royal Air Force auch gerade Angriffe auf das Flugfeld flog, als wir unsere Bomben legten. Da konnten sich die Deutschen nicht allein mit uns beschäftigen. Trotzdem – einer ist tot, und drei wurden gefangen genommen. Nur wir beide konnten entkommen. Immerhin: Zwanzig JU 88 komplett zerstört!« Er machte das Siegzeichen.

»Verzeihung, Gentlemen, wenn ich störe ...« Ein junger Soldat schob sich schüchtern in den Besprechungsraum. »Wir haben Antwort aus Alexandria ...«

Walter erkannte einen der Funker. »Und?«, fragte er.

»Sie melden, dass das griechische U-Boot *Triton* in der Gegend ist. Es könnte Sie heute Nacht noch abholen. Kurz vor Morgengrauen.« Der junge Mann salutierte.

»Donnerwetter, das ging schnell«, bemerkte Walter und sah Alex an. »Bekommen wir Grietje in ein U-Boot? Bei mir regt sich ehrlich gesagt schon Platzangst, wenn ich nur daran denke. Aber es wäre eine Möglichkeit.« Er lächelte. »Vielleicht mag sie es ja. Früher wollte sie immer Karussell fahren. Es konnte ihr nicht schnell genug gehen. Und die Gondeln waren auch manchmal ziemlich beengt ...«

Major Dozen entschuldigte sich, um mit dem Funker zu gehen und Einzelheiten mit Alexandria abzusprechen. Schließlich vermeldete er, dass die *Triton* ihn selbst, Walter, Alex und Grit sowie Joe Ashley und seinen Begleiter Kostis bei Morgengrauen vor der Küste von Chora Sfakion abholen würde. Es müssten nun nur noch Ruderboote organisiert werden, die sie zum Treffpunkt bringen konnten. Der Major beauftragte den Wachdienst, einen der Offiziere zu wecken, um das in die Wege zu leiten.

»Wahrscheinlich werden die Herren sich beschweren, dass wir sie nicht mitnehmen«, bemerkte er seufzend. »Aber ich denke, die sind hier ganz gut aufgehoben. Wer weiß, was sie anderswo anstellen würden ...«

Lieutenant Bingham machte zunächst einen kleinen Aufstand, weil Dozen vorhatte, zwei seiner Männer zu entführen, doch der Major brachte ihn schnell zur Raison. Er war ganz klar der Meinung, dass Joe Ashley und Kostis Petrakis den Alliierten andernorts nützlicher sein konnten als in einer Höhle auf Kreta.

Schließlich fanden sich zwei Fischerboote, gerudert von britischen Soldaten, um die Männer und Grit zu den U-Booten zu bringen. In Alex' Boot sprang ganz selbstverständlich auch Flokati.

»Ob das U-Boot den wohl an Bord nimmt, Lance Corporal?«, gab Major Dozen zu bedenken.

Alex überlegte und blickte von einem zum anderen. »Du kannst ihn unter deinem Schal verstecken«, sagte er zu Grit. Sie sah ihn an, als wäre er nicht recht bei Trost.

»Geh mal zu Grit, Flokati«, forderte er den schwanzwedelnden kleinen Mischling auf, der sofort Anstalten machte, auf ihren Schoß zu springen. Grit wehrte ihn ab.

»Nanu, Grietje, du hast Hunde doch früher ganz gerngehabt«, wunderte sich Walter. »Ich weiß noch, wie du mit Benno gekuschelt hast.« Benno war ein deutscher Armeehund gewesen, den Nellie und Walter im Ersten Weltkrieg davor gerettet hatten, in den Schützengräben zu sterben. Grit war praktisch mit ihm aufgewachsen.

»Mein Vater und ich hatten nie ein Haustier«, antwortete Grit. »Dafür hatten wir keine Zeit. Wir waren ja auch oft unterwegs.«

Alex freute sich, dass sie sprach, selbst wenn er es etwas enttäuschend fand, dass sie anscheinend keine Tiere mehr mochte.

»Hat dir da nichts gefehlt?«, fragte er.

Grit schüttelte den Kopf. »Nein, ich … ich mach mir nicht viel aus Hunden oder Katzen. Aber … aber wir hatten natürlich Schafe in Imbros …« Ihr Blick verlor sich in der Dunkelheit. Es war eine mondlose Nacht.

»Na, daran wird es dir auch in Neuseeland nicht mangeln«, sagte Walter freundlich. »Ich denke nur, du spielst lieber wieder Klavier, als Schafe zu melken, oder?«

Grit antwortete nicht.

Als der Turm des U-Bootes schließlich auftauchte, ließ Walter Flokati in seiner Tasche verschwinden. Sie enthielt nicht mehr als seine deutsche Uniform, und von der hätte er sich im Zweifelsfall auch getrennt, um den Hund ungesehen ins U-Boot zu schmuggeln.

Die *Triton* erwies sich als eine dunkle, ungenügend beleuchtete Röhre, von der die Passagiere allerdings nicht viel mitbekamen. Keiner von ihnen interessierte sich für die Technik des Unterwasserbootes, und die Mannschaft bot ihnen keine Führung an. Der Kapitän unterhielt sich lediglich kurz mit dem Major, der daraufhin neben Walter Platz nahm. Er wirkte alarmiert.

»Wir sollten sehen, von Ägypten aus gleich weiterzukommen«, erklärte er. »Es sieht schlecht aus für die Gegend. Rommel dürfte

Mersa Matruh, das ist der Ort, wo wir abgesetzt werden, bald erreichen. Nicht dass wir da noch gefangen genommen werden.«

Alex hatte inzwischen jedes Zeitgefühl verloren, aber es war hell, als die *Triton* vor einem anderen Strand wiederauftauchte.

Hier erwies sich, dass die alliierten Streitkräfte in Ägypten weitaus besser organisiert waren als auf Kreta. Das U-Boot wurde bereits von Schlauchbooten erwartet, um die Passagiere an Land zu bringen, wo ein Armeelastwagen zum Weitertransport bereitstand. Kurz vor Dunkelwerden erreichten sie Alexandria, die örtliche Einsatzzentrale der SOE bat den Major und Walter sofort zu einer Besprechung. Alex machte sich derweil auf die Suche nach einer geeigneten Unterkunft für Grit und erkundigte sich nach der Truppenbetreuung. Schließlich nahm eine junge Frau sie unter ihre Fittiche, die sich um Fronttheater und Konzertveranstaltungen im Nahen Osten kümmerte.

»Ich fürchte, sie ist sehr verstört«, erklärte Alex, um sie vorzubereiten.

Alicia Hillcox nickte ihm gelassen zu. »Das kommt vor«, tröstete sie. »Sie war als vermisst gemeldet. Ist sie in Gefangenschaft geraten?«

Alex schüttelte den Kopf und gab einen kurzen Abriss von Grits Geschichte. »Sie muss nach Neuseeland«, sagte er.

Miss Hillcox nickte. »Das wird sich finden«, antwortete sie.

Für die Männer endete der Abend in der Offiziersmesse. Major Dozen lud alle zu einem Umtrunk, um das Resümee der Operation Albumen zu ziehen. Nachdem er Walters Aufklärungsarbeit ausdrücklich gelobt hatte, fasste er die Ergebnisse der Anschläge kurz zusammen.

»Wir sind uns einig, dass es hätte besser laufen können«, bemerkte er. »Worauf die Fehlschläge letztlich zurückzuführen waren, muss noch aufgearbeitet werden. Die hier Anwesenden haben sich jedoch durchweg ausgezeichnet, und morgen sollen Beförderungen ausgesprochen werden. Insgesamt konnten in den Tagen der Operation fünfundzwanzig deutsche Kampfflugzeuge zerstört werden. Eine weit größere Anzahl ist zum Teil irreparabel beschädigt. Zwölf deutschen Gefallenen stehen zwei Tote und drei Gefangene auf unserer Seite gegenüber. Allerdings wurden von den Deutschen als Reaktion auf die Sabotageakte zweiundsechzig unbeteiligte Zivilisten exekutiert. Ein weiteres Kriegsverbrechen, für das sich die Wehrmacht nach dem Krieg zu verantworten haben wird.

Ach ja, und wie es aussieht, wird Ihr spezieller Freund, Herr von Prednitz, General Alexander Andrae, infolge der Vorfälle als Kommandant von Kreta abgelöst.« Er trank Walter zu.

Walter hob sein Glas. »Und das trotz der Käselieferung ans Führerhauptquartier«, bemerkte er. »Adolf Hitler ist einfach undankbar.«

In einer kühlen australischen Winternacht klingelte das Telefon in Philipp De Groots Hotelzimmer in Sydney. Er hatte seine lange geplante Tournee durch Neuseeland und Australien inzwischen angetreten und wälzte sich verschlafen aus dem Bett. Der Anruf konnte eigentlich nur aus Europa kommen, aber wer wusste nur, wo er gerade auftrat?

Am Telefon meldete sich seine Agentur aus Boston. »Wir hatten eben einen Anruf aus Alexandria«, vernahm er eine fröhliche Stimme. »Ihre Tochter ist heute wohlbehalten dort eingetroffen. Wir werden baldmöglichst eine Reisemöglichkeit für sie organisieren. Nach Neuseeland, nicht wahr?«

Philipp konnte nur nicken. Er war nie in seinem Leben so erleichtert gewesen. Und auch wenn es ihm schwerfiel: Er dankte dem Himmel für Walter von Prednitz.

DIE SACHE MIT DER LIEBE

Neuseeland – Wellington, Onehunga, Auckland
1942 – 1944

Nellie war allein, als sie nach Wellington fuhr, um ihren Mann und ihre Tochter abzuholen. Phipps konnte seine Tournee nicht einfach absagen, und ihre Jungen mussten zur Schule. Walter und Grit trafen mit einem Schiff ein. Die Reise hatte etliche Tage gedauert, und Nellie konnte es kaum erwarten, die beiden wiederzusehen. Willie Rawlings und ihrem Mann blieb das Glück der Familienzusammenführung verwehrt. Alex sollte von Alexandria aus an einen anderen Einsatzort versetzt werden. Er konnte die Army nicht einfach verlassen. Allerdings war er zum Corporal befördert worden.

Edward war von Stolz darauf weit entfernt. »Wenn wir jetzt noch eine richtige Farm hätten statt des Gestüts, hätten sie ihn sicher für die Leitung des Hofes freigestellt«, hatte er verbittert gesagt. »Landwirtschaft ist schließlich kriegswichtig.« Willie hatte die Brauen gehoben. »Du hättest ja bei Kriegsbeginn dran denken können, ein Gärtchen anzulegen«, hatte sie giftig zurückgegeben. »Er kommt sicher wieder – schon weil seine Grit hier sein wird. Der wird er jetzt genauso nachlaufen wie vormals April.«

Als Nellie nun ungeduldig am Kai auf das Einlaufen des Dampfers wartete, fragte sie sich in Erinnerung an das Gespräch, wie dieses Ehepaar es nur miteinander aushielt. Es musste schrecklich sein, an einen Menschen gekettet zu sein, den man nicht liebte, dem man nicht einmal mehr Sympathie entgegenbrachte. Nun hatte Willie natürlich ihre Pferde – und Edward würde seinen Sohn zurückbekommen. Sie hoffte, dass Alex im Krieg gelernt hatte, sich gegen seine Mutter zu behaupten.

Nellie hatte sorgenvolle Monate hinter sich. Nach ihrer Rückkehr aus Australien war Walter bald nach Kreta entsandt worden, und sie hatte nicht mehr nur um Grit, sondern auch um ihren Mann bangen müssen. Der ereignisreiche Besuch bei Maria hatte sie wenigstens kurzzeitig abgelenkt. Sie dachte noch lächelnd an den Abend zurück, an dem sie zu den Lembergers und Mr. Shapcott gestoßen war, die gerade mit Champagner auf zwei neue Anstellungen sowie den geplanten Erwerb von zwei Elefanten und drei Tigern für den Zoo in Perth angestoßen hatten.

Nachdem sie im Kings Park fertig geworden war – Natashas zwei Hengste waren mit Gilbert Homers Arabern aneinandergeraten, und sie hatte etliche kleine Verletzungen behandeln müssen –, hatte sie eine Aussage bei der Polizei gemacht und dort ihre Vermutungen zur Brandursache geäußert: »Die Zirkustierärztin und ich haben es zwar nicht gesehen, aber Miss Natasha zog mit einer brennenden Zigarette in das Stallzelt, in dem später der Brand ausbrach, und sie hat ein paar Pferde befreit, muss sich also noch in der Nähe aufgehalten haben.«

Die Polizisten hatten alles notiert, doch bisher war vonseiten der Homer-Brüder keine Anzeige eingegangen. Die Zirkusdirektoren waren sich wohl im Klaren darüber gewesen, dass bei Natasha ohnehin nichts zu holen war – womöglich hatte Gilbert sogar mitgeraucht.

Schließlich hatte sich Nellie überlegt, dass Maria und Bernhard wohl am ehesten im Zoo zu finden sein würden, und da das Restaurant noch hell erleuchtet gewesen war, hatte sie entschieden, dort als Erstes nachzufragen. Sie hatte dann gleich gratulieren können, und sie hatten noch eine Stunde lang gefeiert, bis Nellie sich ein Taxi zu ihrem Hotel hatte kommen lassen und die Lembergers die erste Nacht in dem Haus verbracht hatten, das von nun an ihnen gehören würde.

Nellie war weitere zwei Tage geblieben und hatte Bernhard beim Umzug geholfen, während Maria sich glücklich an die Einrichtung ihrer neuen Praxis und die Behandlung der ersten Tiere gemacht hatte.

Die Praxis glich der ihres Mentors Dr. Rüttig in Berlin aufs Haar –
nur dass es nun modernere Gerätschaften gab. Mr. Shapcott hatte
sogar der Anschaffung eines Röntgenapparats für die Zooklinik zugestimmt.

Nellie hatte ihre Freunde beruhigt sich selbst und ihren neuen
Aufgaben überlassen können. In Auckland hatte sie viel zu erzählen
gehabt – und freute sich nun schon darauf, auch Walter ihre Erlebnisse mit all den Tieren und Menschen berichten zu können.

Zu ihrer Freude war ihr Mann einer der Ersten, die von Bord kamen, als der Dampfer endlich anlegte. Er sah gut aus. Walter hatte
abgenommen, er schien in den Wochen seines Einsatzes an Selbstbewusstsein und Ausstrahlung gewonnen zu haben. Nellie fühlte sich
an den schneidigen jungen Offizier erinnert, in den sie sich damals
verliebt hatte. Bevor sie sich jedoch in seine Arme stürzen konnte,
sah sie ihre Tochter hinter Walter. Und genau wie das Kind, das sie
so viele Jahre zuvor mit seinem Vater nach Amerika geschickt hatte,
sah Grit jetzt auch aus. Nichts an ihrer Erscheinung glich den letzten
Bildern, die sie von ihr erhalten hatte, den Fotos der erfolgreichen
Konzertpianistin, elegant gekleidet und nach neuester Mode frisiert.
Grit trug ihr widerspenstiges Haar wieder lang und hatte es zu einem zotteligen Zopf geflochten, der ihr über einer Schulter hing.
Unter ihrem schlichten Reisekostüm zeichnete sich ihr anschwel-
lender Bauch zwar noch nicht wirklich ab, man glaubte ihn nur zu
erkennen, wenn man von ihrer Schwangerschaft wusste. Nellie war
von Walter darüber in Kenntnis gesetzt worden.

Jetzt vergaß sie zunächst ihren Mann und ging auf ihre Tochter
zu. »Grietje …«, sagte sie leise, aber auf Grits Reaktion war sie nicht
vorbereitet.

»Mami!«, rief ihre Tochter und stürzte auf sie zu. »Mami!«

An Nellies Schulter gelehnt brach Grit in Tränen aus.

Nellie legte tröstend die Arme um ihre Tochter, doch als sie gar
nicht mehr aufhören konnte zu weinen, warf sie Walter über ihre
Schulter hinweg einen fragenden Blick zu.

Der schien allerdings ebenso überrascht wie sie selbst und vielleicht auch etwas peinlich berührt ob der Szene, die sich hier auf offener Straße abspielte. Nellie bemerkte jetzt erst, dass er einen kleinen, struppigen Hund an der Leine hielt.

»Ihr solltet ins Hotel fahren«, sagte er leise. »Ich kümmere mich um das Gepäck und komme nach.«

Als Nellie fast unmerklich nickte, hielt er ein Taxi an. Sie schob ihre immer noch weinende Tochter auf den Rücksitz und nannte dem Fahrer und Walter den Namen der Pension, in der sie sich eingemietet hatte – froh, sich für ein kleines, persönliches Hotel entschieden zu haben statt für eines der großen und mondäneren.

Die Wirtin war schon bei der Ankunft sehr freundlich zu ihr gewesen, und als sie jetzt mit ihrer schluchzenden Tochter zurückkam, erhielt sie ohne weitere Fragen ihren Schlüssel, und kurz darauf brachte die Frau eine Kanne Tee, Zucker und Sahne herauf in ihr Zimmer.

»Machen Sie ihr einen großen Becher Tee mit viel Zucker«, riet sie mütterlich. »Das hilft gegen alles.«

Grit begann tatsächlich, sich zu beruhigen, nachdem es Nellie gelungen war, ihr ein paar Schluck Tee einzuflößen. Sie klammerte sich allerdings an die Hand ihrer Mutter.

»Ich kann bei dir bleiben, nicht?«, fragte sie. »Ich ... ich will nie wieder fort ...«

»Du willst Papa nicht wiedersehen?«, wunderte sich Nellie. »Er wäre jetzt sehr gern bei uns, aber du weißt ja, wie es ist. Man kann Konzertverpflichtungen nicht einfach absagen.«

Grit nickte beiläufig. »Ich will bei dir bleiben. Ich schäme mich so. Ich ... ich hab ihn umgebracht ... Ich hätte ihn ebenso gut selbst erschießen können, ich ...«

»Na, na ...« Nellie strich über ihren Rücken. »Das glaube ich nicht, dass du jemanden umgebracht hast«, sagte sie beruhigend.

Grit löste sich abrupt von ihr und warf sich aufs Bett.

»Du weißt gar nichts«, rief sie weinend. »Du kennst mich gar nicht. Keiner kennt mich ...«

Nellie beschloss, dass es im Moment nicht viel zu sagen gab. Zumal Grit ja nicht unrecht hatte. Sie wusste tatsächlich nicht, worum es ging. Schließlich löste sie eine Valium in dem restlichen Tee auf und achtete darauf, dass Grit ihn trank. Ihre Tochter wurde daraufhin ruhiger und schlief ein.

Kurz darauf erschien Walter mit den Koffern und dem Hund. Nellie schmiegte sich in seine Arme, küsste ihn jedoch nur flüchtig.

»Was ist denn da bloß passiert, Walter?«, fragte sie beunruhigt. »Das Kind ist ja völlig außer sich. Was soll das Gerede, sie hätte jemanden umgebracht? Und wer ist das hier?«

Sie beugte sich zu dem vergnügt wedelnden Hund hinunter und streichelte ihn. Das Tier interessierte sich eigentlich mehr für die schlafende Grit. Es sprang aufs Bett und kuschelte sich neben sie. Dabei fixierte es die anderen Menschen im Raum mit einem Blick, als fragte es sich, ob sie Freunde oder Feinde waren.

Walter zuckte mit den Schultern. »Also wenn es ums Töten geht – da hat sie wahrscheinlich mehr als einen nach Walhalla geschickt oder wo gefallene Nazis hinkommen. Sie war im Widerstand aktiv, Nellie, und ich habe mich umgehört: Sie galt als starke Frau, hat sich durchaus einen Namen gemacht auf dieser Insel. Was sie jetzt so hat zusammenbrechen lassen … Sie selbst hat nichts erzählt, ich weiß es nur ungefähr von Alex. Vor der deutschen Invasion waren die beiden wohl ein Paar, doch von dem Angriff der Deutschen wurde sie überrascht, während sie mit einem anderen jungen Mann unterwegs war, einem Musiker. Alex beteuert, sie hätte nichts von ihm gewollt, außer Gitarre spielen zu lernen, aber ich kann mir das nicht vorstellen. Man nimmt doch ein Mädchen nicht mit in sein Heimatdorf, fernab von jeglicher Zivilisation, nur um ein bisschen auf einem Instrument herumzuklimpern.«

»Sie wollte vielleicht nichts von ihm, er dagegen bestimmt was von ihr«, unterbrach Nellie.

Walter nickte. »Möglich. Das ganze Dorf wurde auf jeden Fall zu einem Widerstandsnest, und wie gesagt, Grietje war aktiv beteilgt. Als Alex sie wiederfand, war sie schwanger von besagtem jungen Mann und kurz davor, ihn zu heiraten. Wovon sie aber sofort Abstand nahm, als sie Alex wiedersah. Ob aus wiederauflodernder Liebe oder weil sie das Leben fernab der Zivilisation nun doch nicht mehr so schön fand, sei dahingestellt. Alex ist jedenfalls sicher, dass sie vor der Hochzeit mit ihm geflohen wäre. Der junge Grieche kam dann bei ihrem gemeinsamen Einsatz, einem Anschlag auf einen Flughafen, um. Und nun macht sie sich aus irgendeinem Grund für dessen Tod verantwortlich. Mit einem solchen Ausbruch hätte ich allerdings nicht gerechnet. Auf der Reise war sie sehr still, vollkommen in sich gekehrt. Der Hund gehört übrigens ihr. Oder eigentlich Alex, der konnte ihn nur bei der Army nicht behalten und hat ihn ihr geschenkt. Sie sollten aufeinander aufpassen, sagte er – woraufhin sie ähnlich hysterisch weinte wie eben bei eurem Wiedersehen. Der Hund scheint die Aufgabe ernst zu nehmen, er weicht ihr nicht von der Seite. Grietje ignoriert ihn. Er heißt Flokati. Nach einem griechischen Teppich.«

Nellie seufzte. »Ich fürchte, heute wird nichts aus unserer Wiedersehensfeier«, sagte sie unglücklich. »Ich muss bei ihr bleiben und mich um sie kümmern. Vielleicht wird sie später ja reden …«

Walter küsste sie. »Ich brauch keine Feier«, erwiderte er zärtlich. »Es genügt mir, dass du da bist. Dass wir wieder zusammen sind – und uns nie wieder trennen. Das ist doch so, Nellie, oder?«

Nellie lächelte. »Das ist so«, bestätigte sie. »Ich hatte furchtbare Angst um dich, aber ich wusste, dass du es schaffst. Wenn jemand, dann du. Wir werden noch einmal neu anfangen, Walter. Willie hat schon Ställe angemietet in Ellerslie. Dein neuer Job erwartet dich. Wobei die Rennbahnleitung es dir freistellt, ob du für Willie arbeiten willst oder als selbstständiger Trainer. Sie würden dir die Boxen auch direkt vermieten. Und dir die Miete stunden, bis deine ersten Pferde gewonnen haben.«

Walter runzelte die Stirn. »Auf einmal?«, fragte er. »Nachdem ich jahrelang bestenfalls als Stallknecht gebraucht wurde?«

Nellie lächelte. »Da warst du ja auch noch ein unbedeutender Neueinwanderer – obendrein aus Deutschland. Jetzt dagegen bist du ein hoch ausgezeichneter britischer Meisterspion. Was für einen Orden hat dir das Empire noch mal verliehen? Der ganze Rennklub will die Geschichte hören. Allen voran natürlich Julius von Gerstorf und Edward Rawlings.«

Walter warf einen Blick auf die schlafende Grit.

»Ich glaube, ich will jetzt doch feiern«, beschloss er. »Vielleicht haben wir ja Zeit für ein Glas Champagner, bevor sie aufwacht.«

Walter musste seinen Bericht noch einmal der SOE in Wellington vortragen – Miss Potter war sehr glücklich über seinen Erfolg und seine gesunde Rückkehr. Am liebsten hätte die Organisation ihm gleich den nächsten Auftrag gegeben, aber das hatte er schon in Alexandria abgelehnt. Während er im Kriegsministerium weilte, verbrachten Nellie und Grit noch einen Tag in Wellington. Nellie versuchte, ihrer Tochter ein paar weitere Informationen über ihre Zeit auf Kreta zu entlocken, doch das erwies sich nicht als besonders erfolgreich. Grit hatte sich zwar wieder gefangen und verhielt sich am Morgen halbwegs normal, aber auf Fragen reagierte sie einsilbig.

Ja, sie habe Leonidas heiraten wollen, ja, er sei der Vater ihres Kindes, und es habe schließlich einen Vater gebraucht. Das wäre schon alles so richtig gewesen. Aber sie, Grit, hätte es kaputtgemacht, sie hätte Leonidas' Tod verschuldet, ihn verraten.

Nellies vorsichtige Einwände schien sie gar nicht zu hören. »Was ist denn mit Alex?«, fragte Nellie am Ende. »Liebst du ihn? Wirst du mit ihm zusammen sein, wenn er zurückkommt?«

Alex war inzwischen der dritten Division, der Haupteinheit der neuseeländischen Armee im Pazifikraum, zugeteilt worden. Er sollte zunächst an einem Training in Neuseeland teilnehmen und dann wahrscheinlich bei einer Offensive zur Rückeroberung der Salomonen-Inseln eingesetzt werden.

Grit hob ob der Frage nach ihm nur die Schultern. »Er will das

Kind mit mir aufziehen«, sagte sie mit verständnislosem Unterton. »Leonidas wollte das Kind auch. Und seine Eltern …«

»Willst du es denn nicht?«, erkundigte sich Nellie.

Sie war verwirrt, weil Grit nicht antwortete.

Im August kehrten Nellie, ihr Mann und ihre Tochter nach Auckland zurück. Petey und Marty belegten ihren Vater und ihre neue Schwester sofort mit Beschlag und zeigten sich begeistert von Flokati. Sie wetteiferten miteinander, den Hund spazieren zu führen, während Grit weder an ihren Brüdern noch an dem Hund interessiert zu sein schien. Sie war nur glücklich, Lene wiederzusehen, und weinte noch einmal an der Schulter ihrer früheren Kinderfrau, ähnlich verzweifelt wie nach ihrer Ankunft an der ihrer Mutter. Für Nellie war das eine Erleichterung, denn in den ersten Tagen hatte sie Grit keinen Moment allein lassen können. Sie war ihr überall hin gefolgt, als befände sie sich in Lebensgefahr, sofern sie nicht am Rockzipfel ihrer Mutter hing. Nun haftete sie wie eine Klette an Lene, der das weniger ausmachte. Sie fragte nicht so viel wie Nellie und brachte mehr Geduld auf, wenn Grit sich seltsam verhielt. Lene war im Berlin der Zwanzigerjahre als jugendliche Prostituierte missbraucht worden. Traumatische Erlebnisse waren ihr nicht fremd, sie ging gelassener mit den Folgen um als Nellie.

Allerdings überraschte sie Nellie einen Monat nach Grits Ankunft mit der Überlegung, ob es nicht besser sei, mit ihrer Tochter aufs Land zu ziehen.

»Ich habe den Eindruck, auf Epona Station würde Grietje sich besser fühlen. Sie hat das letzte Jahr in einem ziemlich abgelegenen Dorf verbracht. Die Stadt scheint ihr nun zu laut …«

»Zu laut?«, fragte Nellie verwirrt. »Sie hat in New York gelebt. Und selbst in Boston ist wahrscheinlich mehr los als in New Lynn.«

Lene hob die Schultern. »Sie hätte gern Schafe«, sagte sie. »Sie hat sich auf Kreta wohl viel um die Tiere gekümmert. Das scheint ihr zu fehlen.«

Nellie runzelte die Stirn. Nach Walters Berichten hatte Grit auf Kreta Gefangene befreit und Flüchtlinge und Schmuggler über die Berge begleitet, statt Schafe zu hüten, und sie kümmerte sich kaum um Flokati. Dafür hatte Lene ein gewisses Interesse an einem Umzug nach Onehunga. Sicher würde es ihr gefallen, künftig Haus an Haus mit Hans zu leben. Nellie überlegte, ob sie das ansprechen sollte, entschied dann aber, ihrer Angestellten und Freundin keine unlauteren Absichten zu unterstellen – zumal kein Mensch so viel Fantasie aufgebracht hätte, sich den Wunsch ihrer Tochter nach eigenen Schafen auszudenken.

»An mir soll's nicht liegen«, sagte sie schließlich und fuhr am nächsten Tag mit Grit, den Jungen und dem Hund nach Epona Station, wo Mia und April die junge Frau freudig willkommen hießen. Mia versuchte, ein Gespräch über Musik und Klavierspiel zu beginnen, doch Grit zeigte sich einsilbig.

April fragte ohne Hemmungen nach dem Kind. »Ich beneide Sie«, sagte sie unverblümt. »Ich habe mir so sehr ein Kind gewünscht, aber mein Mann ist gefallen.«

»Meiner auch«, erwiderte Grit.

April wusste nicht, wie sie darauf reagieren sollte. Befangen streichelte sie den Hund.

»Der ist niedlich«, sagte sie. »Haben Sie ihn … von Ihrem Mann?«

April folgte nach wie vor der dreifarbige Nanu, den sie als Welpe von Cedric erhalten hatte. Er war inzwischen uralt und fast taub und blind. Sehr lange würde er sicher nicht mehr leben, und April wusste jetzt schon, dass es ihr das Herz brechen würde, wenn er sie eines Tages verließ.

»Ja«, sagte Grit desinteressiert. Es war die einfachste Antwort. Warum sollte sie ins Detail gehen?

Nellie sprach derweil mit Justynka und schlug ihr vor, zumindest vorübergehend die Praxen zu tauschen.

»Sie sprechen doch inzwischen ganz gut Englisch, ich denke, Sie kämen auch ohne April als Übersetzerin aus. Als Sprechstundenhilfe könnten wir sonst noch jemanden einstellen. Mir hat Lene immer etwas geholfen, wenn die Jungs in der Schule waren, aber die würde natürlich mit nach Epona Station ziehen. Vielleicht wissen Sie ja jemanden, der die Arbeit machen kann und Hilfe braucht ...«

Justynka hatte keine Einwände, was Nellie auch nicht erwartet hatte. So devot, wie die junge Tierärztin war, hätte sie nie gewagt, sich ihrer Arbeitgeberin entgegenzustellen. Sie war nicht unglücklich, als sie ihre Sachen packte.

Mia fand es sogar eine gute Sache, dass sie ihr Schneckenhaus endlich verlassen musste. »Sie sollte mehr unter Leute«, erklärte sie. »Vielleicht kann sie sich dieser jüdischen Organisation anschließen, die Flüchtlinge betreut. Da hätte sie etwas Sinnvolles zu tun und könnte auch mal darüber reden, was ihr zugestoßen ist. Schade nur, dass ihr in New Lynn kein Klavier habt.«

Julius freute sich über Walters erneuten Einzug in den früheren Dienstbotentrakt von Epona Station. Die Männer hatten einander immer gemocht und konnten nun sogar Kriegserinnerungen austauschen. Meistens ging es allerdings um Pferde, wenn sie abends noch zusammensaßen. Julius war dafür, dass Walter sich nicht von Willie abhängig machte, sondern seinen eigenen Trainerstall gründete.

»Dann kann ich dir auch von uns ein paar Pferde schicken. Wir müssen mit mehr Vollblütern auf die Bahn, selbst wenn Mia das nicht gern sieht. Aber zurzeit verkaufen wir einfach keine Reitpferde. Im Krieg steht keinem der Sinn nach Luxus – und ›Luxusartikel‹ sind die Pferde ja inzwischen. Niemand braucht sie mehr, um von hier nach dort zu kommen, so mancher kauft sich jetzt lieber einen schnittigen Sportwagen als ein elegantes Reitpferd.«

»Das ändert sich wieder«, merkte Walter hoffnungsvoll an. »Es wird immer Leute geben, die Pferde einfach lieben.«

Julius lachte. »Das bleibt abzuwarten. Die Welt wäre sonst ein Stückchen ärmer. Aber erst mal müssen wir über die schlechten Zeiten hinwegkommen, und das heißt für unsere zwei- und dreijährigen Vollblüter, sie müssen auf die Bahn.«

Walter begann das Training schließlich mit zwei fest angestellten Jockeys, zwei Pferden von Willie und zwei aus Epona Station. Sehr bald kamen weitere von anderen Besitzern hinzu. Es gab keinerlei Ressentiments mehr gegen Walter, die Rennpferdeszene Aucklands nahm ihn mit offenen Armen auf.

Die Beziehung zwischen Lene und Hans intensivierte sich in den nächsten Monaten, Mia und Nellie spekulierten darüber, ob die beiden an Heirat dachten. Petey und Marty waren glücklich auf Epona Station, ritten die Ponys und auch schon mal größere Pferde und spielten wieder mal den einen oder anderen Streich. Sie blieben jedoch gute Schüler und bewährten sich im Rugby-Team ihrer Schule. Walter begleitete sie zu den Spielen und war stolz auf sie.

Was die Jungen anging, so dachte Nellie oft, war Phipps wirklich ein Segen für ihre Familie gewesen – auch wenn sie ihm zurzeit mal wieder zürnte. Sie hatte ihm von Grits Seelenzustand berichtet und eigentlich erwartet, dass er seine Tournee daraufhin abbrechen und an die Seite seiner Tochter eilen würde. Phipps machte dazu aber keine Anstalten. Er ließ sich in Sydney, Perth und Adelaide feiern und wollte danach die Südinsel bereisen. Nellie hegte den Verdacht, dass er ganz gern wegblieb und sich damit Grits Problemen entzog. *Wenn sie die Sache mit dieser Schwangerschaft hinter sich hat, wird es ihr schon wieder besser gehen*, schrieb er. *Sie wird sehr bald alles vergessen.*

Nellie las den Brief kopfschüttelnd. »Was denkt er wohl, wie eine Schwangerschaft endet?«, fragte sie Walter. »Grietje wird dann ein Kind haben. Das kann sie nicht einfach vergessen.«

Das seltsame, abweisende Verhalten ihrer Tochter änderte sich auch auf Epona Station nicht. Tatsächlich äußerte sie den Wunsch, Schafe zu besitzen. Da weder Julius noch Mia etwas dagegen hatten, kaufte Nellie sechs tragende Muttertiere, und Grit versuchte, sie zu hüten. Eigentlich hatte sie vorgehabt, sie später zu melken, doch es handelte sich um junge Schafe, die zum ersten Mal ablammen sollten. Vorerst würden sie keine Milch geben. Das Hüten funktionierte auch nicht allzu gut. Die Tiere waren es nicht gewöhnt, brav einem Schäfer zu folgen. Sie hatten halbwild in den Bergen gelebt und waren allenfalls mal von Hunden zusammengetrieben worden. Grit nahm also Flokati mit, wenn sie mit ihren Schafen rausging, doch der zeigte keinerlei Neigung zum Hüten.

»Er ist zu nichts nutze«, bemerkte Grit, als April über sein vergnügtes, sinnfreies Herumtoben zwischen den Schafen lachte.

»Dabei sollte er eigentlich einer Hütehunderasse angehören«, meinte April. »Ich weiß zwar nicht, wie die heißt, aber dieser struppige Typ ist wohl häufig in Europa. Allerdings müssen sie die Arbeit mit den Schafen erst lernen. Meistens bringt man ihnen Pfiffe als Kommandos bei. Von selbst kann er nicht wissen, was du von ihm willst.«

April hatte ziemlich schnell begonnen, Nellies Tochter zu duzen. Eigentlich hatte sie erwartet, dass die berühmte, weltgewandte Pianistin ihr Respekt einflößen würde, aber tatsächlich erschien ihr Grit eher kindlich und unreif. Sie sprach kaum jemanden an, außer Lene und Nellie – und reagierte nicht mal, als April schließlich anfing, die Schafe einfach in ihrem Pferch zu füttern. Die Tiere konnten nicht darauf warten, bis Grit danach war, sie auf die Weide zu führen. Sie wurden dadurch bald zahm, liefen April nach und ließen sich anfassen.

In einer Nacht Mitte Dezember – die Rennsaison war in vollem Gange und Walters Pferde feierten erste Erfolge – klopfte Lene an Nellies und Walters Schlafzimmertür. Nellie war sofort hellwach, als Tierärztin war sie nächtliche Einsätze gewöhnt.

»Entschuldige die Störung«, wisperte Lene. »Der Hund hat mich geweckt. Ich glaube, Grietje hat Wehen. Ich hab sie stöhnen hören. Sie war zweimal im Bad, aber sie sagt, sie braucht keine Hilfe. Es sei alles in Ordnung, ich soll einfach weiterschlafen.«

Nellie zog rasch einen Morgenmantel über. Eigentlich erwartete sie schon seit einigen Tagen, dass Grits Wehen einsetzten. Das Kind schien sich gesenkt zu haben, und wenn es im März gezeugt worden war, wie Nellie annahm, so waren die neun Monate auch bald um. Grit hatte allerdings nicht über ihre bevorstehende Niederkunft sprechen wollen. Nun, jetzt würde ihr nichts anderes mehr übrig bleiben.

Nellie ging zum Zimmer ihrer Tochter und hörte ihr Stöhnen schon auf dem Korridor. Flokati sprang aufgeregt an ihr hoch, er schien froh zu sein, dass jemand sich um seine Herrin kümmern wollte. Nellie schaltete das Licht ein, und Grit fuhr zusammen.

»Es ist schon gut, ich brauch nichts, Mami«, presste sie zwischen zusammengebissenen Zähnen hervor.

Nellie ging zu ihr. »Red keinen Unsinn, Grietje, du bringst ein Kind zur Welt. Das kann niemand ganz allein – zumindest wäre es nicht ratsam. Jetzt lass mich mal schauen, wie weit du schon bist. Mach dir keine Sorgen, ich hab das schon mal gemacht.« Nellie hob entschlossen die Bettdecke an. Sie schob Grits Nachthemd hoch und überprüfte ihren Muttermund. »Du stehst ganz am Anfang der Geburt, die Fruchtblase ist noch nicht geplatzt«, sagte sie ruhig. »Versuch, dich zu entspannen, es wird lange dauern. Wir machen dir jetzt einen Tee, und nachher hole ich das Lachgas ...«

»Kein Lachgas!«, forderte Grit.

Nellie runzelte die Stirn. »Aber damit ist es leichter, Liebes. Es ist sehr schmerzhaft, ein Kind herauszupressen. Am Ende werden die Wehen so stark, dass die meisten Frauen ...«

»Leonidas' Mutter hätte auch kein Lachgas gehabt«, sagte Grit.

Nellie schwante Schlimmes. »Grietje, willst du dich dafür bestrafen, dass du das Kind in einem ordentlichen Bett in einem zivilisierten Haus zur Welt bringst und nicht in einer Lehmhütte ohne Strom?«, fragte sie. »Mit einer Hebamme, deren einzige Qualifikation darin besteht, dass sie selbst zehn Kinder zur Welt gebracht hat?«

Grit warf sich herum. »Ich will meine Ruhe!«, fauchte sie. »Kannst du das nicht einfach verstehen? Ich brauch keine Hilfe, ich will ...«

Nellie seufzte. »Dein Kind könnte Hilfe brauchen. Deshalb lass ich dich nicht in Ruhe. Ob du Lachgas willst und damit Erleichterung oder nicht, das musst du natürlich selbst entscheiden. Lene und ich können dich auch noch eine Stunde allein lassen. Wenn du das wirklich willst ...«

Nellie litt Höllenqualen, während sie darauf wartete, dass Grit vernünftig wurde, doch sie ließ wie besprochen eine Stunde vergehen, bevor sie sich wieder um ihre Tochter kümmerte. Das Fruchtwasser war abgegangen, Nellie und Lene bezogen Grits Bett neu. Nellie riet ihrer Tochter, ein bisschen im Zimmer umherzugehen, und erklärte, das könne die Geburt beschleunigen, doch Grit wollte nur zurück in ihr Bett. Nellie hatte das Gefühl, sie plante, die Geburt einfach irgendwie über sich ergehen zu lassen, so als ließe sich alles ungeschehen machen, wenn sie es nur lange genug ignorierte. Sie half nicht mit und reagierte auf keine von Nellies Anweisungen. Irgendwann waren ihre Lippen blutig gebissen, doch sie schrie kein einziges Mal.

»Ist es immer eine solche Tortur?«, fragte Lene, als es in die zehnte Stunde ging. »Ich hab's bei meiner Mutter ein paarmal mitgekriegt, und es war natürlich schrecklich. Aber das hier ...«

Sie war inzwischen selbst erschöpft, wobei es gar nicht der Schlafentzug oder eine körperliche Anstrengung waren, die ihr zusetzten. Es war die angespannte, fast aggressive Atmosphäre, die in dieser Wochenstube herrschte.

»Man kann es sich erleichtern, wie gesagt«, bemerkte Nellie schmallippig. »Aber wenn jemand nicht will ...«

Nach zwölf Stunden glitt das Kind schließlich ohne größere Mithilfe seiner Mutter in die Welt. Am Ende presste Grit unwillkürlich – und schluchzte auf, als es endlich vorbei war. Nellie nahm das Kleine aufatmend in Empfang.

»Ein Mädchen«, sagte sie lächelnd. »Ein ganz entzückendes. Schaut mal, wie viele Haare es schon hat. Dem kann man bald Zöpfe flechten.«

»Und eine schöne Stimme hat sie«, behauptete Lene, als die Kleine kurz darauf zu ihrem ersten Schrei ansetzte. »Vielleicht wird sie ja mal Sängerin.«

»Du kannst sie gleich selbst halten«, verhieß Nellie ihrer Tochter, die sich völlig entkräftet auf ihr Kissen hatte zurückfallen lassen. »Ich will sie nur rasch ein bisschen waschen.«

Grit blickte auf. »Sie ist schleimig«, sagte sie, als Nellie ihr das Kind, flüchtig eingewickelt in eine Windel, in den Arm legte. »Nimm sie weg …«

Nellie sah ihre Tochter fassungslos an. »Grietje, sie ist dein Kind …«

Das Baby schrie noch einmal, und diesmal blieb seine Lautäußerung auch außerhalb der Wochenstube nicht unbemerkt.

»Ist es da?« Aprils aufgeregte Stimme klang aus dem Korridor.

Nellie wusste, dass April und Mia dort seit Stunden immer mal vorbeischauten – April hatte wohl auch einige Zeit ausgeharrt und versucht, den Hund zu beruhigen, den sie ausgesperrt hatten. Er hatte sich jaulend und heulend vor der Tür platziert und Nellie und Lene den letzten Nerv geraubt.

Nun, da April den Schrei des Neugeborenen gehört hatte, konnte sie ihre Neugier nicht mehr bezähmen. Sie öffnete langsam die Tür und sah sich Lene gegenüber, die hilflos mit dem Kind an Grits Bett stand. Als seine Mutter keine Anstalten machte, es an sich zu ziehen und zu trösten, während Nellie abwarten wollte, ob Grits Mutterinstinkte nicht doch noch einsetzten, hatte Lene sich des kleinen Mädchens angenommen.

April drängte zu ihr und hob das Tuch, in das Nellie das Baby gewickelt hatte, etwas an. »Oh, mein Gott, es ist da!«, rief sie, als sie sein Gesichtchen sah. »Es ist so niedlich! Und noch so frisch … Da ist ja noch Käseschmiere dran …«

April breitete instinktiv die Arme aus, und Lene legte ihr das Baby hinein.

Zwei Monate später verarztete Nellie bei den Rawlings einen jungen Hengst, der sich beim Versuch, über einen Weidezaun zu springen, verletzt hatte. Die Verletzung war nicht schwer, und Nellie und Willie hatten Zeit, während der Behandlung miteinander zu reden. Willie fragte nach Nellies Enkeltochter, was Nellie ein tiefes Seufzen entlockte.

»Sie gedeiht gut, sie ist niedlich«, berichtete sie schließlich. »Unwiderstehlich, wenn ich das mal so sagen darf als stolze Großmutter. Diese riesigen Augen, das schwarze Haar – sie ist eine Schönheit. Aber Grietje will nichts von ihr wissen.«

»Das ist ungewöhnlich«, bemerkte Willie.

Sie selbst war auch nicht der mütterliche Typ. Sie fand Fohlen weitaus anziehender als kleine Kinder. Dennoch war sie von Glücksgefühlen überwältigt gewesen, als man ihr damals Alex in die Arme gelegt hatte.

»Ich weiß«, sagte Nellie. »Selbst wenn man das Kind ursprünglich nicht wollte – wenn es erst da ist, verliebt man sich als Mutter. Das ist einfach so. Grietje scheint die Ausnahme von der Regel zu sein. Sie interessiert sich nicht für Helena.«

»Helena die Schöne ...« Willie lächelte.

Nellie verdrehte kurz die Augen. »Den Namen hat Mia ihr gegeben. Grietje war's egal. Ich hab sie gefragt, ob sie das Kind nicht nach dem Vater Leona oder Leonora nennen möchte. Oder nach der Großmutter väterlicherseits, Eleni, der sie offenbar nachtrauert. Aber das wollte sie nicht. Und April findet Helena schön.«

Sie reinigte vorsichtig die Wunde des kleinen Hengstes.

»Was hat denn April damit zu tun?«, fragte Willie spitz. Sie hegte immer noch Ressentiments gegen Mias Tochter.

»April versorgt das Kind«, gab Nellie Auskunft. »Mit Hingabe. Sie mag es gar nicht jemand anderem geben. Und sie macht das großartig. Sie hatte ja schon immer ein Händchen für Kinder und junge Tiere und hat sich nichts so sehr gewünscht wie ein eigenes Baby.«

Willie zuckte mit den Schultern. »Dann ist es ja schön, wenn sie jetzt eins hat«, sagte sie gelassen.

»Aber was wird, wenn Grietje sich wieder fängt und sich selbst um das Kind kümmern will?«, fragte Nellie und strich Salbe auf die Wunde am Vorderfußwurzelgelenk. »Oder, um mit Walter zu sprechen: Wegen einer schönen Helena ist schon mal ein Krieg geführt worden.«

Willie grinste und hielt die Bandage bereit. »Siehst du denn da irgendeine Aussicht? Also darauf, dass Grit ihre Tochter doch noch annehmen will?«, erkundigte sie sich. »Was macht sie eigentlich den ganzen Tag? Wenn sie nicht Klavier spielt und sich nicht um das Kind kümmert …«

»Sie macht Käse.« Nellie verzog das Gesicht. »Im Ernst, sie hat das auf Kreta gelernt, bei der Mutter ihres griechischen Freundes. Und hier wollte sie unbedingt auch Schafe. Wir haben sechs Muttertiere angeschafft, die haben nun gelammt, und Grietje verarbeitet die Milch. Wobei ihr April beim Melken hilft. Was Tiere angeht, hat Grietje ja zwei linke Hände. Die Schafe gehen schon stiften, wenn sie sie nur sehen. Die Käserei liegt ihr auch nicht besonders, das Ergebnis ist gerade so genießbar. Dafür spielt sie Bouzouki. Ergreifend schön. Ich hätte gar nicht gedacht, dass man so einer Gitarrenart derart wunderbare Weisen entlocken kann. Die Einzige, der das nicht gefällt, ist ihre Tochter. Helena schreit wie am Spieß, wenn sie Musik hört. Das bringt sie Grietje natürlich auch nicht näher. April ist es egal.«

»Haben die beiden denn ein gutes Verhältnis? Grit und April?«, fragte Willie und reichte Nellie die Bandage.

»Ich denke schon, sofern man im Moment überhaupt ein Verhältnis zu Grietje haben kann«, seufzte Nellie. »Sie ist zu allen freundlich, aber am liebsten bleibt sie für sich und beschäftigt sich mit der Käsezubereitung. Das sind angeblich alles Geheimrezepte, die es zu bewahren gilt ... Das Kind kann sie morgens nicht früh genug bei April abgeben. Sie würde es ihr gern auch nachts überlassen, da haben Mia und ich allerdings ein Machtwort gesprochen. Sie darf sich ihrer Tochter nicht gänzlich entfremden ...«

»Verfahrene Situation«, urteilte Willie. »Liest sie Alex' Briefe? Wenn ich dessen Bemerkungen richtig interpretiere, schreibt er sich die Finger wund.«

Alex diente inzwischen tatsächlich im Bereich der Salomonen-Inseln. Die Amerikaner lieferten sich dort heiße Gefechte mit Japan, auch neuseeländische Truppen waren beteiligt. Willie hoffte, dass ihr Sohn nicht an vorderster Front eingesetzt war, aber sie wusste es nicht. Wie schon früher schrieb Alex nur das Nötigste an seine Eltern.

Nellie zuckte mit den Schultern. Sie hatte den Verband angelegt und klopfte dem Pferd anerkennend den Hals. »Braver Junge ... Hast du mal eine Möhre?« Willie gab ihr eine, und Nellie belohnte den jungen Hengst für sein geduldiges Stillhalten. »Sie liest sie, aber sie schreibt nicht zurück«, beantwortete sie dann Willies Frage. »Sie liebt ihn, das glaube ich zumindest. Auch wenn sie sich deshalb schuldig fühlt. Alex muss völlig in der Luft hängen, der arme Kerl. Es wäre gut, wenn er zurückkäme.«

Willie überlegte. »Es sind Truppen in Neuseeland stationiert«, wusste sie. »Heimatschutz. Wenn er sich dahin versetzen lassen könnte ... Vielleicht sollte ich mich noch mal an diese Miss Potter wenden. Was könnte ihn denn zum Spion qualifizieren?«

Nellie seufzte. »Spione leben gefährlich. Und arbeiten im Allgemeinen nicht in ihrem Heimatland, es sei denn, sie verstehen sich auf das Entschlüsseln von Geheimcodes oder Ähnlichem. Oder Partisanenkampf ... Nehmen wir mal an, Neuseeland würde von den Japanern besetzt ...«

In ihrem Gesicht blitzte das verschmitzte Lächeln auf, das sich immer auf ihre Züge schlich, wenn sie über eine geniale Idee nachdachte.

»Unwahrscheinlich«, bemerkte Willie. »Jetzt, wo die Amerikaner den Pazifikraum schützen.«

»Ich meine ja nur theoretisch«, unterbrach sie Nellie. »Man muss schließlich gegen alles gewappnet sein. Jedenfalls könnte Alex die hier stationierten Truppen in die Techniken des Partisanenkampfes einweisen. Das wäre bestimmt gut, die haben ja sonst nichts zu tun. Julius von Gerstorf hat so was früher mit Möchtegernkavalleristen durchgezogen. Er hat etliche Manöver mit ihnen durchgeführt. Es war wohl recht erfolgreich ...«

»Jedenfalls hat sich keiner von den Jungs freiwillig gemeldet, als dann der Krieg ausbrach«, erinnerte sich Willie. »Weswegen man Julius beinahe als deutschen Agenten erschossen hätte.«

»Du könntest es jedenfalls vorschlagen«, beharrte Nellie.

Willie lachte. »Man munkelt, es würden Soldaten für die Landarbeit freigestellt, weil die Versorgung der Bevölkerung bald nicht mehr gesichert ist, wenn so viele Landarbeiter an die Front abwandern. Edward will einen Antrag stellen, seinen Sohn zu entlassen, um die Farm zu übernehmen. Wir haben deshalb schon ein paar mehr Felder eingesät und denken an den Kauf von ein, zwei Kühen, um das glaubhaft zu machen.«

Nellie nickte. »In absehbarer Zeit könnten wir euch da vielleicht mit ein paar Schafen aushelfen. Grits Viecher haben wie gesagt abgelammt, aus sechs wurden sechzehn. Noch sind die Kleinen ja niedlich, aber irgendwann werden sie den von Gerstorfs die Haare vom Kopf fressen.«

Walters erste Saison als Trainer in Ellerslie war sehr erfolgreich verlaufen, wobei nicht nur sein Pferdeverstand, sondern auch diplomatisches Geschick gefragt gewesen war. So erschien es ihm zum Beispiel sinnvoll, Willies Pferde und die der von Gerstorfs möglichst nicht in den gleichen Rennen laufen zu lassen. Schließlich konnte jeweils nur eines gewinnen, und die Ställe rivalisierten immer noch sehr miteinander. Walter wollte auf keinen Fall in die Schusslinie geraten. Dann galt es, Mia von Gerstorf davon zu überzeugen, dass er ihre Zweijährigen bestimmt nicht überforderte. Mia lehnte es grundsätzlich ab, Pferde unter den Sattel zu nehmen, bevor sie drei Jahre alt waren.

Auch das war einer der Gründe dafür, dass Epona Station die Rennpferdezucht stets nur nebenbei betrieben und sich auf Reitpferde spezialisiert hatte. Die wenigen Rennpferde, die Julius auf die Bahn brachte, startete er erst mit drei Jahren. Inzwischen ging das leider nicht mehr. Es war im Rennbetrieb allgemein üblich geworden, die Pferde in Zweijährigenrennen zum ersten Mal antreten zu lassen, damit sie bei den wichtigen Rennen als Dreijährige schon entsprechend erfahren waren. Wenn Epona Station sich mithilfe von Rennpferden finanzieren wollte, musste Mia nachgeben.

Sie tat es nur unter Protest und war alle paar Tage auf der Rennbahn, um nach ihren Fohlen zu sehen, wie sie die jungen Pferde konsequent nannte. Walter bemühte sich, sie zu beruhigen und möglichst mit einzubeziehen. Mia durfte die Pferde nach dem Training aus der Box nehmen und an der Hand fressen lassen oder spazieren führen.

Andere Pferdebesitzer erwiesen sich ganz im Gegenteil als ungeduldig. Ihrer Ansicht nach sollten ihre Pferde an jedem Wochenende an den Start gehen, und möglichst in den schwierigsten und bestdotierten Rennen. Walter musste ihnen seinen Trainingsplan erklären und erläutern, dass es wichtig war, die Tiere langsam aufzubauen.

Als ein Pferd sich verletzte, überzeugte er die Besitzer, es nicht gleich aufzugeben, sondern noch ein Jahr in ein Gestüt zu geben, um die Sehne auszuheilen. Danach versprach er weitere Erfolge mit dem an sich sehr vielversprechenden jungen Hengst.

»Die Pferde machen mir keine Probleme«, beklagte er sich bei Nellie. »Schwierig sind nur die Besitzer!«

Nellie lachte und verriet ihm, dass dies eine der ersten Erkenntnisse war, zu denen man als junger Tierarzt gelangte.

»Du musst mal die Hundebesitzer erleben!«, erwiderte sie.

Walter hatte jedenfalls bald den Ruf, ein umgänglicher Mensch zu sein, und fand schnell Freunde im Rennklub. Die Herren befragten ihn gern bei einem Drink zu seinen Abenteuern auf Kreta – und natürlich auch zu seinem Werdegang als Kavallerist in Deutschland in der Kaiserzeit und im Ersten Weltkrieg.

Kurz bevor die Rennsaison 1943/44 in Neuseeland startete, trug seine neue Beliebtheit unerwartet Früchte. Zwei Männer aus dem Vorstand des Rennklub Ellerslie, also der Betreiberorganisation der Rennbahn, baten ihn um ein Gespräch in der Bar des Rennbahnrestaurants.

»Sie wissen sicher, dass Mr. Wesley uns in zwei Monaten verlässt, oder?«, fragte Mr. Beasley, der Besitzer einer Textilfabrik, der zurzeit mit dem Nähen von Uniformen ein Vermögen verdiente. Dabei stellte er ein Bier vor Walter auf den Tresen.

Walter nickte. Mr. Wesley war der Leiter der Rennbahn, ein distinguierter, erfahrener älterer Herr, der nun in den wohlverdienten Ruhestand gehen wollte.

»Sicher«, sagte Walter und nahm einen Schluck Bier. »Haben Sie schon einen Nachfolger? Man kann sich die Rennbahn ohne Wesley kaum vorstellen. Wie lange war er auf dem Posten? Dreißig Jahre?«

»Sechsundzwanzig«, antwortete der erste Vorsitzende des Klubs, Robert Barrington. Er entstammte einer Pferdezüchterdynastie in Neuseeland, sein Großvater hatte den Rennklub gegründet. »Und es war immer ein äußerst angenehmes Arbeiten mit ihm. Die Zügel fest in der Hand, aber stets verbindlich. Keine Skandale, Streitigkeiten wurden im Stillen bereinigt … Ein Gentleman.«

Walter hob sein Glas. »Wir sollten auf ihn trinken«, meinte er freundlich. »Und auf einen ebenso fähigen Nachfolger. Wir sind alle darauf angewiesen, dass es hier reibungslos läuft – sowohl organisatorisch als auch menschlich.«

»Genau«, sagte Beasley. »Und deshalb ... Nun, Mr. von Prednitz, wir beobachten alles sehr genau, was sich auf dieser Rennbahn tut, und in den letzten Monaten haben Sie uns äußerst beeindruckt.«

Walter winkte ab. »Ich hatte das Glück, sehr gute Pferde trainieren zu dürfen«, erwiderte er.

»Ich wollte da gar nicht so sehr auf den Trainingserfolg anspielen«, erwiderte Beasley. »Gute Trainer gibt es viele. Aber nicht jeder schafft es, eine ganze Saison lang sowohl die Pferde von Wilhelmina Rawlings als auch die von Julius von Gerstorf zu betreuen, ohne dass die sich gegenseitig zerfleischen.«

Walter lachte.

»Beide würden Ihre Kandidatur im Übrigen unterstützen«, fügte Barrington hinzu.

Walter runzelte die Stirn. »Meine Kandidatur?«, fragte er.

»Ja«, erklärte Beasley. »Nach reiflicher Überlegung hat der Vorstand entschieden, Ihnen den Posten als Rennbahnleiter anzubieten. Ihren Trainerstall müssten Sie dann natürlich aufgeben, dafür ist der Job gut bezahlt und sehr sicher. Eine Lebensstellung, wenn alles gut geht, wie Sie an Mr. Wesley sehen.«

»Aber ich ...« Walter war wie erschlagen. Mit einem solchen Angebot hätte er nie gerechnet. »Ich habe noch nie ...«

»Die Abläufe auf der Rennbahn sind Ihnen vertraut«, meinte Beasley. »Und zwar, was man selten erlebt, von allen Seiten aus gesehen. Sie haben hier doch am Anfang sogar als Stallbursche gearbeitet, nicht? Sie kennen die Futtermittelhändler, wissen, welche Mengen an Heu und Stroh gebraucht werden und wie die Preise sind. Die Anlage kennen Sie wie Ihre Westentasche – zur Rennbahntierärztin haben Sie die besten Beziehungen ...«

Die Männer lachten.

»Sie sind eine großartige Wahl«, erklärte Barrington. »Vielleicht möchten Sie ja noch etwas darüber nachdenken. Eventuell gemeinsam mit Ihrer Frau, die gleich übrigens noch erwartet wird, um einigen Pferden Blut abzunehmen. Wir … könnten schon mal den Sekt kaltstellen.«

Eine Stunde später stießen Nellie und Walter mit dem Vorstand der Rennbahn auf Walters neuen Job an. Nellie fühlte sich an den Abend der Feier mit Bernhard und Maria erinnert. Am Ende hatte Maria einen seltsamen Satz gesagt: »Wir sind angekommen.«

Nellie wiederholte ihn, als sie sich am Abend in Walters Arme schmiegte.

»Willst du Alex nicht auch mal schreiben?« April war in Onehunga gewesen, hatte die Post abgeholt und verteilte sie nun an alle Bewohner von Epona Station. Für Grit waren zwei Briefe dabei, einer von ihrem Vater sowie das wöchentliche Schreiben von Alex. Willie und Edward Rawlings' Eingaben hatten keinen Erfolg gehabt. Alex war nach seinem Offizierslehrgang in Neuseeland nach Guadalcanal geschickt worden und anschließend nach Vella Lavella – beide Salomonen-Inseln waren eigentlich ein Paradies, wenn man nicht ständig mit japanischen Heckenschützen hätte rechnen müssen. April hatte gelesen, dass der Dschungelkampf die Männer dort hart ankam. Es gab so viele Tote, dass die Amerikaner sie in Massengräbern verscharrten. Alex tat ihr leid, sie hätte ihm wenigstens etwas Aufmunterung durch einen Brief seiner Liebsten gewünscht. »Hast du ihm überhaupt schon von Helena erzählt?«, fragte sie weiter, als Grit nicht reagierte.

Sie hatte sich nur kurz für die Post bedankt und ihre Tochter, die April nach Maori-Art in einem Tuch auf dem Rücken trug, keines Blickes gewürdigt.

»Schreib du ihm doch«, sagte Grit. »Ich … ich kann nicht … Hab … keine Zeit.«

April runzelte die Stirn. Nach wie vor kümmerte Grit sich lediglich um die Schafe. Neben der Käserei hatte sie nach der Schafschur auch mit der Wollverarbeitung begonnen. Mit einer nach Aprils Ansicht ziemlich vorsintflutlichen Spindel produzierte sie ungleichmäßige Wollfäden, mit denen sie dann nichts anzufangen wusste.

Sie sprach vage davon, sie zu verweben, machte dazu jedoch keine Anstalten. Die Handarbeit lag ihr nicht, und April konnte sich auch eigentlich nichts denken, was man aus der kratzigen, naturbelassenen Wolle hätte herstellen mögen.

»Vielleicht mache ich das wirklich mal«, erwiderte April.

Sie hatte bislang nicht daran gedacht, fand aber, dass es keine schlechte Idee war. Sie hatte ihren Ausbruch Alex gegenüber längst bereut. Natürlich hätte er sie nicht mit seinem Kuss überrumpeln dürfen. Dennoch hatte sie sich schuldig gefühlt, als er daraufhin in den Krieg geflohen und dann auch noch vermisst worden war. Sie hatte sich ehrlich gefreut, als Walter ihn gefunden hatte – eigentlich hätte sie ihm das gleich brieflich mitteilen können.

Als Helena am Nachmittag schlief, suchte sie also nach Briefpapier und Füller und bemühte sich um eine vorsichtige Formulierung.

Epona Station, im August 1943

Lieber Alex,

sicher wunderst Du Dich darüber, dass ich Dir schreibe, während Du eigentlich sehnsüchtig auf einen Brief von Deiner Grit wartest. Tatsächlich war sie es, die mich darum gebeten hat, Dir an ihrer Stelle zu antworten. Sie ist nach wie vor niedergeschlagen. Die Geschehnisse auf Kreta haben sie sehr mitgenommen, ich nehme an, es ist normal für Künstler, so sensibel zu sein. Wir haben alle Geduld mit ihr, und zumindest körperlich geht es ihr gut. Ende letzten Jahres, am 15. Dezember, hat sie einem wunderschönen kleinen Mädchen das Leben geschenkt. Helena ist jetzt schon acht Monate alt und einfach entzückend, sie macht mir jeden Tag Freude. Grit erlaubt mir, mich viel mit ihr zu beschäftigen, während sie selbst ihre Erlebnisse in Griechenland aufzuarbeiten versucht. Sie spielt wundervoll die Bouzouki, aber Helena scheint leider nicht sehr musikalisch zu sein. Am besten geht man mit ihr spazieren, wenn ihre Mutter Musik macht. Spazierengehen liebt sie, ich trage sie im Tuch mit mir herum, obwohl Dr. Nellie ihr auch einen Kinderwagen gekauft hat.

Helena mag es gar nicht, von mir getrennt zu sein. Erinnerst Du Dich an Zora, das Kätzchen, das Du mir damals geschenkt hast? Es ist inzwischen eine große, dicke Katze und Helenas beste Freundin. Sie kuscheln sich in ihrem Bett aneinander. Mami warnt immer mal wieder, Zora könnte das Baby ersticken, aber sie ist eine kluge Katze, so etwas würde ihr nicht passieren. Zudem ist Helena auch nicht mehr ganz so klein. Ich mache mir da jedenfalls keine Sorgen – und ich bin ja auch immer dabei. Ach ja, ich hab Dir Helena noch gar nicht beschrieben: Sie hat hellbraune Augen und tiefschwarze Locken. Lackschwarz könnte man fast sagen. Wenn sie lächelt, zeigt sie ganz entzückende Grübchen, und wenn sie sich Sorgen macht, zieht sie die Stirn kraus. Alle Menschen lieben sie.

Tiefschwarz ist übrigens auch der kleine Hengst, den Deine Stute Shelley vor einem guten halben Jahr geboren hat. Er ist wunderschön, seinem Vater Erlkönig wie aus dem Gesicht geschnitten. Ich habe Deine beiden Pferde nach wie vor hier auf Epona Station. Deine Mutter ist damit nicht sehr glücklich. Sie möchte, dass ich sie zurückbringe, aber ich hänge an ihnen – und ich bin ein bisschen abergläubisch. Ich glaube, solange ich mich um die zwei kümmere, kann Dir nichts passieren. Und ich freue mich, wenn Du bald selbst vorbeikommst, um Shelley und Memory wieder zu Dir zu holen. Ach ja, Du kannst Memory natürlich jederzeit umtaufen. Aber ich finde, es ist ein schöner Name, und irgendwie muss man so ein Pferd ja nennen.

Viele Grüße aus Epona Station, auch von Deinen Pferden und nicht zu vergessen von Deinem reizenden Hund Flokati, den ich in mein Herz geschlossen habe, sendet Dir

April

April ging hinüber zu Grit, um sie nach Alex' Feldpostnummer zu fragen, und fand sie ungewohnt gut aufgelegt vor. Sie verriet ihr auch gleich den Grund.

»Mein Vater kommt zurück!«

Philipp De Groot hatte in den vergangenen Monaten in Australien festgesessen. Seine Tournee war längst vorbei, aber der Pazifikkrieg hatte Australien erfasst. In den Gewässern des Landes operierten deutsche und japanische U-Boote, die schon diverse Handelsschiffe versenkt hatten. Philipp wollte das Risiko nicht eingehen, obwohl die Alliierten versuchten, die Schiffe zu schützen. Nun hatte er ein Konzert für Offiziere der Luftstreitkräfte gegeben, ein paar wichtige Leute kennengelernt und um Hilfe gebeten. Kurz darauf hatte man ihm angeboten, in einem Truppentransporter mit nach Neuseeland zu fliegen. Phipps fieberte dieser nicht ganz ungefährlichen Reise entgegen.

Darüber, dass Grit zumindest verhaltene Freude zeigte, als er ihr seine Ankunft ankündigte, war Nellie sehr glücklich, zeigte es doch, dass sich das kindliche Klammern an ihre Mutter langsam legte. Sie beobachtete zudem, dass Grit nicht mehr ganz so teilnahmslos war wie zu Anfang. Sie ignorierte Petey und Marty nicht mehr, sondern zeigte, dass ihr die lebhaften Jungen oft auf die Nerven gingen. Das beruhte auf Gegenseitigkeit, Petey und Marty konnten mit der neuen Schwester nichts anfangen. Zunächst waren sie trotzdem nett gewesen, doch je mehr Grit ihnen zeigte, dass sie nichts von ihnen wissen wollte, desto häufiger dachten sie sich kleine Streiche aus, versteckten ihre Bouzouki oder gaben ihre Wollknäuel den Katzen zum Spielen.

»Das Beste an der ist der Hund«, brachte Marty seine und die Einschätzung seines Bruders auf den Punkt. »So ein treues Tier, läuft ihr überall nach, obwohl sie sich nie drum kümmert.«

So ganz stimmte das allerdings nicht mehr. Statt Grit auf dem Fuße zu folgen wie am Anfang, konzentrierte Flokati seine Fürsorge auf Helena. Die Jungen nahmen ihm das nicht übel, sie fanden das Baby selbst ganz interessant, auch wenn es sich im Vergleich zu Fohlen, Welpen und Katzenkindern bedauerlich langsam entwickelte.

Grit fuhr mit dem Zug nach Auckland, um Phipps zu treffen, der seinerseits mit dem Zug aus Wellington anreiste. Sein Flieger war dort sicher gelandet. Nellie und Lene boten Grit beide an, sie mit dem Auto in die Stadt zu fahren, aber das wollte sie nicht. Sie traf ihren Vater gleich auf dem Bahnhof. Befangen trat sie ihm entgegen.

»Papa?« Fast scheu sah sie zu ihm auf.

Phipps sah blendend aus wie immer. Er trug einen eleganten Anzug, sein lockiges braunes Haar war gut geschnitten, und er strahlte über das ganze Gesicht – zumindest so lange, bis er sich seine Tochter näher angesehen hatte.

»Grit, mein Mädchen!« Er zog seine Tochter herzlich in die Arme. »Wie schön, dich zu sehen! Aber du hast dich verändert.« Grit trug nach wie vor ihren Zopf und ein aus der Mode gekommenes, viel zu weites Kleid, das sie während der Schwangerschaft gekauft hatten. Nellie war ganz am Anfang mit ihr in die Stadt gefahren, um eine neue Ausstattung für sie zu kaufen, doch zu ihrem Entsetzen hatte ihre Tochter sich für Kleidung entschieden, die eher zu einer fünfzigjährigen Frau gepasst hätte als zu einer jungen Mutter. »Du siehst aus wie ein Mädchen vom Lande«, konstatierte Phipps. »Bevor du wieder mal auftrittst, werden wir dir neue Sachen kaufen müssen.«

Grit schüttelte den Kopf. »Ich trete nicht mehr auf«, sagte sie.

Ihr Vater runzelte die Stirn. »Bist du so eingespannt zurzeit mit deinem Kind?«, fragte er freundlich. »Hilft dir Lene denn nicht? Wir können eine eigene Kinderfrau einstellen für die Kleine. Wie heißt sie noch?«

»Helena«, antwortete Grit wenig interessiert.

Phipps lächelte. »Helena De Groot. Hübsch. Ein Name für eine Sängerin. Sicher schreit sie schon sehr melodisch.«

»Vor allem laut …« Grit seufzte.

Helenas kräftige Stimme raubte ihr oft den Schlaf. Zwar kümmerte sich dann in der Regel Lene um die Kleine, doch erst mal waren alle wach, und die Jungen schimpften, sie könnten sich in der Schule nicht konzentrieren, wenn sie nicht zum Schlafen kamen. Bei April schreit sie nie, behauptete Marty stets.

»Das ist normal für Kinder«, erklärte ihr Vater, der nie mit einem

Baby in einem Haushalt gelebt hatte. »Wie sieht es aus, Grit? Gehen wir hier in Auckland noch nett zusammen essen, holen dann mein Auto ab, und ich fahre dich zurück nach Epona Station? Vielleicht kannst du mir auch mal erklären, warum du so gern da leben willst, statt hier in der Stadt. Auckland ist ja nicht New York, aber diese Farm, wo alles nur nach Pferd riecht? Ich weiß nicht ...«

»Nach Schaf«, sagte Grit leise. »In Imbros hat es nach Schafen gerochen ...«

»Das kannst du nicht wirklich vermissen«, meinte Phipps. »Du scheinst mir immer noch ziemlich durcheinander zu sein, Grit. Wir werden reden müssen. Ernsthaft.«

Grit nickte und sah wieder aus wie ein Schulmädchen. Genau so hatte ihr Vater mit ihr gesprochen, wenn sie als Kind etwas angestellt hatte. Als er sie jetzt noch gespielt streng ansah, hatte sie das Gefühl, als ob eine Last von ihr abfiele. Etwas in ihr löste sich.

»Nachher«, sagte sie leise.

Phipps nickte. »Klar, jetzt gehen wir erst mal essen. Es gibt hier durchaus ein paar gute Restaurants, ich war mit deiner Mutter manchmal aus ...«

Grit lächelte schwach. »Mami ist mit dir ausgegangen?«, fragte sie.

Phipps lächelte. »Noch ein letzter Versuch, ihr Herz zu erobern«, gab er zu. »Wer weiß ... Wenn du nicht auf Kreta verloren gegangen wärst ... Aber egal. Es ist gut, dass du wieder da bist!«

Grit sah ihn unsicher an. »Ich weiß nicht, ob ich das bin«, sagte sie leise. »Ich glaube manchmal, ich bin noch weit weg.«

Phipps legte den Arm um sie. »Ich hol dich zurück«, versprach er. »Und jetzt los. Von mir aus essen wir Lammbraten. In einem französischen Restaurant. Zurück in die Zivilisation, Grit De Groot.«

»Ich hieß lange Margarita«, flüsterte sie.

Phipps zog sie an sich und küsste sie auf die Schläfe. »Meine Süße, ob du Grit heißt oder Grietje, Margarete oder Margarita ... du wirst immer du selbst bleiben. Dein Leben wird immer Musik sein, auch wenn du zurzeit das Gefühl hast, du müsstest sie ausschließen ...«

»Ich spiele Bouzouki«, sagte Grit.

»Siehst du!«, erwiderte Phipps. »Weißt du was? Du spielst es mir nachher vor. Das, was du erlebt hast. Alles was da auf Kreta geschehen ist. Du musst nicht reden. Ich werde dein Lied verstehen.«

Grit begann, leise zu weinen.

Phipps gab ihr ein Taschentuch. »Erst der Lammbraten«, bestimmte er.

Grit aß nicht viel, aber sie stocherte auch nicht so im Essen herum, wie sie es oft tat, wenn sie mit Nellies Familie am Tisch saß. Dazu waren die Speisen, die das französische Restaurant auftischte, einfach zu köstlich. Grit hatte seit zwei Jahren nichts Vergleichbares gekostet. Nellie war Vegetarierin, seit sie vor Jahren auf dem Schlachthof gearbeitet hatte. In ihrem Haushalt wurde kein Fleisch aufgetischt. In Imbros hatte es dagegen fast immer Fleisch gegeben, deftige Hausmannskost. Leonidas' Mutter pflegte für die ganze Großfamilie zu kochen. Hier servierte man nun kleine, feine Häppchen auf zarten Porzellantellern. Grit fühlte sich ein wenig schuldig, aber sie genoss die Speisen.

Nach dem Essen begleitete sie ihren Vater zu der Autowerkstatt, bei der er seinen Cadillac untergestellt hatte, und natürlich erhielt er das Auto blitzsauber, vollgetankt und gewartet zurück. Für Grit war es wie schweben, als der große Wagen über Aucklands Straßen in Richtung Onehunga rollte. Zu lange war sie nur in Landrovern unterwegs gewesen, in denen es bestenfalls nach Hund roch, schlimmstenfalls nach Schießpulver und Blut.

Auf Epona Station war jetzt, am Nachmittag, nicht viel los. Nellie erledigte Patientenbesuche, Walter war in Ellerslie, die Jungen befanden sich noch in der Schule. Julius und Mia waren ausgeritten, um Zäune zu kontrollieren. Der Frühling war nah, bald würden die Fohlen zur Welt kommen, und die Pferde konnten auf die Weiden.

April wachte im Haus über Helenas Mittagsschlaf und erledigte dabei Schreibarbeiten. Als sie den Cadillac auf den Hof rollen hörte, erwartete sie, dass Grit hereinkommen würde, um ihrem Vater ihre Tochter zu zeigen, doch die beiden ließen sich nicht sehen. April beschloss, die Initiative zu ergreifen, nahm die Kleine aus ihrem Bettchen und ging auf den Hof. Im Kinderwagen schlief eine Katze. April scheuchte sie raus und legte Helena hinein. Sie hatte die Kleine an diesem Nachmittag besonders hübsch angezogen, schließlich sollte sie ihren Großvater kennenlernen. Als sie den Kinderwagen in Richtung des früheren Dienstbotentraktes schob, kamen Philipp und Grit gerade wieder heraus, Grit mit ihrer Bouzouki.

Als sie April sah, lächelte sie ihr zu und kam dann zu ihr, um ihr ihren Vater vorzustellen. April kannte ihn bereits flüchtig. Sie erinnerte ihn daran, sich bei einem seiner Konzerte schon einmal getroffen zu haben, und begrüßte ihn freundlich. Erst dann wandten sich Vater und Tochter dem Kind zu.

»Das also wird unsere kleine Sängerin«, sagte Helenas Großvater lächelnd und strich der Kleinen ungeschickt über die Wange. Sie öffnete überrascht die Augen und versuchte, sich aufzusetzen. April half ihr ein wenig. Helena strahlte sie an. »Du bist ja schon groß«, befand Phipps. »Wir werden dir bald ein Xylofon kaufen können. Du hattest so viel Spaß damit, Grit!«

»Ich war aber schon viel älter«, erwiderte Grit. »Sie ... kann noch nicht viel.«

Das wollte April so nicht stehen lassen. »Sie ist sehr weit für ihr Alter!«, rief sie empört. »Sie kann sitzen und krabbeln wie ein Wirbelwind, und manchmal versucht sie schon aufzustehen.«

Meistens zog sie sich dabei am Schweif eines der Ponys hoch, mit denen April sie bereits vertraut machte, aber das verriet sie Helenas Großvater besser nicht.

»Das ist ja schön«, sagte er. »Sie ist ein ausgesprochen hübsches Kind, Grit. Ihr Vater muss wirklich gut aussehend gewesen sein.«

Grit nickte. »Sollen wir ...«

Lene pflegte neben dem früheren Dienstbotenhaus einen kleinen Garten, in dem es Bänke und einen Tisch gab. Sie servierte dort gern das Essen. Jetzt wies Grit auf die Sitzgruppe.

April war unsicher, ob sie sich Vater und Tochter anschließen sollte, entschied sich dann jedoch dagegen. Es sah aus, als wollte Grit ihrem Vater etwas vorspielen, und man musste ja nicht herausfordern, dass Helena zu schreien begann.

»Wir gehen mal ein bisschen spazieren«, sagte sie.

Grit und Philipp nickten beiläufig.

Philipp strich auch Flokati kurz über den Kopf, der sich April und Helena anschloss. »Das ist Alex' Hund?«, fragte er. Nellie hatte ihm wohl von dem Tier geschrieben.

Grit nickte wieder und begann, die Bouzouki zu stimmen. Sie erklärte ihrem Vater, welche Stimmung sie verwendete und warum. Er lauschte interessiert. Dann nahm er die Hand seiner Tochter.

»Und nun lass die Bouzouki erzählen«, ermunterte er sie.

Grit nahm das Instrument auf und begann zu spielen. Sie ließ ihr erstes Treffen mit Alex wieder auferstehen, die *Kleine Nachtmusik* anklingen, wechselte zu griechischen Melodien für ihre Bekanntschaft mit Leonidas. Grit erlebte noch einmal die Wanderung über die Berge, ließ die Schönheit des griechischen Frühlings erklingen, doch auch die Beschwerlichkeit des Weges. Die Ankunft im Dorf war laut gewesen, verwirrend, die Töne überschlugen sich – und dann brach der Krieg aus – sie wurden schrill, hässlich, bedrohlich. Grits Melodien beschworen Angst und Tod, Verlorenheit und Entwurzelung, den Höhepunkt bildete die Erinnerung an die grauenvolle Nacht nach Alikis Tod. Schließlich die unerwartete Befreiung, die neu erwachte Lust am Leben und der Liebe, die kurz darauf doch wieder Schrecken wich, Unsicherheit, Resignation. Die Hoffnung durch die Wiederbegegnung mit Alex – und am Ende Leonidas' Tod. Grit ließ das Instrument sinken, sie weinte.

Ihr Vater zog sie schweigend in die Arme. »Wollen wir jetzt reden?«, fragte er.

Grit nickte unter Tränen und begann dann zu erzählen. Zum ersten Mal erzählte sie ihre ganze Geschichte in allen Einzelheiten. Sie berichtete von der geplanten Hochzeit mit einem Mann, den sie nicht liebte, das Wiederaufflammen ihrer Liebe zu Alex und wie sie beide Männer vor dem Überfall auf den Flugplatz beschworen hatte, aufeinander aufzupassen.

»Und Leonidas hat das getan«, sagte sie schluchzend. »Er war ein guter Mensch, ein ernsthafter Mensch. Ich ... ich habe ihn gar nicht verdient. Ich wusste nicht, was ich an ihm hatte. Und er ist für Alex gestorben! Für mich. Weil ich ihn darum gebeten habe. Er hat sich erschießen lassen, weil ... weil ich ihn nicht liebte. Hätte ich ihn das nicht spüren lassen, hätte ich zu ihm gestanden, ihm gesagt, dass wir ganz bestimmt heiraten und für immer zusammenbleiben werden, er wäre noch am Leben ...«

Philipp strich ihr sanft übers Haar. »Grit, das glaube ich nicht. Du musst aufhören, dir das einzureden. Diese Dinge ... füreinander sterben, sich opfern, Heldentum ... all das ... das gibt es in der Oper, nicht im Krieg. Du darfst mir das glauben, denn ich war im Krieg. Nicht allzu oft an vorderster Front, aber ich habe die Schützengräben gesehen. Im Kampf ist sich jeder selbst der nächste. Man kommt gar nicht dazu, an irgendetwas anderes zu denken als daran, sein eigenes Leben zu verteidigen.

Und was die Liebe angeht – man kann nicht entscheiden, ob man jemanden liebt oder nicht. Das passiert einfach. Man verliebt sich oder eben nicht, egal, wie sehr man den anderen vielleicht sogar mag. Daran kann niemand etwas ändern. Du weißt, dass ich deine Mutter liebe. Von Kindheit an habe ich sie geliebt, auch wenn ich es am Anfang nicht so bemerkt habe. Ich liebe sie von ganzem Herzen, und ich habe alles versucht, sie für mich zu gewinnen. Ich habe sie umworben, habe sie bei der Erfüllung ihrer Berufswünsche unterstützt. Ich habe ihr geholfen, als sie Geld brauchte, habe ihr die Praxis in New Lynn finanziert, mich um die Erziehung ihrer schrecklichen Söhne gekümmert ...«

Grit lächelte verhalten. Was Petey und Marty anging, war sie ganz mit ihrem Vater einer Meinung.

»Du hast sie aber verlassen«, erinnerte sie ihren Vater.

Der zuckte mit den Schultern. »Walter von Prednitz hat sie auch verlassen. Diese Idee mit dem Zirkus ... er hat eigensüchtig gehandelt. Schäbig, wenn du mich fragst. Doch als er zurückkam, strahlten ihre Augen auf, und sie konnte ihm nicht schnell genug verzeihen ... Sie hatte keinen Blick mehr für mich, Grit ... Wozu mir die Geschichte mit Leonidas' Tod wieder einfällt. Wir müssen herausfinden, was da wirklich passiert ist, und ich denke, wir sollten mit Walter darüber reden. Wo ist er jetzt wohl? Auf der Rennbahn? Lass uns hinfahren!«

»Jetzt?«, fragte Grit verwirrt. »Gleich?«

»Sicher«, sagte Phipps. »Es gibt ein paar wichtige Dinge, die wir mit ihm besprechen sollten. Mach dich fertig, und schreib einen Zettel für deine Mutter, damit sie sich nicht sorgt. Diese Sache sollte nicht warten.«

Kurz darauf steuerte Philipp seinen Wagen die Auffahrt von Epona Station hinunter. Grit saß neben ihm. Julius und Mia, die ihre Pferde gerade auf den Hof lenkten, sahen den beiden nach.

»Wo wollen die denn so spät noch hin?«, fragte Mia ihre Tochter. April putzte ein Pferd, die kleine Helena saß in ihrem Wagen und schaute ihr dabei zu. April zuckte mit den Schultern. »Hat einer von ihnen gesagt, was mit dem Kind geschehen soll?«, erkundigte sich Mia dann. »Wann sie zurück sein wollen? Wann Grit Helena zu sich holt? Es wird schließlich Abend.«

April schüttelte den Kopf. »Ich fürchte, das haben sie beide vergessen. Grits Vater hat Helena kurz angesehen, und dann haben sie Musik gemacht. Ich hab mich deshalb mit dem Kind verzogen. Ihr wisst, dass es sonst weint ...«

Philipp und Grit trafen Walter in den Ställen auf der Rennbahn. Er war gerade im Aufbruch und sah nur noch einmal nach den Pferden. Früher hätte er vielleicht versucht, Philipp mit irgendeiner Ausrede zu entfliehen, doch an diesem Tag zeigte sein Gesicht keinen Ausdruck des Missfallens, sondern ein ehrliches Lächeln, als er ihn begrüßte. Zum ersten Mal, seit sie sich kannten, fand er sich Nellies Ex-Mann gefühlt auf Augenhöhe gegenüber. Bislang war Philipp immer der Erfolgreiche, der Wohlhabende und Spendable gewesen, während er selbst kaum sein Auskommen hatte und Nellie nichts bieten konnte. Jetzt aber war er ein erfolgreicher Trainer und würde bald eine leitende Stellung antreten. Nellie war glücklich mit ihm, die Jungen schlugen gut ein, und er hatte Philipp einen großen Gefallen getan.

Philipp De Groot streckte ihm denn auch gleich die Hand entgegen und bedankte sich förmlich für die Rettung seiner Tochter. »Sie haben mir Grit zurückgebracht! Im Grunde haben Sie ihr das Leben gerettet, wenn auch nicht buchstäblich. Aber was hätte sie für ein Leben gehabt, vergraben in einem Dorf auf einer Insel, jenseits vom Nirgendwo ...«

»So war es nicht, Papa«, warf Grit leise ein. »Ich ...«

»Ich habe meinerseits zu danken«, sagte Walter. »Was Sie für Nellie und meine Söhne getan haben, in der Zeit, in der ich ...«, er räusperte sich, »... in der ich gründlich den Weg verloren hatte, das kann ich Ihnen nie vergelten. Wenn Sie also so wollen«, er lächelte, »sind wir quitt. Was kann ich jetzt für Sie tun?«

Philipp lächelte ebenfalls. »Sie könnten mit Grit und mir etwas trinken gehen und uns ein paar Fragen beantworten. Sie wissen, dass meine Tochter sich immer noch mit den ... Geschehnissen auf Kreta herumschlägt?«

»Natürlich«, erwiderte Walter. Er lebte schließlich mit seiner Stieftochter im selben Haushalt, und ihr Schweigen bei den Mahlzeiten, ihre kurz angebundene Art und ihr seltsames Verhalten ging ihm genauso auf die Nerven wie seinen Söhnen. Zudem wusste er, dass Nellie darunter litt. »Ich wüsste bloß nicht, wie ich Ihnen da helfen könnte.« Er wandte sich direkt an Grit. »Ich war ja nicht dabei, nicht in diesem Dorf und nicht in Kastelli selbst. Im Grunde warst du weit näher am Geschehen als ich.«

»Das ist sicher richtig«, sagte Philipp. »Aber mir geht es nicht um eine noch genauere Rekonstruktion der Vorfälle. Die hat mir Grit schon geliefert. Ich möchte nur verstehen ... Schauen Sie, ich kann mir nicht vorstellen, dass so ein Anschlag auf einen Flugplatz abläuft wie ein Kavallerieangriff – alle stürzen ungeplant mit gezücktem Säbel aufeinander zu. Ich denke mir, dass der Schlüssel zu den Ereignissen ein Plan gewesen ist ...«

Walter lachte. »Kavallerieangriffe laufen auch nicht mehr so ab. Und sicher gab es einen Plan. Kommen Sie, wir gehen ins Rennbahnrestaurant, trinken in der Bar dort ein Bier, und ich erkläre Ihnen, wie es hätte ablaufen sollen. Wenn einer der jungen Griechen nicht verrückt gespielt hätte ...« Er rief seinen Pferden noch ein paar freundliche Worte zu und ging seinen Besuchern dann voraus in die Bar. Sie hatte bereits geöffnet, aber so früh am Abend war sie noch völlig leer. Die Männer bestellten also Bier, Grit einen Saft. Als sie ihre Getränke serviert bekamen, fuhr Walter zu erzählen fort. »Wir hatten den Plan im Hauptquartier der Briten ausgearbeitet. Mit Major Dozen, einem Strategen der SOE, der mit mir auf die Insel gekommen war. Wie wir später feststellten, hätten wir die *Andarten*, also die griechischen Widerstandskämpfer, mehr einbeziehen müssen. Dann hätte es keine Alleingänge und dafür größere Erfolge gegeben. Was den Anschlag auf Kastelli anging, so waren sechs Männer beteiligt. Ein Fahrer, der die Flucht sichern sollte, Alex und Brewster, ausgebildete Feuerwerker, denen das Anbringen der Bomben oblag, und die drei Griechen aus Imbros. Man hatte uns versichert, zumindest Leonidas Fotakis verstünde sich auf lautloses Töten. Falls also Wachen hätten ausgeschaltet werden müssen, wäre er als Erster durch den Zaun gegangen. Ansonsten hatten die Kreter die Aufgabe, die Wachtürme im Auge zu behalten, Alex und Brewster im Zweifelsfall Feuerschutz zu geben und den Rückzug zu sichern.«

»Das bedeutet, es war vorgesehen, dass sie sich als Letzte vom Geschehen entfernten?«, fragte Philipp.

Walter hob die Schultern. »Idealerweise gemeinsam mit den Akteuren, denen sie vorher ermöglichen sollten, alle Bomben anzubringen und die Zündschnur in Brand zu setzen. Sollten die Bombenleger aber entdeckt und unter Beschuss genommen werden, bevor sie ihre Aufgabe erledigen konnten, sollten sie das Feuer erwidern und deren Abzug decken. Beziehungsweise den Feind so lange beschäftigen, bis alle Bomben gelegt waren. Man könnte auch sagen: Sie sollten von den Akteuren ablenken.«

»Und das war vorher abgesprochen?«, vergewisserte sich Philipp. »Wann?«

»Es war mit diesem griechischen Oberpartisanen Black Man, wie er richtig heißt, weiß ich nicht, genauestens abgesprochen. Er muss es an die Männer aus Imbros weitergegeben haben. Er war doch im Dorf, oder?«

Grit nickte. »Ein paar Tage vor den Anschlägen«, sagte sie.

»Und als die Briten in Imbros eintrafen, muss es auch noch eine Lagebesprechung gegeben haben. Oder, Grietje?« Walter wandte sich erneut an Grit.

Die nickte.

»Und all diese Planungen und Lagebesprechungen fanden statt, bevor du diese letzte Unterredung mit Leonidas hattest, Grit. Verstehst du jetzt, worauf ich hinauswill?« Philipp sah seine Tochter forschend an.

Grit überlegte. »Du meinst, Leon hat sich nicht für Alex geopfert? Er hat nur Befehle befolgt?«

»Er ist dem Plan gefolgt«, berichtigte Walter. »Befehle lassen die *Andarten* sich nicht geben, dazu sind sie viel zu stolz. Und daran ist die Aktion letztlich gescheitert. Einer der Griechen konnte nicht abwarten, bis Alex und Brewster fertig waren. Er wollte selbst etwas tun, schlich sich weg und setzte Flugzeuge in Brand. Das machte die Deutschen aufmerksam. Ansonsten wäre es wahrscheinlich gar nicht zu einem Schusswechsel gekommen, und Leonidas Fotakis wäre noch am Leben.«

»Die Aufgabenverteilung und die Kampfposition standen also von Anfang an fest?«, vergewisserte sich Philipp noch einmal.

Walter nickte. »Natürlich. Leonidas ist in einem Schusswechsel getötet worden.«

»Und er hat sich keinesfalls der für Alex bestimmten Kugel in den Weg geworfen?«, fragte Philipp erneut.

Walter lachte. »Ich hab noch nie davon gehört, dass sich einer der für einen anderen bestimmten Kugel in den Weg geworfen hat. Natürlich gibt es Heldentum. Alex hat ja wohl auch noch versucht, Leonidas zu retten. Aber sich für einen anderen opfern, das sind Heldenlegenden, Grit. In der Regel ist man sich im Krieg einfach selbst der Nächste.«

Diesmal war es Philipp, der nickte. »Du hörst es, Grit«, wandte er sich noch einmal an seine Tochter. »Leonidas' Schicksal war längst besiegelt, als du ihm und Alex diese seltsamen Versprechen abgenommen hast. Dich trifft keine Schuld. Sieh es ein.«

Grit schien aus einem Traum zu erwachen. »Aber ... aber ... warum hat er dann gesagt, dass er sein Versprechen gehalten hätte?«, fragte sie. Alex sollte mir das bestellen.« Grit biss sich auf die Lippen.

Walter rieb sich die Stirn. »Vielleicht weil er ... Man soll nicht schlecht über Tote reden, und Leonidas Fotakis war zweifellos ein Held und Patriot. Aber er war auch ein geschickter Manipulator. Ein Mann, der wusste, was er wollte. Wenn du mal genau drüber nachdenkst, Grietje … Er hat dich in dieses Dorf gelockt zu einer Zeit, in der Geheimdienstmeldungen zufolge der deutsche Angriff kurz bevorstand. Deshalb konnte Alex dich nicht begleiten. Dann hat er dich über die Evakuierung der alliierten Truppen im Unklaren gelassen. Dabei wäre es ein Leichtes gewesen, dich an diesen Strand von Sfakia zu bringen, und du wärst die Erste gewesen, die Kreta verlassen hätte.«

»Er war nicht im Dorf. Er hat gekämpft«, verteidigte Grit Leonidas.

Walter winkte ab. »Er hätte dich nicht persönlich hingeleiten müssen. Dafür hätte es nicht mal einen Mann gebraucht. Jedes Kind aus dem Dorf hätte den Weg gekannt. Und glaub bloß nicht, dass es den Leuten von Imbros entgangen ist, dass die Berge voller Briten und Neuseeländer waren, die nach Süden strömten. Nein, Grietje, das war Kalkül. Leonidas wollte dich im Dorf behalten. Er wollte, dass du dich letztlich doch in ihn verliebst.«

»Aber das habe ich nie …«, flüsterte Grit. »Diese Nacht mit ihm …«

»… hat sich durch Zufall ergeben, und das Ganze hat ihm in die Hand gespielt. Auch gute Manipulatoren brauchen mitunter ein wenig Glück …« Walter hing kurz seinen Gedanken nach. »Ich muss dir einmal von der Gräfin Albrechts erzählen«, sagte er. »Eine Meisterin der Intrige. Solche Menschen nutzen selbst ihren eigenen Tod, um andere zu beeinflussen, um ihnen Schuldgefühle zu vermitteln, um sie vielleicht dazu zu bringen, in ihrem Sinne zu handeln. Oder ihr Glück zu zerstören.«

»Ich kann das nicht glauben«, flüsterte Grit. »Leon … er war nicht so … Seine Mutter vielleicht. Die hatte das Sagen in der Familie. Aber Leon …«

»Du brauchst nicht zu glauben, dass er dir etwas Böses wollte«, erklärte Philipp. »Er hat dich sicher geliebt. Und er war zweifellos davon überzeugt, er könnte dich glücklich machen.«

Grit nickte. »Das wollte er bestimmt«, meinte sie. »Und er war sehr eifersüchtig auf Alex. Deshalb hab ich ihm ja dieses Versprechen abgenommen, er …«

»Ein weiterer Grund, sich nicht für Alex zu opfern«, bemerkte Walter. »Auf jeden Fall hat er noch seinen letzten Atemzug genutzt, um seinem Rivalen eins auszuwischen. Er konnte dich nicht haben, aber Alex sollte dich auch nicht bekommen. Denk drüber nach, Grietje.«

Grit biss sich auf die Lippen. »Das werde ich«, versprach sie leise.

Ihr Vater nickte. »Da drüben steht übrigens ein Klavier«, bemerkte er. »Nur für den Fall, dass du beim Nachdenken etwas spielen willst …«

Während die Männer einträchtig ihre Gläser leerten und noch einmal füllen ließen, spielte Grit De Groot sich zum zweiten Mal an diesem Tag ihren Kummer vom Herzen – ihre Angst, ihre Schuld und zuletzt auch ihre Wut.

Walter von Prednitz hatte Philipp zum zweiten Mal geholfen, seine Tochter zurückzuholen.

KAPITEL 6

»Alex kommt zurück!«

Willie war so froh, dass sie bei Nellie anrief, um ihr die Botschaft zu überbringen. Nellie wusste es allerdings schon. Alex hatte es Grit und April geschrieben.

Mit April unterhielt er eine lockere Konversation, seit sie ihm von Helenas Geburt berichtet hatte. Er ließ sie wissen, wie sehr er sich über ihre Neuigkeiten aus der Heimat freute. Über seine Erlebnisse im Kriegsgeschehen offenbarte er ihr nichts – April nahm an, dass er Grit Genaueres mitteilte, mochte sie jedoch nicht bitten, ihr seine Briefe zu zeigen. So schrieb sie weiter freundliche kleine Berichte über Helenas Fortschritte und die des Junghengstes Memory. Alex hatte ihr mitgeteilt, dass er den Namen sehr schön fände. *Wir können ja meine Mutter glücklich machen, indem wir ihn unter Gipsy Memory ins Zuchtbuch eintragen lassen*, hatte er geschrieben.

Der Krieg schien ihn gegenüber Willie langmütiger zu machen. Wahrscheinlich relativierte sich alles, wenn man jeden Tag dem Tod ins Auge sah.

»Wird deine Tochter ihn abholen?«, fragte Willie Nellie vorsichtig. »Er kommt mit dem Schiff an, in Wellington.«

»Ich weiß nicht«, erwiderte Nellie. »Steht das nicht dir und Edward zu? Ich meine … er verdankt es doch euch, dass er nach Hause darf …«

Im Verlauf des Erntesommers 43/44 war der neuseeländischen Regierung klar geworden, dass die Landwirtschaft unter massivem Mangel an Arbeitskräften litt. Es mussten Soldaten freigestellt werden, die aushalfen. Willie und Edward hatten beharrlich weiter Anträge gestellt, ihrem Sohn eine kriegswichtige Stelle an der Heimatfront zuzuweisen, und dem war endlich entsprochen worden, nachdem die Insel Vella Lavella, auf der Alex gekämpft hatte, von der japanisch-deutschen Besatzung befreit worden war.

Willie seufzte. »Meine Beziehung zu Alex war vor dem Krieg nicht die beste«, gab sie zu. »Aber jetzt hab ich Edward versprochen, mir mehr Mühe zu geben. Ich soll … einfühlsamer sein.« Nellie grinste und freute sich, dass man das durchs Telefon nicht sehen konnte. »Und da dachte ich … wir wissen ja gar nicht, ob er das wirklich gern hätte, dass wir ihn jetzt heimholen. Er hat von den Salomonen-Inseln aus kaum geschrieben – wenn, dann nur ein paar nichtssagende Sätze. Vielleicht … vielleicht würde er ja gern bei der Army bleiben … Womöglich hat er sich sogar wieder verliebt.« Willie druckste herum.

»Das glaube ich nicht«, sagte Nellie. Schließlich trafen immer noch dicke Briefe für Grit ein. »Aber gut, wenn es euch nichts ausmacht – Grietje und ihr Vater fahren bestimmt gern nach Wellington. Die müssten sich doch hier längst langweilen. Man kann ja nicht den ganzen Tag nur Klavier spielen.«

Ihre Tochter hätte dem wahrscheinlich widersprochen. Seit Grit den Entschluss gefasst hatte, ihr altes Leben wieder aufzunehmen, übte sie wie eine Besessene. In den ersten Tagen hatte sie Mias Klavier im Haupthaus von Epona Station mit Beschlag belegt, nach drei oder vier Tagen mit sich ewig wiederholenden Etüden hatten Mia und Julius jedoch aufgehört, das schön zu finden. Hinzu kam, dass April mit Helena dauernd auf der Flucht war. Die Kleine mochte auch das Klavier nicht sonderlich, zumal Grit niemals Kinderlieder für sie spielte. Mit Beethoven fand April ein fünfzehn Monate altes Kind noch überfordert.

Dafür spielte Helena gern im Stall. Sie streichelte die Ponys, versuchte, Hans' Schäferhundmischling zu reiten und eroberte das Herz von Julius von Gerstorf, der hier Reiternachwuchs aufwachsen sah.

Allerdings missfiel ihm der Name des Kindes. Erstens fand er ihn zu groß für eine so kleine Person, und außerdem entsprach er dem seiner nicht allzu geliebten Cousine, die nach seinen Beschreibungen eher einer Walküre als einer griechischen Königstochter glich. Julius rief das Kind also Henny, was Helena selbst gleich aufgriff, als sie begann, ihre ersten Laute zu formen. April, die sich über das Interesse ihres Stiefvaters an ihrem Ziehkind freute, nahm den Namen ebenfalls auf.

Phipps und Grit hatten Nellie jedenfalls schon ein paar Tage nach seiner Rückkehr nach Neuseeland eröffnet, sie planten, nach Auckland zu ziehen. Sie würden sich dort ein Haus mit einem Klavier mieten und dann niemandem mehr zur Last fallen. Philipp plante, den Rest des Krieges in Neuseeland zu verbringen und erst später sein altes Leben in Amerika wiederaufzunehmen und Grits Karriere weiter zu fördern. Nellie fand das in Ordnung, wurde jedoch laut, als Grit und Phipps ganz selbstverständlich erklärten, sie gedächten, weder das Kind noch den Hund mitzunehmen.

»Also, dass du den Hund nicht haben willst, kann ich ja noch nachvollziehen«, regte sie sich auf. »Aber das Kind? Grit, sie ist deine Tochter! Du kannst sie nicht hier oder dort parken wie ein Auto.«

Walter, der zufällig der Unterredung beiwohnte, registrierte, dass sie ihre Tochter das erste Mal Grit und nicht Grietje nannte.

»Ich muss viel üben«, erwiderte Grit lapidar. »Ich habe sehr lange ausgesetzt. Um wieder auf den Stand von vor dem Krieg zu kommen, muss ich jeden Tag sechs Stunden mindestens am Klavier sitzen. Was soll Helena solange machen? Sie mag Musik noch nicht mal. Und ich kann mich nicht konzentrieren, wenn sie dauernd schreit.«

»Ihr könntet euch ein Kindermädchen nehmen«, schlug Nellie vor. »Vielleicht würde ja sogar Lene …«

Sie brach ab, weil sie das nicht glaubte. Lene und Hans lebten inzwischen mehr oder weniger zusammen. Sie wollten heiraten, sobald der Krieg zu Ende war. Solange die Leute sich gegenseitig umbringen, kann ich mich nicht richtig freuen, argumentierte Lene stets gegen eine baldige Hochzeit, und ich hätte so gern, dass meine Schwester dabei ist. Lenes Geschwister waren nach wie vor in Berlin – sofern sie noch lebten. Sie sorgte sich besonders um eine ihrer Schwestern, mit der sie Briefe tauschte, seit sie Deutschland verlassen hatte. Philipp hatte ihr einmal sogar eine Reise nach Amerika bezahlt, sodass die Schwestern sich wiedersahen. Nun träumte Lene davon, ihre Auguste nach Neuseeland zu holen. Eine neue Stelle als Kindermädchen würde sie ganz sicher nicht annehmen.

Grit seufzte. »Jetzt noch mehr Personal einstellen? Wo wir doch gar nicht wissen, was wir nach dem Krieg machen werden? Der kann so lange nicht mehr dauern, und danach werde ich wieder Konzerte geben.«

»Erst recht dann wirst du überlegen müssen, was du mit deiner Tochter machst«, sagte Nellie unerbittlich.

Grit entzog sich der Diskussion, indem sie erklärte, dass ihr Vater sie im Auto erwartete. »Wir fahren nach Auckland«, sagte sie. »Zum Frisör. Ich brauche einen ordentlichen Haarschnitt.«

»Auch dahin wird sie natürlich weder Kind noch Hund mitnehmen«, bemerkte Walter. »Du solltest vielleicht aufhören, auf Grietje einwirken zu wollen, Nellie. Du tust ihr und dem Kind damit keinen Gefallen. April würde es außerdem das Herz brechen, wenn man ihr Helena wegnähme.«

April wandte sich am nächsten Tag an Nellie und trug die gleiche Überlegung vor. »Grit kümmert sich nicht um Henny, Dr. Nellie«, sagte sie. »Sie nimmt sie nachts zu sich, weil du drauf bestehst, aber seit Lene mehr bei Hans ist als hier, bekomme ich sie morgens ungekämmt und mit vollen Windeln in die Arme gedrückt. Wenn ich sie abends abgebe, weint sie.«

»Aber sie ist ihre Tochter …«, Nellie wurde nicht müde, mit der Stimme des Blutes zu argumentieren. »Irgendwann wird ihr das bewusst werden. Im Moment ist sie noch ganz berauscht von der Idee, wieder aufzutreten. Bald kommt Alex zurück … vielleicht wird sie heiraten.«

April senkte den Kopf. »Henny ist nicht Alex' Kind«, gab sie zu bedenken.

Nellie seufzte. »April, ich weiß doch auch nicht, was das Beste ist! Es erscheint mir nur so falsch, sie damit durchkommen zu lassen. Sie hat Verantwortung zu übernehmen. Ich kann nicht verstehen, dass Philipp so gar nichts dazu sagt. Er war so ein guter Vater …«

April spielte mit einer ihrer roten Locken. »Er war es für Grit«, sagte sie. »Weil sie zu seinem Leben passte. Wenn er … wenn man Kinder im Versandhaus bestellen könnte, wäre Grit genau das Kind gewesen, das er ausgesucht hätte. So war das auch mit mir und Julius. Er ist ja nicht mein leiblicher Vater, aber als er mich erst mal bemerkte und sah, dass ich seine Leidenschaft für Pferde teilte, wurde ich sein Ein und Alles. Von meinem Bruder Jonathan dagegen, seinem leiblichen Sohn … von dem war er nur enttäuscht. Deshalb kommt er auch nicht mehr zu Besuch. Er war froh, als er wegkonnte. Für Mami ist das sehr traurig. Ich hoffe, nach dem Krieg werden sie sich wieder gegenseitig besuchen. Ich würde ihn ebenfalls gern wiedersehen. Er hat mittlerweile zwei Kinder …«

Jonathan hatte kurz vor dem Krieg ein Mädchen aus dem Bekanntenkreis seines Großonkels geheiratet, eine Jüdin. Glaubte man dem, was er schrieb, war er sehr glücklich.

»Man … muss nicht verwandt mit einem Menschen sein, um ihn zu lieben … Und man liebt sein Kind nicht zwangsläufig, nur weil man mit ihm verwandt ist«, endete April. »Bitte denk drüber nach, Dr. Nellie.«

Grit war gern bereit, nach Wellington zu fahren, um Alex abzuholen, und ihr Vater begleitete sie bereitwillig. Er war gespannt auf den jungen Mann, der vielleicht sein Schwiegersohn werden würde, ein Umstand, der ihm nicht sehr behagte. Dabei zweifelte er nicht daran, dass Alex ein netter Kerl war. Er hatte Walter nach ihm ausgefragt, während Grit dem Klavier im Rennbahnrestaurant ihre Gefühle anvertraut hatte. Sicher würde er Grit lieben, er hatte ihr schließlich schon halbwegs versprochen, seinen Beruf für sie aufzugeben und mit ihr durch die Welt zu reisen.

Wenn Grit über Kinderbetreuung sinnierte, nachdem Nellie sie wieder einmal streng auf Helena angesprochen hatte, kam immer wieder der gemeinsame Tagtraum ins Spiel, den Grit und Alex nach ihrem Wiedertreffen auf Kreta gesponnen hatten. Alex wolle das Kind, betonte sie immer wieder, Alex habe ihr versprochen, sich darum zu kümmern. Aber Philipp befürchtete, dass die Vorstellung der Wirklichkeit nicht standhalten würde. Alex war ein erwachsener Mann, der seinen Beruf liebte – und der sicher auch gern sein eigenes Geld verdienen wollte. Dazu erbte er eine Farm, hatte sich obendrein verpflichtet, sie jetzt erst mal zu übernehmen und zu bearbeiten, um kriegswichtige Erzeugnisse zu produzieren. Seine Mutter züchtete Rennpferde, deren Stall würde er eines Tages erben. Natürlich mochte das noch lange hin sein, aber letztlich würde sich Alex zwischen Grit und seinem eigenen Leben entscheiden müssen.

Philipp selbst hatte solche Entscheidungen ebenfalls treffen müssen. Er hatte sich nicht für Nellie entschieden.

Nun fuhr er seine Tochter erst mal mit dem Cadillac nach Wellington, nahm Zimmer im besten Hotel und ging mit Grit einkaufen. Ihre Garderobe brauchte dringend Aufbesserung, und in der Hauptstadt gab es auch im fünften Kriegsjahr noch mehr Auswahl als in Auckland oder gar Onehunga. Grit sonnte sich in der Aufmerksamkeit, die sie in Begleitung ihres Vaters schon wieder erregte. Philipps Tournee durch Neuseeland hatte natürlich auch nach Wellington geführt, und das Personal im Hotel und in den Restaurants, in die er seine Tochter führte, erinnerte sich an den berühmten Geiger.

Am nächsten Tag fanden die beiden sich dann am Hafen ein. Es war ein kühler Herbsttag, und Grit trug ein elegantes weinrotes

Kostüm mit engem Rock und schmal geschnittener Jacke. Darunter eine dunkelblaue Bluse und natürlich Seidenstümpfe, Pumps sowie ein passendes Hütchen. Sie sah äußerst elegant aus, ebenso wie Philipp, der neueste Herrenmode ausführte. Unter den Menschen am Kai fielen sie auf. Die meisten, die hier warteten, waren eher einfach gekleidet, oder sie trugen die Trachten von Krankenschwestern und Pflegern.

Das Schiff, mit dem Alex eintreffen würde, war sowohl Truppentransporter, als auch Lazarettschiff. Es brachte viele Kriegsversehrte zurück nach Neuseeland, die zum Teil in den Krankenhäusern der Hauptstadt weiterbehandelt werden mussten. Unter den Angehörigen der Soldaten, die sie hier erwarteten, herrschte insofern keine reine Freude. Viele sorgten sich darum, in welchem Zustand ihre Söhne und Gatten wohl zurückkehren würden, manche weinten schon jetzt.

»Du hast Glück, dass er unversehrt zurückkommt«, bemerkte Philipp seiner Tochter gegenüber. »O mein Gott, ich erinnere mich noch daran, wie ich Nellie nach dem Ersten Weltkrieg wiedersah.« Er lächelte. »In der Nacht meiner Rückkehr wurdest du gezeugt.«

Grit sah ihn entsetzt an. Für ihren Vater war dies sicher eine schöne Erinnerung, doch für sie eher eine Warnung. So etwas würde ihr ganz sicher nicht passieren. Auf gar keinen Fall wollte sie noch ein Kind.

Alex Rawlings hatte die Hölle erlebt. Die Dschungelkämpfe auf den verschiedenen Pazifikinseln, auf denen er eingesetzt worden war, hatten ihn körperlich und seelisch an seine Grenzen gebracht. Die Hitze und die hohe Luftfeuchtigkeit bewirkten ein Gefühl, als atmete man eine zähe Flüssigkeit. Die Uniform war ständig schweißnass, die Stiefel waren schwer gewesen von dem daran haftenden, allgegenwärtigen Schlamm. Es wimmelte vor Insekten, Blutegeln und Schlangen. Das Schlimmste waren jedoch die Japaner, die bis zur Selbstaufgabe kämpften. Alex schämte sich, aber manchmal hatten die kleinen gelben Männer fast entmenschlicht gewirkt, als ob sie nach nichts anderem trachteten, als für ihren Tenno zu töten. Alex hatte gehört, dass sie ihn wie einen Gott verehrten, einen Gott, dem sie bedenkenlos jedes Opfer brachten. Dazu hatten sie die Fähigkeit, plötzlich wie aus dem Nichts aufzutauchen und sich auf seine Einheiten zu stürzen. Als Unteroffizier hatte Alex nun selbst Trupps zu führen, und die Verantwortung lastete schwer auf ihm. Er litt mit jedem Mann, der verwundet worden war, und hätte sich Zeit gewünscht, die Toten zu beweinen.

Aber der Krieg ließ keine Zeit für Trauer, oft war es nicht mal möglich, die Gefallenen zu bergen. Die zerschossenen Körper, die Alex im Dschungel hatte zurücklassen müssen, verfolgten ihn bis in seine Träume. Er schrieb sich das Entsetzen vom Herzen, hatte immer wieder Briefe an Grit gerichtet, obwohl sie niemals beantwortet worden waren. Sie schien ihm diejenige, die ihn am ehesten verstehen würde. Auch sie hatte schließlich den Krieg erlebt.

Als er dann eines Tages zur Einsatzzentrale beordert worden war, wo man ihm ohne viel Federlesens mitgeteilt hatte, er werde auf Antrag seiner Eltern einer kriegswichtigen Tätigkeit in der Heimat zugeführt, konnte er es zunächst nicht glauben. Er schaffte es auch nach wie vor nicht, sich wirklich zu freuen – weil er stets daran dachte, dass er dieses Privileg nicht verdient hatte. Es war reiner Zufall, dass er seine Kindheit auf einer Farm hatte verbringen dürfen und dass er eine willensstarke Mutter hatte, die niemals aufgab. Seine Kameraden, die mit ihm gelitten und unter seinem Befehl gestanden hatten, mussten bleiben. Alex' Schuldgefühle hatten sich noch verstärkt, als er für die Heimreise einem Lazarettschiff zugewiesen worden war. Er hatte sich angeboten, bei der Pflege und Versorgung der Verwundeten und Versehrten zu helfen, was von den Ärzten und Schwestern gern angenommen worden war. Der Albtraum hatte sich also fortgesetzt, er hatte Arm- und Beinstümpfe verbunden, Gelähmte und Blinde gefüttert und die Geschichten der Männer angehört. Eine war schrecklicher gewesen als die andere.

Als das Schiff nun endlich die neuseeländischen Gewässer erreichte, war er völlig erschöpft, müde von zu viel Schmerz und Angst. Er sehnte sich nur noch nach Stille, nach Kühle, nach den Lauten einer Natur, die ihm nichts Böses wollte. Es wäre schön, wieder mit Wesen zusammen zu sein, mit denen man schweigen konnte. Zum ersten Mal verstand er, wie Maria darunter leiden konnte, dass Menschen zu laut dachten.

Alex wusste nicht, wer ihn in Wellington abholen würde, hoffte jedoch auf Grit oder April. Er wusste nicht, ob er seine Eltern jetzt schon ertragen wollte – weder Willies Elan noch Edwards Behinderung, deren Bedeutung er jetzt erst wirklich verstand. Irgendwann wollte er mit seinem Vater reden, vielleicht auch mit seiner Mutter. Aber noch nicht jetzt.

Er atmete auf, als das Schiff in den Hafen einlief und er Grit am Kai stehen sah. Sie stand neben einem distinguiert wirkenden, nicht sehr großen Mann in einem eleganten Anzug. Alex nahm an, dass es sich um ihren Vater handelte. Grit sah nicht mehr aus wie ein Bauernmädchen, sondern glich erneut der jungen Dame, die er am Flügel in Chania bewundert und schließlich angesprochen hatte. Plötzlich schämte er sich seiner verschwitzten, abgetragenen Uniform, seines Dreitagebartes und seiner Magerkeit. Als er sich nach zwei Monaten im Dschungel zum ersten Mal im Spiegel gesehen hatte, war er vor sich selbst zurückgeschreckt.

Grit schien ihn immerhin noch zu erkennen. Sie winkte ihm zu, als er seinen Seesack schulterte, um von Bord zu gehen. Alex atmete die frische Luft seiner Heimat tief ein und verließ den Krieg mit einem großen Schritt an Land.

»Grit, meine wunderschöne Grit!« Er ging auf die junge Frau zu und fand sie schöner, als sie je gewesen war.

Grit ließ sich auch gern umarmen, wich dann jedoch zurück. »Du brauchst ein Bad, Alex!«, waren die ersten Worte, die sie an ihn richtete.

Alex lachte und reichte dem Mann in ihrer Begleitung die Hand, der sich wie erwartet als Philipp De Groot vorstellte.

»Die Möglichkeiten zur Körperpflege sind im Krieg im Allgemeinen begrenzt«, bemerkte Philipp in Richtung seiner Tochter. »Sie werden sich fühlen wie im siebten Himmel, wenn Sie wieder mal ein Badezimmer sehen, junger Mann. Ich kann mich noch gut daran erinnern, wie es war, als ich aus dem Krieg zurückkam. Mehr Gepäck haben Sie nicht? Dann können wir ja direkt gehen. Das Hotel ist nicht weit.«

Alex blickte sich um. »Wo ist Flokati, Grit?«, fragte er.

Grit blickte irritiert. »Wer?«, fragte sie.

Alex wappnete sich für schlechte Nachrichten. »Mein Hund«, sagte er. »Der kleine Wuschel, den ich dir mitgegeben hatte.«

Grit lächelte nachsichtig. »Ach so, sicher. Aber du denkst doch nicht, dass ich den mitbringe, wenn ich nach Wellington reise! Der kleine Dreckspatz in Papas Cadillac ... Nein, nein, der ist ganz glücklich auf Epona Station.«

Alex atmete auf, vermisste jedoch noch jemanden. »Und deine Tochter? Helena?«

»Helena ist natürlich auch auf Epona Station«, antwortete Grit. »Mit einem Baby zu reisen, das wollte ich mir nicht antun. Und wir … also, ich dachte, wir wollen die erste Zeit für uns haben.«

Alex fragte sich, warum sie dann ihren Vater mitgebracht hatte, aber er versuchte, verständnisvoll zu lächeln.

»Vermisst sie dich denn nicht?«, erkundigte er sich. »So klein ist sie doch auch nicht mehr, dass es ihr egal ist, wer sie füttert und wickelt.«

»Sie ist sechzehn Monate alt«, sagte Grit.

»Und sie wird hervorragend versorgt«, mischte sich ihr Vater ein. »Machen Sie sich keine Gedanken, junger Mann … Jetzt gehen wir erst mal ins Hotel, es wird ja nun auch ziemlich voll hier.«

Das stimmte. Die Verwundeten wurden vom Schiff gebracht, und es wurde vor allem laut, wenn die Angehörigen einen ihrer Lieben erkannten und bejubelten – oder beweinten. Alex fühlte einerseits das dringende Bedürfnis wegzukommen, andererseits war er enttäuscht. Er hatte sich auf Flokati gefreut und auf Helena. Schließlich würde das kleine Mädchen seine Tochter werden, wenn er Grit um ihre Hand bat. Er hätte es gern kennengelernt. Plötzlich beschloss er, das auszusprechen. Er wollte keine unguten Gefühle, er brauchte Harmonie.

»Sollte sie ihren Papa denn nicht so bald wie möglich kennenlernen?«, fragte er gespielt heiter.

Grit runzelte die Stirn. »Du bist nicht ihr Vater«, sagte sie.

»Aber sie soll doch mal Papa zu mir sagen«, wandte Alex ein. Grit winkte ab. »Lass uns das ein andermal besprechen. Wir sollten jetzt wirklich gehen …«

Auf dem Kai standen etliche Krankenwagen, Rollstühle wurden an den Steg gefahren.

Alex folgte Philipp und Grit zu ihrem Hotel und blickte eingeschüchtert auf die noble Fassade.

»Donnerwetter! So was kann man sich als armer Soldat oder einfacher Tierarzt gewöhnlich nicht leisten.« Wieder versuchte er fröhlich zu klingen.

Grit zuckte mit den Schultern. »Ach, daran gewöhnst du dich. Wenn man schon ständig herumreist, will man wenigstens einen gewissen Komfort. Papa steigt immer hier ab.«

»Wir haben auch ein Zimmer für Sie reserviert, Mr. ... Oder heißt es Corporal?« Philipp machte Anstalten, seiner Tochter die Tür aufzuhalten, ein Page kam ihm zuvor.

»Sergeant«, antwortete Alex desinteressiert. »Ich bin noch mal befördert worden. Aber sagen Sie doch Alex.«

»Philipp«, sagte Grits Vater und hielt ihm die Hand hin.

Alex schlug ein.

Gleich darauf fand er sich an einer noblen Rezeption wieder und erhielt einen Zimmerschlüssel. Grit und Philipp nahmen den Schlüssel für eine Suite entgegen.

»Sie hat ein Klavier«, bemerkte Grit, als ob das alles erklärte.

Alex atmete auf, als er sein Zimmer erreichte und die Tür hinter sich schloss. Zum ersten Mal seit Monaten war er allein, völlig allein, und es war still. Er ließ sich aufs Bett fallen – dann fiel ihm jedoch ein, dass er sich mit Philipp und Grit zum Abendessen verabredet hatte. Er musste baden und sich umziehen.

Das Zimmer hatte ein eigenes Bad, fließend heißes Wasser – und es bot diverse Pflegeutensilien. Alex lag lange in der Wanne, wusch sich das Haar, das dringend eine Frisur brauchte, und rasierte sich. Schließlich zog er die einzigen Zivilsachen an, die er noch hatte – aber sie waren weder geeignet für den Anlass noch passten sie. Sie schlotterten um seinen mageren Körper herum. Also die Uniform. Alex suchte seine Galauniform heraus, wenn die auch nicht mehr besonders vorzeigbar wirkte. Sie war zerknittert und hatte unter der dauernden Feuchtigkeit in den Tropen gelitten. Nun, das war nicht zu ändern.

Alex traf Grit und Philipp in der Lobby, auch sie hatten sich umgezogen. Grit trug nun einen weiten dunkelblauen Rock und ein helles Oberteil mit Schößchen, das wirkte, als hätte sie eine Weste über eine langärmelige Bluse gezogen. Ein spitzer, schmuckloser Kragen ließ eine kurze Perlenkette sehr apart wirken. Dazu trug sie einen Hut, der Alex an die Kopfbedeckungen karibischer Bauern denken ließ.

Als sie ihn sah, ging sie auf ihn zu und ließ sich nun wirklich in den Arm nehmen und küssen.

»Viel besser«, sagte sie lächelnd und sah an ihm herunter. »Nur die Uniform hättest du bügeln lassen müssen. Egal. Wir nehmen dich jetzt mit, wie du bist.« Sie hakte sich bei ihm ein.

»Gehen wir denn aus?«, fragte er. Er hatte eigentlich an einen ruhigen Abend im Hotel gedacht.

Grit verzog das Gesicht. »Ja, leider. Papas neuseeländische Konzertagentur hielt es für eine gute Idee, einen Empfang für uns zu geben. Wenn wir nun schon einmal hier sind. Und ich bin ja lange nicht aufgetreten ... Papa meint, wir sollten da hin.«

»Wir müssen ja nicht lange bleiben«, meinte Philipp aufmunternd.

»Ich konnte nicht ablehnen. Also komm. Das Essen und der Wein sind sicher gut.«

Das Essen war besser als alles, was Alex in den letzten Jahren bekommen hatte, und Wein hatte er seit Kreta nicht mehr getrunken. Wobei der von den Insulanern selbst gekelterte schwere Rotwein nicht das Geringste mit dem Chardonnay gemein gehabt hatte, den man in dem noblen Restaurant in Wellington servierte, in dem der Empfang stattfand. Alex hatte reichlich Zeit, sowohl dem Wein als auch dem als Aperitif gereichten Champagner zuzusprechen, denn nachdem er dem Veranstalter vorgestellt worden war, fand er sich auf sich allein gestellt. Besucher und vor allem Pressevertreter drängten sich um Vater und Tochter De Groot. Grit schien ihren Begleiter unmittelbar vergessen zu haben und konzentrierte sich ganz darauf, Fragen zu beantworten und für Fotos zu posieren. Sie stand im Mittelpunkt. Die Konzertagentur wusste bereits von ihrer Geschichte, und man befragte sie zu ihrem Einsatz als Truppenbetreuerin auf Kreta, die unversehens zu einem Leben als Partisanin geführt hatte. Alex fiel auf, dass Leonidas und das Kind kein einziges Mal erwähnt wurden.

»Und wie fühlt es sich nun an, Miss De Groot, das Gewehr wieder mit dem Klavier einzutauschen?«, fragte einer der Journalisten.

Grit dachte kurz nach. »Anders«, sagte sie dann ernst. »Sehen Sie, alles was ich erlebe, was ich genieße und erleide – das hat Einfluss auf mein Spiel. Ich denke, so ist es bei jedem ernst zu nehmenden Künstler. Man entwickelt sich. Mein Spiel hat vielleicht an Tiefe gewonnen – aber auch an Wucht, an Aggressivität. Als ich nach Kreta kam, war ich noch ein halbes Kind. Jetzt sind die Breite und die Intensität der Gefühle, die ich ausdrücke, viel größer geworden.«

Alex war beeindruckt von Grits geschliffenen Antworten. Sie bewegte sich so selbstverständlich im Rampenlicht, als wäre dies ihr natürlicher Lebensraum. Nun war es das ja auch in gewisser Weise. Grit De Groot war mit dieser Rolle aufgewachsen. Oder war sie dafür geboren?

Alex wartete geduldig, bis die Reporter zufrieden waren und sich über die Speisen hermachten, die auf großen Platten gereicht wurden. Endlich nahm sich Grit ein Glas Champagner.

»Auf deine glückliche Heimkehr!«, trank sie Alex zu.

»Auf dich!«, sagte er. »Und auf die Tiefe deiner Gefühle.«

Grit lachte. »Sie erwarten, dass man so etwas erzählt. Aber nun haben wir Zeit für uns. Sollen wir rausgehen? Der Mond scheint wunderschön. Papa hat sich schon verzogen, also komm, machen auch wir uns davon!«

Alex vergaß seine Zweifel, als er sie im Mondschein küsste. Wenn er allein mit ihr war, schien alles so einfach. Schließlich liefen sie Hand in Hand durch die Straßen von Wellington, er sprach vom Krieg und sie von ihrer dunklen Zeit vor der Ankunft ihres Vaters auf Neuseeland.

»Ich war völlig verbohrt«, bekannte sie. »Ich hatte mich gänzlich in die Idee hineingesteigert, dass ich Leonidas etwas schulde, dass ich seinen Tod verursacht hätte. Ich lebte wie in einem Albtraum, ich konnte Imbros nicht verlassen, dieses furchtbare Dorf ... Ich meinte, ich müsste es überall, wo ich war, wieder zum Leben erwecken. Sogar Leonidas' Mutter Eleni nacheifern und Schafe züchten ...« Sie lachte nervös. »Aber dann kam Papa. Er hat mich da rausgeholt. Mithilfe von Onkel Walter. Seitdem ... Nun, ich glaube, ich bin mehr oder weniger wieder ich selbst.«

»Bis auf die Intensität deiner Gefühle«, neckte Alex sie.

Grit verzog das Gesicht. »In gewisser Weise ist es wirklich so, wie ich es dem Zeitungsmenschen gesagt habe. Mein Klavierspiel ... Technisch bin ich natürlich nicht mehr so gut wie damals, ich muss einiges aufholen. Aber was den Ausdruck angeht ...«

»Du musst mir einmal vorspielen«, bat Alex.

Grit lächelte. »Mia von Gerstorf ging mein Spiel nach drei Tagen auf die Nerven. Kannst du endlose Etüden vertragen?«

Alex nahm sie wieder in die Arme. »In den letzten Jahren hat man mir noch ganz andere Dinge zugemutet.« Er küsste sie erneut.

Grit schmiegte sich an ihn. »Dann gern morgen nach dem Frühstück. In unserer Suite ...«

»Was ist denn mit deiner und meiner Suite?«, fragte Alex, mutig geworden durch ihre Anschmiegsamkeit und den Champagner. »Ich habe so oft von dir geträumt. Und das ... das Bett in meinem Zimmer scheint mir sehr bequem.«

Grit schüttelte den Kopf. »Ich ... ich weiß nicht ... Das kommt mir zu schnell. Papa ...«

»Dein Papa weiß, dass du eine erwachsene Frau bist und dass ich dich heiraten will. Was spricht also dagegen?«, drängte Alex.

Sie hatten inzwischen die Lobby des Hotels betreten, und er sah, dass sie leicht errötete.

»Dass ... dass ich nichts habe, um eine ... eine Schwangerschaft zu verhüten. Ich hab keine Tage gezählt und ... ich muss mich da sowieso erst richtig schlaumachen, ich ...«

»Heute Nacht kann ich auch kein Kondom mehr besorgen«, sagte Alex ernüchtert. »Also müssen wir warten. Sofern du ... Ich weiß nicht, warum wir es nicht einfach tun können. Wenn du schwanger wirst – die Wahrscheinlichkeit bei einem einzigen Mal ist nicht groß, aber möglich ist es natürlich –, dann haben wir einfach gleich noch ein Kind. Ist doch schön, wenn Helena nicht allein aufwächst.«

Grit machte sich los. »Ich will auf keinen Fall noch ein Kind«, erklärte sie. »Zumindest jetzt noch nicht. Jetzt will ich erst mal Musik machen, die Welt wieder spüren ... Grit De Groot zu einem Namen machen, den die ganze Welt kennt. So wie den meines Vaters. Du musst mir zuhören. Du musst hören, wie ich spiele. Dann wirst du verstehen!«

Sie trennten sich mit einem etwas halbherzigen Kuss. Alex fühlte sich abgelehnt und enttäuscht, aber er hatte keine Zeit, lange darüber nachzudenken. Der Tag war anstrengend gewesen, er schlief sofort ein, als er zum ersten Mal nach Jahren wieder in einem wirklich bequemen Bett zwischen duftenden Laken lag. Er träumte von Grit – vielleicht war es gut gewesen, noch zu warten. In einer Nacht, in der er nicht so müde war, würde er sie noch intensiver lieben können.

Als Alex am nächsten Morgen zum Frühstück kam, wurde ihm gesagt, dass Vater und Tochter De Groot längst fertig waren. »Miss De Groot übt den ganzen Vormittag«, erklärte der Hotelangestellte, der ihm einen Tisch im Frühstücksraum zuwies. »Diese Künstler sind sehr diszipliniert. Wie hätten Sie gern Ihre Eier, Sir? Weichgekocht, Eggs Benedict oder lieber ein Omelett?«

Alex genoss das Hotelfrühstück, obwohl er erneut enttäuscht war. Warum hatte Grit ihm nicht gesagt, wann sie zu frühstücken geplant hatten? Und wie lange gedachten die De Groots überhaupt noch in Wellington zu bleiben? Eigentlich war er davon ausgegangen, dass es an diesem Tag noch in Richtung Norden zurückgehen sollte. Schließlich erwarteten ihn seine Eltern ... und Flokati, Shelley und Memory, der kleine Hengst. Er versuchte, nicht an April zu denken, aber dennoch stahl sich ein Lächeln auf sein Gesicht, wenn er sich seine Ankunft auf Epona Station vorstellte.

Schließlich beendete er seine Mahlzeit und machte sich auf den Weg in die Suite. Die Hotelgäste, denen er dabei begegnete, musterten ihn befremdet. Er trug seine alten Zivilsachen, die Uniform hatte er nicht noch einmal anlegen wollen – und natürlich hatte er auch die Denim-Hose und das Hemd nicht bügeln lassen.

Alex beschloss, dass es vernünftig wäre, sich noch in Wellington etwas Neues zu kaufen. Geld hatte er, schließlich hatte man ihm bei seinem Abschied den Sold für mehrere Monate ausgezahlt.

Grit saß am Klavier, als ihm Philipp auf sein Klopfen hin öffnete – und seinem Aufzug ebenfalls einen etwas ungnädigen Blick widmete. Alex grüßte sie und gab ihr einen sanften Kuss auf die Wange. Sie wirkte an diesem Morgen jugendlicher als am Tag zuvor, sie trug ein bequemes Kleid und war nicht geschminkt.

Philipp wies auf ein Sofa. »Setzen Sie sich, Alex. Sie können gern zuhören, aber stören Sie nicht. Und du spielst die Stelle bitte noch mal, Grit. Etwas schneller, Betonung auf der zweiten Note ...«

Grit spielte eine Klangfolge, die Alex keinem Musikstück hätte zuordnen können, aber auch diesmal schien Philipp nicht zufrieden. Tatsächlich wiederholte sie die kleine Melodie mehrmals, wobei sie für Alex immer gleich klang, während Philipp stets etwas Neues anzumerken hatte. Mitunter nahm Grit die Kritik an, aber gelegentlich begann sie, die Interpretation mit ihm zu diskutieren. Nach einer Stunde konnte Alex Mia von Gerstorf verstehen. Mit Musikgenuss hatte das Zuhören hier nichts zu tun.

Gegen Mittag erbarmte sich Grit schließlich und spielte noch einmal Mozarts *Klaviersonate Nr. 8* für Alex.

»Du weißt es noch?«, sagte er zärtlich.

Sie lächelte. »Wie könnte ich das vergessen«, erwiderte sie und schlug die *Kleine Nachtmusik* an.

Philipp verdrehte die Augen. »Ich bestell uns mal einen Tisch im Hotelrestaurant«, merkte er an.

Als er die Suite verließ, tauschten Alex und Grit noch ein paar Zärtlichkeiten, für mehr war Grit zu müde und zu hungrig.

»Das geht ganz schön an die Substanz, dieses intensive Üben«, erklärte sie. »Aber es macht Spaß! Ich merke jetzt erst, wie sehr ich es vermisst habe.«

»Du machst das jeden Tag?«, fragte er.

Grit nickte. »Klar. Es hört sich immer so leicht an, wenn man vor Publikum spielt, tatsächlich ist es harte Arbeit, sich zum Beispiel ein Klavierkonzert zu erschließen. Man übt, bis es perfekt ist – oder so, wie man selbst es perfekt findet. Es ist ja auch eine Frage der Interpretation.«

Sie sprach über ihr Klavierspiel, während sie Alex zum Aufzug folgte, der sie ins Hotelrestaurant im Erdgeschoss brachte. Philipp wartete schon auf sie. Zweisamkeit war an diesem Mittag also nicht eingeplant.

Alex studierte kurz die Karte, wobei ihm beim Lesen der Preise der Atem stockte. Dann fragte er nach der geplanten Länge des Aufenthalts.

»Also morgen werden wir auf jeden Fall noch bleiben«, meinte Grit. »Papa hat ein Vorspiel organisiert, die Leute von der Konzertagentur sind so gespannt … Sie möchten mich im Übrigen auch mal auf der Bouzouki hören. In Anbetracht meiner Geschichte würde sich vielleicht eine Schallplattenproduktion anbieten. Das brächte ein bisschen Geld in die Kasse.«

Sie lächelte, als hätte sie einen Scherz gemacht, Alex machte sich jedoch keine Illusionen. Auch die De Groots mussten ihr Geld verdienen. Sie lebten auf zu großem Fuß, um lange mit Ersparnissen auszukommen.

Alex biss sich auf die Lippen. »Ich würde gern bald zurück nach Onehunga«, bemerkte er vorsichtig. »Und du … was macht denn die kleine Helena, wenn du so lange wegbleibst?« Er wandte sich an Grit. »Oder Henny, wie April sie nennt.«

Sie zuckte mit den Schultern. »Daran muss sie sich gewöhnen.

Als Konzertpianistin ist man selten zu Hause. Papa musste mich auch mitunter allein lassen.«

»Du warst viel älter!«, wandte Alex ein.

»Schon«, meinte Grit beiläufig. »Aber Helena macht das nichts aus. Sie ist gern bei April. Neulich hat sie sogar Papa zu Julius von Gerstorf gesagt. Süß, nicht?«

Es klang nicht wirklich so, als hätte sie das niedlich gefunden – eher als wäre es ihr egal.

»So wie ich das sehe«, mischte sich Philipp jetzt ein, »wäre es das Beste, Grit würde sich ganz von dem Kind trennen und Mrs. April Takona erlauben, es zu adoptieren. Mit uns hat es ohnehin nicht viel gemein, und Grit will diese Episode in Griechenland wohl nur vergessen …« Er legte leicht die Hand auf die Schulter seiner Tochter. »Für Sie wäre es sicher auch angenehmer, ganz neu anzufangen.« Die letzten Worte waren an Alex gerichtet und klangen etwas bemüht.

Alex blickte verwirrt von Vater zu Tochter. »Du kannst dein Kind doch nicht einfach abgeben«, wandte er sich an Grit.

Er musste an seine Mutter denken. Willie hatte ihn benutzt, um sich einen Platz auf Epona Station zu erschleichen – und ihn dann praktisch vergessen, während sie auf dem Hof der Rawlings ihr Gestüt aufgebaut hatte.

»Aber mitnehmen können wir es auch nicht«, gab Grit zu bedenken. »Wenn wir wieder auf Tournee gehen. Der Krieg wird jetzt sicher bald vorbei sein … Endlich wieder Zeit für Musik!« Sie strahlte.

Alex sah sie prüfend an – und wurde sich ganz plötzlich darüber klar, wie sehr sie seiner Mutter ähnelte. Willie brannte für Pferde, Grit brannte für die Musik. Für ein Kind war da kein Platz, vielleicht nicht mal für einen Mann.

»Wir werden sehen«, sagte er leise. »Ich möchte die kleine Helena jedenfalls gern kennenlernen.«

Grit zuckte mit den Schultern. »Kannst du ja. Wir fahren gern mal mit dir hin. Von mir aus gleich auf dem Rückweg nach Auckland. Wir müssen dich ja sowieso bei deinen Eltern absetzen.«

»Hinfahren?«, fragte Alex verwundert. »Wohnst du denn nicht mehr in Onehunga?«

Grit schüttelte den Kopf. »Nein, Papa und ich haben uns eine Wohnung in Auckland genommen. Ich muss zurzeit sehr viel Klavier üben, das habe ich dir ja schon erzählt. Es stört dabei, wenn das Kind schreit.«

»Aber vermisst du es denn nicht? Willst du denn nicht mit ihm zusammen sein?« Alex konnte sich nur noch wundern.

»Ich weiß ja, dass es gut aufgehoben ist.« Grit lächelte. »Ich hab's, glaub ich, nicht so mit Kindern. Und Helena hat's nicht mit der Musik ...«

»Vielleicht, wenn sie größer ist ...«, bemerkte Philipp. »Ich bin auch ganz froh, dass ich Grit erst kennengelernt habe, als sie nicht mehr schrie.«

Vater und Tochter schauten einander verschwörerisch an. Grit schien weit entfernt davon, beleidigt zu sein oder gar schuldbewusst.

Alex fühlte sich ernüchtert – und verwirrt. Grit und Philipp waren nicht gefühlskalt. Sie liebten einander zweifellos, und er wusste, dass Grit auch sehr an ihrer Mutter hing. Andererseits hatte sie praktisch ihre halbe Kindheit fern von Nellie verbracht, und sie war dabei glücklich gewesen. Aber sie konnte sich verlieben! Alex war sich sicher, dass sie ihm ihre Gefühle nicht vorspielte. Sie hatte Leidenschaft gezeigt, als sie sich über die Untaten der Deutschen erregt hatte – und bei der Geschichte ihrer ersten Liebe zu diesem jüdischen Staffelläufer hatte sie Mitgefühl und Mut bewiesen. Dennoch war sie anders als zum Beispiel April. Aprils inneres Leuchten, wenn sie einen Welpen streichelte oder ein Katzenkind in den Arm nahm, stand ihm noch lebhaft vor Augen.

Er fragte sich plötzlich, ob er Grit je hatte ein Tier streicheln sehen, ob sie je einem kleinen Kind ein Lächeln geschenkt oder einen Schmetterling bewundert hatte, der auf ihrer Hand gelandet war.

Alex konnte sich an nichts dergleichen erinnern. Tatsächlich nahm Grits Gesicht nur diesen beseelten, glücklichen Ausdruck an, wenn ihre Finger über die Tasten oder die Saiten eines Instruments glitten. Ihm wurde plötzlich klar, dass es dieser Ausdruck war, den er an ihr liebte – und dass sie ihn niemals zeigte, wenn sie ihn ansah, sondern nur, wenn sie für ihn spielte.

Alex begriff, dass Grit ihn nicht brauchte. Sie lebte ihre große Liebe bereits, die Liebe zur Musik. Und sie konnte nur mit einem Menschen zusammen sein, der sie teilte. Vorerst fand sie den in ihrem Vater, und sie vermisste nichts. Selbst ihr Verlangen nach körperlicher Liebe war leicht für sie beherrschbar – bis sie vielleicht irgendwann einen Mann fand, der ihr Philipp ersetzte.

Er fragte sich, ob Leonidas, der Musiker, vielleicht bessere Chancen gehabt hätte, hätte er es anders angefangen. Vielleicht hätte auch er für die Musik gebrannt, wäre ihm der Krieg nicht dazwischengekommen. Alex gab es schließlich auf, darüber nachzudenken.

»Es tut mir leid, aber ich nehme morgen den Zug nach Auckland«, sagte er. »Ich kann nicht länger hierbleiben, ich habe Verpflichtungen. Und ich … habe Sehnsucht. Vor allem habe ich Sehnsucht …«

Er küsste Grit zum Abschied auf die Wangen und nickte ihrem Vater zu. Dann ging er. Er dachte an April. Und sein Herz sang.

Alex nahm den Nachtzug nach Auckland – er konnte sich das Hotel nicht leisten, und er wollte den De Groots nicht weiter auf der Tasche liegen. Gegen neun Uhr morgens erreichte er die Stadt und war sich am Bahnhof immer noch unschlüssig, ob er zuerst nach Epona Station oder auf die Farm seiner Eltern fahren sollte. Epona Station lag etwas näher an der Stadt, und letztlich entschied er sich einfach für die günstigere Taxifahrt. Natürlich hätte er seine Eltern auch anrufen können, zweifellos hätten sie ihn abgeholt. Doch jetzt war die Entscheidung gefallen. Er saß im Taxi und war mehr als aufgeregt.

Auf den Weiden des Gestüts standen bereits Pferde, Shelley sah er nicht. Eine Gruppe Junghengste war ebenfalls nicht zu erspähen. Die Heranwachsenden brachten die von Gerstorfs eigentlich nie neben der Zufahrtsstraße unter. Hier standen traditionell eher die Zuchtstuten mit ihren Fohlen.

»Sehnsüchtig erwartet werden Sie ja nicht gerade«, bemerkte der Fahrer, als Alex ihn auf dem Hof entlohnte.

Tatsächlich schien das Gestüt völlig verwaist, zumindest hielt sich niemand draußen auf, obwohl es ein schöner Herbsttag war.

Alex grinste. »Ich bin eine Überraschung«, sagte er. »Ich hoffe, eine freudige.«

Der Fahrer winkte ihm zu, als er vom Hof fuhr.

Alex steuerte die Ställe an, weil er dort das einzige lebende Wesen erblickte. Auf einem Stapel Pferdedecken, die wohl darauf warteten, gereinigt zu werden, lag eine dicke rote Katze.

»Zora?«, fragte Alex. Das Tier räkelte sich. »Du bist ganz schön fett geworden«, meinte er und streichelte ihr über den Kopf. Der Katze gefiel die Aufmerksamkeit. Sie rollte sich schnurrend auf den Rücken und ließ sich den Bauch kraulen. Alex empfand plötzlich tiefsten Frieden. Das warme, weiche, zufriedene Tier, das unter seiner Hand geradezu vibrierte, so laut schnurrte es … Alex dachte, dass es keine schönere Musik für ihn gab – außer vielleicht noch das sanfte Kaugeräusch heufressender Pferde. Ungern trennte er sich schließlich von Zora und betrat den Stall. Man gelangte zuerst in eine Art Vorraum, in dem ein kleiner Vorrat an Heu und Stroh lagerte und wo der Futterwagen geparkt war. Er ging offen in den Boxenstall über – und durch die Öffnung kam eben ein struppiger Hund, in dessen dickes Fell sich die Hand eines kleinen Mädchens gekrallt hatte. Es hielt sich an ihm fest und tapste in erstaunlich hoher Geschwindigkeit Richtung Ausgang. »Flokati!«

Alex rief den Namen seines Hundes – und hätte sich gleich dafür ohrfeigen können, denn natürlich würde ihn Flokati erkennen und das Kind vielleicht umwerfen, wenn er losschoss, um seinen Herrn zu begrüßen. Flokati schien sich dieses Dilemmas hingegen durchaus bewusst. Er warf Alex einen etwas verzweifelten Blick zu. Aber dann sah die Kleine ihn, stutzte, ließ Flokati los und plumpste direkt auf ihr zum Glück wohlgepolstertes Hinterteil. Flokati stürzte auf Alex zu und sprang jaulend und fiepend an ihm hoch. Herr und Hund bildeten ein paar Sekunden lang ein glückliches Knäuel der Wiedersehensfreude. Alex wehrte Flokati jedoch rasch ab, um sich um das Kind zu kümmern. Es weinte nicht, sondern zog sich eben an einem Sattelbock wieder hoch.

»Wenn das nicht die schöne Helena ist!«, scherzte er und ging auf sie zu.

Dabei befand er den Namen wirklich als passend, Grits Tochter war ein hinreißend hübsches kleines Ding. Ihre schwarzen Locken, dazu Grits volle Lippen – zudem war schon ein erster Anflug der Ähnlichkeit mit Leonidas' edlen Gesichtszügen erkennbar. Ein olivfarbener Teint zog den Blick auf sich, ebenso das strahlende Hellbraun ihrer Augen.

»Henny«, sagte das Mädchen.

Alex hockte sich neben sie. »Natürlich«, erwiderte er. »Ich bin schließlich auch nicht Alexander der Große, sondern einfach nur Alex.«

»Das hat aber lange gedauert, bis du das eingesehen hast«, hörte er eine spöttelnde Stimme aus dem Hintergrund.

April lehnte an einer der Boxen und lachte ihn an. Es war kein Geheimnis, dass Willie ihren Sohn in einem Anfall von Größenwahn nach dem griechischen Heerführer benannt hatte.

Alex versuchte ein Grinsen. »Ich war ein grauenhaft verwöhnter Bengel«, gab er zu.

»Immerhin liebt dich dein Hund«, bemerkte April.

Wahrscheinlich hatte sie seine Kontaktaufnahme mit Hund und Kind vom Stall aus verfolgt, sicher ließ sie Henny nicht ohne Aufsicht umherlaufen. Nun löste sie sich von der Stallwand und kam auf ihn zu, um ihn freundschaftlich zu umarmen. Flokati sprang an ihnen hoch, Henny griff nach Aprils Jodhpurhose.

»Hoch!«, verlangte sie.

April runzelte die Stirn. »Liebe Ma... April, würdest du mich bitte hochheben?«, sprach sie der Kleinen vor.

»Hoch!«, wiederholte Henny.

Alex beugte sich zu ihr hinunter und nahm sie auf den Arm. Von dort aus griff sie in Aprils Locken. Die junge Frau hatte ihr Haar wachsen lassen, wie Alex feststellte, und mit Kämmchen nach hinten gesteckt. Etliche Strähnchen lösten sich aber schon wieder aus der strengen Frisur.

»Wie schön, dass du wieder da bist!«, sagte April. »Bist du mit dem Nachtzug gekommen? Ich dachte, Grit wollte dich abholen.«

Alex zuckte mit den Schultern, was Henny zum Lachen brachte. »Grit hat heute ein Vorspiel«, begann er aufzuzählen, »gestern musste sie dafür üben, vorgestern gab es einen Empfang für sie ...«

April verzog das Gesicht. »Sprich, sie hat den ganzen Tag auf dem Klavier rumgeklimpert«, bemerkte sie respektlos, wobei ihre Augen vor Ironie aufblitzten. »Bist du es jetzt schon leid? Was ist mit der großen Liebe?«

»Es haben sich schon andere verschätzt, wenn es um Größe ging«, sagte Alex.

April grinste. »Hast du Hunger?«, fragte sie. »In der Küche ist bestimmt noch was vom Frühstück übrig. Sonst ist allerdings keiner da. Mami ist in Onehunga, unter anderem die Post abholen, Daddy, Hans und die Stallburschen sind beim Zaunbau. Alle auf den Westkoppeln, bei Hans' Haus. Henny und ich wollten hier noch eben ausmisten und dann ein bisschen Kutsche fahren. Wir fahren die Welsh-Ponys jetzt ein, weißt du? Damit sie vielseitiger einsetzbar sind als nur als Kinderreitpony. Und Fahren wird ja nun zum Vergnügen, vielleicht sogar zum Sport. Hans ist ganz glücklich. Der hat ja mal als Kutscher gearbeitet. Jetzt baut er einen Ponysechsspänner auf!«

»Darf ich mitfahren?«, fragte Alex vorsichtig. »Ich … nehme an, Dr. Nellie ist auf Visite und Walter auf der Rennbahn?«

April nickte. »Ich sag's ja, niemand da, außer uns und der Köchin. Willst du wirklich nichts essen?«

Eigentlich wollte Alex sie nur ansehen. Sie hatte sich in den drei Jahren verändert. April, damals noch traurig und verstört nach dem Verlust ihres Ehemannes und ihres Kindes, wirkte heute glücklich und voller Tatendrang. Wenn sie Henny ansah, leuchteten ihre Augen. Das Kind war hier zweifellos besser aufgehoben als bei irgendeiner Nanny, während seine Mutter ihrer Pianistenkarriere nachging.

»Ich nehme mir einen Apfel«, erklärte er und griff in den Korb am Stalleingang, in dem Mia stets Leckerbissen für ihre vierbeinigen Lieblinge bereithielt.

»Möööhre!«, verlangte Henny.

Sie saß immer noch seelenvergnügt auf seinem Arm und angelte von dort aus im Korb nach einer Karotte.

»Darf ich bitte eine Möhre haben?«, korrigierte April mechanisch.

Henny schlug ihre Milchzähnchen in das Gemüse.

»Musst du nicht erst nach Hause?«, erkundigte sich April, zog einen niedlichen kleinen Landauer in den Stallvorraum und machte dann Anstalten, zwei Ponystuten davorzuspannen.

Alex biss sich auf die Lippen. »Eigentlich schon«, sagte er. »Es ist nur, dass ich … dass ich lautes Denken zurzeit nicht ertrage.«

Er senkte den Kopf. Immerhin brauchte er nichts zu erklären. April war mit Marias Vokabular vertraut. Ebenso mit Willies Hyperaktivität.

Sie sah ihn fragend an. »Krieg ist … sehr laut?«, fragte sie sanft.

»Unerträglich«, flüsterte Alex. »Er zerstört. Menschen, Tiere, Inseln, die mal Paradiese waren … Er raubt uns die Hoffnung und das Gewissen, vielen die Gesundheit und manchen das Leben. Es war ein großer Fehler, dabei mitzumachen … ein furchtbarer Fehler. Und ich hätte gewarnt sein müssen. Mein Vater hätte es mir sagen können. Aber Krieg raubt Menschen auch die Stimme. Edward … ist in vieler Hinsicht verstummt. Dabei muss er meine Mutter einmal geliebt haben. Es hätte sich etwas finden müssen, das sie gemeinsam hatten. Vielleicht sogar der Krieg. Ich glaube, Willie hat zeit ihres Lebens Krieg geführt.«

»Henny fah'n!«, bestimmte Henny, und April legte ihr lächelnd die Leinen in die Hand. Sie selbst führte die Ponys hinaus.

»Wenn ich den Herrn dann bitten dürfte, im Fond Platz zu nehmen«, bemerkte April und lüpfte eine imaginäre Chauffeursmütze. »Meine kleine Assistentin und ich werden auf dem Bock sitzen und Sie kutschieren. Oder möchtest du mal hinten bei Alex sitzen wie eine Prinzessin?«, fragte sie Henny.

»Faaah'n!«, bestimmte die Kleine und hielt die Zügel eisern fest.

»Na schön«, meinte April.

Die Ponys traten eifrig an, als alle eingestiegen waren.

»Ich … hab mich schuldig gefühlt«, sagte April, als sie Alex nun nicht mehr ansehen musste. »Ich hätte dich nicht so anbrüllen sollen. Du ... du bist wegen mir gegangen, nicht?«

Alex seufzte. »Auch«, gab er zu. »Aber nicht nur. Ich wusste nicht, wohin mit mir. Ich konnte alles nur falsch machen. Und jetzt bin ich hier, um dir zu sagen, dass es mir leidtut. Ich hätte dich nicht so überfallen dürfen. Du hast mehr Zeit gebraucht. Viel mehr Zeit. Ich ... ich habe auch endlos darüber nachgedacht, ob ich mich wirklich so geirrt habe. War da gar nichts zwischen uns, April? War da wirklich gar nichts?«

April schwieg. Erst nach einigen Sekunden nahm sie wieder das Wort. »Ich dachte, ich ... wir ... wir fahren jetzt erst mal bei Shelley und bei Memory vorbei, und wenn du willst, können wir dich ja danach nach Hause bringen.«

Die Wege zwischen den Höfen waren mit dem Ponywagen gut zu befahren.

»Das wäre nett«, sagte Alex förmlich, doch dann hielt April auf eine Koppel zu, und sein Herz schlug heftig vor Freude, Shelley wiederzusehen.

Der früher eher knochigen Stute hatte die Mutterschaft gutgetan. Sie war rund, und ihr Fell glänzte. Schöner war sie zwar nicht geworden, für Alex war sie dennoch zumindest bisher das Pferd seines Lebens. Er meinte, kein Wort herauszubekommen, als April die Ponys an der Weide verhielt, auf der Shelley mit anderen Stuten stand. Dann rief er trotzdem ihren Namen – und sie antwortete mit gellendem Wiehern. Alex wäre fast in Tränen ausgebrochen, als sie sich von der Gruppe löste und auf ihn zukam. Nicht im Galopp, das taten erwachsene Pferde selten, doch in zielstrebigem Schritt. Er sprang vom Wagen, schlüpfte unter dem Zaun hindurch und hielt Shelley den Rest seines Apfels hin. Sie nahm den Leckerbissen und bekleckerte sein altes Hemd mit Saft, als sie ihre Nüstern zu seinem Gesicht führte. Alex roch ihren würzigen Atem, er spürte die Tasthaare um ihr Maul und ihre Nase, atmete in ihrem Rhythmus. Der Mann und das Pferd standen minutenlang beieinander und erfuhren reinstes Glück.

April beobachtete sie gerührt. »Sag du noch mal, dass große Liebe überschätzt wird«, neckte sie ihn schließlich – schon um zu verbergen, dass auch in ihren Augen Tränen standen. »Los jetzt, ich zeig dir ihren Sohn!«

Die Junghengste standen gemeinsam auf einer besonders großen, hügeligen Koppel, die ihnen viel Platz und Abwechslung zum gemeinsamen Spiel, zum Rennen und spielerischem Kampf bot. April hielt an einer Ecke der Weide, aber es war gar kein Pferd zu sehen. Erst als sie rief, hörte man Hufschlag, und diesmal war es der Klang galoppierender Hufe. Die Junghengste konnten nicht schnell genug herausfinden, wer sie da besuchte. Alex erkannte eine Gruppe, die schwerpunktmäßig aus Rappen und Braunen bestand. Nur zwei Füchse befanden sich darunter, sowie ein dunkelgrauer Jährling, der sicher einmal Schimmel werden würde. Sie alle näherten sich schnell, doch ein Rappe flog ihnen voraus. Seine Hufe schienen im Galopp kaum den Boden zu berühren, und er schaffte es obendrein noch, April dabei zuzuwiehern.

»Memory«, sagte sie knapp.

Alex betrachtete das wunderschöne Tier. Mit seiner Mutter hatte Memory lediglich die etwas spärlich wachsende Mähne gemeinsam. Ansonsten war er seinem Vater Erlkönig wie aus dem Gesicht geschnitten.

»Er ist ein Traum!«, rief Alex.

April schüttelte den Kopf. »Er ist die Antwort«, sagte sie.

Alex sah sie verwirrt an. »Die Antwort worauf?«

»Auf deine Frage«, meinte April. »Ob da nichts zwischen uns war. Denn … wenn da nichts gewesen wäre … gäbe es keine Erinnerungen …«

Sie war ebenfalls abgestiegen, hob Henny hoch und gab dem kleinen Hengst den Rest von deren Karotte.

»Henny geben!«, protestierte Henny, aber April schüttelte den Kopf.

»Der ist noch zu ungestüm. Nicht dass er dich aus Versehen beißt.«

»Nicht dass er dich kneift!«, kam es gleichzeitig von Alex.

Sie lächelten einander an.

»Ich hatte mir immer vorgestellt, dass sie mal Papa zu mir sagt«, flüsterte Alex und wies mit dem Kinn auf das Kind.

April zwinkerte ihm zu. »Vielleicht wird's ja noch was«, flüsterte sie zurück. »Wenn Grit sie wirklich nicht will ... Ich ... hab Shelley übrigens noch mal decken lassen. Sie müsste in drei Monaten abfohlen. Wir ... wir könnten ihr Fohlen vielleicht Future nennen.«

Zukunft ...

Alex blickte sie an, aber diesmal wartete er, bis sie ihn küsste.

EPILOG

Neuseeland – Epona Station
Australien – Perth
1949

Nellie räkelte sich in der Frühlingssonne. Sie war eben zurück von Rawlings Farm und saß jetzt mit Mia und April vor dem Stall von Epona Station. Die Frauen tranken Tee und tauschten Klatsch aus – letztendlich der Grund, weshalb Nellie bei Willie vorbeigeschaut hatte. Der Vorwand, sie habe ihre Nasenbremse möglicherweise bei den Rawlings vergessen, als sie die Pferde zum letzten Mal behandelt hatte, war ziemlich dünn gewesen.

»Ich kann einfach nicht glauben, dass Alex' Eltern immer noch sauer sind, weil wir hier wohnen«, bemerkte April. »Verständlich, dass sie Alex und ihre Enkelkinder gern bei sich haben möchten, aber hier ist einfach mehr Platz.«

April und Alex hatten kurz nach Kriegsende geheiratet – eine große Hochzeit, zu der sogar Jonathan und seine Familie aus Australien gekommen waren. Mia war unsagbar glücklich gewesen, ihren Sohn wiederzusehen, und auch Julius hatte sich mit Jonathans neuem Leben ausgesöhnt. In seine hübsche Schwiegertochter war er geradezu verliebt – und er hatte angefangen, seinen Enkelsöhnen das Reiten beizubringen. Noah, der Jüngere, hatte sich kaum von den Ponys trennen können. »Manchmal«, hatte Mia augenzwinkernd gesagt, »überspringt es einfach eine Generation ...«

Nach der Hochzeit waren Nellie und Walter nach Ellerslie gezogen, und das junge Paar hatte sich das frühere Dienstbotengebäude auf Epona Station zu einem komfortablen Heim umgebaut. Es gab dort genügend Zimmer für Henny und das Kind, das April in zwei Monaten erwartete.

»Na, Willie müsste doch eigentlich ganz glücklich darüber sein«, kommentierte Mia Aprils Bemerkung. Sie klang etwas säuerlich. »Sie hat jetzt genau das, was sie immer wollte: Epona Station. Zumindest ihre Enkel werden die Farm erben.«

April lachte. »Da hat Henny aber auch noch ein Wörtchen mitzureden«, sagte sie. »Sie ist schließlich die Älteste – und sie ist verrückt nach Pferden. Bei unserem zweiten ist das noch keineswegs sicher. Aber Willie kann schon ziemlich unmöglich sein. Was sie sich da bei der Hochzeit geleistet hat …«

Nellie grinste, und Mia grummelte bei der Erinnerung an Willies Worte, als sie Julius zur Vermählung seiner Tochter gratuliert hatte: »Nun wird Alex also doch noch dein Sohn. Seinem Schicksal kann man einfach nicht entkommen.«

»Eine bodenlose Frechheit«, sagte Mia, musste dann aber auch lachen. »Sie ändert sich nie.«

»Immerhin hält sie jetzt Frieden mit Edward und Alex«, meinte Nellie.

Willie und ihr Mann wurden in der letzten Zeit wieder häufiger zusammen auf Rennbahnevents oder bei kulturellen Veranstaltungen gesehen. Die Ehepartner schienen sich zusammenzuraufen. Außerdem akzeptierte Wilhelmina Alex nun endlich als Tierarzt. Er hatte die Kleintierpraxis auf Epona Station und Nellies Landpraxis rund um Onehunga übernommen, war äußerst zufrieden und bei den Bauern beliebt. Oft nahm er Edward mit, wenn er über Land fuhr, sodass sein Vater alte Bekanntschaften zu den Landwirten der Gegend erneuern konnte. Er war schließlich mit diesen Menschen aufgewachsen und hatte sich ihnen nur durch den Krieg entfremdet – später dann durch Willie und ihre hochfliegenden Pläne.

Nellie ihrerseits hatte sich entschlossen, etwas kürzer zu treten. Sie war als Rennbahntierärztin tätig und teilte sich die Kleintierpraxis in New Lynn mit Justynka. Die schöne Polin lebte nach wie vor in der Wohnung über der Praxis, gemeinsam mit einer Landsmännin. Angeblich war Jolanda ihre Cousine, aber Nellie fragte da nicht zu genau nach. Jolanda arbeitete jedenfalls als Sprechstundenhilfe in der Praxis, und ihr Verhältnis zu Justynka war äußerst innig.

Nellie und Walter hatten das Haus von Mr. Wesley, Walters Vorgänger bei der Rennbahnleitung, übernommen und für sich und ihre Kinder umgebaut. Peter und Martin – seit einiger Zeit beschwerten sich die beiden lautstark, wenn jemand sie Petey und Marty nannte – hatten es von dort aus nicht weit zur Schule und bald zum College. Die Wochenenden verbrachten sie nach wie vor gern auf Epona Station. Beide waren hervorragende Reiter geworden, ausgebildet sowohl von ihrem Vater als auch von Julius von Gerstorf. Seit der Krieg zu Ende war und sich langsam wieder eine Turnierszene in Neuseeland formierte, stellten sie die jungen Warmblüter von Epona Station bei Dressur- und Springwettbewerben vor und sammelten Schleifen und Pokale. Aber nicht mehr lange, pflegte April ihnen scherzhaft zu drohen. Sie war fest davon überzeugt, dass Helena sie reiterlich bald übertrumpfen würde.

April und Alex hatten Henny gleich nach ihrer Hochzeit mit dem Segen ihrer leiblichen Mutter adoptiert. Grit erklärte, sie wolle auf keinen Fall den Kontakt verlieren, doch kümmern mochte sie sich auch nicht um ihr Kind.

»Will Grit nicht bald mal wieder vorbeikommen?«, erkundigte sich Nellie jetzt bei April. »Ich dachte, ich sehe sie öfter, wenn Henny bei euch lebt, aber sie macht sich nach wie vor rar.«

Grit und Philipp hatten ihre Tochter beziehungsweise Enkelin bislang lediglich einmal besucht, direkt nach Kriegsende. Dabei hatten sie während des gesamten Krieges in Auckland gelebt, es wäre also ein Leichtes gewesen, ab und zu nach Henny zu sehen. Der Abstecher nach Epona Station war denn auch ein Abschiedsbesuch gewesen. Grit und Philipp zogen zurück nach Boston. Seitdem hörten Nellie und April nur sporadisch von ihnen.

»Grit ist zurzeit auf Europatournee«, erwiderte April. »Mit irgendwelchen Symphonikern. Sie gibt Klavierkonzerte. Soll wohl sehr erfolgreich sein, sie schreibt Henny ab und zu eine Karte.«

»Philipp schreibt, sie hätte einen Mann kennengelernt«, sagte Nellie. »Einen Cellisten. Er weiß nicht, ob es was Ernstes ist, aber er hält den Jungen für sehr begabt. Ich denke, es interessiert euch eher am Rande, wo er studiert hat und in welchen Orchestern er bislang gespielt hat.«

Die anderen lachten.

»Oh, da kommt Flokati!« April stand auf, um den Hund zu begrüßen. »Kommt ihr mit zur Rennstrecke? Dann sehen wir sie ankommen.«

Julius von Gerstorf war nach wie vor vernarrt in seine Enkelin und gab ihr regelmäßig Reitunterricht auf den Ponys. Die beiden waren zu einem Cross-Country-Rennen aufgebrochen, das über eine kleine Hindernisstrecke rund um Epona Station führte. Walters und Nellies Söhne trainierten hier die Pferde, die bei Vielseitigkeitswettbewerben starten sollten. Flokati rannte gern mit und war schneller als die großen Vierbeiner.

Die Frauen erhoben sich, wanderten um das Haus herum und hatten von hier aus die Rennstrecke im Blick, die Willie viele Jahre zuvor für ihre Vollblüter hatte anlegen lassen. Jetzt standen darauf kleine Hindernisse, und aus dem Wald galoppierte soeben ein weißes Pony. Helena Rawlings und der junge Zuchthengst Wonderboy waren in atemberaubendem Tempo unterwegs. Doch Julius von Gerstorf und sein großer Hunter hätten sie sicher einholen können. Julius verhielt allerdings seinen Wallach und blieb gute zwei Pferdelängen hinter Henny und ihrem Pony. Henny spornte ihren Wonderboy auf der Zielgerade an, bis er über die letzten Hindernisse geradezu flog. Sie jubelte, als er vor Julius die auf den Boden gezeichnete Ziellinie überquerte.

»Gewonnen!«, krähte sie, als sie das Pony vor den Frauen verhielt. »Großpapa sagt, wenn ich ein Junge wäre, könnte ich glatt Jockey werden!«

April runzelte die Stirn. »Wolltest du nicht letztens noch Tierärztin werden wie Papa und Dr. Nellie?«, fragte sie.

Henny wirkte unschlüssig. »Vielleicht doch lieber Jockey. Aber das geht ja nicht, meint Großpapa.«

Nellie schaute sie streng an. »Henny, egal, was du werden willst. Lass es dir nicht verbieten! Als ich so alt war wie du, wollte ich Tierärztin werden, aber niemand glaubte, dass ich es schaffen könnte. Doch die Welt verändert sich. Du kannst alles schaffen, was du willst. Bis du groß bist, werden Frauen genauso selbstverständlich Rennen reiten wie Männer. Falls nicht mal jemand so viel Verstand besitzt und diesen ganzen Sport mit Pferden verbietet! Von mir aus könnten wir gut darauf verzichten.«

Mia lächelte. »Ich wollte meine Pferde immer nur glücklich machen«, meinte sie.

Henny rutschte aus dem Sattel und baute sich vor ihrer Mutter, ihrer Großmutter und Nellie auf.

»Dann«, sagte sie, »werde ich eben Premierministerin. Und ich erfinde ein Gesetz, das alle Pferde glücklich macht!«

Die Frauen lächelten. »Wir werden dich wählen«, sagte Mia.

Maria spazierte durch ihren Zoo. Sie ging allein, nahm sich Zeit, bei den verschiedenen Tieren zu verharren und sie zu spüren. Nicht alle waren glücklich. Besonders die Raubtiere hatten zu kleine Käfige, nachdem die Tiger wieder Nachwuchs bekommen hatten. Den alten Löwen aus dem Zirkus hatte man ein eigenes Gehege abtrennen müssen, weil sie sich mit den jüngeren nicht vertrugen. Tatsächlich waren weit mehr Tiere aus dem Zirkus geblieben, als ursprünglich vorgesehen gewesen war. Auch die völlig traumatisierten Schimpansen hatte ihr Dompteur für wenig Geld abgestoßen. Maria hatte sie eben besucht und war zufrieden mit ihrem Zustand. Nach Jahren fassten sie langsam Vertrauen zu ihren Pflegern. Im Affenhaus war es allerdings beengt. Maria schwebten ganz andere Haltungsformen vor, am liebsten hätte sie den Zoo so gestaltet, wie Carl Hagenbeck es mit seinem Hamburger Zoo vor dem Krieg getan hatte – Gehege ohne Gitterstäbe, abgetrennt eher durch Gräben und Zäune … Ihr Sohn David lag ihr damit nach wie vor in den Ohren, er hatte tatsächlich vor, den Bau von Zoo- und Gartenanlagen zu seinem Beruf zu machen. Er studierte Architektur in Sydney. Daphne hatte sich für Tiermedizin entschieden wie ihre Eltern. Die Zwillinge fanden, dass sich das bestens ergänzte. Sie planten, später zusammenzuarbeiten. Maria hoffte erst einmal, dass die Welt bis dahin wieder Zeit und Geld dafür haben würde, Tiergärten zu gestalten, statt die Städte wiederaufzubauen, die in den Kriegen zerstört worden waren. Aktuell tat sich das Zoological Gardens Board noch etwas schwer damit, Gelder für den Umbau des Tierparks freizugeben.

Maria verließ die Raubkatzen und schlenderte hinüber zum Reptilienhaus. Vor einem Terrarium, in dem ein gewaltiger Python bewegungslos in einer Astgabel hing, stand ein blondes, hoch aufgeschossenes Mädchen, vielleicht dreizehn oder vierzehn Jahre alt. Es blickte die Schlange aufmerksam an.

Maria wollte fragen, ob es sich besonders für Reptilien interessierte, doch dann fiel ihr plötzlich ihre erste Begegnung mit dem Zootierarzt Dr. Rüttig ein, und sie wählte seine Worte.

»Sie ist nicht sehr lebhaft«, sagte sie freundlich und wies auf die Schlange.

Das Mädchen lächelte. »Nein, das sind sie nie, wenn sie gefressen haben. Sie hat vor Kurzem gefressen, oder?« Maria nickte. »Sie wird sich erst wieder bewegen, wenn sie Hunger hat«, erklärte das Mädchen.

»Und darauf wartest du?«, erkundigte sich Maria. Dr. Rüttig hatte sie damals das Gleiche gefragt.

Das Mädchen lachte. »Da könnte ich lange warten!«, antwortete es vergnügt. »Sie fressen nur alle paar Wochen, wissen Sie?«

Maria lächelte. »Ich weiß«, sagte sie. »Ich habe Bücher darüber gelesen.«

Über das Gesicht des Mädchens flog ein Schatten. »Ich hab kein Geld für Bücher«, bemerkte es seufzend. »Und in der Bibliothek haben sie nur ziemlich allgemeine. Da steht über Schlangen kaum etwas drin. Dabei würde ich gern so viel mehr wissen. Wie sie verdaut zum Beispiel. Hat sie einen Magen oder mehrere wie Rinder? Und wie sie sich fühlt, wenn sie sich häutet. Es muss ein gutes Gefühl sein, aus seiner Haut herauszukönnen.«

Maria dachte kurz nach. »Ich denke, es juckt eher, wenn die Haut sich löst. Vielleicht fühlt sie sich auch vorher ein bisschen beengt.«

»Ja«, murmelte das Mädchen. »Wie ein Mensch, der nicht machen kann, was er will.«

Maria sah sich die Kleine näher an. Sie hatte kurzes hellblondes Haar, ein schmales Gesicht und blaue, leuchtende Augen. Was konnte sie damit gemeint haben, dass es gut sein müsste, aus seiner Haut herauszukommen?

»Das war eine Metapher, nicht wahr?«, schloss Maria schließlich ihre Überlegungen ab. »Du meinst, du selbst würdest gern aus deiner Haut heraus.«

Das Mädchen lächelte ihr zu. »Ja«, sagte es. »Ich wäre gern ein Junge. Dann könnte ich Tierarzt werden.«

»Das kannst du als Mädchen auch«, ermutigte Maria.

Das Mädchen seufzte erneut. »Mein Vater sagt, nein. Ich weiß, dass ich studieren könnte, hier in Australien. Aber bis jetzt haben es erst drei Frauen geschafft.«

Maria hob die Schultern. »Es haben schon viel mehr geschafft«, versicherte sie der Kleinen und unterdrückte den Drang, ihr sämtliche Tierärztinnen aufzuzählen, die ihren Abschluss gemacht hatten, seit Aleen Cust ihr Studium in Edinburgh 1897 beendet hatte. »Und du kannst es auch, wenn du wirklich willst. Du kannst alles werden, wenn du wirklich willst. Komm jetzt mit, ich leih dir ein Buch.«

Die in diesem Buch erzählten Geschichten sind allesamt fiktiv, spielen jedoch vor authentischem Hintergrund.

In Neuseeland gab es in der fraglichen Zeit tatsächlich einen massiven Mangel an Tierärzten, sodass sicher auch Frauen ihr Auskommen gefunden hätten. Die erste Tierärztin, die dort ab 1920 praktizierte, war Pearl Dawson, sie hatte ihr Studium in Amerika absolviert. Bis sich Frauen in der Tiermedizin wirklich durchsetzten, dauerte es allerdings auch dort noch Jahrzehnte. 1950 gab es erst acht registrierte Tierärztinnen in Neuseeland.

Natürlich litt Neuseeland ebenso wie die europäischen Staaten in den Dreißigerjahren unter der Depression, Hawke's Bay war durch das Erdbeben 1931 besonders vom wirtschaftlichen Niedergang betroffen. Die Ereignisse rund um das Erdbeben habe ich so genau wie möglich geschildert. Neuseeland mit seinen umfangreichen Archiven macht einem Autor die Recherche leicht. Das Beben verursachte zweihundertachtundfünfzig Todesopfer, schwere Zerstörungen in drei Städten und Sachschäden in Höhe von etwa dreihundert Millionen NZ-Dollars.

Wie im Ersten wurden auch beim Ausbruch des Zweiten Weltkriegs Deutsche auf Somes Island inhaftiert, diesmal allerdings nicht alle, sondern nur nachweisliche Feinde des Landes. Die entsprechende Gewissensprüfung wies leider erhebliche Mängel auf, sodass neben echten Nazis etliche Flüchtlinge, auch Juden, auf die Insel verbannt wurden. Das Zusammenleben der Menschen dort mag man sich gar nicht vorstellen – das Internet schweigt sich darüber aus.

Jedenfalls ist Bernhards Furcht vor einer Verbannung nicht gänzlich unbegründet.

Der Zirkus Homer Brother's Artist and Animal Show ist fiktiv, aber in der fraglichen Zeit tourten immer wieder vergleichbare Unternehmen durch Neuseeland. Auch der Umgang mit den Tieren wird authentisch geschildert, tatsächlich kam es häufig zu schweren Unfällen, weil Raubtiere, Elefanten oder Pferde ihre Pfleger und Trainer angriffen. Ausbrüche kamen ebenfalls vor, und Zirkusbrände waren gefürchtet. Allerdings gab es in der fraglichen Zeit keinen bei Perth, auch der Vorfall dort ist fiktiv.

Der Zoo in Perth hatte zur angegebenen Zeit tatsächlich keinen Direktor – außer dem rührigen Superintendent Mr. Shapcott. Der State Zoological Gardens Board hatte den Tiergarten gerade aus Privathand übernommen. Wen er letztlich als Direktor einsetzte, weiß ich nicht, aber ich finde, es ist ein optimaler Posten für Bernhard, unter dessen Leitung die Asperger-Autistin Maria ihre Arbeit gut bewältigen kann. Ich habe für Marias Geschichte viel über Asperger und das gesamte Autismus-Spektrum recherchiert und hoffe, Marias Persönlichkeit und ihr Verhalten authentisch dargestellt zu haben. Es gibt übrigens Familien, in denen mehrere Mitglieder eine Autismus-Spektrum-Störung aufweisen, aber Marias Kinder sind nicht betroffen. David hat sicher ausgeprägtere autistische Züge als Daphne, doch er erlebt sich dadurch nicht als eingeschränkt.

Die Eroberung Kretas durch die Deutschen, die unvollkommene Evakuierung der britischen Streitkräfte und die Aktivitäten der Partisanen (in Griechenland *Andarten* genannt) werden so genau wie möglich geschildert. Tatsächlich schleusten die Briten immer wieder Spezialisten und Führungsoffiziere ein. Auch die Überfälle auf die Flughäfen fanden zum angegebenen Zeitpunkt statt, allerdings habe ich die tatsächlich beteiligten Personen (man kann ihre Namen im Internet finden) durch meine fiktive Truppe ersetzt. Zu einem Schusswechsel kam es übrigens nicht, und es wurde auch niemand getötet – zumindest nicht aufseiten der Angreifer.

Das Dorf Imbros gibt es auf Kreta nach wie vor, die Geschehnisse, die ich dort angesiedelt habe, sind dagegen durchweg fiktiv, ebenso Walters Recherchen als Truppeninspekteur auf Kreta. Das Massaker in Kandanos hat es gegeben, die geplanten und von den *Andarten* vereitelten Geiselerschießungen in Myriokefala wurden anderen, ähnlichen Geschehnissen nachempfunden. Die Kriegsverbrechen auf Kreta waren immens, und es wurde kaum jemand dafür zur Verantwortung gezogen.

Von diesen sehr genau belegten Gräueln einmal abgesehen, war es schwierig, die Geschehnisse auf Kreta in Einzelheiten zu schildern. Die Berichte über die Invasion und die Evakuierung der alliierten Truppen sind verworren, Augenzeugenschilderungen gibt es kaum, wer Genaueres wissen will, wird immer wieder auf den Roman *Ohne Furcht und Tadel* von Evelyn Waugh verwiesen. Nach Lektüre des Werkes – es geht um einen verwöhnten, adligen Nichtstuer, der in einer Offizierskarriere im Krieg nach Selbstverwirklichung sucht – war ich weitgehend davon überzeugt, dass die Verteidigung von Kreta hauptsächlich an den Entscheidungen der dortigen Heeresleitung scheiterte. Die katastrophalen Ergebnisse der Operation Albumen sprechen hier ebenfalls eine deutliche Sprache. Sollte mich mein Eindruck getäuscht haben, so bitte ich die beteiligten Offiziere posthum um Vergebung.

Neben den Sportwettbewerben wurden auf der Olympiade in Berlin tatsächlich etliche Kunstwettbewerbe ausgeschrieben, wobei die Musikwettbewerbe die größte Rolle spielten. Die Deutschen gingen kein Risiko ein und vergaben Aufträge an bekannte und dem Regime nicht allzu negativ gegenüberstehende Komponisten, die sich mit achtundzwanzig Mitbewerbern aus acht Nationen (Österreich, Tschechoslowakei, Niederlande, Italien, Japan, Jugoslawien, Monaco, USA) messen sollten. Wahlweise konnten Kompositionen für Solo- und/oder Chorgesang, für ein Instrument oder für Orchester eingereicht werden. Vorgabe: Die eingereichten Werke sollten im weitesten Sinne eine Beziehung zur olympischen Idee haben – Märsche, Lieder, Chöre, Tänze oder vertonte Festspiele, deren Musik sportliche oder gymnastische Bewegungen auslöst oder sie begleitet, eine sportliche Idee, einen sportlichen Kampf oder einen sportlichen Kämpfer verherrlicht. Das Preisgericht bestand aus drei deutschen, einem italienischen und einem finnischen Musikwissenschaftler.

Obwohl das Projekt Musikwettbewerb zunächst einen hohen Stellenwert für Goebbels und sein Propagandaministerium hatte – immerhin wurde dafür extra ein gigantisches Freilichttheater erstellt –, verlor es später für die NS-Größen an Bedeutung. Schon die Siegerehrung am 2. August, die nach Ende der Sportwettkämpfe im Stadion erfolgte, fand vor halb leeren Rängen statt. Die Preise wurden zum Teil nicht einmal ausgepackt, sondern im Pappkarton überreicht, und am Tag des Siegerkonzerts (das übrigens nicht schon am 5. August, sondern erst am 15. August als krönender Abschied der Olympiade stattfand) hatte Goebbels die Ehrengäste der Olympiade zu einem Empfang auf die Pfaueninsel geladen. Auch die Öffentlichkeit erwies sich als nur mäßig interessiert. Nur fünfzig Olympiateilnehmer (Sportler, Richter) nahmen die Möglichkeit wahr, das Konzert anzuhören.

In der Kategorie Kompositionen für ein Instrument/Kammermusik wurden übrigens tatsächlich keine Medaillen vergeben – die Quellen enthalten keinerlei Angaben von Gründen. Dieses kleine Mysterium hat meine Fantasie angeregt, und ich habe mir Grits Teilnahme und ihr spektakuläres Ausscheiden ausgedacht. Einen Boykottversuch in letzter Minute hat es beim Musikwettbewerb nicht gegeben. Die Schilderung des Austausches zweier jüdischer Läufer bei der 400-Meter-Staffel entspricht allerdings weitgehend den Tatsachen. Mein Mickey Glicksman ist Marty Glickman nachempfunden, Sam Stoller habe ich seinen Namen einfach gelassen, da er in der Geschichte keine nennenswerte Rolle spielt. Marty Glickman machte später Karriere als Radiomoderator. Sam Stoller setzte seine sportliche Karriere fort und war sehr erfolgreich. Er starb 1985 und verpasste damit die 1998 erfolgte offizielle Entschuldigung des Nationalen Olympischen Komitees für die Vorkommnisse bei der Olympiade 1936. Es verlieh Glickman und Stoller – Letzterem posthum – die erste General-MacArthur-Medaille, um sie für die entgangene Ehre zu entschädigen.

Die Vorgänge auf der Rennbahn Ellerslie sind durchweg fiktiv und somit natürlich auch die Angaben zu den beteiligten Pferden und Siegern in großen Rennen. Den Auckland Cup 1939 gewann tatsächlich der Hengst Cheval de Volée.

Auch die Arbeit am zweiten Teil meines Tierärztinnenromans hat mir viel Spaß gemacht. Und wieder konnte ich mich der Sache ganz entspannt widmen, weil mir Nelu und Anna Puscas den Rücken freihielten und sich liebevoll um all die Tiere kümmerten, die diesen Hof mit uns teilen.

Vielen Dank an Melanie Blank-Schröder, meine Lektorin, vor allem für die Idee zu dieser Buchreihe. Diese Geschichten *mussten* geschrieben werden – aber von allein wäre ich wahrscheinlich nicht darauf gekommen.

Wieder sorgten meine Testleserinnen für Inspiration und meine Textredakteurin Margit von Cossart für einen korrekten Zeitablauf. Vielen Dank, Margit, für alle Fragen und Anregungen! Ich weiß, dass dir die Welt der Pferde fremd ist, aber du schlägst dich wirklich tapfer! Und vielleicht bringe ich dir ja auch noch die Lamas nahe: Ein Leben ohne Lamas ist möglich, bleibt aber farblos. ☺

Ganz allein geht im Verlagswesen sowieso nichts – das wird mir immer wieder klar, wenn ich sehe, wie Freunde zu kämpfen haben, die versuchen, ihre Bücher im Selbstverlag zu veröffentlichen. Deshalb hier noch einmal herzlichen Dank an alle, die mit der Herstellung meiner Bücher und ihrem Vertrieb beschäftigt sind und jede Kleinigkeit rund um Cover und Klappentext intensiv durchdenken und diskutieren.

Und last, but not least danke ich den Buchhändlern, die ihren Kunden meine Bücher empfehlen. Ich weiß, wie schwer Sie es zurzeit haben, und ich wünsche Ihnen von ganzem Herzen bessere Zeiten! Buchhandlungen müssen bleiben. An dieser Stelle eine Bitte an meine Leser: Bleiben Sie Ihrem Buchladen treu, trotz aller Widrigkeiten und obwohl die Bestellung im Internet so einfach ist. Buchhandlungen halten unsere Lesekultur am Leben. Also: *Use it or loose it!*

In der Hoffnung, meine Leser bald auch wieder auf Messen und bei Lesungen treffen zu können

Sarah Lark

Wenn Sie noch weiter in die Familienwelt der beiden Tierärztinnen ein-
tauchen wollen, empfehlen wir Ihnen folgenden Roman von Greta Jänicke:
MS Kristiana – Eine Liebe am Ende der Welt.

In diesem zweiten Band der MS Kristiana-Reihe wird die Geschichte von
Anna erzählt. Sie ist Nellies Urenkelin und somit die Enkelin von Grietje,
die als Erwachsene nur noch Grit genannt wurde.

Leseprobe aus
Greta Jänicke
MS Kristiana – Eine Liebe am Ende der Welt

Neuseeland, Herbst 1958

Paul nahm ihre Hand und führte sie an seine Lippen. »Ich werde
dich nie vergessen.« *Sag nur ein Wort und ich bleibe!* Paul sprach diese
Worte nicht aus. Denn sie hatten sich beide gegen ihre Gefühle und
für die Vernunft entschieden. Weil sie wussten, dass sie nicht glücklich werden konnten, wenn dadurch andere Menschen unglücklich
wurden.

»Ich werde dich immer lieben und an dich denken.« Grit lächelte
trotz der vielen ungeweinten Tränen in ihren Augen.

Seit sie beschlossen hatten, dass es ein Abschied für immer sein
würde, tanzte eine Melodie durch Pauls Kopf. Gestern Abend hatte
er sie aufgeschrieben. Für sich selbst. Für Grit, die Liebe seines Lebens.

Grits Lied stand auch über den Noten, mehr nicht. Als er ihr das
Blatt reichte und sie die Noten las, wusste er, dass sie die Melodie in
ihrem Kopf vernahm. Tränen liefen über ihre Wangen.

»Leb wohl«, sagte er leise. Ein letztes Mal berührten seine Lippen
ihren Mund. Dann wandte er sich um und ging. In seiner Manteltasche befand sich ein weiteres zusammengefaltetes Notenblatt. Darauf war dasselbe Stück notiert. *Grits Lied*, die Melodie einer großen
Liebe, die nicht sein durfte …

Deutschland, Gegenwart

Die Stille war bedrückend.

Tim kämpfte gegen das Bedürfnis an, das Haus fluchtartig zu verlassen. Seit dem Tod seines Großvaters war er nicht mehr hier gewesen. Und jetzt stand er hier im Wohnzimmer zwischen einer eichernen Schrankwand und einem Ledersofa mit Holzgestell. Ebenfalls Eiche, so wie der klobige Tisch dazwischen. Am Kopfende des Tisches befand sich der bequeme Fernsehsessel mit dem ausklappbaren Fußteil.

Sein Großvater hatte diesen Sessel in den letzten Jahren kaum noch verlassen können. Er hatte an sehr starken Gelenkschmerzen gelitten, die jede Bewegung sehr mühsam gemacht hatte, auch wenn er sich nie beklagt hatte. Tim hatte immer noch das Bild seines Großvaters vor Augen. Wie er lächelte, wenn Tim zu Besuch kam, und sich dabei die Furchen in seinem Gesicht noch tiefer eingruben.

Der Großvater war für Tim der wichtigste Mensch in seinem Leben gewesen. Seine Großeltern hatten ihn nach dem Unfalltod seiner Eltern aufgenommen. Zehn Jahre alt war er damals gewesen.

Es war unvorstellbar, dass sein Großvater jetzt nicht mehr da war. Tim konnte den Anblick des leeren Sessels nicht länger ertragen. Er wandte sich ab und verließ hastig den Raum. Als er in dem schmalen Hausflur stand, die Hand bereits auf der Türklinke, hielt er inne und atmete tief durch. Die Beerdigung lag jetzt mehr als einen Monat zurück. Irgendwann musste er damit anfangen, sich mit dem Nachlass seines Großvaters auseinanderzusetzen, und morgen würde es ihm auch nicht leichter fallen als heute.

»Du musst ja nicht unbedingt hier unten anfangen.«

Tim schloss lächelnd die Augen, als er die Stimme seines Großvaters vernahm. In seinem Kopf, in seinem Herzen. Es kam ihm so vor, als wäre ein Teil von ihm immer noch hier. *Opapa, wo bist du?*

Die Bezeichnung *Opa* war zu wenig für den Mann, der alles für ihn gewesen war.

Der Schmerz über diesen Verlust wurde so stark, dass Tim die Augen öffnete und sich in hektische Geschäftigkeit rettete. »Du musst ja nicht hier unten anfangen«, wiederholte er laut die Worte, die er eben mit der Stimme seines Großvaters in seinem Kopf gehört hatte. Und fügte dann gleich hinzu: »Seit wann führe ich eigentlich Selbstgespräche?«

Sein Großvater hätte sicher auch auf diese Frage eine Antwort gewusst, doch diesmal schwieg die Stimme in seinem Kopf. »Und das ist auch gut so«, fuhr Tim mit seinem Monolog fort. »Sonst würde ich noch an meinem Verstand zweifeln. Es reicht schon, dass ich mit mir selbst rede.«

Während er sprach, stieg er langsam die Treppe nach oben. Die Idee, ganz oben anzufangen, hatte sich nun in ihm festgesetzt. Ganz oben, das hieß auf dem Dachboden.

Er öffnete die Tür. Staubiges Dämmerlicht empfing ihn. Durch die schmalen Dachluken fiel nur wenig Licht in den Raum. Als er den Schalter neben der Tür drückte, flackerte eine einzelne Glühbirne auf, die an einem Kabel von der Decke hing.

Tim war nur selten hier oben gewesen. Als Kind war der Dachboden ebenso wie der Keller für ihn ein gruseliger Ort gewesen. Und selbst wenn all das, was sich in seiner Fantasie abspielte, nicht stattfand, so gab es immer noch diese riesigen Winkelspinnen.

Heute erfüllte ihn nicht mehr diese Panik, die er als Junge empfunden hatte. Trotzdem duckte er sich, um mit den Spinnweben, die von der Decke hingen, nicht in Berührung zu kommen.

Es war unglaublich, wie viel Gerümpel sich im Laufe der Jahre hier oben angesammelt hatte. Eine Stehlampe ohne Lampenschirm, eine alte Kommode. Ein Stuhl mit drei Beinen, ein Kofferradio …

Tim erinnerte sich daran, dass das Radio früher in der Küche gestanden hatte. Seine Großmutter hatte es stets eingeschaltet, wenn sie kochte. *Oma!* Sie war zwei Jahre, nachdem seine Großeltern ihn aufgenommen hatten, gestorben. Überraschend für ihn, aber inzwischen wusste er, dass sie und Opapa ihre Krebserkrankung vor ihm geheim gehalten hatten. Und dann waren er und Opapa allein gewesen. Sie hatten gemeinsam die Trauerzeit durchgestanden, waren noch näher zusammengewachsen. »Wir Männer schaffen das schon«, hatte Opapa immer gesagt. Und sie hatten vor allem die Dinge bewältigt, die für einen kleinen Jungen wichtig waren. Sie hatten Drachen steigen lassen, Pfannkuchen gebacken, eine Seifenkiste gebaut – und Schellemännchen gespielt. Spätabends waren sie gemeinsam losgezogen, um an anderen Haustüren zu klingeln und sofort davonzulaufen.

Tim grinste, als er daran dachte. Er hatte den Nachbarn so einige Streiche unter der Anleitung seines Großvaters gespielt.

Sein Blick fiel auf einen alten Koffer, der in einer Ecke des Speichers stand. Direkt neben dem alten Ohrensessel, der vor ein paar Jahren gegen den modernen Fernsehsessel ausgetauscht worden war. Der sperrige Reisekoffer mit den Beschlägen an den Ecken und dem schmalen Lederband, das sich wie ein Gürtel um das Gepäckstück wand, erweckte vor allem wegen der Aufkleber sein Interesse. *New Zealand* stand in schwarzer Schrift auf weißem Grund. Darunter befand sich ein weiterer Aufkleber mit dem gemalten Bild eines struppigen Vogels ohne Flügel. Ein Kiwi, das Nationalsymbol Neuseelands.

Wem gehörte dieser Koffer? Waren seine Großeltern in Neuseeland gewesen, bevor er zu ihnen gezogen war? Sein Großvater hatte nie darüber gesprochen und war ganz bestimmt auch nie allein verreist, seitdem Tim bei ihm lebte. Sie hatten die Ferien zusammen an der Nordsee verbracht, weil sie beide das Meer so sehr liebten. Später, als er erwachsen wurde, war Tim mit seinen Freunden in Urlaub gefahren oder geflogen. Hin und wieder auch mit einer Freundin, aber das waren nur kurzlebige Beziehungen gewesen. Je älter er wurde, desto exklusiver wurden die Reisen. Außerdem war er sehr viel für das Magazin *ECHO* unterwegs, bei dem er als Journalist angestellt war. Das Spektrum reichte von Wissenschaft über Politik bis zu ausführlichen Reisereportagen.

Tim war es immer wichtig gewesen, wenigstens eine Woche jedes Jahr zusammen mit seinem Großvater ans Meer zu fahren. Im vergangenen Jahr hatten sie zum ersten Mal darauf verzichtet, weil Opapa sich zu schwach gefühlt hatte. Er hatte Tim auf dieses Jahr vertröstet ...

Ob er da bereits geahnt hatte, dass es keine gemeinsamen Reisen mehr geben würde?

Tim wollte nicht darüber nachdenken. Es änderte nichts mehr und nahm ihm auch nicht den Schmerz.

Er zog den Koffer zu sich heran. Er wusste nicht, was er erwartet hatte, doch mit dem Öffnen des Koffers erschloss sich ihm eine neue Welt voller Überraschungen. Ganz oben lag ein Notenblatt. *Grits Lied* war handschriftlich über die Noten geschrieben worden. Einen Liedtext gab es aber nicht, nur die Noten, die Tim aber nicht viel sagten. Opapa war Musiklehrer gewesen, und offensichtlich stammte dieses Notenblatt auch von ihm. Kaum leserlich stand am Ende der Noten der Name seines Großvaters: *Paul Rossberg*.

Hatte sein Großvater dieses Lied komponiert? Und wer war diese Grit? War ihm dieser Name beim Komponieren eingefallen? Oder steckte dahinter eine reale Person? Seine Großmutter konnte jedenfalls nicht gemeint sein, sie hieß Katharina.

Neugierig geworden legte er das Notenblatt auf den Ohrensessel und schaute weiter. In einem Album waren Zeitungsausschnitte eingeklebt, die seinen Großvater in einem eleganten Anzug auf einer Bühne zeigten. Er stand neben einem Konzertflügel, in der Hand eine Violine und einen Geigenbogen haltend. Das Gesicht der Pianistin war nicht zu sehen, weil sie den Kopf gebeugt hielt.

Er blätterte weiter durch das Album, während sein Erstaunen mit jeder Seite zunahm.

The famous violinist Paul Rossberg stand über einem Zeitungsartikel, der aus einer neuseeländischen Zeitung stammte.

Tim ließ das Album sinken und starrte ins Leere. Sein Großvater sollte ein berühmter Geiger gewesen sein? Er war in Neuseeland gewesen? Hatte ein Lied für eine gewisse Grit komponiert?

Als er weiterblätterte, stieß er auf einen Bericht über die Pianistin Grit, die zusammen mit dem Geiger Paul Rossberg aufgetreten war.

Hinter dem Vornamen der Pianistin prangte ein bräunlicher Fleck, so als hätte jemand Kaffee oder etwas Ähnliches darüber verschüttet. Der Nachname war jedenfalls nicht mehr zu entziffern.

Warum hat Opapa mir nie von seiner Reise nach Neuseeland erzählt? Warum hat er nie erwähnt, dass er ein erfolgreicher Geiger war? Was war passiert, damals in der für seine Familie sowieso schon so schweren Zeit?

So viele Fragen, auf die er in dem Koffer keine Antworten fand. Tim klappte ihn zu und fasste den Entschluss, dass er mehr über das Leben seines Großvaters herausfinden wollte. Was ihn bewegt hatte, bevor er sein Enkelkind großgezogen hatte. Den Koffer nahm Tim mit, als er das Haus verließ.

»Neuseeland?« Dieter Klebisch, der sich neugierig über Tims Schulter gebeugt hatte, richtete sich auf und sah ihn fragend an. »Woher weißt du, dass wir dich nach Neuseeland schicken wollen?«

»Wollt ihr das?« Tim war es gewohnt, dass die Redaktion ihn auf Reisen schickte. Aber jetzt überraschte es ihn, dass es genau in das Land gehen sollte, mit dem er sich gerade privat beschäftigte. Ein seltsamer Zufall.

Sein Chefredakteur setzte sich auf eine Ecke des Schreibtischs. »Hat Claudelle dir gesagt, dass wir dich auf Kreuzfahrt schicken?« Claudelle war Dieter Klebischs Sekretärin.

Tim schaute überrascht von seinem Notebook auf. »Eine Kreuzfahrt?« Dann schüttelte er den Kopf und beantwortete Dieters Frage: »Nein, Claudelle hat mir nichts gesagt.«

»Mit dem neuen Flaggschiff der Tychsen-Reederei. Kennst du das?«

»Ich habe darüber gelesen.« Tim überlegte kurz. *Tychsen – All*

Seas Cruises, schoss es ihm durch den Kopf. Es hatte vor Jahren einige Schlagzeilen gegeben, als der alte Tychsen eine marode Reederei aus Norwegen aufgekauft hatte. Kurz darauf war seine Tochter Kristiana verschwunden und galt seither als verschollen.

»Die MS *Kristiana*!« Der Name war Tim soeben eingefallen und nun wusste er auch wieder, was er darüber gelesen hatte. »Ein modernes Hybridschiff, das durch seinen elektronischen Antrieb weniger Schadstoffe ausstößt und wegen seiner umweltschonenden und nachhaltigen Technologie neue Maßstäbe in der Schifffahrt setzt.«

»Wow, du kennst dich wirklich aus!« Sein Chefredakteur grinste. »Ich würde diesen Job ja gerne selbst übernehmen, aber leider muss ich verzichten.«

»Eine andere Reportage?«, erkundigte sich Tim.

Dieter schüttelte den Kopf.

»Wichtige Termine?« Für Tim war es kaum vorstellbar, dass sein Chef auf diese Chance verzichtete. Eine kostenlose Reise – ausgerechnet nach Neuseeland. Manchmal war es erstaunlich, wie der Zufall arbeitete.

»Seekrank«, bekannte Dieter endlich. »Ich kotze schon, wenn ich nur an ein schaukelndes Schiff denke.«

»Aber die modernen Schiffe ...«, begann Tim, doch Dieter fiel ihm ins Wort.

»Vergiss es, ich habe es versucht. Auf das Drängen meiner Frau bin ich vor zwei Jahren mit dem Schiff von Kiel nach Goteborg gefahren. Angeblich besitzt die Fähre moderne Stabilisatoren, die das Rollen fast ganz verhindern. Vierzehn Stunden und dreißig Minuten durchgehende Übelkeit, Brechreiz und Kopfschmerzen. Zurück habe ich das Flugzeug genommen und nicht nur meiner Frau, sondern vor allem mir selbst geschworen, dass ich niemals mehr ein Schiff betrete. Nicht mal ein Tretboot.« Dieter grinste. »Du kannst dich also freuen. Am neunzehnten September geht es los. Ab Sydney.«

»Sydney liegt in Australien, nicht in Neuseeland«, konterte Tim trocken.

Dieter begnügte sich mit einem tadelnden Blick. »Die MS *Kristiana* legt um achtzehn Uhr in Sydney ab. Von dort aus geht es über Melbourne und Tasmanien nach Neuseeland. Wir wollen vor allem einen Bericht über das Schiff. Ist es wirklich so modern und umweltfreundlich? Was passiert auf dieser Reise? So ein kleiner Skandal wäre natürlich nicht schlecht.« Dieter schaute ihn fragend an und wies auf Tims Notebook. »Wieso recherchierst du eigentlich gerade über Neuseeland? Hat Claudelle dir wirklich nichts gesagt?«

»Kein Wort«, versicherte Tim, entschloss sich dann aber zu einem Teil der Wahrheit. »Ich habe erst gestern herausgefunden, dass sich mein Großvater vor vielen Jahren in Neuseeland aufgehalten hat.«

»Aha ...« Dieters Miene zeigte seine Skepsis. Nach so vielen Jahren war kaum zu erwarten, dass Tim ausgerechnet im Internet auf Spuren seines Großvaters in Neuseeland stieß.

Tatsächlich hatte Tim nichts gefunden, was auf einen ehemals berühmten Geiger hinwies. Auch der Name Grit brachte ihn nicht weiter, da er den Nachnamen nicht kannte. Selbst mit dem Zusatz »*Pianistin*« war er nicht fündig geworden. Vielleicht fand er in Neuseeland mehr heraus ...

»Darf ich deinem beredten Schweigen entnehmen, dass du diesen Auftrag annimmst?«, riss Dieter ihn aus seinen Gedanken.

Tim grinste. »Worauf du dich verlassen kannst.«

»Super! Claudelle wird alle Buchungen vornehmen. Wende dich an sie, wenn du noch Fragen hast.«

»Mache ich.« Freude und Aufregung erfüllten Tim. Weitaus stärker, als er es bei jedem anderen Auftrag bisher empfunden hatte. Diesmal ging es nicht nur um eine rein berufliche Recherche. Das hier war eine Reise in die Vergangenheit seines Großvaters. Er war gespannt auf die Ergebnisse, aber er gestand sich ein, dass er auch ein bisschen Angst davor hatte.

(...)

An Bord der MS *Kristiana,* einige Zeit und etliche Kapitel später

Die meisten Passagiere versammelten sich auf dem Außendeck vor dem Speisesaal. Tim hatte keine Lust, sich in dieses dichte Gedränge zu schieben. Während er noch unschlüssig auf dem Gang zwischen Rezeption und Speisesaal stand, kam die hübsche Hotelmanagerin auf ihn zu. Tim konnte sich sogar noch an ihren Namen erinnern. Sie lächelte, als sie ihn sah.

»Was macht ein Passagier, wenn er etwas sehen, sich aber nicht in dieses Gedränge stürzen will?« Er wies mit der Hand auf die gläserne Tür, die zur Reling führte.

»Der geht zur Pianobar«, erwiderte sie und legte gleich darauf den Zeigefinger auf die Lippen. »Ein Geheimtipp, der allerdings nur anfangs geheim ist. Wenn Sie die Bar durchqueren, gelangen Sie zu einer Außenterrasse. Die Aussicht von da aus ist fantastisch.«

»Kommen Sie mit? Für diesen Tipp lade ich Sie zu einem Glas Champagner ein.«

Jasmin Andres schüttelte den Kopf. »Vielen Dank, aber das geht nicht. Ich bin im Dienst. Und eigentlich …« Sie brach ab.

»Und eigentlich sind Ihnen private Kontakte zu den Passagieren nicht erlaubt«, beendete er ihren Satz.

»Ja.« Sie lächelte wieder, aber er fand, dass dieses Lächeln traurig wirkte. Als ihre spanische Kollegin nach ihr rief, verabschiedete sie sich von ihm und eilte weiter.

Tim nahm die Treppe. Niemand begegnete ihm auf dem Weg nach oben. Nicht nur Hinweisschilder, sondern auch Klavierklänge wiesen ihm den Weg. Als er die Bar betrat, waren außer ihm nur zwei weitere Menschen anwesend. Eine Pianistin, die mit gesenktem Kopf an einem Steinway-Flügel saß und selbstvergessen spielte. Sie schien nicht einmal zu bemerken, dass er den Raum betrat.

Hinter dem Tresen, der die gesamte rechte Wand einnahm, stand der Barkeeper. Er polierte ein Glas, schaute dabei aber immer wieder zum Klavier. Als er Tim erblickte, begrüßte er ihn mit einem höflichen Nicken.

Der Raum war geschmackvoll mit hellen Loungemöbeln eingerichtet, die sich um den Flügel gruppierten. Genau gegenüber führten Türen auf die Außenterrasse. Sie waren offen und ließen frische Abendluft herein. Die Klavierklänge begleiteten ihn, als er die Terrasse betrat, und ergänzten die Aussicht auf das Opernhaus von Sydney perfekt.

Das Bauwerk ragte ins Hafenbecken und wirkte mit seiner auffallenden Dachkonstruktion wie eine Segelbootflotte im aufkommenden Wind. Auch die Harbour Bridge konnte er nun sehen, die wegen ihrer Form von den Einwohnern gerne *coat hanger*, *Kleiderbügel*, genannt wurde.

Ich hätte meine Kamera mitbringen sollen, dachte Tim, doch gleichzeitig war er froh, dass er sie in der Kabine gelassen hatte. Er wollte diese besonderen Momente nicht durch den Sucher einer Kamera festhalten, sondern mit den Augen und dem Herzen betrachten.

Langsam zog die MS *Kristiana* durch das glitzernde Wasser bis zu den *Sydney Heads*, die den Eingang in den Naturhafen bildeten. Das Schiff nahm Fahrt auf und Kurs aufs offene Meer.

Tim stand an der Reling. Tiefe Ruhe erfüllte ihn beim Anblick des Pazifiks, der wie eine bleigraue Fläche vor ihm lag. Von der untergehenden Sonne war nur noch ein orangegoldener Schein am Horizont zu sehen. Die Klavierklänge aus der Pianobar begleiteten dieses Bild. Dann war es plötzlich still.

Schade, dachte er, doch dann begann die Pianistin ein neues Stück. Er kannte die Melodie nicht, aber sie berührte ihn auf eine Weise, die er sich nicht erklären konnte. Er ging bis zur Tür und schaute zum Klavier. Jetzt konnte er das Gesicht der Pianistin sehen. Sie schaute in seine Richtung, aber Tim hatte das Gefühl, dass ihre bernsteinfarbenen Augen geradewegs durch ihn hindurchschauten. Dunkles lockiges Haar rahmte ihr Gesicht ein.

Tim rührte sich nicht von der Stelle. Er schaute die Pianistin unverwandt an, während er der Musik lauschte. Das Stück endete mit einer Folge von Arpeggien, die den ganzen Raum mit rasch aufeinanderfolgenden Klängen erfüllten. Die unmittelbar darauf einsetzende Stille raubte ihm sekundenlang den Atem. Plötzlich wurde ihm bewusst, dass die Pianistin nicht mehr durch ihn hindurchschaute, sondern ihn bewusst wahrnahm. Sie lächelte, als ihre Blicke sich begegneten.

Tim erwiderte ihr Lächeln. Langsam trat er näher. »Das war wunderschön.«

»Ja«, sagte sie. »Ich liebe dieses Stück.«

»Ich habe es noch nie zuvor gehört.«

Sie bog den Kopf zurück und lachte leise. »Es wurde auch nie veröffentlicht.«

»Es ist Ihr eigenes Stück? Haben Sie es komponiert?« Es passte so sehr zu ihr, dass er überrascht war, als sie den Kopf schüttelte.

»Würden Sie ein bestimmtes Stück für mich spielen?«, bat er.

Es war ihr anzusehen, dass sie dazu keine Lust verspürte. Sie nickte wahrscheinlich nur aus Höflichkeit.

Tim zog seine Brieftasche aus der Jackentasche und nahm das Notenblatt heraus. Er faltete es auseinander und reichte es ihr.

Sie schaute darauf und plötzlich schien sich etwas zu verändern. Tim bemerkte, dass ihre Gesichtszüge entgleisten. »Woher haben Sie das?« Selbst ihre Stimme klang anders.

»Ich habe es in einem Koffer auf dem Dachboden meines Großvaters gefunden.« Fragend schaute er sie an. »Aber Sie scheinen das Stück zu kennen.«

»Ja.« Sie gab ihm das Notenblatt zurück und spielte die ersten Akkorde auf dem Klavier. Es war genau das Stück, das sie eben gespielt und das ihn so sehr berührt hatte. Sie brach ab und wandte sich ihm wieder zu. »Wie kommt Ihr Großvater zu diesem Notenblatt?«

»Ich mache diese Reise, weil ich das herausfinden will. Ich habe erst nach dem Tod meines Großvaters herausgefunden, dass er ein begabter Geiger war und in Neuseeland aufgetreten ist. Er hat mir nie etwas davon erzählt.« Tim lächelte sie an. »Und jetzt führt mich meine erste Spur ausgerechnet zu Ihnen. Woher kennen Sie *Grits Lied*?«

Ernst schaute sie ihn an. »Ich besitze das gleiche Notenblatt. Grit war meine Großmutter.«

Anna liebte diese stille Stunde zwischen Tag und Traum. Den Moment, wenn sich endlich der letzte Passagier zurückgezogen hatte und sie ganz allein auf der Außenterrasse stand. Ihre Hände umklammerten die Reling. Die Begegnung mit diesem Passagier, dessen Namen sie nicht einmal kannte, hatte in ihr eine Flut von Gefühlen ausgelöst.

Anna wusste nicht viel von ihrer Großmutter Grit, die einen Teil ihres Lebens in Neuseeland verbracht hatte. Annas Mutter Audrey war in Neuseeland zur Welt gekommen und hatte dort einen Teil ihrer Kindheit und Jugend verbracht.

»Die glücklichste Zeit meines Lebens«, hatte sie immer gesagt. Neuseeland war für sie die Heimat gewesen, nach der sie sich zeitlebens zurückgesehnt hatte. Der Liebe wegen war sie nach Deutschland gezogen. Annas Vater war Deutscher und hatte zwei Jahre in Neuseeland als Bauingenieur gearbeitet. Dort hatte er Annas Mutter kennengelernt.

Anna wusste, dass die Ehe ihrer Eltern sehr glücklich gewesen war. An ihren Vater konnte sie sich aber nicht mehr erinnern. Er starb kurz nach ihrer Geburt bei einem Arbeitsunfall.

Anna wollte weitere Erinnerungen an ihre Vergangenheit nicht zulassen. Ihre Kindheit, ihre Jugend und ihre erste große Liebe, die in einer tiefen Enttäuschung endete. Kurz vor ihrem frühen Tod hatte ihre Mutter Audrey gesagt: »Du bist deiner Großmutter so ähnlich. Du siehst aus wie sie, du hast ihr Talent. Pass auf, mein Kind, dass dir nicht auch das Herz gebrochen wird.«

Mehr hatte Anna nicht erfahren. Ihre Mutter starb zwei Tage später, nach einem viel zu kurzen, entbehrungsreichen Leben.

Anna hatte nicht viel mehr herausfinden können. In den Unterlagen ihrer Mutter hatte sie lediglich das Notenblatt zu *Grits Lied* gefunden. Offensichtlich gab es davon eine zweite Ausgabe, die ihm Besitz des Passagiers war und zuvor seinem Großvater gehört hatte. Sie hatte dem Fremden nicht sofort geantwortet, als er sie gefragt hatte, ob sie sich gemeinsam auf die Suche nach der Geschichte ihrer Vorfahren machen wollten.

Jetzt in dieser stillen Stunde erfasste sie mit einem Mal eine Aufregung, wie Anna sie schon lange nicht mehr empfunden hatte. Ja, sie wollte sich gemeinsam mit diesem Mann auf Spurensuche in die Vergangenheit begeben.

Sie dachte an ihn, wie er sie so eindringlich angesehen hatte. Seine dunklen Augen, sein Lächeln …

»Pass auf, mein Kind, dass dir nicht auch das Herz gebrochen wird«, vernahm sie erneut die Stimme ihrer Mutter in ihren Gedanken.

Anna lächelte. »Keine Sorge, Mama, das ist mir einmal passiert. Ein zweites Mal werde ich dazu keinem Mann die Gelegenheit geben.« Ihre geflüsterten Worte wehten über das Meer. Ein Versprechen, dass sie nicht nur ihrer Mutter, sondern auch sich selbst gab.

Folgen Sie den Töchtern der Tierärztinnen nach Australien, Neuseeland, Kreta und in den Kongo

Sarah Lark
DIE TIERÄRZTIN
- MUTIGE WEGE
Roman

486 Seiten
ISBN 978-3-7857-2821-5

Australien, 1955: Daphne hat ihr Tiermedizinstudium beendet. Nun könnte sie im Zoo von Perth arbeiten, den ihre Eltern Maria und Bernhard leiten. Aber Daphne entscheidet sich, eine Forschungsstelle anzunehmen, was sie schließlich in den Kongo führen wird. Doch die belgische Kolonie ist im Umbruch und bald ist Daphne dort nicht mehr sicher ...

Paris: Völlig unerwartet verstirbt Grits Vater bei einer gemeinsamen Konzertprobe. Im Gedenken an ihn führt sie die Tournee zu Ende. Als sie aber feststellt, dass sie von dem Cellisten Vincent schwanger ist, reist sie nach Neuseeland zu ihrer Mutter, der Tierärztin Nellie. Dort taucht sie ein in eine völlig andere Welt ...

Lübbe

Eine große Liebe, die Hoffnung auf
gemeinsames Glück und der Mut zum
Neubeginn

Sarah Lark
SCHICKSALSSTERNE
Roman

592 Seiten
ISBN 978-3-404-18475-0

Hannover, 1910: Es ist Liebe auf den ersten Blick zwischen
der jüdischen Bankierstochter Mia und dem adligen Offizier
Julius. Beide verbindet ihre große Zuneigung zu Pferden.
Aber alle anderen Umstände sprechen gegen sie. Um die
Zukunft gemeinsam verbringen zu können, wandern sie nach
Neuseeland aus, wo sie eine Pferdezucht aufbauen wollen.
Doch bei Kriegsausbruch werden sie der Spionage für die
Deutschen verdächtigt und getrennt voneinander interniert.
Nur der Einsatz der jungen Wilhelmina rettet das Gestüt. Aber
der Preis dafür ist hoch, und nach dem Krieg ist für Mia und Julius
nichts mehr so, wie es war ...

Lübbe